KNAUR

Von Markus Heitz sind bereits folgende Titel erschienen:

Ritus
Sanctum
Kinder des Judas
Blutportale
Judassohn
Judastöchter
Oneiros – Tödlicher Fluch
Totenblick
Aera – Die Rückkehr der Götter
Exkarnation – Seelensterben

Über den Autor:

Markus Heitz, geboren 1971, studierte Germanistik und Geschichte. Kein anderer Autor wurde so oft wie er mit dem Deutschen Phantastik-Preis ausgezeichnet, weshalb er zu Recht als Großmeister der deutschen Fantasy gilt. Mit der Bestsellerserie um »Die Zwerge« drückte er der klassischen Fantasy seinen Stempel auf und eroberte mit seinen Werwolf- und Vampirthrillern auch die Urban Fantasy. Markus Heitz lebt in Homburg.

MARKUS
HEITZ

EXKARNATION
KRIEG DER ALTEN SEELEN

THRILLER

KNAUR

Besuchen Sie uns im Internet:
www.knaur.de

FSC
www.fsc.org
MIX
Papier aus verantwortungsvollen Quellen
FSC® C083411

Vollständige Taschenbuchausgabe April 2016
Knaur Taschenbuch

Ein Imprint der Verlagsgruppe
Droemer Knaur GmbH & Co. KG, München

Dieses Werk wurde vermittelt durch die AVA international GmbH
Autoren- und Verlagsagentur, München.
www.ava-international.de
Redaktion: Hanka Jobke
Umschlaggestaltung: ZERO Werbeagentur, München
Umschlagabbildung: © Paul Knight / Trevillion Images /
FinePic®, München
Illustrationen im Innenteil: Shutterstock / Bukhavets Mikhail
Satz: Adobe InDesign im Verlag
Druck und Bindung: CPI books GmbH, Leck
ISBN 978-3-426-50592-2

2 4 5 3 1

Das Gewaltigste in der Welt ist das,
was sich weder sehen noch hören
noch betasten lässt.

Laotse (6. Jh. v. Chr.)

PROLOG

Deutschland, Sachsen, Leipzig

Was tut sie, Henri?«

Artjom zog den Gurt enger, damit sich die Kevlarweste besser an den Körper presste. In seiner Rechten hielt er eine H&K MP5K mit aufgesetztem Schalldämpfer, deren Gurt er sich nun umlegte. Er hatte im Moment keine Augen für die vier Tabletcomputer, die im Rettungswagen flimmerten und Bilder aus der Wohnung der Frau zeigten, die sie überwachten; über seinem Gesicht lag wie über dem der übrigen drei Männer und zwei Frauen eine Sturmhaube, die eine Aussparung für den Mund ließ.

»Genau das, was sie soll«, entgegnete Henri und schaltete zwischen den gestochen scharfen Einstellungen hin und her, der Anblick aus dem Innern der Räume wechselte auf den kleinen, hochauflösenden Flachmonitoren. »Sie ist bereits im Badezimmer. Sieht gut aus.«

»Alles klar. Checken.« Artjoms Anweisung sorgte dafür, dass zwei Männer und eine Frau ihre Waffen sowie den Sitz ihrer Headsets ein letztes Mal prüften. »Doc?«

Die andere Frau sah in ihren Rettungsarzt-Rucksack und nickte ihrem Assistenten zu.

»Alles dabei«, bestätigte dieser, verschloss die zwei großen Metallkoffer und warf sich die Trageriemen über die Schultern.

Artjom sah in die Runde und bemerkte die Anspannung in den Augen der Versammelten.

Alles dabei bedeutete: Spritzen, Infusionsbestecke, Defibrillator, Blutkonserven, eine ganze Apotheke, um den Kreislauf wieder in Gang zu bringen, und diverse illegale Substanzen, die so ziemlich jedes Organ in einem Körper zum Funktionieren brachten.

Die Nacht würde eine Bewährungsprobe für sie darstellen, und der kleinste Fehler könnte nicht nur Monate der Vorbereitung zunichtemachen: Die fatalste Konsequenz wäre das Ende ihrer Meisterin, ihrer *hera*. In Absolutheit.

»Zeig sie mir.« Artjom schaute zu, was die ausgespähte Frau in ihrer Stadtwohnung tat.

Henri schaltete, zoomte.

Sie war hübsch, Mitte dreißig, und hatte lange, mahagonifarbene Locken sowie von Natur aus hohe Wangenknochen, die ihr Gesicht betonten.

Den Unterlagen nach hatte sie sich nach der Geburt ihrer zwei Kinder die Brüste richten lassen, auch die Nase war einst krumm gewesen. Den Rest ihres Körpers hielt sie mit Sport und gesunder Ernährung in Schach, was ihr laut den Bildern hervorragend gelang.

Sie trug die Haare offen und ließ sich eben Wasser in die große Wanne. Zahllose Kerzen brannten ringsum und verbreiteten in dem ebenso praktisch wie geschmackvoll eingerichteten Raum eine ruhige Atmosphäre.

Sie zog den weißen Bademantel aus und präsentierte ihren Zuschauern einen einwandfreien Körper. Weder zu dünn noch zu dick, proportioniert und straff. Doch Artjom fühlte sich bei dem Anblick in keiner Weise erregt. Er war Profi wie der Rest seiner Truppe im Rettungswagen.

Die Dunkelhaarige prüfte das Wasser, gab einen weiteren Schluck Wein in das große Ballonglas, das auf der Kommode neben der Tür stand. Ihre Bewegungen wirkten schwerfällig, als schliefe sie gleich ein. Dennoch leerte sie den Alkohol in einem Zug und stieg mit unsicheren Bewegungen in die Wanne.

»Bereitmachen«, befahl Artjom seinem Team. Er schob sich einen Kaugummi in den Mund, um ihn leise mit den Zähnen zu bearbeiten, bevor er nervös mit den Fingern auf dem Gurt seiner Waffe trommelte.

Die Frau legte sich ins Wasser, das Brust und Unterkörper vollständig bedeckte, und schloss die Lider.

Henri zoomte, murmelte angespannt etwas Unverständliches.

Sie alle sahen, wie ganz langsam eine Träne aus ihrem linken Augenwinkel rann, der rechte Arm mit dem leeren Glas rutschte über den Rand.

So verharrte die Dunkelhaarige.

Die Sekunden vergingen und wurden zu Minuten; der elektronische Sensor der Wanne hatte die Gefahr erkannt, die vom einströmenden Wasser ausging, und stoppte den Zulauf automatisch.

Es war vollkommen ruhig im Bad. Und im Wagen.

Die Frau rührte sich nicht, nur die Brust hob und senkte sich, verursachte dabei kleine Wellen.

»Komm schon, Mädchen«, murmelte die Ärztin, um die Stille zu durchbrechen.

»Scheiße, die schläft uns ein«, fluchte Henri und zoomte das entspannte Gesicht noch näher heran. »Nein, nein, du dumme Schlampe! Bleib wach! BLEIB WACH! Fuck!«

Artjom nahm das Prepaid-Handy und wählte eine Nummer. Das Telefon in der Wohnung läutete.

Sie hörten das Klingeln über die Lautsprecher und

sahen, wie die Frau zusammenzuckte. Dabei zerbrach das dünnwandige Behältnis zwischen ihren Fingern, Blut floss aus einem Schnitt in ihrer Hand.

Und floss.

Und floss …

Seufzend setzte die Dunkelhaarige die scharfkantigen Reste des Stiels an der Armbeuge an und stach durch die wunderschöne reine Haut, dann zog sie das Glas leise ächzend bis nach vorne zum Handgelenk.

Aus dem klaffenden Schnitt ergoss sich augenblicklich das Rot.

»Alles klar. Wir sind wieder im Spiel.« Henri sah zufrieden auf einen anderen Monitor, der nach einem Klick die Umgebung des Fahrzeugs zeigte. Zwischen den abgestellten Autos der Anwohner regte sich nichts. »Keiner da, der uns Ärger macht.«

Das Badewasser färbte sich rosa, Blut rann tiefrot an der Außenseite der Wanne hinab und traf auf die weißen Fliesen.

Die Frau setzte den langen Stiel ebenso am anderen Arm an und schnitt sich unter Tränen die Ader ebenso auf, wenn auch mit unsicheren Bewegungen.

»Dann raus mit uns«, befahl Artjom.

Henri griff kommentarlos eines der Tablets und setzte sich an die Spitze, öffnete die Hecktüren und verließ den Rettungswagen, der äußerlich nicht von einem herkömmlichen zu unterscheiden war.

Die Besatzung hingegen schon.

Die komplett weißgekleideten Männer und Frauen, gepanzert, maskiert und schwerbewaffnet, hetzten durch die kalte Januarnacht über die Tschaikowskistraße zum Eingang des Appartementhauses; der Assistent der Ärztin schleppte eine Aluliege. Die Situation kannte jeder von ihnen genau; sie wussten, was zu tun war.

Es kostete das Team nur Sekunden, das Türschloss zu überwinden. Den Code und den künstlichen Fingerabdruck, aufgezogen auf einen dünnen Gelspatel, besaßen sie schon lange.

Leise und nahezu geräuschlos gingen sie durch die winzige Lobby die Treppe hinauf und von dort in den kleinen Flur, immer mit den Waffen im Anschlag und bereit, auf mögliche Störungen mit maximaler Geschwindigkeit und Härte reagieren zu können.

Vor dem Appartement blieb die Truppe stehen.

Artjom und Henri betrachteten das Überwachungsbild auf dem Display des Tablets, das ausschließlich das Bad in der Totalen zeigte.

Die Frau hielt die aufgeschlitzten Arme unter Wasser, um das Schließen der Wunden zu verhindern, und wirkte trotz der Tränen erleichtert. Sie verlor zusehends an Kraft und rutschte in der Wanne abwärts, bis ihr Kinn an die blassrosa Oberfläche heranreichte.

»Jetzt?« Henri zoomte ihr Gesicht erneut heran.

Artjom zog den Schlüssel hervor und schob ihn langsam ins Schloss, damit es von drinnen nicht zu hören war. »Noch nicht.« Er nahm das Tablet an sich und beobachtete ganz genau.

Die Frau schreckte noch einmal hoch, als die Wellen gegen ihre Lippen schwappten. Ein rötlicher Strich zeichnete sich dort auf ihrer Wange ab, wo sie das eingefärbte Wasser bereits berührt hatte. Mit einem erstickten Jammern und einem erlahmenden Weinen rutschte sie tiefer, bis nur noch wenige Locken auf dem Wasser trieben.

»Das wird eng«, warnte die Ärztin.

»Noch nicht.« Artjom sah die Luftblasen, die zur Oberfläche stiegen.

Es waren viele.

»Schritte im Treppenhaus«, warnte die Nachhut über die Headsets.

»Wir sollten rein«, murmelte die Ärztin.

Die Blasen wurden weniger. Schließlich blieb die Oberfläche ruhig.

»Jetzt!«, befahl Artjom, entsperrte die Tür und trat zurück. Fortan war er für das Sichern zuständig.

Die Gruppe stürmte die luxuriöse Wohnung und hatte keinerlei Augen für die Einrichtung, die sorgfältig aufeinander abgestimmt war. Mit geschulterten Waffen rückten sie ins Bad vor.

Zwei Männer fischten die Frau aus dem Wasser, der Assistent bereitete die Liege vor, auf welche sie gebettet wurde. Vier Handtücher aus der Kommode dienten dazu, das von der Haut perlende Wasser und das Blut aufzunehmen.

Die Ärztin prüfte den Puls und Herzschlag. »Beides weg«, sagte sie zufrieden. »Sie ist tot.«

»Perfekt.« Artjom blickte auf die Leiche. »Warten.«

Das Team verharrte, die einen sicherten, die anderen hielten sich bereit.

»Stillstand vor zwei Minuten eingetreten«, verkündete die Ärztin angespannt. »Das sollte reichen.«

»Noch warten.« Artjom sah auf seine Uhr.

Niemand widersprach.

Der Zeiger ruckte Sekunde um Sekunde vor, machte die drei Minuten voll.

»Und … *los!*«

Mit enormer Geschwindigkeit verschloss die Ärztin zuerst die klaffenden Wunden, während ihr Gehilfe sofort eine Bluttransfusion in den beinahe leergelaufenen Leib vornahm. Die zweite Maskierte übernahm im Wechsel Herzmassage und die Beatmungsmaske.

Die Ärztin bereitete anschließend den Defibrillator vor und jagte diverse Mittel und Adrenalin mit den Konserven in die Blutbahn. Der Assistent verkabelte die Patientin mit einem tragbaren Vitalwertemessgerät; die Kontaktpflaster kamen auf die Stellen an der Brust, falls es nötig sein würde, dem Herz einen Schock zu versetzen.

Artjom stand auf der Schwelle zum Bad, sah abwechselnd zu ihnen und zur geschlossenen Eingangstür des Appartements. Bislang verlief alles störungsfrei.

Beatmung und Herzmassage wurden fortgeführt, um das frisch eingeleitete Blut mit Sauerstoff anzureichern und durch die Adern zu pressen.

Die Ärztin gab noch mehr Adrenalin in den Venenzugang und versetzte dem Brustkorb der Frau auf Herzhöhe einen Hieb.

Ein kurzes Fiepen erklang aus dem Überwachungsgerät, das sofort in einen hektischen Ton überging.

»Kammerflimmern.« Die Ärztin legte die mit Gel bestrichenen Elektroden an. »Weg«, befahl sie und löste aus.

Das leise Pfeifen des Herzmonitors zeigte ihnen, dass der erste elektrische Schock nicht ausgereicht hatte, um das Organ normal schlagen zu lassen.

Der Defibrillator summte und war Sekunden darauf wieder aufgeladen.

»Weg«, rief sie erneut.

Es knallte während der Entladung, und aus dem Fiepen des Überwachungsgeräts wurde ein rhythmisches Piepsen.

Artjom klatschte symbolisch in die Hände. »Bestens. Gute Arbeit. Das Stabilisieren, Wunden sichern und so weiter erfolgt im Wagen.« Er hob die MP5K und machte den Anfang beim Abrücken.

Mit einem schnellen Tastendruck am Headset öffnete er einen Kanal zum wartenden zweiten Team, das Yosha unterstand. Er und die *necessaria* mochten sich nicht, aber sie spielten im gleichen Team, wenn auch autark voneinander. »Dein Aufräumtrupp übernimmt den Rest«, gab er durch.

»Da«, erwiderte Yosha auf Russisch.

»Und vergiss den *wratsch* nicht.«

»Meine Aufträge gehen dich nichts an, *nabaldaschnik*«, kanzelte Yosha ihn ab und unterbrach die Leitung. Es war alles gesagt.

Mit der Frau auf der Trage gingen sie die Treppe hinunter, wieder kam ihnen niemand entgegen. Der Zeitpunkt war perfekt ausgesucht.

Erst als sie über die Tschaikowskistraße huschten, wurden sie von den Insassen eines vorbeifahrenden Wagens mit großen Augen angestarrt.

Henri kniete sich ab und brachte seine MP5K in Anschlag, ein roter Punkt wurde auf der Kopfstütze des Fahrers sichtbar.

»Nein«, pfiff ihn Artjom zurück. »Das wäre zu viel Aufsehen. Sie werden es in ein paar Minuten für eine optische Täuschung gehalten haben, und selbst wenn nicht, wird ihnen keiner glauben.« Er sicherte, während die Truppe in den Rettungswagen einstieg, die Liege auf der Halterung verankerte und ihre Plätze einnahm. Die Versorgung der Wiederbelebten ging weiter, jeder Handgriff saß.

Artjom schwang sich als Letzter ins Innere und betrachtete das hübsche, noch bleiche Gesicht der Bewusstlosen. Er und sein Team hatten alles richtig gemacht, jede Phase des Ablaufs verlief bestens.

Jetzt musste sie nur noch aufwachen. Dann war alles in bester Ordnung.

*Auf Zeus' Befehl schuf Prometheus Menschen
und Tiere.
Als aber Zeus sah, dass die Anzahl der Tiere
höher war als jene der Menschen, befahl er
Prometheus, einige Tiere zu
Menschen umzuformen.
Prometheus tat, wie ihm geheißen.
Und so kommt es, dass mancher zwar
eine menschliche Gestalt hat,
aber eine animalische Seele in sich trägt.*

Aesop, Prometheus und die Menschen
(um 600 v. Chr.)

KAPITEL I

Deutschland, Sachsen-Anhalt, Halle (Saale)

Claire stand am Fenster ihres kleinen irischen Cafés namens *Uisce*, trank einen heißen Kaffee und betrachtete durch die Brille den Platz des Alten Markts mit dem Eselsbrunnen, der sich mehr und mehr mit Leben füllte. Noch war es früh am Morgen, aber die Einheimischen und ein paar Touristen tummelten sich bereits in der Altstadt. *Ein schöner Tag.*

Sonnenstrahlen schienen schräg von oben in den Gastraum, der halbhoch dunkel vertäfelt war. Durch die weiße Decke hielt er genügend Licht in sich, um keinen Spelunkencharakter zu bekommen.

Überall hingen keltische Symbole an den grüngestrichenen Fachwerkbalken; Landschaftsfotografien an den Wänden weckten die Lust auf die einmalige Insel, wo Claire auf einer Urlaubsreise den Mann ihres Lebens fand. Der Klassiker, mit Happy End.

Wo bleibt er denn? Heute hatte ihr Finn versprochen, seine neusten Fotografien zu zeigen, die er auf der Kräheninsel geschossen hatte. Finn liebte die Natur und konnte sie herrlich durch die Kameralinse in Szene setzen.

Sie hatte die Einkäufe bereits erledigt und alles in die Kühltheke geräumt. Der Teig für die Pancakes war zubereitet, die Scones buken im Ofen vor sich hin und verbreiteten im gesamten Gastraum ihren appetitlichen Geruch. In knapp fünfzehn Minuten würde sie den Eingang des *Uisce* aufschließen und sich freuen, neue und bekannte Gesichter begrüßen zu dürfen.

Das schönste Kompliment hatte sie von einer irischen Reisegruppe erhalten, die nach dem Genuss ihres Irish Stew und weiteren Köstlichkeiten allen Ernstes annahm, sie sei eine Irin und habe die einzig wahren Rezepte verbotenerweise gestohlen. Claire kochte intuitiv, schaute nur gelegentlich auf die Zutatenliste und tat danach das, was man in Irland auch machte: genau das Richtige.

Um diese Uhrzeit kamen außer den Stammgästen auch Frühstücker, die das Preis-Leistungs-Verhältnis der Hotels unangemessen fanden, zudem die Besonderheiten-Sucher und die Reisenden, die auf dem Weg zum Flughafen einen kleinen Zwischenstopp einlegten.

Man wollte sehen, was die kleine Stadt zu bieten hatte, vom Beatles-Museum bis zu den historischen Bibliotheken und Einkaufsmöglichkeiten. Zwar reichte Leipzigs langer Schatten bis hierher, doch Halle und seine Einwohner waren selbstbewusst, nicht zuletzt wegen des gemeinschaftlichen Kampfs gegen das Hochwasser.

Es ist gut hier. Claire lehnte sich mit der Schulter an die Scheibe und hielt Ausschau nach Finn, der mal wieder auf sich warten ließ. Er wollte vor seinem Telefontermin noch bei ihr auf einen Kaffee hereinschauen, wie er das immer in den letzten Jahren getan hatte.

Das Ulkige für Außenstehende war, dass sie dabei stets schwiegen. Es war wie eine kleine Meditation, um besser in den Tag zu kommen. In Wochen, in denen ihn sein Beruf zwang, als freier Buchhandelsvertreter verschiedener Kleinverlage quer durch die Republik zu reisen, fühlte sich Claire ohne dieses Ritual kraftloser.

Sie grüßte den Fahrer der Stadtreinigung, der mit dem gedrungenen orangefarbenen Wagen die Rinne kehrte und den Eselsbrunnen mit den beiden Statuen obenauf dabei geschickt umkurvte.

Er winkte zurück und versprach gestikulierend, später vorbeizukommen.

Sie hob prostend die Hand mit der Tasse und lächelte ihm zu, woraufhin er ihr gespielt sein Herz zuwarf und sie zum Lachen brachte. *Vergebliche Mühe.*

Claires Liebe gehörte seit achtzehn Jahren dem gleichen Mann.

Sie war mit Finn einige Zeit in Irland geblieben, bis er sie gedrängt hatte, mit ihm nach Deutschland zu gehen, wo er nach einem erfolgreichen Leben als Immobilienmakler neu anfangen wollte. Das war zwar plötzlich gekommen, aber sie hatte sich gefreut, in die Heimat zurückzukehren.

Seit zehn Jahren betrieb sie das *Uisce* am Alten Markt, auch wenn ihre Schwester sie anfangs für verrückt erklärt hatte. In Halle, das ein wenig stiefmütterlich von Leipzig als Flughafenvorort behandelt wurde, ein irisches Café zu eröffnen, erschien Nicola wie ein Irrwitz. Aber seit fünf Jahren lief es unglaublich gut für Claire, so dass sie zwei Angestellte hatte und auch ihre Tochter gelegentlich aushelfen musste. Immer mehr Touristen entdeckten Halle, das 2013 wegen der Flut besonders häufig in den Medien gewesen war und einiges an Aufmerksamkeit erhielt. Ein kleiner positiver Effekt des zerstörerischen Wassers.

Claire schlürfte am Kaffee, der aufsteigende Dampf legte sich auf ihre dicken Brillengläser.

Die fast fünfzig Lebensjahre hatten Spuren an ihrem Körper hinterlassen, ihr Rücken schmerzte, sobald sie länger als eine Stunde schuftete. Aber sie liebte es zu sehr, um wegen ein paar Zipperlein ihr Café aufzugeben.

Wer sich täglich um süßen Teig und kalorienhaltige Speisen wie gebratenen Black Pudding, Würstchen oder Bacon kümmerte, hatte keine Modellmaße. Finn liebte sie genau so und nannte sie *solas*, sein Licht. Abgesehen davon war es ihr nicht mehr ganz so wichtig. Auf sich achten, ja. Aber Diäten und dergleichen strafte sie mit Verachtung. Ihre Tochter Deborah sah wie eine Kopie der umwerfend attraktiven Frau aus, welche Claire einst gewesen war, und erfüllte ihre Eltern mit Stolz.

Claire blies eine schwarze Strähne zur Seite und richtete mit einer Hand die grüne Schürze, die über dem einfachen weißen Polo-Shirt und den schwarzen Hosen lag. *Zum Friseur müsste ich mal wieder.*

Der alte blaue Passat Kombi ihres Mannes hielt etwa zehn Meter entfernt auf der anderen Straßenseite an und stieß rückwärts in die einzige freie Parklücke.

Finn stieg aus, ein drahtiger Mann von sechzig Jahren, mit einem Lausbubengrinsen auf dem Sommersprossengesicht. Er trug den grün-schwarz karierten Anzug und das dunkelrote Hemd mit der Karo-Fliege. Da er wusste, dass Claire am Fenster stand, winkte er, bevor er die hintere Tür öffnete und die Aktentasche herausnahm, in der er die Fotos aufbewahrte.

Claire winkte zurück. Sie freute sich so sehr, ihn zu sehen – dabei war es keine zwei Stunden her, dass sie das Haus verlassen hatte, um ihre Besorgungen zu machen.

Liebe. Einfach Liebe.

Finn setzte die Schirmmütze auf und wollte sich gerade in Bewegung setzen, als ein maskierter Mann unvermittelt aus dem Schatten eines Gebäudes von der Seite an ihn herantrat; das Messer in seiner Faust war drohend nach vorne gerichtet.

Claire hielt vor Schreck kurz die Luft an, dann suchte sie hektisch ihr Handy in der Schürzentasche, wählte die Nummer der Polizei und stellte schnell die Tasse ab. Sicherlich hielt der Räuber ihren Gatten für einen Banker oder vermutete in der Aktentasche etwas Teures, dabei waren darin nichts anderes als die Kontrollabzüge der neuen Fotografien.

»Polizeinotruf, was kann ich für Sie tun?«, hörte sie die Stimme einer Beamtin aus dem Lautsprecher.

»Mein Name ist Claire Riordan, ich bin am Alten Markt in Halle.« Sie öffnete die Tür, zog einen herrenlosen Schirm aus dem Ständer daneben und betrat den Platz. »Mein Mann wird gerade überfallen. Kommen Sie rasch!«

Sie beendete den Anruf und lief los, packte den Schirm mit beiden Händen. Sie hatte in Irland einige Zeit Hockey gespielt und ein wenig Hurling, was zu beachtlicher Schlagsicherheit und Kraft geführt hatte. *Das bekommt dieses Arschloch zu spüren!*

Ein blaues Leuchten im Ohr des Räubers irritierte Claire kurz. *Ein Bluetooth-Stecker?* Finn redete auf den Mann ein und hielt ihm die Tasche anbietend hin. »Jetzt nimm sie schon, du Arsch«, rief Claire wütend. »Oder verpiss dich sofort. Ich habe die Polizei gerufen!«

Der Maskierte sah zu ihr hinüber und sagte etwas, was sie nicht verstand – doch ihren Mann dazu brachte, sich mit einem entsetzten Schrei auf den größeren Gegner zu werfen.

Hinter sich hörte sie einen Motor laut aufheulen.

Claire rechnete unbewusst mit dem Quietschen der Bremsen, während sie die Straße überquerte. »Los, du *bloody bastard!*« Sie hob drohend ihre Waffe.

Das Wagengeräusch folgte ihr.

Als sie sich umdrehte, sah sie das große Fahrzeug dicht hinter sich: eine hohe Windschutzscheibe, eine breite Schnauze mit Rammschutz, und hinter dem Steuer eine zierliche, braunhaarige Frau. Ein blaues Leuchten in ihrem Ohr.

Der Rammschutz riss Claires Beine weg und brach ihr sofort beide Oberschenkel.

Während sie die Lippen zu einem Schmerzensschrei öffnete, krachte sie mit dem Gesicht auf die Motorhaube, was ein blechernes Scheppern und ein knöchernes Krachen in ihren Ohren erzeugte.

Ihr Mund füllte sich sofort mit Blut. Sie rutschte über die Haube und die Scheibe hinauf, drehte sich dabei unkontrolliert, sah mal den Himmel, mal das Glas, mal die kleinen Wölkchen, dann die toten Fliegen. Sie glaubte, den Geruch verrottender Chitinpanzer wahrzunehmen.

Ihr Kopf glitt auf der Dachreling entlang, die Haut wurde abgeschält wie von einem Gemüsehobel, ihre langen Haare verfingen sich büschelweise und rissen mit grellem Schmerz aus. Es gab nur noch Blutgeruch und -geschmack.

Abrupt erreichte sie das Ende des Fahrzeugs und stürzte wirbelnd wie ein Papierknäuel dem Asphalt entgegen. Claire sah den sonnenbeschienenen Eselsbrunnen und die unbeteiligten Figuren, die sich von ihr abzuwenden schienen.

Mit dem Aufschlag auf der Straße erklang ein deutliches *Knack*, das ihr durch den ganzen Leib schoss und sämtliche Sinneseindrücke überlagerte – und von da an gab es keine Qualen mehr.

Claire fühlte sich plötzlich von jeglichem Halt befreit, als habe man ihr eine Droge injiziert, die ihr einen Trip verschaffen sollte. Sie vermutete ein Beruhigungsmittel, das ein Notarzt ihr verabreichte.

Doch die Leichtigkeit endete nicht, sie ging in einen schwebenden Zustand über, befand sich plötzlich über dem Alten Markt und sah auf die Szenerie herab.

Eine Ahnung befiel sie: Sie hatte mehrmals von Menschen und deren Nahtoderfahrungen gelesen, die das Verlassen des Körpers beschrieben. *Oh Gott, nein, nein! Ich …* Claire sah ihren Körper einige Meter unter sich auf der Straße liegen, verdreht, entstellt und partiell abgeschält. Eben kam ein nachfolgendes Fahrzeug rechtzeitig zum Stehen, ohne sie zu überrollen.

Finn! Sie blickte sich um und entdeckte ihren Mann, der auf dem Bürgersteig lag und aus der Nase blutete, da er einen Hieb abbekommen zu haben schien. Er warf dem Maskierten eben seinen Geldbeutel zu, schaute zu ihrer Leiche und schrie ihren Namen, die Adern am Hals traten dick hervor.

Aus der Ferne ertönten Sirenen, Menschen näherten sich von verschiedenen Seiten dem Schauplatz. Auch der Mann von der Straßenreinigung rannte herbei und streifte seine Handschuhe ab.

Der Wagen, der sie erfasst hatte, stand ruhig und mit blubberndem Motor daneben. Das Blech war durch ihren Körper in Mitleidenschaft gezogen worden, ihr Blut, Hautfetzen und Haarbüschel hafteten trophäengleich daran.

Claire vermochte nicht zu denken, der Unglaube lähmte jegliche Überlegung und erstickte jeden Funken Vernunft. Sie fand nichts Rationales an dem, was sie gerade erlebte.

Ihre Sicht verdunkelte sich, die Farben schwanden. Der Alte Markt versank in Monochrom, gelegentlich zuckten silberne Lichtblitze über ihn hinweg, durch Gebäude und Menschen. Es machte den Ort unwirklich, zu animierten Schwarz-Weiß-Zeichnungen eines Comics.

Der Räuber steckte das Messer mit einer routinierten Bewegung weg, nahm Finns Aktentasche, hob den Geldbeutel auf, und griff unter seine Lederjacke.

Was geschieht jetzt? Claire wollte schreien und Finn warnen, der auf allen vieren halb kriechend, halb robbend auf ihren zerschundenen Leib zuhielt. Das Blut, das aus ihrem Körper rann, war tintenschwarz. Mehr und mehr verlor die Umgebung das Licht, als befände Halle sich im Zentrum einer Sonnenfinsternis.

Der Maskierte zog eine schallgedämpfte Pistole, deren Anblick Claire aus Gangsterfilmen kannte.

Er richtete den klobigen Lauf auf den Rücken ihres ahnungslosen Gatten, dann lösten sich drei schnelle, sichere Schüsse. Der Mann nutzte die Waffe nicht zum ersten Mal.

Die Wucht reichte aus, um das Hemd vorne aufplatzen zu lassen. Große finstere Blutspritzer flogen, Gewebeteilchen wurden herausgefetzt, und weiße Knochensplitter sprengten aus dem Oberkörper.

Finn brach abrupt zusammen.

Menschen gingen schreiend in Deckung, auch das Licht verringerte sich geradezu schreckhaft, während der Mörder eilends, aber nicht aufgeregt in das wartende Auto stieg.

Das Verbrecherpärchen flüchtete im Geländewagen zusammen mit dem Portemonnaie und dem Aktenkoffer, rammte zwei Fahrzeuge auf der Schmeerstraße aus dem Weg. Die Fahrerin gab Gas, als wäre ihnen der größte Überfall des Jahres mit Millionenbeute gelungen.

Das kann nicht passiert sein. Claire sah auf ihre kaum erkennbare, wie mit schwarzer Farbe angemalte Leiche – die zerrissene Kleidung, die offenen Wunden und Brüche –, die ihr unsagbar fremd erschien.

Das gleißende Blitzen in den Fassaden, auf dem Boden und an den Leuten nahm zu, steigerte sich. Es war überall, unsichtbare Stroboskope und Miniaturgewitter entluden sich ohne Takt. Gebäudekanten wurden beleuchtet, Fensterrahmen, Gesichtszüge, die Statuen auf dem Eselsbrunnen. Der Alte Markt mit den Menschen darauf war in der von allen Seiten drückenden Dunkelheit kaum mehr zu erkennen und wurde nur durch die Entladungen gelegentlich erhellt.

Dennoch sah Claire genau, wie sich Finns Hand bewegte.

Er lebt noch! Ihr Mann brauchte sie, ihre Tochter brauchte sie. Claire *musste* bleiben, unter allen Umständen.

Bei Finn.

Bei Deborah.

Bei ihrer kleinen Familie.

Und sie musste die Räuber aufspüren, die ihnen das angetan hatten, wegen Nichtigkeiten. Nur sie hatte das Gesicht der Fahrerin gesehen und würde es wiedererkennen. Claire verlangte nach irischer Rache, nicht nach deutscher Gerechtigkeit, für ihre Schmerzen und die ihres geliebten Finn.

Das Letzte, was sie sah, bevor die allmächtige Finsternis auch das letzte Wetterleuchten erdrückte, war, wie Passanten zögerlich an ihren Leichnam herantraten, wie ganz Mutige mit einer oberflächlichen Untersuchung begannen und der Straßenreiniger versuchte, sie wiederzubeleben.

Danach gab es nichts mehr, außer Claires Gedanken.

Sie bestand nur aus Denken, aus Willen, aus Unkörperlichem, das in der Dunkelheit hing, kein Oben und kein Unten, keine Geräusche, kein Atmen.

Sie driftete nicht in das berühmte Licht.

In ihr entstanden eine Million Bilder und verschwanden, überlagerten sich, formten Collagen, verschwanden, flammten schlagartig auf und verwandelten sich zu einem wirren Film, dann zu einem Gemälde, danach zu einem Eindruck, der Furcht in ihr auslöste.

Claire vermochte nichts davon zu steuern. Gar nichts.

Diese unbändige Flut schwappte durch ihren Verstand und spülte ihn davon. Claire driftete dahin, tauchte in die Bilder ein, ertrank in den Gefühlen, welche mit ihnen kamen, wollte lachen und weinen, schreien und flehen …

Nichts von alledem gelang ihr.

Sie spürte den Wahnsinn in sich aufsteigen und suchte einen Anker in dem Überbordenden: *Ich muss zu Finn und Deborah. Sie brauchen mich!*

Mantragleich wiederholte sie die Sätze wieder, wieder und immer wieder, während sie von alten Erinnerungen geflutet und regelrecht ausgewaschen wurde.

Aber sie wollte nicht sterben oder ihren Verstand verlieren. Ihr Wille war ungebrochen, die Erde und dieses Leben nicht zu verlassen.

Ich muss nur lange genug durchhalten, bis ein Arzt zur Stelle ist, der mich reanimiert.

Claire zwang ihre Gedanken auf ihren schwerverletzten Mann, auf ihre Tochter, auf die Menschen, die sie liebte. Der Tod sollte sie nicht in die Knie zwingen.

Die flirrenden Eindrücke kamen allmählich zur Ruhe wie ein langsamer werdendes Glücksrad, verblassten dabei und verloren ihre Leuchtkraft, bis die Finsternis sie erneut umhüllte und in den schwarzen Käfig einschloss.

Dann ging ein Ruck durch ihr Bewusstsein.

Ganz behutsam setzte ein silbernes Wetterleuchten ein, das sich rasend schnell näherte. Deutlich spürbar brachte es etwas mit, eine unsichtbare Existenz, wie wenn man mit geschlossenen Augen die Nähe einer Person fühlte. Sie brauste heran und wollte an Claire vorbeiziehen.

Intuitiv und ohne zu wissen, wie es gelang, suchte Claire deren Nähe, wurde angesogen, mitgerissen und gleichzeitig abgestoßen.

Claires Sinne schienen einer nach dem anderen zu erwachen. Sie meinte, ein wütendes Brüllen und Fauchen in der Finsternis zu hören wie von einem großen Brand, der sich der Vernichtung durch Löschwasser verweigerte.

Claire und diese andere unsichtbare Existenz touchierten sich leicht. Der Schmerz durchdrang Claire. Das Reißen und Brennen wurde intensiver, das Rauschen und Tosen nahm an Stärke zu, es roch nach Wunderkerzen und heißem Asphalt.

Das Wetterleuchten wurde greller, hektischer, es schlug Risse in der Dunkelheit und schuf Flächen, die Glasgletschern ähnelten.

Unvermittelt sah Claire durch das Flackern weitere Bilder – Erinnerungen, die nicht die ihren waren. Und doch drangen sie in ihren Verstand, sickerten in jeden Winkel und schienen sich ängstlich darin zu verkriechen, als fürchteten sie sich vor ihrer neuen Heimat, wie scheue Katzen, die man aus dem Tierheim zu sich holte.

Dann wurde die Helligkeit allgegenwärtig und verjagte die Finsternis – es gab einen physisch spürbaren Schlag, gefolgt von einem Kribbeln.

Claire holte Luft.

»Sie ist da! Ben, fahr los«, sagte ein Mann laut neben ihr.

Sie bemerkte den Geruch von Desinfektionsmittel, vernahm Stimmen, die miteinander sprachen und medizinische Anweisungen austauschten. Kein Zweifel, sie wurde von Notärzten versorgt, die sie reanimiert hatten.

Geschafft! Claire fühlte sich müde und angeschlagen, spürte jedoch keine Schmerzen. Der Untergrund, auf dem sie lag, fühlte sich weich an und bewegte sich sachte. Sie wurde in einem Fahrzeug durch die Gegend gefahren und befand sich vermutlich auf dem Weg ins Krankenhaus.

Die für sie viel wichtigere Frage war: *Was ist mit Finn?*

Sie öffnete die Lider, bekam sie einen Spalt weit angehoben.

Über ihr spannte sich ein weißer Fahrzeughimmel, an dem mehrere Infusionsbeutel pendelten. Die Schläuche mit durchsichtigen und roten Inhalten führten zu ihr hinab und endeten wahrscheinlich in ihren Armbeugen, sie konnte die Schrift auf den Beuteln nicht lesen.

Eine Ärztin und ein Arzt standen seitlich neben ihr und redeten leise, die Kittel und Latexhandschuhe waren mit getrockneten Blutspritzern behaftet.

Claire zwang sich, die Lider weiter zu öffnen – und sah unvermittelt ein blaues Augenpaar vor sich schweben, der Rest des Gesichtes lag bis auf den Mund hinter einer weißen Sturmhaube verborgen. Sie glaubte zunächst, sich die Maske einzubilden, und suchte gleich darauf nach einer Erklärung: Möglicherweise handelte es sich um einen feuerabweisenden Überzug.

Aber das Auto, das mich überfuhr, hat nicht gebrannt.

»*Hera!* Hört Ihr mich?«, raunte der Mann freudig, und sofort verstummten die Gespräche im Wagen.

Claire drehte den Kopf, in der Hoffnung, Finn auf einer Liege neben sich zu entdecken.

Doch dort saß nur eine weißgekleidete Frau mit einem offenen Kittel über einer schusssicheren Weste und einer Haube über dem Gesicht. Die Maskierte starrte aufmerksam aus dem kleinen Fenster in der Hecktür, als müsse sie auf Verfolger achten. In ihren behandschuhten Fingern hielt sie eine mattschwarze Maschinenpistole, deren Existenz durch das unschuldige Hell noch mehr betont wurde.

Claire blinzelte und spürte Panik, als sie sich weiter umblickte und überall Waffen an den Anwesenden entdeckte.

Und: *Finn ist nicht da.*

Sie schluckte, versuchte vergebens, zu sprechen. Verzweifelt suchte sie nach einer neuerlichen Erklärung für das, was gerade geschah, fand aber keinen Ansatz, außer völlig abwegigen Dingen wie *Organhandel* und *Lösegelderpressung.*

Der Mann zog die Sturmhaube ab und zeigte ein freundliches, mit Aknenarben übersätes Gesicht, auf dem eine unglaubliche Erleichterung zu sehen war. Claire erschien es, er habe eine sehr gute Freundin oder gar seine Jugendliebe vor sich, die er gerade vor dem Tod bewahrt hatte.

Claire hingegen war sich vollkommen sicher, diesen Menschen zum ersten Mal in ihrem Leben zu erblicken.

»*Hera*«, sagte er ergriffen. »Ich grüße Euch.«

Die Ärztin mit den Bluthandschuhen trat von der anderen Seite an die Liege. »Sind die Schmerzen zu ertragen, *hera*, oder braucht Ihr noch etwas von dem Mittel?«

Der Mann sah Claire die Verwunderung an. »*Hera* Anastasia, ich bin es: Artjom«, sprach er behutsam und nachdrücklich, damit sie es sicher verstand. »Wir sind alle hier. Eure treuen *necessarii*.«

»Ich will zu Finn«, schluchzte Claire heiser.

»*Finn?*« Artjom runzelte die Stirn. »Hat sie *Finn* gesagt?«

»Sie ist noch durcheinander vom Wiedereintritt. Wir kennen das ja.« Die Ärztin zog eine Spritze auf und drückte den Inhalt in einen Zugang, gleich darauf spürte Claire eine entspannende Wärme. »Ich gebe ihr etwas zum Runterkommen und zum Beleben. Kann sein, dass der Blutverlust zu hoch war. Im Wasser war schwer zu erkennen, wie viel sie tatsächlich verlor.«

»Wieso *Wasser?*«, erwiderte Claire gebrochen. »Wo war denn Wasser auf der Straße?« Sie verstand immer weniger, je mehr die Unbekannten zu ihr sprachen. Sie konnte sich beim besten Willen nicht erinnern, nach dem Aufprall in einer Pfütze oder gar im Brunnen gelandet zu sein. *Wovon reden die?*

Nun richtete sich Artjom auf. »Ben, halt an. Hier stimmt was nicht.«

Der Wagen bremste sanft und kam zum Stehen.

»Die *hera* ist durcheinander«, beharrte die Ärztin und injizierte ein weiteres Mittel. »Gib ihr noch einige Minuten.«

Claire fühlte, wie ihr Herz schneller pochte und ihr Kopf sich klarer anfühlte, auch wenn ihr dafür der Schweiß ausbrach. Das Denken gelang ihr wesentlich besser, doch die Panik verringerte sich keineswegs.

Artjom musterte ihr Gesicht. »Das erscheint mir zu

gravierend für eine simple Orientierungsstörung.« Er wandte sich der Ärztin zu. »Zumal die *hera* bereits mehrere Reisen hinter sich brachte.«

Ein weiterer Mann, dessen kurze, blonde Haare unter den Augenlöchern in der Maske hervorspitzten, erschien neben der Liege. »Sie benimmt sich wie eine Anfängerin«, sagte er alarmiert. »Zudem sagte sie, sie wolle zu *Finn*.«

Die Ärztin riss die Lider auf. »Oh, bei allen … Nein. Nein, das kann nicht sein!«

Artjom hob die Hand, wohl um mit der Geste Ruhe in den Wagen zu bringen, dann richtete er den Blick seiner blauen Augen auf Claire, in dem etwas Gefährliches lag, auch wenn sein Mund sie anlächelte. »Wer ist Finn?«

Claire fühlte eine neuerliche Angstattacke, die glühend in ihr aufstieg und bis in die Haarwurzeln schoss. Das Herz polterte und pumpte in ihrer Brust, sie wurde wach und wacher. *Wenn er nach Finn fragt, können sie ihn unmöglich gesehen haben.* »Was geschieht gerade?«, flüsterte sie bebend.

»Wer ist *Finn?*«, wiederholte er kalt.

»Fuck! Du dumme Schlampe, sag mir sofort, wie dein verkackter Name ist!«, schrie sie der Blonde an und versetzte ihr einen Stoß gegen die Schulter.

Sie zuckte vor Schreck zusammen.

»Nein«, entfuhr es der Ärztin wieder, die Artjom entsetzt anstarrte. »Wir haben die Falsche.«

»Beschissene Diebin«, schrie der Blonde außer sich. »Fuck, was hast du dir dabei gedacht, unserer *hera* den Körper zu stehlen?« Er holte zum Faustschlag aus.

Claires Reflexe ließen sie die Arme in die Höhe reißen – und sie sah die Gliedmaßen, die unmöglich ihre eigenen sein konnten: Die Unterarme waren mit Verbänden umwickelt, die Finger schlank und die Nägel dunkelgrün lackiert.

Ich bilde mir das alles ein. Ich bin tot und … das ist eine Zwischenwelt oder eine Hölle oder ein Traum oder … Claires Verzweiflung kehrte mit bestechender Klarheit und Intensität zurück. Sie konnte sich nichts aus den Informationen der Unbekannten zusammenreimen.

»Das heißt, die *hera* ist noch da draußen«, fügte Artjom an und fing den Schlagarm des Blonden ab, sah abgebrüht auf die Uhr an dessen Handgelenk. »Ich kann mir vorstellen, wie wütend sie ist. Beeilen wir uns lieber.« Er ließ den Arm los.

Die Ärztin sackte zusammen. »Das schaffen wir niemals. Wo finden wir auf die Schnelle eine Person mit *diesen* Voraussetzungen?«

Artjom schüttelte den Kopf. »Ruhe bewahren! Wir brauchen ein Zwischenlager für die Meisterin. Noch ist nichts verloren.« Er sah auf Claire. »*Du* hingegen bist es schon. Du hast den Kreislauf betrügen wollen, und wir gaben dir ungewollt die Gelegenheit dazu.« Seine rechte Hand bewegte sich zur Seite und nahm eine leere Spritze, die er mit Luft vollsog. »Wir ziehen unser Angebot zurück. Geh dahin, wo du hergekommen bist.«

Claire wollte aufbegehren, wurde aber von dem Blonden an den Schultern festgehalten.

»Artjom«, kam der warnende Ruf von vorne durch das kleine Fensterchen aus der abgetrennten Fahrerkabine. »Ein Polizeiwagen hält hinter uns.«

Mehrfaches leises Klicken erklang, als die automatischen Waffen entsichert wurden.

Claire schrie und trat um sich, ohne nachzudenken, doch schon wurden ihre Beine festgehalten. »Hilfe!«

»Schalt die Sirene und das Blaulicht ein und fahr los«,

befahl der Anführer; die Nadel senkte sich nach unten, in Richtung von Claires Arm.

Das Martinshorn setzte ein, das Fahrzeug beschleunigte rasch. Der Fahrer drosch die Gänge in schneller Folge hinein.

»Zieh hinfort, unwillkommene Seele«, sagte Artjom zu ihr. »Du hast genug Schaden angerichtet.«

Ein heftiger Einschlag traf den Rettungswagen abrupt von der rechten Seite. Dann kippte das Auto langsam nach links – und mit ihm alles, was sich darin befand.

Fürstentum Monaco, Monte Carlo

Faina Zacharovna, gerade einundzwanzig geworden, sah aufgeregt aus dem Seitenfenster und erkannte den Jugendstilbau, auf den die Limousine zufuhr.

»Wir sind zu spät«, sagte sie drängelnd und prüfte mit kurzem Tasten den Sitz ihrer Hochsteckfrisur; in den blonden Haaren schimmerten echte Perlen.

»Die Frauen unserer Familie kommen niemals zu spät.« Neben Faina saß ihre Mutter Nadeschda, die aufgrund guter Gene eher wie ihre ältere Schwester wirkte. »Sie warten ohnehin alle auf uns.« Sie prüfte mit raschem Blick den Glanz ihrer Ringe und das Feuer der Diamanten darin.

Beide Zacharov-Ladys hatten sich schick gemacht. Sie wollten gesehen werden in den teuersten, schönsten Designerkleidern, um entsprechend Eindruck zu machen. Die Tochter in Rot, die Mutter in Schwarz.

Der Ort, auf den die Limousine zuhielt, war berühmt,

geschichtsträchtig und überaus beeindruckend. Wer die Anfahrt auf das abendliche, hell beleuchtete Casino überstanden hatte, ohne vor Begeisterung über den imposanten Anblick des Gebäudes und der schimmernden Springbrunnen in Ohnmacht zu fallen, auf den lauerte die nächste Herausforderung: Vor dem Eingang drängten sich die Fotografen hinter den Absperrungen auf den Treppenstufen. Der Weg in die berühmte Spielbank führte nach dem Anhalten durch das Blitzlichtgewitter, das aufflammte, sobald sich die Wagentür öffnete.

Nadeschda beugte sich zu ihrer Tochter und gab ihr einen Kuss auf die Stirn. »Sagte ich nicht, dass sie auf uns warten, Ina?«

Der CLS 350 fuhr in den Kreisverkehr, auf dem ein einzelner Springbrunnen stand, und vorbei am *Hotel de Paris*. Sehr präsent standen Motorradstreifen am Straßenrand, um deutlich zu machen, dass sich niemand um seine Sicherheit sorgen musste.

Der Wagen hielt vor der mit Seilen geschaffenen Schneise, der rote Teppich schmiegte sich an die Stufen ins Casino. Zwei Livrierte eilten heran und öffneten die Türen.

»Ich wünsche dir viel Spaß«, raunte ihre Mutter. »Und bitte halte dich dieses Mal mit Männergeschichten zurück.« Sie stieg aus.

Faina folgte ihr.

Hektisches Verschlussklicken und unentwegte, arrhythmische Lichtentladungen erzeugten einen optisch-akustischen Sturm, der in höchster Weise positiv irritierend wirkte und in Faina Endorphine freisetzte, so dass ihr Lächeln sich von selbst aufs Gesicht legte. Ihr Name wurde von wildfremden Menschen gerufen, damit sie sich umdrehte und eine bessere Aufnahme von ihrem hübschen Gesicht gelang.

Faina ging neben ihrer Mutter betont langsam und grazil die Stufen hinauf, ohne auf die drängelnden Bitten zu hören. Wer sie ablichten wollte, musste sich Mühe geben. Sie war keine billige Society-Göre. Faina genoss die Aufmerksamkeit, aber sie heischte nicht danach.

Zwei Angestellte der Spielbank standen auf dem Absatz und geleiteten die Damen ins marmorne Innere, wo sie im säulengestützten Atrium vom Direktor persönlich begrüßt wurden; eine Hostess mit gefüllten Champagnergläsern auf dem Tablett kam zu ihnen, flankiert von einer Kollegin mit Kanapees.

Tochter und Mutter nahmen sich je ein Glas und schlenderten durch die opulente Halle aus dem 19. Jahrhundert.

Faina fand es wunderschön. Helle Pfeiler stemmten eine bemalte Galerie, die Seitenwände waren bemalt, und in der Decke saß ein großes Glasfenster. Bronzekandelaber spendeten den Gästen Licht, alles war geputzt und poliert. Blattgoldene Stuckopulenz. Nur wer genauer hinsah, erkannte, dass es Risse in mancher Wandverkleidung gab. Es machte den Ort für Faina umso charmanter, weil er Geschichte barg.

Der Gala-Abend war etwas Besonderes, auch für monegassische Verhältnisse. *Selten sah die Welt so viele reiche Menschen in einem Gebäude versammelt, höchstens bei der Selbsthilfegruppe Unglücklicher Multimillionäre oder auf einer Pferdeauktion in Dubai oder beim Treffen ehemaliger amerikanischer Präsidenten,* hatte ein Szene-Magazin satirisch geschrieben.

Nadeschda berührte Faina am Arm. »Da drüben sind die Adelsons. Entschuldige mich, aber ich muss zu ihnen und mich für den Kaviar bedanken, und zwar so, dass sie mir keinen weiteren mehr schenken.«

»Geh nur. Ich finde Anschluss.« Sie lächelte über den Rand des Glases, die berstenden Bläschen des Getränks kitzelten an ihrer Nasenspitze.

Ihre Mutter blickte warnend. Sie hatte dazu schon alles im Wagen gesagt.

Faina zwinkerte und wandte sich zum Podest, auf dem sich der Direktor des Casinos in Stellung brachte und das Mikrofon für seine offizielle Rede an die Lippen hob.

Ihre Clutch hatte sie unter den rechten Arm geklemmt, die Linke hielt das Glas. Während der Mann sprach, scannte sie die Anwesenden auf potenzielle Beute.

»Ich freue mich«, schallte es auf Französisch durch die Boxen, »dass so viele Gäste erschienen sind, um an unserem Abend teilzunehmen, der ganz im Zeichen des guten Werks steht. Alles, was heute Abend *verloren* wird, fließt in die *Casino-Royale-Stiftung* und kommt wohltätigen Zwecken zu. Was Sie mit Ihren Gewinnen tun, Herrschaften, überlasse ich ganz Ihnen, aber glauben Sie mir: Zum ersten Mal werden Sie ein schlechtes Gewissen haben, wenn Ihre Zahl beim Roulette fällt oder Sie einen *Black Jack* haben.«

Leises Gelächter erklang.

Danach machte der Direktor Platz für den fürstlichen Schirmherrn, der ankündigte, ebenfalls seinen Teil zum Abend beizutragen.

Die Ansprache verkam in Fainas Ohren zu Gemurmel, sie scannte mit den Augen intensiv nach Frischfleisch.

Doch es war zu voll. Die Gesichter verschwammen

zu einer Masse, es war schwer, attraktive Jungmänner zu entdecken. Sie sagte sich, dass es an den Tischen, an einer der Bars oder in einem der Restaurants mehr Chancen gäbe, das Verlangen zu stillen.

Der Schirmherr war zum Ende gekommen. Der Durchgang wurde geöffnet, und die betuchten Gäste ergossen sich durch den Salle Renaissance mit den elektronischen Spielgeräten, die geflissentlich ignoriert wurden, in den Hauptsaal des Casinos. Roulette, Black Jack und Craps standen im Mittelpunkt. Heute gab es hier keine kleinen Einsätze.

Faina trank ihren Champagner aus und nahm sich ein zweites Glas. Sie sickerte in den wohlduftenden Strom ein und trieb behutsam dahin, sah sich nippend um und genoss das Ambiente.

Die Schönheit des Belle-Époque-Gebäudes lenkte die junge Frau kurzzeitig von ihrer Jagd ab. Sie wurde hineingesogen in die Kinoszenerie, die in diesen Mauern real wurde und in jener Nacht das Set für *ihren* Film sein sollte.

Faina drehte sich im Gehen einmal um die eigene Achse, ihre Blicke schweiften, und ihre Gedanken sprangen hin und her.

Welcher Film würde es wohl werden?

Eher James Bond wie in *Casino Royale?* Oder *Sag niemals nie? Mehr Octopussy?* Wenn sie sich richtig erinnerte, war das Casino noch in anderen Streifen zu sehen. Faina musste grinsen. Ein Typ wie Bond wäre genau der Richtige. Allerdings konnte sie sich nicht entscheiden, ob er wie Daniel Craig oder ein Sean Connery oder … nein. *Kein Pierce Brosnan.*

Die junge Frau tigerte durch den Salle Europe, der sich mehr und mehr füllte, während sich ihr Glas zusehends leerte; der Alkohol stieg ihr zu Kopf und machte sie noch gieriger.

Der weiche Teppichboden dämpfte die Schritte, sie sah zu den Kristallleuchtern und der schimmernden Decke hinauf. Auch hier herrschte die wundervoll anzuschauende Jugendstiloptik vor. In die goldverzierten Wände waren überlebensgroße Gemälde eingebettet, die einen Hauch Museum in den Spielertempel trugen.

An den Tischen lief der Spielbetrieb. Das Hüpfen der Roulettekugeln erklang, man hörte lautes Auflachen von Gewinnern und leisen Beifall, wenn ganz besonders gewagt vorgegangen wurde.

Faina stellte sich an einen der grünbefilzt bezogenen Roulettetische in der Nähe der langgezogenen Bar und beobachtete die Spieler, die mit 50er-Chips als Minimum ihre Einsätze tätigten.

Zwei junge Männer gefielen ihr. Sie waren komplett unterschiedlich; der eine blond und glattrasiert, der andere dunkelhaarig und verwegen mit gepflegten Stoppeln im Gesicht. Sie waren beide wohl um die dreißig, trugen Designerkleidung und keine Ringe an den Fingern, die eine Ehe signalisierten.

Sie sahen gelegentlich auf, musterten Faina. Der Blonde lächelte sie an, der Brünette schien die Strategie des abweisenden Gesichtsausdrucks zu fahren.

Das ist bestens. Sie stellte das leere Glas auf einem Tablett ab, das an ihr vorbeigetragen wurde, und nahm mit einem gelungenen Hüftschwung am Tisch Platz. Es würde tatsächlich ein Bond-Abend werden.

Dem Croupier schob sie zweitausend Euro aus ihrer Clutch hin und bekam 50er-Chips dafür, die auf dem grünen Filz sehr auffielen.

In aller Ruhe tätigte Faina ihre Einsätze und bemerkte

sehr genau die Blicke, die ihr sowohl der Brünette als auch der Blonde gelegentlich zuwarfen. Sie hatten Interesse an ihr. Sie selbst wusste noch nicht, wen sie spannender fand. Besser: auf wen sie mehr Appetit hatte.

Der Mitspieler zu ihrer Rechten erhob sich und verabschiedete sich aus der Runde, er wurde mit allgemeinem Nicken verabschiedet.

Sofort nahm ein Mann Platz, dessen betörendes Parfüm Faina förmlich überrollte. Er hatte ihre Aufmerksamkeit, denn er roch keinesfalls nach einem der üblichen Duftwässer: Weihrauch, Ambra und zwei unterschwellige Noten, die sie nicht erkannte, aber unglaublich appetitanregend fand.

»Guten Abend«, sagte er mit warmer, dunkler Stimme. Sein Akzent war schwer einzuordnen, sie tippte auf einen Deutschen.

Faina sah ihn nicht an, während sie antwortete.

»Wehe, Sie gewinnen, Monsieur. Ihr Vorgänger wagte es nicht.« Sie las an den abweisenden Mienen ihrer beiden ersten Opfer ab, dass sie ihn als gefährlichen Nebenbuhler einstuften.

»Ich schwöre, dass ich alles tun werde, um das zu verhindern. Mein Glück wartet an anderen Schauplätzen als dem Spieltisch, Madame. Ich bin der perfekte Gast für diesen Abend.«

Die Umstehenden lachten leise.

Faina erhaschte einen Blick auf seine Hand, die sich beim Tätigen der Einsätze in ihr Blickfeld schob. Kräftig, doch gepflegt, kurze Nägel, keinerlei Schmuck, nicht einmal eine Uhr. Er legte keinen Wert auf Accessoires.

Der Mann spielte mit 50ern wie alle anderen am Tisch und tätigte immer nur einen Einsatz, immer nur auf ganze Zahlen und verlor ständig. Er bestellte sich im Gegensatz zu den Mitspielern keinen Alkohol, sondern Kaffee und Wasser. Er schien bei klarem Verstand bleiben zu wollen. Die Getränke wurden auf kleinen Tischchen hinter den Spielerinnen und Spielern deponiert.

Faina trank ihren vierten Champagner und fühlte sich ebenso angeheitert wie gierig. Es wurde Zeit, dass sie Beute machte; sie musste sich entscheiden: einen der beiden hübschen Männer gegenüber oder der Fremde neben ihr, von dem sie nicht wusste, wie er aussah.

Aber seine Stimme und sein Geruch sind ungehörig attraktiv!

Risiko. Sie setzte auf die Elf und nahm sich vor, den Fremden zu wählen, sollte die Zahl fallen, ganz gleich, wie er aussah.

Faina leckte sich über die Lippen. Ihr Hunger wuchs.

»Nichts geht mehr«, erklang die Anweisung des Croupiers, die weiße Kugel surrte noch immer am oberen Rand des Kessels, das Rad drehte sich schwindelerregend rasch.

Dann senkte sich das weiße Bällchen abwärts, prallte gegen einen der Abweiser, hüpfte auf dem rotierenden Rad zwischen den Kammern hin und her, bis es sich klackernd für eines der Fächer entschieden hatte.

Faina brauchte einige Sekunden, bis sie die Zahl in ihrem Schwips ausmachte. »Gewonnen!«, jubelte sie und verlor für einen Lidschlag die Contenance.

»Madame, sosehr ich es Ihnen gönne, aber die *Zehn*«, warf der gut riechende Mann neben ihr ein, »war *mein* Feld. Sie hatten die Elf.«

»Nein, hatte ich nicht.« Faina wollte sich nicht zu ihm drehen, bis der Streit entschieden war.

Der Croupier wiegte lächelnd den Kopf. »Madame, Sie hatten die Elf. Der Monsieur ist im Recht.« Seine beiden Kollegen stimmten zu.

»Nein. Ich habe es gesehen«, sprang der Blonde zu Fainas Rettung herbei. »Es war die Zahl der Mademoiselle.«

»Sie haben sicherlich ein Kamerasystem, mit dessen Hilfe wir nachvollziehen können, wer welchen Jeton legte«, machte der duftende Unbekannte den diplomatischen Vorschlag.

»Messieurs dames, bitte«, sprang die Aufsicht des Tisches ein. »Wir haben das System heute leider mit Rücksicht auf die Privatsphäre unserer Gäste ausgeschaltet. Sie müssen sich auf unsere guten Augen und unser Wort verlassen.«

Faina leerte ihren Champagner. Sie wusste, dass sie sich geirrt hatte. »Ich *hatte* die Zehn«, beharrte sie trotzdem, und der Blonde nickte. Sie wollte wissen, wie sich der Mann neben ihr benehmen würde.

»Ich schlage Ihnen vor, Mademoiselle, wir lassen den Gewinn einfach stehen. Kommt die Zahl noch einmal, teilen wir ihn uns. Einverstanden?«

Nun wandte sich Faina doch zu ihm um, weil sie es nicht länger aushielt, nur zu einem Geruch und einer Stimme zu reden.

Der Anblick passte perfekt: groß, breit gebaut, ein klassisches Gesicht, die kurzen schwarzen Haare waren nach hinten gelegt. Die dunklen Augen wirkten zuerst braun, doch dann sah sie, dass sie mehr ins Rötlich-Auberginefarbene gingen. Der klassische dunkle Maßanzug saß wie auf den Leib geschneidert. Wie bei Bond.

Allerdings: Der Mann war sicherlich vierzig, vielleicht auch etwas älter. Er würde besser zu ihrer Mutter passen.

Andererseits …

»Von mir aus. Kommt *meine* Zahl«, entgegnete Faina kampflustig und tippte auf die Zehn, »schulden Sie mir einen Gefallen, Monsieur.«

»Aha. Wir erhöhen den Einsatz um Dinge, die abseits des Spieltisches geschehen?« Er lächelte amüsiert. »Ich warnte Sie, Madame, dass ich bevorteilt bin, sollten Sie danach trachten.«

Erneut lachten die Umstehenden. Der Unbekannte eroberte fraglos die Herzen, auch die der übrigen Damen.

Faina nahm den Kampf auf: Er sollte *ihr* Opfer sein.

»Bitte, das Spiel zu machen«, rief der Croupier, und das Setzen begann. Kein anderer wählte die strittige Zahl. Niemand wollte sich einmischen. »Nichts geht mehr.«

Die Kugel schnurrte, hopste und kam auf dem Zahlenfeld zum Liegen.

»Die Zehn, schwarz«, wurde laut vermeldet, und ein halblautes Aufstöhnen erklang um ihren Tisch: 61 250 Euro standen den beiden Gewinnern zu.

»Nun schulden Sie mir was«, sagte Faina und lächelte.

»Ihre Zahl war die Elf, Madame. Ich schulde Ihnen gar nichts«, hielt er dagegen und lächelte, wie es nur ein smarter Bösewicht in Filmen vermochte: verführerisch, lockend und mit einer Spur verborgener Gefahr, die unanständig anziehend wirkte. Faina musste herausfinden, was es mit ihm auf sich hatte.

»Was halten Sie davon: Lassen wir die knapp 62 000 stehen?« Sein Blick wurde herausfordernd.

Laut wurde am Tisch die Luft eingesogen, das Getuschel setzte ein; leise erklang Beifall ob der Tollkühnheit.

»Es ist viel Geld, das ich verlieren würde.«

»Wenn *wir* verlieren« – er beugte sich zu ihrem Ohr, damit niemand sonst seine Worte vernahm –, »gehöre ich an diesem Abend Ihnen, Mademoiselle. Sie können von mir verlangen, was immer Sie möchten.«

Faina schauderte, ließ sich jedoch nichts anmerken. Sie hoffte, dass sich ihre harten Brustwarzen unter dem roten Kleid nicht abzeichneten. »Was immer ich möchte?«

Er nickte.

»Sie würden meine Kleider bügeln, Monsieur?«

»Mit Hingabe.«

»Die ganze Nacht in der Ecke stehen und eine Vase festhalten?«

»Niemand kann Vasen besser halten als ich.«

»Eine alte Oma überfallen?« Sie musste grinsen.

»Sie sind verdorben, wie es scheint.« Er deutete eine Verbeugung an. »Ich würde es behutsam tun, aber ja.«

Sie hielt ihm die Hand hin. »Dann lassen wir den Einsatz stehen.«

Er schlug ein, und seine Finger waren weich, aber kräftig.

Die Beifallsbekundungen wurden überlaut, so dass sich noch mehr Neugierige einfanden. Rasch machte der Wagemut die Runde, und so setzte niemand sonst in diesem Spiel. Alle sahen auf den Stapel mit den 61 250 Euro und die Kugel, die im Kessel auf die Reise geschickt wurde.

Fainas Herz schlug bis zum Hals. Sie hoffte so sehr, dass die Zehn nicht ein drittes Mal fiel, auch wenn die Wahrscheinlichkeit stets die gleiche blieb. Theoretisch konnte die Zehn den ganzen Abend lang hintereinander fallen – oder niemals.

Die Kugel schoss dahin, schien länger zu brauchen als vorher, als würde sie den Weg nicht finden. Die Gespräche verstummten nach und nach.

Klickernd und klackend sprang das weiße Bällchen über die Zahlenfelder, prallte von den Kanten ab und kam schließlich zum Erliegen.

»Die *Elf, rot*«, verkündete der Croupier und zog den beachtlichen Jetonstapel mit dem Schieber zu sich. »Die Herrschaften haben verloren.«

»Aber die gute Sache gewann«, erwiderte der Unbekannte und erhob sich unter dem Beifall der Zuschauer, dann hielt er seine Hand anbietend in Richtung Faina. »Erlauben Sie mir, dass ich Sie zu einem Drink entführe?«

Faina lächelte. »Bien sûr, Monsieur.« Sie hakte sich bei ihm ein und ließ ihn entscheiden, wohin sie entschwanden. Wegen des großen Andrangs hatte man inzwischen zwei weitere Säle geöffnet. »Oh, übrigens, Sie schulden mir was«, raunte sie ihm zu.

»Wir haben verloren.«

»Aber Sie hatten recht: Die Elf *war* meine Zahl!« Sie lachte auf, und er stimmte mit ein.

Ihr Hunger war kaum noch zu ertragen, und sein erregender Duft verstärkte ihn. Mehr als einen Drink würde sie ihm nicht gönnen, dann war der Mann fällig.

Sie erreichten mit wenigen Schritten die Bar des Salle Europe, und er bestellte einen *Fresh Death* für sich und einen *Mary Pickford* für sie. Damit traf er genau ihren Geschmack.

»Mein Name ist Kaitan«, stellte er sich vor und deutete einen Handkuss an.

»Faina«, erwiderte sie.

»Jack«, erklang eine dritte Stimme, und sie wandten

sich erstaunt zur Seite, wo sich der Blonde vom Spieltisch näherte. »Gutes Spiel.«

»Danke«, erwiderte Kaitan. »Versuchen Sie doch, es besser als wir zu machen.« Er zeigte auf die Tische. »Es sind genug da.«

»Oh, nein. Lieber nicht. Ihre Show war zu gut.« Jack sah anscheinend nicht ein, das Feld zu räumen, was Faina unter anderen Umständen gut gefunden hätte. Sie mochte es, wenn sich Männer um sie stritten. Aber im Moment nicht. Sie hatte ihre Wahl getroffen, und Jack machte es gerade unnötig kompliziert.

Also klärte sie die Situation auf die einfachste Weise: Die junge Frau beugte sich zu Kaitan und umfasste mit einer Hand sein Gesicht, dann küsste sie ihn leidenschaftlich. Er erwiderte die Zärtlichkeit sofort.

Faina war wie vom Blitz getroffen, ihr Körper reagierte umgehend auf den stattlichen Mann. Es kribbelte in ihr, und sie konnte sich kaum mehr losreißen. Die Zeit verging, während sich ihre Lippen und Zungen berührten.

Als er sie sanft von sich schob, war Jack verschwunden.

Faina wollte es zu Ende bringen. *Jetzt, hier.*

Sie leerte ihren Drink in einem Zug, er tat es ihr nach. Sie waren sich einig.

Ohne ein weiteres Wort zu sagen, gingen sie durch den Hauptraum und wählten im Salle Blanche einen der *salons privés,* in denen an normalen Tagen Spiele im kleineren Rahmen und familiären Ambiente ausgetragen wurden. Heute blieb er leer, aber nicht unverschlossen, wie Faina erfreut feststellte. Von der roten Absperrkordel ließ sich ihr Verlangen nicht aufhalten.

Sie schoben sich heimlich hinein.

Der Raum lag in schummrigem Licht, das von außen durch die Terrassentür und Fenster hereinfiel; es roch nach altem Holz und Pflegemittel, ein wenig Rauch und geheimer Atmosphäre.

Weit draußen auf dem Meer blinkten Lichter auf dem schwarzen Wasser und wetteiferten mit den Sternen. Schemenhaft erkannte Faina die kleine Außenanlage des Casinos, auf der im Sommer mit dem Glück gespielt wurde.

Kaitan drückte die Türen fest zu und verkeilte sie mit einem der schweren Stühle, so dass sie auf keinen Fall überrascht werden konnten. Die Geräusche von draußen drangen nicht herein, die Isolierung war gut.

Währenddessen zog Faina mit einer raschen Bewegung das rote Designerkleid aus und präsentierte sich ihm in schwarzer Unterwäsche, die knapper nicht sein konnte. »Die Kameras hier drinnen werden auch ausgeschaltet sein.« Leicht spreizte sie die Arme vom Körper ab und zeigte ihren trainierten Körper. Gleich würde es losgehen. »Kommen wir zu meinem Gefallen«, sprach sie erregt und ein klein wenig heiser.

Kaitan warf das Jackett ab, und seine trainierte Figur kam überdeutlich zum Vorschein. Er musste Zehnkämpfer oder Kampfsportler oder beides sein.

In der nächsten Sekunde hatte er etwas an beiden Händen, das im Licht silbrig schimmerte. Als er die Finger zu Fäusten ballte, erkannte Faina die Objekte: Schlagringe.

Sie wich vor ihm zurück, strauchelte und wollte zur Tür – doch er schob sich ihr in den Weg. Panik stieg in ihr auf. Der Ausdruck in seinen ungewöhnlichen Augen hatte sich geändert, war hart und unnachgiebig geworden.

»Schön, dass ich dich endlich gefunden habe«, sagte Kaitan und näherte sich mit geschmeidigem Gang, der Faina an den eines Raubtieres erinnerte. »Mein wahrer Name ist Eric von Kastell, und ich jage Wandler wie dich schon sehr lange. Ich habe Fragen.«

Ein Treffer, und sie wäre tot. Faina warf sich herum und rannte auf die Fenster zu. Nur weg von dem Verrückten. »*Dudka!*«, zischte sie auf Russisch.

»Nein, bin ich nicht«, erwiderte Eric und wechselte in ihre Sprache. »Du hast zu viele getötet.«

»Was?« Das Fenster widersetzte sich ihrem Rütteln. Faina nahm den großen Kerzenleuchter vom Bartresen zu ihrer Linken.

Er näherte sich, zeigte sich nicht besonders von ihrer Waffe beeindruckt. »Dafür, dass du so jung bist, eine beachtliche Leistung. Leider keine gute.«

Fainas kaum stillbarer Hunger nach Sex war blanker Angst gewichen. »Hilfe!«, schrie sie und holte zum Schlag gegen die Scheibe aus. Sie musste weg.

»Die *salons privés* sind schallisoliert«, kommentierte Eric und eilte auf sie zu. Ihrem ersten hektischen Hieb mit dem Kerzenleuchter und dem nachfolgenden Stoß mit den langen Eisendornen wich er geschickt aus. »Niemand wird dich hören, Wandelwesen.«

»Sie sind wahnsinnig!«

Er lachte – und stutzte plötzlich beim Blick auf den Silberleuchter.

Faina nutzte sein Zögern. Sie versuchte, an ihm vorbei und zur Tür zu gelangen. Aber Eric war schneller und versetzte ihr einen einfachen Stoß mit der flachen Hand gegen die halbnackte Brust, so dass sie nach hinten auf den Roulettetisch stürzte. Der Kerzenhalter fiel dumpf polternd auf den Teppich.

In der nächsten Sekunde saß er auf ihr, seine Knie drückten ihre Oberarme auf die Platte; eine Hand lag an ihrer Kehle, die andere presste den Schlagring schmerzhaft gegen ihre Wange.

»Bitte, nicht das Gesicht«, hauchte sie erschrocken. »Ich bin Model.«

Eric sah sie verblüfft an. »Du bist vor allem«, raunte er, »die Falsche.«

Die Tür zum *salon privé* flog auf, als wäre der Stuhl dahinter gar nicht existent; knackend brach die Lehne unter dem Druck.

Auf der Schwelle stand Nadeschda, die den Zugang wieder schloss und mit einem langen Splitter verkeilte. »Was wird das?«

»*Mamuschka*«, sagte Faina schluchzend. »Ruf die Polizei.«

Ihre Mutter sah zuerst zu ihr, dann zu Eric. »Weg von meiner Tochter«, befahl sie drohend und streifte ihr schwarzes Kleid achtlos ab, unter dem sie keine Unterwäsche trug.

Eric stieß ein verständnisloses Lachen aus.

»*Mamuschka!*«, rief Faina entsetzt. »Was tust du?«

»Mein Kleid nicht ruinieren«, erwiderte sie trocken, während sich ihr Körper bereits verformte. »Es war teuer.« Mit leisem Knistern der Knochen verwandelte sich die Russin in ein Mischwesen aus Mensch und Tiger, kurzes Fell spross aus der Haut. Schritt um Schritt kam sie auf den Tisch zu.

Faina schrie vor Entsetzen.

Ein Grollen drang aus dem leicht geöffneten Maul, die spitzen, langen Reißzähne waren deutlich zu erkennen. Die muskulösen Arme spannten sich an, lange gekrümmte Krallen saßen an den prankenähnlichen Händen.

»Ich sagte: Weg von meiner Tochter«, sprach das Scheusal knurrend und setzte ein wütendes Fauchen hinterher, die Ohren klappten nach hinten.

Da traf Faina etwas an der Schläfe, und sie wurde ohnmächtig.

Hast du etwas, so gib es her, und ich zahle, was recht ist.
Bist du etwas, o dann tauschen die Seelen wir aus.

Friedrich Schiller,
Das Werte und Würdige (1797)

KAPITEL II

Deutschland, Sachsen, Leipzig

Claire fiel von der Liege und prallte mit Artjom zusammen, der ihren Sturz durch seinen Körper unbeabsichtigt abfederte. Die Infusionsnadeln glitten aus ihrem Fleisch, was sie als leichtes Ziepen wahrnahm, eine Blutkonserve flog an ihnen vorbei und zerplatzte an der Seitenwand, tünchte die Verkleidung rot; der metallische Geruch breitete sich unverzüglich aus.

»Scheiße«, hörte sie den Blonden fluchen, der nach seinem Gewehr griff. »Welcher Wichser übersieht denn einen Rettungswagen?«

In Claire gewann das Pragmatische die Oberhand, um ihr Leben zu retten. Alles andere würde danach erfolgen. *Ich muss zu Finn!* Sie trat Artjom in den Schritt und robbte über ihn hinweg, hechtete zur Doppeltür und löste die Verriegelung.

Ein Flügel klappte auf und krachte auf die Straße.

Rotierendes Blaulicht fiel auf sie. Vor ihr stand der Polizeiwagen, vor dem die Unbekannten hatten entkommen wollen.

»Artjom, sie haut ab!«, rief die Ärztin und stemmte sich in die Höhe. An ihrem Kopf hatte sie eine Platzwunde, in der Hand eine Pistole mit überlangem Magazin, und sie richtete den Lauf auf Claire.

Sie rollte sich hinaus, landete auf dem kühlen Asphalt und spürte Plastiksplitter der zerstörten Lampen in ihre Haut stechen. Schräg neben ihr stand ein Müllwagen mit verbeulter Front, der die Ambulanz gerammt und umgestoßen hatte. Ob jemand darin saß, erkannte sie von ihrer Position aus nicht.

Erstaunlich leicht erhob sie sich und bemerkte, dass sie nackt war. Der Körper, in dem sie sich bewegte, schien jünger als ihr eigener zu sein, wie ein ungläubiger, rascher Blick an ihr hinab verriet. Schlank, definierte und feste Brüste, eine kleine bunte Tätowierung auf dem Spann.

Das kann alles nicht real sein. Claire sah nach den Polizisten, um sich in Sicherheit zu bringen. Sie musste zur Ruhe kommen, die Eindrücke ordnen, vielleicht einschlafen und an einem ganz anderen Ort aufwachen oder sterben oder irgendwas erleben, was den Irrsinn beendete, den sie gerade durchlitt.

Zwei Beamte stiegen aus dem blau-silber lackierten Wagen – und hoben langläufige Gewehre. Ihre Absicht war eindeutig.

Nimmt das gar kein Ende? Claire hechtete nach links hinter das bullige Müllauto, dann krachten die Schüsse in rascher Folge. Die Kugeln schlugen in den zur Seite gefallenen Rettungswagen, aus dem das Feuer erwidert wurde.

Claire hörte die Ärztin schreien, und eine heftige Explosion erklang. Auch aus dem Führerhaus des Lkw krachte es. Aus dem kurzen Schusswechsel entspann sich ein anhaltendes Feuergefecht, dessen Ausgang sie nicht abwarten wollte.

Sie schlich weg von der Schießerei, hastete geduckt im Schutz parkender Autos entlang und klingelte an der erstbesten Haustür.

Doch obwohl die Fenster des Gebäudes hell erleuchtet waren, öffnete ihr niemand. Die Bewohner schienen sich vor den Schüssen zu fürchten.

»Bitte!«, schrie Claire und hörte ihre veränderte Stimme zum ersten Mal richtig: ein wenig zu hoch und schrill, so dass es ihr selbst in den Ohren schmerzte.

Sie blickte über die Schulter zum Gefecht, das sie durch den breiten Müllwagen nur als Blitzen und Krachen wahrnahm. Sie glaubte nicht mehr, dass es sich um echte Polizisten handelte.

Hinter dem Heck des Abfuhrlasters erschien ein Mann in Straßenkleidung, der sich suchend umblickte – und sie entdeckte. »Hey!«, rief er und hetzte los, genau auf sie zu.

»Bitte, öffnen Sie doch!«, kreischte Claire und trat mit dem nackten Fuß gegen die Tür, trommelte mit den Fäusten dagegen, bis sie schließlich aufgab, sich umdrehte und die Straße hinab flüchtete.

Das Viertel war nicht das schönste. Diesen Bereich von Halle kannte Claire nicht, was ihre Lage keinesfalls verbesserte. Dann fiel ihr auf, dass kein einziges Auto in dieser Straße das Kennzeichen von Halle trug. Ihre Verunsicherung wuchs.

Claire bog ab – und stand nach wenigen Metern vor der Glasfront eines verschlossenen Geschäfts, das vor ihr aufragte und ein Weiterkommen nicht gestattete.

Aus der Ferne erklang gedämpft ein letztes Knallen, das in der Seitenstraße mit leichtem Echo verging. Nun vernahm Claire hastige Schritte und mehrere Stimmen, die sich ihr näherten.

In ihrer Angst versteckte sie sich hinter zwei großen Abfallcontainern, kauerte sich zusammen und legte das Gesicht schützend zwischen die Knie, um nichts sehen zu müssen. Ihr Puls raste, sie schwitzte und zitterte.

»Hier ist sie rein«, rief eine angespannte Männerstimme. »Findet sie.«

Starke Lichtstrahlen flammten auf, huschten umher, wurden von der Scheibe reflektiert und warfen ihren indirekten Schein gegen Claire.

Das Geräusch von scharrenden Sohlen erklang unmittelbar vor ihr, und etwas Metallisches, Hartes drückte sich gegen ihren Schädel.

»Endlich ist es für dich vorbei. Du hast uns lange genug Probleme bereitet, Anastasia!«, sagte die gleiche Stimme, die den Suchbefehl erteilt hatte.

»Mein Name ist nicht Anastasia«, entgegnete sie aufschluchzend. Weitere Lichtkegel fielen über sie her und rissen sie gänzlich aus der schützenden, bergenden Dunkelheit. »Mein Name ist Claire. Claire Riordan.« Sie fühlte sich hilflos, erniedrigt, verängstigt und vor allem verzweifelt. Abgrundtief verzweifelt.

Die Gruppe hinter den grellen Strahlern lachte böse.

»Sicherlich«, erwiderte der Sprecher. »Ich gratuliere zum schönen Körper und den Möglichkeiten, die du mit Bechstein bekommen hättest: Geld, sehr viel Geld und Zugang zu verschiedenen Laboratorien mitsamt den Angestellten.« Der Druck gegen ihren Schädel wurde schmerzhaft. »Was willst du damit anfangen? Oder steckt ihr beide dahinter?«

»Mein Name ist Claire«, flüsterte sie und hob langsam den Kopf. Der Lauf wanderte durch die Haare über ihren Knochen hinweg und blieb genau auf ihre Nase gerichtet, als sie in die vier blendenden Taschenlampen blickte. »Claire.«

Unerwartet bekam sie einen Tritt gegen die Brust, der sie nach hinten gegen die rauhe Wand warf.

»Ein *wirklich* gut anzusehender Körper. Der Schönheitschirurg hat beste Arbeit bei den Titten abgeliefert«, sagte eine weibliche Stimme mit abfälligem Tonfall. »Genieße das Gefühl, solange du noch darin steckst.«

Claire sah auch den Schlag nicht kommen, der sie auf die rechte Wange traf und gegen den grauen Container schleuderte. Es roch nach ungeputzter Toilette; die Pfütze, in die sie kippte, bestand anscheinend aus Urin.

Sie fühlte eine Verzweiflung, die alles andere überlagerte. Nichts, aber auch gar nichts hatte sie den Unbekannten getan. »Dann bringt mich um«, murmelte sie. »Ich will, dass das hier endet.«

»*Das* hättest du gerne«, erwiderte die bekannte Männerstimme.

»Viele Dinge erwarten dich noch«, säuselte die Frau gehässig. »Du wirst uns alles erzählen, über dich und Dubois. Wir haben die besten Mittel.«

»Findet es niemand merkwürdig, dass sie sich nicht wehrt?«, mischte sich eine dritte Stimme ein.

»Eben erst eingefahren. Da kann sie vielleicht ihre Kräfte noch nicht komplett abrufen«, erwiderte jemand darauf. »Sie muss sich erst noch an Bechsteins Körper gewöhnen.«

Claire wurde an den Armen gepackt und in die Höhe gezerrt. »Ich bin nicht Anastasia«, beteuerte sie unter Tränen – und zugleich zuckten fremde Bilder durch ihren Verstand, die zu schnell und zu wirr aufeinanderfolgten, um sie zu erkennen.

Wem gehörten sie? Zu dieser Bechstein, in deren körperlicher Hülle sie anscheinend steckte?

Die unbekannten Impressionen quälten und peinigten sie, stachen im Hirn und trieben ihr die Tränen in die Augen.

»Ich bin das nicht«, wiederholte Claire erstickend. »Bitte, ich …«

»Halt die Fresse, Miststück«, zischte eine Männerstimme, und schon bekam sie das schwere Ende einer Taschenlampe in die Seite.

Der Schmerz brach sich durch ihre Verzweiflung, und sie stieß einen langen, anhaltenden Schrei aus.

Als der erste Ton ihren Mund verließ, bemerkte sie die Wucht, mit dem er ihr über die Lippen flog. Die angestauten Emotionen suchten ein Ventil, da Claire selbst nicht aus der Gefangenschaft oder dem Traum oder der Hölle entkommen konnte.

Doch der Schrei riss nicht ab, sondern schwoll an und wurde lauter und lauter, als besäßen ihre Lungen unendliches Volumen.

Die Hände um ihre Arme lösten sich, die Taschenlampenstrahlen zuckten auf dem Boden, um gleich darauf sinnlos gegen die Wände, den Himmel oder den Container zu leuchten.

Claire sah, wie ihre Verfolger mit schmerzverzerrten Gesichtern auf die Knie fielen und sich die Finger in die Ohren pressten, um dem Ton zu entkommen.

Klirrend barsten die Scheiben des Kaufhauses neben ihr, und auch die Brillengläser der rothaarigen Frau vor ihr platzten hörbar. Dann sackten die Menschen um sie herum nieder. Ohnmächtig oder tot

Claire klappte erschrocken den Mund zu. *War … ich das?*

Eine unheimliche Stille erfüllte für einige Sekunden die Straße. Langsam ging sie rückwärts und stürzte beinahe über eine der Liegenden. Ihre bloßen Füße gingen über die Scherben, die unter ihr rieben und knackten, ohne dass sie sich Schnittverletzungen zufügte.

Dann kam die Umgebung zurück in ihr Bewusstsein, und sie stand im Eingang des Kaufhauses, in dem eine Sirene heulte und einen Einbruch verkündete. In Claire gab es nur noch einen Gedanken.

Ich muss zu Finn! Ihr Mann, den sie schwerverletzt vor ihrem Café zurückgelassen hatte.

Claire rannte durch den Laden. Hastig griff sie sich etwas zum Anziehen und streifte die Kleidung über, um danach auf der anderen Seite durch die zerstörte Glasfront ins Freie zu huschen.

Sie erstarrte: Der Bürgersteig war übersät mit den Splittern geborstener Fensterscheiben, von denen einige bis auf die Fahrbahn geflogen waren. Menschen standen auf der Straße, redeten aufgeregt miteinander, andere schossen Fotos, und wieder andere begannen bereits mit dem Aufräumen. Nicht wenige der Leute hielten sich Tücher auf Wunden an den Armen, im Gesicht oder am Kopf.

Das Sicherheitsglas in den Wagenscheiben war von dem zerstörerischen Effekt nicht ausgenommen worden, manche Fahrer hatten vor Schreck das Steuer verrissen und parkende Autos geschrammt. Claire sah zwei Auffahrunfälle, die wahrscheinlich durch das Platzen der Scheiben verursacht worden waren.

Wo bin ich? Ihr Blick glitt die breite Straße entlang, bis sie weit entfernt den langen aufragenden Umriss eines Hochhauses sah. Die charakteristische Form vergaß man nicht, wenn man sie einmal gesehen hatte.

Der steile Zahn. Claire begriff schlagartig, dass sie sich nicht in Halle, sondern in Leipzig befand, was die Nummernschilder erklärte. Der Weg zu Finn wurde mit einem Mal um einiges schwieriger.

Es spielte keine Rolle, ob sie in einem Traum steckte

oder in den erdachten Erlebnissen ihres womöglich komatösen Körpers auf einer Intensivstation oder auf einem Trip dank der Medikamente, die ihr ein Arzt gegeben hatte, oder in der Hölle: Sobald sie bei Finn und Deborah war, würde alles gut werden.

Claire musste dorthin, wo dieser schreckliche Film mit ihr begonnen hatte. Dass an ihrem Unglücksort die Erlösung wartete, wurde vom vagen Gedanken zur fixen Idee.

Diese Überzeugung brachte sie dazu, sich in ein verlassenes Unfallauto zu setzen, in dem der Besitzer den Schlüssel wohl in der Aufregung hatte stecken lassen. Über die Frontscheibe zogen sich mehrere lange, glatte Risse, die ihre Sicht jedoch nicht sonderlich beeinträchtigten.

Claire startete den Wagen und gab Gas, raste die belebte Straße entlang, um auf einen Zubringer zur Autobahn nach Halle zu gelangen. Ihr Ziel lag nicht weit entfernt, mehr als dreißig Minuten würde es nicht dauern.

Das Schildchen des gestohlenen Mantels kratzte am Hals, und die Wunden an ihren Armen klopften jetzt spürbar. Die Schmerzmittel ließen nach.

Sie ignorierte alles und donnerte durch die Stadt, in der sie nichts verloren hatte.

Fürstentum Monaco, Monte Carlo

Das Mischwesen aus Mensch und Raubtier, das zuvor Nadeschda Zacharova gewesen war, hetzte quer durch den Salle Blanche auf den Tisch zu.

Eric rollte sich von der Ohnmächtigen herab, die seinen Ellbogen dosiert gegen den Kopf bekommen hatte, um sie ruhigzustellen, und erwartete den Angriff der Bestie.

Als die junge Faina ausgerechnet den Silberleuchter von der Bar genommen hatte, um sich gegen ihn zu verteidigen, wusste er, dass er sich irrte.

Die Wer-Tigerin schlug fauchend nach ihm.

Eric wich den Nägeln aus, die sein Fleisch zentimetertief aufschlitzen könnten. Die geöffnete Schnauze flog heran und nahm sein Blickfeld ein, schnappte einen Fingerbreit vor seiner Nase zu. Klackend schlossen sich die Kiefer; die langen Zähne erschienen wie eine Wand aus weißen Klingen.

Genau darauf zielte Eric mit einem kräftigen Doppelfauststoß.

Die Silberschlagringe fegten in die Zähne, etliche splitterten und bröckelten. Klirrend brach der rechte Reißzahn ab.

Aufbrüllend taumelte die Wer-Tigerin zurück und schüttelte den großen Kopf, ihr Schweif zuckte. »Du wirst nicht lebend aus dem Raum kommen«, schwor sie düster in der kehligen Sprechweise, die allen Wandelwesen in ihrer Halbform zu eigen war.

Eric verstand nicht, wie sie ihn hatte narren können. Sein Silbertest bei früherer Gelegenheit hätte anschlagen müssen, oder aber sie zeigte Resistenz gegen das Edelmetall wie damals die Jaguare, die mit Gold und nicht mit Silber zu töten gewesen waren.

Er sah auf seine Waffen. In diesem Fall wären sie nutzlos, abgesehen von der verstärkten Hiebwirkung. Doch ein Wandelwesen zu erschlagen, roh und brachial, war extrem schwer.

Damit blieb Eric nur die Möglichkeit, auf die er hatte verzichten wollen: das Böse mit Bösem bekämpfen und nicht mit der Reinheit des Argentums.

»Doch, das werde ich«, erwiderte er mit Verzögerung. »*Ich* schon.«

Nadeschda richtete sich auf und blickte auf ihn herab. »Für wen hältst du dich, dass du glaubst, gegen mich zu bestehen?« Blut sickerte aus dem Bestienmaul, troff auf ihr wunderschön gemasertes Fell und malte rote Punkte hinein.

Er streifte die Schlagringe fester über die Finger. »Du hast zu viel getötet, Bestie.«

Sie lachte knurrend. »Überwiegend Verbrecher und böse Menschen. Macht mich das nicht zu einer von den Guten?«

Eric schüttelte den Kopf. »Eines deiner Opfer überlebte und mordete, weil *du* ihn gewandelt hast. Dein Keim machte ihn noch gefährlicher!«

»Und wennschon? Es gibt genug Menschen, die man reißen kann«, erwiderte sie und grollte, ihr Leib spannte sich zum Sprung. »Gleich ist es mit dir vorbei!«

Nadeschda flog röhrend heran, die Klauen ausgestreckt und die kurze Schnauze zum tödlichen Biss aufgerissen.

Eric griff auf seine dämonischen Kräfte zurück, und seine Hände wurden plötzlich von gasblauen Flämmchen umspielt. Er sah das Entsetzen, das sich auf dem animalisch-menschlichen Gesicht der Bestie von einer Sekunde auf die nächste abzeichnete. Schon färbte sich seine Haut dunkelviolett, seine Finger wurden zu Klauen, und seine Augen loderten tiefrot.

Eric schlug ihre Arme zur Seite, der gemaserte Pelz verging qualmend dort, wo er sie berührte.

Nadeschda brüllte schmerzerfüllt und schnappte mit dem Mut der Verzweiflung nach ihm. Sie hatte verstanden, dass in ihm etwas hauste, was größer als ihre Macht war.

Eric wich den tödlichen Zähnen aus und fühlte, wie sich sein Körper mehr und mehr ausdehnte. Das Dämonische in ihm drängte in die mundane Welt.

Mit einem Doppelschlag gegen Brust und Kinn schickte er das Wandelwesen mehrere Meter durch den Salle Blanche.

Nadeschda krachte gegen die Wand und sackte zusammen.

Erneut hatten Erics Berührungen kahle Flecken in ihren Pelz gebrannt. Roter Speichel rann aus ihrem Maul, dann rutschte sie langsam zur Seite und fing sich schwach vor dem Aufprall auf dem Teppichboden ab. Sie atmete rasch und abgehackt, ihr Brustkorb schien gebrochen zu sein.

Eric ging langsam auf sie zu und brachte die kleinen Lohen um seine Finger zum Erlöschen.

Es kostete ihn extrem viel Konzentration, das Dämonische zurückzudrängen, das ungestüm und gierig nach mehr Freigang verlangte. Die bekannte Übelkeit stieg in ihm auf, es fühlte sich an, als würde sich sein Magen zersetzen und nach oben schwappen.

Das Wandelwesen sah ihn aus zornigen Raubtieraugen an, knurrte schwach und zog die Lefzen drohend in die Höhe, obwohl es wusste, dass es verloren hatte. Gegen einen solchen Gegner gab es keinen Sieg.

»Ich hielt deine Tochter für die Tigerin«, sagte er und ging vor ihr in die Hocke. »Wieso bist du gegen das Silber immun?«

»Das bin ich nicht. Eine alte Verletzung. Ein Splitter

steckt noch immer inoperabel in meiner Wirbelsäule«, erklärte sie keuchend und spie aus. »Ich trainierte, den Schmerz zu ertragen.«

Eric nickte. Das erklärte, weswegen Zacharova äußerst aggressiv vorging: Sie versuchte, die Pein durch Töten und Fressen zu lindern. In Moskau, Sankt Petersburg und in einigen Teilen Sibiriens war es zu Todesfällen gekommen, die nach Angriffen eines wilden Tigers aussahen, was man in der Wildnis von Taiga und Tundra durchaus erklären konnte. Nicht aber in den russischen Metropolen. Das hatte ihn auf den Plan gerufen.

Er legte die Hände um ihren Bestienschädel und bereitete sich vor, ihr Genick mit einem raschen Ruck zu brechen.

Nadeschda umfasste seine Unterarme, die Krallen bohrten sich wirkungslos in seine Haut. »Was bist du?«

»Etwas Böses«, erwiderte er, »das nichts anders kann, als zu jagen. Wie du.« Erics Muskeln schwollen an.

»Lass meine Tochter in Ruhe. Sie ist keine Wandlerin«, bat sie.

»Ich werde sie im Auge behalten«, erwiderte er, ohne ein Gnadenversprechen zu leisten. *So weit kommt es noch.*

Klirrend ging eines der Fenster hinter ihm zu Bruch, salzige Abendluft fegte herein.

Eric sah über die Schulter. Zwei vermummte Gestalten sprangen in den Salle Blanche, die von ihrer Aufmachung an militärische Spezialeinheiten erinnerten, ohne dass sie Abzeichen auf der dunklen Kleidung trugen.

Bevor Eric etwas zu sagen vermochte, packten ihn unsichtbare Kräfte und schleuderten ihn weg von Nadeschda.

Er überschlug sich mehrmals, federte jedoch gleich wieder in die Höhe. Der Dämon in ihm drängte sich zornig an die Oberfläche, Flammen wie von einem Schneidbrenner schossen aus den Fingerkuppen. »Was wollt ihr?«

Eric sah, wie sich einer der Eindringlinge um das Wandelwesen kümmerte und eine Hand gegen ihre Körpermitte legte. Ein braungoldenes Schimmern umspielte Nadeschdas Gestalt, und die verbrannten Stellen in ihrer Haut heilten; dann half der Vermummte ihr auf die Beine.

»Sie muss sterben!« Eric vermutete in den Angreifern die Verbündeten der russischen Multimillionärin, konnte sich aber das Geschehen nicht erklären.

Der zweite Maskierte musterte ihn neugierig. »Ungewöhnliches Exemplar«, gab er an seinen Begleiter weiter und hob den Arm, die Handfläche senkrecht Eric zugewandt. »Hatten wir noch nicht. Nicht *so*. Wir sollten ihn mitnehmen.«

Eric machte einen Sprung auf ihn zu und fühlte den Widerstand, der sich verstärkte, je näher er dem Unbekannten kam, als würde er sich in zäher werdendem Gelee bewegen.

Brüllend brach sich der Dämon in ihm Bahn, und mit dem Schrei schossen lange Lohen aus seinem Mund gegen die Unbekannten, die sich zum Ziel gesetzt hatten, das Wandelwesen zu retten.

Der vordere Maskierte stieß einen überraschten Ruf aus und wurde über den Teppich geschoben, elektrostatische Entladungen umspielten seine Finger. Er reckte auch die zweite Hand und verstärkte wohl den unsichtbaren Widerstand, der zweifellos von ihm ausging.

Die Lohen schienen daraufhin ihre Wucht und ihre Geschwindigkeit zu verlieren, sie froren in der Luft ein, bevor sie das Duo erreichten.

»Er ist zu stark!«, rief der vordere Maskierte angestrengt.

Der zweite Mann hob Nadeschda unsanft an, die sich bereits in eine Frau zurückverwandelte und in einem tiefen Schlaf lag. »Dann stell ihn so lange wie möglich kalt. Wir haben keine Zeit.« Er warf sie sich über die Schulter, hastete zum Fenster und sprang hinaus auf die Terrasse.

Eric betrachtete den Flammenstrahl, der vor seinem Mund stand. Das Böse in ihm tobte und verlangte nach dem Tod der Unbekannten. Wie konnten sie es wagen? Und vor allem: *Wie gelingt ihnen das?*

Die Lohe zerstob und löste sich auf.

Eric ließ sich von den Tricks nicht länger aufhalten. Er machte einen Schritt nach vorne, seine Muskeln schwollen an.

Der verbliebene Maskierte wich zurück und schien zu verstehen, dass er gegen den Gegner nicht ankam.

»Wer seid ihr? Wieso rettet ihr diese Bestie vor mir?«, grollte Eric. »Sie hat mehr als hundert Menschen gerissen und ihren Keim verbreitet.«

»Weil ihr Tod alles schlimmer macht«, antwortete der Unbekannte und senkte die Arme langsam.

»Ebenso wie deiner es tun würde«, erklang es vom Eingang.

Ihre Rückendeckung ist aufgetaucht. Eric drehte den Kopf leicht und erkannte den jungen dunkelhaarigen Mann mit dem Dreitagebart vom Roulettetisch. Er hatte den Keil unbemerkt entfernt und war heimlich eingetreten. *Sie haben ihre Aktion gut vorbereitet.*

»Beeilt euch«, sagte der Neuankömmling zu dem Maskierten. »Noch hat niemand etwas bemerkt. Die Außenkameras werden aber gleich wieder anspringen.« Er wandte sich Eric zu. »Wir wissen nun, dass es dich gibt. Das ist gut. Und wir werden dich schon bald finden und uns um dich kümmern, sobald wir die passende Behausung haben.« Er hielt ein Bernsteinamulett in der Linken und reckte es gegen Eric. »Aber nicht heute.«

Ein eingeritztes Symbol leuchtete dunkel auf, und ein honigfarbener Strahl löste sich daraus.

Eric versuchte noch, der Attacke auszuweichen, aber die Energie folgte seinen Bewegungen, als würde sie gelenkt.

Wärme umschloss ihn. Es roch nach Pinienwäldern im Sommer, und seine Sicht verschwamm. Der Salle Blanche tauchte komplett in Bernsteinfarben ein, und jede Bewegung wurde unmöglich. *So muss sich Schweben im Weltraum anfühlen oder Festhängen in einem Spinnennetz oder das Stecken in warmer Götterspeise.*

Und doch schrie Eric blindlings eine neuerliche violette Lohe mitten hinein und schien die fremde Energie dieses Mal zurücktreiben zu können.

Als er sich wieder rühren konnte, lag er in einer Ecke des Raumes schräg gegenüber der Bar. Der Abendwind fuhr säuselnd durch das zerstörte Fenster.

Die Unbekannten und Nadeschda Zacharova waren verschwunden.

Auf dem Spieltisch lag die ohnmächtige Faina in Unterwäsche und all ihrer Schönheit, als sei sie ein vergessener Einsatz oder ein verschmähter Gewinn; das lange blonde Haar hing über den Holzrand wie Goldfäden.

Seine Lohe, die vorhin in der Luft gestanden hatte, existierte nicht mehr. Lediglich der Geruch nach Harz und Pinienwäldern zog in leichten Rauschschlieren wabernd umher.

Eric stemmte sich in die Höhe und lauschte in sich.

Der Dämon schien zurückgedrängt und rührte sich nicht. Aber seine Haut prickelte noch, und der faulige Geschmack in seinem Mund zeigte ihm überdeutlich, dass das Böse für einen Moment ausgebrochen war.

Das Zeichen in dem Bernsteinamulett erinnerte ihn an etwas.

Doch an was genau?

Vor der Tür erklangen laute Stimmen, es wurde verlangt, den Eingang zu öffnen. Anscheinend konnte der dunkelhaarige Mann die Angestellten nicht länger ablenken, oder die Außenkameras lieferten bereits Bilder.

Eric griff sein Sakko, verließ den Salle Blanche durch das zerschlagene Fenster und gelangte auf die Terrasse, vorbei an den mit Planen geschützten Möbeln und Spieltischen, von der es nur durch einen Sprung nach unten ging. Im Gegensatz zu den Unbekannten war er nicht auf diesen Abgang vorbereitet.

Eric schnellte über das Geländer und landete nach einigen Metern hart auf dem Boden, rollte sich über die Schulter ab. Das schlummernde Böse in ihm verlieh Robustheit. Sakko und Stoffhose hingegen rissen ein, aber darauf konnte er keine Rücksicht nehmen.

Da er um die Vielzahl der Kameras in Monaco und die Heerscharen von Polizisten wusste, verzichtete er auf einen Spurt durch die Straßen. Spontan setzte er seine Route mit weiteren Sprüngen abwärts fort und gelangte über verschiedene Balkone und kleine Dachgärten in den *Port Hercule*, den größten der Jachthäfen.

Eric überbrückte die letzten Meter mit einem gewaltigen Satz und landete fernab der Anlegestellen im dunkleren Teil des Beckens, um zu seinem Boot zu tauchen. Auf diese Weise entging er der Überwachung. Er wollte den Behörden keine Fragen zum Zustand der Einrichtung und von Faina Zacharovna beantworten.

Über die Außenleiter kletterte er ungesehen an Bord seiner *Refugio,* wo er sich, ohne das Licht anzuschalten, in der Kabine umzog. In Shirt und langer schwarzer Trainingshose sowie mit einem *Rusty Nail* bewaffnet, ging er zurück an Deck.

Um ihn herum lagen kleinere Boote, die größeren Jachten hatten näher an der Hafeneinfahrt am Kai festgemacht.

Am besten gefiel Eric ein alter Segler aus den Dreißigern, bestens renoviert und wunderschön anzuschauen. Er fiel zwischen den hausgroßen Schiffen in Stahl und Glas auf, so als hätte die Vergangenheit zwischen der Übermoderne geankert.

Eric setzte sich in eine bequeme Liege, von der aus er den Hafen und das Viertel La Condamine überblickte, und nahm das Satellitentelefon zur Hand.

Monaco strahlte und leuchtete.

Es war eine seltsame Mischung aus Schönheit und Hässlichkeit. Villen aus der Belle Époque mit hell beschienenen Fassaden lenkten den Betrachter von den allgegenwärtigen Hochhäusern ab, die sich am Berg erhoben. Überall wurde gebaut, immer in die Höhe, weil das Fürstentum kaum Platz hatte. Zwischendrin erhoben sich Palmen und Orangenbäume wie zur Mahnung, die Natur nicht gänzlich zu zerstören.

Eric nippte am Drink und sah zum Felsen, wo sich gegenüber des Casinos der Fürstenpalast und die wahre Altstadt Monacos erhoben, ebenfalls illuminiert.

Das Flair dort oben mochte er. Wer sich ein wenig Mühe gab, fand auch die Kirchen und ruhigen Orte zwischen Protz und Beton.

Aber gerade wäre das schwierig. Eric sah die Blaulichter, die an den Fassaden tanzten und sich durch die verwinkelten und kurvigen Straßen bewegten. Sirenen jaulten in der Nacht, übertönten das leise Plätschern der Wellen gegen die Bootsrümpfe und das Knarren der gespannten Taue. Das würde die Reichen aufschrecken. Die Polizei suchte, ohne zu wissen, wo sie beginnen musste.

So soll es bleiben. Er wählte eine Geheimnummer, die nur zwei Menschen auf dieser Welt kannten.

Am Geräusch erkannte Eric, dass das Gespräch nach zweimaligem Läuten angenommen worden war. Noch bevor die andere Seite etwas mitteilen konnte, sagte er: »Ich bin in Monaco und in eine große Sache gestolpert. Irgendwelche Spinner, die Wandelwesen sammeln. Sie haben mir eines vor der Nase weggeschnappt, um es zu schützen. Und …« Er zögerte.

Was hatten die Unbekannten gesagt?

Dass Zacharovas Tod alles schlimmer mache. Und dass sie nun wüssten, dass es *ihn* gebe, und sie sich um ihn kümmern wollten. Sie schienen keine Angst vor dem zu haben, was in ihm schlummerte oder was er war.

»Nein, ich fürchte, sie sammeln *mehr* als das«, sprach er schleppend. »Aber ich kann dir nicht sagen, was sie vorhaben, Sia.«

Deutschland, Sachsen, Leipzig

Eugen Ernst Bechstein fuhr den Wagen in die Garage des gewaltigen Anwesens, das in der Nähe des Kulkwitzer Sees lag. Das Tor rollte hinter dem weißen Range Rover TD V6 zu, und das Licht sprang durch den Bewegungssensor an.

Er stieg aus und ließ das Sakko auf dem Bügel im Auto hängen, weil er es später noch mal brauchen würde. Nach dem Abendessen mit seiner Frau und den beiden Kindern erwartete man ihn in der Leipziger Innenstadt bei einem Umtrunk, um neue Verträge mit *Asian Cosmetiques* zu begießen.

Eigentlich würde Eugen lieber zu Hause bleiben, aber das Geschäft ging in diesem Fall vor. Der asiatische Markt schien endlich bereit für die Spezialprodukte seines Unternehmens. Aber er würde nicht vor zweiundzwanzig Uhr erscheinen, um mit ein paar Anekdoten zusätzlich gute Stimmung bei den Gästen aus Japan zu verbreiten.

Er nahm die Tüte mit den Einkäufen vom Ledersitz, gelangte über die Durchgangstür in das Hauptanwesen und räumte in aller Schnelle die Lebensmittel in den Kühlschrank, da die Haushälterin ihren freien Tag hatte. Deswegen dauerte es eine Weile, bis er den schlichten Umschlag entdeckte, der auf dem Esstisch an die Glaskaraffe gelehnt war.

Die Handschrift seiner Frau prangte darauf und verkündete:

Für Eugen.
Zur Erklärung.

Eugen runzelte die Stirn, nahm den Umschlag und öffnete ihn, während aus dem Obergeschoss das Lachen seiner Kinder und die Stimme der Nanny erklangen.

Ein ebenfalls handbeschriebener Zettel kam zum Vorschein.

Geliebter Eugen,
vergib mir meine Tat.
Die Krankheit lässt sich nicht aufhalten, die Werte verschlechterten sich in den letzten Monaten rapide, und ich möchte weder Dir noch unseren Kindern zur Last fallen.
Wenn Du mir einen letzten Wunsch erfüllen könntest: Suche Dir rasch eine neue Frau, die unseren Kleinen eine gute Mutter sein kann.
In Liebe, aber voller nicht mehr zu ertragender Verzweiflung

Lene

Welche Werte? Er blinzelte, betrachtete die knappen Zeilen und konnte sich nicht erklären, was sie bedeuten sollten. *Welche Krankheit?* Sie hatte ihm offensichtlich verschwiegen, dass es mit ihrer Gesundheit nicht zum Besten stand.

Eugen lehnte sich gegen den Tisch, denn plötzlich trugen die Beine sein Gewicht nicht mehr.

Wieder starrte er auf die Zeilen, las sie ein zweites, ein drittes Mal. *Nicht zur Last fallen …* Was er gefunden hatte, war eindeutig ein Abschiedsbrief.

Eugen riss sich zusammen und stopfte das Blatt Papier zurück in den Umschlag, erhob sich und hastete in die Garage zurück. Dort warf er sich hinters Steuer des noblen SUV.

Es gab nur einen Ort, an dem Lene solch einen Irrsinn in die Tat umsetzen würde: in ihrer geliebten Stadtwohnung.

Der Wagen heulte auf, das Garagentor fuhr viel zu langsam in die Höhe. Die Räder drehten durch, als er rückwärts aus dem kleinen Gebäude schoss, auf der Kieseinfahrt wendete und mit hohem Tempo die kurze Allee hinabdonnerte, die zur Straße führte.

Währenddessen versuchte Eugen, bei Lene in der Wohnung anzurufen, doch es meldete sich lediglich der Anrufbeantworter.

Als Nächstes sagte er dem Kindermädchen via Handy Bescheid, dass er ihre Dienste den ganzen Abend über benötigte. Um was es ging, verheimlichte er. Es ging weder sie noch die Kleinen etwas an, bevor er sich nicht absolut sicher war, alles richtig verstanden zu haben.

Der Range Rover jagte aus Lausen hinaus, immer auf der Lützner Straße entlang, bis er in die Innenstadt gelangte. Kein Geschwindigkeitsbegrenzungsschild der Welt konnte ihn bremsen, in Rekordzeit gelangte Eugen in die Tschaikowskistraße und zwängte den langen, bulligen SUV schräg in eine Parklücke auf der Rückseite des Gebäudes, weil der zweite Eingang näher lag als der offizielle.

Er sprang aus dem Wagen und rannte auf die Tür zu, gab den Öffnungscode ein und gelangte ins Foyer.

Da ihm der Fahrstuhl zu langsam erschien, rannte Eugen die Treppen hinauf und gelangte durch den kleinen Korridor an die Eingangstür.

Er schob den Schlüssel ins Schloss. »Lene!«, rief er schon beim Eintreten und schaltete die Lampen an.

Es roch sauber und erschien ordentlich, sie musste eben erst gesaugt und gewischt haben.

Tat man so etwas, wenn man sich umbringen wollte?

»Lene?« Eugen eilte von Zimmer zu Zimmer, die sich in perfektem Zustand präsentierten. Der Duft von Reinigungsmittel und Politur umwaberte ihn allgegenwärtig, sogar im Badezimmer.

Aber seine Frau fand er nicht.

Der Anrufbeantworter blinkte, doch es gab darauf nur seine eigenen aufgeregten Nachrichten, die er löschte. Er hätte sich fast über einen weiteren Umschlag gefreut, in dem eine Botschaft mit mehr Anhaltspunkten steckte, um den Schrecken zu erklären.

Wo kann sie stecken? Er suchte erneut, schaute in die Schränke und unter sämtliche Regale und Möbel, um nichts zu übersehen, aber auch hier warteten keine grausamen Überraschungen auf ihn.

Was tue ich? Eugen ging ins Badezimmer und wusch sich fahrig das verschwitzte Gesicht mit kaltem Wasser, nahm das Handtuch vom Haken – und hörte das leise Klicken, als etwas auf den Boden fiel.

Er beugte sich zur Seite und sah über den Rand des Waschbeckens nach unten.

Weil er den Gegenstand nicht sofort erkannte, bückte er sich und hob ihn auf. *Die Abdeckkappe einer Spritze?* Sie musste sich im Stoff verfangen haben und hinabgefallen sein, als er sich abtrocknete.

Sofort ging Eugen auf die Knie und suchte nach der dazugehörigen Spritze, schaute nochmals unter die Wanne und die Schränke, ohne fündig zu werden.

Aber an einer Stelle der Wanne, dicht an der Wand, fand er zwei kleine verschmierte rote Blutspritzer, die zum Teil weggewischt worden waren.

Eugen setzte sich auf den Wannenrand und sah auf die kaum wahrnehmbaren roten Pünktchen. Hatte

Lene versucht, sich eine tödliche Injektion zu verabreichen?

Ich brauche einen Anhaltspunkt. Er verließ das Bad und begann eine zweite Erkundung, als sein Blick aus dem Fenster auf die Straße vor dem Hochhaus fiel.

Elektrisiert richtete er sich auf: *Ein Rettungswagen!*

Im Innern brannte Licht, mehrere Schatten bewegten sich darin.

Lene! Ob sie sich selbst verletzt und die Ambulanz gerufen hatte, weil sie *doch* leben wollte?

Eugen lief los, raus aus dem Appartement und die Treppe hinunter. Er barg die Abdeckkappe in der Faust wie einen kostbaren Schatz und die verdinglichte Hoffnung, seine Frau nicht verloren zu haben.

Außer Atem verließ er das Appartementhaus durch den Vorderausgang – und sah den Rettungswagen losfahren. Da sie weder Blaulicht noch Sirene anschalteten, war es entweder nicht mehr lebensbedrohlich für den Patienten oder …

Eugen starrte dem verschwindenden Wagen hinterher.

Die Vernunft sagte ihm, dass es tausend Gründe dafür geben könnte, warum die Ambulanz hier gestanden hatte und sie ohne Einsatzsignal fuhren.

Die Verzweiflung sagte ihm, dass darin seine Lene lag, tot.

Eugen wollte Gewissheit. Als der kleine Rettungswagen um die Ecke bog, rannte er um das Hochhaus und die Zufahrt hinunter, riss die Tür zu seinem Range Rover auf und startete den kraftvollen Turbomotor.

Beinahe ebenso halsbrecherisch wie auf der Herfahrt raste er die Tschaikowskistraße hinab, bog ab – und fand den Rettungswagen nicht mehr. Das Fahrzeug war wie vom Erdboden verschwunden.

»Scheiße!« Eugen fuhr kreuz und quer durch das Waldstraßenviertel, hielt nach allen Seiten Ausschau, nahm einem Wagen die Vorfahrt und entschuldigte sich gestenreich.

Eugen war versucht, die Polizei anzurufen, doch das würde er erst tun, wenn sich der Rettungswagen als Niete erwies. Die Beamten würden ihm ohnehin sagen, dass erst nach vierundzwanzig Stunden mit einer Suche begonnen werden könne und dass ein Abschiedsbrief nicht unbedingt bedeute, dass die Person sich wirklich sofort umbringen würde.

Da! Eugen trat auf die Bremse, als er aus den Augenwinkeln etwas großes Weiß-Rotes in einer Seitenstraße bemerkte.

Hastig setzte er zurück und glaubte nicht, was er sah: Ein Müllauto hatte einen Rettungswagen gerammt und zur Seite geworfen. Vor der geöffneten Klapptür lagen zwei weißgekleidete Gestalten, und der intakt gebliebene Scheinwerfer des orangefarbenen Abfallfahrzeugs beleuchtete eindeutige Einschusslöcher in den Menschen und dem Heck.

Eugen schluckte und fuhr rasch in die Straße.

Der Range Rover rollte an den Ort des Geschehens, der an einen Mafia-Film erinnerte: regungslose Leute, Blut, leergeschossene Patronenhülsen, ein zerlöcherter Rettungswagen sowie ein verlassener Laster.

Hatte Eugen die Weißgekleideten auf die Entfernung für Ärzte und Pfleger gehalten, sah er nun die weißen Sturmhauben, die weißen Panzerwesten und die Waffen in den Händen. Im Innern der Ambulanz musste eine Granate explodiert sein, die Außenwand war stellenweise durchlöchert, und sämtliches Glas war geborsten, die Splitter funkelten im Laternenlicht.

Mein Gott. Eugen hob sein Smartphone, um die Polizei zu verständigen – und gefror in der Bewegung: Das farbige Handtuch, das neben der zusammengesunkenen Männerleiche lag, stammte aus Lenes Stadtwohnung. *Oh, mein …*

Er stieg aus, eilte über die knirschenden Splitter und klimpernden Hülsen, um seinen Fund genauer zu betrachten: Es war das Handtuch mit dem mexikanischen bunten Muster, das sie bei ihrem Aufenthalt in Toluca gekauft hatten.

Sie ist in der Ambulanz gewesen. Eugen ordnete die neuen Erkenntnisse, und sie führten zu gänzlich anderen Erkenntnissen: *Entführung!* Den Brief hatte man zur Ablenkung geschrieben und ihre Verschleppung als Notarzteinsatz verschleiert …

»Lene?«, rief er und sah sich um. Er zitterte am ganzen Leib und wählte den Notruf, kam in die Warteschleife und warf dabei einen Blick in die durchlöcherte Kabine des Müllwagens, in dem niemand saß. Der Geruch von altem Abfall mischte sich mit dem von Blut und verschiedenen verbrannten und kokelnden Materialien.

Aus der Ferne heulten Sirenen heran, die Schießerei musste einigen anderen Menschen aufgefallen sein.

»Polizeinotruf«, drang eine weibliche Stimme aus dem Hörer. »Bitte entschuldigen Sie, dass …«

Im gleichen Moment signalisierte sein Smartphone, dass er einen Anruf bekam.

Eugen sah aus Intuition auf das Display: *LENE RUFT AN.*

»Verzeihung.« Schnell drückte er die Polizei weg und nahm das Gespräch entgegen, das ihm Erlösung von Angst, Unsicherheit und Grübelei verschaffen sollte.

»Lene, wie geht es dir? Wo steckst du?«, brach es aus ihm heraus. »Sag mir, was …«

»Ganz ruhig, Herr von Bechstein«, unterbrach ihn ein Mann, dessen Timbre einem Sean Connery würdig erschien. »Ihrer Frau geht es gut.«

»Was … was soll das heißen?« Eugen sah auf die Leichen, die Einschusslöcher, das Handtuch. »Sie haben sie entführt?«

»Sie wird bald zu Ihnen zurückkehren, Herr von Bechstein – insofern Sie die Polizei aus dem Spiel lassen«, redete der Unbekannte weiter.

»Wie viel Geld verlangen Sie?« Es kostete Eugen viel Kraft, weder zusammenzubrechen noch in das Mikrofon zu schreien.

»Gehen Sie nach Hause. Kein Wort zur Polizei. Warten Sie ab, und Sie haben Ihre Gattin bald wieder«, betonte der Unbekannte und legte auf.

Eugen starrte auf das Display, drückte auf die Nummernwiederholungstaste.

Doch es klingelte nur. Sein Anruf wurde nicht entgegengenommen.

Das erste Polizeiauto bog in die Straße und blieb hinter dem Range Rover stehen, die Türen öffneten sich.

»Sie da«, wurde Eugen angerufen. »Treten Sie an den Geländewagen zurück. Langsam!«

Er tat, was der Beamte von ihm verlangte, und hob vorsichtshalber langsam die Arme. »Ich habe den Notruf gewählt«, sagte er laut. »Ich wollte es melden.«

»Bleiben Sie erst mal da stehen«, bekam er die Anweisung, dann näherten sich Schritte. Ein Uniformierter in kugelsicherer Weste und mit umgehängter Maschinenpistole stand vor ihm, die Mündung wies auf ihn. »Ihren Ausweis, bitte.«

Eugen suchte die Plastikkarte und reichte sie dem Mann, ohne zu wissen, was er als Nächstes tun sollte. Nach allem, was er gesehen und eben gehört hatte, glaubte er nun an eine lang geplante Entführung und rechnete mit einer baldigen Lösegeldforderung.

Die Furcht vor so einem Ereignis begleitete Eugen schon seit Jahren. Immerhin waren er und seine Frau mehr als reich. Lene hatte sich stets gegen Leibwächter gewehrt, weil es das Leben auch für ihre Töchter nicht leichter machen würde.

Oder ging es um den Vertrag mit *Asian Cosmetiques?*

»Alles in Ordnung, Herr von Bechstein?«, fragte der Polizist, der nach dem Blick auf den Ausweis entspannter wirkte.

Ich will sie wiederhaben. Es lag ganz alleine bei Eugen, was er auf die Frage antwortete.

Alleine bei ihm.

Deutschland, Sachsen-Anhalt, Halle (Saale)

Claire stand, vom Schmerz und Entsetzen betäubt, auf dem Alten Markt abseits der Absperrung, hinter der sich die Neugierigen drängten. Sie verharrte absichtlich im Schutz des Eselsbrunnens, wollte von niemandem bemerkt werden. *Er ist tot.* Ihre Augen blieben auf die Tücher am Boden gerichtet, unter denen sich liegende Silhouetten abzeichneten.

Menschen in weißen Schutzanzügen und mit Schonbezügen über den Schuhen gingen in dem abgeriegelten Areal umher, verteilten Aufsteller oder machten Fotos, klaubten Dinge vom Boden auf.

Das Prozedere kannte Claire von den üblichen Kriminalfilmen.

Der schockierende Unterschied war, dass sie und ihr Mann im Mittelpunkt standen – und doch auch wiederum nur zur Hälfte, weil ihre eigene Seele scheinbar in diesen fremden Körper eingefahren war. Sie wusste nicht einmal, wie ihr neuer Name lautete. *Anastasia?*

Sie schauderte und schlang die Arme um den ungewohnten, dünnen Leib und fror. Das war einfach nicht sie. Es fühlte sich furchtbar an.

Claire war an den Unfallort zurückgekehrt, weil ihr Wahnsinn dort begonnen hatte.

Aber der Anblick der Szenerie vor ihrem geliebten Café *Uisce* bedeutete nicht die Erlösung, sondern vielmehr einen doppelten Schock: Ihre Leiche und die von Finn waren mit Tüchern abgedeckt, die Spurensicherung errichtete zudem Bauzäune, an denen sie Planen aufhängte, um sich gegen die ungewollten Aufnahmen der Fernseh- und Foto-Journalisten und sogenannter Leserreporter zu wehren.

Der Anblick ihres ermordeten Gatten löste in Claire verschiedene Dinge aus. Das Leben fühlte sich nun noch unwirklicher an, alles an ihr war taub und abgestumpft, alles schien jetzt gleichgültig zu sein.

Und doch blieb ein Rest von unbedingtem Willen, für ihre Tochter da zu sein und die Mörder zu finden, um sie zur Rechenschaft zu ziehen.

Claire sah zu den Kamerateams, die filmten und Impressionen einfingen, über die Zuschauer schwenkten und Interviewpartner suchten.

Ich könnte ihnen sagen, was geschehen ist. Claire hasste diesen dünnen Körper, weil sie ihn einfach nicht warm bekam, und sie fror, dass die Zähne klapperten. *Nur glauben würde mir niemand.*

Zwei jung wirkende Bestatter in schwarzen Anzügen des Unternehmens *Ars Moriendi* erschienen und verschwanden mit einem einfachen grauschwarzen Deckelsarg hinter dem Sichtschutz, um wenige Minuten darauf wiederaufzutauchen und ihn mitsamt Leiche darin in ihren Transporter zu verladen.

Claire hörte die Satzfetzen der Journalisten, die Wörter *Rechtsmedizin, Obduktion, Mord, misslungener Überfall, tragische Verkettungen* flogen bis zu ihr. Sie brandeten heran, fühlten sich schwarz und furchteinflößend an, weil es nach unverrückbarer Wahrheit klang – dann wurde es unerträglich, ihr wurde schlecht. Sie musste vor den Eindrücken und dem grausamen Einfluss der Bilder, Gefühle und Sätze flüchten.

Claire wandte sich auf den Absätzen um und wankte zombiehaft zum gestohlenen Wagen zurück, den sie in der Rannischen Straße abgestellt hatte. Sie startete ihn unter Tränen und fuhr los, einfach nur los und weg von ihrem Café, von den numerierten Aufstellern auf dem Asphalt, den Schaulustigen und Berichterstattern.

Es staute sich in ihr an wie in einem Dampfkochtopf, der emotionale Überdruck ließ sie hinter dem Steuer plötzlich in Tränen ausbrechen und unkontrolliert schreien. Sie sah durch den Feuchtigkeitsschleier kaum mehr, wohin sie lenkte.

Hauptsache, weg! Weg vom Horror, diesem blanken Horror …

Hupend schoss ein Scheinwerferpaar aus einer Straße und verfehlte sie um weniger als zehn Zentimeter.

Claire schrie vor Schreck auf. Schniefend wischte sie sich mit dem Ärmel ungeschickt über das nasse

Gesicht und lenkte ihren Wagen auf den Bürgersteig, hielt an.

In einem Heulkrampf sackte sie im Sitz zusammen, krümmte sich und verbarg das Gesicht hinter den verhassten, schmalen Händen mit dem Ehering daran, der nicht ihrer war.

Leise tropften die Tränen von ihrem Kinn auf die Jacke, die nach Imprägniermittel roch.

Nach einer unendlichen Weile beruhigte sie sich, setzte sich aufrecht und versuchte, neue Gedanken zu finden, die ihr Hoffnung auf ein gutes Ende machten.

Gerade als sie sich darauf konzentrierte, aufzuwachen und an einem schöneren Ort als diesem die Lider zu heben, erkannte sie die Straße durch die beschlagenen Scheiben wieder: der Pirolweg.

Sie war unbewusst nach Hause gefahren. Zu ihrer Tochter Deborah. An einen vertrauten Ort, der Schutz versprach.

Claire stieg aus und bemerkte, dass ihr die Bewegungen zunehmend besser gelangen. Sie gewöhnte sich an den Leib der Unbekannten, was das Ganze noch unheimlicher machte.

Direkt vor dem Haus stand der alte Käfer ihrer Schwester Nicola sowie ein weiterer Wagen, in dessen Fußraum ein Blaulicht lag, wie sie im Vorbeigehen sah. Also hatte Deborah nicht nur Besuch von ihrer Familie.

Claire schlich regelrecht durch ihr kleines Gartentor den Weg mit den gebrochenen Schieferplatten hinauf, schwenkte dann nach rechts, um durch das Küchenfenster zu schauen.

Ihre Tochter saß kerzengerade am Tisch und starrte apathisch geradeaus; Nicola hockte neben ihr, hatte einen Arm um sie gelegt und war genauso bleich.

Ihnen gegenüber lehnte eine junge Frau an der Arbeitsfläche und hielt ein Tablet in der Hand, auf dem sie sich Notizen machte. Das Fenster war gekippt, so dass die Unterhaltung bis nach draußen drang.

»… Zeugen, die den Täter beschreiben können. Aber er schien maskiert gewesen zu sein«, sagte die Beamtin in Zivil behutsam.

Nicola fuhr ihrer Nichte über den schwarzen Schopf. »Das ist alles unglaublich und …«, erwiderte sie hilflos. »Wir haben noch über neue Rezepte gesprochen, und sie wollten nach Irland, um Finns Onkel zu besuchen.«

Deborah streckte die Hand nach dem Glas Wasser aus, die Finger zitterten. »Mit drei Schüssen?«, flüsterte sie tonlos. »Warum?«

Die Beamtin nickte. »Es ist rätselhaft, weil es danach aussieht, als habe der Täter gefeuert, *nachdem* der Überfall bereits vorüber war. Vielleicht ist er trotz Maske von Ihrem Vater erkannt worden?«

Deborah führte das Glas an die trockenen Lippen, nahm einen Schluck und stellte es ab. »Ich … meine Familie kennt niemanden, der zu so etwas fähig wäre.«

»Vielleicht war die Aktentasche verlockend?«, erkundigte sich die Polizistin. »Was transportierte er darin?«

»Jeder, der ihn kannte, wusste, dass er Bilder mit sich herumschleppte, aber sicher keinen solchen Haufen Geld, dass er einen Koffer brauchte«, erwiderte Deborah tonlos.

Claire verfolgte die Unterhaltung mit angehaltenem Atem. Es war irrsinnig, anderen dabei zuzuhören, wie sie über ihren Tod und den Mord an Finn sprachen. *So muss sich ein Geist fühlen!*

Die junge Beamtin sah auf ihren Tabletcomputer. »Gab es Drohungen?«

»Was denn für Drohungen?«, hakte Nicola erbost ein. »Meine Schwester war die netteste Person, die ich kenne.«

»Sicher. Aber jemand könnte der Ansicht sein, dass ihr Café viel Geld abwirft und man Schutzgeld verlangen sollte«, gab die Ermittlerin zurück; dabei richtete sie sich auf und zog eine Visitenkarte aus der Tasche.

»Ein Fluch«, sagte Deborah halblaut. »Es lastet ein Fluch auf uns.«

»Sammeln Sie sich erst mal. Ich lasse Sie beide in Ruhe. Wenn Ihnen noch was einfallen sollte …« Sie legte den dünnen Karton auf den Tisch und ging zum Ausgang.

Claire tauchte in die Schatten, als sich die Haustür öffnete und die Polizistin an ihr vorbeiging. *Niemand wird mir glauben, wenn ich meine Geschichte erzähle.* Sie sah an sich hinab. *Sie werden denken, dass ich verrückt bin.*

Klackend fiel die Wagentür ins Schloss, der Motor sprang an, und das Auto fuhr davon.

Claire blickte durch die Scheibe und spürte keinerlei Erleichterung oder Erlösung, obwohl sie Nicola und Deborah vor sich sah. *Meine Familie.* Das genaue Gegenteil geschah: Die Verzweiflung kehrte zurück, als sich Schwester und Tochter weinend in den Armen lagen.

Aufkeuchend wandte sich Claire ab und huschte über den Plattenweg zurück.

Sie hatte nichts, nicht einmal eine vernünftige Erklärung, um bei der Polizei oder ihrer eigenen Tochter vorstellig zu werden.

Aber ein Aufgeben kam nicht in Frage.

Wie kann ich es angehen? Behutsam? Aus der Ferne und sie langsam darauf vorbereiten? Claire stand als Fremde vor ihrem eigenen Haus und blickte sich um.

In der Heidestraße befand sich eine der wenigen letzten Telefonzellen, und im gestohlenen Wagen lagen Münzen für Parkautomaten oder Einkaufswagen in der Ablage.

Ein vager Plan entspann sich in ihrem Kopf.

Schnell lief sie zum Auto und fuhr in die Heidestraße, um dort zu parken. Claire schnappte sich das Kleingeld und eilte zur Telefonzelle, in der es nach nassem Hund, altem Kaugummi und klammem Papier roch. Schabend schloss sich die Tür hinter ihr.

Rasselnd verschwanden die Münzen im Fernsprecher, Claire tippte die Nummer ihres eigenen Festnetzanschlusses, ohne dass sie aufhören konnte, auf die dunkelgrün lackierten Fingernägel zu schauen. *Surreal.*

Es dauerte ein wenig, dann hob jemand im Pirolweg den Hörer ab.

»Bei Riordan«, meldete sich Nicola.

Claire schluckte, ihre Stimme schien verschwunden zu sein. Sie musste sich mit einer Hand an der Scheibe abstützen.

»Hallo?«, sagte ihre Schwester nun energischer.

»Hier … hier spricht Claire«, erwiderte sie und fand sich viel zu leise, zu unsicher.

»Wer ist da?«

»Ich bin es. Claire«, wiederholte sie und rang bereits mit den Tränen. »Du musst mir glauben, wenn ich dir …«

»Claire ist nicht da«, erwiderte Nicola, die sie anscheinend nicht richtig verstand. »Sie ist heute ums Leben gekommen.«

»Nein! Nein, nein! Ich bin Claire, deine Schwester«, rief sie verzweifelt. »Ich bin …« Ihre Stimme versagte.

Für drei Sekunden herrschte ratlose Stille auf der anderen Seite.

»Das glaube ich ja nicht!«, schrie Nicola los. »Wer immer du krankes Stück Scheiße bist, ruf nie wieder an, oder ich finde raus, wo du wohnst, und dann kannst du …«

Die Verbindung wurde unterbrochen.

Claire stand erstarrt im Neonlicht der Telefonzelle.

Sie musste sich zwingen, den Hörer in die Mulde zu drücken, und erschrak, als das Klirren des zurückgegebenen Geldes erklang. *Das hätte ich mir denken können.*

Ihr Blick fiel auf die Reflexion ihres eigenen und doch fremden Gesichtes in der Seitenscheibe der miefigen Zelle. Sie konnte damit nichts anfangen.

Sie legte zwei Finger gegen das zerkratzte Glas und fuhr die gespiegelten Züge des Antlitzes nach. Keine Kreatur auf der Welt konnte sich verlassener und verlorener fühlen als sie. *Muss ich nochmals sterben, um dem allem zu entgehen?*

Das leise Rumpeln verriet ihr, dass jemand die schwergängige Tür geöffnet hatte; frische Nachtluft drängte sich hinein.

Claire wandte sich nicht um. Sie sah dank der Scheibe einen unbekannten, recht kleinen Mann in einfacher Kleidung hinter sich, der sie neugierig musterte.

»Ich bin fertig«, sagte sie abwesend, ohne sich dabei zu rühren. »Da liegen noch Münzen in der Schale. Die können Sie haben.«

»Danke sehr.« Er öffnete die Tür weiter für sie. »Aber eine Frage habe ich noch: Wer sind Sie *wirklich?*«

Hunderttausend Seelen – wie viele Menschen mögen das sein?

Jules Renard (1864–1910)

KAPITEL III

Fürstentum Monaco, La Condamine

Eric las den Stapel Zeitungen von oben nach unten durch und kam zu dem halbwegs überraschenden Ergebnis, dass niemand von den Geschehnissen im Casino Monte Carlo berichtete, obwohl sich vor der Tür die Journalisten- und Fotografenheerscharen gestapelt hatten.

Nicht *ein* Artikel, nicht mal in den Wochenzeitschriften.

Konnte es sein, dass es dem Casino gelungen war, den Vorfall gänzlich unter Verschluss zu halten, und lediglich für Faina und ihre Mutter eine Lösung gefunden werden musste?

Die Wellen der offenen See drückten bis in den Port Hercule. Das heftige Schaukeln der *Refugio* nahm Eric kaum wahr, er hatte sich bereits an das Leben auf dem Wasser gewöhnt.

Er hatte Monaco verlassen wollen, sich aufgrund des Unwetters jedoch umentschieden. Beim aufziehenden Sturm wäre es keine schöne Option gewesen, durch die Brecher zu schippern und zu hoffen, kein Riff zu übersehen.

Eric legte die *Le Monde* zur Seite und warf einen Blick auf die Klatschblätter, in denen er sicherlich auch nichts finden würde. Weder die Spielbank noch die Reichen und Reicheren oder das Fürstentum hatten ein Interesse daran, dass der Vorfall bekannt wurde. *Ich werde ein bisschen laufen. Das macht den Kopf frei.*

Schnell zog er sich um, schlüpfte in die Laufschuhe und ging an Land, wo er auf dem Quai des États-Unis in leichtes Traben verfiel.

Seine Strecke führte ihn um das Hafenbecken, vorbei an den kleinen und großen Jachten, die im unruhigen Wasser dümpelten und die Abweiser strapazierten. Es war recht warm, es roch nach Meer und Abgasen, gelegentlich nach Orangen.

Während sich seine Beine hoben und senkten, dachte Eric nach.

Auf den ersten Blick sah der Überfall nach einer herkömmlichen Entführung mit Lösegeldforderung aus. Ohne seine kleine Einlage mit Mutter und Tochter, die dem Geschrei nach anscheinend zum ersten Mal im Leben ein Wandelwesen in seiner Halbform gesehen hatte, wäre das Verschwinden von Zacharova weniger dramatisch verlaufen.

Eric konnte sich nicht vorstellen, wie sich Faina fühlte. Ihre Mutter verschwunden, eine Wer-Kreatur in voller wütender Pracht gesehen und beinahe von einem Verrückten – ihm selbst – getötet worden.

Für ihn hatte es den Vorteil, nicht von der Polizei gesucht zu werden, oder besser gesagt, suchten sie nicht nach einem Mann namens *Kaitan Berg-Welsner*. Mit diesem Namen hatte er sich auf die Einladungsliste hacken lassen, als angeblicher schwerreicher Aktienmillionär. Man würde inzwischen herausgefunden haben, dass es diesen Mann nicht gab, von dessen Gesicht es keine Aufnahme gab, dank abgeschalteter Sicherheitskameras. Beim Eintreten hatte er darauf geachtet, in der Masse unterzutauchen.

Falsche Namen besaß Eric ebenso reichlich wie falsche Pässe. Manchmal legte er sich Bärte und Perücken an und nutzte unterschiedliche Akzente, um seine Rollen glaubwürdiger zu gestalten. Man musste erfinderisch sein, wenn es darum ging, Wandelwesen in verschiedensten Formen aufzustöbern und zu erlegen.

Das war seine Aufgabe, dämonischer Kern hin oder her.

Eric passierte die Bistros und Kneipen, in denen das Abendgeschäft schleppend anlief. Es herrschte keine Hochsaison, trotz des Zirkusfestivals, und die Zahl von Touristen blieb überschaubar.

Er bog auf den Quai Antoine 1er, um von dort die Treppen des Felsens zu erklimmen, die hinauf zur Altstadt und dem Palast führten. Möwen segelten über ihn hinweg und ließen sich von den Böen pfeilschnell treiben. Sie waren auf der Jagd nach leicht zu schnappendem Futter, vorzugsweise aus der Hand eines unvorsichtigen Menschen.

Früher war Eric selbst eine Wer-Kreatur gewesen, bis er ein Heilmittel zu sich genommen hatte, das seine Wirkung jedoch nicht vollends entfaltete. Ein eifersüchtiger Dämon bewahrte sein Leben in einer ausweglosen Situation, und seitdem hatte er ein anderes, wenn auch ungemein gefährliches Problem: Er konnte das Dämonische in sich hervorrufen und einsetzen – doch es verlangte Tribut in Form von Schmerzen. Dazu kam ein Hunger, ein Fressreiz wie bei einem Hai, der das Blut seiner Beute roch.

Leider traf dieser Hunger ausgerechnet die Frau, die er liebte wie keine andere zuvor.

Deswegen lebten Sia und er *getrennt,* wie sie es euphemistisch formulierten. Gelegentliche Treffen mussten unterbrochen werden, wenn das Dämonische zu sehr die Oberhand gewann und die Gier ihn unberechenbar werden ließ. Gerade beim Sex wurde es kritisch, sobald ihm die Kontrolle durch die Gefühle mehr und mehr entglitt.

Eric erklomm die schmalen Treppenstufen, es ging vorbei an aufgeschichteten und miteinander verschweißten Kanonenkugeln sowie einem kleinen Amphitheater; die Bäume und Sträucher neigten sich im stärker werdenden Wind.

Er hielt auf der Plattform unterhalb der Zubringerstraße an, auf der die Touristenbusse zum Palast fuhren, und blickte über das abendliche Monaco, in dem erneut die Lampen und Scheinwerfer erwachten. Gegenüber und durch den Hafen getrennt lag das Casino im Viertel Monte Carlo, unter ihm sah er die *Refugio*.

Das Blitzen weit draußen über dem Meer ließ ihn den Kopf drehen. Der Sturm rückte näher, brachte Gewitter und Regen mit.

Ihr würde es gefallen. Auch Sia hatte ihre finsteren Geheimnisse, die ihre Existenz nicht vereinfachte. Sie war eine Vampirin, ein *Kind des Judas,* wie ihre Spezies hieß, und somit dem Dämon Botis zugehörig.

Bevor er zu sehr in die Erinnerung an die hübsche rothaarige Frau versank, konzentrierte er sich auf den Casinoabend, von dem er zwei Vermutungen mitnahm.

Erstens: Faina konnte den Keim des Wandelwesens in sich tragen, doch schien er bisher nicht ausgebrochen zu sein. Er würde sie genauer im Auge behalten.

Zweitens: Nadeschda war von einer Gruppe entführt worden, die wusste, was Wandelwesen waren, aber sie nicht umbrachte wie er, um die Gefahren für die unwissende Menschheit zu minimieren. Diese Leute fingen sie.

Aber um was mit den Wandlern zu tun? Eric hatte im

Laufe seiner Karriere als Jäger die verrücktesten Zusammentreffen gehabt. Manche wollten das Blut der Wer-Kreaturen für verschiedenste Zwecke einsetzen, und es gab Kulte, deren Mitglieder unbedingt werden wollten wie ihre halbanimalischen Vorbilder.

Wandelwesen existierten in unterschiedlichen Formen überall auf der Welt, wobei Eric bislang überwiegend Säugetieren begegnet war. Bislang stieß er als einzige Ausnahme auf eine Wer-Schlange. Und auch wenn er an keiner Arachnophobie litt, wäre er froh, nicht eines Tages einer Wer-Spinne zu begegnen.

Ihn brachte die Vorgehensweise des schwarzgekleideten Teams ins Grübeln. Sie hatten ihn mit einem unsichtbaren Kraftfeld im Zaum gehalten, und es schien nichts Elektrisches gewesen zu sein.

Somit blieben nur andere Mitspieler aus dem Schattenweltsektor.

Und die Frage aller Fragen: *Was wollen sie mit den Wandlern?*

Eric nahm das Laufen wieder auf und ging jede einzelne Szene der Nacht noch einmal durch, rief sich jedes Wort, jede Geste, jede Kleinigkeit ins Bewusstsein. Dabei trabte er den Zubringer hinab, quer durch das Viertel Condamine, und passierte in Fontvieille das bunte Zelt, in dem gerade das alljährliche Zirkusfestival stattfand.

Der Mann, der nachträglich in den Salle Blanche gekommen war, unmaskiert und sehr selbstbewusst, hatte einen Ring getragen. Einen Siegelring, der aus Silber oder Platin oder Weißgold bestand. Eric hatte ihn wahrgenommen, als der Mann das Bernsteinamulett in die Höhe reckte.

Dann ist da noch das eingeritzte Symbol in dem honigfarbenen Schmuckstück.

Alleine der Gedanke an den Strahl, der davon ausgegangen war, brachte den Geruch von Pinienwäldern und Sommer zurück in Erics Nase.

Er schätzte, dass in dem Amulett ein Zauber gespeichert gewesen war oder es als Katalysator diente, um Kräfte auszulösen. Er nahm sich vor, mehr über Bernstein herauszufinden.

Eric keuchte unter früchtetragenden Orangenbäumen eine Steigung hinauf und sah den Friedhof des Fürstentums links neben sich auftauchen.

Kurzerhand verlangsamte er sein Tempo und bog auf das terrassenförmig angelegte Areal ein. Er war neugierig, wie man in Monaco mit den Toten umging.

Die Auswahl an Grabformen war durchaus abwechslungsreich, von hochaufragenden Wandfächern in einem Säulengang über aneinandergereihte Einzelgräber unter freiem Himmel, mal schlicht, mal opulent, mal mit Krypten überbaut, mal mit kunstvollen Zierelementen versehen, mal mit Bildern der Toten ausstaffiert.

Die ältesten Gräber, die er en passant sah, stammten aus dem 19. Jahrhundert. Engländer, Franzosen, Deutsche, sogar die Toten waren in diesem Staat international.

Unheimlich war Eric das Grab eines Mädchens, auf dem eine lebensgroße Kinderstatue aus weißem Marmor mit übereinandergeschlagenen Beinen auf einem Sockel saß. Die Steinaugen schienen ihn zu verfolgen, während die schwarzen Wolken blitzespeiend auf das Fürstentum zukamen. Es wurde Zeit für ihn, wieder an Bord zu gehen, bevor das Unwetter mit voller Wucht auf Monaco traf.

Eric hastete die verlassenen Friedhofsterrassen abwärts und kehrte im einsetzenden Nieselregen über

Straßen und durch Tunnel sowie öffentliche Aufzüge, von denen es einige gab, in den Port Hercule zurück.

Auf den letzten Metern des Quais entlang erwischte ihn letztlich doch der Wolkenbruch. Donnerumtost und regenüberschüttet kehrte er auf die *Refugio* zurück, die wie alle anderen Jachten und Schiffe auf und ab ritt. Taue ächzten, die Abweiser quietschten und rieben sich lauter als gewöhnlich aneinander.

Wenigstens das Duschen kann ich mir sparen. Eric streifte die nassen Sachen im Bad ab und hüllte sich in einen dunkelgrauen Bademantel.

Er goss sich in der übersichtlichen Kabine einen Wein ein und beobachtete, wie das Rot an den dünnen durchsichtigen Wänden schaukelte. Wellen auf dem Meer und im Glas, Gleichklang von Rot und Blau.

Er nahm den Laptop aus der schwarzen Schutzhülle und schaltete ihn ein, während die dicken Tropfen gegen sein Boot prasselten und ein gleichbleibendes Rauschen schufen.

Eric loggte sich über sein Modem in den Serverraum an einem entlegenen Ort ein, wo er buchstäblich seine eigenen Suchmaschinen aufgestellt hatte. Wohlgeschützt an einem sicheren Fleck Erde und versehen mit verschiedenen Programmen, die von Dateien bis Bilder alles aufstöbern konnten, vermochte er von jedem Ort der Welt auf sie zuzugreifen.

Früher hatte Eric einen festen Wohnort vorgezogen, doch mittlerweile liebte er das Leben an Bord der bescheidenen, unauffälligen Jacht. Es machte ihn freier und weniger gut zu verfolgen.

Dann mal los. Er ließ drei seiner gekoppelten Rechner nach Informationen zu Bernstein suchen, von Fakt bis Mythos.

Dann malte er das gesehene Symbol mit einem Zeichenprogramm aus dem Gedächtnis und startete eine weitere Suche danach.

Aufgrund seines kleinen Ausflugs auf dem Friedhof wusste er, dass es sich dabei nicht um das griechische Omega handelte, wie er zuerst vermutete. Er hatte es auf zahlreichen Gräbern gesehen.

Innerhalb von Sekunden fluteten ihn bereits die herkömmlichen Suchprogramme mit Ergebnissen.

»Waage«, las er die astrologische Bedeutung: ein Unterstrich, darüber ein Omega mit erweiterten Seitenlinien. »Natürlich«, murmelte er. In den meisten Horoskopen wurde die Waage lediglich bildhaft dargestellt, mit zwei Schalen und einem Querbalken.

Das Internet bewarf ihn mit Unmengen Informationen rund um die Waage: Luftzeichen, einziges Ding in den Tierkreiszeichen, kultiviert, diplomatisch und den ganzen Sermon, den man dem Sternzeichen zumutete und dessen Angehörige damit gehörig in Zugzwang brachte.

Eric massierte die linke Schläfe und grübelte.

Hatte der Unbekannte nicht die klassische Waagedarstellung auf dem Ring getragen? Die Schalen hingen auf gleicher Höhe. *Oder narrt mich meine Vorstellungskraft?*

Er trank noch einen Schluck Wein und lauschte dem Knarren und dem hellen *Ping*-Konzert, das von den unzähligen Masten und Ösen im Hafen stammte, wenn Metall gegen Metall stieß.

Meine Gegner sind Astrologen mit Hang zur Waage und Magie, resümierte er unzufrieden. *Welch sinnlose Erkenntnis.*

Er blickte auf das verschnörkelte, dunkle Symbol auf seinem rechten Unterarm, das dem auf einer rechten Schädelseite sehr ähnelte. Das Brandzeichen des Dämons namens Avnas, sein Kuss und seine unabwaschbare Erinnerung. Viel Fluch, geringer Segen.

Avnas und Botis hassten sich – und damit war es kompliziert, ein Leben mit Sia zu führen. Und doch arbeitete Eric daran, diesen zerstörerischen Fressdrang zu besiegen, um ein Leben mit ihr führen zu können. Ein schönes Leben, ohne Werwesen und Dämonen.

Romantische Utopie nennt man das wohl, dachte er grinsend.

Sein Suchlauf präsentierte unendlich viele Organisationen, die sich auf Ausgeglichenheit, Harmonie und viele andere Attribute der Waage beriefen.

Eric seufzte und vernahm das Rauschen des Regens, der heftige Wind rüttelte am Kabinenaufbau.

Braucht die Gruppe vielleicht von jedem Wandelwesen ein Exemplar, um einen wie auch immer gearteten Ausgleich herzustellen? Für ein Ritual? Oder sammeln sie die verschiedenen Dämonendiener ein? Damit wäre auch Sia in Gefahr.

Das Grübeln brachte nichts. Er brauchte Input, Informationen der sicheren und besonderen Art.

Er liebäugelte mit dem Gedanken, Faina nochmals einen Besuch abzustatten oder zumindest den verschiedenen Wohnorten der Familie Zacharov, um darin nach Hinweisen zu stöbern. Eric wollte gewappnet sein, falls diese militante Astrologengruppe eines Tages vor seiner Tür stand. Dass sie ihn trotz seiner Dämonenkraft im Zaum halten konnten, hatten sie bewiesen, und das stimmte ihn besorgt und nachdenklich.

Der Regen tobte sich langsam aus, das Unwetter zog über die Berge hinweg und grollte lediglich noch.

Eric stand auf und trat hinaus auf das Deck, das sich hinter der unteren Kajüte am Heck anschloss. Der noch immer kräftige Wind riss an seinen Haaren.

Er ließ den letzten Wein im Glas kreisen, roch das Salz der aufgewühlten See und blickte zu den Lichtern der Stadt, die er zu gerne ohne diese hässlichen Hochhäuser sehen würde. Aber das Kapital brauchte Platz, und den schuf es sich in der Höhe.

Das Gefühl, einem neuen Feind gegenüberzutreten, auf den er nicht vorbereitet war, machte Eric unruhig. Es trieb ihn in einen Aktionismus, den er nicht leiden konnte. Die meisten Fehler beging man, weil man dachte, Dinge anpacken zu müssen. Gelegentlich zahlte es sich jedoch aus, abzuwarten und zu beobachten.

Er wandte sich aus einem Gefühl heraus nach rechts und sah eine Frau an Deck einer mittelgroßen Jacht stehen, die, in eine Decke gehüllt, wiederum ihn betrachtete und eine Tasse festhielt, aus der Dampf stieg. Ihre unbewegliche Haltung erinnerte ihn an die marmorne Kinderstatue.

Eric fröstelte. Er hob die freie Hand und winkte zum Gruß, der von ihr erwidert wurde. *Manchmal wird man beim Beobachten selbst beobachtet.* Jäger, die auf eine Beute lauerten, konnten leicht von der Seite und von hinten überrascht werden.

Er beschloss, nicht weiter zu warten und zu lauern, sondern sich bei den Zacharovs umzusehen.

Nur zur Sicherheit.

Deutschland, Sachsen-Anhalt, Halle (Saale)

»Sie sind nicht Anastasia. Das habe ich in den letzten Minuten verstanden.« Der unbekannte Mann musterte sie. »Aber wie kommt *Ihre* Seele in Marlene von Bechstein?«

Claire blinzelte und lachte hysterisch auf, als sie die Stimme erkannte: Sie gehörte zu dem Maskierten, welcher ihr in der Straße vor dem Einkaufszentrum die Pistole an den Kopf gehalten hatte.

»Wieso haben Sie mich nicht erschossen?«, raunte sie und rutschte langsam abwärts auf den dreckigen Boden der Telefonzelle. »Dann wäre das alles zu Ende. Und ich … könnte aufwachen.«

Er sah sich um und setzte sich dann neben sie, zog die Beine an und stützte die Unterarme lässig darauf. »Sie glauben, Sie träumen das?«

Claire nickte.

»Tun Sie nicht.« Er nahm eine Metallschachtel aus der Lederjackentasche, öffnete sie und hielt sie anbietend hin. »Toffee. Altes Rezept. Kriegt man heute so nicht mehr zu kaufen.« Da sie ihn verständnislos anstarrte, packte er die weichen Bonbons wieder weg, die eine herrliche Karamellnote in der Luft hinterließen.

»Wer ist diese Anastasia? Und was soll das mit den Seelen?«, sagte sie verunsichert und zitterte nun wieder. Sie war noch lange nicht davon überzeugt, in keinem Traumgebilde zu stecken.

Er zog seine Lederjacke aus und reichte sie ihr. »Also ein Zufallsfang«, konstatierte er. »Das wird Artjom nicht gefreut haben.« Er lutschte auf seinem Toffee herum. »Artjom war einer der Weißgekleideten. Sie haben sich auf die Ankunft ihrer *hera* gefreut, ihrer Meisterin. Das ist ebenjene Anastasia, für die sie Lene Bechstein vorbereitet haben.«

»Vorbereitet?«

»Die Seele eines Seelenwanderers kann nur in einen neuen Körper einfahren, wenn die alte Seele in schiere Verzweiflung getrieben wurde und der Mensch keinen anderen Ausweg mehr sieht, als sich … nun: umzubringen.« Er deutete auf die Verbände an ihren Unterarmen. »Man manipuliert diese Auserwählten und bringt sie dazu, einen harmlosen Weg des Selbstmords zu wählen, so dass der Leib keinen irreparablen Schaden nimmt. Das wäre reichlich kontraproduktiv.«

Claire legte die Jacke um sich und hob die verbundenen Arme, betrachtete die schlanken Hände und den Ehering. »Und wieso stecke ich anstelle dieser … *Anastasia* in diesem Körper?«

Er nickte nachdenklich. »Tja.«

Claire bemerkte, dass das Beben ihrer Gliedmaßen aufgehört hatte. »Sie wissen es nicht?«

»Es wird davon berichtet, dass Seelen von Verstorbenen auf der Erde bleiben und sich widersetzen, indem sie entweder als Geist existieren oder eben wie Sie ihre Chance nutzen, in einen freien Leib einzufahren. Das geschieht unbewusst und ist für die Betroffenen im höchsten Grad verwirrend.« Er wischte sich die Hand ab und streckte sie aus. »Mein Name ist übrigens Fabian.«

Claire verzog das Gesicht. »Sie wollten mich umbringen, und ich soll …«

»*Anastasia*«, verbesserte er verständnisvoll. »Auf *sie* hatte ich es abgesehen. Sie ist eine mächtige Seelenwanderin und gehört zu den Bösen, verknappt ausgedrückt.«

»Sie könnten lügen.«

»Tue ich aber nicht.«

Claire sah zu dem sitzenden Mann und bemühte sich weiterhin um Fassung und Aufmerksamkeit. »Angenommen, es wäre so: Ich wollte nach dem Unfall nicht gehen und für meine Familie da sein«, umriss sie ihre Motivation. »Jemand brachte meinen Mann um, und ich will wissen, warum.«

»Zwei sehr starke Gründe, die eine Seele über sich hinauswachsen lassen. *Das* erklärt es.«

Claire sah die Straße entlang, auf der es recht ruhig zuging. Um diese Uhrzeit hatten die wenigsten Leute einen Grund, durch die Gegend zu fahren oder zu laufen oder gar eine Telefonzelle zu benutzen. »Was wäre mit meiner Seele geschehen?«

»Sie meinen, *nach* dem Unfall?«

Sie nickte.

»Ich versuche, es kurz zu halten, weil die Materie nicht eben leicht ist.« Fabian dachte einige Sekunden nach. »Die Seele ist etwas, das *ohne* Religion auskommt und von den meisten Kulturen der Welt sofort verstanden wurde. Es ist das Übergeordnete, das einen Menschen ausmacht. Die Grundenergie«, erzählte er behutsam. »Der Mensch erkannte, dass es sie gibt, und baute sie in verschiedenen Erklärungsversionen ein. Dabei braucht die Seele gar keinen Gott.«

Claire nickte und konzentrierte sich. »Kann ich doch ein Toffee haben?« Sie wollte den faden Geschmack aus dem Mund bekommen.

Fabian suchte die Dose aus der Jacke und hielt ihr die Bonbons erneut hin. »Hätten Sie nicht darum gekämpft zu bleiben, wäre Ihre Seele in die kosmische Seelenmasse zurückgekehrt, aus der sie einst kam. Die Energie reist an ihren Ausgangspunkt zurück und geht darin auf, um die Quelle zu speisen. Und mit dem Entstehen eines neuen Lebens wird wieder etwas davon entnommen. Ein ewiger Kreislauf.«

»Gibt es nicht eine Religion, die das besagt?«

»Ja, der Hinduismus geht in diese Richtung. Aber eigentlich löst sich diese Seele in der Urmasse auf.«

»Als würden Sie eine Kelle Suppe zurück in den Topf

geben, aus dem sie genommen wurde«, kam es ihr in den Sinn.

»Pragmatisch und wenig dramatisch, aber ja«, stimmte Fabian zu und lachte auf. »Sollte diese Portion Suppe nachgewürzt werden, geht es mit in den Pott und verleiht auch der Grundmasse eine Prise neuen Geschmack, der aber nicht weiter auffallen wird. Wie ein Tropfen Rotwein im Meer.« Er nahm sich grinsend noch ein Toffee. »Haben Sie manchmal Leute an völlig verschiedenen Enden der Welt getroffen, die Ihnen oder einem Ihrer Bekannten in bestimmten Verhaltensweisen oder gar Ansichten sehr ähnelten, obgleich ihre Kulturen unterschiedlich sind?«

Claire nickte. Der abgedroschene Begriff *Seelenverwandte* kam ihr in den Sinn, denn anscheinend gab es genau das. Mehr als das.

»Folgendes.« Fabian malte auf die beschlagene Scheibe einen Kreis. »Die Seele eines Menschen.« Er halbierte, viertelte. »Sie löst sich weiter auf.« Er achtelte ihn und zog viele Striche hindurch. »In etliche kleine Fragmente und so weiter.« Dann ließ er zwei dieser schmalen Stücke stehen und wischte die anderen weg und zog um sie jeweils einen angedeuteten Kreis, der Finger quietschte über das Glas. »Zwei neue Menschenseelen. Aber vielleicht gehörten jene Teile ihrer Seelen früher zu ein und derselben Person.«

Claire erinnerte sich an die Blitze, an das Gefühl des beginnenden Übergangs und daran, nichts anderes als ein schwächer werdender Gedanke zu sein, der mehr und mehr verblasste – und genau das nicht zu wollen. »Wieso bin ich noch vollständig?«

Fabian sah in ihre Augen. »Manche Seelen sind stärker als andere. Sie verweigern sich ihrer Auflösung und suchen sich einen neuen Körper, um weiterhin derselbe Mensch zu sein und auf der Erde zu bleiben. Doch einige tun es aus weniger hehren Gründen als Ihre, Frau …?«

»Claire. Riordan.«

Er lächelte sie an. »Also schön, Claire. Nennen wir diese bewussten Verweigerer *Seelenwanderer*. Sie können sich ihrer Auflösung mehr als einmal verweigern, und die Besten von ihnen sind bereits viele hundert Jahre auf der Welt.«

»Wie diese Anastasia?«

»Ja. Aber zu ihr komme ich später.« Fabian versuchte, den Fokus auf dem Grundsätzlichen zu halten. »Diese Auserwählten lenken die Geschicke der Menschheit bereits seit langer Zeit. Es hat Vorteile, eine wandernde Seele zu sein, denn mit jeder Wanderung in einen neuen Körper erlangen die Seelen außergewöhnliche Kräfte und verstärken diese. Ausgestattet mit unvorstellbaren, ganz verschiedenen Fähigkeiten, nannte die Menschheit sie mal *Engel*, mal *Dämonen* und manchmal sogar *Götter*.«

In Claires Kopf wirbelte es. Der Zucker aus dem Toffee half, den Anschluss an die Erklärungen zu halten – doch es klang so unwirklich.

Fabian atmete tief ein. »Unsägliche Greueltaten, unübertreffliche Heldentaten, beides haben sie vollbracht und Einzug in die Geschichtsbücher gehalten, von den größten Gelehrten bis zu den schrecklichsten Feldherren und Kriegstreibern. Und bevor ich es vergesse: Manche der Seelenwanderer *hassen* sich bis aufs Blut, bis auf den Grund ihrer uralten Seele.«

In was bin ich geraten? Claire fröstelte, und diesmal lag es nicht an ihrem dünnen Körper. *Dabei wollte ich nur für Finn und Deborah da sein.*

»Im Verborgenen führen sie Krieg um das alles entscheidende Wissen: die letzten Geheimnisse der Seele. Wer das Innerste, das Wichtigste, den Kern erforscht hat, kann sowohl Seelenwanderer als auch Menschen beherrschen«, erklärte Fabian unterdessen. »Haben Sie das nachvollziehen können, Claire?«

Sie erhob sich, weil es zunehmend ungemütlich auf dem Boden der Telefonzelle wurde. Ihre Unterarmwunden klopften schmerzhaft, weil das Adrenalin und die Schmerzmittel nachließen. Zudem hatte sie nur die Hälfte von alldem verstanden. »Ich bin mir nicht sicher, ob ich es verstanden habe.« Sie schluckte. »Aber *glauben* kann ich es nicht.«

»Das ist das Gute.« Fabian stand ebenfalls auf. »Sie müssen nichts *glauben*. Es *ist* so.«

Claire schnaufte. »Wieso bin ich nicht in meinen eigenen Körper zurückgekehrt?« Sie ballte die Hände zu Fäusten. »Wie komme ich raus aus *diesem* hier?«

»Die Antwort auf diese Frage«, sagte er zögernd, »lässt es noch komplizierter werden.« Fabian zeigte auf den Weg, der hinunter zum Heidesee führte. »Es tut mir sehr leid, aber ich muss Sie noch um etwas bitten.«

Claire ließ sich zum Gewässer geleiten.

Sie setzten sich am Ufer des Sees auf eine Parkbank, die im Nachtschatten einer Eiche stand, auf jene Bank, auf der sie unzählige Male mit Finn Platz genommen und den Nichten sowie der Tochter beim Spielen zugeschaut hatten. Es schmerzte, mit einem Fremden und in einem fremden Körper an diesem Ort zu sein. Es schmerzte maßlos.

Ein Mann im Schlabberlook passierte sie mit einem Hund, aus der übergeworfenen Hoodykapuze stieg der Qualm, als brenne sein Gesicht.

»Ich brauche Sie dringend, um zu verhindern …« Fabian hielt inne und setzte neu an. »Sie müssen mir helfen, Hunderte, wenn nicht sogar Tausende zu retten.«

»*Ich?*« Sie sah nach unten in eine Pfütze, in der sich der Mond spiegelte. Sachte wogte das Schilf, die Halme und Blätter raschelten leise.

»Nicht als Claire. Sondern als Marlene von Bechstein. Und zugleich Anastasia«, eröffnete er ihr ernst.

»Das … kann ich nicht!«, begehrte sie laut auf. »Ich will weder die eine noch die andere sein. Ich bin Claire, und ich will zu meiner Familie.« *Wenn sie mich überhaupt noch wollen.* Die harsche Beschimpfung ihrer Schwester am Telefon tönte in ihrem Ohr. Claire schluchzte. Das kurze Telefonat hatte sie mitgenommen.

»Anastasia und ihre Leute haben Lene von Bechstein mit voller Absicht ausgesucht und präpariert«, sprach Fabian eindringlich. »Dem Ehepaar gehört ein Zulieferunternehmen für die internationale Kosmetikindustrie mit bestens ausgestatteten Laboren. Es hat Zugang zu den höchsten Kreisen und Einfluss auf Politiker.« Er berührte sie am Arm. »Anastasia plant etwas Großes.«

»Und ich soll schauspielern, Bechstein *und* Anastasia zu sein?« Claire wäre mit einer Rolle bereits überfordert gewesen. Sie dachte an Deborah, an Nicola, an den Mörder ihres Mannes. »Nein. Nein, Sie müssen einen anderen Weg finden. Ich will hier raus und …«

»Wir müssen ergründen, was für ein Plan das ist, Claire!« Fabian packte sie und drehte sie zu sich. Seine Augen hatten sich verengt, er sah einschüchternd und drohend aus.

»Ich bin keine Schauspielerin.« Die Verzweiflung

stieg erneut in ihr empor. Innerhalb von Stunden hatte sich ihre Existenz, ihr Körper, alles verändert.

»Es geht dabei auch um Sie.« Fabian ließ sie los.

Claire starrte erneut in die Lache, wo der Mond silbrig schimmerte, als läge er auf dem Grund der Pfütze. »Ich bin tot«, erwiderte sie hohl und spöttisch.

»Anastasias Seele ist noch irgendwo um uns herum«, erklärte er. »Wenn es ihr gelingt, in einen anderen Körper zu fahren und Gegenmaßnahmen zu ergreifen, sind Sie als *Lene von Bechstein* bald erledigt. Ob sich Ihre Seele ein zweites Mal gegen die Rückkehr in die Seelenmasse wehren kann, wage ich zu bezweifeln. Und dann sind Sie endgültig von Ihren Lieben getrennt. Außerdem kann ich Ihnen dann nicht helfen, den Mörder Ihres Mannes zu finden.« Er legte ihr eine Hand auf den Rücken. »Es tut mir leid, aber es muss sein.«

Jetzt trage ich noch mehr Verantwortung. Claire fühlte sich unendlich überfordert. »Ich will das alles nicht«, wisperte sie, ohne den Blick zu heben.

Sie wünschte sich, ohnmächtig zu werden oder an einen Ort, wo sie schlafen und sich ausruhen konnte. Jedes Teilchen in ihr schwang und bebte, die Wunden brannten und taten weh.

Ich brauche einen Anker. Claire hob den Kopf und sah den Weg hinauf, der dorthin führte, wo ihre Schwester und ihre Tochter wohnten. Sie sehnte sich nach einem vertrauten Menschen, dem sie sich offenbaren konnte, da ihr die eigene Familie nicht glauben würde. Sie konnte es ihnen nicht verübeln.

»Darf ich Sie zu jemandem bringen, der Ihnen vielleicht mehr erklären kann?«, bot Fabian an. »Dort können Sie sich ausschlafen.«

»Ich will wieder zurück. In mein altes Leben«, erwiderte sie leise, doch bestimmt. »Und ich will den Mörder meines Mannes finden. Er soll …« *Sterben,* dachte Claire. Rache fühlte sich besser an als Gerechtigkeit. »Sie sagten, Sie könnten mir dabei helfen?«

»Zumindest kann ich Ihnen meine Unterstützung zusagen. Wir haben Möglichkeiten, mehr herauszufinden als die Ermittler.« Fabian erhob sich von der Bank und streckte ihr die Hand hin. »Kommen Sie. Wir treffen uns mit einem Seelenwanderer, der mehr Erfahrung hat als ich und zu den Guten gehört.«

Claire richtete sich ohne seine Hilfe auf und hatte einen plötzlichen Einfall, der ihr ein wenig Hoffnung gab. »Eine Bitte hätte ich noch.«

»Die wäre?«

»Wenn ich einen letzten Blick auf meinen … Leichnam, also auf mich in der Rechtsmedizin werfen darf, begleite ich Sie anschließend überallhin.« Claire blickte nochmals über den See, das wogende Schilf und dann zum vollen Mond am Himmel. »Ich will Abschied von meinem alten Körper nehmen. In Ruhe.«

Fabian sah nicht erfreut aus, doch er willigte ein.

Gemeinsam gingen sie zur Straße zurück, wo er seinen dunkelgrünen Audi A6 Allroad Quattro geparkt hatte, stiegen ein und fuhren los.

Der Weg führte sie nach Leipzig, zum Institut für Rechtsmedizin in die Johannisallee, wo ihr Leichnam sicherlich in einem Kühlfach aufbewahrt wurde und vor der Zersetzung geschützt war.

Darauf setzte Claire ihre gesamte Hoffnung.

Nimmer vergeht die Seele,
vielmehr die frühere Wohnung tauscht sie
mit neuem Sitz und lebt und wirkt in diesem.

Giordano Bruno (1548–1600)

KAPITEL IV

Deutschland, Sachsen, Leipzig

Eugen kniete im Wohnzimmer des Stadtappartements seiner Frau. Er hatte Schubladen aufgezogen und Schränke geöffnet, sichtete reihum die gesamten Papiere, um eine Erklärung zu finden. Um Antworten zu erhalten oder Hinweise zu erkennen, die Aufschlüsse erlaubten. Er wäre schon über einen Zettel glücklich gewesen, der Spekulationen erlaubte.

Aus der Küche erklang leises Klirren, der Kaffeeautomat fauchte seinen Dampf aus.

»Ich werde mich mit dem Ding nie auskennen«, schimpfte sein bester Freund Frederik. »Kaffee dauert noch«, gab er dann laut kund.

»Ist in Ordnung.« Nachdem Eugen die Polizisten angelogen hatte, ein einfacher Zeuge zu sein, der lediglich zuerst am zerschossenen Rettungswagen angekommen war und nichts beobachtet hatte, ließ man ihn nach einer halben Stunde weiterfahren.

Eugen hatte daraufhin Frederik aus dem Bett geklingelt und ihn ins Appartement bestellt, wo er ihm den Abschiedsbrief gezeigt und von den Ereignissen berichtet hatte. Das half ihm dabei, Ordnung in seine Gedanken zu bekommen.

Frederik und er kannten sich seit dreißig Jahren. Er war der PR-Chef der Bechstein-Labore und von sehr pragmatischem sowie analytischem Verstand. Auf ihn konnte man sich in schwierigen Situationen verlassen, er fand meistens einen Ansatz zur Lösung eines Problems, auch wenn der sich mitunter sehr ungewöhnlich gestaltete. Nur vor Kaffeemaschinen schien er beinahe zu kapitulieren.

»Hast du was gefunden?« Frederik kam aus der Küche und balancierte zwei Tassen auf Untertellern ins Wohnzimmer. Er stellte sie auf den Couchtisch und setzte sich.

»Nein.« Eugen wurde vom Geruch des Getränks angelockt. Es war kurz nach fünf Uhr morgens, und er fühlte die Müdigkeit. *Pause muss sein.*

Er rutschte zum niedrigen Möbelstück und nahm sich eine Tasse Kaffee. Schwarz, ohne Zucker.

Nach einem kurzen Nippen sah Eugen auf das Smartphone, dessen Display tot blieb. Keine entgangenen Anrufe, keine neuen Nachrichten, in welcher Form auch immer. »Ich habe keine Lust, auf diese Arschlöcher zu warten«, stieß er aus.

»Du hast gehofft, du findest eine unbekannte Telefonnummer, um sie auszuprobieren?« Frederik gab sich großzügig Zucker in seine Tasse. »Denkst du, dass sie jemand aus eurem Umfeld entführte? Irgendeine neue Bekanntschaft in ihrem Leben, der sie vertraute?«

»Was weiß ich?!« Eugen spürte die ohnmächtige Wut in sich aufsteigen. Er sah auf das geordnete Durcheinander auf dem Zimmerboden, Zettel und Ordner. Niemals hatte er geglaubt, in den Unterlagen seiner Frau kramen zu müssen, und er verspürte ein schlechtes Gewissen.

Frederik schabte sich mit der freien Hand über das Kinn, die Bartstoppeln gaben ein leises Kratzen von sich. »Es ist ein Puzzle, in das man falsche Teile eingebaut hat: Lene kündigt ihren Selbstmord an und offenbart eine ominöse tödliche Krankheit, dann wird sie aus dem Rettungswagen entführt, der sie anscheinend nach ihrem Versuch abgeholt hat. Dich ruft man an, um dir zu sagen, dass du nichts unternehmen sollst. Keine Lösegeldforderung.« Er schwenkte mit der Tasse einmal von rechts nach links. »Und: Jemand hat hier drin geputzt, um seine Spuren zu verwischen – was ihnen bis auf die Abdeckkappe einer Spritze auch gelang. Das macht kein Ärzteteam, das zu einem Notfall gerufen wird.« Sein Resümee endete, er trank vom Kaffee. »Das bedeutet: Die Entführer waren in der Wohnung, nachdem die Ärzte vielleicht da waren, beseitigten die Hinweise auf den vermeintlichen Selbstmord – aber wozu?«

Eugen verfolgte den Monolog und wünschte sich, an einer Stelle einzuhaken, um etwas Sinnvolles zu ergänzen.

Aber es ergab sich nicht, und das steigerte seinen Zorn auf die Unbekannten und die Stimme am Telefon. »Und sie rufen nicht an, weil …?«

»Sie schweigen, um dich verzweifelt zu machen und damit leichter an das Geld zu kommen«, lautete Frederiks Einschätzung.

»Verzweiflung«, wiederholte er leicht nickend. »Wie bei Lene.«

»Wundert dich das? Sie hat die Fehlgeburt sicherlich noch nicht überwunden. Dann verunglückten ihre Eltern tödlich keine zwei Wochen später, dann verlor sie ihr gesamtes Vermögen durch eine Finanzmanipulation, die beinahe den Konzern mitgerissen hätte. Ohne dich wäre sie am Arsch«, zählte Frederik erbarmungslos auf. »Nicht zu vergessen, dass ihr kleiner Bruder verschwunden ist. Ein Schicksalsschlag nach dem nächsten. In nur einem halben Jahr. Und wenn dann *eine* dunkle Stunde kommt, könnte sogar ich den Lebenswillen verlieren.«

»Niemals«, entgegnete Eugen schallschnell. »Sie liebt unsere Töchter, und sie ist eher besessen von der Suche nach ihrem Bruder gewesen. Außerdem stand von all diesen Sachen nichts im Brief.«

»Keinerlei Bezug?«

Eugen suchte das Papier heraus, auf dem Lenes Handschrift zu sehen war. Hastig überflog er die Zeilen und reichte es an seinen Freund weiter. »Oder habe ich etwas übersehen?«

Frederik las und schüttelte den Kopf. »Es ist nur was von den Werten erwähnt.«

»Sie hat mir nichts darüber gesagt.« Eugen seufzte.

Frederik studierte die Nachricht, als könne er eine geheime Botschaft zwischen den Zeilen erkennen. »Werte, die in den letzten Monaten schlechter wurden. Ideen?«

»Es kam keine Post eines Labors oder eine Arztrechnung.« Eugen trank seinen Kaffee aus und machte sich erneut an das Sichten der Unterlagen.

»Nicht an eure Adresse in Lausen«, korrigierte Frederik.

»Etwas Ansteckendes war es nicht, sonst hätte sie längst reagiert, um die Kinder und mich zu schützen.« Er zog den erstbesten Ordner aus dem Stapel.

»Hast du schon im Papierabfall gesucht?«

»Ja.«

»Im Restmüll?«

Eugen öffnete einen Ordner und überlegte. »Nein. Wieso?«

»Wenn man sich umbringen will, hat man vorher vielleicht nicht unbedingt Lust, den Abfall korrekt zu trennen.« Sein Freund erhob sich. »Dann mache ich das mal rasch.« Er verschwand in der Küche.

Eugen wusste nicht, ob sich Lene wirklich hatte umbringen wollen. Es war nur eine Vermutung aufgrund eines Zettels. Und das Puzzlestück passte nicht, wie Frederik es formuliert hatte.

Keine fünf Minuten später kehrte sein Freund zurück, mit übergestreiften Putzhandschuhen. Er trug ein Tablett, auf dem sich mehrere Schnipsel befanden. »Laborwerte und ein Anschreiben. Mit Anschrift.«

Eugen war schlagartig wach. Sie setzten sich auf die Couch und betrachteten die Einzelteile, die sich im Müll stark verfärbt hatten und größtenteils unleserlich waren. Gerade die aufgelisteten Blutwerte in kleiner, enger Schrift waren höchstens zu erahnen.

»Der Laborname ist kaum zu entziffern«, sagte Frederik und wischte behutsam Kaffeesatz weg. »Das war mal ein Arztname, *Professor …* etwas mit *-ling*. Und das könnte *Innere* heißen, und hier … *häma*.«

»Die Hämatologie!« Eugen sah auf die Adresse. »Das ist die Anschrift des Universitätsklinikums.« Er ahnte einen Zusammenhang. Wenn sich Werte dramatisch verschlechterten und Lene von einem Hämatologen behandelt wurde, bedeutete das höchstwahrscheinlich …

»Scheiße«, flüsterte er und spürte, dass er kreidebleich wurde. »Sie hat Blutkrebs.« Er fuhr sich über die Stirn. »Wie geht das so schnell?«

Frederik versuchte unentwegt, das Papier sorgsam vom Schmutz zu befreien. »Das ist eine Dreckskrankheit.«

»Ja, schon. Aber … sie war erst vor zwei Monaten bei der routinemäßigen Untersuchung, und außer ein paar Vitaminen hat sie von unserem Hausarzt nichts verschrieben bekommen.«

»Sagte *sie* dir das oder euer Hausarzt?«

Eugen verstand: Lene hatte ihm den Befund verheimlicht. Die Mittel waren keine harmlosen Nahrungsergänzungsmittel gewesen. »Scheiße.« Er spielte mit dem Gedanken, Doktor Frisch anzurufen und ihn zur Rede zu stellen. Dann entschied er sich anders. »Ich rufe den Hämatologen an.« Er griff nach dem Telefon.

»Halt.« Frederik hielt seinen Arm fest. »Warte wenigstens, bis es neun oder zehn Uhr ist«, sagte er beschwichtigend. »Er wird dir am Telefon sowieso keine Auskünfte geben. Um ihn auf deinen Besuch vorzubereiten, solltest du ihn nicht aus dem Schlaf reißen und seine Laune verderben.«

»Es ist ein Notfall!«

»Nicht nach medizinischen Maßstäben, und von der Entführung darf niemand erfahren.«

Eugen zog widerwillig die Hand zurück. »Ich warte bis neun Uhr. Dann rufe ich ihn an. Oder wir fahren zu Doktor Frisch.« Es ärgerte ihn, dass ihm die Hände gebunden waren. Er mochte Abwarten nicht.

Leukämie. Eugen wunderte sich. Lene und er hatten niemals Geheimnisse voreinander gehabt.

Hatte sie die Angst getrieben, ihn und die Kinder zu belasten?

Was für ein Unsinn. Ich hätte alles getan, um ihr zu helfen. Er starrte auf das Smartphone, das stumm und leblos auf dem Tisch lag. *Also war der Abschiedsbrief gefälscht und ein Teil des Plans der Entführer?*

Es ging ihnen womöglich um Ablenkung. Deswegen auch der Rettungswagen. Die Unbekannten waren vielleicht als Ärzte in das Appartement seiner Frau eingedrungen, beim Gerangel war jemand verletzt worden, was das Blut erklärte, und man hatte Lene mit einer Spritze ruhiggestellt.

Aber wie passte der Angriff auf die Ambulanz in dieses Szenarium?

Gab es Streit zwischen den Entführern? Was auch immer dahintersteckte: Die besorgniserregenden Laborwerte konnten nicht ignoriert werden.

Ein neuerlicher schrecklicher Gedanke befiel ihn.

Und wenn sie Tabletten gegen Leukämie braucht, um zu überleben? Haben die Entführer das Medikament mitgenommen, oder wird sie ihnen unter den Händen wegsterben, weil sie ihre tägliche Dosis nicht bekommt?

Eugen sprang auf und rannte ins Bad, um sich die Medikamentenfläschchen genau anzusehen.

Er hoffte, auf kein ihm unbekanntes Präparat zu stoßen.

Vereinigtes Königreich, England, London

»Gefällt Ihnen das Büro, Lord Mayor Stern?«, fragte die neue Sekretärin Uma neugierig, nachdem sie die Türen zu ihrem Arbeitsdomizil mit einer sehr theatralischen Geste aufgestoßen hatte. »Die Maler sind gestern fertig geworden.«

Artemis Stern, zweiunddreißig Jahre alt und in einen dunkelgrauen Hosenanzug gekleidet, betrat den hohen Raum mit gemessenem Schritt. Ihr Amtssitz im extrem beeindruckenden, dreistöckigen Mansion House hatte eine Generalüberholung erhalten, ganz nach ihren Vorgaben.

Nun fühlte sie sich wohl, nun konnte das Spiel beginnen. *Mein Spiel.*

Das Weiß umgab sie strahlend von allen Seiten, die

antiken, dunklen Möbel hatte sie gegen modernes Interieur austauschen lassen und sich über viele Traditionen hinweggesetzt. Einmal mehr. Nur eine »Charmeteufelin«, wie Lord Timothy sie genannt hatte, durfte sich das erlauben.

»Es sieht wundervoll aus«, antwortete Stern. Die Bilder aus vergangenen Zeiten mit ernst dreinblickenden Würdenträgern, romantischen Landschaftsdarstellungen oder Stillleben wurden durch das Weiß zur Geltung gebracht, der Stuck an der Decke und das Blattgold leuchteten von oben herab.

Uma, die ebenso eine Karriere als schwarzhaariges Model für Übergrößen hätte machen können, lächelte in ihrem hellen Kostüm glücklich. »Tee, Lord Mayor?«

»Zu gerne.« Stern begab sich in die Sitzecke mit den dunkelroten Chesterfield-Sesseln neben dem offenen Kamin, in dem ein kleines Feuer loderte. Sie öffnete die Jacke, womit die ausgeschnittene weiße Rüschenbluse zur Geltung kam. »Kommt gegen zehn dreißig nicht der Redakteur von der BBC?«

»Exakt, Lord Mayor.«

»Fein, fein. Dann ist der Tee die rechte Vorbereitung.« Stern schenkte ihr einen langen Blick, und ihre Untergebene errötete. »Gehen Sie nur, Uma.«

Die Sekretärin stöckelte auf ihren hohen Absätzen hinaus.

Stern lachte leise vor sich hin, schüttelte ihre lange blonde Mähne auf und betrachtete dabei ihr Büro.

Ihre Karriere war legendär: Sheriff-Amt, Ratsherrentitel der City und nun Lord Mayor, Bürgermeisterin der Stadt London.

Seitdem durfte sie in diesem herrschaftlichen Gebäude aus dem 18. Jahrhundert mit seiner kunstvollen Fassade und den gigantischen korinthischen Säulen residieren. Die übliche Parade anlässlich ihrer Einsetzung ins Amt hatte die Massen angezogen.

Niemand hatte mit ihr gerechnet, der jungen Frau, und ihrem rasanten Aufstieg.

Stern ging ein Lied summend ans Fenster und sah auf die vielbefahrenen Straßen hinab, wo sich der Verkehr ballte, der aus verschiedenen Richtungen herbeiströmte.

Ihr Geheimnis lag auf der Hand: Ausstrahlung von unfassbarem, selten dagewesenem Ausmaß. Sie nahm jeden für sich ein, ob Mann oder Frau.

Was sie mit ihrem Becircen anfing, entschied sie spontan. In ihrem Bett war schon mehr als eine Frau gelandet, die vorher niemals geglaubt hätte, Lust beim Anfassen eines weiblichen Körpers zu empfinden. Selbst schwule Männer widerstanden ihr nicht, was vor allem die Schwulen selbst wunderte.

Aber es ging nicht nur um Sex.

Es ging um Macht und deren Ausbau. Um Unterwerfung, ohne dass es die Gegenseite spürte.

Charmeteufelin. Das passte.

Stern begab sich an den Schreibtisch, aktivierte den Computer und las die Memos, die Uma säuberlich geordnet vorgelegt hatte.

Ihre Aufgabe war eher zeremonieller und weniger politischer Natur, von Würdenträgerempfängen bis Werbereisen im Namen Englands, und nicht zu vergessen die Bankette mit stapelweise Ministern an den Tischen.

Was anderen lästig war, bedeutete für Stern die beste Vorbereitung für das Spiel, das sie in Großbritannien ganz nach oben bringen sollte. Sie weitete ihre Verbindungen aus, knüpfte Netzwerke, angefangen von den

Wirtschaftsverbänden der Stadt bis hin zu den Würdenträgern der Oberschicht. Denn: Sie war zugleich auch oberste Magistratin der City of London, Kanzlerin der City University, Oberbefehlshaberin der Kadetten und Reservetruppen der City, Admiralin des Londoner Hafens und bald Treuhänderin der Saint Paul's Cathedral.

Spinnenartig wob sie ihr Netz, pilzartig wucherte sie unbemerkt in jede Nische der Stadt, wasserartig sickerte und drang sie unaufhaltsam in die Zentralen der Macht ein.

»The Right Honourable the Lord Mayor of London«, las sie ihren vollständigen Titel halblaut vor und grinste. In der Innenstadt war Stern der höchste Würdenträger, lediglich die Queen stand über ihr. *Und das ist erst der Anfang.*

Ihr Plan sah vor, mindestens fünf Amtszeiten zu durchlaufen, was in der Historie bislang einzigartig sein würde. Nebenbei käme sie mehrmals in Kontakt mit der königlichen Familie, und einen der attraktiveren Männer aus dem Hohen Haus würde sie rasch dazu bringen, sich in sie zu verlieben.

Was ich daraus mache, sehe ich dann. Stern grinste und fuhr sich durch das lange, blonde Haar. *Royal Highness ist kein schlechter Titel und eine hübsche Steigerung zu meinem aktuellen Rang.*

Es klopfte.

»Nur herein mit meinem Tee«, rief sie und erhob sich, um wieder in die Kaminecke zu wandern. Es wurde Zeit, Holz nachzulegen.

Der rechte Flügel der Tür schwang auf.

Herein kamen die frauliche Uma und der Tee auf einem Tablett, in Begleitung eines groß gewachsenen

Mannes um die vierzig, der einen dunklen Anzug trug. Andeutungsweise erkannte Stern ein feines rotes Karomuster in dem Stoff, das an Blutlinien erinnerte. Über seine Schulter hatte er den Riemen einer Umhängetasche gelegt.

Stern warf zwei Scheite ins Feuer. »Ah, mein Besuch.«

Der Mann mit dem glatten schwarzen Haar verharrte artig auf der Schwelle und wartete darauf, dass man ihn hereinbat; seine Augenbrauen liefen auffällig spitz zu.

Wie ein Vampir, dachte sie belustigt und richtete sich auf, während sich die Flammen gierig auf das neue Holz stürzten.

»Lord Mayor, das ist Mister Zima von der BBC.« Uma balancierte das Tablett in die Sitzgruppe, um es auf dem dunkel gebeizten Tischchen abzustellen. Neben der Kanne, zwei Tassen, Milch und Zucker hatte sie auch Shortbread auf einem Tellerchen angerichtet. »Wenn Sie erst noch in Ruhe Tee trinken möchten, lotse ich ihn wieder mit raus«, raunte sie.

Stern zwinkerte ihr zu. »Ich nehme seine Anwesenheit in Kauf«, gab sie leise zurück. »Mister Zima«, sprach sie laut und freundlich. »Treten Sie näher, und genießen Sie einen herrlichen Assam von der Plantage Boisahabi mit mir.«

Er deutete eine Verbeugung an. »Sehr aufmerksam, Lord Mayor. Verzeihen Sie, dass ich früher eintreffe, aber der Termin vorher erledigte sich rascher denn gedacht.« Zima besaß eine unglaublich tiefe Stimme, die Schwingungen verteilten sich spürbar im Raum. Er näherte sich dem Kamin und lächelte; dabei kamen goldene Zahnkronen zum Vorschein. Kurz glaubte Stern, ein Hinken in seinem Gang zu bemerken.

»Das kennen wir doch alle.« Sie bot ihm den Platz neben dem Kamin an und achtete darauf, dass die ausgeschnittene Bluse kleine Einblicke auf ihre rote Unterwäsche erlaubte.

Zima setzte sich, öffnete die Tasche und nahm ein schwarzes Büchlein sowie einen Stift hervor, der aus einem blau schimmernden Material gemacht war. Es glomm warm im Schein des Feuers, als möge es die Hitze. »Danke für Ihr Verständnis und Ihre Zeit, Lord Mayor.«

Uma schenkte rasch Tee ein und zog sich zurück. Satt klackend fiel die Tür zum Vorzimmer ins Schloss.

Der Verkehrslärm drang kaum durch die dicken Mauern und isolierten Fenster, sie waren alleine mit den Geräuschen des Raumes: Holzknacken, Uhrenticken, das Summen des Computerlüfters.

Auch wenn Zima sympathische, klassische Züge trug, ging von ihm unbestimmbare Gefährlichkeit aus.

Stern suchte seinen Blick und erschrak ein wenig. Sie sah ein grünes Auge, auf das andere fiel der Schatten so, dass es leer und unendlich tief erschien. »Ich bitte Sie«, entgegnete sie reichlich spät und fand, dass sich ihre Stimme belegt anhörte. »Wie kann ich der BBC helfen? Und sagen Sie Artemis zu mir.«

Zima machte sich erste Notizen auf der aufgeschlagenen leeren Seite. »Es geht um einen Beitrag, den wir über Sie drehen werden. Ihre Karriere ist bemerkenswert, aber wem sage ich das.«

»Ich bin zufrieden, wenn Sie das hören wollten.« Stern gab Milch und Zucker in ihr Getränk, hob die Tasse mit Unterteller, nahm einen Schluck. Dabei setzte sie ihren Charme frei, eine ganz wundervolle Gabe, wie sie fand. »Ein Beitrag?« BBC bedeutete mehr Aufmerksamkeit – falls es die richtige Aufmerksamkeit war. »Ich vermute, er wird kritisch, nicht wahr?«

Zima lächelte kalt und spielte mit dem Stift, der sein Leuchten verstärkt hatte und die Flammen zu imitieren schien. »Sie kennen das Gerede über Ihren Aufstieg. Mutmaßen manche Medien, Sie haben einflussreiche Gönner im Hintergrund, glauben andere zu wissen, Sie besäßen viel Wissen über wichtige Menschen, die Ihnen die Steigbügel hielten.« Er nahm ein Shortbread und betrachtete es, als wäre es ein hilfloses Tierchen, das von seinem Jäger verschlungen werden sollte. »Eine ganz andere Fraktion behauptet, die königliche Familie hätte Sie ins Amt gehievt und die Livery Companies für deren Votum bezahlt.« Er biss blitzschnell ab und kaute anschließend genussvoll. »Wollen Sie die Gerüchte eventuell kommentieren und sich in besserem Licht präsentieren? Dazu würde ich Ihnen die Gelegenheit geben. Ich kann den Beitrag natürlich auch ohne Sie machen.«

Stern nippte erneut am Tee und betrachtete den Mann, der selbst im Sitzen groß wirkte. *Hat sein rechtes Auge eben golden gefunkelt?* Sie schob es auf den Dampf, der von der Oberfläche des Tees aufstieg und ihre Sicht veränderte.

Sie war Geschäftsfrau genug, um die Botschaft zwischen den Zeilen des Redakteurs zu erkennen. »Es klingt ein wenig nach Erpressung, nicht wahr?«

Zima lachte; einige der krümelbesetzten Kronen schienen aus Platin zu bestehen. »Oh, nein, Artemis. Eher nach Geben und Nehmen.«

Erste Verwirrung machte sich bei Stern breit. Ihr Charme schien noch nicht bei ihm anzukommen, der ihn zu einem willenlosen Verbündeten machen sollte.

Also ließ sie mehr davon aus sich herausströmen, unsichtbar gegen den Mann branden und garnierte die Offensive mit einem Augenaufschlag sowie einem unwiderstehlichen Lächeln. Gleich würde er ihr verfallen sein.

»Was soll ich Ihnen geben, Mister Zima?«

Er betrachtete sie weiterhin gleichgültig aus seinem rechten goldenen Auge, nun lag das linke im Schatten. »Informationen.« Zu ihrer Verwunderung sah sie den Stift in seiner Hand leuchten. »Wer bin ich, Seelenwanderin?«

Sterns Magen zog sich faustklein zusammen und wurde zu kaltem Stein, beinahe hätte sie die Tasse fallen lassen. Zimas Blick schien ihre Gabe zu kontern. »*Wie* nannten Sie mich?«, raunte sie.

»Kennst du mich, Seelenwanderin?«, fragte er tonlos.

»Nein«, brachte sie mit Mühe über die Lippen.

»Bist du mir in einem früheren Leben begegnet?«, hakte er nach und beugte sich nach vorne, drehte den Kopf nach rechts und links, damit sie sein markantes Profil ansehen musste, ohne den Blick von ihr zu lösen. Die schwarze Augenhöhle wirkte furchteinflößend; es schien ihm ein Auge zu fehlen, als besäße er nur eines, das in seinem Schädel hin und her rollte und dabei die Farbe wechselte. »Schau genau hin, denn ich frage dich ein letztes Mal: Kennst du dieses Gesicht?«

Stern schluckte.

Die Angst, die er ihr einjagte, ohne dass er seine dunkle Stimme hob, ohne dass er sie anschrie, ohne dass er sie körperlich bedrohte oder eine Waffe zückte, übertraf jede Furcht, die sie bislang in ihrem Dasein verspürt hatte. Das Gefühl machte sie unbeweglich, raubte ihr den Widerstandswillen.

In ihrer Panik setzte Stern erneut ihre Gabe ein und hoffte, dass ihr Charme etwas ausrichtete.

Aber als er ihr das Gesicht erneut in Gänze zuwandte, erkannte sie am Ausdruck, dass es nicht fruchtete. *Dieser Mensch ist gegen meine Gabe immun.*

Zum ersten Mal traf sie auf ein Individuum, das sich nicht durch falsche Sympathie vereinnahmen ließ und das sie nicht subtil zu kontrollieren vermochte.

Stern hatte keine Vorstellung, was ein Bejahen oder ein Verneinen der Frage nach sich ziehen würde. Da er eine Lüge sicherlich durchschaute und sie wohl nicht die Erste war, die er fragte, entschied sie sich für die Wahrheit.

»Ich kenne Sie nicht. Nicht Sie und nicht Ihr Gesicht, weder zum jetzigen Zeitpunkt noch zu einem früheren«, erwiderte sie leise und bemerkte, dass ihr ein Schweißtropfen über die Schläfe glitt. Sie wagte nicht, ihn zu fragen, wer er war und was der inquisitorische Besuch zu bedeuten hatte.

Zima musterte sie, mal leuchtete ein Auge golden, dann grün, dann fielen sie zurück in die Finsternis.

Ihre Arme wurden kraftlos, die Finger ließen die Tasse fallen. Klirrend zerbrach das Porzellan auf dem Parkett, der dunkle Tee ergoss sich auf das Holz.

»Dann bleibe ich ein Verlorener und muss weitersuchen«, erwiderte er traurig und enttäuscht. Sein Stift schnellte nach vorne, legte sich an ihre Stirn oberhalb der Nasenwurzel. »Fürchtet euch nicht vor denen, die den Leib töten, die Seele aber nicht töten können. So steht es im Matthäusevangelium.« Der Stift leuchtete honiggolden und zeigte zahlreiche Einschlüsse im Innern des Materials, das Blau war überwiegend verschwunden. »*Ich* vermag *Schlimmeres.*«

Stern wollte der Berührung entkommen, aber sie saß gebannt auf dem Sessel.

Die Stelle auf ihrer Stirn erhitzte sich schlagartig, dann lief ein Prickeln von dort durch ihren Kopf den Hals hinab bis in die Finger und Zehen, wo aus dem Prickeln ein gleißender Schmerz wurde, der sie dazu brachte, die Zähne zusammenzubeißen.

Der Stift leuchtete vor ihren Augen, die Farbe pulsierte.

Stern konnte sehen, wie ein neuer dunkler Einschluss in dem Material entstand, während sie immer schwächer wurde und die Lider kaum mehr offen halten konnte.

Als die millimeterfeine Inklusion zum Stehen kam, sackte die Frau zusammen.

Dass Zima den Stift von ihrer Stirn nahm, spürte Artemis Stern nicht mehr. Der Tod war schnell.

Deutschland, Sachsen, Leipzig

Dem Gebäude der Rechtsmedizin sah man von weitem an, dass sich unter der modernen Fassade alte Bausubstanz und viel Geschichte samt hoher Anzahl obduzierter Leichen verbarg.

Oder spürte man es eher?

Das Moderne wirkte verschleiernd, beruhigend auf den Betrachter – vielleicht absichtlich, um den Schrecken zu mildern, den die Vorstellung von Klingen, Sägen, Metalltischen in gefliesten Räumen auslösen konnte.

Claire saß neben Fabian im Audi A6, während ihr diese Gedanken durch den Kopf gingen.

Sie fragte sich, wie viele Angehörige bereits vor einer Kühlkammer gestanden hatten, um einen Toten zu identifizieren, und wie oft Tücher vom fahlen Antlitz einer Leiche zurückgeschlagen worden waren.

Institut für Gerichtliche Medizin stand über dem Haupteingang in alter Schrift, als sei es ein Brandzeichen, das unauslöschlich mehr als ein Jahrhundert überdauert hatte und zeigte, dass es in einem weiteren Jahrhundert auch noch an dieser Stelle sein würde.

Der Wagen hielt in einer Parklücke an.

Claire schauderte.

»Also los.« Fabian stieg aus. »Wir gehen durch einen Seiteneingang«, erklärte er über das Dach hinweg, als sie den Wagen ebenfalls verließ.

»Sie haben einen Schlüssel?«

Er pochte sich gegen die Jacke, wo sich etwas ausbeulte. »In gewisser Weise, ja.«

Sie gingen das Trottoir entlang, vorbei an der vergitterten Einfahrt in die Tiefgarage. Er übernahm die Führung, und sie umrundeten das Gebäude.

»Es wird schnell gehen müssen«, erklärte Fabian. »Ich weiß nicht, wie gut die Rechtsmedizin gesichert ist. Kann sein, dass wir einen stummen Alarm auslösen.«

Claire nickte. »Ich brauche nicht lange. Für den Abschied, meine ich.«

Die beiden gelangten an eine Nebentür.

Fabian nahm einen elektrischen Türknacker aus der Jacke und setzte ihn an das Schloss, seine andere Hand hebelte mit einem flachen Eisen am Türschlitz.

Leise summend bearbeitete der E-Dietrich den Zylinder, gelegentlich klickte es.

Claire sah sich um. *Niemand in der Nähe.*

Die Wunden an den Unterarmen schmerzten weniger, seit ihr Fabian unterwegs Schmerztabletten besorgt hatte, aber gegen die Untergangsstimmung in ihrem Inneren halfen sie nicht. Sie wartete ungeduldig, dass er ihnen Zutritt verschaffte.

Es klickte.

Fabian brummte zufrieden und wollte sich erheben. »Gut. Wir …«

Darauf hatte sie gewartet: Claire versetzte ihm einen Stoß, so dass er mit der Stirn gegen die Tür knallte und benommen auf den Boden sank. *Tut mir leid.*

Für das, was sie beabsichtigte, brauchte sie ihn nicht.

Hastig stieg sie über ihn und eilte in den Korridor dahinter, in dem ein Bewegungssensor das Licht für sie einschaltete.

Wie im Fiebertraum taumelte und suchte sie sich vorwärts, drückte Klinken, ging rein und raus, bis sie in der Kühlkammer stand.

Bin ich hier? Claire schluckte und öffnete eine Edelstahltür nach der anderen, zog die Bahren heraus, riss die Tücher zur Seite und Reißverschlüsse von Säcken nach unten, um in die Gesichter der eingelagerten Toten zu sehen.

Kälte sickerte aus den Schubladen, kroch in den Raum und trug einen dezenten Geruch von Verfall mit sich.

Es waren überwiegend ältere Leute, in deren Züge Claire blickte, dann folgten zwei jüngere Menschen, ein Mann und eine Frau, die allem Anschein nach Unfallopfer waren.

Claire nahm das Aussehen nicht richtig wahr, arbeitete schnell und mit zitternden Händen und bat die Vorsehung, nicht Finn vor sich zu haben – bis sie einen Zipper nach unten zog und in ihr eigenes Gesicht blickte.

Sofort erstarrte sie.

Es war deformiert, wies hässliche Riss- und Schnittwunden auf. Die Haare hatten sich von ihrem Blut verfärbt, in kleinen Plättchen hingen Krusten auf der Haut.

Das lässt sich richten, dachte Claire und lächelte, schluckte und blickte sich im Raum um. *Gleich ist es geschafft.*

Am anderen Ende war eine Metallanrichte, zu der sie eilte, um die Schubladen aufzureißen. In einer davon entdeckte sie eine Verbandsschere.

Das wird reichen. Sie kehrte zu ihrer Leiche zurück und schnitt sich dabei die Verbände an den Unterarmen auf. Die rötlichen Bandagen fielen achtlos auf die Fliesen neben den Ablauf in der Raummitte.

Claire stellte sich neben die ausgezogene Bahre, richtete die Augen auf ihr geschundenes Antlitz.

»Halt!«, rief eine Männerstimme von der Tür. Aus den Augenwinkeln sah sie Fabian. »Was wird das?«

»Ich gehe zurück«, wisperte sie. »Ich beende diesen furchtbaren Traum.« Claire trennte sich die Naht am linken Arm auf, einen Faden nach dem anderen. »Meine Seele muss zurück. Dann wird alles gut.«

Fabian trat vorsichtig in den Raum. »Claire, nein«, sprach er beruhigend. »Es ist kein Traum, aus dem Sie erwachen können. Das ist die Realität.«

»Ich habe nachgedacht und glaube«, flüsterte sie abwesend, »dass meine Seele in meinen Körper zurückkehrt, wenn ich *den* Leib umbringe, in dem ich stecke.«

Blut rann ihren Arm hinab.

»Ihr alter Körper ist schon im Verfall begriffen. Das Gehirn reagiert nicht mehr, die Zellen sind unrettbar verloren«, erklärte er und trat von der anderen Seite an die Bahre, die Arme ausgestreckt. »Geben Sie mir die Schere.«

Claire schüttelte den Kopf. »Meine Seele weiß, was sie zu tun hat.«

»Ihre Seele wird sich auflösen«, widersprach er.

»Warum sollte sie?« Sie legte die linke Hand auf die Stirn ihrer Leiche und wischte ein paar dunkle Strähnen zur Seite. Blut rann über ihre Finger und hinterließ rote Spuren auf der Haut, die ungewohnt kalt war. »Da ist ihr Zuhause. Es wird ein zweites Wunder geschehen.« Noch immer sah sie Fabian nicht an. »Sollte keines geschehen, sterbe ich eben. Das ist auch in Ordnung. Dann bin ich bei Finn.«

»Claire!«, herrschte er sie an. »Claire, Sie …«

»Ich will zurück«, raunte sie und spürte heiße Tränen, die sich brennend ihren Weg über die Wange bahnten. Die Streichelbewegungen über die Züge der Toten wurden abgehackter, ruppiger. »Ich will zurück. Zurück in mein altes Leben«, sagte Claire lauter und entschieden.

»Das geht nicht«, entgegnete Fabian. »Erinnern Sie sich: Sie tragen Verantwortung.«

»Ich will zurück«, schrie sie, der Arm mit der Schere ruckte an ihren eigenen Hals. »Ich will es! Ich will es jetzt!« Die Klinge legte sich an die pochende Schlagader. »Ich will mein altes Leben oder sterben oder aufwachen!« *Es muss einen Ausweg geben!* Sie hob den Blick an die Decke. »Wer immer mir das antut: Hör damit auf!«, bat sie schluchzend.

»Wir brauchen Sie!«

»Aber ich bin nicht Anastasia, ich bin auch nicht Lene. Und schon gar nicht will ich eine von ihnen spielen!«

Fabian steckte eine Hand in die Tasche. Er versuchte, mit der freien Hand Claires Arm zu packen, aber sie wich aus und setzte zum Kehlenschnitt mit der Schere an.

Unfassbar schnell hielt er eine pistolenartige Waffe in der Hand. Noch bevor sie die Schere durch ihren Hals ziehen konnte, knallte und knisterte es gleichzeitig.

Die Welt wurde hell, ihr Herz schien in Flammen zu stehen. Sie fiel gegen die kalte Leichenbrust, der Plastiksack raschelte; von dort klatschte sie wie ein plumper Käfer mit dem Rücken auf den Boden. Noch immer sah sie nicht richtig und schloss die Lider, um sich konzentrieren zu können.

»Das darf ich nicht zulassen«, hörte sie Fabians grausame Worte.

Claire versuchte, die Arme zur Abwehr zu heben, doch sie spürte die Gliedmaßen nicht. In ihr juckte und kribbelte es.

Für einen winzigen Moment hatte sie die Hoffnung, sie sei wieder gestorben und ihre Seele führe zurück in ihren Leib. *Dann kann ich wenigstens meiner Familie beistehen* – und plötzlich wurden Erinnerungen freigesetzt.

Fremde Erinnerungen, die wie ein Film in ihrem Kopf abliefen.

… im Taschenschminkspiegel sah sie ein gealtertes Gesicht, auf welchem sie das Make-up auffrischte. Gleich darauf ging sie in einen schummrigen gewölbten Raum voller heruntergekommener Menschen, die in zeltartigen Isolierkammern auf Feldbetten lagen und apathisch

an die Decke starrten; über ihnen baumelten farbig markierte Infusionsbeutel, die dünnen Schläuche führten zu Nadeln in den Armen.
Gelegentlich gellte ein erschütternder Schrei durch den Raum, der an einen uralten Keller oder eine Krypta erinnerte. Solche Laute hatte sie niemals in ihrem Leben vernommen, das Leid ging über physische Qualen hinaus.
Sie steuerte auf einen großgewachsenen Mann neben einer Liege zu, der einen schwarzen Arztkittel und dunkle Hosen trug. Die dunkelblonden Haare hatte er im Nacken ausrasiert und streng nach hinten gelegt, er sah durch eine Designerbrille auf einen Tabletcomputer.
Sie blieb neben ihm stehen. »Wie steht es?«
»Nicht so gut wie erhofft.« Er hielt ihr die Skalen hin, wischte Tabellen vor und zurück, und sie nickte. »Hallo erst mal, Anastasia.«
Sie schenkte ihm ein knappes Lächeln als Erwiderung. »Das heißt?«
»Unser Mittelchen zerstört nicht etwa den Lebenswillen der Probanden, sondern verändert ihn lediglich. Das ist aber nicht das gewünschte Ziel.« Er sah auf einen Infusionsbeutel und drehte das gelbe Rädchen weiter auf, das grüne zu. »Aktuell ist mir der aufputschende Effekt zu hoch und der Absturz danach zu gering.« Er zeigte auf die liegende Frau vor sich. »Sie sollen so high sein, dass sie auf ein Hochhaus fliegen und danach vor Verzweiflung runterspringen wollen. Aktuell befinden sie sich auf dem Hochhaus, fahren aber mit dem Lift nach unten und weinen dabei.«
Sie lachte. »Ich mag deine Vergleiche. Das bedeutet: Die Endorphine reißen immer noch zu langsam ab. Wir brauchen also eine höhere Dosierung.« Sie scrollte eben-

falls auf dem kleinen Monitor. »Bald kann ich das besser austarieren. Sagen wir: Ich bringe die Probanden dazu, das Kabel des Lifts durchzuschneiden.«

»Daran zweifle ich nicht.« Dieses Mal lachte er. »Wir kommen gut voran. Der Bechstein-Tausch muss nur noch klappen.«

»Das wird er, Gregor. Unser Prototyp-Serum schlägt doch gut bei ihr an.« Sie räusperte sich. »Mir gefällt dieser Körper ohnehin nicht mehr. Er ist alt und schlaff, trotz der Schönheitsoperationen.«

»Er leistete dir gute Dienste. Was willst du mehr?« Der Mann rief ein Diagramm auf. »Diesen Baustein müssen wir dazu bringen, an den Synapsen anzudocken. Das ist unser Zugang zum Serotoninspiegel.«

»Sehr komplex. Aber machbar.« Sie seufzte. »Vor allem, sobald ich zu Bechstein geworden bin.«

… Claire atmete tief durch und öffnete die Augen.

Der kurze, sehr real wirkende Traum ließ sie entkommen, doch zuckten die Bilder in ihrem Verstand nach. Sie hinterließen das Gefühl von Bösartigkeit, gleich dem schalen Geschmack von Fäulnis auf der Zunge.

Statt auf den Fliesen der Gerichtsmedizin lag sie zu ihrer Überraschung in einem Bett, in einem weißgestrichenen kleinen Raum mit Einbauschrank, zwei Türen und einem großen Fenster, vor dem dunkelblaue Vorhänge baumelten. Ein schwacher Lichtschein drang durch den Spalt herein.

Neben ihr saß Fabian, der eine Beule an der Stirn hatte. »Ah, aufgewacht.« Er zeigte auf das Bett. »Die nehmen wir Ihnen ab, sobald Sie mit meinen … Partnern gesprochen haben.«

Claire blickte nach unten. Ihre Arme waren mit neuen Verbänden versehen, die Handgelenke steckten in gepolsterten Riemen und machten sie durch die Fixierung am Rahmen unbeweglich.

Nun, da ihr Selbstmordversuch gescheitert war, besaß sie vorerst keine Kraft für weitere Auflehnungen. Auch spürte sie kein Verlangen danach. *Vermutlich haben sie mir ein Mittel gegeben, das mich ruhiger macht.*

»Bis gleich.« Fabian ging hinaus.

Claire blinzelte und legte den Kopf zurück aufs Kissen. Ihr war schwindlig, die Bilder aus dem Gewölbe machten ihr Angst.

Sie wusste: Es war kein Traum, den sie eben erlebt hatte. Es waren Anastasias Erinnerungen, die sie beim Touchieren im Seelenwettlauf um den Bechstein-Körper anscheinend übernommen hatte.

Es ist wahr, was Fabian mir am See sagte. Sie plant etwas Grausames! Ein Serum, mit dem man die Menschen zuerst himmelhoch jauchzend und danach zu Tode betrübt machte. Sie stellte sich vor, was dieses Mittel im Trinkwasser einer Stadt anrichten würde. *Weswegen?*

Sobald sie sich ganz stark konzentrierte, tauchte die vage Erinnerung an ein vollgeschriebenes Blatt Papier auf, Zeichen und Zahlen und Pfeile liefen so wüst durcheinander, dass es einem modernen Kunstwerk ähnelte. Es war ein Teil der Formel, die sie und dieser Gregor erarbeitet hatten.

Jedoch nur *ein* Teil, der gleich wieder verschwand.

Claire sah sich erneut um, doch sie erkannte nichts, was ihr Aufschlüsse darüber gab, wo sie sich befand. *Ein Krankenhaus? Wohl kaum.*

Sie vermutete eine private Unterkunft, die gut ausgestattet war. Anscheinend gab es öfter renitente Seelenwanderer, die man anbinden musste.

Dann dachte sie an eine Irrenanstalt, eine von der üblen Sorte, die sie aus Krimis kannte. *Oder aus meinem Traum.*

Auf dem Flur erklangen leise Stimmen. Harte Absätze donnerten auf den Boden, weiche quietschten darüber, als würde die Gruppe, die auf die Tür zuhielt, von einem nervösen Basketballspieler verfolgt.

Es klopfte einmal, der Eingang schwang auf.

Claire sah ein Trio hereinkommen: eine Frau, zwei Männer, alle im mittleren Alter, alle vom Äußeren her unscheinbar.

Die Frau hatte kurze schwarze Haare, der größere der Männer eine lange grausilberne Mähne, und die undefinierten braunen Locken des anderen Mannes schienen aus den Fünfzigern zu stammen; die Klamotten wirkten alltagstauglich und unauffällig.

Nichts war äußerlich besonders, und doch verströmten die drei eine Ausstrahlung, ein Charisma, das Claire gleich einem Kraftfeld wahrnahm, das heranwallte und sie in die Matratze zu pressen schien. Gegen ein Wort, ein Lächeln dieser drei gab es kaum ein Gegenmittel. Man wollte deren Wünsche sofort erfüllen, sobald sie geäußert wurden. Claire starrte sie an und fühlte sich klein, unwürdig.

An der Tür war Fabian stehen geblieben und steckte die Hände in die Hosentaschen.

Der Mann mit den braunen Locken trat nach vorne und näher an sie heran. »Guten Tag«, sprach er mit angenehmer Stimme, die auf der Stelle beruhigend wirkte. »Fabian hat uns in Kenntnis gesetzt, dass Sie nicht Anastasia sind.«

Claire räusperte sich. »Und?«

Er lächelte gewinnend. »Sie sehen uns ebenso überrascht. Das geschah in den Jahren, in denen ich reise, nicht ein einziges Mal. Ich las immer nur darüber.«

»Wer sind Sie?«, wagte Claire die Frage.

»Fabian sagte, er habe Sie eingeweiht.«

»Erklärungen zur Seele und die Wanderung, ja«, erwiderte sie. »Aber er nannte keinen Namen der Organisation oder Verbindung oder was immer das ist.« Claire fand den Unbekannten sehr sympathisch und vergaß darüber zu ihrer Verwunderung die unglaublichen Umstände des Zusammentreffens.

»Fangen wir doch bei Ihnen an«, gab er zurück. »Wer steckt nun in diesem Körper der Marlene von Bechstein?«

Claire sah für eine Sekunde zu Fabian, der ihren Blick unschuldig erwiderte. *Er verschwieg ihnen, wer ich bin.* Sie wertete es als Vertrauensbeweis: Claire sollte selbst entscheiden, was sie seinen Vorgesetzten erzählte. Wieder musste sie sich räuspern. »Ich will erst mehr über Sie erfahren. Wenn ich richtig verstanden habe, brauchen Sie mich.«

Das Gesicht des Langhaarigen verschloss sich umgehend. Er sah sie abschätzend an, als überlegte er, an welcher Stelle ihres Körpers er die Folter beginnen würde. Die Frau dagegen blieb freundlich.

Ihr Gesprächspartner betrachtete sie. »Ich verstehe«, sagte er nach einer längeren Pause. »Mein Name ist Philipp Stahl, die Dame heißt Marie Hochschmidt, und daneben ist Sergej Taronow. Wir drei stehen an der Spitze einer Gruppe von Seelenwanderern, die im Gegensatz zu manchen anderen Verantwortung für die Allgemeinheit übernehmen.« Er zwinkerte. »Ich muss Sie enttäuschen. Wir haben keine Verschwörerbezeichnung für unsere Organisation.«

Claire hörte aufmerksam zu.

Gleichzeitig beschäftigte sie die Frage, warum Fabian seinen Vorgesetzten nichts berichtet hatte. *Welches Spiel treibt er mit ihnen? Oder wissen sie es in Wirklichkeit und tun unwissend, um mir Sicherheit zu geben? Es gab viele Möglichkeiten,* die als Erklärung taugten. Daher würde sie vorerst nichts zu ihrer Identität verraten.

»Entschuldigen Sie nochmals den Empfang«, sagte Stahl. »Wir wussten nicht, dass wir die Falsche haben.« Er deutete unbestimmt durch den Raum. »Sie befinden sich im Hospiz Elysium, in das Sie Fabian gleich nach Ihrer Rettung brachte. Es dient uns dafür, einige verlorene und verwirrte Seelen zu bergen. Wie auch Sie.«

»Verwirrte Seelen?«, echote sie.

Jetzt trat Hochschmidt nach vorne. »Seelen, die sich wie Ihre der Rückkehr in die Urmasse verweigern, fahren mitunter in Körper ein, die bereits eine Seele besitzen. Nicht jede Schizophrenie ist eine, und nicht jede Teufelsaustreibung richtet sich gegen einen Dämon.«

»Das ist so nicht richtig. Es gibt keine Dämonen«, murmelte Taronow mit einer Bassstimme, die Claire trotz der geringen Lautstärke durch Mark und Bein ging. »Nur gewandelte Seelen.«

»Wir haben die besseren Möglichkeiten, diesen doppelten, mitunter vielfachen Seelen in einem einzigen Leib zu helfen«, fügte Stahl hinzu. »Es gibt Menschen, die wirken auf freie Seelen wie Kupferdrähte auf Blitze. Und genau diese …«

»Das ist nicht das Thema«, schaltete sich Taronow ein. Seine eisgrauen Augen richteten sich abwechselnd auf seine Mitstreiter. »Wir vergeuden Zeit. Die echte

Anastasia ist noch da draußen, und ihre Leute werden versuchen, ihr Ersatz zu verschaffen.«

Stahl hob die Hand. »Danke für die Erinnerung, Sergej. Lass es uns dennoch weniger direkt angehen.«

Hochschmidt behielt das Strahlen auf ihrem Gesicht bei. »Auch wenn man es bei Sergej nicht vermuten würde, aber wir gehören zu den Guten«, betonte sie und ließ einen tadelnden Unterton mitschwingen. »Wir wollen das Leben von Tausenden Unschuldigen retten, denn von Anastasia und ihrem Kampfgefährten Dubois geht eine immense Gefahr aus.«

Claire ertappte sich bei dem Gedanken, dass sie die Frau auch mochte. Sie verströmte Würde, Weisheit und eine Größe, wie sie einer Königin gebührte. Mit ihr an der Spitze wäre Monarchie sofort die kommende Regierungsform, sogar in den demokratischsten Ländern der Erde.

»Anastasia ist die mächtigste Gegnerin, die uns geblieben ist. Alle anderen gefährlichen Großen wurden von uns besiegt«, erklärte Stahl bedächtig. »Sie vermag sehr viel, besitzt großes Wissen und unglaubliche Fertigkeiten, sofern sie in einen neuen Körper einfährt.« Er zeigte auf Claire. »Wir erfuhren, dass ihre Leute Marlene von Bechstein ausgesucht hatten. Ziel unserer Überfallaktion auf den Transporter war, Anastasia kurz nach dem Einfahren in Bechsteins Körper zu fangen. Zurück in ihren alten Leib konnte sie nicht mehr. Das hängt mit der Extrusion zusammen.«

Sie hätten mich dabei um ein Haar umgebracht. Claire wurde kalt, als sie daran dachte, dass es reiner Zufall war, am Leben zu sein, nein, eine zweite Chance bekommen zu haben. Sie sah erneut zu Fabian und versuchte, Dankbarkeit in den Blick zu legen.

Er erwiderte ihn mit einem Lächeln.

Stahl setzte sich auf die Bettkante. »Ich möchte von Ihnen wissen, ob Sie sich an etwas aus Anastasias Leben erinnern können. Etwas, was Aufschluss über Anastasias und Dubois' Pläne gibt.«

»Das ist Zeitverschwendung«, warf Taronow mehr knurrend als sprechend ein. »Dafür hätte sie in Kontakt mit Anastasias Seele kommen müssen. Aber sie hat lediglich den Körper gestohlen, der vorgesehen war.«

»Es kann durchaus sein, dass sie Zugriff auf Erinnerungen von Bechstein hat«, fuhr ihn Hochschmidt an. »Wir könnten indirekt Schlüsse ziehen, was ...«

Claire nahm all ihren Mut zusammen. »Ich habe sie berührt.« Wieder blockierte die belegte Stimme.

Fabian machte das diskutierende Trio aufmerksam. »Sie hat was gesagt.«

Die Augen richteten sich auf sie: Skepsis, Hoffnung, Abneigung, Neugier. Vier sehr unterschiedliche Emotionen schlugen Claire entgegen, die in diesem Moment entschied, ihre Identität endgültig für sich zu behalten. Ihre Familie musste geschützt werden.

»Wir lieferten uns eine Art Wettrennen zum Körper. Glaube ich«, erklärte sie. »Es fühlte sich an, als kollidierte ich mehrmals mit ... etwas.« Claire versuchte, sich an die fremden und zugleich realen Bilder zu entsinnen, die sie in ihrer Ohnmacht überfallen hatten. »Anastasia und ein Mann standen in einem heruntergekommenen Gewölbe voller Menschen, die an Infusionen hingen. Da war die Rede von einem Serum, das die Menschen in Verzweiflung stürzen soll, damit sie sich umbringen. Sie sind auf einem guten Weg, aber noch wirkte es nicht so rasch, wie sie wollen«, berichtete sie.

»Sie wollen das Seelenwandern vereinfachen«, schätzte Hochschmidt. »Damit könnten sie in kurzer Zeit mehr Fähigkeiten erlangen und uns überlegen werden.«

»Die Formel ist jedoch nicht fertig«, erklärte Claire weiter. »Aus irgendeinem Grund brauchen sie Bechstein. Sagten sie zumindest.«

»Gibt es eine Formel?« Taronow starrte sie an und schien Eis mit seinem Blick zu versprühen.

Claire war sich sicher, dass sie diesen Menschen niemals leiden können würde, trotz seines Charismas. »Ich erinnere mich nicht.«

»Man sollte nicht vergessen«, warf Fabian aus dem Hintergrund ein, »dass ihre Reise nicht lange her ist und sie so etwas zum ersten Mal erlebt.«

Stahl nickte. »Wir sollten wirklich rücksichtsvoller sein. Und wenn ich daran denke, wie es mir nach meiner ersten Wanderung erging, halten Sie sich brillant.« Er schenkte Claire wieder ein wundervolles Lächeln. »Ich freue mich, dass Sie diese Information mit uns teilten, Frau …?«

Sie sah auf ihre Fesseln. »Ich behalte meinen wahren Namen vorerst für mich«, verkündete sie. »Ich brauche Vertrauen.«

Taronow stieß ein paar Worte aus, die russisch klangen. Vermutlich eine Verwünschung.

Claire gratulierte sich, nichts von sich preisgegeben zu haben, und sie dankte Fabian innerlich für seine Verschwiegenheit. *Es wird trotzdem nicht lange dauern, bis einer von den dreien herausgefunden hat, wer ich wirklich bin.*

Stahl saß noch immer neben ihr. Nach einigen Sekunden des Zögerns löste er die Riemen. »Ich verspreche Ihnen, dass, wer immer Sie sind, wir Ihnen helfen, in Ihr altes Leben zurückzufinden, auch wenn es nicht in Ihrem alten Körper sein kann. Wir schulen Sie im Umgang mit Ihrer neu gewonnenen Kraft, damit Sie Ihrer Umwelt keinen Schaden zufügen, wie es bei dem Einkaufscenter geschah«, erklärte er dabei. »Das wird Ihr Lohn sein, während Sie uns helfen, hinter den Plan zu kommen, der mit Marlene Bechstein verfolgt werden soll.«

»Es geht um viel«, bekräftigte Hochschmidt eindringlich. »Wir brauchen Informationen zum Ausmaß des Plans. Ein Serum wie dieses könnte unzählige Katastrophen heraufbeschwören.«

Claire ließ ihren Blick über die vier wandern. »Ich helfe Ihnen, Sie helfen mir. Schwören Sie das?«

»Sicherlich.« Stahl sah in die Runde und erntete Nicken – bis auf Taronow, der erst auf eine Geste von Hochschmidt hin mit deutlicher Abneigung einwilligte.

»Und Sie werden mich unterstützen, den Mörder meines Mannes zu finden«, setzte sie hinzu.

»Oh, *deswegen* ist Ihre Seele geblieben! Wie schrecklich«, erwiderte Hochschmidt sofort, auf deren Gesicht sich große Anteilnahme abzeichnete. »Natürlich fangen wir den Schuldigen.«

»Sie könnten mich anlügen.«

»Hört sie euch an!« Taronow lachte dunkel auf. »Sicherlich könnten wir das. Wir könnten Sie sogar unter Drogen setzen, Sie foltern, Ihren Willen mit unseren Kräften beeinflussen und noch viel mehr.« Er verschränkte die Arme vor der Brust. »Das wäre die Alternative.«

»Nein, *das* ist *nicht* die Alternative.« Stahl legte seine Rechte auf Claires Schulter, der Griff war warm und fest. »Wir sind die Guten. Sergej ist angespannt, weil wir uns dem Ziel nahe wähnten und sich die Lage jetzt sehr verändert hat. Zu unseren Ungunsten.« Er atmete ein und sah ihr in die Augen. »Wenn Sie uns aus freien Stücken nicht helfen wollen, müssen wir uns etwas anderes ausdenken. Aber Sie werden das Hospiz verlassen können und danach tun, was immer Sie möchten.«

Claire überlegte. Taronows Lippen wurden zu Strichen, aber er hielt weitere Worte mit Gewalt zurück.

Auf die Dauer der Zeit
nimmt die Seele
die Farbe der Gedanken an.

Marcus Aurelius (121–180)

KAPITEL V

Russland, Sankt Petersburg

Die Fassaden der prächtigen und aufwendig sanierten Prospekte zogen am Fenster des Taxis vorbei, in dem Eric saß. Nach dem 300. Geburtstag der Stadt im Jahr 2003 hatte die Regierung dafür gesorgt, dass die überwiegenden Fronten ihre Schönheit behielten. Wie es in den Hinterhöfen aussah, ging die Augen der Touristen nichts an.

Flocken trudelten scheinbar unsicher aus dem Himmel in Richtung Erde, so wie zu spät gekommene Besucher in eine Theatervorstellung schlichen, auf den ersten Blick keinen freien Platz fanden und sich orientieren mussten. Schnee türmte sich auf den Gehsteigen zu Halden auf, das Weiß bildete auf der Straße einen festen, dicken Belag.

Eric erinnerte sich nicht im Guten an die herrliche Stadt, in die er reisen musste, um sich eine der vielen Immobilien der Zacharovs vorzunehmen.

Der Verkehr pulsierte. Immer wieder wurde gehupt, stark gebremst und sportlich angefahren, was weiße Fontänen am Heck emporschleuderte.

Der Mann hinter dem Lenkrad reihte eine Schmähung an die nächste und schien Eric auf der Strecke vom Flughafen zur Unterkunft alle Schimpfwörter lehren zu wollen, die das Russische kannte. Inzwischen waren sie beim Buchstaben O wie *obmudok*, was *Trottel* hieß.

»Keine Eile«, sagte er auf Englisch nach vorne. Dass er Russisch sprach, brauchte der Fahrer nicht zu wissen.

»*Da, da*«, lautete die abwiegelnde Antwort.

Sie passierten eine Brücke, die über einen zugefrorenen Wasserarm führte.

Der Anblick weckte Erinnerungen. Mit seinem modifizierten Porsche Cayenne war Eric damals über die eiserstarrten Kanäle der Stadt gedonnert und hatte sich Rennen mit seinen Gegnern geliefert. Danach hatte er es vorgezogen, die russische Föderation zu meiden, solange es ging.

Das ist lange her. Auch wenn ihn weder Grenzbeamte noch Polizisten bei der Einreise am Flughafen misstrauisch angeschaut hatten, fühlte sich Eric unwohl.

Ich habe mich verändert. Durch und durch, dachte er mit grimmigem Humor und betrachtete die Statue von Peter dem Großen, an der sie vorbeifuhren.

Sein gefälschter britischer Reisepass auf den Namen William Miller hielt allen Prüfungen stand, niemand erkannte ihn. Man nahm ihn ebenso wenig wahr wie Tausende anderer Gäste, die Tag für Tag in Sankt Petersburg einfielen.

Sein Smartphone machte sich bemerkbar, und er sah nach der SMS, die eingegangen war.

Alles klar bei Dir?, wollte Sia wissen.

Alles klar, schrieb er zurück. Bin unterwegs. Melde mich, sobald ich mehr weiß.

Das Taxi bog vom Newski-Prospekt in die Mikhailovskaya Ulitsa und hielt vor dem Grand Hotel. Das Dach über dem Eingang schützte die Gäste vor Witterungsbelästigungen.

»Das macht zwanzig Euro«, sagte der Fahrer auf Englisch und drehte sich halb auf dem Sitz nach hinten. Dabei rutschte der Ärmel seiner Lederjacke in die Höhe, ansatzweise wurden eintätowierte Linien sichtbar. Die erkennbare Nummer gehörte zu einer militärischen Einheit.

»Euro?«

»*Da*«, erwiderte der Mann nickend. »Kriege ich mehr für als für Rubel.« Er grinste schlagartig. »Andere Währung? Pfund? Aber keinen Dollar.«

Eric lachte und reichte ihm den geforderten Betrag. Währenddessen entlud ein Hotelangestellter bereits sein überschaubares Gepäck, das aus einer sackähnlichen Ledertasche bestand, die locker ins Flugzeugkabinenfach passte.

Er stieg aus, und schon stand ein Mann in dickem Mantel und mit Uniformmütze vor ihm. »Willkommen im *Grand Hotel,* Sir«, grüßte er auf Englisch. »Sie hatten einen angenehmen Flug?«

»Hatte ich. Und ich hoffe, mein Zimmer ist genauso angenehm.« Er folgte dem Mann, der seine Tasche trug, unter dem Vordach entlang durch die Drehtür ins Foyer.

»Sir, ich bin mir sicher, dass es mehr als angenehm sein wird.« Der Mann geleitete ihn zur Rezeption und reichte die Tasche an einen Gepäckjungen weiter, der eine Livree samt Käppi trug. »Sollten Sie mehr als den Luxus des Hotels benötigen, Sir, fragen Sie den Concierge oder mich.« Schon war er wieder hinaus und auf seinem Posten am Eingang.

Sehe ich so nach drogenabhängigem Geschäftsmann aus? Eric fragte sich amüsiert, wie illegal dieser freundliche Hinweis gemeint gewesen war, und speicherte die Information ab. Man wusste nie, was man sich aus dem Untergrund besorgen musste.

Das Einchecken in der opulenten Eingangshalle verlief reibungslos, unverbindlich und doch freundlich, und gleich darauf stand er in einer Suite von eleganten fünfzig Quadratmetern, ausgestattet mit zwei Bädern, zwei Zimmern und einem Korb mit Champagner, Wodka, Obst und Konfekt plus – auf Wunsch – Kaviar, der frisch serviert werden würde.

Im leise dudelnden TV, das sich beim Eintreten von selbst eingeschaltet hatte, lief eine englische Nachrichtensendung, wo gerade der überraschende Tod von Londons beliebter und sehr junger Bürgermeisterin verkündet wurde.

Es erwischt eben alle. Eric ging zum Fenster und sah hinaus in das dichte Schneetreiben. *Perfekt.*

Mit ein paar Recherchen, Querverweisen und nicht zuletzt Artikeln der Klatschpresse ließ sich vieles herausfinden. Auch die Aufenthaltsorte der Glamourösen der russischen Oberschicht. Genau gegenüber seiner Suite befand sich die Stadtwohnung der Zacharovs, im dritten Stock des umgebauten, klassizistisch anmutenden Gebäudes. Die betreffenden Fenster lagen im Dunkeln, was darauf hindeutete, dass es keinen Sicherheitsdienst in den Räumlichkeiten gab.

Zuerst dort, dann aufs Land, beschloss Eric.

Da er den Flug von Nizza aus genommen hatte und nur mit Handgepäck reiste, trug er keinerlei Waffen mit sich.

Er rechnete mit drei, maximal vier Leuten vom privaten Sicherheitsdienst im externen Anwesen der Zacharovs, das sich etwa dreißig Kilometer nördlich von Sankt Petersburg befand. Für diese wenigen Gegner benötigte er keine eigenen Pistolen, denn sobald er einen von ihnen ausschaltete, kam er an dessen Ausrüstung.

Eric griff hinter sich nach der Champagnerflasche. Aber nicht, um sie zu öffnen.

Minuten später verließ Eric in anderer Kleidung das *Grand Hotel* und hatte eine Schirmmütze mit russischer Aufschrift auf den dunklen Haaren; in der Hand hielt er seine Tasche, in der die Champagnerflasche sowie Teile des Blumenstraußes und die Konfektschachtel ruhten.

Das Schneetreiben war nicht abgeklungen, was ihm die beste Deckung verschaffte, die er sich wünschen konnte.

Er schlug einen Haken, wechselte die Straßenseite und drückte sich dabei einen falschen Schnauzbart ins Gesicht, den er aus der Jacke zog, eine dicke Hornbrille mit einfachem Fensterglas setzte er sich vor die Augen. Der Schatten seiner Kopfdeckung tat den Rest, um sein wahres Aussehen zu verschleiern.

Derart maskiert, betrat er den Eingangsbereich des Gebäudes, in dem die Zacharovsche Eigentumswohnung lag.

Der junge Concierge im unmodischen mintgrünen Sakko sah von den Monitoren auf, die sich auf einem Schreibtischtresen reihten. Laut Namensschildchen hieß er Maxim. »Ja?«

»Ich habe eine Präsentlieferung für Faina Zacharovna«, antwortete er auf Russisch und langte in den Sack, um die Gegenstände nacheinander herauszuholen und auf dem Tisch aufzubauen.

»Halt, halt.« Der Concierge hob abwehrend einen Arm. »Das kann ich nicht gebrauchen.«

Eric zeigte auf den Lift. »Ich bringe es rauf?«

»Nein. Es ist keine der Damen da. Du wirst an einem anderen Tag wiederkommen müssen.« Er sah auf den Champagner, den Strauß, das Konfekt, als könnte er die Geschenke unter einem Vorwand beschlagnahmen.

»Wann ist Faina Zacharovna denn wieder zurück? In einer Stunde?«

»Als ob sich Hochwohlgeboren bei mir abmelden.« Maxim zuckte mit den Achseln. »Aber ich weiß, dass sie auf Reisen sind. Ruf halt vorher an.«

»Das ist schade.« Eric packte das Konfekt weg, die Finger legten sich um den Hals der Champagnerflasche. »Und wenn du mir aufsperrst und ich die Lieferung aufbaue?« Er schnippte mit der anderen Hand gegen das Glas. »Wäre doch eine schöne Überraschung.«

»Bist du verrückt? Das kann ich nicht machen! Die Blumen welken und lassen die Blütenblätter fallen, und die versauen dann irgendwelche teuren Teppiche oder Möbel. Nein, nein.« Der sehr genaue und unkooperative Concierge zeigte auf die Tür. »Ruf an«, schärfte er ihm ein.

»Nichts für ungut.« Eric nickte, hob die Flasche und schlug sie ihm gegen die rechte Schläfe.

Von der ansatzlosen Attacke überrascht, ging Maxim zu Boden und blieb neben dem Bürostuhl liegen. Das dicke Glas hielt dem Schlag gegen den Schädel locker stand.

Eric durchsuchte den Concierge, nahm die elektronische Schlüsselkarte an sich und rollte den Bewusstlosen unter den Schreibtischtresen, so dass man ihn nicht sofort entdeckte.

Mit der Karte deaktivierte er die elektronische Sicherung des winzigen Tresors unter der Arbeitsplatte, in dem die Zweitschlüssel lagerten. Da sie nicht markiert waren, griff Eric sich kurzerhand alle, stellte die Flasche weg und schnappte sich den Blumenstrauß.

Die vier Kameras, eingebettet in die halbkugelförmigen Plastikkappen an der Decke, bereiteten ihm keinerlei Sorge. Er fühlte sich unkenntlich genug gemacht.

Eric eilte zum Fahrstuhl. Wieder half ihm Maxims Chipkarte, mit der sich die Eingabe des Zahlencodes erledigte. Gehorsam öffnete der Lift die Türen.

Eric stieg ein und drückte die Drei, die Zahl leuchtete auf.

Bevor sich die Kabine gänzlich schloss, vernahm er, wie sich die Eingangstür des Gebäudes aufschob. Eine Person bewegte sich rasch ins Foyer und blieb kurz stehen, um dann auf den Lift zuzurennen.

Solange man den Concierge nicht findet, ist alles gut. Er hob den Strauß höher, die Blumen verdeckten zusammen mit dem Schatten des Basecaps seine Züge.

Die Spitze eines schwarzen Damenstiefels schob sich brutal in den Spalt zwischen den Kabinentüren und hinderte sie daran, sich zu schließen.

Der Schutzmechanismus griff, der Eingang öffnete sich.

Die junge blonde Frau, deren Gesicht durch den dicken, flockenbedeckten Pelz der Kapuze zu klein wirkte, würdigte ihn keines Blickes. Sie trug Schneekälte herein, die sich aus den feinen Tierhaaren ihres Mantels löste und die Temperatur senkte. Sie sah auf die Anzeige und wunderte sich, wie Eric ihrem Mienenspiel entnahm.

»Hat Maxim die Drei für dich gewählt?«, erkundigte sie sich beinahe beleidigt, ohne ihn anzusehen.

Der Fahrstuhl schloss sich wieder, die Fahrt aufwärts begann.

Eric hatte Faina Zacharovna sofort erkannt und fand es lustig, dass sie ihn selbstverständlich duzte und mit Nichtachtung belegte wie eine Adlige einen Dienstboten. »Nein.« Er hob die Karte. »Er lieh mir das hier aus.«

Faina starrte auf die Chipkarte, der Blick ging daran vorbei auf sein verdunkeltes Gesicht. »Ist Maxim verrückt geworden?«, brach es aus ihr heraus. »Er lässt dich in meine Wohnung?«

»Blumen«, erwiderte er, dann hob er die Tasche leicht an. »Champagner und Konfekt. Eine Lieferung von einem Verehrer.«

Sie streifte die Kapuze zurück. »Und du wolltest das allen Ernstes bei mir aufbauen?« Sie streckte herrisch eine Hand aus. »Gib her. Auch die Karte.«

»Das kann ich nicht. Ich soll die Botschaft mündlich vortragen«, gab er zurück. Die Situation bereitete ihm mehr und mehr Freude.

Die junge Russin sah ihn aus blauen Augen an. »Ah, in meiner Wohnung gemütlich abhängen und warten, bis ich zurückkomme? Woher wolltest du wissen, wann …«

Der Lift hielt an, die Türen glitten auf.

Eric sah, dass ihre Blicke zum Notrufknopf an der Bedientafel glitten. Sie hatte verstanden, dass etwas nicht stimmte. »Ich soll Ihnen ausrichten, dass es ihm leidtut, dass er Sie in Monaco so behandelte.«

Faina stellte einen Fuß in die Tür und hielt ihren Fluchtweg offen.

»Der Abend im Casino«, fügte er hinzu und senkte langsam den Strauß, um ihr sein Gesicht zu weisen. »Und es täte mir auch sehr leid, Ihnen schon wieder Unannehmlichkeiten zu bereiten, Frau Zacharovna.«

»Scheiße!« Sie sprang aus dem Lift und schlug in der Rückwärtsbewegung nach dem Alarmknopf.

»Nicht.« Eric fing ihr Handgelenk ab, bevor die Finger trafen, und folgte ihr. Er drängte sie gegen die Appartementtür und öffnete sie mit der erbeuteten Karte. »Wir haben einige Dinge zu bereden.« Behutsam stieß er sie in den großen Flur.

Faina warf sich herum und versuchte, an einen zweiten Schalter neben der Tür zu gelangen.

Eric unterband auch diese Aktion und nahm die junge Russin mit einer raschen Drehung in einen Haltegriff, aus dem es kein Entkommen gab. »Frau Zacharovna, hören Sie mir zu: Ich muss wissen, was mit Ihrer Mutter geschehen ist.«

»Fahr zur Hölle!«, schrie sie und bäumte sich mit aller Macht auf.

Eric schossen tausend passende Erwiderungen zu dieser Thematik durch den Kopf, aber die Russin würde es nicht witzig finden. »Wussten Sie, dass Ihre Mutter ein Wandelwesen ist?«

»Lass mich los, du Arschloch!«, kreischte Faina, deren Stimme sich in unangenehme Höhe schraubte. Sie trat ihm den halbhohen Absatz des Winterstiefels auf den Spann.

Eric ignorierte den Schmerz. »Wer waren die Entführer?«

»Fick dich!« Sie stemmte sich mit den Beinen gegen die Wand, um ihn aus dem Gleichgewicht zu bringen.

»Wie weit sind die Ermittlungen?«

Faina tobte und raste, keuchte und schrie immer wieder, bis es ihm zu lästig wurde. Auf diese Weise erreichte er gar nichts, und unendlich Zeit hatte er leider nicht.

Kurzerhand schleuderte er sie mit Wucht gegen die Wand.

Die junge Frau schnaufte auf und sackte benommen

auf den Boden. Im Pelz glich sie einem adipösen, misslungenen Wandelwesen.

»Unten bleiben«, herrschte er sie an und machte sich ans Durchsuchen der sehr luxuriös eingerichteten, weitläufigen Wohnung, in der zwei Großfamilien mit Hunden, Katzen und mindestens einem Pferd locker unterkämen. Aber nachdem er mehr als fünf Minuten für einen Raum benötigte, um die Schubladen und Schränke zu öffnen, ahnte er, dass ihm die Zeit davonlief.

Das Klicken in seinem Rücken kannte er: Der Hahn einer Waffe wurde gespannt.

Eric erstarrte und blickte in den großen Spiegel, der über der Kommode hing, in der er gerade wühlte.

Hinter ihm stand die blonde Russin, die den Pelz noch nicht abgelegt hatte und eine halbautomatische Makarow-Pistole in den behandschuhten Fingern hielt. Die Mündung war auf ihn gerichtet.

»Du sagst mir, *was* du bist und *woher* du wusstest, dass *Mamuschka* eine Tigerin ist«, sprach sie bebend.

Eric lächelte freundlich in den Spiegel. »Sie sahen mich demnach in meiner anderen Gestalt.« *Mutig ist sie.* »Denken Sie, die Kugeln würden mich aufhalten?«

»Mal sehen.« Faina schoss.

Das Projektil durchschlug seinen rechten Oberschenkel und krachte in das Möbel, wo es ein Loch mit blutigen Sprenkeln hinterließ.

Eric stöhnte dumpf auf, die Nägel bohrten sich in das Schubladenholz und pressten Dellen hinein. Warm sickerte das Blut unter der zerfetzten Hose am Bein hinab.

»Verletzen kann man dich«, befand Faina gehässig. »Dann kann ich dich auch töten.«

Eric wandte sich langsam um. »Konzentrieren wir

uns aufs Reden«, erwiderte er zähneknirschend. »Das ist besser für uns beide.« Er spürte, dass die Wunde kribbelte und sich bereits wieder schloss. »Sie wussten nicht, dass Ihre Mutter …«

»Anfangs dachte ich, es wäre Einbildung gewesen, wie ihr beide ausgesehen habt. Dein Schlag hat mich nicht sofort ohnmächtig gemacht. Ich hörte eure Unterhaltung, bis die Unbekannten auftauchten«, sprudelte es aus ihr heraus. »Mein Arzt meinte, es sei die Stresssituation gewesen, dass ich verrückte Sachen wahrnahm. Alle möglichen Pillen bekam ich, doch ich vergaß nichts von dem, was ich sah. Dann habe ich nachgeforscht. Deinen wahren Namen. Die Morde. Mutters alte Verletzung.« Sie schluckte. »Du wolltest sie umbringen!«

Eric wandte die Augen nicht von ihr ab. »Das stimmt. Ihre Mutter ist eine Gestaltwandlerin, die mit unglaublicher Brutalität mordete. Solche Bestien dürfen nicht leben. Sie sind eine Gefahr für die normalen Menschen.«

»Aber sie ist meine Mutter!«

»Sie brachte die Söhne und Töchter anderer Mütter um«, hielt er scharf dagegen. »Sie hätte weitergemacht, immer weiter, bis vielleicht auch Sie ihr Opfer geworden wären.«

Faina starrte ihn hasserfüllt an, die Waffe richtete sich auf Erics Kopf.

In die angespannte Stille hinein läutete das Festnetztelefon. Auf dem grün leuchtenden Display stand *Concierge.*

»Sie berufen sich mir gegenüber gerade allen Ernstes auf die ärztliche Schweigepflicht, Professor Ingerling?« Eugen Bechstein beherrschte sich mühsam und sah fassungslos zu seinem Freund Frederik, der das Telefonat über die Freisprechanlage mitverfolgte. Er hatte den Leiter der Hämatologie um kurz vor zehn Uhr in seinem Büro erreicht, doch das Gespräch nahm keinen guten Verlauf.

»Es tut mir leid, Herr von Bechstein, aber solange mich Ihre Frau nicht von der Schweigepflicht entbindet, *darf* ich Ihnen nichts sagen, auch wenn ich größtes Verständnis für Ihre Situation habe«, wiederholte der Mann auf der anderen Seite der Leitung.

»Ich kenne den Hausarzt meiner Frau auch nicht persönlich, aber er versicherte mir, dass die Blutwerte vor wenigen Wochen noch einwandfrei waren«, sagte er aufgebracht. »Wie kann es sein, dass eine Krankheit so rasch ausbricht?«

»Nun, Ihre Frau bewegt sich, soweit ich weiß, auch in Ihren Laboren. Angenommen, sie hätte Leukämie, nur einmal angenommen, könnte sie möglicherweise dort mit einem Stoff in Berührung gekommen sein, der die rasante Blutzellenveränderung auslöste«, erwiderte Ingerling. »Ich gestehe, dass es außergewöhnlich wäre.«

Eugens Augen wurden groß. »Sie wollen sagen, dass nicht nur meine Frau Leukämie bekam, sondern meine Angestellten auch in Gefahr sind?« Alleine der Verdacht war ungeheuerlich. Er würde die Inhaltsstoffe sämtlicher Aufträge der letzten Monate prüfen. »Dann hätten Sie mich erst recht informieren müssen!«

»Das ist alles nur hypothetisch. Ich spekuliere. Mehr nicht«, antwortete Ingerling kurz angebunden.

»Gottverdammt! Sie hätten mich informieren müssen, Professor«, rief er in den Hörer. »Meine Frau hinterließ einen Abschiedsbrief …«

»Eugen«, hörte er Frederik beruhigend sagen.

Aber er winkte ab. Die Verzweiflung lockerte seine Zunge, machte ihn unfair, das wusste er, doch der Arzt sollte begreifen, wo sein menschliches Versäumnis lag, auch wenn er sich an die beruflichen Spielregeln gehalten hatte. »Eine Andeutung hätte mir schon genügt, und ich hätte mich besser um eine Therapie für sie kümmern können.« Er schluckte, rang mit den Tränen. Die Entführung kam noch obendrauf. Er spürte, wie sich Schwindel in seinem Kopf ausbreitete.

Ingerling seufzte. »Herr von Bechstein, ich muss in meine Vorlesung.«

»Eugen!«, rief Frederik und erhob sich. »Warte.«

»Ich schwöre, ich komme bei Ihnen vorbei, Professor«, sagte er, »und wir führen ein langes Gespräch über die Krankheit meiner Frau, und ich will neuerliche Tests …«

»Eugen.«

Dieses Mal war es nicht Frederiks Stimme, und er wirbelte herum.

Auf der Schwelle des Wohnzimmers stand seine Frau.

»Lene«, flüsterte er und ließ den Arm mit dem Telefon vor Überraschung sinken, die Stimme des Professors entfernte sich, als säße der Mann in einem davonfahrenden Wagen. Eugen starrte sie ungläubig an.

Sie trug fremde Sachen, darüber einen dicken orangefarbenen Steppmantel und sah blass aus. Ihre Züge wirkten müde, die Augen waren gerötet und vom Weinen geschwollen. Frederik hatte sich erhoben und auf sie aufmerksam machen wollen.

Eugen ließ den Hörer achtlos fallen und eilte auf sie zu, riss sie an sich und schloss sie fest in seine Arme.

Erst nach wenigen Sekunden erwiderte sie die Begrüßung, wenn auch viel schwächer.

Er wollte etwas sagen, aber die Erleichterung drückte ihm die Kehle zu, und so schluchzte er nur.

»Lene«, kam es endlich über seine Lippen, und von da an wiederholte er unaufhörlich ihren Namen und nahm ihr Gesicht zwischen die Hände, küsste sie auf die Stirn und blickte sie besorgt an.

Sie versuchte sich an einem Lächeln, das nach verdrängtem Schmerz aussah. Sie nahm seine Finger in ihre und drückte sie leicht. »Es tut mir leid, dass ich dir Angst gemacht habe«, sagte sie. »Das wollte ich nicht.«

»Du bist wieder da. Alles andere ist zweitrangig«, spielte er die Dramatik der letzten Stunden herab. *Ich habe sie wieder. Nur das zählt.*

Frederik holte eine weitere Tasse und goss ihr frischen Kaffee ein, den sie dankbar annahm.

»Kann ich Milch und Zucker haben?« Lene fröstelte.

Frederik stutzte einen Moment. »Klar.« Er verschwand in der Küche und kehrte mit dem Verlangten zurück.

Eugen setzte sich aufs Sofa und zog sie mit sich, legte ihr eine Decke um. »Wurdest du verfolgt?«

Sie schüttelte den Kopf, die lockigen Mahagonihaare sahen verschwitzt und dreckig aus, die kleinen braunen Krümel auf der Kopfhaut konnten getrocknetes Blut sein. »Sie passten einen Moment nicht auf, und ich flüchtete durch einen Mauerspalt, der für meine Aufpasser zu eng war. Sie hatten mich irgendwo in einem Abrisshaus festgehalten«, berichtete sie. »Die Drogen, die sie mir gaben, machten mich durcheinander, und … ich kam wohl unbewusst hierher zurück.« Sie legte eine Hand an die Stirn, wobei der Ärmel zurückrutschte und den Blick auf den Verband ab dem Handgelenk freigab.

»Du bist verletzt!« Eugen war entsetzt.

Sie zupfte die Jacke zurecht. »Nur ein Kratzer. Ich … war durcheinander, und die schlechten Nachrichten zusammen mit dem Alkohol und … beinahe hätte ich Selbstmord begangen, aber dann standen diese Menschen in der Wohnung und … Ich kann mich kaum erinnern.« Sie atmete den aufsteigenden Kaffeeduft ein, nahm einen Schluck, um dann Milch und Zucker hineinzugeben. »Ich müsste ihnen fast dankbar sein, dass sie meinen Tod verhindert haben.« Lene nippte erneut und war sichtlich zufriedener mit dem Zustand des Getränks. Sie seufzte und trank den Kaffee in einem Zug aus. »Können wir nach Hause, Eugen? Ich muss dringend schlafen.«

»Ich würde dich gern von einem Arzt …«

Lene erhob sich und warf die Decke ab. »Den brauche ich nicht. Mein Zuhause ist mir lieber.«

»Du hast recht.« Eugen würde sich auf keine Diskussion mit seiner traumatisierten Frau einlassen und ihr ihren Willen gewähren. In der gewohnten Umgebung konnte man die Dinge nach einem Tag Ruhe und viel Schlaf besser besprechen. Auch über die vorenthaltene Leukämie. »Die Kinder freuen sich auf dich.«

»Ich mich auch auf …« Lenes Stimme versagte, sie unterdrückte die Tränen.

Eugen stand auf und nahm sie in den Arm. Prompt fing sie an zu weinen und hielt sich an den Aufschlägen seines Sakkos fest. Er umarmte sie und barg sie, damit sie sich sicherer fühlte. Erst nach Minuten fing sie sich wieder und lockerte den Griff.

»Ihr müsstet zur Polizei«, warf Frederik behutsam ein. »Sie könnten …«

»Wenn es dir nichts ausmacht, würde ich das lieber nicht«, widersprach Lene. »Es gäbe zu viel Aufsehen, und das wäre für die Firma nicht gut. Außerdem weiß ich so gut wie nichts mehr. Es ist … wie weggewischt.«

Eugen nickte verständnisvoll.

Sie verließen die Stadtwohnung, fuhren mit dem Lift in die Tiefgarage, wo der Range Rover geparkt stand.

»Wir sollten einen Sicherheitsdienst engagieren«, befand Frederik auf dem Weg nach unten. »Die Unbekannten haben einmal versucht, dich zu entführen, Lene. Vielleicht trauen sie sich noch einmal?«

Eugen wollte eben zustimmen, aber zu ihrer Überraschung schüttelte sie den Kopf. »Das glaube ich nicht. Einer von ihnen meinte, dass sie abhauen würden. Sie sagten was von Rumänien.«

»Das sagten sie zu dir?«, sagte Frederik verwundert.

»Ich hörte es, als ich mich versteckte und sie an mir vorbeigingen.«

Der Aufzug hielt an, sie stiegen aus.

»Trotzdem.« Frederik verabschiedete sich. »Ruft mich an, wenn ich was tun soll.«

Stumm fuhr Eugen mit seiner Frau durch das abendliche Leipzig und bog nach Lausen ab, wo das Haupthaus der Familie stand, eine sanierte Villa aus der Gründerzeit mit einem phänomenalen Park und alten

Bäumen, einem kleinen Teich mit Insel. Hier würde Lene nach ein paar Tagen zur Ruhe kommen, hoffte er.

Seine Frau starrte aus dem Seitenfenster; ihr Magen knurrte vernehmlich.

Eugens Gedanken kreisten nun um die Vorfälle. Zu gerne würde er mehr wissen. Hatten die Entführer seiner Frau Schlimmeres angetan? Verschwieg sie ihm die Stunden in der Gefangenschaft absichtlich und schob die Amnesie nur vor? Doch er wagte es nicht, sie zu fragen.

Der kompakte Luxus-SUV fuhr die Auffahrt entlang, die Räder rollten über den nassen, hellen Kies, auf dem sich kein Schnee halten wollte.

Das Anwesen ragte vor ihnen auf, sie näherten sich dem rundsäulengestützten Vordach des Eingangs. Im Boden eingelassene Scheinwerfer beleuchteten die Sandsteinfassade, die Reliefarbeiten und die emporrankenden Efeugewächse. Hinter einigen Fenstern brannte Licht, aus einem der drei Kamine quoll Rauch.

Eugen steuerte den Range Rover unter das Dach und hielt an.

Lene blickte aus dem Fenster, ihre Pupillen zuckten hin und her, als wäre sie hier fremd und müsste erfassen, wo sie sich befand. »Es sieht ein bisschen aus wie das Wayne-Anwesen«, murmelte sie.

»Was?«

Sie wandte ihm das Gesicht zu. »Wayne. Die Familie von Bruce Wayne. Ich habe den Film neulich im Fernsehen gesehen, und daran musste ich denken.« Lene lächelte verwirrt. »Batman, Eugen. Vergiss es.«

Eugen erwiderte das Lächeln, stieg aus und umrundete den Wagen, öffnete die Beifahrertür. »Komm. Du kannst dich gleich hinlegen.«

Die Doppelflügel des drei Meter hohen Eingangs schwangen auf, und heraus kam Melanie, die Haushälterin. Sie sah erleichtert aus, die Bechsteins wohlbehalten vor sich zu sehen. Aber sie merkte sofort, dass etwas mit Lene nicht in Ordnung war, wie Eugen an ihrem erschrockenen Gesicht ablas.

»Ihr geht es einigermaßen gut«, verkündete er. »Bitte ein leichtes Abendessen im Kaminzimmer, und danach begibt sich meine Frau zur Ruhe.«

»Sehr wohl, Herr von Bechstein.«

Lene ließ sich von ihm führen, betrat die Eingangshalle mit der hellen Freitreppe. Sie betrachtete die Wände mit den Kunstwerken im Erdgeschoss und auf der Galerie, sah zum gewaltigen Kronleuchter und den bodentiefen bunten Glasfenstern.

»Sag ich doch«, murmelte sie wieder. »Das Wayne-Anwesen.« Hastig fügte sie hinzu: »Das ist mir früher nie aufgefallen.«

Sie redet anders. Er lachte verunsichert. *Das müssen die Drogen sein, die ihr gegeben wurden.*

Sie legten die Mäntel ab, die Melanie entgegennahm und zur Garderobe trug.

Im Obergeschoss flogen die Türen auf, fröhliches Kindergeschrei erklang. Charlene und Pauline stürmten die Stufen hinab, um ihre Eltern zu begrüßen. Sie trugen bereits ihre Pyjamas und schienen der Nanny entwischt zu sein. Eigentlich sollten die Schwestern schon schlafen.

Und dann beobachtete Eugen etwas Merkwürdiges: Lene wich einen Schritt vor ihnen zurück. Als wären ihre eigenen Kinder wütende, zähnefletschende Hunde oder ein mordlüsterner Mob mit Fackeln und Mistgabeln, brachte sie sich unbewusst auf Abstand.

»Hey, nicht so stürmisch«, rief Eugen ihnen entgegen, doch er ahnte, dass es vergebens war, die Geschwister zur Besonnenheit zu mahnen.

Dann erreichten Charlene und Pauline sie und warfen sich zuerst gegen Lene.

Wie bei ihrem ersten Zusammentreffen dauerte es mehrere Sekunden, bis seine Frau reagierte. Zeitlupenhaft legte sie die Hände auf die Schöpfe, fuhr ihnen behutsam durch die Haare und lächelte maskenhaft. Lene berang sichtlich mit der Fassung. Sie litt, wand und beherrschte sich.

Pauline und Charlene hingen wie die Kletten an Lene, umarmten ihre Körpermitte.

»Nun lasst eure Mutter mal durchatmen«, rief Eugen sie zur Ordnung. »Sie hat einen schweren Tag gehabt.«

»Kannst du uns was vorlesen?«, bettelte Charlene, und ihre Schwester klatschte in freudiger Erwartung die Hände zusammen. Die beiden fluteten die Eingangshalle spürbar mit Glück und Freude, ließen die Lichter strahlender und glänzender erscheinen. Man konnte meinen, ihre Mutter sei monatelang verschwunden gewesen. Sie fühlten vielleicht, wie knapp es gewesen war.

Lene zögerte erneut. Dann ging sie langsam in die Hocke und nahm die Kinder in den Arm, vergrub ihr Gesicht an ihren Schultern. Innerhalb eines Wimpernschlags brachen die Tränen aus ihr heraus. »Ich freue mich so sehr«, sprach sie schluchzend, während Pauline und Charlene sie ebenfalls drückten.

Aber Eugen hörte genau, dass es keine Tränen der Erleichterung waren. Ihm wurde eiskalt. *Sie ist verzweifelt. In ihrem eigenen Zuhause empfindet sie Verzweiflung.*

»Es ist schön, wieder bei euch zu sein.« Lene erhob sich lachend und mit nassem Gesicht, nahm die Geschwister an der Hand und ließ sich von ihnen nach oben zerren, wo sie im gemeinsamen Kinderzimmer verschwanden; die Tür blieb offen stehen.

Eugen sah auf den schwarz-weiß gefliesten Boden. Einzelne Schneeflocken hatten den Weg auf die Kacheln gefunden, die Tropfen glitzerten im Licht.

»Ich richte das Abendessen her, Herr von Bechstein«, sagte Melanie, bei deren Worten er leicht erschrak. Ihre Anwesenheit hatte er verdrängt. »Im Kaminzimmer, sagten Sie?«

»Ja, das wäre nett. Meine Frau kommt bestimmt bald runter.«

Die Haushälterin lächelte. »Eine Suppe wünschten Sie?«

»Ja. Gerne etwas mit Kräutern.«

Melanie nickte.

Unvermittelt erklang ein Lied mit englischem Text aus der oberen Etage, gesungen von einer Frau.

Zuerst dachte Eugen, es stamme vom CD-Spieler seiner Kinder, dann erkannte er die Stimme: Lene sang.

Und zum ersten Mal hörte er seine Frau, die sonst weder im nüchternen noch angeheiterten Zustand einen Ton traf, richtig gut singen.

Auch das Lied selbst war aus ihrem Mund eine Premiere. Immer wieder hatte sich Lene beim Zubettbringen an den Klassikern versucht, von *Guten Abend, gut' Nacht* bis *Der Mond ist aufgegangen.* Doch dieses Lied erschien Eugen unbekannt.

Er lauschte auf den Text, verstand ihn jedoch bruchstückhaft: *Days bring back sad reflections of happy time there spent so long ago* und etwas mit *Carrickfergus.*

Das ist ein irisches Lied. Wie kommt sie darauf?

Das Ehepaar verband nichts mit der Grünen Insel, sie waren weder zum Urlaub dort gewesen, noch besuchten sie Irish Pubs. Ihm und Lene stand der Sinn eher nach Jazz und Oper, gelegentlich nach modernem Theater, wie neulich die Aufführung von Kleists *Zerbrochenem Krug*. Der glatzköpfige Hüne als Richter Adam spielte und neuinterpretierte beeindruckend. *Hieß er nicht Löwenstein?* Den Koloss hätte er sich als Leibwächter für seine Frau gewünscht.

Die beruhigende Melodie schwebte durch die Halle und rührte Eugen zutiefst. Es schwang unglaublich viel Gefühl, Wehmut und Sehnsucht darin.

Dann endete das Lied, und die Kinder riefen laut Bravo und applaudierten, bis Lene ihnen ein weiteres Lied sang. Dieses Mal war es *Guten Abend, gut' Nacht.*

Und es klang perfekt.

So volltönend und ungewohnt, dass sich Eugens feine Härchen auf den Armen und im Nacken aufrichteten.

»Das ist ja wundervoll!«, sagte Melanie. »Seit wann nimmt Ihre Frau denn Gesangsunterricht?«

Eugen wusste nicht, was er sagen sollte.

Es schien, als habe er eine andere Lene zurückbekommen. Ihm fiel jetzt auf, dass sie nicht ein einziges Mal in seine Augen geschaut hatte, so wie es Kinder taten, wenn sie fürchteten, bei einer Lüge ertappt zu werden.

Er schob es auf die traumatischen Erlebnisse.

»Denken Sie bitte an die Suppe, Melanie.« Er ging zum Kaminzimmer. Aus seiner Sorge um Lene war Verwirrung geworden.

Eine große Seele ist erhaben über Beleidigungen,
Ungerechtigkeit, Schmerz und Spott.
Sie wäre unverwundbar,
wenn sie nicht aus Mitgefühl litte.

Jean de La Bruyère (1645–1696)

KAPITEL VI

Russland, Sankt Petersburg

Faina hob das schnurlose Telefon ab und nahm den Anruf entgegen.

»Zacharovna?« Sie horchte. »Ja, der Bote war hier. Er hat das Paket hochgebracht und auch die Chipkarte dagelassen. Er ist aus Angst über die Feuerleiter raus. Ich soll seine Entschuldigung ausrichten, aber er musste das Präsent zustellen, sonst hätte er seinen Job … Nein. Keine Polizei. Das ist nicht nötig. Jedenfalls nicht für mich. Danke, Maxim.« Sie drückte die rote Taste. »Der Concierge ist gefunden worden.«

»Danke, dass Sie gelogen haben.«

»Weil ich wissen will, was vor sich geht.« Faina bedeutete Eric mit der Makarow, sich in den Ohrensessel zu setzen. »Los.«

»Sie haben Ihre Mutter in Bestiengestalt gesehen. Über die Existenz solcher Wesen müssen wir schon mal nicht streiten«, erklärte er. »Der Hunger nach Menschenfleisch, die Lust am Jagen und Töten – diese Instinkte lassen sich kaum kontrollieren, schon gar nicht, wenn sie mit Wut daherkommen.« Er dachte an den Tod seiner Mutter, die er auf dem Gewissen hatte, als er sich zu seinen Werwolfzeiten unkontrolliert verwandelt hatte und über sie hergefallen war. »Ich weiß, was Sie fragen wollen: Nein. Leider gibt es kein Heilmittel gegen Lykanthropie.« Das stimmte nicht ganz, aber bei Nadeschda Zacharova war mit Sicherheit alles zu spät.

Er sah Faina an, dass sie nachdachte. »Angenommen, wir finden heraus, wer sie entführte, und befreien sie – dann werde ich *Mamuschka* einsperren und mich um sie kümmern«, verkündete sie.

»Das ist löblich und tapfer, aber eine Frau wie Sie kann ein Wandelwesen von dieser Qualität nicht auf Dauer bewachen«, hielt Eric dagegen. »Sie wird mit allen Tricks arbeiten und Sie überrumpeln, eines Tages oder Nachts, und Sie umbringen.«

»Niemals.« Faina streifte den Pelzmantel ab, darunter kam ein farbenfrohes Kleid zutage, das einen roten Grundton und vielfarbige Brokatstickereien trug. Es passte perfekt an ihren Leib und zu ihren langen blonden Haaren. Die Waffe blieb trotz Handwechsel auf Eric gerichtet. »Bewiesen ist gar nichts.« Sie setzte sich auf eine Lederbank neben den Kamin. »Die Männer im Casino waren Jäger wie du?«

Diesen Gedanken hatte Eric bereits verworfen. »Nein. Dann wäre Ihre Mutter mit ein paar Silberkugeln erschossen worden. Sie wollten sie lebend erwischen.«

»Eine Geiselnahme und Lösegelderpressung wird es nicht sein«, spann die junge Russin den Gedanken weiter. »Herkömmliche Gangster wären bei *dem* Anblick sofort abgehauen.«

»Richtig.« Er überlegte. »Schließen wir einen Pakt: Sie helfen mir, Ihre Mutter und damit die Unbekannten zu finden. Ich verspreche Ihnen im Gegenzug, Ihre Mutter nicht zu töten.«

»Sondern?«

»Für den Anfang sperren wir sie weg, wie Sie es vorschlugen – aber in einer meiner Zellen. Ich bin besser vorbereitet als Sie.« Das war eine Lüge, aber nur so kam er vorwärts. Nichts würde ihn dazu bringen, Gnade zu zeigen. Mit dem schmerzenden Silbersplitter in ihrem Körper lag Nadeschdas Aggressionspotenzial weitaus höher als bei anderen Wandlern.

Faina traute ihm nicht, das sah er. »Ich werde noch ein paar Leute anheuern«, antwortete sie zäh. »Zu meinem Schutz.«

»Lassen Sie uns bitte erst überlegen, wer diese Leute waren, die in Monaco auftauchten«, bog Eric ihren Vorschlag ab. Noch mehr Leute, bei denen er aufpassen musste, was sie taten, brauchte er nicht.

Sie musterte ihn mehrere Sekunden schweigend. »Einverstanden. Aber sobald es ein Ziel gibt, besorge ich uns ein paar ehemalige OMON-Typen.« Sie sah auf den Durchschuss in seinem Bein. »Du brauchst keinen Arzt?«

»Das regelt mein Körper von selbst.« Eric zeigte ein gemeines Dämonenlächeln. »Aber was zu trinken wäre gut.«

Die junge Russin nickte und erhob sich. »Komm mit.«

Zusammen durchquerten sie die Wohnung.

Es schien, als seien Wände zum Nachbarhaus durchbrochen worden, um so unverschämt viel Platz zu erhalten, dass man die Behausung durchaus dem Zarewitsch hätte anbieten können. Drei Meter fünfzig hohe Decken, Kronleuchter, Stuck, überbordende russische Opulenz mit viel Gold und Rot. Dunkle historische Gemälde wechselten sich mit Ikonen und kitschigen modernen Bildern ab, und zwischendurch blitzte durchaus guter Geschmack auf.

Auf Eric wirkte es, als hätten sich drei verschiedene Innenarchitekten sowie ein Pope einen Krieg geliefert, bei dem die Wohnung das Opfer geworden war.

Sie landeten in der Küche, wo es für jeden ein Glas

Johannisbeersaft mit einem großzügigen Schluck Wodka gab.

»Auf unseren Pakt.« Faina stieß mit ihm an.

»Auf unseren Pakt.« Eric nahm nicht an, dass sie ihm traute, aber sie überspielte es sehr gut. Umgekehrt hielt er es genauso. Ihm war es gleich, ob Faina ihm glaubte oder nicht und ob sie an Wandelwesen glaubte oder nicht. Sie befand sich vermutlich in einem Zwischenstadium zwischen Funktionieren und Glauben, weil sie zu viel mitbekommen hatte, was nicht mit Delirium zu erklären war. Doch solange sie hilfreich für das Lösen des Rätsels war, gab es keinen Grund, sie auszuschalten.

Die Küche hätten Unbedarfte aufgrund der Kapazität für eine Kantine gehalten, mit Mittelblock, einem gewaltigen Herd mit Gas- und Induktionsfeldern, zwei Brätern und Kühlschränken, in denen Rinderhälften verschwinden konnten. *Oder Menschen.* Das Wappen der Zarenfamilie Romanow war in der Abzugshaube verewigt.

Eric lehnte sich mit dem Hintern gegen die Arbeitsplatte. »Die Leute wussten genau, wo Sie und Ihre Mutter sich befanden, von der Lokalität bis hin zum Saal«, überlegte er laut. »Sie beide müssen observiert worden sein.«

Faina verneinte; die Brokatfäden in ihrem Kleid glitzerten, je nachdem, wie sie sich bewegte. »*Mamuschka* hätte das sofort gemerkt. Sie hat ein feines Gespür.«

»Gerochen«, verbesserte Eric. »Die Nase eines Wandlers ist empfindlicher und genauer.« Er stimmte ihrer Vermutung zu. »Aber Abhörvorrichtungen lassen sich leicht anbringen.« Er zeigte auf den Flur. »Hier vielleicht auch.« Der Gedanke gefiel ihm nicht.

Faina dachte offenbar das Gleiche. »Sollten wir woandershin gehen?«

»Schauen wir doch einfach nach Abhörgeräten«, schlug er vor und leerte den Saft in einem Zug. Er stand auf und suchte die Wohnung weiter ab.

Während Eric wühlte und räumte, überlegte er, was er durch den Tod des Wandelwesens eigentlich schlimmer machte, wie es der Unbekannte im Casino behauptet hatte.

Gab es einen Clan der Wer-Tiger, die Rache schworen und über die Menschen herfielen?

Würde man den Mord an Nadeschda Zacharova Kriminellen in die Schuhe schieben und einen Krieg der Unterwelt auslösen?

Hatte die Familie ihre weltlichen Finger in verbrecherischen Geschäften, die nach dem Tod Nadeschdas auseinanderbrachen und außer Kontrolle gerieten?

Eric wollte auch nicht ausschließen, dass man Zacharova als unwissendes Testobjekt benutzt hatte und aus der Ferne beobachtete, wie lange ein Wandler in freier Wildbahn leben und sich beherrschen kann, der an einer kontinuierlichen Argentum-Vergiftung leidet. Als es kritisch für Zacharova wurde, entzog man sie seinem Zugriff.

Damit hätten sie gleichzeitig den Tod zahlreicher Unschuldiger in Kauf genommen. Eric wollte nichts Vernünftiges als Erklärung einfallen.

Drei Zimmer hatte er akribisch durchforstet, doch weder Abhörvorrichtungen noch Kameras oder etwaige Hinweise auf die Unbekannten entdeckt.

Er suchte Faina und fand sie hinter dem Schreibtisch im Arbeitszimmer, das vermutlich der Mutter gehörte. Der Laptop war angeschaltet, daneben türmte sich die Korrespondenz. Die junge Russin sichtete Briefe.

Die Wände schienen allein aus Bücherregalen bis zur Decke zu bestehen, eine Trittleiter ermöglichte es, an die obersten Exemplare heranzugelangen. Einige Fächer waren mit Glas abgeschlossen und klimatisiert, um das Papier bei konstanten Bedingungen zu lagern. Garantiert gab es einen Geheimgang aus diesem Raum.

Auch der immense Schreibtisch in der Mitte war aus Büchern gebaut oder zumindest so angefertigt, dass es danach aussah. Erst bei genauerem Hinsehen erkannte Eric, dass es sich um geschnitztes, lackiertes und bemaltes Holz handelte.

»Nichts«, sagte sie, ohne ihn anzuschauen.

»Bei mir auch nicht.« Er betrachtete den Laptop und sah auf die kleine Kameralinse.

Das Kontrolllicht daneben leuchtete zwar nicht, aber durch gemeine kleine Programme ließ sich das umgehen. Somit wurde der Klapprechner zum besten Spion, sobald er eingeschaltet war.

Eric prüfte, ob die Antivirensoftware lief. *Nichts Auffälliges.* Allmählich gingen ihm die Ideen aus. »Wollen Sie noch was zu trinken?«

Faina hob als Zustimmung die Hand. »Dreifachen Espresso. Die Maschine steht in der Küche.«

Eric durchstreifte die Wohnung und brauchte eine Weile, um den Raum wiederzufinden.

Natürlich war der Kaffee-Vollautomat der teuerste, zumindest vom Namen her. Einige wenige Handgriffe, Knöpfchen drücken, und der Espresso schoss fauchend und blubbernd in die vorgewärmten Tassen.

Eric balancierte sie mit einer Hand ins Arbeitszimmer und stellte das Getränk vor Faina ab. »Bitte sehr.« Sein Blick glitt über den Stapel von Bittbriefen, die von Hilfsorganisationen an die Familie Zacharov gesandt worden waren. Er erkannte, dass darin um beträchtliche Summen gebeten wurde. »Ist das normal?«

»Ja«, erwiderte sie und legte die Füße auf den Schreibtisch, mitten auf die Schreiben. Sie trug schlichte schwarze Puschen mit eingesticktem Monogramm. Die Makarow-Pistole ruhte neben dem Laptop. »Es sprach sich herum, dass *Mamuschka* gerne Gutes tut.«

Eine Wer-Tigerin mit einem Herz aus Gold. Eric hob die Augenbrauen. »Sie meinen, Ihre Mutter spendet viel?«

»Tausenderweise.« Sie schwenkte den Espresso in der Tasse, das flüssige Schwarz schwappte teergleich gegen die weißen Wände. »Das lockt natürlich Schmarotzer an.«

Das Beste, was man tun konnte, um von Verdacht verschont zu bleiben, war die gute Tat. Die laute gute Tat. Er zerrte eine Handvoll Blätter unter ihren Füßen hervor. »Rotes Kreuz, Welthungerhilfe …«

Faina beugte sich zur Seite und reichte ihm den zweiten Stapel. »Hier, das sind die Dubiosen. Damit du was zu lachen hast.«

Eric nahm sie, blätterte und schlürfte an seinem Kaffee. »Verein zur Nachzucht des Sibirischen Mammuts, Verein Anti-Depression bei Hunden, Loge der Rasputiner«, las er halblaut und grinste. »Initiative zur Wiedereinsetzung der Großfürstin Zarewna Anastasia von Russland?« Er meinte sich zu erinnern, dass in den letzten Jahren die Auslöschung der letzten Zarennachfahren bewiesen worden war. »Es gibt keinen Romanow aus dieser Linie.«

»Sagte ich doch. Die Dubiosen.« Faina schüttelte den Kopf. »Jeden Monat kommen ungefähr zehn neue dazu.«

Eric las nicht weiter und warf die Blätter zurück.

Als der Packen aufschlug, fächerte er auseinander.

Das Zeichen, das im unteren Drittel sichtbar wurde, erweckte sofort seine Aufmerksamkeit, obwohl es auf dem Kopf stand.

Hastig schnappte er das Blatt, zog es hervor und betrachtete es. Erics Herzschlag beschleunigte sich, als er das Symbol richtig erkennen konnte. Er richtete sich auf und überflog die Zeilen.

Faina entging seine Aufregung nicht. »Doch was gefunden?«

»Eine Einladung. Von vor knapp einem Monat.« Er hielt es ihr hin. »War Ihre Mutter dort?«

Sie las die Adresse und die Überschrift des Anliegens. »Oh, die! Ja, ich glaube, sie hat sich deren Laden angesehen. Was ist an den Spinnern anders als an den übrigen, dass du sie in Verdacht hast?«

»Das Zeichen der Waage.« Eric tippte mit dem Zeigefinger von oben auf das Symbol der Organisation. »Das gleiche Zeichen sah ich bei den Unbekannten, die Ihre Mutter entführten.« Er verschwieg ihr Einzelheiten zu der magischen Attacke auf ihn, die aus dem Bernstein heraus erfolgt war.

»Es gibt Tausende Organisationen, die das Symbol nutzen. Sogar die Justiz.« Faina wandte sich dem Klapprechner zu, gab als Suchbegriff *Waage* ein und präsentierte zum Beweis unzählige Suchmaschineneinträge.

»Was Besseres haben wir aber gerade nicht«, hielt er dagegen. »Anschauen kostet nichts. Und wenn sie sich seltsam benehmen, weiß ich Bescheid.«

»Wissen *wir* Bescheid.« Faina lächelte kühl. »Ich komme natürlich mit dir. Ich und ein paar gemietete OMON.« Sie hob die Pistole an.

Eric hatte bereits befürchtet, dass die blonde Russin

an seiner Seite blieb. Verständlich, da es um ihre Mutter ging. Für ihn bedeutete es eine Belastung. »Vorerst ohne zusätzliche Kanonen«, bestand er.

Faina schnappte sich den Brief. »Das ist weit außerhalb der Stadt in Richtung Osten. Wir können in zwei Stunden dort sein, wenn der Schneefall nicht zunimmt.« Sie überlegte. »Oder ich rufe den Helikopter.« Sie nahm das Smartphone und schrieb eine SMS. »Wetterbericht ist gut. In einer Stunde ist die Maschine startbereit. Bis zu dem kleinen Privatflugfeld ist es nicht allzu weit.«

Eric wusste, dass es von Vorteil war, Geld zu besitzen, das man einsetzen konnte. Und so viel Geld, einen eigenen Helikopter oder Jet zu unterhalten, wie andere Menschen Fahrräder hatten, erschien ihm gerade noch praktischer. Ein Jacht konnte eben nicht fliegen. *Ich sollte daran arbeiten.* »Dann checke ich rasch aus.«

»Mach das.« Faina erhob sich und betrachtete ihn.

Diesen Blick kannte Eric bei Frauen. Der Dämon schien sich einen Spaß zu erlauben und in den absonderlichsten Situationen unwiderstehliche Anziehungskraft auf das andere Geschlecht zu wirken. Andere Männer hätten sich darüber vielleicht gefreut. Er nicht. »Ich bin kein Mensch, Faina. Lassen Sie die Finger von mir.«

Sie kam ihm ganz nahe. »Du strahlst Hitze ab«, bemerkte sie und legte ihre schlanke Hand auf seine Brust.

Er seufzte genervt. »Wir lassen das.«

Faina lächelte verführerisch. »Weil es seltsam wäre, mit dem Mann zu schlafen, der meine *Mamuschka* töten wollte?«

»In erster Linie, weil ich mir diese Szene gerade als Film vorstelle und die Zuschauer sich wundern würden, wenn wir ohne jegliche Motivation zu vögeln begännen.« Eric machte einen Schritt zurück. »Ich bin gleich wieder da. Und bitte nicht nackt hier stehen, wenn ich zurückkomme, Frau Zacharovna. Ich weiß, dass Sie eine Wahnsinnsfigur haben, und brauche keinen neuerlichen Beweis.«

Sie runzelte die glatte Stirn. »Du bist vergeben?«

»Ja.«

»Ich bin besser als sie«, versprach Faina mit einem langen Augenaufschlag und dunkler Stimme. Das russische Selbstbewusstsein glaubte er ihr sofort, er merkte aber auch, dass sie ihn foppte. Sie hatte seine Abfuhr auf ihr nicht ganz ernstgemeintes Werben bereits weggesteckt.

Eric ging lachend aus dem Zimmer. *Keine* Frau war besser als Sia, und schon gar nicht aufregender.

Oder gefährlicher.

Eine mehrere hundert Jahre alte Vampirin musste keine Konkurrentin fürchten.

Eric erreichte zu seiner eigenen Verwunderung den Flur ohne größere Irrwege durch die Wohnung. Er dachte drüber nach, ohne Faina zur Adresse zu fahren, aber mit dem Hubschrauber wäre sie dennoch vor ihm da. Eine Stunde Vorsprung bei einer Strecke von zwei Stunden über schneeglatte Straßen reichte gegen einen Heli nicht aus.

Eric öffnete die Tür.

Dass er zuvor nicht durch den Spion geschaut hatte, erwies sich als Fehler.

Vor dem Eingang lauerten zwei Maskierte, die ihn augenblicklich mit langen Elektroschockern angriffen, wie man sie bei Viehtrieben benutzte, um die Tiere zum Gehen zu bewegen. Das Summen des heranzischenden Lichtbogens hörte sich extrem stark an.

Eric wich aus und trat dem vorderen Unbekannten in dessen Vorwärtsbewegung gegen die Brust. Rückwärts flog er durch den Gang, wo er gegen einen Blumenvasenhocker prallte und mit dem Möbel zu Boden ging.

Der zweite Gegner versuchte, ihn mit den Elektroden zu treffen.

Eric schlug den Stab zur Seite, die Entladung jagte in den Türrahmen und sprengte Holzsplitter heraus. Dann packte er den Angreifer am Hals, um den Waffenarm zu blockieren, und rammte ihm das Knie blitzschnell zweimal in den Unterleib. Würgend krümmte sich der Mann, den Eric an der Kehle packte, in die Höhe hob und rücklings zu Boden schleuderte. Scheppernd rollte der Stab davon.

»Was machst du?«, rief Faina böse; ihre schnellen Schritte näherten sich. »Die Sachen sind teuer.«

Der Fahrstuhl öffnete sich und spie vier weitere Widersacher aus, die ebenfalls Sturmhauben trugen.

Eine fauchende Sturmbö fegte unerklärlicherweise den kurzen Korridor entlang und drängte Eric weg vom Eingang, bevor er die Tür zuwerfen konnte. Der Wind trug den Geruch von Harz und Wald in sich.

Die Spinner haben ihre Spendensammler geschickt. Eric stemmte sich gegen die wütende Luft, doch der Teppich, auf dem er stand, rutschte mit ihm weg.

Die vier Maskierten kamen näher, zwei von ihnen trugen langläufige Schrotgewehre mit beeindruckenden Munitionstrommeln, einer hielt ein Sturmgewehr. Der vorderste reckte ein Bernsteinamulett in der Rechten empor, in dem das Zeichen der Waage eingebrannt schien.

Hinter ihm knallte es zweimal, Faina fluchte. Sie verteidigte ihr Zuhause mit der Makarow.

Ihre Schüsse saßen: Der Mann mit dem Amulett stieß

einen Schrei aus, hinkte beim nächsten Schritt und fiel auf den Kurzflorteppich.

Seine Begleiter rissen die Schrotgewehre in Anschlag, dann setzte ein stakkatohaftes Wummern ein. Die dicken Hülsen flogen im Halbsekundentakt qualmend aus den Patronenauswürfen, vollautomatisches Feuer ging an Eric vorbei auf Faina nieder.

Um ihn herum explodierte die Wohnung. Die Mischung aus Fest- und Schrotgeschossen fegte durch und in alles, was sich in der Bahn befand. Vasen, Verzierungen an den Wänden, Bilder, Tapeten rissen auseinander und vergingen staubend und bröckelnd in Scherbenregen und Fragmenthagel.

Fainas Schreie erklangen in der gleichen Sekunde.

Eric sah über die Schulter.

Zwar hatte sich die blonde Russin hinter der Wand in Deckung gebracht, aber gegen die Vollgeschosse dieses Kalibers, mit denen Türangeln aus der Verankerung entfernt wurden, hielt das Material nicht stand. Unzählige Durchbrüche zierten die Mauer, ein Blutrinnsal schlängelte sich um die Ecke an den Trümmern auf dem Parkett vorbei und wirkte überrot.

Eric fühlte die dämonische Hitze durch sich rollen. Das Böse übernahm das Denken, wie er es aus seinen schlimmsten Werwolf-Zeiten kannte.

Brüllend und mit blauen Flämmchen um die geschlossenen Fäuste sprang er den Feinden entgegen.

Der Amuletträger hatte sich erhoben und wurde von dem Maskierten mit dem Sturmgewehr gestützt. »Halt!« Die Mündungen der Schrotgewehre senkten sich auf seinen Befehl hin. Mit einer Silbe und einem rätselhaften Laut löste er die nächste magische Attacke aus. Der Bernsteintalisman leuchtete warmgolden.

Die Strahlen erreichten Eric und hüllten ihn ein, umfingen ihn mit nach Wald riechender Zähigkeit und verlangsamten seine Bewegungen.

Aber dieses Mal hatte er damit gerechnet.

Noch bevor er gänzlich in der Bewegung erstarrte wie ein Insekt in einem Harztropfen, versetzte er dem Viehstab, den der erste Angreifer verloren hatte, einen gezielten Tritt.

Die Waffe wirbelte davon, genau auf den Amuletträger zu. Seine Kräfte schützten ihn anscheinend nicht gegen physische Angriffe.

»Achtung!« Der Begleiter mit dem Sturmgewehr schaffte die Abwehrbewegung nicht mehr. Die Elektroden trafen den Amuletttträger an der rechten Schulter, die elektrische Energie wurde freigesetzt und sprang auch auf das Gewehr des Vermummten über, der ihn stützte.

Gepresst aufkeuchend gingen die zwei Widersacher in die Knie.

Das Strahlen erlosch, Eric war frei.

Gleichzeitig lösten die zuckenden Finger des Maskierten das Sturmgewehr aus, die Garben jagten unkontrolliert aus dem Lauf. Eine Salve hobelte dem Widersacher mit dem Schrotgewehr den Kopf vom Hals.

Der letzte kampffähige Gegner riss die Automatik wieder in die Höhe und zielte auf Eric, doch es geschah zu spät: Der Hieb der flämmchenumspielten Faust riss dem Feind das halbe Gesicht weg. Blutsprühend fiel der Mann auf den Teppich.

Es war nun vollkommen still im Flur. Pulver- und Dreckschwaden waberten umher, es roch nach Blut und Exkrementen. Der Tod kam selten elegant und anmutig, meist hinterließ er Scheiße und Tränen.

Mit viel Willenskraft drängte Eric das Dämonische zurück, das immer noch den vollständigen Ausbruch verlangte. Er brauchte Klarheit und Umsicht, um zu entkommen.

Die Aufzugstür wollte sich schließen.

Eric kickte eines der Gewehre zwischen die Flügel, um zu verhindern, dass der Lift in der Tiefe verschwand und mit weiteren Gegnern zurückkehrte.

Schnell nahm er das Bernsteinamulett an sich, zum Betrachten war keine Zeit. Er durchsuchte die Gegner, ohne jedoch Geldbörsen oder Ausweise zu finden. Danach zog er ihnen die Hauben vom Kopf, um ihre Gesichter mit dem Smartphone zu fotografieren.

Sirenen näherten sich von mehreren Seiten dem Gebäude. Die Schießerei war mit Sicherheit im gesamten Haus vernommen worden.

Euer Pech. Da Eric keine Zeit blieb zu warten, bis einer der Männer aufwachte, um ihn zu verhören, richtete er sie mitleidslos mit der Schrotflinte hin. Er konnte keine Feinde im Rücken gebrauchen.

Die Schädel zerstoben beim Einschlag der Geschosse, mehr Blut, Gewebe und Knochensplitterchen verteilten sich im Flur. Damit war er sicher, ihnen nicht nochmals zu begegnen, falls einer besondere Kräfte besitzen sollte. Ohne Kopf starben sie nach seiner Erfahrung alle.

Mit der Waffe in der Hand rannte er in die Wohnung, um nach Faina zu sehen.

Er fand die Russin tot auf dem Boden liegend, dicht neben der Wand, hinter der sie Schutz gesucht hatte. Die Einschüsse hatten sie in den Rücken getroffen.

Eric ging neben ihr in die Hocke und bedauerte, dass es Faina erwischt hatte. Sie hätte durchaus nützlich sein können.

Er nahm ihr Smartphone an sich, drückte ihr dafür das vollautomatische Schrotgewehr in die Hände. Sollten sich die Ermittler ihren Reim darauf machen.

Das Sirenenkonzert spielte rings um das Gebäude, erste Schritte erklangen im Treppenhaus. Mit Sicherheit marschierte eine Spezialeinheit der OMON auf, um die Lage zu klären.

Für heute reichte es Eric an Toten. *Außerdem habe ich eine Adresse, die ich dringend überprüfen muss.*

Sein Rückzug führte ihn quer durch die Wohnung der Zacharovs, wobei er sich stets nach den tanzenden Blaulichtern umsah, die durch die Scheiben fielen. Als sie weniger wurden, betrat er den nächstbesten Raum und blickte auf die verschneite Straße hinab.

Hier standen keine Polizeiwagen, der dichte Verkehr zog noch darauf entlang.

Eric öffnete die Flügel, schwang sich auf das Außenbrett und zog das Fenster wieder zu. Klirrend fiel die Petersburger Kälte über ihn her, der Wind riss an ihm und wollte ihn in die Tiefe stürzen. Sogar die Schneeflocken schmerzten beim Auftreffen auf der Haut und schienen ihn verletzen zu wollen.

Eric befand sich im dritten Stock, ungefähr elf bis zwölf Meter trennten ihn vom Trottoir.

Ein Sprung aus der Höhe konnte trotz des dichten Weiß zu gebrochenen Gliedmaßen führen. Andererseits: Der Dämon würde ihn rasch heilen.

Als ein großer Lastwagen vorbeifuhr, drückte sich Eric ab und flog auf die breite, verschneite Oberseite des Aufliegers zu, die floßgleich unter ihm vorbeiglitt.

Deutschland, Sachsen, Leipzig

Claire.

Lene.

Anastasia.

Gleich drei Frauen lagen in einem Bett, in *ihrem* Bett – aber sie fühlte sich in der siebten Nacht seit dem Seelentausch wie keine von ihnen.

Claire starrte zu den beeindruckenden Stuckverzierungen hinauf, die durch den schwachen Schein der Außenlampen erkennbar waren. Rollläden gab es keine, und die Vorhänge schluckten das Licht nicht vollständig. Die von ihr Wayne Manor getaufte Villa war gewaltig, die Räume waren riesig, alles schien größer und teurer als in anderen Häusern zu sein.

Claire lag unter der weichen, warmen Daunendecke, die frisch gewaschen roch. Sie vermisste ihr Häuschen und die Geborgenheit, die darin geherrscht hatte.

Es gab keinen Schlaf.

Für keine der drei Frauen, wobei Claire schon mit einem Drittel Ruhe zufrieden gewesen wäre.

Die Schmerzen in ihren Armen nahmen zu, das Analgetikum brauchte dieses Mal länger, um zu wirken.

Oder hat sich eine Wunde entzündet? Claire verdrängte diesen Gedanken. *Ich werde es wohl doch von einem Arzt anschauen lassen.*

Neben ihr schlief ein Mann – nicht *ihr* Mann, trotz des Rings an ihrem Finger, der das Gegenteil besagte und besiegelte. Seine Atemzüge klangen vollkommen anders als die von Finn, ruhiger und weniger laut. Was Claire eigentlich Beruhigung hätte verschaffen können – weil sie nicht alleine war –, verstärkte ihre innere Unruhe.

Sicherheit hatte ihr nur ein Mann im Leben geben können.

Doch der war tot.

Sie hatte – wie mit den drei Seelenwanderern vereinbart – einige Tage Theater gespielt, sich von ihrer Familie mit dem Verweis auf ihren Zustand abgeschottet und jeden Arzt verweigert. Gelegentlich musste sie akzeptieren, dass Eugen kam und ihre Hand nahm, mit der Fassung rang und sie auf die Stirn küsste. Er hatte sie auf ihre Leukämie angesprochen, doch sie hatte auf den Arzt verwiesen und beteuert, sich zumindest körperlich gut zu fühlen. Sie konnte nur erahnen, was er sich rund um ihre Entführung vorstellte. Abends sang sie den Kindern Lieder vor, was für Begeisterungsstürme bei Charlene und Pauline sorgte.

Claire lauschte.

Die Lage der Villa und die dicken Mauern sorgten für absolute Stille, was die meisten Menschen begrüßt hätten. Weder erklangen hektische Verkehrsgeräusche noch Fluglärm oder das Rumpeln einer Tram und Rufe von Betrunkenen oder Streitenden.

Doch die Abwesenheit von Klängen machte Claire nervös.

Als Stadtkind kannte sie das kaum, höchstens von Urlauben auf einer irischen Insel oder einem abgelegenen Gehöft. Aber dann war Finn dabei gewesen. Finn und Deborah.

Claire erhob sich leise aus dem Bett, nahm das Smartphone aus der Schublade und stellte sich ans Fenster. Durch einen Spalt im dicken, schweren Stoff sah sie hinaus.

Die Auffahrt lag im Dunkeln, nur am Tor glomm eine Lampe, um zu zeigen, wo sich die Einfahrt befand.

Große Bäume, deren Art sie nicht kannte, erhoben sich in den Nachthimmel und verschmolzen mit der Dunkelheit oder schoben sich als Umriss vor die wenigen Sterne. Sie sahen alt und erhaben aus, sturmgefeit und menschenverachtend.

Überdauernder als die Seelenwanderer. Es fiel Claire noch immer schwer, die Erklärungen zur Seele zu begreifen.

Sie hatte zwar aufgenommen, was Fabian ihr erklärt hatte, doch es blieb ungeheuerlich: eine Seelenurmasse, die Rückkehr der Seele nach dem Tod und ihre Auflösung in diesem Pool, der Neuanfang mit jedem Neugeborenen.

Unterm Strich bedeutete es, dass es alles Leben schon einmal gegeben hatte.

Claire kam in den Sinn, wie manche Menschen behaupteten, sich an ihr altes Leben im Mittelalter als Magd oder als Soldat im Dreißigjährigen Krieg zu entsinnen.

Mit den Erklärungen von Fabian ergab dies einen Sinn: Die neue Seele hatte Bruchstücke des vergangenen Daseins gespeichert und spielte sie im Schlaf oder in einem Tagtraum ab oder wenn sich die Person an einem Ort aus der alten Vergangenheit befand.

Claire vermied es, ihre Reflexion in der Scheibe zu betrachten. Sie wollte keine fremden Erinnerungen herauslocken, weder von Anastasia noch von Lene, falls das überhaupt möglich war. *Ich muss Fabian fragen, ob das geschehen kann.*

Der Schneefall verstärkte sich, das vielfache Weiß färbte die Nacht heller. Aber mehr Hoffnung vermittelte sie nicht.

Claire sah ihre Leiche vor sich, ihren kalten Körper, in den sie nicht mehr zurückkehren konnte, eingeparkt in der Gerichtsmedizin zwischen den anderen Toten. Ihre Seele konnte die vertraute Hülle nicht mehr nutzen. *Nie wieder.*

Doch Claire wollte die zweite Chance nutzen, um den Mörder ihres Mannes zu finden und in ihr altes Leben zurückzukehren – oder wenigstens in das, was davon übrig geblieben war: ihre Tochter, ihre Schwester und die Nichten. Dies war ihr einziges Ziel, nicht die Aufklärung von Geheimnissen rund um ein Serum, um alte Seelen samt Intrigen und Verwicklungen und dem ganzen Rest an Unwirklichem.

Um in dieser Lage nicht völlig den Verstand zu verlieren, hatte Claire in den vergangenen Tagen eine andere Taktik entwickelt.

Mit der Ablehnung dessen, was gerade mit ihr und um sie herum geschah, kam sie nicht weiter.

Also nahm sie die Situation als gegeben hin, auch wenn sie davon ausging, sich in einem Traum zu befinden oder in einem Koma oder in einem sonstigen Bewusstseinszustand, der sie das alles erleben ließ.

Warum sie es erlebte, spielte für sie ab sofort keine Rolle mehr.

Fortan galt: akzeptieren, zurechtfinden, Lösungen erkennen, anwenden und sehen, was sich anschließend ereignete.

So lautete ihr festes Vorhaben – doch momentan scheiterte sie an so etwas Einfachem wie Einschlafen.

Claire seufzte.

Sie spürte den fremden Herzschlag, der doch ihrer war, in dem dünnen wohlgeformten Körper. Der Anblick des Schnees ließ sie frösteln. Ihre Brustwarzen zogen sich zusammen und drückten gegen den Stoff des dunkelroten Seidenpyjamas. Seit dem Einfahren in den

Leib hatte sie den Eindruck, ständig an Unterkühlung zu leiden.

Zeit für einen Tee. Leise schlich sie aus dem Schlafzimmer und suchte eine Weile in dem Anwesen, bis sie im Dunkeln die Küche gefunden hatte. Erst hier schaltete sie die Deckenlampe ein und dimmte sie.

Claire durchstöberte die Schränke nach Tee. Bald brodelte das Wasser im Kocher, in der Tasse lag ein Tee-Ei mit der Schlafwohl-Mischung.

Während sie wartete, blieb ihr Blick an den sorgsam aufgeräumten Kinderspielsachen im Flur hängen. Sie würde sich in Zukunft zusammenreißen müssen, mehr die liebende Mutter zu sein. *Die liebevolle Lene.*

Alleine die großen staunenden Augen der Geschwister beim Vorsingen hatten ihr gezeigt, dass Singen nicht ins Repertoire der alten Lene gehört hatte. Eugen sah sie gelegentlich verwundert an, wenn er im Türrahmen stand und sie beim Spiel mit den Kindern beobachtete. Manche der Formulierungen seiner Frau schienen neu für seine Ohren zu sein.

Claire nahm an, dass sich Anastasia akribisch auf den heimlichen Tausch vorbereitet hatte, bis in die kleinste Kleinigkeit vom Leben ihres Opfers Bescheid wusste, um sich nicht zu verraten oder Anlass zum Zweifel zu geben. Sie hingegen wusste gar nichts.

Ich muss schnell lernen, was die alte Lene ausmachte. Claire goss den Tee auf und schlenderte mit der Tasse in der Hand umher, um Wayne Manor ohne Eile und ohne Beisein ihres neuen-alten Gatten zu durchstreifen.

Mit sich trug sie das Handy, das Fabian ihr gegeben hatte. Über diese sichere Leitung, so hatte er ihr gesagt, könnten sie miteinander kommunizieren. Er galt als ihr Kontakt, der sie leitete und lotste und sie beriet.

Eugen hatte es begrüßt, dass sie am vierten Tag doch nach einem Leibwächter verlangte. Gemeinsam hatten sie im Internet gesucht, Referenzen gesichtet, bis sie durch einen genau gelenkten Zufall auf die Website gelangt waren, wo Fabian seine Dienste als Bodyguard mit Namen Vacinsky anbot. Es bedurfte wenig Aufwands, Eugen zum Anheuern zu überreden.

Claire entfernte das Tee-Ei und entsorgte den Inhalt achtlos in einem Pflanzkübel, wie sie es zu Hause auch gemacht hatte, weil sie sich einbildete, die Blumen würden dadurch besser gedeihen.

Die Porträts von Lene und ihrer Familie, an denen sie vorbeischritt, vermittelten die Sorglosigkeit, die in diesem Haus einst geherrscht hatte, bevor das Unglück hereingebrochen war.

Ich werde mich anstrengen, damit zumindest die Kinder nicht leiden. Ihr war noch schleierhaft, wie sie später den Übergang von diesem in ihr altes Leben fand. Unterschiedlicher konnten sich Existenzen kaum gestalten.

Irgendwo gibt es bestimmt Filme. Von Weihnachten, Ostern, Geburtstagen. Claire würde sie sich anschauen, um mehr zu lernen und die Sprache und Sprechweise der Toten besser imitieren zu können. Niemand würde Verdacht schöpfen, wenn sie sich Aufzeichnungen der heilen Welt ansah. Persönliche Bewältigungsstrategie.

Treppauf, treppab ging es durch die alte Villa, die mit sehr viel Aufwand und Liebe renoviert worden war, das spürte sie in den vielen Details. Büsten, Bilder, Gemälde, mal alt, mal neu, jede Nische war genutzt, um etwas darin zu plazieren, manchmal auffällig, manchmal erst auf den dritten oder vierten Blick zu entdecken. Ohne die grausamen Umstände hätte sich Claire wohl gefühlt.

So beschränkte sie sich darauf, sich Wege einzuprägen und vertrauter mit der Umgebung zu werden, damit sie nicht wie eine Fremde oder Verwirrte auf die Bewohner des Anwesens wirkte.

Bei allem Ansporn, sich in die Umstände einzufinden und im Sinn der Seelenwanderer zu handeln, um die Pläne der Bösen zu vereiteln, schwand ihr brennendster Wunsch nicht: Finns Mörder mussten gefunden werden.

Ihre Gedanken wurden finsterer, rachsüchtiger, denn letztlich verdankte es Claire ihnen, dass sie in einem Alptraum steckte.

Ihr Tod wäre mir eine Freude. Vielleicht sogar die Erlösung. Am Tee nippend, schwenkte sie in den nächsten Korridor. Sie blieb stehen und konnte sich nicht erinnern, ob sie hier bereits vorbeigekommen war.

Wenigstens vergeht so die Nacht.

Eine gereinigte Seele ist nicht
eine reine Seele.

Charles Pierre Péguy (1873–1914)

KAPITEL VII

Deutschland, Sachsen, Leipzig

Claire wusste nicht, ob es schlau war, in aller Frühe die verschneite Auffahrt zur Straße entlangzugehen, anstatt Fabian ihren Range Rover benutzen zu lassen, der in der Garage stand und ihr gehörte. Notfalls konnte sie es weiterhin auf die Nachwirkungen der Entführung schieben, dass Marlene von Bechstein sich merkwürdig oder zumindest anders benahm als früher.

Sie hatte sich Kleidung aus dem fremden Fundus genommen, in einen schwarzen Pullover und schwarzen Rock geworfen, die flachsten Stiefel ausgesucht, die sie fand, und sich vor dem Erwachen der Bewohner aus dem Haus gestohlen. Der dicke graue Designermantel schützte vor der Kälte, und die Lederaktentasche neben der Tür, auf die das silberne Monogramm *LvB* gestickt war, nahm sie aus einem Gefühl heraus.

Das Unternehmen befand sich im Industriegebiet Seehausen, noch hinter dem Messegelände, wenn sie es auf der Karte richtig gesehen hatte. Wie lange man bei dieser Witterung bis dorthin brauchte, wusste sie nicht. Dafür kannte sie sich zu wenig in Leipzig aus.

»Guten Morgen«, grüßte sie im Vorbeigehen einen Mann in Parka und mit Tschapka auf dem Kopf, der gerade die Einfahrt mit einer breiten Schaufel vom Schnee befreite.

»Guten Morgen, Frau von Bechstein«, erwiderte er verblüfft und hielt mit dem Schippen inne. »Schon ins Büro? Sie haben es aber eilig.«

»Da sagen Sie was.« Claire wusste nicht, wie er hieß, doch offenkundig gehörte er zu den Bediensteten der Familie. »Ich muss im Labor ein paar Dinge prüfen.« Sie hastete weiter.

»Ist der Range Rover kaputt, Frau von Bechstein?«, rief er ihr nach. »Soll ich die Werkstatt anrufen?«

»Nein. Bewegung ist gesund«, erwiderte sie rasch und beschleunigte ihre Schritte, um ein verwundertes Nachfragen zu verhindern. »Ich werde abgeholt und gehe meinem Chauffeur entgegen. Grüßen Sie meinen Mann, wenn Sie ihn sehen.«

Claire erreichte die Einfahrt und ging nach rechts, stapfte durch den Schnee; dabei hob sie den linken Arm zum verabredeten Zeichen. Sie begab sich an den Straßenrand und wartete.

Kaum stand sie an der Kante, startete ein Motor, und Scheinwerfer flammten auf. Gegen das aufsteigende Unwohlsein vermochte Claire sich nicht zu wehren.

Das Auto näherte sich.

Sie erkannte zu ihrer Erleichterung den dunkelgrünen Audi A6 Allroad Quattro. Der Wagen hielt an, auf dem Fahrersitz saß Fabian, wie vereinbart in einem schwarzen Anzug mit weißem Hemd und dünnem schwarzem Schlips.

Er nickte ihr zu und lehnte sich herüber, um die Tür zu öffnen. Er wirkte ein bisschen zu klein für Kleidung und Auto.

Claire zog sie auf und stieg ein. »Guten Morgen.«

»Guten Morgen.« Er reichte ihr einen DIN-A4-Umschlag. »Bitte sehr. Damit wir das nicht vergessen: mein unterschriebener Anstellungsvertrag, die Referenzen liegen schriftlich anbei.«

Sie nickte und drehte die Düsen so, dass die warme

Luft gegen sie strömte. Der Umschlag verschwand in der Aktentasche im Fußraum.

»Gehen wir rasch durch, was Sie offiziell noch von Ihrem Leben als Marlene von Bechstein wissen?«

»Ich bin die Co-Chefin der *Von Bechstein Laboratories,* ein Zulieferunternehmen für Kosmetikartikel, das international handelt. Außerdem wollen wir eine eigene Duftserie starten«, sagte sie auf. »Durch die Schlappe in einem Patentstreit habe ich beinahe all mein privates Vermögen verloren. Ich erlitt einen Nervenzusammenbruch, nachdem persönliche Tragödien dazukamen: eine Fehlgeburt, mein Bruder ist verschwunden, und meine Eltern starben bei einem Unfall, woraufhin ich mich vorerst aus dem laufenden Betrieb zurückzog«, gab sie die offizielle Variante wieder.

»Korrekt.« Fabian fuhr los. Der Audi A6 pflügte unbeirrt durch den Schnee, als gleite er auf Schienen dahin.

»Ich wurde entführt, konnte mich befreien und erlitt durch den Schock eine Teilamnesie, was sich inzwischen als Gerücht herumgesprochen hat«, fuhr sie fort. »Um schneller in mein Leben zu finden, kehre ich zurück in meinen alten Job.« Sie zögerte. *Ein Job, von dem ich nichts weiß.* »Ich weiß nicht, ob ich das schaffe. Es sind so viele Details, die Sie mir schickten und die ich mir merken muss.« Sie rang das aufsteigende Gefühl der Panik nieder.

Claire hatte in ihrem alten Leben die größten Widrigkeiten gemeistert. Doch mit dem unfreiwilligen Wechsel in diesen dünneren, zierlicheren, zerbrechlicheren Körper schien auch ihr Selbstbewusstsein extrem reduziert.

Fabian schaltete runter und ließ die Motorbremswirkung ihren Dienst verrichten, anstatt auf das Pedal zu treten. »Keine Sorge, ich kenne die Details, die wir über das Leben von Lene Bechstein einholen konnten. Ich instruiere Sie im Büro weiter und springe ein, wenn es eng wird. Wie gesagt« – er sah einen Moment lang zu ihr –, »wir haben den Vorteil der Amnesie. Niemand wird Verdacht schöpfen.«

Claire nickte und fuhr sich über die Ärmel, fühlte die Wunden unter den dünnen Verbänden. Schon sah sie das Innere des Rettungswagens vor sich, in dem sie erwacht war.

Die Nachrichten hatten über die brutale Schießerei berichtet, doch keiner konnte sich erklären, was es damit auf sich hatte.

Die Mutmaßungen der Medien gingen dahin, dass Kriminelle einen Rettungswagen stehlen wollten, um ihn bei einer anderen Tat zum Einsatz zu bringen. Doch wer die Toten waren, wusste niemand. Vorerst mussten Spekulationen über Motorradgangs und Russenmafia herhalten. Manche Journalisten mutmaßten, es habe ein Pate in dem Transporter gelegen.

»Schmerzen?«

Claire sah durch die winkenden Scheibenwischer auf die Straße. »Nicht mehr. Vor zwei Tagen dachte ich, es sei eine Blutvergiftung, aber es ist wohl der Heilungsprozess.« Mit Fabian an ihrer Seite fühlte sie sich sicherer als bei Eugen.

»Sehr gut. Aber rufen Sie das nächste Mal lieber an, damit wir was in die Wege leiten. Kein Risiko, was Ihre Gesundung angeht.« Er deutete auf ihre Aktentasche. »In dem Umschlag sind auch Ihre aktuellen Blutwerte. Wir haben eine Probe untersuchen lassen, als Sie im Hospiz waren. Keine Anzeichen von Leukämie. Die Werte sind gefälscht worden. Anastasias Werk, um Lene von Bechstein emotional in den Abgrund zu stürzen.«

»Das wird Eugen eine Angst nehmen.«

»Ihnen nicht?« Fabian schenkte ihr einen kurzen Blick. »Sie sollten ihm die Ergebnisse bald zeigen und eine Erklärung präsentieren, bevor er eigene Nachforschungen anstellt.«

»Vertauschte Proben, werde ich sagen. Das ist das Naheliegende.« Claire überlegte. »Wie viele Leben hatten Sie schon?«

Er lächelte verständnisvoll. »Freut mich, dass Sie Interesse an denen zeigen, zu denen Sie gehören. Wir hatten kaum Gelegenheit seit damals …«

»*Seit damals* sind acht Tage vergangen. Ungefähr«, murmelte sie. *Ich gehöre nicht zu euch. Ich wurde zu einer von euch gemacht.*

Fabian folgte den Anweisungen des Navigationsgeräts und bog nach Norden auf die Lützner Straße ab. »Ich starb zum ersten, aber nicht letzten Mal an meinem dreißigsten Geburtstag. Bei einem profanen Marsch in den Bergen, als wir nach den Kühen auf der Alm sehen wollten. Ich rutschte mit dem Fuß vom schmalen Pfad und verlor das Gleichgewicht«, erzählte er trocken. »Die entsetzten Gesichter meiner Söhne, die meinen Sturz verfolgten, vergesse ich nicht. Alles in allem werden es dreihundert Meter bis zum Aufschlag gewesen sein, und plötzlich löste sich meine Seele aus dem Leib.« Er schwieg mehrere Herzschläge lang. »Was danach geschieht, kennen Sie: Dunkelheit, Blitze, eine Art Wetterleuchten, Angst, Einsamkeit und das spürbare Verblassen, gegen das ich mich wehrte. Ich landete in einem freien Körper – dummerweise gehörte er zu einem verurteilten Verbrecher. Er hatte aus Verzweiflung Selbstmord begangen. So kam ich an meine zweite Chance.«

Claire versuchte, sich einen Reim darauf zu machen. »Sie stammen demnach aus Süddeutschland?«

»Gebürtig in Krün. Ich war Bergbauer. Nichts Weltbewegendes, eine kleine Herde, eine große Familie, eine Alm. Nach dem Sturz wandelte sich mein Dasein.« Fabian bog in die Jahnallee und gab Gas, um an den langsamen Wagen vorbeizugelangen. Der Allroad spielte seine Stärken auf dem tückischen Untergrund gegen herkömmliche Autos aus. »Oh, der Verbrecher war übrigens zum Tode verurteilt«, fügte er lachend hinzu. »Das nennt man schlechtes Timing.«

»Gab es die Todesstrafe in Deutschland noch?« Claire kam sich in der gleichen Sekunde töricht vor. Wer mehrere Leben gelebt hatte, konnte durchaus alt werden. Oder besser gesagt: seine Seele. *Eine alte Seele.*

»Ich glaube, dass es sie noch gab. Oder wieder. Aber ich sagte nicht, dass der Verbrecher in Deutschland lebte.« Fabian steuerte den Audi A6 souverän durch das Blech- und Schneegestöber die Straße entlang. »Sie hatten Glück im Unglück, was die Landung anging.«

Und wieder kam sich Claire naiv vor. Sie musste sich daran gewöhnen, dass es für eine Seele, die anscheinend nichts anderes als eine Form besonderer Energie darstellte, um es halbwegs wissenschaftlich zu betrachten, keine räumliche Begrenzung gab. »Wo sind Sie … sagt man *erwacht?*«

»Kann man sagen.« Er legte eine Hand an seinen Hals. »Ich kam auf dem Boden der Zelle zu mir, mit einem Gürtel um die Kehle, den die Wärter abgeschnitten hatten. Sie mussten mich wiederbelebt haben. Und ich kann Ihnen sagen: In Russland waren die Gefängnisse schon 1884 nicht schön.«

Claire schluckte. »Russland.«

»Im Zarenreich. Ohne einen einzigen Brocken Russisch zu können. Woher auch? Aus dem tiefsten Bayern mitten nach Irkutsk.« Fabian musste lachen, auch wenn es nicht glücklich klang. »Du meine Güte. Wenn ich daran denke.«

»Wie alt waren Sie?«

»Ich schlug im Körper eines kriminellen Straßenjungen auf.«

»Nein, davor.«

»Dreißig«, wiederholte er nachsichtig. »Nach meiner Flucht aus dem Gefängnis lebte ich dreiundsechsig Jahre, anschließend fünfundfünfzig, und in diesem Körper«, er zeigte an sich hinab, »bin ich seit zwölf Jahren unterwegs. Alles in allem der beste bislang. Er sieht gut aus, ist gut in Schuss – was will man mehr?«

Hundertsechzig Jahre, addierte Claire. *Geboren 1854, und sterben wird er vermutlich niemals mehr.*

Er grinste. »Sie haben gerade ausgerechnet, wie alt ich bin.«

Sie nickte.

»12. Mai.«

»Bitte?«

»Mein Geburtstag. Nun, mein *erster* Geburtstag als Mensch. Falls Sie mir was schenken wollen.« Fabian zog quer über die Bahnen und zwang den Audi A6 mit einem leichten Driften von der Delitzscher auf die Essener Straße und in die Maximilianallee. Warnsignale im Display flammten auf, er schaltete die elektronischen Fahrunterstützungsprogramme aus.

Die *VoBeLa,* die *Von Bechstein Laboratories,* waren bereits ausgewiesen, damit die Lastwagen der Zulieferer den Weg fanden.

Das Messegelände flog rechts vorbei, das Industriegebiet Seehausen rückte näher.

Nicht allzu weit entfernt von der kreuzenden Autobahn erhob sich zwischen den übrigen Unternehmenshallen ein etwa dreißig Meter hoher, kastenförmiger Gebäudekomplex. Scheinwerfer machten ihn in der winterlichen Dunkelheit sichtbar, und die Schneeflocken mutierten zu abstürzenden Motten, die sich schier ohne Verstand am Licht vorbei auf die gefrorene Erde warfen.

Die Wände des großen Gebäudes waren grau, weiß und dunkelgrün gestrichen, das Logo bestand aus einem stilisierten Kolben mit den VoBeLa-Silben von oben nach unten darin. Darunter neonleuchtete: *Inventing Health & Care.*

In Claire regte sich beim Anblick der Firma nichts. Keine Marlene-von-Bechstein-Erinnerungen flackerten auf. *Kommen überhaupt welche, oder sind sie mit der Seele ausgezogen?* »Wie viele Leben hatte das Triumvirat?«

»Das ist aber eine schicke Bezeichnung. Würde ihnen gefallen.« Fabian lachte leise. »Sie hatten viele Leben. So genau verraten das die Mächtigsten niemals, aber anhand ihrer Fähigkeiten lässt sich abschätzen, wie alt sie sind.« Er bog in das Industrieareal ab.

»Sie meinen Fähigkeiten wie meinen Schrei?« Den Umstand, nicht nur ein zweites Leben, sondern eine Besonderheit erhalten zu haben, hatte sie verdrängt.

»Exakt. Das ist ein nicht unwesentlicher Ansporn, die Seelenwanderung zu durchlaufen. Nicht zu vergessen das stärker werdende Charisma.«

Das beleuchtete Einfahrtstor mit dem unprätentiösen wohncontainerartigen Gebäude daneben rückte näher, die Schlagbäume hoben und senkten sich für die wenigen Autos, die auf das Gelände durften. Die Arbeiter parkten auf dem großen Platz davor oder wurden aus Bussen gespien.

»Und was sind Ihre drei Superkräfte?«

Fabian beließ es bei einem geheimnisvollen Lächeln.

Der Audi A6 schwenkte auf die Einfahrt zu, doch der Zugang wurde ihnen verwehrt. Das Auto war dem Werkschutz unbekannt.

Im Innern des kleinen Häuschens erhob sich eine Gestalt und trat aus der Tür, näherte sich dem Wagen.

Siedend heiß durchfuhr es Claire, dass sie nicht an einen Ausweis gedacht hatte. Sie kramte in der Aktentasche, suchte und wühlte, während Fabian das Fenster auf ihrer Seite nach unten gleiten ließ. »Ganz ruhig«, raunte er ihr zu.

»Oh, guten Morgen, Frau von Bechstein«, hörte sie den Wachschutz sagen.

Langsam richtete sie sich auf und lächelte den Mann an. »Guten Morgen.«

Die gelb-schwarze Schranke vor der Motorhaube schnellte in die Höhe und blieb leicht federnd senkrecht stehen.

»Schön, dass Sie wieder da sind.« Er tippte sich an den Mützenrand.

»Ich freue mich auch.« Claire behielt die Freundlichkeit auf ihren Lippen. »Notieren Sie den Wagen und das Kennzeichen, dann klappt es das nächste Mal ohne Anhalten.«

»Natürlich. Verzeihen Sie das Versehen, Frau von Bechstein.«

Claire nickte lächelnd, und Fabian fuhr los. *Sie muss beliebt gewesen sein … nein, sie ist beliebt,* ging es ihr durch den Kopf. »Ich habe keine Ahnung, mit wem sie in der Firma befreundet ist«, sprach sie ihre Befürchtungen aus und spürte, wie ihr Herz schlug.

»Amnesie. Damit kriegen wir alles hin.« Fabian blieb unbeeindruckt und steuerte den Wagen auf den Parkplatz neben dem Haupteingang, wo ein Schild mit *Fr. v. Bechstein* deutlich machte, wer hier halten durfte.

Er schaltete den Motor ab, löschte das Licht, bevor er sich ihr zuwandte und aufmunternd in die Augen sah. »Sie schaffen das.« Er nahm ihre Hand und drückte sie kurz. »Ich bin bei Ihnen.«

Aber du bist nicht Finn. Claire presste die Lippen zusammen, dann öffnete sie die Tür und verließ den Wagen. Währenddessen setzte sie eine Sonnenbrille auf, die sie in der Aktentasche entdeckt hatte. Sie wusste, dass es um diese Uhrzeit überhaupt keinen Sinn ergab, doch sie fühlte sich dahinter ein wenig vor den Blicken der Leute geschützt.

Gemeinsam betraten sie die Schleuse und mussten keine Ausweise zeigen. Im hellen Licht war ihr markantes Gesicht gut zu erkennen. Für Fabian erbaten sie eines der Besucherkärtchen, damit er nicht ständig von einem Aufpasser angehalten wurde. Spätestens in einer Stunde bekäme er seinen eigenen Ausweis.

Mit dem vollbesetzten Fahrstuhl ging es aufwärts.

Unterhaltungen kamen nicht auf. Claire vermied es, einen der Passagiere anzuschauen oder auf die Spiegelwände zu blicken. Sie wollte die fremden Züge nicht sehen, die sie seit acht Tagen trug.

Aber verhindern ließ es sich letztlich nicht.

Claire erschrak, wie schlecht das Gesicht aussah. Bleich, eingefallen und mehr tot als lebendig, das Kaltlicht tat sein Übriges. *Eine lebende Leiche.* In den Filmen, die ihre Tochter schaute, müsste sie gleich als Zombie über die Umstehenden herfallen und ein Massaker in dem Lift anrichten.

Tatsächlich fühlte sich Claire, als wäre sie selbst das Opfer: unverhohlen beobachtet, heimlich angestarrt, von allen bemitleidet. Niemand schien Lene von Bechstein das Unglück zu gönnen, das über sie hereingebrochen war.

Langsam atmen. Die deutlich spürbare Sympathie brachte Claire dazu, sich leicht zu entspannen.

Von Stockwerk zu Stockwerk leerte sich die Kabine zusehends. Im achten Stock waren sie und Fabian endlich alleine.

Wenigstens das ist geschafft. Claire setzte zu einem Satz an, aber er zeigte kurz an die Decke, wo sie jetzt erst eine Kameralinse wahrnahm. Die Beobachtung ging weiter, daher schwieg sie.

Der Lift hielt an, die Türen öffneten sich – und vor ihnen standen zwanzig Mitarbeiterinnen und Mitarbeiter Spalier, um ihre angeschlagene Chefin mit herzlichem Applaus zu empfangen, was wohl als Geste der Ermunterung gedacht war.

Claire hingegen versteifte wie beim Empfang der beiden fremd-eigenen Kinder in der Bechstein-Villa.

Sie vermochte nicht einen Schritt zu tun – und plötzlich brachen unbekannte Erinnerungen über sie herein und schwemmten ihr eigenes Denken davon.

Russland, Oblast Wologda, westlich von Belosersk

Der Hubschrauber zog in knappem Konturflug über die laublosen Birken dahin, die Unterseite war keine zwei Meter von den Wipfeln entfernt. Seine häckselmesserhaften Rotoren pusteten den Schnee von den Ästen und Zweigen, die Schnauze stand leicht schräg nach unten. Mit höchster Geschwindigkeit donnerte der Kamov Ka-62 vorwärts.

Eric saß neben dem stoischen Piloten Piotr, den er dank Fainas Handy und einer fingierten SMS glauben machen konnte, alles habe seine Richtigkeit, als er alleine auf dem Flugfeld auftauchte und transportiert werden wollte. Die Familie Zacharov zahlte genug Lohn, um keine Fragen zu stellen, auch wenn die Anweisungen kryptisch erschienen, wie zum Beispiel mit 300 Stundenkilometern so tief wie möglich zu fliegen.

Der Ort, an dem die Organisation etliche Kilometer außerhalb der Großstadt ihr Zelt aufgeschlagen hatte, lag laut der Karte abseits und westlich des Weißen Sees.

Im Internet war von einem verlassenen Mönchsgut die Rede, das nach der russischen Revolution in einen Bauernhof umfunktioniert wurde. Bis vor wenigen Jahren befand sich ein kleines Museum darin, dann war es von Investoren aufgekauft worden, behauptete man im Netz. Die Pläne, um daraus ein Luxushotel für Oligarchen zu machen, schienen ins Stocken geraten zu sein.

Eric sah nach vorne, wo sich der Wald lichtete und eine breite Schneise aufwies.

Auf einem baumfreien Fleck von geschätzten 500 Metern Durchmesser erhob sich ein Gehöft, dem man dank der Zwiebeltürmchen sowie dem Glockenspiel im höchsten Gebäude seinen alten Klostercharakter ansah.

Ein Hauptgebäude, das wohl die Kirche oder das Kloster gewesen sein musste, stand alleine für sich und wurde von den Stallungen flankiert.

Ein breiter, aber unbefestigter Weg führte auf das Gehöft zu, ein Parkplatz hinter der rechten Scheune wurde angelegt, wie die planierte Fläche zeigte.

Der Helikopter schoss knatternd auf die Häuseransammlung zu.

Besser, als auf einem verschneiten Auflieger zu reisen. Eric war der Polizei auf dem Lastwagen entkommen und hatte sich auf der kalten Mitfahrgelegenheit quer durch die Stadt kutschieren lassen, bevor er nahe des Bahnhofs an einer Ampel vom Hänger sprang. Irgendwann auf seiner Flucht musste er das Amulett verloren haben, was ihn ärgerte, sich aber nicht ändern ließ. Den Privatflughafen hatte er schnell erreicht, nun befand er sich bei Einbruch der Dämmerung und später als geplant an seinem Ziel.

Zumindest führten keine frischen Reifenspuren zu dem Gut, ein Pick-up war unter einer hohen Schneeschicht zu erahnen. Aus den Kaminschloten stieg kein Rauch, der auf laufende Heizungen oder brennende Kamine hinwies.

Ist es verlassen? Eric überschlug die Abmessungen des Kamov Ka-62 und deutete auf den Innenhof. »Landen.«

Der Pilot nickte knapp und drückte die Schnauze nach der letzten Birkenkrone abrupt abwärts, so dass sie über den verschneiten Boden jagte, als würde sie Panzer hetzen. Das leise surrende Geräusch zeigte an, dass die Räder ausgefahren wurden. Erst im letzten Moment fing Piotr den Hubschrauber ab, Erics Magen sackte tief nach unten. Unwohlsein breitete sich in ihm aus.

Umspielt von weißen Schleiern, setzte die Maschine auf, die Rotoren wirbelten weiter.

»Schalten Sie in den Leerlauf. Sie warten«, befahl Eric dem Mann auf Englisch.

»*Njet.* Das war nicht die Anweisung, die Sie mir zeigten.« Piotr wies auf den Ausstieg. »Es war nur die Rede von herbringen.«

Dieses Spiel kannte er. Vor den Augen des Mannes wollte er keine weitere SMS tippen, daher ging er den direkten Weg. »Wie viel kostet es mich, dass Sie warten?«

»Tausend Euro ...«

»Einverstanden.«

»... pro fünfzehn Minuten.« Piotr hielt die Hand auf. »Anzahlung von zweitausend, bitte. Oder Sie lassen sich zurückfahren.«

Weil er keine Zeit hatte, nickte Eric zunächst freundlich, um dem Mann keine Sekunde darauf den Ellbogen mit Wucht gegen die Schläfe zu schlagen. Außer Gefecht gesetzt und mit verrutschtem Headset hing der Pilot in den Gurten.

»Die erste halbe Stunde ist kostenlos«, murmelte Eric und verließ die Kanzel, um auf das Haupthaus zuzurennen.

Niemand stürmte heraus, um den ungewollten Besuch abzufangen, und das machte ihn noch aufmerksamer.

Das schwirrend peitschende Geräusch der Rotorblätter und das leise Fauchen des Winds überlagerte jeglichen sonstigen Laut und gab möglichen Feinden Deckung. Der Wind wirbelte den Schnee zwar auf und hüllte Eric im Gestöber ein, doch dafür sah und roch er kaum etwas.

Seine Anspannung hatte Auswirkungen: Das Dämonische in ihm regte sich, drang an die Oberfläche und machte sich bereit. Das Böse wollte zum Zug kommen.

Hoffen wir, dass ich es nicht brauche. Eric erreichte den Eingang und warf sich mit Wucht gegen die Tür, um sie zu öffnen und mit einem großen Sprung ins Innere zu hechten.

Er rollte sich über die Schulter ab, und während er auf die Füße kam, blickte er sich sichernd um – und fand sich allein.

Eric kniete mitten in der Eingangshalle, um die sich eine Galerie erhob. Das dunkle Holz, aus dem die Wände zu bestehen schienen, sonderte einen alten Geruch ab. Zwei antike Deckenlüster verbreiteten sterbendes Licht, das nicht bis in die letzten Ecken reichte und die Türen im Erdgeschoss im Schatten liegen ließ. Polierte Messingknäufe schimmerten schwach und verrieten, wo sich ein Durchgang befand.

Eric sah und hörte niemanden, witterte vorsichtig.

In der Luft hing der schwache Hauch von Politur, von Essen, verschiedenen Aftershaves sowie Frauenparfüm, Druckergeruch und Papier, und nicht zu vergessen: Waffenpflegemittel.

Langsam stand er auf und ging einige Schritte zur Seite, blickte aus dem Fenster.

Der Helikopter steckte in seinem Kokon aus trudelnden Flocken, der Hof war ansonsten leer und verwaist.

Wo immer die Leute stecken, hier sind sie nicht. Eric entspannte sich und drängte das Dunkle zurück, das bereits erste Hitzewellen durch seinen Leib schickte, um die Verwandlung zu erleichtern. Da ihn niemand störte oder gar versuchte umzubringen, betrachtete er die Halle in Ruhe.

An den dunklen, mit Teakholz vertäfelten Wänden hingen Ikonen verschiedener Heiliger, klassisch düster und mit viel Blattgold. Kreuze, orthodoxe und andere, waren dazwischen positioniert.

Je mehr sich seine Augen an das diffuse Licht gewöhnten, desto mehr Symbole erkannte er überall an den Wänden und Stützpfeilern der Galerie. Keltische, indische, südamerikanische und astrologische; dazu gesellten sich chinesische und japanische Schriftzeichen, das sehende Auge der Ägypter, Ankhs, die Schutzhand, die Schwarze Sonne und Swastiken mit verschiedenen Ausrichtungen der Hakenenden für männlich und weiblich. Wegen der Kombination mit den sonstigen Symbolen glaubte Eric nicht daran, es mit mystifizierenden russischen Neonazis zu tun zu haben.

Sie brachten alles, was man zum Schutz nutzen kann, hier an. Er legte aus einer Eingebung heraus den Kopf in den Nacken und sah an der Decke ein großes Zeichen aufgemalt. *Das Waage-Symbol!*

Er senkte den Blick und musterte die kaum erkennbaren Türen um ihn herum. Eine sah aus wie die andere.

Es würde ihm nichts anderes übrigbleiben, als jede einzelne zu öffnen und nachzuschauen, was diese Truppe für ihn parat hielt. Eric ging nicht davon aus, dass sein Einbruch weiterhin reibungslos vonstattenging. Die Falle konnte jederzeit zuschnappen.

Er betrat den ersten Raum, von dem klassischer Küchengeruch ausging. Ein kurzer Blick hinein genügte, um seine Untersuchungen nicht zwischen Töpfen und Pfannen und dreckigem Geschirr fortzusetzen.

Unmittelbar daneben schloss sich die sehr große Vorratskammer an, in der ungewöhnlich viele Gefriertruhen standen. Auch hier zeigte das schnelle Öffnen: nichts Besonderes, wenn man von der Vorliebe für Hamburger-Pattys absah. Es mussten Hunderte sein.

Nach einer knappen Viertelstunde stand fest, dass sich im Erdgeschoss die Mannschaftsquartiere, der Speisesaal und alles Weitere befand, was eine Gemeinschaft brauchte, um zusammenzuleben.

Die Anzahl der Betten ließ auf fünfzehn Leute schließen, die persönlichen Sachen in den Spinden, der Geruch von Aftershave und süßem Parfüm sprach für gemischte Belegung.

Aber wo stecken diese Menschen?

Es machte tatsächlich nicht den Eindruck, dass die Arbeiten für ein Luxushotel der russischen Oligarchie im Haupthaus vorangingen. Weder wurde umgebaut noch abgerissen. *Hinweise auf Zacharova: Fehlanzeige.*

Eric pirschte die Treppe hinauf und hoffte, endlich auf Büros zu stoßen.

Er rechnete jederzeit damit, dass die Mannschaft des Gehöfts zurückkehrte, und dann müsste er improvisieren. Vielleicht waren sie vor dem Schneefall in die nächste Stadt für Besorgungen oder zur Patrouille aufgebrochen. Solange sie ihn nicht störten, würde er jede Sekunde zum Suchen nutzen.

Der erste Raum unmittelbar neben dem Aufgang offenbarte eine positive Überraschung: Er hatte einen Besprechungsraum gefunden, dessen Wände zum einen mit Whiteboards, zum anderen mit dem gleichen Sammelsurium an Symbolen wie die Halle versehen waren.

In der Mitte ruhte ein altehrwürdiger Tisch, leere Flaschen und benutzte Gläser standen darauf; ein Beamer zielte auf eine Leinwand, ohne eingeschaltet zu sein. Das Zeichen der Waage war in die Mitte des Holzes eingebrannt worden.

Lange kann das Meeting nicht her sein. Eric sah die vielen Ausdrucke an den Tafeln prangen und spähte eilig darauf, um einen Eindruck zu gewinnen.

Es handelte sich um eine Kurzdossier-Galerie: Männern und Frauen verschiedenen Alters und verschiedener Hautfarben waren fotografiert worden, den Perspektiven nach ohne ihr Wissen. Daneben standen ihre Wohnorte, Berufe und knappe Schlagworte zu ihren Gewohnheiten und Lebensumständen. Von unheimlich reich bis Prekariat war alles dabei.

Wäre er nicht an diesem ungewöhnlichen Ort, hätte Eric annehmen können, er stünde in einer Geheimdienst- oder Polizeizentrale, die versuchte, eine Organisationsstruktur unter den Verdächtigen zu erkennen, und einen Schlag gegen diese breit aufgestellte kriminelle Vereinigung plante.

Doch der Zusatz *a-Speziesausprägung* wich vom herkömmlichen Polizei- und Geheimdienstdossier ab.

Erics Augen huschten hin und her, erfassten die Einschätzungen der Beobachter. *Typus Werwolf, Typus Vampir, Typus Wer-Tigerin, Typus Dämon, Typus Phagoi, Typus Spiritus.*

Das *a* wusste er nicht einzuordnen. Stand es für den Gefährlichkeitsgrad? Manche Fotografien trugen ein in Grün handschriftlich eingetragenes Datum.

Er trat einen Schritt zurück und betrachtete das Sammelsurium an Kreaturen, die normale Menschen in Grusel- und Horrorfilmen wähnten. *Diese Gruppe tut das Gleiche wie ich. Anscheinend ebenso weltweit.*

Zwei der Fotografierten kannte er, sie standen ebenfalls auf seiner Prüfliste. Dass er auch sie bei den Unbekannten fand, sicherte seine Annahme ab. Die Speziesausprägung kennzeichnete sie als Wer-Schakal und Wer-Grizzly.

Am rechten Ende der Galerie hing das Bild von Nadeschda Zacharova. Das grüne Datum stimmte mit dem Tag überein, als die Vermummten im Casino aufgetaucht und die Wer-Tigerin mitgenommen hatten; darunter war *umbuchen* geschrieben worden. Zacharova bildete damit eine Ausnahme.

Großzügig verdeckt von einigen Faina-Fotografien, die anscheinend zum Spaß von der gutaussehenden Tochter geschossen worden waren, spitzte eine weitere Aufnahme hervor. Den Mantel, der ansatzweise zu sehen war, kannte Eric.

»Scheiße«, murmelte er und zog das Dossier hervor.

Sein Dossier.

Es zeigte ihn verwaschen und undeutlich im Salle Blanche, danach gestochen scharf aber aus weiter Entfernung an Bord seiner *Refugio*. Eric dachte sofort an die Frau, die ihn in jener Nacht beobachtet hatte. Wie versprochen hatten ihn die Unbekannten auf ihre Liste gesetzt.

Bei seiner a-Speziesausprägung stand ein Fragezeichen und *vermutlich Dämon* dahinter. Das hätte ihn nicht beunruhigt, wenn weiter unten nicht Mobilfunkdaten gefolgt wären. Bislang hatte er seine Spielzeuge für abhörsicher gehalten.

Oh, Scheiße! Unheilige Hitze rollte durch ihn hindurch: Sias Nummer tauchte am Ende der Liste auf. Er musste sich etwas einfallen lassen, um diese Organisation aufzuhalten, bevor sie herausfanden, was Sia war, und sich auf den Weg machten. *Sie darf nicht zu einem Dossier werden.*

Nur langsam realisierte Eric, dass sich in seiner Umgebung etwas geändert hatte. Die Rotoren waren verstummt.

Er machte einen Schritt zum Fenster und sah in den Hof hinab, wo sich die letzten Schneeschleier legten und die Sicht freigaben.

Die Turbinen des Helikopters waren ausgeschaltet, der Pilot fehlte.

Ein Dielenbrett in Erics Rücken knarrte verräterisch.

Noch bevor er sich umwenden konnte, sagte eine Frauenstimme auf Englisch: »Das ist nett, dass Sie sich die Mühe machen, zu uns zu kommen. Unsere Einheit in Sankt Petersburg wird Sie knapp verpasst haben.«

»So bin ich.« Langsam drehte er den Kopf und sah über die Schulter. »Ich hatte zudem meine Gründe.«

Auf der Schwelle verharrte eine kurzhaarige blonde Frau, die einen langen Dolch in der Hand hielt, dessen Schneiden aus Bernstein gefertigt schienen; das Mittelteil selbst bestand vermutlich aus Silber und war graviert. Von der Kleidung her erinnerte sie an eine Vorzimmerdame, in praktischem schwarz-weißem Kostüm. Die dickrandige Nerdbrille verlieh ihr Strenge. »Haben Sie?«

»Ich wollte herausfinden, wer versuchte, mich zu töten«, erwiderte er und rang das aufbrausende Dämonische nieder. Sein schlimmstes Ich wollte zum Vorschein kommen. Doch noch brauchte er es nicht, die Frau schien alleine zu sein. »Dabei tun wir offenkundig das Gleiche. Das sagte ich schon in Monaco.« Er wollte die Unbekannte dazu verleiten, mehr zu verraten, um Klarheit zu erlangen. »Wir könnten uns zusammentun.«

»Oh, da liegt ein Missverständnis vor«, widersprach sie. »Wir wollen Sie nicht töten.«

»Sondern?«

»Einfangen.«

»Und?«

Sie spielte mit dem Dolch und wirbelte ihn äußerst geschickt zwischen den Händen, wie es wohl nur eine Vorzimmerdame beherrschte, die mehrere Jahre Kampfkunst betrieben hatte. »Nichts weiter. Nur einfangen und wegsperren.«

Eric erinnerte sich, dass der Unbekannte im Salle Blanche eine ähnliche Aussage getätigt hatte. Eric wandte sich ganz langsam zu ihr um. »Weswegen machen Sie sich die Mühe, die Kreaturen wegzusperren, anstatt sie unschädlich zu machen?«

»Wir sind *libra*. Wir beschützen die Menschheit besser als Sie.«

Libra. Lateinisch für Waage. Er lachte böse auf. »Ich schicke die Diener des Bösen ins Jenseits. Was kann es Wirkungsvolleres geben?«

Die Frau schüttelte langsam den Kopf. »Sie unterliegen einem Irrtum, wie die meisten Menschen.«

»Ist das so?«

Die Blonde lächelte sehr mitleidig.

»Dann« – Eric setzte sich auf einen der Stühle – »klären Sie mich auf. Vielleicht lasse ich mich freiwillig von Ihnen einsperren, wenn die Geschichte gut ist.« Da er keine Geräusche vernahm, die auf weitere Menschen schließen ließen, gönnte er sich den Plausch. Ließ man Gegner reden, verrieten sie sich oftmals aus Selbstverliebtheit.

»Ihre Abgebrühtheit ist durchaus imponierend. Ich bin gespannt.« Die Unbekannte betrachtete ihn abschätzend. »Nun, es gibt kein Jenseits. Es gibt keine Hölle, aus der die Dämonen kommen, und auch keinen Himmel, aus dem die Engel schweben. Und es gibt keine Gnade.«

Eric horchte auf. »Welches Prinzip verfolgen Sie denn?«

»Ein universales, kein spezifisches, das an eine Religion gebunden wäre. Religionen sind Unsinn, und die meisten nutzen die menschlichen Schwächen aus, um ihre Anhänger gefügig zu halten.«

»Dann sind die Symbole im Eingang und hier Dekoration?«

»Oh, auf manche wirken sie. Weil sie glauben, sie müssten wirken.« Sie deutete mit der Dolchspitze auf Eric. »Apropos: Sie glauben vermutlich, Sie trügen einen Dämon in sich und machen Jagd auf Wandelwesen und Vampire.«

»Na ja. Wenn sich ein Mensch vor meinen Augen in einen Wolf verwandelt oder die Fangzähne ausfährt – was soll es sonst sein?« Er folgte ihren Ausführungen mit Interesse.

»Die Seele.«

»Etwas mehr Erklärung wäre schön.«

Sie goss erneut dieses wissend-arrogante Lächeln über ihm aus. »Das *a* vor der Spezifizierung steht für *animus,* lateinisch für Seele. Eine Seele wiederum ist nichts anderes als eine Energieform.«

»Eine Seele ist nicht messbar«, hakte er ein.

»*Aktuell* ist sie nicht mit Geräten messbar«, wehrte sie seinen Widerspruch ab. »Hätten Sie im Mittelalter einen Menschen in einen Kernspintomographen geschoben, um einen Kranken zu untersuchen, wären Sie als Hexer verbrannt anstatt als Arzt gefeiert worden.« Grinsend fügte sie hinzu: »*Dämonenwerk,* hätte man es genannt. Ich wette, in hundert Jahren sind Dinge messbar, von denen wir beide nicht mal etwas ahnen. Denken Sie an die Dunkle Materie.«

Eric konnte nachvollziehen, was sie meinte. »Seele als Energieform. Woher kommt sie?«

»Sie gehört zum Leben und ist einfach da. Wie das Universum.«

Eric lachte. »Damit machen Sie es sich sehr einfach.«

»Manchmal ist das Einfache die Wahrheit. Atome und kleinere Teilchen existieren ebenfalls, angeblich aufgrund des Urknalls. Aber wer sagt, dass es wirklich so war? Manche Beweise werden wir erst in etlichen Dekaden erbringen können. Bis dahin sehen wir es als gesichert, dass es so ist. Es gibt genug Indizien.«

»Schön. Aber wie geht das mit dem Körper einher?«

»Seele und Körper stehen in wechselseitiger Beziehung, wobei die Seele dominiert. Sie werden verstehen, dass Veränderungen der Seele, eben jener Energie, auch den jeweiligen Körper verändern.«

Eric zeigte auf die Whiteboards mit den Aufnahmen der beobachteten Menschen. »Das soll ausreichen, um derartige Kräfte und Begierden entstehen zu lassen?«

»Sicherlich. Im Laufe der Lebensjahre wird die Seelenenergie positiv oder negativ geladen, die meisten Kreaturen sind von Geburt an vorgeprägt. Manche sammeln viel Energie, andere geben sie ab oder verlieren sie«, führte sie weiter aus, als säße sie mit ihm bei Tee zusammen. Der Dolch in ihrer Hand schien sie extrem sicher zu machen. »Und plötzlich wird die Seelenenergie zu groß. Manche werden zu strahlenden Wesen, die Sie als Engel bezeichnen würden. Andere mutieren zu dem, was man blumig Vampire und Ausgeburten des Bösen nennen könnte. Sie werden aggressiv, niederträchtig, abgründig.«

Eric hörte zum ersten Mal von dieser ungewöhnlichen These. »Wie wird eine Seele Ihrer Meinung nach derart mächtig?«

»Das kann viele Auslöser haben. Meistens ist es Energie, die sich in der Seele anstaut und nicht genutzt wird. Sie sucht sich unkontrolliert ihren Weg. Diese Eruption geht bei schwachen Menschen oftmals mit psychischen Schäden einher, und je nach Vorprägung und Veranlagung des Menschen entstehen Bestien oder Engel, um es platt zu sagen.« Die Unbekannte schulterte die Waffe spielerisch. »Habe ich Sie überzeugt?«

Allerhöchstens ein bisschen. »Funktioniert das ebenso bei Tieren?« Eric dachte an den Wer-Menschen, den er getroffen hatte.

Die Unbekannte nickte. »Warum sollten sie keine Seele haben?«

»Damit kämen Sie bei manchen Religionen nicht durch.«

Sie zuckte mit den Achseln. »Ich sagte bereits, dass Religionen Unsinn sind.«

»Gut, Sie überwachen die Länder, fahnden nach gewandelten Seelen …«

»Nur nach den gefährlichen. Die guten lassen wir ihre Arbeit tun. Sie haben es schwer genug, die Welt besser zu machen. Und unsere Erklärungen könnten sie verwirren und vom Handeln abhalten.«

Eric lehnte sich nach vorne und stützte die Ellbogen auf die Knie. »Aber mir fehlt der Grund, warum Sie diese gefährlichen Menschen nicht umbringen. Weil Sie in Ihrem Kern Menschen sind?«

»Bitten Sie mich gerade, etwas mehr auszuholen? Heißt das, dass Sie mir glauben?«

»Wenn Sie wollen, dass ich mich Ihnen kampflos ergebe, will ich was geboten bekommen.«

Sie lächelte schwach und überlegte. »Mit jeder Geburt wird ein kleiner Teil aus der Masse der Seelenenergie geschöpft und in die neue Hülle gegeben. Nach dem Tod kehrt diese Seele in die Urmasse zurück und löst sich darin auf, bringt allerdings alles an Erfahrung, an Gutem und Schlechtem mit ein.« Wieder schwenkte die Waffe auf Eric. »Haben Sie begriffen?«

»Alles geht in diesen Topf ein«, folgerte er aus ihrer Erklärung. »Auch das Böse.«

Jetzt gab es ein belohnendes Lächeln. »Und wenn wir es *nicht* umbringen?«, sagte sie mit einem lehrerhaften Ton, als wollte sie einem begriffsstutzigen Schüler helfen, selbst auf die Lösung zu kommen.

»Verunreinigt es nicht die Ausgangsmasse und damit auch nicht die kommenden Leben.«

»Ah, Sie haben es begriffen.« Sie blickte auf die Uhr. Eric schätzte, dass sie kontrollierte, wann ihre Mitstreiter erschienen. Noch war es im Haus ruhig. »Es geht darum, die Gefahr abzuwenden. Solange wir noch keinen Weg gefunden haben, die Seelen zu reinigen, die Energie neutral zu laden, halten wir das Negative zurück. Wir sorgen für bessere Menschen, indem wir die positive Prägung stärken. Das Negative ist schon seit mehr als hundert Jahren auf dem Vormarsch. Jemand muss für die Ausgeglichenheit sorgen.«

»Enthalten Sie dem Pool nicht Nachschub?«

»Es sind kleine Mengen, die wir zurückhalten, im Vergleich zu den Tausenden Toten täglich«, konterte sie. »Aber das Potenzial einer zurückkehrenden bösen Seele wirkt giftig.«

»Und umgekehrt werfen Sie mir vor, alles zum Schlechten zu verändern, indem ich die Bestien töte, deren negative Ladung in die Masse sende und zum

Schlechten verändere.« Eric musste gestehen, dass es sich durchaus schlüssig anhörte – sofern man den Ansatz akzeptierte, dass die Seele Energie sei und sich bei der Rückkehr in den Pool brav vermischte. *Und wenn sie sich nicht vermengen? Wenn es für gut, schlecht und neutral eigene Töpfe gibt?*

»Wegsperren ist besser als Exekution.« Sie erhob sich. »Das Gleiche machen wir auch mit Ihnen. Es wird Ihnen gut ergehen.«

Eric erhob sich ebenfalls. Zwar hatte er noch viele Fragen, doch er sah ihr an, dass sie nicht mehr erzählen würde. Allerhöchstens durch die Gegensprechanlage einer Zelle. »Ich habe eine schlechte Nachricht für Sie.«

»Ich konnte Sie nicht überzeugen?«

»Nein. Und ich muss sämtliche Informationen aus der Einrichtung mitnehmen, die nützlich sind.« Eric bereitete sich sowohl auf einen eigenen als auch ihren Angriff vor.

»Ohne Piloten kommen Sie nicht weg von hier.«

»Sie haben ihn nicht umgebracht. Sie gehören doch zu den Guten«, hielt er dagegen. »Ich finde ihn bestimmt, wenn ich lange genug suche.«

Sie hielt den Dolch mit einer Hand senkrecht und richtete die breite Seite auf Eric. »Es wird nicht weh tun«, versprach sie. »Ihre Seelenkräfte werden Ihnen nichts nützen.«

Seelenkräfte. Hört sich viel schöner an als Fluch. Eric wollte sehen, ob sie bluffte – oder wollte es der Dämon?

Die nächste Hitzewelle ließ das Wesen hervorbrechen, das sich in kleine Flämmchen hüllte und Erics Äußeres zum Monströsen verwandelte. Er preschte los, einen Arm nach vorne gereckt, um die Waffe der Gegnerin an sich zu reißen.

Gleichzeitig umspielte ein warmgoldenes Licht die Klinge.

Honigfarben umhüllte ihn die Energie wie im Salle Blanche, und schon drang der Geruch von Tannenwald in seine Nase. Abrupt bewegte er sich zäh, wie in Harz gegossen; das unheilige blaue Feuer, das aus seinen Poren drang, waberte erstickend und erlosch.

Eric bekam keine Luft und vermochte nicht einmal, eine Lohe gegen seine Feindin zu senden. Er steckte gefangen in dem Geruch, umhüllt von Bernsteinlicht und unfähig, etwas zu hören oder zu sagen. Vor die Welt schien sich ein gewaltiger Glasbaustein geschoben zu haben, der die Sicht verzerrte.

Die Kraft wich aus seinen Gliedmaßen, der Hass verebbte, und der Dämon schwand von Herzschlag zu Herzschlag. Dieses Mal wussten sie ihn aufzuhalten.

Kurz vor der Ohnmacht löste sich sein Gefängnis auf.

Das ist unglaublich. Eric sackte auf die Knie, rang keuchend nach Atem und schaute zur Unbekannten – die hektisch auf einem Tablet herumdrückte und sich nicht mehr um ihn kümmerte. Hatte er zuerst geglaubt, der Sauerstoffmangel verdunkele seine Sicht, bemerkte er nun, dass das Licht im Raum erloschen war.

»Es kann sein«, raunte sie heiser, »dass wir Ihre Seelenkräfte doch noch brauchen.«

»Wie das?«, krächzte er.

»Damit wir überleben.« Sie fluchte und steckte das Tablet in die kleine Tasche zurück. »Wir müssen gehen.«

Eric kam mit dem Wechsel der Lage nicht zurecht, sein Hirn arbeitete nur halb so schnell. »Wollten Sie mich nicht eben noch einsperren?«

»Sehen Sie aus dem Fenster«, sprach sie grimmig.

Eric erhob sich und blickte durch den Spalt im Vorhang auf den Hof, der im Sonnenuntergang lag.

Aus den beiden Seitengebäuden kamen Gestalten gelaufen.

Sehr viele Gestalten.

Die verschiedensten Wandler, einige Vampire, Menschen, die im Rennen zu unaussprechlichen Kreaturen wurden und sich sofort auf Umstehende stürzten. Keiner von ihnen dachte ans Entkommen, sie warfen sich unverzüglich in den Kampf, als folgten sie einem lautlosen Befehl, alles zu attackieren, was ihnen begegnete.

Eric verstand, wozu die großen Bauwerke gedacht waren: *Hier haben sie ihre Gefangenen aufbewahrt.*

Aber aus irgendeinem Grund hielten die Zellen nicht länger stand.

Eric hörte auf zu zählen. Die ersten Kreaturen lagen bereits in Stücke zerfetzt und aufgeschlitzt auf dem Boden. Versprühtes Blut tränkte den Schnee und den Untergrund, das Rot spritzte meterweit, aufgebrochene Leiber dampften, die Wärme erzeugte weiße Schlieren, die sich in Luft auflösten.

Eine Wer-Löwin und ein Wer-Grizzly, die ihre Widersacher in Sekunden mit Bissen und Klauenhieben ausgeschaltet hatten, drehten die Bestienköpfe zum Haupthaus und witterten.

Die vom Blut feuchten Schnauzen öffneten sich, ein lautes Brüllen erklang. Die Lefzen zogen sich zurück, die langen Zähne wurden sichtbar, während rote Tröpfchen und Speichelfäden zäh vom Fell rannen.

Eric kannte diesen Hass, der sich entladen wollte. Sie wussten genau, wo ihre Wärter saßen. Dass er nicht zu ihnen gehörte, würde die buchstäblich entfesselten Wandler nicht kümmern.

Eine nackte, ältere Frau mit wirren, langen Haaren trat majestätisch aus dem rechten Gebäude und blickte direkt zum Fenster, hinter dem Eric stand. Keines der Wesen wagte es, sie zu attackieren. Sie lächelte und zeigte ihm ihre Vampirfänge wie zum Versprechen.

Eric durchzuckte es. Eine Gier stellte sich von einer Sekunde auf die nächste ein, die er bislang nur bei Sia verspürt hatte.

Das Gefühl war eine fatale Mischung aus dem Drang nach körperlicher Vereinigung und der vollkommenen Auslöschung des Gegenübers, zu der es keine Alternative gab. Das war umso grausamer, wenn man diese Person liebte. Doch das kümmerte die verfeindeten Dämonen nicht, die ihre Soldaten ins Feld schickten, um sich stellvertretend zu bekriegen.

Eric war verwirrt, während sich das Böse in ihm entzündete wie ein mit Gas gefüllter Raum an einem kleinen Funken. Seine Augen blieben auf die rotgelockte Vampirin gerichtet, die regungslos zu ihm hinaufstarrte. *Sie fühlt meine Anwesenheit. Botis und Avnas drängen zum Zweikampf. Oder … ist es einfach nur Instinkt? Eine Seelenreaktion?*

»Stehen Sie mir bei?«, hörte er die Unbekannte hinter sich sagen. »Wir müssen es bis zum Hubschrauber schaffen. Ich kann ihn fliegen.«

»Aber natürlich. Ladys first.« Eric wandte sich blitzschnell um und packte sie am Kragenaufschlag des Kostüms.

Ehe sie reagieren konnte, warf er sie in hohem Bogen durch das geschlossene Fenster hinaus.

Allein wenn Gott die Dinge einfach in sich hat,
so hat sie die Seele doch sprachlich mit Unterscheidung:
Teufel
und Engel
und alle Dinge.

Meister Eckhart, Von der Überfahrt zur Gottheit
(um 1300)

KAPITEL VIII

Kanada, Edmonton

Los, lass uns in den Wavepool gehen!« Anjelica stand auf und nahm Evans ringgeschmückte Hand. Ihr knapper, dunkelroter Bikini saß perfekt an ihrem schlanken Leib, die langen braunen Haare hatte sie zu einem Zopf gebunden. Sie waren nass vom letzten Ritt auf der Tropical-Typhoon-Rutsche und der Landung im Bassin.

In dem Restaurant des World Waterpark, der sich in der West Edmonton Mall befand, saßen außer ihnen zahlreiche weitere Gäste, die sich nach dem Spaß auf den verschiedenen Wasserattraktionen stärken wollten. Es roch leicht nach Desinfektionsmittel und unverkennbar nach Schwimmbadwasser, was jedoch keinen störte. Es gehörte einfach dazu.

»Die fangen mit den Wellen erst in einer Viertelstunde an.« Evan, dreiundvierzig Jahre alt und sehr gut trainiert, schüttelte ihre Hand mit einem neckenden Lachen ab. Der Mann mit der Surfermatte und dem Undercut wollte die Fritten auf seinem Teller noch verspeisen, um Kraft zu tanken. Zum einen für den Pool, zum anderen für den Sex, der später folgen würde, obwohl er Anjelica erst seit dem Konzert gestern Abend kannte. Aber das war sein Leben, wie es als große Tätowierung auf seiner Brust stand: *Rock' n' Roll.* »Lass mich noch essen, Süße.«

Sie stemmte die Arme in die schlanken Hüften, an denen sich in die Haut gemalte Ranken über den Oberkörper nach oben bis zum Hals wanden. Älter als fünfundzwanzig war sie auf keinen Fall, und das war genau richtig so.

»Ich gehe schon mal. Du wirst mich in dem riesigen Pool suchen müssen, wenn du was von mir willst«, verkündete sie gespielt beleidigt und drehte sich sehr gekonnt weg, schwenkte beim Gehen die Hüften aufreizend und betonte ihren Hintern.

Und wie ich was von dir will. Evan grinste ihr nach und tunkte die Pommes mehrmals in die Mayo. *Deinen Arsch sehe ich mir nachher ohne das Höschen an.*

Nach dem Gig seiner Band *FameGeneratoR* im Club *Whatthe?* hatten er und Anjelica sich zuerst zwei Stunden lang unterhalten, dann geknutscht und sich für heute verabredet, um zu sehen, wohin es führte – auch wenn es beide bereits wussten.

Evan aß die letzten Fritten.

Ein paar Mädels am Nachbartisch sahen zu ihm, kicherten und tuschelten.

Er grinste ihnen zu. Natürlich fiel er auf, zum einen durch die verschiedenen Tätowierungen, die sich über seinen Körper zogen, und zum anderen wegen seiner unwiderstehlichen Ausstrahlung. Ihr verdankte seine Band, dass sie in Kanada bekannt waren, auch wenn er nur am Schlagzeug saß und seinem Kumpel Fame am Mikro die Show überließ. Der Einsatz seines Charismas funktionierte, um die Fans von der Band und der hartmelodischen Musik unrettbar einzunehmen und zu überzeugen.

Das brachte für alle Vorteile: Er stand nicht im Mittelpunkt und genoss ein Leben mit Moneten und Mädchen, seine Freunde teilten den Ruhm und das Glück vom erfolgreichen Leben.

Na, ihr Hühner? Evan nahm einen langen Schluck aus der halbvollen Bierflasche. Absichtlich ließ er einige Tropfen danebengehen und über seinen muskulösen Oberkörper rinnen, was am Nachbartisch für leises Seufzen sorgte.

Evan stellte das Behältnis auf den Tisch und zwinkerte den Mädchen zu.

Bewunderung. Mehr hatte er sich niemals erträumt, und genau *das* lebte er aus, gegen den ausdrücklichen Rat und Willen seines Mentors. Auch nach dem Bruch standen sie noch in Kontakt. Es war kein Abschied im Bösen gewesen. Ihre Wege hatten sich getrennt, aber sie kreuzten sich gelegentlich.

Evan sah auf die Uhr.

Noch zehn Minuten, und das große Horn über dem *Blue Thunder Wavepool* erklang. Dann würden die Turbinen mit tausend Pferdestärken in Aktion treten und Wellen erzeugen, die je nach Standort bis zu zwei Meter hoch wurden und unvorsichtige Besucher von den Beinen rissen.

Anjelica mochte es schnell und hart, sowohl bei der Musik als auch bei den Wasserrutschen. Beim Sex sicherlich auch. Evan plante etwas Besonderes für sie.

Gerade wollte er sich erheben, als ein großgewachsener, dunkelhaariger Mann von rechts an seinem Tisch erschien und sich niederließ, um ihm ein frisches Bier vor die Nase zu stellen.

»Für Sie, Mister Melville.« Er trug einen trockenen, blauen Wetsuit, der die Arme und die Beine von den Oberschenkeln an frei ließ. Evan meinte sich zu erinnern, dass diese Klamotten im Waterpark nicht erlaubt waren. Vom Alter waren sie nicht weit auseinander, der Körperbau des Unbekannten war jedoch deutlich schmaler. »Von mir als Fan.« Um seinen Hals pendelte ein langgezogener Anhänger, der einem Stift ähnelte.

»Danke, Mann.« Evan mochte Bier. Er mochte auch Anjelica, ihren Arsch und alles andere an ihr, was im Pool wartete, um angefasst zu werden. Aber ein Bier ließ sich notfalls auch in Sekunden wegziehen.

Evan öffnete den Drehverschluss, sein Gegenüber tat es ihm nach.

Ein Erinnerungsblitz durchzuckte ihn. »Sie waren gestern Abend im Club!« Sonderlich sympathisch fand er den Typen nicht, der an der Bar herumgelungert und ihn angestarrt hatte; außerdem konnte er kaum erkennen, welche Augenfarbe der Mann hatte. »Wird das was Berufliches?« Er setzte die Öffnung an die Lippen und ließ die Hälfte des Getränks in sich laufen.

»Mein Name ist Vintrar.« Der Mann lächelte breit, zeigte goldene und silberne Kronen, die kurz nach Reißzähnen aussahen. »Ich bin jemand, der Interesse an Ihnen hat.«

»Vintrar«, wiederholte Evan. »Wäre ein scheißguter Name für eine skandinavische Death-Metal-Band.«

»Passendes Genre«, fügte der Mann erheitert hinzu.

»Was sind Sie? Produzent? Andere Plattenfirma?« Evan bemerkte, dass die Aura des Mannes seine eigene Ausstrahlung regelrecht aufzehrte. Die Tische um sie herum hatten sich bereits geleert. Die Mädchen verschwanden eben.

»Anderes Interesse.«

»Ah.« Evan trank aus. Er hatte keine Lust, sich weiter zu unterhalten. »Auf schwule Scheiße habe ich keinen Bock.« Er zeigte auf seinen Schritt. »Nicht falsch verstehen: Sie können nageln, wen Sie wollen, aber mein Arsch ist hundert Prozent hetero. Mein Schwanz auch.«

»Ich weiß. Ich sah Ihre Begleiterin.« Vintrars Augen schienen sich nicht entscheiden zu können, welche Farbe sie annehmen wollten. Mal wirkten sie grün, dann golden, dann verschwanden sie in den Höhlen, und es zeigte sich lediglich einschüchternde Schwärze.

»Krasser Special Effect«, kommentierte Evan und rieb sich die Hände an der knackig knappen schwarzen Schwimmhose ab, auf die natürlich Totenköpfe gedruckt waren. »Ich muss. Da wartet diese …«

»Wer bin ich, Seelenwanderer?«

Evan verharrte auf dem Stuhl. »Was laberst du denn für eine Kacke?« Keinesfalls durfte er sich anmerken lassen, wie recht der Mann mit seiner Annahme hatte. Er schaltete in den Angriff, auch wenn es ihn unglaubliche Überwindung kostete. Die Aura des anderen entwickelte eine lähmende Wirkung. »Verpiss dich, oder ich hau dir in die Fresse!«

»Kennst du mich, Seelenwanderer?«, wiederholte Vintrar kalt.

Evan stemmte sich in die Höhe, obgleich er glaubte, mehr als eine Tonne zu wiegen. »Fick dich!«

»Bist du mir in einem früheren Leben begegnet?« Vintrar zeigte ihm langsam sein Profil, behielt dabei stets sein Gegenüber im Blick. In den dunklen Höhlen schien schreckliche Bosheit zu lauern. »Schau genau hin, denn ich frage dich ein letztes Mal: Kennst du dieses Gesicht?«

Evan stand endlich aufrecht. Er spannte die Muskeln an, damit Vintrar sah, was ihm gleich blühte. »Nimm andere Drogen, du Wichser!«

Der Impuls, den großgewachsenen Mann zu schlagen, erlosch so rasch, wie er gekommen war: Er wollte Vintrar nicht berühren, nicht mal für einen Punch.

Der Typ roch nach einem großen Problem, nicht nur für ihn. Sein Mentor musste von diesem Kerl erfahren, der Seelenwanderer anscheinend erkennen konnte. *Hat es etwas mit den Augen zu tun?*

»Dubois …« – er biss sich auf die verräterischen Lippen, die seine Gedanken preisgegeben hatten –, »er wird dich fertigmachen, wenn ich ihm von dir erzähle.« In einem Bogen ging er an dem Sitzenden vorbei. »Penner.«

»Dann bleibe ich ein Verlorener und muss weitersuchen«, hörte er Vintrar leise hinter sich sagen.

Evan hastete davon, um zum Pool zu gelangen, aber abschütteln ließ sich das Zusammentreffen mit dem Mann nicht. Die Eindrücke waren zu stark; die Augen und die Blicke daraus hatten Angst und Befremden ausgelöst, gegen das er kaum ankam.

Evan sah sich um, aber Vintrar folgte ihm nicht.

Erst ab diesem Moment machte sich Erleichterung breit. Er betrat den Plastikbodenstrand unter dem riesigen Kuppeldach und sah sich um, ob er Anjelica zwischen den unzähligen Menschen in dem titanischen Becken erspähte. Viele Besucher hatten Gummischläuche von Autoreifen aufgeblasen, sich daraufgelegt oder ihre Leiber durchgeschoben, um wie die Korken obenauf zu dümpeln.

Evan knurrte ungehalten. Es mussten einige hundert Leute im Wasser sein. Anjelica machte es ihm nicht einfach, ihre Brüste und ihren Arsch zu befummeln.

Da erklang die Warnhupe über ihren Köpfen.

Die Menge im Wasser jubelte auf die Ankündigung, dass die künstlichen Wellen gleich einsetzen sollten.

Stampfend und rauschend erklangen die Turbinen, etwa 1500 PS erzeugten Verwirbelungen und Druck, um Wogen zu erschaffen.

»Evan!«

Er entdeckte Anjelica weit vorne im tieferen Bereich des Pools. Sie winkte und machte eine obszöne Geste an ihren Brüsten, um ihn herauszufordern. Neben ihr schwamm bereits ein neuer, jüngerer Verehrer.

Evan grinste und ging ins unruhiger werdende Wasser.

Abgesehen von seiner natürlichen Gabe der Aura, besaß er die Fertigkeit, elektrische Gegenstände zu manipulieren. Die Turbinen des Wavepools eigneten sich hervorragend, um Stimmung in den Waterpark zu bringen und mehr Spaß zu haben als sonst. *Ob die jemals richtig hohe Wellen hier drin hatten?*

Evan arbeitete sich durch die auf und ab schaukelnden Gummischläuche und Besucher, tauchte unter dem dicksten Getümmel durch und aktivierte unter Wasser seine Gabe, als er freie Sicht auf die Öffnungen der Turbinen hatte.

Er spürte die Maschinen buchstäblich, verstärkte ihre Leistung und verhinderte, dass sich der Schutzmechanismus aktivierte, der bei Überbelastung ansprang. Es kostete ihn lediglich einige Sekunden, dann drückte er sich vom Boden ab und jagte der Oberfläche entgegen.

Kaum befanden sich seine Ohren im Freien, vernahm er die Schreie der Besucher. In einigen schwang freudige Überraschung mit, in manchen jedoch erste Angst vor den hohen Wogen, die weit den Strand hinaufrollten. Auch rechts und links des Beckens schwappten sie über den Rand.

Die Warnsirene erklang, und eine aufgeregte Stimme verlangte von den Menschen, das Becken zu verlassen. Man habe einen technischen Defekt im Wavepool.

Grinsend hielt Evan auf Anjelica zu, deren Kopf gelegentlich in den schaukelnden Wellen zu sehen war. Sie wirkte nicht mehr ausgelassen, und ihr Verehrer setzte sich bereits gekonnt nach hinten in Richtung flacheres Gebiet ab, was keine gute Idee war, da die Wogen extreme Kraft entwickelten, sobald sie seichtes Gelände hinaufliefen.

»Anjelica! Hier bin ich!«, rief Evan ihr gutgelaunt zu.

»Hilf mir!« Sie war bleich und tauchte kurz unter, kam prustend an die unruhige Oberfläche zurück. »Ich kann nicht gut schwimmen«, keuchte sie.

Evan beglückwünschte sich zu seiner Idee: Sie würde alles mit sich machen lassen, weil er ihr das Leben rettete.

»Ich bin gleich bei dir!« Noch schaltete er die Turbinen nicht ab. Ein bisschen Rock' n' Roll schadete den Hausfrauen, Spießern und Langweilern im Wavepool nicht.

Die Woge, auf der er schwamm, senkte sich.

Es ging für Evan nach unten – als sich jemand von hinten an ihn klammerte und in einen harten Abführgriff nahm.

»Fürchtet euch nicht vor denen, die den Leib töten, die Seele aber nicht töten können. So steht es im Matthäusevangelium«, vernahm er die dunkle Stimme an seinem Ohr. »Ich vermag Schlimmeres.«

Vintrar! »Lass mich los, du verrücktes Arschloch!«, schrie Evan und wurde nach unten gedrückt. Er vermochte den Griff nicht zu sprengen. Gurgelnd gingen seine Beschimpfungen im Pool unter, die Lunge füllte sich mit Wasser. Der Hustenreflex ließ ihn noch mehr einsaugen.

Dann kam er wieder an die Luft, spuckte und rang nach Atem.

»Ich bring dich um«, rief er benommen vom Sauerstoffmangel, doch schon ging es für ihn wieder unter Wasser.

Plötzlich wurde er losgelassen. Sein Körper dümpelte in der Unterströmung schwach auf und ab.

Vor ihm schwamm Vintrar, dessen blauer Wetsuit ihn fast unsichtbar werden ließ, was den Zweck seines Outfits erklärte.

Die Turbinen müssen aufhören und … Bevor Evan nach oben paddeln und seine Gabe gebrauchen konnte, um die Maschinen anzuhalten, sah er den länglichen Anhänger vor seinem Gesicht, der intensiv in einem honigfarbenen Ton leuchtete. Im Schmuck zeigten sich unzählige winzige Einschlüsse.

Die Spitze bewegte sich nach vorne und legte sich zielgenau gegen Evans Stirn, was zuerst ein Ziehen in jeder Faser seines Körpers und dann einen grellen Schmerz auslöste. Aus seinem geöffneten Mund drang ein markerschütternder Schrei – der zu zahllosen Luftblasen verkam, die ihm die Sicht raubten.

Damit war seine Lunge leer, und die Kraft erlahmte. Evans Herz blieb stehen.

Er sah noch undeutlich das Schimmern von Vintrars Anhänger erlöschen und sich eine Inklusion mehr bilden. Weiter weg von ihnen, im hinteren Teil des Beckens, sank ein lebloser Frauenkörper in einem roten Bikini dem Grund entgegen.

»Ausgezeichnet! Ich dachte für einen kurzen Moment, dass Sie es nicht hinbekommen.«

Claire zuckte zusammen, als ihr jemand ein gefülltes Wasserglas in die Hand drückte.

»Wirklich, Chapeau. Sie haben eine unglaubliche Performance abgeliefert. Und mich gleich noch mit einem Nebensatz als persönlichen Assistenten und Leibwächter vorgestellt – perfekt.«

Sie blinzelte und realisierte, dass sie in einem geräumigen, geschmackvoll eingerichteten Büro stand und alleine mit Fabian war.

Wie bin ich hierhergekommen? Claire unterdrückte das aufsteigende Angstgefühl und das Zittern der Hand mit dem Behältnis.

Ihr Erinnerungsaussetzer währte von dem Moment an, als sich die Tür des Fahrstuhls öffnete, bis eben.

Ein Blick auf die Uhr zeigte, dass etwa fünf Minuten verstrichen waren.

Hatte eine Erinnerung von Lene Bechstein übernommen und sie zielstrebig durch diese Situation geführt? *Oder Panik? Werde ich schizophren?* Was, wenn es öfter geschieht? Ihr Herz pochte schneller.

Fabian bemerkte ihr Schweigen und ihren irritierten Ausdruck. »Ist Ihnen schwindlig?«

Sie trank das Wasser in einem Zug aus und setzte sich in den Sessel, der hinter dem eleganten Schreibtisch aus Stahl, Chrom und Glas stand. Die alte Lene hatte in ihrem Unternehmen einen retro-modernen Bauhaus-Stil bevorzugt, mit dem Claire schwer zurechtkam.

»Ein bisschen«, log sie und goss sich aus dem Krug vom Beistelltisch nach, in dem Zitronenscheiben schwammen. Das Rasen in ihrer Brust ließ nach. »Was machen wir jetzt?«

Fabian öffnete den Mund, als es klopfte.

»Herein«, sagte Claire ganz automatisch und hoffte, dass der Anblick nicht den nächsten Aussetzer provozierte.

Eine Frau kam herein, brachte ein Tablett mit Tee, etwas Gebäck und zwei Tassen.

»Ella«, raunte Fabian rasch.

»Bitte sehr, Frau von Bechstein«, sagte sie freundlich. »Wie viele Termine möchten Sie heute wahrnehmen?« Sie goss den Tee ein, reichte eine Tasse an Fabian, der sich in eine schwarze Ledersitzecke niederließ und ihr dankend zunickte. »Ich kann es variabel gestalten. Wir hatten mit Ihrer Rückkehr noch nicht gerechnet.«

»Was haben wir im Angebot, Ella?«

»Wie wäre es mit der Inaugenscheinnahme der Flakons für die neue Duftserie?«, schlug sie vor.

»Solange es nicht zu viele Menschen sind«, schaltete sich Fabian beschützend ein.

Claire machte eine zustimmende Handbewegung. »Wer wird dabei sein?«

»Nur das Marketing.« Ella lächelte warm und mütterlich, was ihr gut gelang, obwohl sie um einiges jünger war als Claire.

»Geben Sie mir noch eine Stunde. Bis dahin habe ich mich durch die Nachrichten gewühlt. Rufen Sie mich, wenn alle da sind.«

»Sehr gern.« Ella verschwand lautlos hinaus.

Fabian gab einen Löffel Zucker in seinen Tee und rührte um. »Gut gemacht.«

»Die Worte kommen einfach aus meinem Mund«, gestand sie. »Ich denke nicht nach.« Claire startete den

Computer. »Denke ich.« Als die Passwortabfrage kam, gab sie die passende Kombination ein, die ihr regelrecht aus den Fingern auf die Tastatur lief. Aus irgendeinem Grund hatte sie Teilzugriff auf die alten Erinnerungen. *Egal.*

»Ich sehe, was Sie meinen.« Fabian blickte aus dem Fenster. »Ich wollte mich nochmals bedanken.«

»Wofür?«

»Dass Sie das alles auf sich nehmen.« Er wandte ihr das Gesicht zu. »Sie sind eine starke Frau, auch wenn Sie es gerade vollkommen anders empfinden mögen.«

Claire atmete tief durch und schenkte ihm einen dankbaren Augenaufschlag. Sie mochte ihn – obwohl sie sich genau daran erinnerte, wie er ihr die Mündung seiner Waffe gegen den Kopf gepresst hatte. Dann richtete sie ihre Konzentration auf die E-Mails, während sie den Tee trank.

Sie hatte viel Geschäftliches bekommen, die Anhänge ließen auf Tabellen, Berechnungen, Kosten und Einsparungen schließen. Nichts, was sie spontan lesen und verstehen würde, fürchtete sie, es sei denn, das gestohlene Wissen schaltete sich hilfreich ein.

Zwischendurch fand sie die Mail einer Detektei, die leider nichts über den Verbleib von Lene Bechsteins verschollenem Bruder zu berichten wusste. Sämtliche Spuren verliefen sich.

Claire antwortete, dass sie weitersuchen sollten.

Die Mail eines Anwalts verkündete die erfreuliche Botschaft, dass der Patentrückschlag eine Wende nahm. Die Gegenseite konnte keine Beweise für die gemachten Behauptungen erbringen, der Prozess lief nun auf eine außergerichtliche Einigung hin, um ihn geräuschlos zu Ende zu bringen.

Claire erteilte ihm auch weiterhin das Mandat.

Dann sah sie eine Mail, von der sie sofort wusste, dass die Nachricht für Anastasia gedacht war. »Fabian?«

Er erhob sich aus der Ledercouch und begab sich neben sie. »Nachrichten von der Gegenseite?«

Sie zeigte auf die Mail mit dem Absender *Soulman*, im Textfenster prangte lediglich der Link für einen virtuellen Container bei einem Web-Storage-Anbieter. Die Berechtigung hielt nur vierundzwanzig Stunden, bei *User* und *Password* blinkten Freistellen.

»Soll ich es ausprobieren?«, fragte sie.

Fabian wägte anscheinend ab. »Müssen wir. Falls Anastasia in einen anderen Körper gelangt, wird sie versuchen, mit Dubois Kontakt aufzunehmen. Gelingt ihr das, sind wir aus dem Spiel.« Er klickte den Link an, die Website des Anbieters poppte auf. »Und?«

Ein kleines Dialogfeld verlangte die Eingabe der Zugangsdaten.

Claire tippte als *User* ANASTASIA.

Bei *Password* … stockte sie.

Ihre Kuppen verharrten auf dem Plastik. Nichts floss an Worten oder Ziffern durch sie hindurch. Blockade.

Fabian legte eine Hand auf ihre Schulter. »Kein Problem. Wenn Ihnen nichts einfällt, versuchen wir es später. Nach der Flakonpräsentation.«

Sie spürte seine Wärme, die durch den schwarzen Pullover drang, und ihre Gedanken beruhigten sich; gleichzeitig regte sich das schlechte Gewissen, das ihr verbot, sich durch seine Berührung besser zu fühlen, auch wenn es nur der Motivation und Anteilnahme galt. Ihr Mann war vor acht Tagen ermordet worden, es war kein Platz für andere Männer.

Oder waren es Lenes Empfindungen?

Anastasias?

Claire schloss das Dialogfenster und lehnte sich zurück, entfernte damit auch Fabians Hand von sich. »Ja, das können wir so tun.«

Er wollte auf die Couch zurückkehren. Auf halber Strecke regte sich sein Smartphone. »Ja?« Fabian gestikulierte und verschwand aus dem Büro. Es war offensichtlich nicht für ihre Ohren bestimmt.

Alleine in ihrem Bauhaus-schicken, funktionalen und großen Arbeitszimmer, sah Claire unschlüssig auf das Festnetztelefon.

Die Sehnsucht, eine vertraute Stimme, vertraute Gesichter und eine vertraute Umgebung um sich zu haben, wurde übermächtig. Und ihr Aufpasser war draußen.

Fabian wird nichts mitbekommen. Sie hob den Hörer ab und wählte die Nummer ihres eigenen Zuhauses, ihres alten Zuhauses im Pirolweg.

Es läutete nur dreimal.

»Ja?«, meldete sich ihre Schwester Nicola.

»Guten Tag, Frau Wilmers.«

»Wer sind Sie, und woher wissen Sie, wie ich heiße?«, schnarrte sie gleich dazwischen.

»Claire hat mir von Ihnen erzählt, und da Sie nicht wie ihre Tochter klingen, lag es nahe.« Sie musste sich räuspern und auf jedes Wort konzentrieren, damit nicht wieder zu viel aus ihr herausplatzte. *Nicht am Telefon.* Sie war aufgekratzt und wäre am liebsten auf und ab gelaufen. »Mein Name ist Marlene von Bechstein. Ihre Schwester und ich haben uns gut gekannt. Sie bat mich, einige Dinge zu regeln, falls ihr etwas zustoßen sollte.« Das war vollkommen spontan, doch es erschien ihr als einfachster Weg.

Nervös griff sich Claire einen Stift und kritzelte vor sich hin: Linien, Zeichen, kleine Symbole. Beschäftigungstherapie für den Körper, um die Anspannung abzubauen, während sie nachdachte und reagierte.

Nicola machte aus ihrem Misstrauen keinen Hehl. »Ich sollte das wohl wissen, wenn es so wäre.«

»Sie dachte sich schon, dass Sie so reagieren. Ich habe ein paar Zeilen … hier«, rettete sie sich aus dem Satz, »die für Sie und die Tochter bestimmt sind. Es gibt Dinge, die erzählen sich Schwestern nicht immer. Deswegen hatte sie mich.«

Nicola atmete und schwieg. »Ich bin ein bisschen irritiert«, gestand sie dann. »Ihr Anruf kommt unerwartet, und dann auch noch mitten in den Beerdigungsvorbereitungen.«

Claires Herz stach, der Stift stockte kurz.

Sie sah ihren eigenen Leichnam auf der Bahre liegen, der bald zusammen mit Finn eingeäschert und unter die Erde gebracht werden würde. »Das tut mir leid«, stotterte sie und rang mit der Fassung. »Gibt es schon einen Termin?«

»Ja. Die Freigabe der Gerichtsmedizin ist bereits erfolgt. Die Beisetzung wird heute sein. Südfriedhof. Wenn Sie kommen möchten?«

Das stehe ich niemals durch. All die verweinten, geliebten Gesichter … Claire hörte Schritte auf die Bürotür zukommen. »Ich melde mich, um ein Treffen mit Ihnen zu vereinbaren, in Ordnung?«

»In Ordnung«, antwortete Nicola.

»Fein. Bis dann!« Claire legte rasch auf – und starrte auf das, was sie nebenbei gezeichnet hatte: Für sie, die in Chemie niemals besonders gut gewesen war, wirkte es wie eine Formel.

Das Serum! Anastasias Erinnerungen hatten die Gelegenheit genutzt und einen Weg gefunden, während Claires Verstand ganz auf die Unterhaltung mit Nicola konzentriert gewesen war.

Claire sah zur Tür, die Klinke wurde nach unten gedrückt. Etwas in ihr wollte nicht, dass Fabian davon wusste, und so schob sie den Zettel rasch unter die Tischauflage. Eine kleine Ecke stand hervor.

Fabian trat ein und schloss den Eingang hinter sich. »Wir haben Instruktionen bekommen.«

Claires Aufregung blieb, doch so konnte sie sie wundervoll überspielen. »Und?«

»Da wir nicht warten können, bis Ihnen der Code einfällt, müssen wir von der üblichen Vorgehensweise abweichen, die Anastasia und Dubois wohl vereinbart haben.« Er nahm sich einen Stift und einen Zettel, schrieb mehrere Adressen darauf. »Das sind die Orte, an denen er sich in der Vergangenheit hat blicken lassen.«

»Aha.« Sie sah auf die Liste von Cafés und Restaurants, die auf der ganzen Welt verstreut lagen. Unauffällig stützte sie den Arm auf den Schreibtisch und verdeckte die verräterische Spitze ihres Formelblatts. *Erzähle ich ihm davon?*

Ein Lotteriespiel besaß mehr Chancen auf den Hauptgewinn als ein Treffen mit dem Mann an einem der Plätze. Andererseits gewannen genug Menschen bei 6 aus 49, wobei die Wahrscheinlichkeit auf den vollen Jackpot bei etwa 1:140 Millionen lag.

»Wie lautet der Plan? Ich locke ihn an, Sie töten ihn?«

»Der *Körper* eines *einfachen* Seelenwanderers ließe sich vernichten, und damit müsste auch seine Seele vergehen.« Fabian seufzte. »Aber es ist kompliziert, eine Alte Seele zu töten, die weiß, wie man wiederkehrt. Solche Wanderer können ihre Seelen vor der Auflösung bewahren, wenn sie dabei auch Nachteile erleiden. Seine Anhänger würden ihm rasch eine Übergangshülle besorgen. Es wäre nicht viel gewonnen.« Er deutete auf zwei Cafés, die er für besonders aussichtsreich hielt. »Dazu verfügt Dubois über Eigenschaften, die es schwermachen, seiner habhaft zu werden. Sagen wir, man überrascht ihn kaum, und in der Öffentlichkeit geht es schon gar nicht. Zu viele Unschuldige könnten verletzt oder getötet werden. Das Ziel, dem Serum auf die Schliche zu kommen, würde in weite Ferne rücken.«

Die Formel ist nur eine Armlänge entfernt. Es war zu spät, ihm davon zu erzählen und dabei aufrichtig zu erscheinen. Zudem: Sie wollte es nicht. *Ich muss mehr über dieses Mittel erfahren.*

Claire gab ihm recht. »Wann beginnen wir mit der Suche?«

»Gleich nach der Präsentation. Sie sollten ein wenig Flagge im Unternehmen zeigen, und im Anschluss haben Sie sich die Pause verdient. Niemand wird sich Gedanken machen«, stellte er die Reihenfolge auf. »Wir fangen mit den Orten in Leipzig an. Ich halte es für wahrscheinlich, ihm dort zu begegnen, weil er in dieser Stadt Anastasias Ankunft erwartet. Danach ziehen wir die Kreise größer.«

»Gut.« Innerlich versuchte sie einzuschätzen, was Fabian als ihr schützender Schatten sagen würde, wenn sie sich mit ihrer Schwester traf.

Loswerden könnte sie ihn vermutlich nicht.

Bliebe noch, ihn in ihr Vorhaben einzuweihen. *Bringt er so viel Verständnis auf?*

Noch mal würde sie ihn ungern niederschlagen – es

sei denn, er stellte sich wirklich zwischen sie und ihre Familie.

Fabian wanderte ans Fenster und schrieb Kurznachrichten auf seinem Smartphone.

Gedanken aus drei Leben. Wie fühlt sich das an? Vielleicht kann man besser machen, was in den früheren Leben misslang.

Sie wagte es nicht, die Formel unter der Ablage hervorzuziehen. Die eingehenden tagesaktuellen Mails ergaben nichts Neues, von Dubois kam keine weitere. Claire goss sich neuen Tee ein und nahm das Malen wieder auf, was sie entspannte, wie sie feststellte.

Irgendwann steckte Ella den Kopf herein und meldete, dass das Marketing im Besprechungsraum III versammelt sei.

Fabian nickte abwesend.

»Ich komme gleich.« Claire legte den Stift weg und nahm den Ausdruck ihrer Blutwerte aus der Aktentasche. Sie korrigierte das Datum handschriftlich. Sie würde das Blatt an Eugens Heimbüro faxen, damit er sich keine weiteren Sorgen wegen der Leukämie machte.

Dann folgte Claire ihrem spontanen Einfall: Sie zog das Blatt mit der Formel heimlich hervor, während sie mit dem Ausdruck hantierte, und schob es in einen Umschlag, notierte Anweisungen für Ella darauf und legte ihn oben in den Ablagekorb.

»Was machen Sie?« Fabian sah nach wie vor gebannt auf das kleine Display.

»Den Ausdruck mit den Blutwerten für Eugen vorbereiten. Ich lasse es faxen. Und eine Karte unterschrieben«, log sie. »Jemand im Werk hat Geburtstag.« Ihre Augen richteten sich auf den Kalender. *Meine Beerdi-*

gung. Es gab kein Zurück mehr. Nach kurzem Nachdenken setzte sie noch eine weitere Notiz auf. »Die muss heute noch raus«, kommentierte sie ihr Tun, damit er keinen Verdacht schöpfte. In Wahrheit würde das einen Fuß in die Tür zu ihrem alten Leben setzen. Ella bekam einiges zu tun.

»Wie nett von Ihnen.« Fabian beendete das Lesen. »Okay, gehen wir?« Er blickte sie ohne Argwohn an.

Claire erhob sich, richtete Pullover und Rock. Sie kam sich etwas niederträchtig vor, ihn nicht in ihre Pläne einzuweihen. Doch sie wollte einmal im Vorteil gegenüber den Seelenwanderern sein und sich nicht naiv vorkommen. »Es kann losgehen.«

Gemeinsam verließen sie das Büro.

Deutschland, Sachsen-Anhalt, Halle (Saale)

Nicola legte auf und wunderte sich über den Anruf. Claire hatte diese Marlene von Bechstein niemals erwähnt, in all den Jahren nicht.

Konnte das wahr sein?

Hätte ihre Schwester die Freundschaft so gut verbergen können?

Andererseits: Warum sollte Bechstein es vorgeben?

Nicola kehrte ins Wohnzimmer zurück, wo Deborah und der Mann vom LKA saßen. Der Besuch des Kriminalermittlers kam ebenso unerwartet wie der Anruf der sehr bekannten Persönlichkeit. »Sie sagten, dass die Waffe, mit der mein Schwager erschossen wurde, bereits vorher in Gebrauch war?«, nahm sie den Faden wieder auf.

Kriminaloberkommissar Linger – um die fünfzig, akkurat frisiert und rasiert, in Hemd, Stoffhose und mit einer gewagten Jeans-Lederjacken-Mischung, die nicht zum Rest seiner Erscheinung passte – nickte. »So ist es. Das ist aber nichts Besonderes, und verzeihen Sie mir in dem Zusammenhang die Wortwahl. Ich beziehe mich darauf, dass Waffen, mit denen Verbrechen begangen wurden, weiterverkauft werden, um sie loszuwerden und falsche Spuren zu legen.«

Deborah sah auf das Glas mit dem hellroten Früchtetee darin. Sie hatte dabei sein wollen, schwieg allerdings und starrte wie eine Autistin auf irgendwelche Gegenstände, manchmal Minuten, manchmal Stunden.

»Was bewog Sie dazu, uns aufzusuchen?« Nicola setzte sich neben ihre Nichte und legte ihr eine Hand auf die Schulter, was der jungen Frau ein abwesendes Lächeln aufs Gesicht zauberte.

»Die recht alte Pistole, eine Tokarew TT-33 mit Schalldämpfer, wie die Ballistik die Aussagen der Zeugen bestätigte, wurde das letzte Mal vor elf Jahren eingesetzt. Bei einem Einbruch, der in einen Raub mit Todesfolge umschlug.«

Bevor Nicola etwas sagen konnte, erhob Deborah die Stimme. »Opa Siggi«, sagte sie dumpf.

»Siegfried Wensler, genau. Ihr Vater, Frau Wilmers.« Kommissar Linger sah Nicola ernst an. »Das kann ein Zufall sein, muss es aber nicht. Beides können geplante Morde gewesen sein. Die Randtaten können dazu gedient haben, den Umstand des gezielten Tötens zu kaschieren.« Er legte die Unterarme auf die Tischplatte. »Ich frage Sie freiheraus: Gibt es jemanden, der es auf Ihre Familie abgesehen hat?«

Für Nicola war diese Eröffnung ein weiterer Schock.

»Jemand will uns umbringen?« Sie nahm die Hand ihrer Nichte.

»Das *könnte* sein«, korrigierte der Ermittler. »Ich möchte Sie nicht in Angst und Schrecken versetzen. Die Sorgfalt gebietet es, dieser Möglichkeit nachzugehen.« Linger betrachtete sie freundlich. »Also: Haben Sie oder Ihre Familie einen ernsthaften Streit mit jemandem, der bereits seit langem schwelt? Erbschaften, Fehden, Gerichtssachen?«

Nicola überlegte, wie man es sich mit jemandem dermaßen verderben könnte, um Morde zu rechtfertigen. Eine einfache Kränkung reichte dafür nicht aus, ein harsches Wort ebenso wenig. Ihr fiel nichts ein, was jemanden dazu veranlassen könnte, einen harmlosen alten Mann und elf Jahre später Finn zu erschießen.

»Nein«, antwortete sie fassungslos.

»Der Pfarrer«, warf Deborah leise ein, »erzählte von dem Fluch, der unsere Familie traf. Ich habe *immer* daran geglaubt.«

Linger blickte sie auffordernd an. »Das bedeutet was?«

»Es geht weniger um die Gegenwart«, relativierte Nicola. »Pfarrer Schmidt kennt unsere Familie schon lange, und er kennt auch die Historie.« Sie goss dem Ermittler Kaffee nach. »Meine Familienmitglieder starben durch rätselhafte Unfälle oder durch brutale Morde.«

»Wie Opa Siggi. Wie Mama und Papa«, murmelte Deborah und umspannte das Glas mit den Fingern, die schmalen Ringe tickten gegen die dünne Wand. »Und die anderen.«

»Mein Onkel behauptete, dass die Familie Schuld auf sich geladen habe und dass die Geister der Vergangenheit sich an uns rächen, bis keiner mehr übrig ist.« Nicola war, als hörte sie wieder die Erzählungen ihres Onkels, der sich vollkommen von der Geschichte überzeugt gab. Er selbst war bei einem Spaziergang in der Elbe ertrunken.

»Wie lange liegt diese Schuld zurück?«, wollte Linger wissen und zückte seinen Stift, um in sein Notizbuch zu schreiben. »Geht es konkreter?«

»Leider nein.« Nicola lächelte flüchtig. »Er sagte etwas von Napoleon.«

Der Ermittler steckte den Stift wieder ein und verzog enttäuscht den Mund. »Dann spielt es eher keine Rolle. Oder sagen wir: Es ist verjährt.« Er nickte den beiden zu. »Also bleibt es ein Zufall, denke ich. Aber sollte Ihnen etwas ungewöhnlich erscheinen oder Sie jemand bedrohen: Nehmen Sie es nicht auf die leichte Schulter.« Linger kramte in seinen Jackentaschen, bis er eine Visitenkarte gefunden hatte, die er auf den Tisch legte. »Rufen Sie mich an, wenn etwas ist oder Ihnen noch etwas einfällt.« Er stand auf. »Es geht da hinaus?«

»Danke.« Nicola erhob sich. »Ich bringe Sie zur Tür.« Sie führte den Polizisten zum Ausgang, sah ihm nach, bis er ins Auto stieg und wegfuhr.

Ihre Gedanken arbeiteten weiter.

Konnte man Bechsteins Anruf als merkwürdig deklarieren?

Wusste sie mehr über die Morde, und hatte Claire die Frau deswegen aus ihrem Leben ferngehalten, bis ihr Tod Bechstein wie ein Phantom aus dem Nichts auftauchen ließ?

Grübelnd kehrte sie ins Wohnzimmer zurück, wo es nun durchdringend nach Erdbeere roch. Deborah saß immer noch vor ihrem Tee; der Dampf aromatisierte die

Luft. Ihr Blick richtete sich auf eine kleine graue Kugel, die in der Mitte des Tisches lag.

Verwundert kam Nicola näher und setzte sich. »Was ist das?«

Um Deborahs Augen zuckte es. »Eine Kugel.« Sie streckte die rechte Hand aus und legte die Spitze des Zeigefingers darauf. »Ich fand sie im Rinnstein, ganz in der Nähe, wo Mama und Papa erschossen wurden.«

Nicola betrachtete das Mitbringsel. Es zeigte Riefen, war nicht ganz rund und trug eine Patina, als habe es schon lange im Dreck gelegen. »Aus einem Kugellager womöglich?«

»Zu weich. Das ist Blei, schätze ich«, sagte ihre Nichte. »Das Internet behauptet, es könnte eine Pistolenkugel sein, wie sie in Steinschlosswaffen geladen werden.« Sie nahm den Finger weg. Das Projektil rollte leicht vor und zurück, bevor es die alte Position einnahm. »Napoleons Truppen nutzten solche Waffen. Und solche Kugeln.«

Nicola musterte Deborah von der Seite. »Du glaubst nicht wirklich, dass es etwas mit dem Fluch zu tun hat?«

»Doch«, erklärte sie gedämpft. »Ich wette, diese Kugeln lagen überall, bei all unseren Toten. Man schenkte ihnen nur keine Beachtung oder fand sie nicht.«

Nicola schob die abstrusen Gedanken auf den Schock, in dem ihre Nichte gefangen war.

»Geister kennen keinen Zufall.« Deborah starrte ihre Tante mit bleichen Zügen an. »Wir sind die Nächsten, Tante Nicola.« Sie nahm das Glas und stand auf, verließ das Wohnzimmer und stapfte hörbar die Stufen zu ihrem Zimmer hinauf.

Nicola langte nach ihrer Tasse und goss sich frischen Kaffee ein. Durch den aufsteigenden Dampf warf sie einen Blick auf das recht große, graue Geschoss.

Es gab garantiert eine logische Erklärung, wie ein solches Projektil in die Abwasserrinne gelangt war.

Halle und Leipzig besaßen nicht wenige enthusiastische Reenactment-Darsteller, die in historischen Uniformen der Völkerschlacht gedachten. Einer von ihnen konnte beispielsweise auf dem Weg zum Treffen eine Kugel verloren haben. Oder ein Militaria-Sammler hatte sie unbemerkt eingebüßt. Kinder konnten sie gefunden und wieder verloren haben.

Nicola stellte die Kanne ab, bevor die Tasse überlief.

Es gab zahlreiche unwahrscheinliche Lösungen und Erklärungen, die eines gemeinsam hatten: Sie alle waren realistischer als ein Fluch.

Deutschland, Sachsen, Leipzig

»Weg mit ihr.« Taronow sah keinen seiner Mitstreiter an, als er von ihnen ein Todesurteil verlangte. »Weg mit ihr, bevor sie einen Fehler begeht, den wir nicht vertuschen können. Der Überfall auf den Rettungswagen und die geborstenen Scheiben haben genug Aufsehen erregt. Wir können nicht immer das Glück haben, dass ein Jet die Schallmauer durchbricht, den man zum Schuldigen erklärt.«

Sie saßen im nüchtern eingerichteten Verwaltungsbüro des Hospizes und führten seit einer Stunde eine fruchtlose Debatte über ihre vom Schicksal geschenkte Verbündete, deren Nutzen von jedem der drei unterschiedlich eingeschätzt wurde. Am radikalsten war der Russe, der ihr jegliche Brauchbarkeit für die Sache absprach. Stahl war der Neutrale von ihnen.

»Nein! Sie ist der Schlüssel zu den Forschungen, die Dubois und Anastasia betrieben. Zwei *derart* mächtige Alchemisten, die sich zusammentaten, sind eine Gefahr für die Menschheit. Als sie schilderte, was das Serum vermag, wurde mir regelrecht schlecht«, widersprach Hochschmidt, die unentwegt leidenschaftlich Partei zugunsten der Unbekannten ergriff.

Stahl beobachtete, wie seine Gottesanbeterin im Terrarium, das auf dem Tisch stand, ihren Beutezug startete. »Warten wir ab, wie sie sich beim ersten Zusammentreffen mit dem Feind schlägt. Ein Anruf genügt, und Fabian erledigt sie.«

Taronow schlug mit der flachen Hand auf das helle Holz. »Sie wird uns in Schwierigkeiten bringen!«

Die Gottesanbeterin hatte die Vibration des Schlags gespürt, sie hielt inne.

Hochschmidt faltete die Hände zusammen. »*Noch mehr* in Schwierigkeiten? Wie soll das gehen?«, entgegnete sie ätzend.

»Dubois wird sie durchschauen, schon beim ersten Anblick.« Taronow wandte sich schnaubend zur Seite und betrachtete die Wolken.

»Und selbst wenn: Sie kann nichts verraten, weil sie nichts weiß.« Hochschmidt sah es nicht ein, klein beizugeben. »Sie ist auf dem gleichen Wissensstand über uns wie Dubois.«

Stahl betrachtete fasziniert, wie sich die gezahnten Fangarme langsam öffneten, während das Insekt sich einer ahnungslosen, fetten Schmeißfliege annäherte. »Wenn man euch zuhört, könnte man vergessen, wie lange ihr schon auf der Erde weilt. Ihr zankt wie Kinder.«

»Ich weiß, dass etwas nicht mit ihr stimmt. Sie ist instabil«, beharrte Taronow. »Das müsste euch ebenso klar sein.«

»Nichts *weißt* du. Du bist ein Kleinkind, das nach seinem Willen quengelt«, parierte Hochschmidt verächtlich.

»Ich bin der *Mahner!*«, erhob er seine Stimme. »Ein einsamer Mahner, der Gehör verlangt.« Er sah zu Stahl. »Du bist vernünftiger als sie. Stimme mit mir ab, Bechstein zu töten.«

»Ich sagte bereits, wie wir vorgehen.« Er bewunderte die Eleganz, mit der die grüne Jägerin sich ihrem Opfer näherte, es täuschte und durch Regungslosigkeit in Sicherheit wog. Dabei hatte sie den Abstand bereits erreicht, bei dem sie jederzeit zuschnappen konnte. Sie schien die Sekunde des Todes ihrer Beute spielerisch hinauszuzögern. »Sollte er sie durchschauen: Was soll's? Ob er sie umbringt oder wir, wird keinen Unterschied machen.«

Taronow erhob sich mit viel Schwung. Erneut produzierte er eine Erschütterung, welche die Fliege zum verschreckten Aufsteigen brachte.

Die Gottesanbeterin drehte den Facettenkopf roboterhaft gleichmütig und sah ihrem Mahl hinterher.

Stahl verzog unwirsch das Gesicht. Das Schauspiel ließ auf sich warten.

»Hat einer von euch in Betracht gezogen, dass es Anastasia sein könnte, die uns vorspielt, eine andere zu sein?« Taronow wandte sich zum Ausgang und deutete aus dem Fenster. »Sie gaukelt uns etwas vor. Dadurch kann sie mit Dubois in aller Ruhe ihre Vorbereitungen treffen. Und wir halten uns derweil für clever.«

Die anderen beiden wechselten einen kurzen Blick. Dieser Punkt war neu auf der Liste von Pro und Kontra.

»Das wäre in der Tat ein sehr schlaues Vorgehen, was zu Anastasia passt«, entgegnete Stahl aufmerksamer als zuvor. »Fabian wird uns sofort Bescheid geben, wenn ihm etwas auffällt.«

»Bei den Kräften, die sie besitzt, ist es unwahrscheinlich, dass er überhaupt den Mund aufbekommt, sollte sie sich verraten. Er wird noch in der gleichen Sekunde sterben.« Taronow fuhr sich durch die lange, grausilberne Mähne. »Siegte die Vernunft endlich? Seid ihr nun doch auf meiner Seite?«

»Sobald sie Schwierigkeiten macht oder ihren Auftrag erfüllt hat, entledigen wir uns ihrer. Nicht eher«, unterstrich Stahl und sah auf sein Haustier. Für ihn war das Gespräch beendet. »Das ist die Entscheidung. Zwei gegen eins.«

Taronow stürmte hinaus.

Nach seinem Abgang blieb es ruhig im Raum.

Die Gottesanbeterin nahm die behutsame Verfolgung ihrer originären Beute auf und bewegte sich auf die schillernde Fliege zu, die sich auf einem kleinen Stückchen Brot niedergelassen hatte und mit dem Rüssel darauf herumtupfte, als wollte sie dessen Vitalfunktionen ergründen.

»Denkst du, er wird aus Verärgerung heraus gegen sie vorgehen?«, brach Hochschmidt die Stille. »Ohne es mit uns abzusprechen?«

»Eher aus Überzeugung, das Richtige zu tun.« Stahl ließ das Jagdinsekt nicht mehr aus den Augen. »Er tat in den letzten Jahrhunderten oft das Richtige. Dieses Wissen stärkt ihn.« Stahl wartete auf das Zuschnappen. »Fabian macht das schon. Er ist ein guter Junge.«

Taronow eilte mit auf dem Rücken verschränkten Armen den Gang entlang und stapfte in den großen Lift, mit dem auch Krankenbetten transportiert wurden. Groll tobte in ihm, Groll auf seine beiden Mitstreiter und gegen Bechstein. Er fuhr nach unten und fegte wie ein Sturm durch die Lobby des Hospizes.

Jeder wich ehrfürchtig vor ihm zurück, ob Besucher oder Angestellte. Dazu brauchte er weder eindrucksvolle Kleidung noch Waffen. Die Aura der Macht drängte sie zur Seite, ohne dass er sie anschauen oder die Stimme erheben musste. Das war einer der Vorteile, wenn man mehrere Seelenwanderungen durchstanden hatte.

Nicht wenige hatten dieses Charisma für das eigene Wohl eingesetzt und waren zu sinnlos rücksichtslosen Herrschern geworden, zu windigen Staatsmännern, zu narzisstischen Künstlern.

Solche Seelenwanderer verachtete Taronow. Sie hatten den Sinn ihrer Existenz nicht verstanden und vergeudeten Ressourcen zum Selbstvorteil, anstatt die Welt in Gänze besser zu machen.

Menschen wie Dubois hingegen achtete der Russe – weil sie einem höheren Ziel folgten. Da es allerdings das falsche war, musste man ihn aufhalten.

Er und Dubois kannten sich, hatten sich jeweils ein Menschenleben lang auf neutralem Abstand beäugt, bis klarwurde, wo die Fronten verliefen.

Dubois und Anastasia gierten nach Macht, um sie für ihren Zweck einzusetzen. Doch niemals war es gelungen, deren großes Ziel genau zu ergründen.

Taronow verließ das Hospiz in der Diamantstraße und stieg in den schwarzen Rolls-Royce 102EX, der auf ihn wartete. Er besaß eines der wenigen Modelle, die anstelle eines V12 zwei Elektromotoren mit insgesamt

400 PS hatten. Die Kühlerfigur, die berühmte Spirit of Ecstasy, war allerdings nicht aus Plexiglas gefertigt und leuchtete auch nicht im Stand blau. Er bevorzugte das silberne Original.

Tatjanna, seine beste *necessaria,* saß hinterm Steuer und startete den lautlosen Elektromotor des Phantom-Umbaus. »*Erus?*«

»Ins *Falco.* Ich habe Hunger und Lust auf gute Aussichten.« Er lehnte sich in die Polster und schloss die Augen, um sich auf seine Gedanken zu konzentrieren und nicht durch die Eindrücke abgelenkt zu werden, die ihm die Fahrt zuführte.

Der Rolls-Royce setzte sich weich und nahezu lautlos in Bewegung.

Ein Serum, das einem Menschen den Lebenswillen nahm, bedeutete einfachere Wechsel und damit das schnellere Anhäufen von neuen Kräften – und somit unendliche Möglichkeiten, die einen Superman sowie jeden anderen erdenklichen Comic-Helden wie einen Knaben erscheinen ließen.

Die gefährlichste Waffe, die Dubois und Anastasia erlangten, war mit Sicherheit die ständig größer werdende Aura, die Anziehungskraft, das Ehrfurchtgebietende, die normale Menschen in ihren Bann schlug und sie hörig machte.

Gefügige Wesen, die jeden Befehl befolgen.

Die Geschichte wimmelte von talentierten Seelenwanderern, die dank ihrer Ausstrahlung Anhängerschaft, ja, ganze Völker um sich versammelt hatten. Leider wurden die meisten größenwahnsinnig und zettelten in ihrer Hybris Kriege an.

Bis heute hatte Taronow nicht herausfinden können, welcher Seelenwanderer sich hinter Hitler verbarg.

Niemand wollte die Schuld auf sich nehmen. Für Jesus hingegen fanden sich gleich fünf Bekenner.

Was haben Anastasia und Dubois vor? Es lag auf der Hand, dass es den beiden begabten Alchemisten niemals um Selbstzweck gegangen war. Dafür waren sie zu schlau. Sie strebten nach Höherem, wesentlich Höherem als Geld, Einfluss, Macht.

Taronow fehlte der Aufschluss, *worin* es mündete. Den dritten Weltkrieg würde selbst Dubois nicht in die Wege leiten – aber was dann? *Ultimative Erkenntnisse?*

Der Rolls-Royce 102EX schwebte geradezu. Das Summen der umgebauten Elektromotoren war nicht zu vernehmen, und die Federung fing die Schläge der Löcher im Asphalt ab.

»*Erus*, wir sind gleich da.«

»Danke.« Taronow öffnete die Lider und sah das gewaltige Hotelgebäude gelegentlich aufragen, in dessen oberem Stockwerk das Sterne-Restaurant in etwa hundert Metern Höhe lag. »Du hast nach wie vor freie Hand, was *deinen* Auftrag angeht«, sagte er mahnend und freundlich zugleich. »Warte nicht zu lange.«

Das zögerliche Schweigen seiner *necessaria*, das mehr sagte als jeder Endlossatz, gefiel ihm nicht.

Der Luxuswagen stoppte an einer Ampel.

Er legte eine Hand auf die Schulter der zierlichen, braunhaarigen Frau. »Dieses Mal allerdings mit etwas mehr Diskretion. Die Stadt ist bereits in Aufruhr. Entsorge sie sauber, so dass ihre Leichen nicht gefunden werden.«

Sie hielt die Augen auf die Ampel gerichtet.

»Entdeckst du dein Gewissen, Tatjanna?«

»Ich denke«, wagte sie es endlich, »dass die Familie mit dem Doppeltod gestraft genug ist.«

Die Finger schlossen sich nun fester um die Schulter. »Es gibt kein *genug*«, flüsterte er und lehnte sich nach vorne, brachte seinen Mund nahe an ihr Ohr. »Ich gab dir eine Liste. Arbeite sie ab, wie ich es dir auftrug.«

»*Erus,* ich erkenne keinen Sinn darin. Sie ist eine junge Frau. Sie hatte ebenso wenig mit Eurer Familie zu schaffen wie die beiden Riordans.«

»Sie sind die Nachfahren des Mannes, den ich samt seiner Familie ausgerottet wissen will«, raunte Taronow und presste fester zu, so dass die Frau aufkeuchte. »Selbst wenn du an einer Wiege stehst, verlange ich, dass du tötest, was sich darin befindet.«

Tatjanna nickte langsam. Zwei Schmerzenstränen sprangen aus den Augenwinkeln und zogen ihre Bahn über die mit leichtem Rouge versehenen Wangen.

»Du denkst, ich tue dir weh?«, sagte er leise und hielt den Druck aufrecht. »Das ist *nichts, gar nichts* im Vergleich mit dem, was ich fühlte, als mir alles genommen wurde. Weder der körperliche noch der seelische Schmerz, den ich dieser Familie verdanke. Ich lösche sie aus wie sie damals …«

Die Seitentür des 102EX flog auf.

Ein Mann in einfacher Straßenkleidung, der ein finsteres Gesicht machte, schob sich gegenüber dem Russen in den Wagen.

»Was willst du hier, Ilja?«, entfuhr es Taronow, der vom plötzlichen Erscheinen seines *necessarius* überrascht war. *Er muss uns nachgefahren sein.* »Du sollst neue Waffen besorgen.«

»Was ich will? Meinen Auftrag zu Ende bringen.«

Taronow war alarmiert. Von selbst zog er einen Abwehrschirm hoch, fühlte er doch den unnatürlichen Aufruhr in seinem Vertrauten, der einen fremden emotionalen Hintergrund hatte. Zudem hatte Ilja die standesgemäße Anrede gegenüber seinem Herrn verweigert.

»Du Idiot, was soll das?«, herrschte ihn Tatjanna an. Die Ampel sprang um auf Gelb, dann auf Grün, aber sie fuhr nicht los.

Im gleichen Moment löste sich ein silberner Schimmer aus Iljas Händen und schlängelte sich auf die beiden Insassen zu – um unmittelbar vor dem Russen und seiner *necessaria* einzufrieren. Taronow hatte den Angriff mit geringster Mühe aufgehalten.

»Was soll das, du Arschloch!?«, schrie sie.

»Wie kommst du darauf, uns damit schaden zu wollen?«, rügte ihn Taronow. »Wer gab dir den Auftrag?«

»Es diente der Ablenkung. Denn zugleich tat ich *das!*« Aus Iljas geschlossener Jacke fielen klingelnd unzählige Zündstifte von Handgranaten. »Ich bin ein Gruß von Dubois«, rief er frenetisch. »Eure Seelen sollen gehen!«

Tatjanna jagte fluchend einen Energiebolzen aus ihrer Hand gegen Ilja, der ihn parierte und sich auflösen ließ.

Taronow handelte: Während sich die erste Explosion in Gang setzte und Iljas Kleidung am verschiedenen Stellen zur Explosion brachte, schloss er den Mann in einer engen Sphäre ein und hielt das Gefängnis mit Macht aufrecht.

Er und Tatjanna sahen, wie sich die durchsichtigen Wände in hastigem Wechsel rot und schwarz verfärbten, lautlose Explosionen erfolgten; aber weder Schall noch Hitze noch Rauch noch Splitter drangen durch die Hülle, in deren Innerem ein Gewitter tobte.

Hinter ihnen erklang mehrstimmiges Hupen, welches sie ignorierten.

Wie viele Granaten Ilja umgeschnallt hatte und welcher Art sie gewesen waren, konnte Taronow nicht mit Bestimmtheit sagen, doch sie verwandelten den einstigen *necessarius* im Innern der Sphäre in blutigen Matsch, in dem die Schrapnelle schwappten und langsam versanken. Es war kein einziger Knochen mehr zu erkennen.

Würgend riss Tatjanna die Fahrertür auf und übergab sich auf die Straße, das Hupkonzert erklang jetzt lauter.

Taronow öffnete seine Tür einen Spalt und fand den Gully praktisch für sein Vorhaben. Er formte die Energieschutzhülle zu einem Schlauch und ließ sie unauffällig hinausgleiten und sich dabei auflösen.

Iljas sterbliche Überreste platschten durch den Ablauf in die Kanalisation, klirrend blieben kleinere Metallsplitter auf den Streben liegen.

Schnell zog Taronow die Tür des 102EX zu, bevor ihn der bestialische Gestank von kochenden, verbrannten Überbleibseln erreichen konnte.

»Weiterfahren«, befahl er Tatjanna. »Bitte ins *Zest*. Mein Geschmack hat sich just geändert.« Ihm war gerade nicht nach Fleisch.

Sie spuckte noch einmal aus und schloss die Tür, trat aufs Gaspedal und bog in die nächste Straße ab.

Während der Fahrt nahm Taronow sein Smartphone heraus und sandte eine Nachricht an Hochschmidt und Stahl. Er informierte sie, dass Dubois soeben versucht hatte, ihn mit einem umgedrehten *necessarius* zu beseitigen. Ihr Gegenspieler versuchte diesen Trick über die Dekaden verteilt immer wieder. Noch wussten sie nicht, wie der Alchemist das kleine Wunder anstellte, das durchaus lästig war.

Es ging darum, sowohl den aktuellen Körper der Seelenwanderer als auch die Vertrauten möglichst niederträchtig auszumerzen. Es dauerte, bis man sich gutes Personal heranzog, das nach zwei Seelenwanderungen nicht sofort den Verstand verlor.

Vorsichtshalber empfahl Taronow, ihre eigenen *necessarii* auf Seelenfestigkeit zu prüfen.

Ilja hatte nicht zu den Schlausten gehört, aber seine Aufträge ohne moralische Skrupel durchgeführt, was ihn von Tatjanna deutlich unterschied.

Damit hatte Taronow nur noch die *necessaria*, um seinen Racheplan in die Tat umzusetzen. Seine kleineren Fußsoldaten waren weder fähig noch bereit, ein solches Geheimnis für sich zu behalten.

Als sie den Friedenspark passierten, ließ er Tatjanna den Rolls-Royce anhalten.

»Ihr wollt Euch die Beine vertreten, *erus?*«, wunderte sie sich und wandte sich zu ihm. »Soll ich Euch begleiten?«

Taronow rutschte auf der Sitzbank nach vorne und legte ihr erneut die Hand auf die Schulter, wählte allerdings die andere Seite. Es ging nicht darum, sie zu bestrafen, indem er ihr zusätzliche physische Schmerzen bereitete.

»Ich muss mich vergewissern, dass du noch zu mir gehörst und meine treue *necessaria* bist«, antwortete er sanft. »Mach dich bereit.«

Tatjanna biss die Zähne zusammen und schloss die Augen in Erwartung der Pein, die mit der Prozedur einherging.

Ich wähne mich in nichts anderem so glücklich
wie in meiner Seele,
die sich an einen guten Freund erinnert.

William Shakespeare (1564–1616)

KAPITEL IX

Deutschland, Sachsen, Leipzig

Claire hielt den durchsichtigen Flakon aus Rauchglas in die Höhe, so dass das Sonnenlicht hindurchschien, während Fabian den Wagen zum Restaurant *Princeps* steuerte, wo sie Dubois vielleicht fanden.

Das Musterstück hatte eine konische Form, lag gut in der Hand und war mit einem umlaufenden abgerundeten Grat versehen, in dem Strasssteine und Silberflitter glitzerten. Es stellte einen ablaufenden Tropfen dar, gab dem Ganzen eine gewisse Dynamik und verhinderte, dass das Fläschchen aus der Hand der Benutzerin rutschte.

»Schlicht, elegant und passt in die Kulturtasche«, hatte sie dem Marketing verkündet und die sonstigen Entwürfe in den abstrusesten Formen zur Seite gewischt.

»Aber der außergewöhnliche Duft soll ein Gesamterlebnis sein, und die Wertigkeit der Herstellung zeigt sich auch im extraordinären Design des Flakons. Elegant, luxuriös und edel«, hatte einer der Herrschaften gejammert. »Unsere Kunden wollen das!«

»Ich denke eher praktisch«, hatte sie erwidert und Ella prusten hören.

Als der Mann erneut aufmuckte, fragte sie zuckersüß: »Kennen Sie einen Rolls-Royce mit Spitzen dran oder in Bananenform oder mit gigantischen Herzchen drauf? Ich nicht. Und dennoch gelten die Wagen als elegant, luxuriös und edel.«

Fabian hatte laut gelacht, Ella gegrinst, doch das Marketing vereiste im Kollektiv. Dennoch wurde *ihr* Flakon in Auftrag gegeben. Das Machtwort der Chefin.

Claire legte das Fläschchen auf den freien Rückbankplatz neben sich auf einen kleinen Stapel Papiere. Sie hatte es einfach mitgenommen, ohne darüber nachzudenken. »Vor der Namenssuche graust mir schon«, sagte sie.

»Dem Marketing sicherlich auch«, gab Fabian gutgelaunt zurück.

Leipzig zeigte sich wintersonnig, krachkalt und schneeweiß leuchtend, so dass es in den Augen schmerzte.

Claire fand eine Sonnenbrille in der Tasche und setzte sie auf. An den fremden Körper gewöhnte sie sich allmählich, die Schmerzen der Wunden waren nach der letzten Tablette verschwunden und blieben es hoffentlich auch.

Am meisten gefiel ihr, dass sie nicht aus der Puste geriet. Lene von Bechstein hatte viel Sport getrieben, als wollte sie an einem Marathon teilnehmen oder Miss Fitness werden. Zusammen mit den kleinen schönheitsmedizinischen Korrekturen ergab es das rundum ansprechende Bild einer Erfolgsfrau. Anastasia hatte bei der Auswahl ihres neuen Zuhauses Geschmack und Scharfsinn bewiesen.

»Was ist, wenn ich in die anderen Städte reisen muss? Tarnen wir das mit einem Urlaub?«, erkundigte sie sich.

»Würde ich vorschlagen. Niemand wird Ihnen diesen Wunsch abschlagen.«

Außer den Kindern, huschte es durch Claires Kopf.

Es waren nicht ihre, aber sie fühlte die Verantwortung und konnte trotz des Körperwechsels paradoxerweise nicht aus ihrer Haut. Charlene und Pauline hatten ihre Mutter verloren, ohne es zu wissen, und das Nichtwissen sollte aufrechterhalten bleiben, solange es ging.

Zuerst Dubois. Sie zog die Ausdrucke, die ihr Fabian gegeben hatte, unter dem Flakon hervor.

Sie blickte auf das kantige Gesicht eines fünfzigjährigen Mannes mit faszinierenden haselnussbraunen Augen; die Züge und Bartstoppeln passten zu einem verwegenen Helden ebenso wie zu einem smarten Schurken, die dunkelblonden Haare trug er im Nacken ausrasiert und mit sportlichem linken Seitenscheitel.

Auf den anderen Zetteln standen Details zu Anastasia, soweit sie bekannt waren, die sie seit acht Tagen auswendig lernte, um Dubois täuschen zu können, obwohl sie Zweifel daran hegte, dass es ihr gelang.

Langsam senkte sie die Blätter. »Ich habe Angst, Fabian.«

Er sah in den Rückspiegel, ihre Blicke trafen sich. »Alles andere hätte ich Ihnen auch nicht geglaubt«, sagte er mit beruhigender Stimme. »Ich bin in der Nähe, falls es schiefgeht.«

Claire dachte daran, wie sie in der Seitengasse mit ihrer Stimme für Vernichtung gesorgt hatte. *Mit einem lauten Schrei.* Ob sie damit notfalls einen mächtigen Seelenwanderer in die Knie zwingen könnte?

Der Audi A6 Allroad hielt am Rand der Katharinenstraße an.

Fabian wandte sich auf dem Fahrersitz um und nahm ihre Hand. »Sie schaffen das. Sie sind schlau, Claire.«

Als sie ihren alten Namen aus seinem Mund hörte, kam ihr wieder in den Sinn, dass er dem Triumvirat verschwiegen hatte, wer wirklich in Lene von Bechsteins Körper eingefahren war. *Danach muss ich ihn unbedingt noch fragen.*

»Wenn Sie das sagen.« Claire drückte seine Finger und genoss die Nähe, die ihr erneut etwas Aufregung nahm. Ihr Herz schlug laut, pochte scheinbar gegen den Brustkorb und versetzte den dünnen Körper in Schwingung. Die Wärme seiner Haut tat ihr gut.

»Achten Sie darauf, dass er Sie nicht ohne Handschuhe berührt.«

»Wie … meinen Sie das?«

»Bei direktem Hautkontakt kann es passieren, dass er in Ihre Gedanken eindringt. Es gibt Seelenwanderer, die eine solche Gabe beherrschen. Bei ihm sind wir nicht sicher.«

Auch das noch. Claire wurde sofort mulmig, ihre Zuversicht sank. Sie war froh, dass sie dank des Winters ihre Handschuhe unverdächtig anbehalten konnte. Sie würde einen Platz im Freien wählen, unter einem der Wärmepilze. Vor ihrem Besuch hatte sie sich über die Bar informiert, auch über den Weg, den sie gehen musste.

Sie seufzte und stieg aus.

Ohne sich umzuwenden, nahm sie eine Abkürzung durch mehrere Gässchen und Höfe, bis sie im Barfußgässchen vor dem *Princeps* stand.

Zu ihrer Erleichterung hatte der Gastronom die laternenartigen Wärmestrahler aufgebaut, und so wählte sie einen Platz im Freien, aber nahe dem Eingang, um die Gasse, den Platz und den Innenraum mit nur einer leichten Kopfdrehung ohne Schwierigkeiten beobachten zu können.

Sie fühlte sich wie ein Lockvogel, wie ein Wild, das auf eine Lichtung trat, an der ein tödlicher Jäger im Dickicht lauerte. Als die Bedienung auftauchte, bestellte sie einen Kaffee mit Cognac, in der Hoffnung, dass der Alkohol die Aufregung dämpfte.

Unentwegt zog sie die Handschuhe zurecht, die ihren Schutz vor sofortiger Entdeckung bedeuten konnten.

Nach zwei Stunden saß sie immer noch vor dem *Princeps,* hatte ihren dritten Kaffee getrunken, eine Kleinigkeit gegessen, Zeitung gelesen und mit Ella telefoniert, um weitere Termine für den nächsten Morgen abzusprechen. Das Marketing wollte wegen der PR-Kampagne rasch einen Namen für den Duft finden. Sie erbat sich von der Sekretärin eine Probe des Produkts, das anscheinend bereits fertig gemischt war. Der Parfümeur wies darauf hin, dass eine gewisse Reifezeit abzuwarten sei, doch ihre Neugier verlangte nach einer Impression.

Eine weitere Stunde verbrachte Claire damit, Namensvorschläge zu notieren, die ihr allesamt nicht gefielen. Solange sie nicht wusste, wie das Parfüm roch, konnte sie nur falschliegen, wie bei einem neuen Gericht, das man erst kosten musste, ehe es seine Bezeichnung erhielt.

Sie verschwand auf die Toilette und erschrak beim Händewaschen nicht mehr über das Gesicht, das ihr aus dem Spiegel entgegensah. Claire hatte die neue Hülle ebenso wie die Umstände akzeptiert und gleichzeitig die Sorgfaltspflicht übernommen.

Hübsch. Aber zu dünn, dachte sie und zupfte am schwarzen Pullover herum, fuhr sich durch die Mahagonilocken. *Ich sollte noch etwas bestellen.* Sie grinste. *Mit viel Butter.*

Auf dem Weg nach draußen streifte sie die Handschuhe über und nahm ein Aftershave wahr, das sie sehr gut kannte.

Finn! Claire blieb stehen, blickte sich um, als könnte ihr ermordeter Mann allen Ernstes im *Princeps* sitzen, was ihr in der gleichen Sekunde unsinnig erschien. Doch gegen die Gefühle, die sie bei dem vertrauten Duft überfielen, war sie machtlos.

Am Tisch neben der kleinen Schneise in Richtung Ausgang hatte sich ein Mann mit dem Rücken zu ihr niedergelassen, der seine kurzen Haare mit linkem Seitenscheitel und Fassonschnitt trug.

Als Claire ihn anstarrte, senkte er langsam den Tabletcomputer, auf dem er gelesen hatte. Er drehte den Oberkörper leicht, um einen Blick über die Schulter zu werfen. Sie erkannte die Schlagzeile, die von einem tragischen Unfall in einem kanadischen Wasserpark handelte.

Es war Gregor Dubois, in dessen Blick sich Unglaube und Freude spiegelten. Gewandt erhob er sich, legte das Gerät auf den Tisch und näherte sich ihr.

Die charismatische Wirkung, die er verströmte, brandete gegen sie. Das Aftershave war *seines*, und es roch kein bisschen nach dem ihres Mannes. Anscheinend hatten sich Erinnerungen von Anastasia in ihrem Unterbewusstsein emporgeschoben.

Dubois trug einen dunkelgrauen Anzug, darunter ein schwarzes Hemd, eine weiße Krawatte sowie eine schwarze Weste. Die Designerbrille verstärkte sein ungewöhnliches Äußeres.

Claire hatte das Gefühl, sämtliche Gäste des gut besuchten *Princeps* hielten inne und schauten zu ihnen herüber. Es schien leiser zu werden, Gespräche verstummten.

Sie musste sich in Erinnerung rufen, dass Lene von Bechstein durchaus erkannt werden konnte und ebenfalls attraktiv war. Für Zuschauer musste die Szene filmreif wirken: Held und Heldin trafen aufeinander.

Dubois nahm ihre Hand und deutete einen Kuss darauf an. »Frau von Bechstein, wie schön, Sie hier zu sehen.« Er sah sie glücklich und fragend zugleich an. Er war überzeugt, Anastasia vor sich zu haben, und erwartete ein Signal, dass es sich wahrlich so verhielt.

»Monsieur Dubois«, erwiderte Claire etwas atemlos. »Es ist wundervoll, Sie hier zu treffen. Lassen Sie uns über vergangene Zeiten sprechen, als wären wir alte Seelen.«

Er lächelte und führte sie galant an seinen Tisch.

Flink wie Wiesel eilten die Kellner heran und brachten ein zweites Gedeck, fragten sofort nach Wünschen und stellten ein Glas Champagner vor Claire ab. Ein Dritter brachte die Zeitung herein, die sie draußen an ihrem Platz gelassen hatte, ein Vierter half ihr aus dem Mantel. Die übrigen Besucher blickten neidisch aufgrund der überdurchschnittlichen Aufmerksamkeit, die dem Paar angedieh.

»Was ist geschehen, Anastasia?«, fragte er leise. »Wieso hast du dich nicht wie vereinbart gemeldet?«

Ihr Herz schlug rascher – aber nicht vor Angst, sondern vor: *Glück?* Claire erinnerte sich genau an die Schmetterlinge, an die herrlichen innerlichen Begleiterscheinungen inniger Zuneigung, sobald Finn in ihrer Nähe gewesen war.

Doch wie konnte das passieren, wenn man einem Fremden gegenübersaß?

Claire kannte nur eine Erklärung: Anastasias Emotionen griffen auf sie über. In ihrem Körper kribbelte es unbändig, Leidenschaft erwachte. Es gab ein sehr, sehr starkes Band zwischen Dubois und ihr.

Oh, Himmel: Sie waren ein Paar! Davor hätte Fabian mich warnen müssen! Das Lächeln entstand von selbst auf ihrem Gesicht.

Da Liebe bekanntlich blind machte, musste sie den Umstand bei Dubois für sich ausnutzen, solange ihr die Anastasia-Gefühle nicht in die Quere kamen.

»Du hast mitbekommen, was alles schieflief«, erwiderte sie und legte eine Hand auf seine, verließ sich voll und ganz auf die dünne Lederschicht um ihre Finger, die sie vor Entdeckung bewahrte.

Und doch freute sie sich, ihn zu berühren. Es half nichts, sich zu sagen, dass es fremde Gefühle waren, denen sie aufsaß. Ihr Körper reagierte dennoch. Deutlich.

»Das Triumvirat hat ein Abfangkommando geschickt und meine Leute ausgeschaltet, bevor ich richtige medizinische Versorgung bekam. Nach der Schießerei wurde ich in ein Krankenhaus eingeliefert, und mein *Mann*« – Claire betonte es absichtlich verächtlich – »ließ mich vom Hausarzt mit Beruhigungsspritzen vollpumpen.«

Er hörte sehr achtsam zu. »Das Triumvirat? Du meinst Taronow und die beiden anderen?«

»Ja. Ich finde die Bezeichnung passend.«

»Zu edel für sie. Ich hatte dir eine Mail mit einem Link geschickt«, sprach er betont. »Wieso hast du dich nicht über diesen Zugang gemeldet?«

»Ich habe das Passwort vergessen«, gab sie zu.

Dubois lehnte sich nach hinten. »Vergessen?«, erwiderte er eisig. Die haselnussbraunen Augen verloren die Freude, Misstrauen hielt deutlich Einzug. Langsam zog er seine Hand unter ihrer hervor.

»Ich habe nicht nur *das* vergessen. Beim Überfall wurde der Rettungswagen umgeworfen, ich knallte mit dem Schädel gegen die Wand. Die Ärzte sprachen von einer Teilamnesie, wie sie bei harten Schlägen auf den Kopf gelegentlich vorkommt. Es wird wieder weggehen.« Claire lächelte und ergriff seine Finger wieder. Sie wollte nicht, dass er sich ihr entzog. Es fühlte sich gut an, ihn zu spüren.

Fremde und zugleich vertraute Bilder flackerten in ihren Gedanken auf.

Sie sah Dubois beim Sex mit ihr, in einem opulent eingerichteten Schlafzimmer, wie es sie nur in Schlössern gab; dann saßen sie gemeinsam in einer Mischung aus Labor und Bibliothek mit uralten Büchern und modernsten Gerätschaften; sie sah sich gleich darauf auf der Lederbank eines Jets und wieder beim Sex mit Dubois …

Claire tauchte aus den Erinnerungen auf, die sich echt anfühlten. So echt, dass es in ihrem Unterleib verlangend zog und klopfte.

»Woran dachtest du gerade?«

Sie lächelte. *Warum nicht aussprechen?* »Wie wir es im Jet getrieben haben. Und in diesem herrlichen riesigen Bett mit dem k.-u.-k.-Monogramm darüber.«

Dubois lachte auf. »Für einen Moment hatte ich Zweifel, wen ich vor mir sitzen habe, doch ich spüre deine Gegenwart ganz deutlich, Anastasia.« Er umfasste ihre Hand mit seinen beiden. Die Kuppe des Mittelfingers kam der ungeschützten Haut am Handschuhrand gefährlich nahe. »Weißt du noch, wie das Hotel hieß?«

»Welches Hotel?«

»Mit dem riesigen Bett.«

Claire entsann sich der Aufschrift am Kopfende. »Schloss Bensberg.« Es entspannen sich weitere Erinnerungen. »Und bevor du fragst, wir flogen danach von

Köln mit dem Jet nach Marrakesch, und dort kaufte ich mir eine Kette aus Weißgold. Du sagtest, dass sie mir gut stünde, weil die …«

Er hob lachend eine Hand. »Genug, genug. Ich glaube dir.« Dubois legte die Finger auf ihren Unterarm, ein auffälliger Ring blitzte dabei auf. »Sie steht dir noch immer gut.« Er beugte sich vor.

Claire wusste nicht, was sie tun sollte. Zuckte sie zurück, um dem Kuss auszuweichen, könnte er Verdacht schöpfen, den sie gerade ausgeräumt hatte; gleichzeitig wollte sie seine Lippen spüren und ihn kosten.

Aber sein Mund strich knapp an ihr vorbei und näherte sich ihrem Ohr. »Vor allem, wenn du nackt bist. Du hast dir wieder einen phantastischen Körper ausgesucht. Wie schade, dass jedermann Lene von Bechstein kennt, sonst würde ich dich küssen.«

Sie schauderte, als sein Atem und sein Duft sie umspielten. Erneut entstanden Bilder in ihrer Vorstellungskraft, ausgelöst durch den Wunsch, sich mit ihm zu vereinigen. »Nichts hätte ich lieber«, erwiderte sie. Fast wäre es ihr egal, ob beim Sex alle Geheimnisse aufgedeckt würden.

»Bald.« Er setzte sich wieder aufrecht. »Du solltest unbedingt die Jakobsmuscheln bestellen. Die schmecken köstlich.« Dubois hob ansatzweise den Arm, und schon stand der Kellner an ihrem Tisch. »Zieh doch die Handschuhe aus.«

Claire gab mit leichtem Zögern das schützende Leder um ihre Finger auf, bestellte und nahm noch einen Kaffee. Die emotionale Verwirrung machte ihr zu schaffen, und Leidenschaft in diesem Ausmaß verstärkte das innere Durcheinander.

Das Essen wurde rasch gebracht, verbunden mit dem

warnenden Hinweis, dass sich zwei Fotografen vor dem Eingang eingefunden hatten, die darauf warteten, dass Frau von Bechstein sich zeigte.

»Vielen Dank.« Dubois gab dem Kellner einen Zwanziger. »Wir nehmen dann den Hinterausgang.«

»Sicherlich.« Der Mann verschwand.

Er sah Claire nach zwei Bissen an. »Wie weit bist du mit der Formel?«, erkundigte er sich.

»Es gibt noch einige Unsicherheitsfaktoren«, wich sie ins Unbestimmte aus. »Aber es sieht gut aus. Mit Hilfe des Bechstein-Labors habe ich das rasch bereinigt.«

Er wirkte verwundert. »Wie sollen dir die Salbenrührer dabei nützen?« Er schnitt sich ein Stückchen von dem weißen Fleisch ab und bewunderte die perfekte Konsistenz. »Sie sind unwissend, Anastasia.«

»Natürlich«, gab sie rasch zurück und tat, als habe sie etwas anderes gemeint. »Es geht um das Binden der Substanzen, weniger um die Gewichtung der Zusammensetzung.«

»Die *Bindung?*« Er senkte das Besteck. »Was redest du da?«

Sie sah ihn vorwurfsvoll an, um ihm die Schuld zurückzugeben. Innerlich geriet sie in Panik. Eben noch hatte ein Rädchen ins andere gegriffen, jetzt hakte es gewaltig.

»Damit es stabiler wird«, erwiderte sie mit Nachdruck. »Was nutzt uns das Serum, wenn es nicht hält?« *Ich hoffe, ich plappere nicht zu viel Unsinn.*

Dubois schwieg und kaute, schnitt, schob sich den nächsten Bissen in den Mund, kaute. »Wenn ich es nicht besser wüsste und dich fühlte«, sagte er nach dem Schlucken und blickte auf ihre Hände, »wäre ich sehr unsicher, ob ich die wahre Anastasia vor mir habe.«

Ich muss ihn beschwichtigen. »Das findest du ganz sicher noch heraus«, erwiderte Claire mit einem verführerischen Augenaufschlag.

Dubois lächelte überlegen. »Lass uns ins Labor fahren. Ich habe meinen Teil fertig.«

»Oh«, entfuhr es ihr. »Das ist … wundervoll.«

»Ich helfe dir, die Stabilität in den Griff zu bekommen, wie du sagtest. Keinesfalls sollen die Pillendreher die Formel zu Gesicht bekommen. Sie wüssten ohnehin nichts damit anzufangen.«

Siedend heiß fiel Claire der Umschlag ein, auf der Ablage, mit Anweisungen für Ella. Die Sekretärin würde den Auftrag nicht übersehen. Unauffällig sah sie auf die Uhr. *Ich könnte rasch auf die Toilette und …*

Dubois hatte ihren Blick bemerkt. »Noch weitere Termine, *Frau von Bechstein?*«

»Ich habe den Kindern versprochen, ihnen heute Abend etwas vorzusingen«, log sie.

»*Mon dieu!*« Dubois lachte schallend. »Du hast deine Kinderliebe entdeckt? Was hat dir der Arzt noch alles gegeben?«

Claire lachte mit. »Ich muss meine Rolle spielen. Sonst gerät der Plan ins Wanken. Morgen früh ist ein wichtiges Meeting.«

»Das stimmt wohl.« Er zwinkerte und legte das Besteck auf den inzwischen leeren Teller. »Wenn der Wind gut steht, schaffen wir es sogar bis dahin. Notfalls machst du die Gören heute Nacht wach, um sie wieder in den Schlaf zu singen.«

Der Wind? Claire nickte einfach. Sie wandelte auf einem sehr schmalen Grat und wollte durch neuerliche Fragen keine Unstimmigkeiten generieren. *Er will mit mir irgendwohin fliegen.*

»Wo ist dein Ring?«

Sie zeigte auf ihren Ehering.

»Nein, nicht der. Den ich dir habe machen lassen. Als Pendant.« Er tippte auf seinen, der sich bei näherem Betrachten als Skelettschädel mit eingefasstem Stein erwies.

»Oh, der liegt in der Villa«, antwortete sie geistesgegenwärtig, als wüsste sie, was er meinte. »Marlene von Bechstein würde ihn nicht tragen.«

Dubois lächelte. »Der Totenkopf würde merkwürdig an ihr aussehen, das stimmt. Aber ich mag das Symbolische. Wir sind eben unsterblich. Trage deinen Schnitterring das nächste Mal, bitte. Mach mir die Freude. Der alten Zeiten wegen.« Er erhob sich und zog ein Bündel Fünfhunderter aus der Tasche, als wäre es Monopoly-Geld, und drückte einen Schein in die Hand des ungläubigen Kellners. »Hier, stimmt so. Behalten Sie den Rest. Und teilen Sie bloß nicht mit Ihren Kollegen.« Er half Claire in den Mantel, sie streifte sich die Handschuhe über und vermied jeglichen Hautkontakt.

Gemeinsam verließen sie das Lokal durch den Hinterausgang.

»Hast du seinen Blick gesehen?« Dubois lachte fies. »Er wird die knapp 380 nicht teilen. Und dann kommt raus, wie viel Trinkgeld er gemacht hat, und die anderen werden ihn hassen.« Er bot ihr den Arm an. »So gefällt uns das, nicht wahr? Kleine Bosheiten erhalten die Feindschaft unter den Menschen.«

»So gefällt uns das.« Claire spürte die pure Gemeinheit des Mannes, die in starkem Widerspruch zu Anastasias Zuneigung zu ihm stand.

Er führte sie in eine Seitenstraße zu einem silbergrauen Maserati, wie der Dreizack auf dem Kühlergrill verriet, öffnete ihr galant die Tür und schloss sie wieder hinter ihr. Sie hatte die Übersicht verloren, wo sie sich befand, und wollte das Smartphone für eine Ortsbestimmung nicht herausholen.

Gleich darauf stieg er ein, sie fuhren los.

Mit einer selbstverständlichen Bewegung legte er die Hand auf ihr Knie und streichelte es behutsam.

Claire fühlte sich angezogen und abgestoßen. Sie genoss seine Berührung, wünschte sich die Finger an anderen Stellen ihres Körpers, in dem ein Echo von früherem Sex nachhallte, der exorbitant gut gewesen sein musste.

Sie schämte sich sogleich für ihre lüsternen Gedanken: Es war Verrat an Finn. Ein Verrat, den sie nicht wollte und den sie nicht kontrollierte.

»Was zum …?« Dubois stieg auf die Bremse und stellte den Sportwagen mitten auf der kleinen Gasse quer, blockierte sie. Sämtliche Warnlichter leuchteten auf dem Armaturenbrett auf.

Hinter ihnen erklang das Quietschen von Rädern.

Claire hatte vom Beifahrersitz aus gute Sicht auf die Fahrbahn und sah Fabians dunkelgrünen A6 Allroad, der ruckartig und mit Vollgas zurücksetzte, um zu entkommen. Der verbrennende Reifengummi zog wie Nebel über die Straße.

Dubois stieg aus und vollführte eine ausholende Bewegung mit der rechten Hand.

Eine helle Explosion erfolgte unter dem Wagen ihres Verfolgers, und das Auto wurde gut fünf Meter nach oben katapultiert. Im Aufsteigen fing es Feuer, Flammen schlugen aus den berstenden Fensterscheiben. Die zerstörerischen Kräfte leisteten ganze Arbeit.

»Nein«, stöhnte Claire entsetzt.

Krachend schlug der A6 in der Gasse auf, eine neuerliche Detonation zerriss den Innenraum und ließ Metall- sowie Plastikteile durch die Gegend fliegen. Grüne Stichflammen züngelten aus Motorraum und Heck. Die Glasfronten eines Cafés gingen durch die Druckwelle zu Bruch.

Dubois kehrte auf den Fahrersitz zurück. »Diese modernen Autos«, kommentierte er spöttisch. »Ständig geht die Elektronik hoch und reißt alles mit ins Verderben.«

Fabian. »Wer war das?«, zwang sie sich zu fragen, ohne dass ihre Stimme dabei verräterisch brach oder kippte.

»Keine Ahnung. Vermutlich ein Reporter. Oder ein Spitzel der Gegenseite. Ich dachte mir, dass sie dich beschatten lassen. Und nach meinem kleinen Streich, den ich mir mit Taronow leistete, sind sie bestimmt sauer.« Er startete den Maserati und fuhr sportlich weiter, der Motor brüllte auf. »Ist egal. Das ist nicht mehr unser Problem.«

Dubois blieb seelenruhig, als habe er nur kurz angehalten, um an den Straßenrand zu pinkeln. Er bog an einer Ampel nach rechts ab und landete auf einer breiten Straße, die zum Bahnhof führte. Dann aktivierte er das eingebaute Telefon.

»Ja, Herr Dubois?«, kam es aus der Freisprechanlage.

»Kevin, ist der Jet startklar?«

»Jederzeit, Herr Dubois.«

»Wie schnell sind wir in Wien?«

»Einen Augenblick, ich checke das Wetter.« Kevin schwieg, im Hintergrund klapperte es. »Die reine Flugzeit beträgt dank Rückenwind etwa fünfundvierzig Minuten.«

Eine Katze erschien am Fahrbahnrand, tigerte geschmeidig auf die Straße und bemerkte den nahenden Wagen. Schnell rannte sie zurück.

Claire atmete auf.

»Gut. Wir sind gleich bei Ihnen. Und sorgen Sie dafür, dass wir gegen einundzwanzig Uhr wieder in Leipzig-Halle landen können.« Er zog den Lenker abrupt nach rechts.

Der flache Maserati sprang raubtiergleich den Bordstein hinauf und überrollte, spürbar für Claire, etwas Weicheres. Knackend platzte etwas unter dem Reifen, bevor der Mann das Auto auf die Straße zurückzwang.

»Wird gemacht, Herr Dubois.«

Er legte auf und sah in den Rückspiegel. »Wer sagt es denn? Sieben Leben auf einen Streich.« Dann grinste er.

Claire krallte sich angewidert in den Sitz. Ihr lagen hunderttausend Schimpfworte auf den Lippen, doch sie hielt sie zurück. Anastasia würde so nicht reagieren.

Sie betrachtete ihn aus den Augenwinkeln.

Wesen wie Dubois bereiteten Qualen aus reiner Freude. Er schubste Verzweifelte von der Kante, anstatt sie zu retten, oder richtete Ölkatastrophen an oder warf in einen Raum voller Hungernder eine Scheibe Brot und fünfzig Gewehre samt Munition hinterher. Weil Wesen wie er sich am Elend weideten und nährten.

Diese alte Seele war durch und durch pechschwarz, verrottet und teuflisch.

Claire verstand, warum das Triumvirat befürchtete, dass er und Anastasia Schlimmstes im Schilde führten: weil sie es vermochten und durchzogen. *Weil es ihnen Vergnügen bereitet.*

Feuerwehr und Polizei rasten an ihnen vorbei, vermutlich zum Unglücksort, an dem der Audi explodiert war.

Da wurde Claire bewusst, dass sie ihren Schutzengel verloren hatte.

Deutschland, Sachsen, Leipzig

»Jaja, ich weiß: Professor Ingerling ist nicht zu sprechen!« Eugen von Bechstein hörte die Ausrede zum elften Mal innerhalb weniger Tage. »Richten Sie dem Feigling aus, dass ich den ärztlichen Leiter des Universitätsklinikums sowie das Direktorium von seinem unglaublichen Pfusch in Kenntnis setzen werde.« Wütend knallte er den Hörer auf die Gabel.

Frederik kam mit frischem Kaffee ins Heimbüro der Villa. »Das Gute an deiner Schreierei ist: Ich muss nicht fragen, was der Arzt gesagt hat.«

Eugen sah auf den neusten Befund der Blutwerte seiner Gattin, die sie aus dem Büro gefaxt hatte. Sie war an diesem Morgen seiner Bitte nachgekommen und hatte sich im Eiltempo prüfen lassen, was ihn sehr freute und von einer Sorge befreite. Alle entscheidenden Werte lagen im grünen Bereich. Das bedeutete, dass Ingerling einen fatalen Fehler begangen hatte.

»Dieses unverantwortliche Arschloch weiß genau, dass seine Diagnose falsch war.« Er schlug mit der flachen Hand gegen den Ausdruck, es klatschte lauter als gewollt. »Nicht der Hauch von Anzeichen auf Leukämie oder irgendeine entzündliche Krankheit. Sie ist kerngesund.« Kopfschüttelnd legte er das Papier auf den Schreibtisch. »Das hat ein Nachspiel.«

Der Gedanke der Rache beschäftigte ihn seit einigen Tagen. Nicht nur wegen des Arztes.

Sein Hass auf die Entführer gebar einen Entschluss: Er würde ein Kopfgeld aussetzen, auf jeden Einzelnen von ihnen, und es spielte keine Rolle, dass sein Vorgehen illegal war. *Sie werden leiden.* Er musste nur noch eine Möglichkeit finden, sein Vorhaben ohne Spuren, die zu ihm führten, auf den Weg zu bringen.

Von draußen erklang fröhliches Kinderrufen, Charlene und Pauline rannten auf der Galerie auf und ab.

Eugen lächelte bei den ausgelassenen Klängen.

Das eisige Wetter sorgte dafür, dass sich seine Sprösslinge gerade im Innern des Anwesens austobten, und dem hohen Quieken nach hatten sie einen unglaublichen Spaß dabei. Sie rannten umher, und gelegentlich versuchte die Nanny, sie ein wenig zur Ordnung zu rufen.

»Das Labor könnte schuld sein, nicht unbedingt Ingerling. Es muss zu einer Verwechslung gekommen sein.« Frederik stellte die Tassen ab. Er trug wie Eugen bequeme Casual-Kleidung im englischen Country-Look. Außerhalb der Firma verzichteten beide auf Anzüge, wenn es irgendwie ging. »Wieso hat sie der Hausarzt an Ingerling überwiesen?«

»Hat er nicht. Sie ging von sich aus zu ihm, wegen der schlechten Eisenwerte. Sie war früher schon mal bei ihm.« Eugen stieß die Luft aus. »Soweit ich weiß, wird das Blut bei Leukämie mehr als einmal untersucht.«

»Dann«, merkte sein Freund an, »wäre es Vorsatz.«

Eugen nahm den Kaffee und roch daran. »Wieso sollte der Leiter der Hämatologie meine Frau auf Leukämie behandeln, obwohl er wusste, dass sie gesund ist?«

»Nicht ganz legale medizinische Studie?«

Eugen glaubte es nicht recht. Der Name Bechstein war zu prominent, um seine Frau in illegale Testreihen hineinzuziehen. Der Skandal, der sich gerade anbahnte, würde die Universität ihre Reputation und bei einem Prozess einen Haufen Geld kosten.

Frederik überlegte. »Mir fiele sonst nichts ein, warum ich jemanden derart leiden lasse. Außer Rache.«

Eugen schwieg, dachte nach. »Nein, da gibt es keine offenen Rechnungen. Außerdem habe ich nichts getan, was *so etwas* rechtfertigte.«

»Nein, das gehört mir!«, krakeelte Charlene auf dem Flur.

»Ich habe es aber zuerst gehabt«, schrie Pauline erbost zurück und rannte an der offenen Tür vorbei. Sie trug die viel zu lange Kleidung eines Erwachsenen. Anscheinend hatten sie den elterlichen Kleiderschrank geplündert.

»Hey, ihr Frolleins! Finger weg von den teuren Anzügen!«, rief Eugen hinaus und wollte sich erheben. Die Nanny sollte nun doch eingreifen, bei allen Freiheiten, welche die Kinder normalerweise genossen.

Frederik gab das Grübeln nicht auf. »Es kann vielleicht sein, dass *Von Bechstein Laboratories* etwas tat.«

Eugen setzte sich wieder. Es war wichtig, mit den Gedanken bei der rätselhaften Thematik zu bleiben. »Du weißt, Herr PR-Manager, wir machen nicht mal Tierversuche.«

»Wie sieht es mit Dritten aus? Könnte doch sein, dass der Arzt Geld kassierte, um Lene das anzutun. Oder erpresst wurde.« Frederik lenkte die Überlegungen in andere Bahnen. »Einer unserer Gegenspieler auf dem Markt womöglich? Beim Deal mit *Asian Cosmetiques* haben wir einige unsaubere Konkurrenten ausgestochen.«

Eugen nippte am Kaffee.

Ihm war bewusst, dass das globale Geschäft rund um Salben, Pflegeprodukte und Parfüm mit harten Bandagen geführt wurde. Auch er konnte die Samthandschuhe ablegen, wenn man ihn dazu zwang. Wollte jemand seine Frau in ein Wrack verwandeln, damit sie sich umbrachte und er sich nach ihrem Tod aus dem Geschäft zurückzog? *Das klingt an verflucht langen Haaren herbeigezogen.*

»Gehen wir es rational an.« Eugen sprach seine Gedankengänge laut aus, um die Meinung seines Freundes zu erfahren. »Es braucht sehr viel Geld oder ein gutes Erpressungsmittel, um einen Professor gefügig zu machen. Solche Ressourcen besitzen Millionäre und Konzerne.«

»Korrekt.« Frederik setzte sich auf den Stuhlsessel ihm gegenüber. »Ach ja. Was wir nicht in Erwägung gezogen haben, ist, dass Ingerling schlicht wahnsinnig ist und auf die kranke Scheiße steht.«

»Stimmt.« Eugen kam zu der Erkenntnis, dass er das Klinikum in Kenntnis setzen musste. So oder so durfte der Arzt nicht mehr auf die Menschheit losgelassen werden. »Wir sagen den Gremien Bescheid und drohen mit der Presse.«

»Am besten sofort.« Frederik machte eine auffordernde Handbewegung. »Ich höre mich derweil bei unseren freundlich gesinnten Geschäftspartnern um, ob eine dritte Partei uns bekennend hasst. Ich hätte da einen Verdacht.«

»Die Patentangelegenheit?« Eugen öffnete den Laptop und schrieb eine Sammelmail an die Mitglieder des Klinikdirektoriums, von denen manche ihre Adressen auf der Website veröffentlicht hatten, und bat um einen Gesprächstermin.

»Warum nicht? Die kämpfen mit allen Mitteln, wenn es plötzlich schlecht für sie steht. Es kämen Millionenforderungen auf sie zu.« Frederik beschäftigte sich sogleich mit seinem Smartphone.

Eugen widmete sich indes weiter seiner Infomail, in den Anhang lud er die sich widersprechenden Befunde und Laborwerte; anschließend druckte er den gleichen Wortlaut aus, um ihn postalisch an die Mitglieder von Direktorium und Verwaltungsrat zu senden, damit sich niemand herausreden konnte.

Einen Brief gedachte er, an Ingerling persönlich zu schicken, damit dieser wusste, welcher Blitz ihn traf, und er sich dem Sturm besser gleich stellte. Er hatte sich ein Bild von dem Arzt auf der Website des Klinikums angeschaut und fand ihn alles andere als sympathisch, was es ihm noch leichter machte, wütend auf ihn zu sein.

Eugen las seine Mail laut vor, um Frederiks Meinung einzufordern. »Hinweisen möchte ich darauf, dass ich der Presse, regional und überregional, Informationen zu dem unglaublichen Vorfall zukommen lasse, sollte ich feststellen, dass meine Nachrichten an Sie keine Konsequenzen nach sich ziehen.«

Sein Freund nickte. »Bestens.«

Wieder rannte eines seiner Kinder an der offenen Tür vorbei.

Eugen erkannte, was seine jüngere Tochter auf dem braunen Schopf trug: Es war ein Spitzenhäubchen – und die gab es nur an einem Ort in diesem Haus, wo den Kindern das Herumwühlen verboten war.

Er stand auf und eilte auf die Galerie. »Pauline! Wie kommst du dazu, die alten Sachen anzuziehen?«

Die väterliche Stimme, die durch die Halle schwebte, ließ die Kinder an der Stelle verharren, wo sie sich gerade befanden. Die Nanny knöpfte Charlene gerade die Weste zu, die Eugens Großvater getragen hatte, und auf ihren schwarzen Haaren saß die abgetragene Mütze aus dem Ersten Weltkrieg. Auch das war eigentlich untersagt.

»Habt ihr meine Anweisungen vergessen?« Eugen näherte sich der Spielgemeinschaft, deren Ausgelassenheit zwar verging, die jedoch nicht von schlechtem Gewissen erfasst wurde. »Das sind Erinnerungsstücke, keine Spielklamotten.« Auch der weiße Kragen aus dem achtzehnten Jahrhundert war zum Einsatz gekommen. »Ausziehen und wegräumen.«

»Aber Mama hat es erlaubt«, widersprach Pauline trotzig.

»Sie hat gesagt, dass man mit den alten Sachen eh nichts mehr machen könnte«, fügte Charlene hinzu.

»Und es steht mir toll!«, krähte Pauline und schob sich das Häubchen in die Stirn.

Eugen öffnete den Mund, als die Nanny verteidigend einsprang. »Es stimmt, Herr von Bechstein. Ihre Gemahlin erlaubte es.«

Nun war er überzeugt, aber verwundert. Er lehnte sich über das Geländer und sah zur Garderobe, um herauszufinden, was Lene angezogen hatte – und sah die Schminkutensilien auf dem kleinen Tischchen herumstehen. *Ungewöhnlich.* Normalerweise wurden sie kurz vor dem Verlassen des Hauses benutzt und dann eingepackt.

»Wissen Sie, ob meine Frau ungeschminkt aus dem Haus ging?«, fragte er die Nanny.

»Ich weiß es nicht. Es war noch sehr früh, als sie das Anwesen verließ. Herbert hat gesagt, dass der neue Sicherheitsmann sie abholte.«

Eugen kratzte sich am Kopf. »Gut, dann … Im Grunde hat Mama recht. Wenn es euch Spaß macht, dann spielt damit. Aber nicht gleich kaputt …«

Die Kinder schrien vor Freude und nahmen das Rennen wieder auf; die Nanny lächelte dankbar.

Bevor Eugen ins Büro zurückkehrte, roch er den Duft von frischen Waffeln. Melanie betätigte sich in der Küche. Das Gebäck passte gut zu einem neuen Kaffee, den er sich holen wollte.

Er rief Frederik zu sich, gemeinsam folgten sie dem leckeren Geruch.

In der Küche stand die Haushälterin, die gerade die Waffeln von einem Teller nahm, der ohne Frage aus der Mikrowelle stammte.

»Oh, Waffeln zum Aufwärmen?« Eugen wunderte sich. »Dabei können Sie doch …«

»Die sind nicht aus der Packung. Die hat Ihre Frau gemacht.« Melanie klang so erstaunt, wie er dreinblickte.

»Lene hat gebacken?« Frederik lachte laut. »Das glaube ich jetzt nicht.«

»Ich wette, es schmeckt grauenhaft.« Eugen riss sich ein Stück vom angebotenen Fladen ab, kostete und traute seinen Geschmackspapillen kaum. »Das ist grandios!« Etwas knirschte leise zwischen den Zähnen, süßlich saurer Saft wurde freigesetzt. »Apfelstücke?«

Frederik nahm sich ebenfalls davon. »Eindeutig. Ist sie nicht allergisch dagegen?«

»Muss sie wohl vergessen haben.« Eugen ließ sich frischen Kaffee vom Vollautomaten brühen und ging mit seinem Freund in die Eingangshalle, um ungestört zu reden. »Wer auch immer da neben mir schläft, es ist nicht mehr meine Frau«, sagte er leise. »Das Trauma hat sie verändert. Wer weiß, was sie noch alles anstellt.« Jetzt, nachdem der Leukämieverdacht ausgeräumt war, blieb noch eine Tonne sonstiger Sorgen, die er sich machte. Er sah auf die Uhr. »Außerdem: Sie müsste schon lange zu Hause sein.«

»Viel los im Büro. Kennst du doch. Heute war die Flakonpräsentation.«

»Ella sagte, sie habe nach der Präsentation Feierabend gemacht.« Eugen dachte nach. »Wo kann sie ihn verbringen?«

Frederik kreuzte die Arme unter der Brust. »Jetzt brauchte man einen Tracker.«

Eugen steckte eine Hand in die Hosentasche. »Den haben wir«, erklärte er drucksend. Es kam ihm ungebührlich vor, die Sache anzusprechen, weil der Peilsender für den Notfall und nicht für die Bespitzelung seiner Gemahlin gedacht gewesen war.

Frederiks Lider verengten sich.

»Schau nicht so. Ich habe Wanzen in ihre Sachen einnähen lassen, damit sie im Falle einer neuerlichen Entführung gefunden wird und ich nicht zum Warten verdammt werde.« Eugen nahm das Smartphone heraus und wählte ihre Nummer. Nachdem sie nicht abhob, versuchte er die ihres Leibwächters.

Zweimal nichts.

»Kann ein Funkloch sein, wie in einer Tiefgarage.« Frederik nahm einen langen Schluck.

Eugen wollte Sicherheit. Zudem bekam er eben eine ausgezeichnete Möglichkeit, den Sender zu testen. »Ich hole mein Tablet.«

Er lief die Treppen zum Büro hinauf und nahm das Gerät, auf dem eine Ortungs-App gespeichert war. Der Hersteller versprach zusammen mit den Sendern eine Genauigkeit von plus/minus einem halben Meter in einem Radius von zwanzig Kilometern.

Frederik hatte bereits seine Jacke angezogen und stand abmarschbereit in der Halle. »Ich denke nicht, dass etwas geschehen ist«, betonte er nochmals.

»Das finden wir heraus.« Eugen wählte eine unauffällige Daunenjacke in Grau, setzte seine schwarze Schlägermütze auf und nahm den Schlüssel des Range Rover vom Haken. »Melanie, wir sind bald wieder da«, rief er und öffnete die Tür – und sah Ingerling die Auffahrt hinaufhasten.

Der Professor schien vollkommen durch den Wind zu sein. Graue Bartstoppeln ließen sein Gesicht älter wirken als auf dem Foto, Falten zogen sich tief über seine Züge. Der Anzug zeigte Knitterspuren, als habe er darin geschlafen.

»Herr von Bechstein!«, rief er flehentlich; in der Rechten hielt er eine abgegriffene Ledertasche, die nicht richtig verschlossen war.

Eugen hatte keine Klingel vernommen, folglich war der Mann über den Zaun geklettert. Am Tor sah er Herbert, der die Schneeschaufel zur Seite warf und sich anschickte, dem unangemeldeten Besucher zu folgen. Eugen signalisierte ihm, die Verfolgung abzubrechen.

»Sie müssen mir helfen!«, heulte Ingerling schnaufend und sah sich um.

Frederik begab sich an Eugens Seite. »Der hat tierisch Angst.« Sie gingen ihm gemächlich entgegen. »Sieh ihn dir an. Der war seit ein paar Tagen nicht unter der Dusche.«

»Seit meinem Anruf, würde ich sagen.« Eugen steckte die Hände in die Taschen und verbat sich Mitleid. Der Professor brauchte eine sehr gute Erklärung.

Ingerling war auf wenige Schritte herangekommen. Er griff bereits in die offene Ledertasche und nahm einen Tabletcomputer heraus. »Ich werde Ihnen sagen, was geschehen ist«, sagte er bittend. »Ich weiß, dass ich einen Fehler begangen habe. Aber Sie müssen mich beschützen!«

»Jetzt wird es spannend.« Frederik sah zu Eugen. »Dann steckte wirklich ein Konkurrent dahinter?«

Plötzlich spurtete Pauline an ihnen vorbei. Sie nahm sich im Rennen juchzend eine Handvoll Schnee, blieb stehen und warf die rasch gepresste Kugel zum Villaeingang, von wo helles Mädchengekreisch erklang.

Die Nanny rief die Jüngste von der Tür aus sofort zur Ordnung.

»Ah, junge Dame, hiergeblieben!« Frederik schnappte sich das übermütige Mädchen, das ohne Mantel und passendes Schuhwerk zur Flucht tiefer in den Garten ansetzen wollte. »Abmarsch ins Warme.«

Eugen wollte eben seine Tochter ermahnen, da erweckte die Ankunft des Paketwagens seine Aufmerksamkeit.

Jenseits des Zaunes und vor dem Gittertor hielt der gelb-rote DHL-Transporter mit viel Verve und rutschte über den Schneematsch; dabei schwang das Heck herum in Richtung des Anwesens, die hintere Tür sprang parallel zum stuntreifen Manöver auf.

Die haben es heute aber eilig mit dem Ausliefern. Eugen sah in das dunkle Innere, wo sich kein Postler zeigte.

»*Wratsch,* komm her«, erklang der laute Befehl einer Frau aus der Schwärze. Ein langer, dicker Gewehrlauf schob sich ins Helle.

Ingerling erstarrte und holte zum Wurf mit dem Tablet aus, um ihn Eugen zu überlassen.

Das Geräusch des schallgedämpften Schusses war kaum zu hören, die Wirkung hingegen unübersehbar:

Die Brust des Arztes wölbte sich und platzte wie ein praller Mitesser, roter Nebel sprühte vor ihm in die Luft und sprenkelte den Schnee; gleichzeitig schrie Frederik auf und kippte nach vorne, fiel gegen Pauline und riss das Mädchen um. Das Tablet fiel auf den Boden.

Eugen duckte sich instinktiv. »Ins Haus«, schrie er der Nanny zu und hörte hinter sich den Einschlag der Kugel in der Sandsteinfassade; sie hatte ihren Flug fortgesetzt.

Ein neuerliches Projektil wurde gegen den taumelnden Hämatologen gespien, und Ingerlings Gesicht zerbarst. Abgerissene Kopfhaut klatschte nieder, die verstümmelte Leiche kippte auf den Kiesweg und ergoss Blut sowie Hirnwasser auf die Steinchen. Die Tasche landete daneben.

Eugen ließ sich flach auf die verschneite Erde fallen und sah nach Frederik, um den sich eine Blutlache bildete. Pauline unter ihm schrie wie am Spieß, doch sie war am Leben. Dann schaute er nach dem DHL-Wagen.

Der Lauf verschwand, stattdessen erschien eine Vermummte, die regungslos am hinteren Wageneingang stand und zu ihnen starrte.

Was tut sie? »Melanie, rufen Sie die Polizei«, schrie er zum Haus. »Die sollen ein MEK schicken!« Normale Beamte würden gegen einen Scharfschützen nicht bestehen.

Ruckartig bewegte sich die Leiche des Professors. Mit hoher Geschwindigkeit glitt sie durch den Kies, dann durch das Weiß, als würde sie von einer unsichtbaren Schnur angezogen, Schneefontänen stoben in die Höhe; dann folgten dem Toten die Aktentasche und das Tablet.

Auf welche Weise auch immer die Unbekannte das anstellte, sie riss gerade die Beweise dafür an sich, dass Ingerling strafbare Dinge angerichtet hatte. Eugen schaute dem Tablet fassungslos und bedauernd hinterher.

Seine Verwunderung verdoppelte sich, als sich jeder noch so kleine verlorene Haut- und Kleidungsfetzen, jeder noch so winzige vergossene Blutstropfen, der zum Arzt gehörte, ebenfalls erhob und auf den DHL-Wagen zuschoss. Leise sirrend jagte sogar die Kugel über Eugen hinweg, die in die Villafassade eingeschlagen war.

Derweil zog es den Toten mit brachialer Macht durch die Gitterstäbe. Weil der Abstand zwischen den Eisenstangen nicht ausreichte, brachen die Knochen im Leib mehrfach, und der Professor wurde regelrecht gefaltet und gestaucht; es krachte und knisterte. Knochenstücke stachen durch die Haut und die Kleidung.

Gleichzeitig flogen die Hinweise, die es für Ingerlings Anwesenheit gegeben hatte, an der vermummten Frau vorbei in den Transporter und verschwanden.

Das … kann nicht sein! Eugen sah mit an, wie die Unbekannte in die Dunkelheit des Wagens zurückwich und die vollkommen deformierte Leiche hineinflog.

Die Türen schlossen sich mit einem Knall, und der Transporter fuhr röhrend davon.

Was geschah hier eben? Er erhob sich, sah über den reinen, aufgewühlten Schnee sowie den Kies, in dem es keine verräterischen Spuren mehr gab. *Welche Art von Technologie ist zum Einsatz gekommen?* Es konnten unmöglich Drahtschlingen oder Ähnliches gewesen sein.

»Frederik!« Er rutschte zu seinem Freund und wälzte ihn behutsam von Pauline.

Die Nanny kam angerannt und trug das schreiende, aber unverletzte Mädchen davon.

Frederik hingegen hatte durch den Schock das Bewusstsein verloren, in seiner rechten Schulter klaffte ein großes Loch. Das flüssige Rot rann heraus, ein Gefäß musste verletzt worden sein.

Eugen richtete den Oberkörper seines Kumpels auf und presste die Hände auf die Wunden, um den Blutverlust zu minimieren, bis der Rettungswagen eintraf. »Das wird wieder«, sagte er zum bewusstlosen Frederik.

Er beschloss, nach Lene zu suchen, sobald sein Freund in der Obhut von Ärzten war. Für ihn bestand kein Zweifel: Jemand hatte es auf *Von Bechstein Laboratories* abgesehen, und dieser Jemand arbeitete mit allen Mitteln.

Scheiße. Eugen sah, wie das warme Blut zwischen seinen Fingern hindurchsickerte und sich nicht aufhalten lassen wollte.

Die Seele ernährt sich von dem,
worüber sie sich freut.

Augustinus Aurelius (354–430)

KAPITEL X

Russland, Oblast Wologda, westlich von Belosers

Eric verfolgte, wie die unbekannte Frau nach seinem kraftvollen Stoß schreiend aus dem Fenster des Gehöfts flog und einen Vorhang mit ins Freie riss. Ihre Nerdbrille fiel vor ihm auf den Boden.

Ein bernsteinfarbener Strahl schoss durch das Loch und verfehlte Eric knapp. Die getroffene Ikone riss von der Wandhalterung und folgte der Unbekannten in den Hof.

Durch die zerstörte Scheibe drangen die verschiedenen Geräusche der freigelassenen Bestien, die bei ihren Zweikämpfen knurrten und heulten, fauchten und fürchterliche Laute produzierten, dazu mischte sich das Krachen von Knochen und Reißen von Fleisch. Das Metzeln hatte begonnen.

Sie ist die beste Ablenkung. Die Bestien werden sie an ihrem Geruch als Peinigerin erkennen. Eric hatte nicht vor, sich in das tobende Gemetzel einzumischen; er wollte abwarten, bis er sich auf die geschwächten Überlebenden werfen konnte.

Zumindest verlangte das sein Verstand von ihm.

Doch der Dämon in ihm hatte die rothaarige Vampirin längst als *Judastochter* erkannt und verlangte, dass Eric sich über sie hermachte, fickte, sie tötete, auffraß und jede kleine Spur ihrer Existenz von der Erde tilgte. Die uralte Feindschaft zwischen den Dämonenherren, denen er und die Blutsaugerin dienen mussten, konnte er nicht unterdrücken.

Erics Unruhe ließ sich kaum bändigen, die Verwandlung höchstens verlangsamen, aber nicht aufhalten.

Er wandte sich ab und hoffte, dass sich andere Scheusale um die Vampirin kümmerten, damit er sich nicht mit ihr herumschlagen musste.

Der Windhauch, der ihn in den Rücken traf, lehrte ihn eines Besseren: Die Judastochter war durch das geborstene Fenster zu ihm gekommen. Auch sie folgte dem unwiderstehlichen Drang.

»Was ist das für eine Welt, in der wir aufeinandertreffen?«, vernahm er ihre Stimme, wandte sich zu ihr um und sah sie vom Fensterbrett auf den Fußboden springen.

Sie sprach ein altertümliches Russisch, das er nur mit Mühe verstand. Die roten Haare hingen leidlich gebändigt von ihrem Kopf bis zur Mitte der Oberschenkel und wirkten wie ein Umhang.

Alles in allem schien sie den Leib einer dürren Sechzigjährigen zu haben. Da Sia mit mehr als dreihundert Jahren noch nahezu jung aussah, ahnte Eric, es mit einer sehr alten Blutsaugerin zu tun zu haben.

Er hatte seine Arme leicht abgespreizt und die Muskeln gespannt. Fauchend schossen die blauen Flämmchen aus der Haut und schlossen die Fäuste ein. »Das fragst du deinen ärgsten Feind?«, grollte er mit tiefer, kehliger Stimme.

»Alte Feinde sind mir vertrauter als das, was ich sonst um mich herum sehe«, entgegnete sie. »In welchem Jahr befinden wir uns?«

Eric tat einen Schritt auf sie zu, zügelte verzweifelt das Böse in sich, um noch einige Sätze mit ihr zu wechseln, ehe das Unvermeidliche geschehen musste. »Wann wurdest du eingesperrt?«

»Es war das Jahr 1643«, entgegnete sie. »Das Gerät, das auf dem Hof steht, die Dinge, die ich bei meiner Flucht sah, das Russisch, das du sprichst – wir sind wesentlich weiter, nicht wahr?«

Eric knurrte und drückte sich ab. Sein Mund öffnete und die Arme streckten sich, damit die Feuerklauen sich ins weiche, bleiche Fleisch der Vampirin graben konnten.

Aber seine Gegnerin nahm die durchsichtige Windgestalt an, und so sprang er durch ihren nichtstofflichen Geisterkörper und krachte durch die dünne Wand ins nächste Zimmer.

Grollend wühlte er sich durch das Loch zurück in den Raum, wo die Judastochter seelenruhig auf ihn wartete.

»Ich kann dieses Spiel sehr lange mit dir treiben«, sagte sie herablassend. »Avnas' Diener sind beeindruckend stark, werden aber meist durch die Gier zu Tölpeln gemacht. So auch du.«

Die Schreie und das Kreischen, das Fauchen und Brüllen auf dem Hof hielt an, gelegentlich leuchtete es warmgolden. Die Unbekannte schien sich mit ihren Kräften und dem Dolch zur Wehr zu setzen.

Eric gab der Vampirin recht, und doch setzte er zu einer zweiten Attacke an, die sie durch die Windgestalt erneut ins Leere laufen ließ. Dieses Mal bremste er rechtzeitig vor der Wand ab.

»Kämpfe«, tobte er. »Stell dich mir!«

Sie lachte ihn aus und blickte aus dem Fenster nach unten. »Es dünnt sich aus. Auch die *libra* ist gefallen. Überhebliche Menschin. Es waren zu viele wütende Bestien, die sich gegen sie warfen. Die Ikone half ihr nicht.«

Der Dämon in Eric geiferte und brüllte, wobei sich auch dort die Erkenntnis durchsetzte, nichts gegen die Windgestalt in der Hand zu haben. Das Böse zog sich zurück, lauerte jedoch und hoffte auf einen Fehler, der aus Arroganz und Selbstsicherheit von der Judastochter begangen wurde.

»Du hast all die Jahre an dieser Stätte verbracht?« Eric konnte die kleinen Lohen nicht zum Erlöschen bringen, die Anstrengung setzte ihm allmählich zu. Sein menschlicher Körper litt jedes Mal unter dem Ausbruch von Avnas' Fluch.

»Nein. Die *libra* hielten mich in einem Verschlag und fuhren mich damit umher. Ich war in vielen ihrer Festungen.«

»Trotz Windgestalt?«

»Oh, du weißt, wie man meine Gabe nennt? Nun, sie fanden einen Weg, mich zu bannen. Doch heute schien ihr System eine Lücke aufzuweisen.« Sie betrachtete Eric, leckte sich über die gesprungenen Lippen. »Mein Name ist Másha.«

Er machte sich nicht die Mühe, ihn zu behalten. Sie würde diese Nacht nicht überstehen, denn gehen lassen durfte er sie nicht. »Weißt du, wo ich diese anderen Stätten finde?«

»Um was zu tun?« Sie musterte ihn genau. »Du bist ein Jäger, keiner ihrer Gefangenen wie ich oder die anderen.« Másha richtete den Blick auf seine Augen. »Oh, ich sehe sehr deutlich, dass deine Absichten edel sind. Du möchtest die Welt von Bestien befreien.«

Eric wunderte sich. *Ist es eine Gabe, oder spekuliert sie nur und hofft, dass ich mich durch eine Reaktion verrate?* »Das tue ich.«

»Du hast schon viele vernichtet, auch das merkt man

deiner Aura deutlich an.« Másha warf die roten Haare zurück, ihre nackte Silhouette wurde sichtbar. *Libra* hatte nicht gut für sie gesorgt, die war sehr dünn, die Brust- und Hüftknochen waren deutlich zu sehen. Für eine hungrige alte Vampirin war sie bemerkenswert beherrscht. »Glaubst du an ihre Erklärung, dass unsere Seelen die Körper verändern?«

»Nein.«

»*Ich* schon, und es war eine lange Zeit, die ich mit Nachdenken verbrachte.« Sie deutete zuerst auf sich, dann auf ihn. »Erkennst du nicht, dass nun alles einen Sinn ergibt? Die Geschichten über Helden, Götter, Fabelwesen, Dämonen und Kreaturen wie uns – sie sind wahr!«

»Woher rührt dann mein Hass auf dich und deinesgleichen?«

»Warum können sich manche Menschen leiden und manche nicht?« Másha ging auf ihn zu. »Wir gehören keinen Dämonen. Befreie dich von dem Irrglauben. Niemand zwingt dich dazu, mich zu töten.«

Er hob den Arm, schob den Stoff in die Höhe und wies ihr das Brandzeichen. »*Das* ist sein Zeichen!«

»*Das* ist ein *Seelenzeichen,* wie sie sich oftmals zeigen, wenn sich die Energie in einem entlädt oder verändert und den Körper mutieren lässt. Mehr nicht«, erwiderte sie freundlich.

Eric fiel noch ein Argument ein. »Muss ein Mensch nicht sterben, bevor er als Vampir erwacht?«

»Man stirbt erst, wenn man seine Seele verloren hat. Die meine veränderte sich lediglich, und ihre Energie bewirkt, dass ich lebe.« Másha sah ihn freundlich an. »Sie bewirkt, dass *wir* leben und Fertigkeiten besitzen, von denen einfache Seelen träumen.«

Eric sah auf das Zeichen des Dämons Avnas.

»Vergiss den vermeintlichen bösen Geist oder Höllenfürsten. Du hast die Macht, dich von dem Hass zu befreien, der gegen mich und meinesgleichen tobt. Niemand außer dir hat Einfluss auf dich.« Másha wagte sich auf einen halben Meter an ihn. »Überwinde dich. Überwinde, was dich zu einem Sklaven macht, und du wirst über andere herrschen, wie ich es tat und wieder tun werde.«

Eric atmete gleichmäßig und ließ die Blutsaugerin nicht aus den Augen. *Warum sollte es nicht stimmen, was sie sagt?* Doch es geschah gerade zu viel um ihn herum, um sich ernsthaft mit der Theorie zu beschäftigen. Erst mussten die Gefahren für sein eigenes Leben beseitigt werden.

Máshas Augen verengten sich schlagartig, und sie warf sich schussschnell gegen ihn. Ihr Unterkiefer klappte weit herab, die langen Fangzähne traten zum Vorschein. Die dünnen Arme legten sich schraubstockartig um seinen Hals, und sie zog ihn an sich wie einen lange ersehnten Liebhaber. Sie roch nach alter Luft, nach kaltem Stein und süßlichem Tod.

Eric versuchte, ihrer Umarmung zu entgehen, doch die Spitzen stachen bereits durch die auberginefarbene Haut, die Zahnklingen zerrissen seine dicke Schlagader.

Die Wunde brannte sofort, wie er es nicht kannte. Heiß sprudelte das Blut aus ihm.

Gerade als er seine Finger in ihre rote Mähne schlug, um sie wegzuziehen, nahm sie die Windgestalt an, und seine Hände sackten durch das Nichts.

Die tiefe Bissverletzung schloss sich nicht, das schmerzhafte Ziehen hörte nicht auf.

Eric presste eine Hand dagegen, um den Strom aufzuhalten. Seine Selbstheilungskräfte gelangten an ihre Grenzen. »Was hast du getan?«

Másha umschwebte ihn und lachte lautlos, entfernte sich einige Meter, bevor sie materialisierte, um zu antworten. »Ich bin eine Judastochter, die sich von anderen Bestien ernährte – was blieb mir in der Gefangenschaft auch anderes übrig? Es gelang mir mehr als einmal, einen unvorsichtigen Wandler auszusaugen. Dadurch wuchs meine Seelenmacht unermesslich. Mein Speichel ist zum Gerinnungshemmer geworden, deine Wunde wird sich nicht von selbst schließen«, verkündete sie. »Ich kann in Ruhe abwarten, bis du zusammenbrichst, und es von deinem erkaltenden Körper lecken, wie ich es oft tat.« Sie lachte grausam. »Du bist nicht der einzige Jäger.«

Eric kippte zuckend zur Seite, fiel auf den Holzboden, der unter dem Einschlag federnd bebte. Seine Hand löste sich vom Riss in Fleisch und Haut. Er lag still, die Lider senkten sich kraftlos …

Másha sprang heran und beugte sich voller Gier über ihn – da schlug er mit geraden Fingern in ihren Brustkorb, um ihr Herz zu fassen.

Aber seine Attacke verlief ungenau, er entriss ihr einen Fetzen Lunge.

Die Vampirin zuckte schreiend zurück und starrte auf das Loch in ihrem Körper. Er sah ihre Angst.

Das ist meine letzte Gelegenheit. Eric sprang ihr mit schwindenden Kräften nach und versetzte ihrem Hals einen Hieb, so dass die Wirbelsäule brach.

Doch Máshas Widerstandskraft war groß. Sie versuchte, in ihre Windgestalt zu flüchten.

Eric warf das zerquetschte Lungenstück achtlos in die

Ecke. Den Schmetterschlag, den er mit einem wütenden Brüllen ausführte, traf ihren geöffneten Mund und fuhr quer hindurch. Seine Nägel sprengten durch die Wucht die obere Kopfhälfte ab, die roten Haare folgten dem Schädelfragment wie ein Kometenschweif.

Erst jetzt verlor ihr dürrer Körper die Spannung und sackte zusammen.

Erics Schwäche nahm zu, sein Blut sickerte noch immer aus dem Biss. *Dann hole ich mir eben deine Kraft.* Knurrend machte er sich über den Leichnam der Judastochter her, um ihn zu verschlingen.

Másha schmeckte widerlich, alt und verdorben. Er biss dennoch ab, kaute und würgte, sog die Knochen bis aufs Mark aus; lediglich die langen roten Haare verschmähte er.

Von Kopf bis Fuß mit dem Blut der Vampirin verschmiert, saß er wenig später siegestrunken und satt gefressen auf den Dielen. Boden und Decke drehten sich um ihn, und er lachte wie von Sinnen. Der Triumph überwältigte ihn, bescherte ihm Glücksgefühle, wie er sie nicht gekannt hatte.

Sein Denken kehrte erst allmählich zurück, der schwere Schleier dieser einzigartigen Ekstase hob sich träge.

Eric stemmte sich in die Höhe, betrachtete angewidert und fasziniert die blanken Knochen, den aufgebrochenen und geleerten Schädel, die zerstörten Gebeine. *Ich habe sie komplett verzehrt!*

Seine Wunde hatte sich geschlossen, wie er mit einem tastenden Griff prüfte. Das Fleisch der Blutsaugerin schien ihn mit neuer Kraft versorgt zu haben, wie er es erhofft hatte.

Sollte das etwas mit der Seelenenergie zu tun haben,

von der die Vampirin und die Unbekannte gesprochen hatten?

Es tut sich einiges. Eric ging zum Fenster und blickte ins Freie. *Dabei wollte ich nur eine Wandlerin zur Strecke bringen.*

Der Kampf vor den Häusern war zu Ende und der Hof übersät mit ausgerissenen Gliedmaßen sowie zerfetzten Kadavern. Die Bestien hatten sich nicht geschont.

Es hätte nur jeder seines Weges gehen müssen. Möglicherweise waren die Sieger, die dieser Arena entkommen waren, auf dem Weg in die Birkenwälder, um durch Attacken auf Menschen in kürzester Zeit einen neuen Mythos ins Leben zu rufen.

Für eine Jagd hatte er keine Zeit. Er musste mehr über diese Organisation herausfinden: *libra,* die anscheinend mehrere solcher Stützpunkte unterhielt und darin Kreaturen, die schlimmsten Alpträumen entsprungen waren, über Dekaden und Jahrhunderte hinweg hortete.

Dämonen, Wandler, Geister, Phagoi. Was existiert noch alles, von dem ich nichts weiß? Dabei spielte es keine Rolle, welche Umstände ausschlaggebend für die Entstehung der Bestien waren – ihre zerstörerische Natur zwang sie dazu, über Menschen herzufallen.

Eric fragte sich, ob sich ein solches Silo in einer Großstadt befand, und was passierte, wenn die Tore nicht hielten. Oder wenn jemand die Gitter absichtlich für einen Anschlag öffnete. Keine Regierung dieser Welt war darauf vorbereitet.

Welche Gefahren lauern im Verborgenen? Eric konnte nicht feststellen, wie viele Monstrositäten sich in den Verliesen aufgehalten hatten, das Gemetzel und die verstreuten Körperteile erschwerten das Zählen. Die größte Gefahr für ihn hatte sich selbst eliminiert.

Blieben die fehlenden Leute von *libra*. Die Unbekannte hatte vorhin auf die Uhr geschaut. *Ich sollte mich beeilen.*

Eric eilte in die Mannschaftsquartiere, streifte die blutbesudelten Klamotten ab. Grob wusch er sich das Rot von Händen, Hals und Gesicht, bevor er Ersatzkleidung aus den Beständen der Truppe anzog. Fortan trug er schwarze Lederhosen, Boots, Shirt, Pullover und einen weißen Fellanorak, womit er einem Polarforscher ähnelte. Handschuhe steckte er ein.

Eric nahm sich einen herrenlosen Seesack und eine Sporttasche, hetzte durch die Räumlichkeiten und warf alles hinein, was er an tragbaren Computern, USB-Sticks, handschriftlichen Notizen und Aufzeichnungen fand. Auch die Steckbriefe der Bestien im Besprechungsraum nahm er ab und barg sie.

Er fasste den Beschluss, Sia um Unterstützung zu bitten, sobald er herausgefunden hatte, wo sich weitere Stützpunkte von *libra* befanden.

Er nahm sein Handy heraus, aber es gab keinen Empfang. Das Display zeigte nicht einmal die Notruffunktion an. *Ein Störsender.*

Gelegentlich lauschte Eric auf das Röhren von Motoren oder auf Stimmen, aber es blieb alles ruhig. So setzte er seine Suche zügig fort.

Seine Schritte führten ihn hinab in den Keller, der hinter einer Stahltür eine klimatisierte Bibliothek beherbergte.

Die Werke waren alt, das las er an den Einbänden ab. Altes Leder, fleckig und abgegriffen, mitunter ohne Prägung, andere mit lateinischen und griechischen sowie kyrillischen Zeichen versehen.

Eric prüfte einige davon flüchtig.

Es schienen alchemistische Folianten, Nachschlagewerke und Lexika zu sein. Immer wenn es darin um Bernstein ging, waren die Stellen markiert oder unterstrichen sowie mit Bemerkungen verschiedener Handschriften versehen. Er fotografierte die Passagen mit seinem Smartphone.

Doch seine Hoffnung, die Namen der übrigen Basen von *libra* zu finden, wurde enttäuscht.

Also machte Eric sich äußerst vorsichtig daran, die Nebengebäude zu erforschen.

Über den mit Leichenteilen versehenen Hof ging er durch die Dunkelheit zuerst zum rechten Haus, das einmal Stallungen enthalten hatte.

Eric schaltete das Licht ein, Neonschein erwachte.

Die Boxen waren zu Zellen umgebaut worden, die Türen standen offen und hatten den Gefangenen die Flucht ermöglicht, die wiederum in den Tod geführt hatte. Vor einem Schaltkasten fand Eric den übel zugerichteten Piloten, den eine Bestie in drei Teile gerissen hatte. Er musste versehentlich eine Tür oder alle Boxen geöffnet und damit die Katastrophe ausgelöst haben.

Außerdem gab es mehrere angebissene und abgerissene Körperteile, die verstreut umherlagen und zu den *libra*-Truppen gehört hatten, wie Eric anhand der Uniformreste annahm. Das erklärte, wo die fehlenden Bewohner abgeblieben waren.

Eric entdeckte dünne, honiggelbe Streifen, die sich an den Wänden entlang, durch Decke und Boden der Kammern zogen, die Türen besaßen sogar Doppelstreifen.

Ein neues Geheimnis. Eric fuhr mit dem kleinen Finger die goldenen Rillen nach. Der Bernstein schien auf die Kreaturen eine hemmende Wirkung gehabt zu haben, die stärker gewesen war, als es jede Kette oder Stahltür hätte sein können. *Erstaunlich.*

Die Zellen selbst waren karg: ein Bett, eine Toilette, ein kleiner Tisch, eine Waschgelegenheit; die meisten beherbergten ein Regal mit Habseligkeiten wie Bücher, Figürchen und Nippes.

Manche Wände waren vollgekritzelt, andere mit Kratzern und Dellen versehen. Die Wächter hatten einzelne Botschaften entfernt und unleserliche Rudimente gelassen.

Eric nahm sich die Zeit und las jede noch so kleine Schmiererei, bis er fündig wurde: Mit einem scharfen Gegenstand hatte jemand Längen- und Breitengrade kaum sichtbar in die Unterseite eines Stahlwaschbeckens geritzt. Daneben stand: *Befreit mich! N. Zacharova*

Eric hatte keine Tigerin auf dem Hof gesehen, und unter den Leichen wäre ihm die Russin sofort aufgefallen. Also hatte *libra* sie bereits weggeschafft oder *umgebucht*, wie auf dem Dossier stand.

Vielleicht an jenen Ort, der hier mit Koordinaten hinterlassen worden war. Eric richtete sich auf und lehnte sich gegen das Waschbecken. *Sie muss ein Gespräch belauscht haben.* Diesen Ort wollte er rasch prüfen, danach stand fest: *Die Sache ist zu groß für mich alleine.*

Das linke Haus ähnelte dem anderen vom Aufbau, auch hier gab es Leichen, Zellen und im hinteren Teil einen großen Tank, von dem ein Schlauch in eine Zapfpistole mündete, den man durch ein Fenster ziehen konnte. *Benzin für Stromaggregate und Fahrzeuge.*

Er brauchte dringend Unterstützung, aber Sia würde vermutlich nicht ausreichen. Blieb noch seine Halbschwester und deren gute Verbindungen.

Was lauert wohl in den Bestienhorten von libra? Sollte die Theorie stimmen, dass die Seelenenergie den Leib veränderte und Lebendiges mutieren ließ, gab es keine Grenze, was man sich an guten und schlechten Wesen erdenken konnte.

Reicht schon ein Biss aus, um eine Seele zu verändern? Kann man sie vergiften und dadurch eine Veränderung herbeiführen? Eric verließ die Zelle und das Nebengebäude, um den nach Blut und Gedärmen stinkenden Hof erneut zu überqueren. Konnte man sie vergiften, konnte man sie ebenso reinigen. Seelenwäsche statt Blutwäsche. *Es klingt so einfach. So trivial. Und so verdammt gefährlich.*

Er ging auf den Schneehaufen zu, unter dem er sich ein Auto erhoffte, um das Gehöft zu verlassen, und war sehr neugierig, was sich bei seinen erbeuteten Aufzeichnungen an Informationen befand.

Kurz blieb er stehen und blickte über die Schulter zurück zu den drei Gebäuden.

Feuer war ein Freund. Es vernichtete Wandelwesen, Vampire und deren Spuren. Und natürlich seine eigenen.

Mit einer entschlossenen Bewegung machte er kehrt. Der Tank mit Kraftstoff kam gerade recht.

Österreich, Wien

Claire konnte nicht glauben, dass sie durch Wiens Straßen fuhr, keine anderthalb Stunden, nachdem sie Fabians Wagen in Flammen hatte aufgehen sehen. Ihr Notfallrückhalt existierte nicht mehr.

Umso wichtiger war es, dass Dubois keinerlei Verdacht schöpfte – und nicht durch Zufall ihre blanke Haut berührte, um in ihre Gedanken vorzudringen.

Dann bin ich verloren. Er würde es niemals hinnehmen, dass sie mit ihm gespielt hatte, und wüsste sofort, wer hinter der Scharade steckte.

Der schwarze Audi Q7 mit den getönten Scheiben fuhr durch die Innenstadt, wie sie anhand der Schilder erkannte. Sie befanden sich im Museumsviertel. Prachtvolle Bauten aus der k.-u.-k.-Zeit glitten an ihnen vorbei, wundervoll beleuchtet, um den Glanz und die Verschwendung jener Zeit auch nachts in Szene zu setzen. Manche gusseiserne Lampen entlang der Straße trugen Krönchen.

Auch die Moderne kam nicht zu kurz; ein Hinweisplakat lockte mit zeitgenössischen Künstlern im Museums-Quartier. Eine blaue Neonschrift quer vor der Fassade verkündete: *Dein Land existiert nicht.*

Mein Leben existiert nicht. Nicht mehr. Claire trug ein elegantes schwarzes Kleid, darüber einen dunklen Nerzmantel. Beides hatte sie im Jet vor dem Start anlegen müssen, ihre alte Kleidung war entsorgt worden. Dubois fürchtete, dass man sie verwanzt hatte, ohne dass er ihr die Schuld daran gab. Er hatte nicht darauf bestanden, ihr beim Umkleiden zuzusehen. Er schien großen Respekt vor Anastasia zu haben, wenn man von seinen Fingern absah, die sich jedes Mal auf ihr Knie legten.

In der Luft war zu ihrer Freude dieses verwünschte Anastasia-Gefühl verschwunden, das den Seelenwanderer verklärte und ihn sympathisch erscheinen ließ. Das konnte daran liegen, dass sie sich etwas beruhigt und versucht hatte, rational nach Auswegen zu suchen.

Nach der Landung des Privatjets hatte bereits der schwarze Q7 fahrbereit am Rollfeld gestanden.

Dubois setzte nun den Blinker und bog auf eine breite Straße ein, die zwischen zwei Standbildern hindurch und vorbei an parkenden Autos auf einen gewaltigen Gebäudekomplex zuführte. Eine stählerne Aufschrift an der rechten Fassade verkündete die Hofburg.

»Ist es nicht herrlich, in der alten Heimat zu sein?«, erkundigte sich Dubois und legte seine Hand wieder auf ihr linkes Knie.

Ohne eigenes Zutun wusste Claire, dass sie sich auf dem Heldenplatz befanden und gerade durch die einstige Residenz der österreichischen Monarchen fuhren. Das Sisi-Museum war ausgeschildert, letzte Touristen irrten über die Freifläche, trunken von Eindrücken.

Sie betete, dass das Nylon genügte, um Dubois' Fertigkeit zu blockieren. »Ich vermisste es sehr«, erwiderte sie so allgemein, wie sie es schon seit dem Abflug tat. Ständig machte er Anspielungen, mit denen sie nichts anzufangen wusste und die auf Anastasias Wissen zurückgingen. Weitere hilfreiche fremde Erinnerungen blieben vorerst aus, als verweigerten sie sich und würden schmollen, um Claire auflaufen zu lassen.

»Hast du nur die Heimat vermisst oder das Uns?« Die Hand auf ihrem Knie streichelte sie behutsam.

Die Frage war für Claire wie ein Schlag in die Magengrube. Dubois schien zu glauben, dass sie bereits in Wien wieder zusammenfinden würden. An einem Ort, der für ihn und Anastasia von Bedeutung war. Jedoch nicht für Claire, bei der der Schock über Fabians Ende sämtliche vorhergehenden Anspielungen überlagerte.

Oder der Tod ihres Mannes.

Oder der Anblick der eigenen Leiche … Das große Auto schien plötzlich keinen Sauerstoff mehr in der Fahrerkabine zu haben. Angst griff nach Claire, die Atmung beschleunigte sich, und sie musste das Fenster nach unten gleiten lassen, bevor das Gefühl übermächtig wurde, ersticken zu müssen. »Wohl von beidem ein bisschen.«

Sie passierten einen gewaltigen Innenhof und verließen die Hofburg auf der anderen Seite. Anscheinend durfte es sich Dubois erlauben, die Durchfahrt kurzerhand als Abkürzung zu nutzen.

Er steuerte den Q7 nach rechts in die Augustinerstraße. Es roch nach Pferden, sie kamen an Stallungen vorbei.

»Ich habe eine Überraschung für dich.« Dubois lenkte den Geländewagen auf den offenen Innenhof gegenüber des Gestüts, die Schranke hob sich wie von Geisterhand und erlaubte das Parken. »Dein Palais ist fertig. Ich habe den unterirdischen Gang bis zum Palais Cavriani freilegen lassen, so dass wir uns jederzeit besuchen können, ohne durch die Straßen gehen zu müssen.« Er schaltete den Motor aus. »Komm.«

Palais? Sie ahnte, dass sich darin ein Bett befand. Ein großes Bett. Sex wollte sie unter allen Umständen vermeiden. »Das ist furchtbar lieb.« Claire nahm behutsam seine Hand. »Wir haben nicht die Zeit, die wir uns wünschen. Noch nicht. Denk an den Plan. Ich muss bald zurück sein.«

Dubois hatte die Tür des Q7 halb geöffnet und wirkte enttäuscht. »Nicht mal kurz ansehen?« Er sah plötzlich verständig aus. »Du weißt nicht, was ich meine. Wegen des Schlags auf den Kopf.« Er lachte freundlich. »Das Haus, in dem Gräfin Báthory residierte und mordete, wenn sie in Wien war. Augustinerstraße 12. Ich habe es gekauft und herrichten lassen. Weil du es haben wolltest. Und wie du es haben wolltest.«

Claire wusste nicht, wovon er sprach, lächelte ihn jedoch an. »Danke. Es wird mir sicherlich einfallen, wenn ich es betrete, aber jetzt müssen wir in dein Labor.«

Mit einem Seufzen schloss er den Wagen und startete ihn. »Also gut. Auch kein Besuch im Prunksaal deiner geliebten Nationalbibliothek?«

Sie schüttelte den Kopf.

»Sehr eisern. Das erklärt, warum du erfolgreicher bist als ich.« Dubois kurvte zurück auf die schmale Straße, vorbei an der Albertina und der Staatsoper. Vage kamen ihr die Gebäude bekannt vor. Er bog ab, schnitt zwei Spuren und achtete nicht auf das Hupkonzert. »Bist du dir sicher, dass es dieses Mal zwischen uns nicht mehr gibt als die Freundschaft und die Verbundenheit zweier alter Seelen?«

»Wer weiß das schon?«, erwiderte Claire unverbindlich und war dabei stolz auf sich selbst, ihre Maskerade zu wahren. Sie durfte ihn mit einer brüsken Zurückweisung nicht vor den Kopf stoßen.

Für Dubois schien das Thema nicht beendet. »Es war nur ein lächerlicher Streit. Damit kann doch die Liebe zu mir nicht verloren sein!« Er schaltete hoch und beschleunigte, sie verließen rasant das Museumsviertel und den 1. Bezirk. »Du bestrafst mich.« Das Gespräch wühlte ihn auf, was er versuchte, durch seinen Fahrstil zu kompensieren. »Und da du es hören willst: Ja, ich liebe dich.«

Welcher Streit? Claire reckte das Gesicht in den Wiener Winterwind, um es zu kühlen, damit ihr nicht der Schweiß ausbrach. Hatte sie sich die ganze Zeit vor den fremden Gedanken gefürchtet, sehnte sie sich nun danach, um dem Seelenwanderer Futter zu geben. Ande-

rerseits bestand die Gefahr, dass auch die fremden Gefühle für den Mann zurückkämen, und das brächte sie in arge Bedrängnis. *Wie könnte ich ihm dann widerstehen?*
»Ich weiß.«

»Du sagtest, wir werden es versuchen, sobald wir das Serum erschaffen haben.« Er warf ihr einen knappen Seitenblick zu. »Ich habe meine Hälfte, du deine. Es wird nicht mehr lange dauern.«

»Noch sind wir nicht so weit.« Damit hatte Claire eine Deadline, das beruhigte sie. Nun konnte sie ihn mit dem Verweis darauf immer abwimmeln.

»Und *was* wird dann sein?«

Claire stieß genervt die Luft aus und hoffte, dass Anastasia sich ähnlich verhalten hatte. »Du wiederholst dich.«

»Ich rede nicht von uns. Ich wollte darauf hinaus, welche Möglichkeiten sich dann bieten«, sprach er mit einem beschwichtigenden Tonfall. »Das Serum kann uns in einem Jahr zu Göttern machen. Wir werden die Körper schneller wechseln, beinahe jederzeit, ohne unsere wertlosen *necessarii*, auf die wir bisher angewiesen sind.«

»Höchstens für die Wiederbelebungen«, warf sie ein.

»Auch das könnte sich ändern, und dann brauchen wir niemanden mehr.« Er lachte in Vorfreude. »Wann immer und wo immer wir wollen. Stell dir vor: Pro Tag wandern wir zehn Mal, ehe wir in unseren Ausgangskörper zurückkehren – unsere Seelen erlangen Kräfte, mit denen wir jeglichem Irdischen trotzen. Und dann noch deine Formel-Modifikationen! Es wird perfekt! Die Welt gehört uns.«

Meint er das als Metapher? Claire konnte sich nicht vorstellen, diese Prozedur der Einfuhr in einen fremden Leib mehrmals hintereinander zu absolvieren. »Das wird erst geschehen, wenn unser Serum absolut sicher funktioniert.«

»Aber es *wird*.« Dubois setzte den Blinker und steuerte in ein Gassengewirr, das aus der Zeit gefallen schien. Ziegelsteinmauern, Fachwerk, dunkle Balken, schmale Gehsteige und wenige funktionierende Lampen schufen die Illusion, sich im 19. Jahrhundert zu befinden.

»Was meintest du damit, als du sagtest, es fände sich eine andere Lösung für das Wiederbeleben?«

»Ich glaube, dass wir nach zehn, zwanzig weiteren Wechseln die Leichen selbst zum Leben erwecken können, in die wir einfahren. Durch die Gabe. Auch das geschah in der Historie schon mehrmals.« Er lachte. »Von wegen Scheintote.«

Sie beschränkte sich auf ein Nicken.

In die Gasse passte nur ein Auto, es waren kaum Menschen auf der Straße und schon gar keine Touristen.

Claire sah, wie dunkle Umrisse durch die hellen Flecken schnellten, den Q7 rechts und links an den groben, verwitterten Wänden verfolgten. Sie flankierten die Seelenwanderer, geleiteten sie und warnten die Umgebung, so hatte es den Anschein. Gleichzeitig schienen sie sich mit dem Wagen weiter durch die Jahrzehnte rückwärts zu bewegen.

Die Ausstrahlung des Ortes gefiel Claire nicht und passte zu dem, was sie gerade gehört hatte. Die Bedrohung, das Unheimliche und Böse griff nach ihr, sogar das Licht war feindlich und schuf Schatten, die sich ohne Zutun bewegten. *Jack the Ripper würde sich wohl fühlen.*

»Die vielen Jahrhunderte unserer Forschung haben sich gelohnt«, sagte Dubois leise. »Alchemie ist der

Schlüssel zur Seele. Du wusstest es.« Er reduzierte die Geschwindigkeit und hielt auf eine schmale Toreinfahrt zu, die sich von selbst öffnete, als der Geländewagen sich näherte. »Ich hätte von Anfang an auf dich hören sollen, anstatt dich bei Kaiser Joseph dem Zweiten schlechtzumachen. Was hättest du alles mit dem Narrenturm erreichen können. Du hast sie nicht umsonst Transmutationsmaschine genannt. Verzeih mir, dass ich dich sabotierte. Aber Wien war und ist meine Stadt.«

»Geschenkt. Wir profitieren nun beide davon.« Claire musste ihre Angst niederringen, während der Q7 durch die schmale Einfahrt auf einen Hinterhof glitt, der sich in einem vergessenen Jahrhundert befand. Dubois plauderte mit ihr über die vermeintliche gemeinsame Vergangenheit – doch es hallte nichts in ihr wider.

Fackelhalterungen hingen an den Wänden, schwarze Rußfahnen färbten die verwitterten Mauern, und unter dem Vordach stand eine halb zerfallene Kutsche, die ungestört verrottete. Es hätte Claire nicht gewundert, davor die Gebeine der Pferde zu entdecken.

Hölzerne Wagenräder lehnten an antiken Fässern, Schilder mit unleserlichen Aufschriften hingen in zwei Metern Höhe. Es konnte sein, dass sich zur Zeit der k.-u.-k.-Monarchie ein Fuhrunternehmen in diesem Hof befunden hatte, dessen Geist heute schwarz und düster im Schein der Xenonlichter aufstieg.

»Dass du mir vergibst, ist sehr großzügig.« Dubois hielt an, schaltete den Motor ab und verließ nach kurzem Innehalten den Wagen. »Wir haben uns beide verändert, Anastasia.«

Ahnt er es doch? Claire starrte in die Dunkelheit des Hofs, schluckte und stieg aus. »Es war ein guter Einfall,

Marlene von Bechstein zu wählen«, sagte sie und erschrak beim Klang ihrer Stimme, die verändert und unwirklich anmutete, als dränge sie aus einem blechernen Grammophontrichter.

»Lobst du dich gerade selbst, Liebes?«, gab er neckend zurück. Der Mann war mit der Finsternis verschmolzen.

Claire ging tastend vorwärts, stolperte über ein Hindernis am Boden – und sah mit einem Mal die Umgebung so deutlich wie am hellsten Tag.

Glaubte sie zunächst, Dubois hätte einen Scheinwerfer angeschaltet, bemerkte sie, dass die Finsternis als solche kein Problem mehr für sie darstellte. Anhand des leichten Blau- und Silberstichs, den die Farben aufwiesen, bemerkte sie den Unterschied zur Wahrnehmung bei Sonnenlicht.

Eine Seelengabe. Claire hatte gedacht, dass ihre Stimme die Besonderheit sei, mit der sie in höchster Not Schaden anzurichten vermochte. *Wie kann es sein, dass ich noch eine bekam?*

Dubois stand etwa zehn Meter zu ihrer Rechten, öffnete eine Abdeckung an der verwitterten Wand und schob einen Schlüssel ins Schloss. Nachdem er ihn einmal gedreht hatte, schnappte ein moderner, verchromter Ziffernblock hinter einem Stein hervor. Er gab den Code ein.

Claire versuchte, sich die Zahlen zu merken. »Ich lobe mich nicht. Mir fiel gerade ein, wie gut das Leben als Frau von Bechstein ist.«

Ein Teil der Mauer schob sich nach hinten. Schummriges Licht, das von kleinen LED -Lampen in Bodenhöhe stammte, beleuchtete eine breite Abwärtsrampe.

»Du wirst dich doch nicht in deinen Gatten verlieben?« Dubois ging hinein und drehte sich nicht um, um zu prüfen, ob sie ihm folgte. Es schien normal zu sein, dass sie ihn in die Unterwelt begleitete. Vermutlich war es das gemeinsame Labor, in das sie gingen.

»Bringst du ihn sonst um?«, rutschte es ihr heraus.

Dubois deutete eine Verbeugung an. »Ich gestehe, ja. Und das noch, *bevor* wir seine Kinder einem Unfall zuführen. Doch sage mir, dass du *nur* das Leben genießt, und ich halte mich an unseren Plan. Somit blieben ihm noch« – er sah auf seine Uhr – »knappe elf Tage. Danach ist noch mehr Platz in dem Anwesen, und ich kann dich schon bald als Monsieur Dubois heiraten. Oder mir den Eugen-Körper nehmen. Aber ich glaube, er sieht nicht besonders gut aus. Und er hat etwas Biederes.«

Claire schluckte ihren Schock herunter. Sie hörte ihm an, dass er es ernst meinte. *Natürlich. Sie machen mich … nein, Anastasia zur Alleinerbin. Nichts soll im Weg sein, wenn sie Von Bechstein Laboratories für ihre eigenen Zwecke nutzen.*

Blieb die Frage, wozu man das Unternehmen brauchte, wenn das Serum in Wien nach alchemistischen Vorgaben und Vorgehensweisen hergestellt wurde.

Claire sah Charlene und Pauline vor sich, die den grausamen Machenschaften der Seelenwanderer geopfert werden sollten. Auch Eugen hatte es nicht verdient. *Sie sind unschuldig. Wie Finn und ich.* Sie sah auf Dubois' Rücken vor sich und schauderte. *Er ist ein Monster. Nein, er ist vermutlich schon verrückt geworden, von seiner Wanderei durch die Körper und die Jahrhunderte.* Anastasias Charakter würde dem sicherlich in nichts nachstehen.

Sie gingen die gewundene Rampe abwärts, umgeben vom Geruch nach feuchtem Stein und Salpeter, und standen nach mehreren Metern vor einer zweiten Stahltür mit elektronischem Eingabefeld für einen Zahlencode.

Es geschah, was Claire befürchtet hatte: Dubois ließ ihr mit einer Geste den Vortritt.

Die leeren Felder blinkten erwartungsvoll, zehn Ziffern mussten eingegeben werden. 9 999 999 999 Möglichkeiten, und ihr fiel nicht eine einzige ein.

In Zeitlupe hob sie ihren behandschuhten Zeigefinger.

Dubois räusperte sich.

9.

3.

2.

»Geht es ein wenig rascher? Wir werden erwartet.«

1 …

Claire zögerte. Sie fühlte, dass es nicht die richtige Kombination war.

Sie löschte die Zahlen und lauschte in sich, welche Ziffern ihr das fremde Unterbewusstsein zuspielte.

Plötzlich wich der Widerstand, und mit einem schmerzhaften Ziehen in ihren Schläfen lösten sich Anastasias Informationen für sie.

Routiniert tippte sie den Code ein und presste die Eingabetaste.

Klackend entriegelten sich Bolzen, die Tür schwang auf, und eine Schleuse wartete auf sie.

Doch nicht nur das angefragte Wissen entwich aus den Erinnerungen von Anastasia. Sowie sich der Eingang öffnete, strömten die unwillkommenen Emotionen für Dubois in Claires Herz. Neben Claires Abscheu legte sich Anastasias Zuneigung mildernd und verschleiernd über die Grausamkeit des Mannes.

Ich muss es besser kontrollieren. Claire wandte sich ihm zu und lächelte ihn an. »Verzeih, ich war in Gedanken.«

Dubois betrachtete sie erfreut. »Es sei dir gegönnt. Du scheinst an etwas Schönes gedacht zu haben?«

»An uns«, antwortete sie viel zu schnell. Die falschen Empfindungen beeinflussten sie.

»Ach, wirklich?« Er ging an ihr vorbei, sie streiften sich dabei leicht.

Claire genoss es und rief sich umgehend zur Ordnung. Dieser Mann hatte sicherlich tausendfach gemordet, führte Experimente an Menschen durch und würde nicht zuletzt zwei hinreißende Kinder umbringen. Einfach, weil er es wollte. *Ich darf nichts Gutes für ihn spüren.* »Was die Zukunft für uns bereithält, wenn das Serum greift.«

»Es liegt an dir, Liebes. Du hast den entscheidenden Teil in deinem Kopf.«

Sie gingen durch die Schleuse, die zweite Kombination jagte Claire von selbst durch den Verstand und direkt in die Finger.

Während sich das Schott zum Gang hinter ihnen schloss und verriegelte, tat sich der Zugang vor ihnen auf.

Der herausquellende Geruch bestand aus einer Mischung von übersauberem Krankenhaus, verlassener Gruft und einer Spur Abgase und Kerosin, wie er auf Rollfeldern umherwaberte.

Claire schob es auf das Abwasser, das von der Oberfläche herabsickerte und den Dreck der Straßen nach unten transportierte. Vielleicht hatte man den Ort auch einst genutzt, um Öltanks zu lagern.

Hinter der leise surrenden Tür öffnete sich ein hohes, mittelalterliches Tonnengewölbe, in dem vierzig moderne Isolationskammern aus Planen und Gestängen errichtet worden waren, die nicht einmal ansatzweise zum Gemäuer passten. Von den Decken hingen Baustellenlampen, manche pendelten in einem schwachen Luftstrom oder durch oberirdische Erschütterungen.

In den mannsgroßen durchsichtigen Plastikzelten lagen deutlich sichtbar Menschen verschiedenen Alters. Infusionsbeutel baumelten an einer Galgenhalterung über den Köpfen, Schläuche führten in die Hals- und Armvenen. Gurte um Hand- und Fußgelenke sowie die Körpermitte verhinderten, dass die Männer und Frauen aufstanden.

An den Eingängen zu den Kammern steckten Memos und farbige Marker, die anscheinend auf den Zustand der Probanden schließen ließen: grün, gelb, rot, schwarz.

Am Ende des Gewölbes erhob sich ein großer weißer Zeltpavillon, der hell erleuchtet war und aus dem eben eine blondgelockte Frau trat, die einen Arztkittel trug. »Herrschaften«, rief sie mit Wiener Schmäh. »Willkommen zurück in meiner Unterwelt.«

Claire fiel ein, wer sie war: *Professorin Marie Haider, ausgezeichnete Hämatologin und Chirurgin.*

Sie gehörte seit zwei Generationen zu Dubois' Gefolgschaft, hatte eine Seelenwanderung hinter sich und war in der Lage, Verletzungen jeglicher Art schneller heilen zu lassen, Vergiftungen eingeschlossen. Doch anstatt diese Gabe zum Wohle der Menschen einzusetzen, überwachte sie die Serums-Probanden.

Claire ließ ihre Blicke über die Zelte schweifen, in denen die Unfreiwilligen lagen. Gelegentlich erklang ein gedämpftes Seufzen.

Entführt, verschleppt, mit Drogen vollgepumpt. Sie wusste, dass Anastasia und Dubois das seit mehr als hundertfünfzig Jahren taten. Ihre Forschungen nach der Manipulation der menschlichen Seele hatten zahllose Tote produziert.

»Frau Geheimrätin«, grüßte Dubois und schloss sie in die Arme, gab ihr einen Kuss auf die Stirn. »Und meine beste *necessaria.*«

Sein Lob wirkte. Haider senkte selig die Lippen auf seinen Totenkopfring am linken Mittelfinger. Er war ihr Lehnsherr, daran gab es keinen Zweifel. Für Claire blieb ein knappes Nicken. »Schon das Ende von Evans vernommen?«

Dubois bejahte. »Tragisch. Ein Badeunfall. Ich hätte gedacht, der eifersüchtige Freund eines Groupies würde ihn eines Tages erschießen.«

»Wäre er geblieben, könnte er an Größerem teilhaben. Ihr hättet ihn nicht gehen lassen dürfen, *erus*. Nicht lebend.«

»Das ist kein Thema für dich.«

»Natürlich, *erus.*« Haider zeigte auf das Zelt. »Herrschaften, wir haben ein paar spannende Kandidaten unter den Neuzugängen.« Die blondgelockte Frau wandte sich um und führte sie in ihre Unterkunft. Ihr Parfüm roch viel zu süß und ließ Claire das Gesicht verziehen.

Im Pavillon standen mehrere Laptops, die mit Analysegeräten verkabelt waren. Apparate summten und taten Dinge mit Blutproben, rüttelten und verdampften Flüssigkeiten, zerlegten Dämpfe in Bestandteile und spuckten kryptische Zahlen aus.

»Spannend ist gut, schätze ich, Frau Geheimrätin.« Dubois folgte ihr an den großen Schreibtisch, auf dem Ausdrucke der Krankenakten penibel sortiert lagen. »Ich habe zwei Kandidaten gesehen, die tot sind. Warum liegen sie noch hier?«

»Hatte noch keine Zeit, sie zu entsorgen. Die Lebenden gehen vor.«

»Ersatz hast du schon besorgt?«

Haider nickte. »Ist ausgesucht. Aber unter Umständen« – sie wählte zwei Akten und reichte sie ihm – »brauchen wir das gar nicht mehr, *erus*.«

Claire verfolgte den Dialog und betrachtete die Aufbauten. Es erschien ihr merkwürdig bekannt. Das Gewölbe, die Geräusche der Geräte und der Versuchskaninchen.

Die Eindrücke führten dazu, dass sich vor ihrem geistigen Auge erneut die Formel zeigte, mit ihren unbekannten Zeichen und chemischen Symbolen.

Nur *dieses Mal* erschien sie Claire länger als die Version, die sie im Büro durch Zufall aufgekritzelt hatte. Anastasias Gedanken nahmen an Deutlichkeit zu. *Übernehmen sie auch bald mein Denken?*

Dubois sichtete das erste Papier, brummte und reichte es an Claire weiter. »Was sagst du dazu? Sind wir beinahe-glücklich oder nur semi-froh?«

Auch wenn er fröhlich klang, interpretierte sie aus seiner Haltung, dass ihn das Gelesene nicht wirklich zufriedenstellte.

Claire überflog die Werte und verstand zu ihrer Verwunderung, was sie bedeuteten: Nach Injizieren des Serums veränderte sich der Serotoninspiegel frappierend innerhalb weniger Stunden, sank auf null.

Auch der Stoffwechsel drehte komplett durch. Es kam zu Schilddrüsenüberfunktionen, fehlendem Testosteron bei den Männern und zu unglaublichen Adrenalinstößen, welche die Probanden in eine Angst versetzten, gegen die nichts ankam. Die Gefühlszustände änderten sich im Minutentakt, die Spirale führte unweigerlich abwärts, tiefer als bei der erdenklich schlimmsten Depression.

Die meisten Probanden starben an Organversagen innerhalb von vierundzwanzig Stunden. Nicht, weil ein Gift sie tötete, sondern weil die Seele den Willen verloren hatte. *Und ohne den antreibenden Willen stellt der Leib den Dienst ein.*

»Es dauert zu lange«, hörte Claire sich selbst gnadenlos sagen. Ja, Anastasia wurde bestimmender. Und Dubois' Attraktivität verstärkte sich ebenso; Claire bemerkte, dass sie mit kleinen, unauffälligen Bewegungen näher an ihn heranrückte. *Gott, ich muss das besser kontrollieren!*

»Was meinst du damit?«

»Dass es wirkt, aber zu lange dauert.« Claire tippte auf die Stundenangaben. »Das hier müssen Minuten, im besten Fall Sekunden werden, sonst kann ihnen noch geholfen werden, wenn sie in einer aufmerksamen Umgebung leben.«

»Entschuldigung, Herrschaften, aber ich habe das Serum nach Euren Anweisungen dreifach reduziert, um die Wirkung zu beschleunigen«, verteidigte sich Haider. »Beim vierfachen Destillieren wird das Serum instabil und kann seine Wirkung verlieren.« Sie sah Claire verstimmt an. »Besser kann ich es nicht einkochen.«

»*Stunden* sind nicht akzeptabel. Deswegen arbeiten wir am Neuaufbau der Grundformel.« Dubois gab auch die zweite Akte an Claire. »Aber der Grunderfolg ist hervorragend. Zum ersten Mal sterben sämtliche Probanden! Das hatten wir seit 1935 nicht mehr. Alle weiteren Varianten führten zur Verlängerung, und *jetzt,* jetzt haben wir es geschafft.«

Grauenvoll. »Noch haben wir es nicht geschafft«, schränkte Claire ein und ließ sich ihre Abscheu nicht anmerken; die fremde innerliche Freude irritierte sie.

»Siehst du nicht: Niemand entkommt dem Tod!« Seine haselnussbraunen Augen leuchteten vor Begeisterung.

»Doch der Vorgang dauert einfach zu lange«, intervenierte Claire, um Anastasia gerecht zu werden. »Aber verlasse dich auf mich: Unser Depressivum wird bald perfektioniert.« Sie sah ihn an, und ihr Herz pochte freudig, während ihre Blicke über sein ansprechendes Gesicht huschten. *Ich darf nicht zu ihr werden,* maßregelte sich Claire.

Dubois blickte sie bewundernd an, er schluckte. »Du kannst mich danach hassen, aber ich halte es nicht länger aus!« Er umfasste ihr Gesicht mit beiden Händen und küsste sie behutsam auf die Lippen.

Claire erstarrte. Vor Schreck. Vor Genuss.

In ihrem Bauch zog es warm. Die Leidenschaft glühte auf und sandte Funken empor, um den Verstand zu verbrennen und lichterloh in Flammen vergehen zu lassen, obwohl sie den Mann dafür hasste, wie er war. Was er war.

Während sie seinen Kuss erwiderte, ohne es zu begreifen, ging ihr durch den Kopf, dass er sie berührte.

Dass er ihre Gedanken lesen würde.

Dass sie aufgeflogen war.

Trotzdem schlang Claire die Arme um Dubois und zog ihn an sich.

Das tiefste und erhabenste Gefühl,
dessen wir fähig sind,
ist das Erlebnis des Mystischen.
Aus ihm allein keimt wahre Wissenschaft.
Wem dieses Gefühl fremd ist,
wer sich nicht mehr wundern
und in Ehrfurcht verlieren kann,
der ist seelisch bereits tot.

Albert Einstein (1879–1955)

KAPITEL XI

Deutschland, Sachsen, Leipzig

Fabian saß im Café *100 Wasser* an der Ecke zur Großen Fleischergasse und verfolgte bei einem Café Cortado die Aufräumarbeiten, die in vollem Gange waren.

Die Feuerwehr hatte den brennenden A6 gelöscht und eine pulvrige Substanz verstreut, um das austretende Öl und andere Motorflüssigkeiten zu binden.

Zwei engagierte Mitarbeiter eines Abschleppunternehmens versuchten seit geraumer Zeit, den Hügel aus schwerem Schaum an Haken zu befestigen und auf die von Scheinwerfern beleuchtete Ladefläche ihres Transporters zu hieven. Dies war kniffliger als angenommen, da sie dank des Schaums nicht viel vom Wrack sahen und die meisten Teile, an denen man Haken hätte anbringen können, sich als instabil erwiesen.

Anwohner machten Fotos von der Aktion und lichteten die zerstörten Fenster ihrer Wohnungen ab, die durch die Detonation zu Bruch gegangen waren. Auch das *100 Wasser* war in Mitleidenschaft gezogen worden, eine eilends herbeigeschaffte Sperrholzabdeckung musste als Übergang für ein Scheibensegment herhalten.

Den Allroad hatte Fabian mit dem Beginn der Verfolgungsjagd als vermisst gemeldet, weil er geahnt hatte, wie es für den A6 endete. Er kannte Dubois und dessen rücksichtsloses Temperament.

Das Wrack war eine Attraktion. Die Fotografen schossen die letzten Fotos, Blitzlichter flammten auf. Um das

Absperrband standen ein paar Leipziger; sie amüsierten sich über die Mitarbeiter des Abschleppunternehmens und rätselten, wie schwer es sein konnte, einen explodierten Audi zu bergen. Just wurde ein neuerlicher Versuch unternommen. Die Smartphonefilmchen würden dutzendweise im Internet landen.

Fabian gab Zucker in sein Getränk und sah auf das Handydisplay, das soeben aufleuchtete und anstelle einer Nummer nur ein Symbol zeigte.

Er nahm das Gespräch entgegen. »Ich habe es überlebt«, meldete er sich.

Von der anderen Seite erklang leises freundliches Gelächter. »Als wenn Sie das zum ersten Mal getan hätten, Teukros«, sagte eine Frau.

»Es wird deshalb nicht weniger gefährlich.« Er musste lächeln, weil sie ihn mit seinem Decknamen ansprach. Teukros gehörte zu den Helden, die sich während des Trojanischen Kriegs im hölzernen Pferd in die Stadt gestohlen hatten.

Die Bezeichnung passte bedingt auf den *necessarius:* sich einschleichen, hinterrücks attackieren – doch er wollte nicht nur Troja vernichten, sondern auch alle, die mit ihm im Pferd saßen. Keine der Alten Seelen durfte den Krieg überleben, nicht einmal sein *erus*.

»Sie haben die passende Gabe, dem zu entkommen.« Die Frau hörte sich neugierig an. »Was macht das Unternehmen? Wie hält sich die neue Spielerin?«

»Ganz gut. Bewundernswert gut, bedenkt man die Umstände.« Fabian musste ein Auflachen unterdrücken, als das Autowrack vom Haken riss und sich in mehrere Einzelteile auf dem Schaumteppich verteilte. Die Mitarbeiter fluchten so laut, dass er es durch die Scheibe vernahm.

»Sie ist auf unserer Seite?«

»Ich hatte noch keine Gelegenheit, sie einzuweihen. Doch sobald sie sieht, was Anastasia und Dubois treiben, wird sie verstehen, dass die Machenschaften jeglicher Seelenwanderer enden müssen. Mein Angebot wird sie zweifelsfrei annehmen.«

»Sie muss es ebenso wollen«, verlangte die Frau. »Andernfalls nehmen Sie die Neue gleich aus dem Spiel.«

»Verstanden. Durch die Erhöhung des Drucks auf Dubois sorgt er ganz alleine dafür, dass sie ihn bald hasst. Ihn und alle Seelenwanderer. Sie wird erkennen, dass die Drei im Grunde nicht besser ist.«

»Das sehe ich auch so. Wie gut, dass Anastasias Leute diesen Fehler begingen.«

»Es war kein Fehler, es war Fügung.« Fabian überlegte, ob er noch etwas essen sollte. Der Einsatz seiner Gabe machte ihn hungrig und schläfrig. Kaffee sättigte nicht.

»Wissen wir, wohin Dubois sie gebracht hat?«

»Sicherlich an einen ruhigen Ort, um über das Serum zu sprechen. Ich bekomme mit, sobald sie wieder zu Hause auftaucht.«

»Eugen von Bechstein wird nicht zufrieden sein, wenn der neue Leibwächter seine Frau gleich am ersten Tag aus den Augen verliert.«

»Er wird es nicht merken.« Fabian hatte sich eine Ausrede einfallen lassen und im Sekretariat die Nachricht von einem spontanen Meeting mit einer neuen Marketing-Agentur wegen des Parfümnamens hinterlassen. Solche Treffen konnten lange dauern.

»Ich darf *libra* also *was* sagen?«

»Dass wir mit der neuen Spielerin unerwartete Möglichkeiten erhalten, die mächtigsten Seelenwanderer in absehbarer Zeit dank des Serums auszurotten. Wer seinen Lebenswillen verliert, wird nicht zurückkehren wollen. *Unternehmen Exkarnation* wird bald anlaufen können.« *Dann endet die Bevormundung durch diese Bastarde.* Fabian sah, wie die Passanten den tapferen Abschleppern Szenenapplaus spendeten, weil sie die Einzelteile nun von Hand auf den Transporter wuchteten. Die beiden Männer sahen schon nach dem ersten Stück aus wie nach dem Besuch einer Schaumparty.

»Bestens. Dann weiterhin gutes Gelingen, Teukros. Und geben Sie auf sich acht, trotz Ihrer Fertigkeiten. *Libra* braucht Sie. Bis zum Ende.« Die Frau legte auf.

Bis zum Ende. Fabian legte das Smartphone auf den Tisch und trank seinen Kaffee, bestellte sich mit einer Geste einen zweiten, um die Müdigkeit zu vertreiben.

Er zählte selbst zu diesen *Bastarden,* wie er sie nannte. Aber ihm ging es nicht darum, den Bewohnern der Erde seinen Willen aufzuzwingen, um sie nach seinem Belieben einzusetzen oder um seine eigenen Wünsche zu erfüllen. Ihm ging es darum, die größten Feinde der Menschheit mit ihren eigenen Waffen zu besiegen. *Auszurotten.*

Dieses unverhofft aufgetauchte Serum ermöglichte es, und Fabian würde alles tun, um es in die Finger zu bekommen.

Libra war eine Organisation, die nach Ausgeglichenheit trachtete wie eine Waage. Das Gleichgewicht musste hergestellt werden, mit verschiedenen Mitteln und auf verschiedenen Schlachtfeldern.

Seine Aufgabe bestand darin, die manipulativen Seelenwanderer zu vernichten, was nicht einfach war und viele Täuschungsmanöver erforderte. *Wie im Trojanischen Krieg.* Doch die Menschen verdienten es, ihre Geschicke selbst zu lenken und nicht länger unwissende Marionetten zu sein.

Fabian bekam den zweiten Kaffee gebracht, und er bedankte sich mit einem Nicken.

Er sinnierte darüber, wie viele herausragende Staatsmänner und -frauen in Wahrheit stets die gleichen Seelen gewesen waren. Oftmals ähnelten sich ihre Grausamkeiten durch die Epochen hindurch, was Historiker zwar bemerkten, aber nicht beunruhigte. Man sah die Zusammenhänge nicht und schob es auf verankerte Verhaltensmuster. Die grandioseste Ausrede musste ein Seelenwanderer selbst ins Spiel gebracht haben: »Geschichte wiederholt sich.«

Wie sollten sie auch etwas anderes annehmen? Fabian bemerkte den pelzigen Geschmack auf der Zunge sowie die zunehmende Trockenheit, die vom Kaffee stammte.

Das Serum konnte ein passendes Mittel sein, sich der Seelenwanderer zu entledigen, doch dazu musste ihm Claire mehr Informationen beschaffen.

Sollte das Mittel stark genug sein, konnte es auch den Lebenswillen eines Seelenwanderers nach der Verabreichung zum Erlöschen bringen, wie er am Telefon gesagt hatte. Die Seele würde sich auflösen und ein Teil der Urmasse werden.

Kein Wandern mehr, kein Entkommen mehr. Fabian fühlte sich sicher wie selten, *libra* und der wahren Freiheit der Menschheit einen gewaltigen Dienst zu erweisen. *Teukros. Alleine zwischen Feinden.*

Er sah auf die Uhr. Sein vermeintlicher Tod lag eine knappe Stunde zurück.

Fabian wagte es nicht, Claire eine SMS zu schicken. Dubois konnte sie lesen, und damit brächte er die Frau in große Gefahr. Sicherlich nahm sie an, er wäre in dem

Audi gestorben. *Aber eine Nachricht von ihrem Mann ist unverdächtig.*

Wo bist du? Die Kinder und ich machen uns Sorgen. Eugen, tippte er und sendete es. Sie würde seine Nummer erkennen und verstehen, dass er lebte. *Erledigt.*

Fabian nahm die Karte zur Hand und suchte nach deftigen Speisen.

Deutschland, Sachsen, Leipzig

Eugen saß im Warteraum der Notaufnahme des Universitätsklinikums, ihm gegenüber hockte Susanne, Frederiks Ehefrau, und blätterte rastlos in Zeitschriften. Sonst befand sich niemand in dem wenig charmanten Zimmer. Sein Freund wurde gerade operiert, der Eingriff schien nicht ganz trivial zu sein.

Mehrfach hatte Eugen sie gefragt, ob sie reden wolle, aber Susanne hatte nur den Kopf geschüttelt. So sah er auf die Bewegungsanzeiger der Ortungs-App, die auf seinem Tablet unauffällig anzeigen sollte, wo sich seine Gattin angeblich befand.

Das Programm funktionierte nicht, wie vom Hersteller versprochen. Zuerst hatte es die Wanze trotz Herumfahrens durch die Stadt gar nicht finden können, dann bekam Eugen geschätzte fünfzig Punkte gleichzeitig gemeldet, aus denen nach einem Neustart der App immerhin elf mögliche Orte wurden: Südfriedhof, eine Stelle mitten im Park, auf dem Messehochhaus, in einem Hangar am Flughafen, in einem Restaurant, mitten auf dem Südplatz und so weiter. *Abstrus.*

Und: Alle Signale standen still.

Ein Anruf im Sekretariat hatte ergeben, dass sich Lene spontan mit einer neuen Marketing-Firma wegen der Parfümkampagne treffen wollte. Das beruhigte ihn halbwegs, und so hatte er sich ins Krankenhaus begeben, um das Ende von Frederiks Operation abzuwarten.

Eugen starrte auf die Punkte. *Steckt wirklich etwas Berufliches dahinter? Warum kannte die Sekretärin den Namen der Agentur nicht?*

Susanne warf das Magazin auf den Stapel und erhob sich, ging unruhig hin und her. Verstohlen wischte sie sich Tränen aus den Augenwinkeln.

Eugen versuchte ein aufmunterndes Lächeln. »Soll ich dir einen Kaffee holen?« Der Polizei hatte er erzählt, man habe einen Anschlag auf ihn versucht, seine Angestellten deckten ihn. Ingerling hatte er nicht ins Spiel bringen wollen, zumal ihm niemand glauben würde. Falsch: glauben *könnte.* Es gab keinerlei Hinweise mehr auf den Professor.

»Nein danke.« Susanne öffnete das Fenster und ließ frische Frühabendluft hereinströmen. »Das dauert so lange«, murmelte sie.

Eugen atmete durch. Auch sie kannte die Wahrheit über den Ablauf der Ereignisse nicht. Er hatte den zerwühlten Schnee und Kies in Augenschein genommen und nichts entdeckt. Keine Tröpfchen, keine Kugelreste mehr in der Wand, auch keine Blätter mit Notizen, geschweige denn das Tablet des Arztes. Die Unbekannten in dem DHL-Transporter hatten alles an sich gezogen.

Wie haben sie das gemacht? Eine weitere Frage ohne Antwort. Morgen erwartete ihn die Polizei zur detaillierten Aussage auf dem Kommissariat. Die erste Befragung in der Villa hatte er rasch hinter sich gebracht, weil er nach Lene suchen wollte, doch morgen würde er bessere Antworten brauchen.

Das Tablet gab einen Meldeton von sich. Er hatte eine Mail aus dem Büro seines Laborleiters bekommen.

Doch bevor er sie lesen konnte, klopfte es, und die Tür schwang auf.

Ein Assistenzarzt trat ein. »Frau Meißner, die OP ist abgeschlossen«, sagte er und wirkte nicht, als müsse er etwas Schlechtes verkünden.

Susanne setzte sich rasch neben Eugen und umfasste seinen Arm. »Und?«

»Die Operation an der Schulter gelang, der Oberarmknochen war gebrochen, doch die Fraktur ist versorgt. Das Hauptproblem war die Gefäßverletzung und der damit einhergegangene Blutverlust«, erklärte er langsam, damit sie jedes Wort verstand. »Aber machen Sie sich keine Sorgen: Sein Kreislauf ist wieder stabil.«

Susanne umarmte Eugen und weinte vor Erleichterung. Er drückte sie kurz an sich.

»Wir behalten Ihren Mann noch eine Woche hier, danach sehen wir weiter«, erklärte der Arzt unterdessen weiter. »Wir haben ihn auf Station zwei der Chirurgie verlegt, Zimmer 221. Morgen Nachmittag können Sie ihn besuchen. Bis dahin ist die Wirkung des Narkosemittels abgeklungen.«

Susanne löste sich von Eugen und umarmte auch den Arzt, der zufrieden lächelte.

»Danke sehr.« Eugen stand auf und reichte ihm die Hand. Die Erleichterung über das gute Ende der OP dämpfte sogar kurzfristig die Sorge um Lene.

»Würden Sie noch rasch ein paar Unterlagen unterschreiben, Frau Meißner?«, bat der Arzt, und Susanne ging mit ihm hinaus.

»Ich warte hier auf dich.« Eugen setzte sich und öffnete die Mail: Professor Uwe Hakel wunderte sich ganz offenkundig über einen Arbeitsauftrag, den er am Morgen von seiner Chefin erhalten hatte.

Was soll ich damit???, lautete der Text in der gefürchteten direkten Art des Wissenschaftlers.

Eugen öffnete den Anhang, der auf den ersten Blick den Scan einer handschriftlich verfassten chemischen Formel beinhaltete, sich bei näherer Betrachtung jedoch als viel komplizierter erwies.

Seine beste Zeiten in Chemie waren lange vorbei, Eugen zeichnete sich für das Kaufmännische bei VoBeLa verantwortlich. Er war sich nicht sicher, was es zu bedeuten hatte.

Kurzerhand rief er Hakel an. »Hallo, Herr Professor.«

»Hallo, Herr von Bechstein.«

»Ganz kurz: Es geht um Ihre Mail mit der Formel«, eröffnete er ohne Umschweife, weil Hakel es ebenso hielt. »Ich fürchte, ich verstehe nicht ganz.«

»Ich auch nicht.«

Eugen schwieg und wartete auf eine Erklärung. Doch als nichts kam, sagte er: »Was verstehen Sie nicht, Professor Hakel?«

»Die Anweisung Ihrer Frau.« Er atmete ein, es klang, als wolle er sich eher Zeit denn mehr Luft verschaffen. »Sie meinte, ich solle diese Formel überprüfen, die sie mir sandte.«

»Aha. Diese zusätzlichen Zeichen stammen nicht von Ihnen?«

Hakel lachte schallend. »Herr von Bechstein, ich bin promovierter Chemiker. Was Sie da vor sich sehen, ist etwas, für das ein aufgeklärter Wissenschaftler nur Verwunderung übrighaben darf.«

»Erleuchten Sie mich, Professor.«

»Es kostete mich einige Minuten meiner kostbaren Zeit, die ich gerade für den neuen Zahnpastazusatz brauchte«, merkte er spitz an. »Es ist wohl Alchemie.«

Eugen lehnte sich nach hinten, seine Blicke richteten sich gegen die weiße Decke des Warteraums, um besser nachdenken zu können. »Habe ich das richtig verstanden?«

Er wusste über Alchemie lediglich, dass es gerne in Romanen oder Horrorfilmen zum Einsatz kam; dass die Alchemisten versucht hatten, aus Blei Gold zu machen; dass sie den Stein der Weisen herstellen wollten; dass man angeblich zufällig so das Porzellan erfand; dass Edelsteine und Elemente und viele andere Zutaten vonnöten waren und Sternenkonstellationen eine Rolle spielten. *Warum interessiert sich Lene für solchen Hokuspokus? Was sucht sie?*

»Ergibt die Formel für Sie im Ansatz irgendeinen Sinn, Professor Hakel?«

Das erneute Gelächter sagte alles. »Sie haben mich nicht aufgrund meiner Kenntnisse in Alchemie eingestellt. Sicherlich, es gibt da Oxidationsvorgänge und Ähnliches, doch durch diese Zusatzsymbole können sie alles Mögliche bedeuten.«

»Ich verstehe.«

»Ich nicht.« Hakel schnalzte missbilligend mit der Zunge. »Was sage ich Ihrer Frau, Herr von Bechstein? *Das* wollte ich eigentlich von Ihnen wissen.«

Eine durchaus berechtigte Frage. »Sagen Sie ihr, die Formel sei Unsinn.«

»Gut. Soll ich ihr verraten, dass wir darüber sprachen?«

Eugen zögerte. »Nein. Tun wir so, als habe dieses Gespräch nicht stattgefunden.«

»Gut, Herr von Bechstein.« Hakel zerknüllte etwas, was ein Ausdruck der Formel sein konnte. »Dann mache ich mal weiter. Mit der *richtigen* Chemie.«

»Machen Sie das, Herr Hakel.« Eugen ging kurz durch den Kopf, dass Lene aus Verzweiflung in den Aberglauben flüchtete. »Aber falls es doch irgendwie in Ihren Plan passen sollte, beschäftigen Sie sich mit der Formel«, schob er spontan nach.

Der Wissenschaftler stöhnte auf. »Also doch für Ihre Frau?«

»Nein. Für mich. Danke.« Eugen legte auf und ließ verschiedene Suchprogramme nach *Alchemie* im Netz stöbern. Er wollte herausfinden, was die Symbole zu bedeuten hatten, die innerhalb der Formeln auftauchten. Aus Neugier.

»Alchemie, die göttliche Kunst«, murmelte er den Namen einer Website.

Die Zeichen waren rasch ergründet. Es waren Anweisungen, was mit den verschiedenen Verbindungen geschehen sollte: durchmischen, filtern, pulverisieren, kochen, Silber oder Gold rösten … Dazu gesellten sich die Sternzeichen und Symbole, mit denen er nichts anfangen konnte. Das Internet wusste nicht auf alles eine Antwort.

Aber Eugen bekam eine leise Vorstellung, wie komplex und kompliziert die Alchemie für die Anhänger dieser Kunst war.

Überall wurde betont, sie sei in ihren Abläufen geheim, man spreche nicht darüber. *Wie kam Lene dann an die Formel?* Womöglich hatte sie die Zeichen gefunden oder zugespielt bekommen und wollte wissen, ob sie nutzbar waren.

Eugen durchzuckte der Blitzeinfall, dass das Formelstück mit ihrer Entführung zusammenhängen konnte. *Was ist, wenn Alchemie doch funktioniert? Wenn Hakel zu früh gelacht hat?*

Er wunderte sich über seine Bereitschaft, wunderlichste Erklärungsversuche in Erwägung zu ziehen.

Eugen sah auf die Ortungssignale, die blinkend in ganz Leipzig verweilten. Ganz allmählich zweifelte er auch an der Aussage, seine Frau befände sich in einem Meeting.

Da Susanne noch nicht zurückkehrte, hatte er noch Zeit, sich mit der Materie zu beschäftigen. So huschten seine Augen über Berge von Informationen, die er abspeicherte, ohne sie zu verstehen.

Er las vom Universallösungsmittel Alkahest und von der Herstellung des Allheilmittels Panacea, was ihn in seiner Vermutung bestätigte, dass sich Lene auf der Suche nach neuen Produkten der *Von Bechstein Laboratories* ins Mystische begab.

Sternenkonstellationen konnten die Umwandlung von chemischen Elementen ermöglichen oder begünstigen, Urelemente kamen zum Tragen. Diese Transmutation machte aus unedlen Metallen das von der Menschheit begehrte Gold oder auch Silber.

Eugen schwirrte der Kopf vor lauter Begriffen und Beschreibungen rund um Destillations- und Sublimationsapparaturen, Extraktionen und Reduzierungen. Als noch religiöse Grundsätze ins Spiel kamen und sich während der Transmutation der Metalle auch die Seele des Alchemisten läutern sollte, stieg er gedanklich aus.

Susanne erschien auf der Schwelle. »Entschuldige, es dauerte länger.«

Eugen stand auf und warf einen letzten Blick auf das Tablet. *Mikrokosmos, Makrokosmos, Geschwurbel.* Ihn wunderte nicht mehr, dass Hakel ihn ausgelacht hatte. *Gold bedeutete den erlösten Zustand, Blei den dumpfen Zustand der Seele,* überflog er die letzte Zeile und gab auf. Er schaltete das Gerät aus.

»Ich fahre dich nach Hause.« Eugen fühlte sich gerade sehr bleiern. Er hätte überhaupt nichts dagegen, wenn ein Alchemist kam und Mikrokosmos, Makrokosmos, die eigene Seele, einfach alles reinigte. *Dann bekäme ich die Lene zurück, die ich kenne.*

Susanne hakte sich bei ihm ein, und fast schien es, als wollte sie ihm Beistand geben.

Deutschland, Sachsen, Leipzig

Der Winter hatte Leipzig fest im Griff und machte die Beerdigung auf dem Südfriedhof zu einer eisigen Angelegenheit. Vergossene Tränen gefroren auf Kragen und an Mänteln, Nasen färbten sich rot, weiß schossen Wolken in unregelmäßigem Takt aus Mund und Nase, als würden Maschinen Wasserdampf ablassen.

Das Familiengrab der Riordans und Wenslers lag nicht weit von der prachtvollen Aussegnungshalle entfernt, aber die tiefverschneiten kleinen Wege kosteten den Trauerzug enorme Kraft.

Eine lange Schlange in Schwarz folgte den beiden hellen Särgen, die auf Karren transportiert wurden, weil Fahrzeuge nicht auf die Pfade passten.

Taronow erinnerte der Anblick der aufgereihten, dunkel gekleideten Menschen inmitten des Weiß an eine Tintenlinie, die über Papier rann, oder an eine schwarze Mamba, die sich durch hellen Sand wand.

Der Russe stapfte am Schluss der Prozession, Tatjanna begleitete ihn. Er hatte es sich nicht nehmen lassen, die Beerdigung mit eigenen Augen zu sehen.

Seine Liste war nach all den Jahren übersichtlich geworden. Nur noch vier Namen. Ganz oben stand Deborah, um diesen fast gänzlich zurückgeschnittenen Ast des Stammbaums der *Wencislars* abzuschlagen, anschließend sollte Nicola mit ihren beiden Kindern fallen. Dann hätte Taronow seine finale Rache: Niemand aus dieser Blutlinie und deren Liebschaften würde mehr auf der Erde wandeln.

Sein Spazierstock, den er aus Gewohnheit und nicht wegen körperlicher Gebrechen seit vierzig Jahren auf längeren Strecken mit sich führte, hinterließ kleine runde Löcher im Schnee; die Spitze konnte die gleichen Öffnungen in Fleisch punzen. Der lange Mantel schleifte und verwischte seine Spuren, als sei es so geplant.

»Sehr viele Menschen«, kommentierte Tatjanna.

»Sentimentale Menschen«, fügte er an und lächelte. Die Sonnenbrille verdeckte einen großen Teil seines Gesichtes, auf den langen grausilbernen Haaren saß ein einfacher Hut mit zwei halblangen, gebogenen schwarzen Federn.

Er wusste, dass er damit aus der Masse hervorstach, wenn man genauer hinsah, doch der Anlass erschien ihm angemessen. Schon wegen seiner Ausstrahlung konnte er nicht unauffällig untertauchen, weswegen er am Ende des Zuges lief. Befände er sich in der Mitte, würden sich bald alle Augenpaare auf ihn anstatt auf die Särge und die trauernde Familie richten.

Taronow verhielt sich untypisch, aber so kurz vor seinem Ziel wagte er sich aus der Deckung. Eine Alte Seele wie er durfte sich das erlauben.

Er wollte Deborah sehen, von Angesicht zu Angesicht, bevor sie heute Abend verschwinden sollte. Tatjanna würde sie nachher abfangen, sie umbringen und im Cospudener See versenken. Man würde ihr Verschwinden auf die emotionale Überlastung schieben.

Er spielte mit dem Gedanken, die junge Frau selbst zu töten. Er wollte herausfinden, ob die Genugtuung dadurch stieg. *Zur Probe.*

Spätestens beim letzten Spross der *Wencislars* würde er selbst den Abzug ziehen oder den Dolch führen oder welches Mordwerkzeug auch immer zum Einsatz kam. Vielleicht folterte er sie auch zu Tode.

Die Särge waren an der halbkreisförmigen Grabsteinwand angekommen, die Grube gähnte offen und bereit zur Aufnahme.

Taronow blieb unter einer Gruppe von Tannen stehen, die Schutz vor zu viel Blicken boten, während er beste Sicht auf das Grab hatte. Eine seiner Gaben erlaubte ihm, Geschehnisse in weiter Entfernung zu sehen, als stünde er unmittelbar anbei.

Tatjanna begab sich neben ihn und nahm ein digitales Opernglas hervor, um besser erkennen zu können, was sich tat. »Sie haben einen Dudelsackspieler«, verkündete sie.

»Das sehe ich«, erwiderte Taronow. *Diese verdammten Iren. Hätten sie sich mal besser um ihren eigenen Krieg gegen England gekümmert, anstatt in der Weltgeschichte umherzuziehen.* Alleine wegen ihrer Dudelsäcke musste man sie und die Schotten bestrafen.

Die gemurmelten Worte des Pfarrers wollte er nicht hören, also bemühte er sein Gehör nicht.

Lächelnd erinnerte er sich an die Worte, die er vorhin ohne Kürzel oder Namen ins Kondolenzbuch geschrieben hatte: *mors certa est*. Lateinisch für: *Der Tod ist gewiss.* Man konnte es als philosophischen Sinnspruch verstehen. Oder als Drohung. Taronow hielt, was er ankündigte.

»Ich glaube, ich tue es selbst«, sagte er zu seiner *necessaria,* weil ihm gerade danach war.

»Die Kleine umbringen, *erus?*« Sie schaute durch das Glas. »Sie sieht bleich und fertig aus.«

»Wird das ein weiterer Versuch, mich milde stimmen zu wollen?« Taronow wusste, dass sie sich über ihn wunderte.

»Nein, nein! Ich stelle lediglich fest.« Tatjanna schwenkte die geschliffenen Linsen langsam über die schwarze Trauermasse wie ein Rettungsschwimmer über die Badegäste im Meer, die unter seiner Obhut standen. »Wie wollt Ihr es angehen, *erus?*«

Er ballte die freie Hand zur Faust. »Ich sollte sie erwürgen. Oder totprügeln wie einen Hund?« Sein bewährter Stock lag vertraut in seiner Faust. »Es ist lange her, dass ich eine Seele auflöste. Mit eigenen Händen.« Ihm gefiel der Gedanke, die junge Frau zusammenzuschlagen, auf ihren Kopf einzudreschen, bis er barst und ihr das Blut aus den Ohren, dem Mund und der Nase schoss.

»Ja, ich denke, ich werde es selbst übernehmen. Du entsorgst, was übrig ist.« Er zoomte die blassen Züge mit seiner Seelengabe heran, weidete sich an Deborahs Elend.

Die Tränen rannen über ihre Wangen, auch wenn sie das Gesicht nicht vor Trauer verzog. Nicola und ihre beiden Töchter hingegen heulten ununterbrochen.

Der Anblick der Verzweifelten bescherte Taronow eine unglaublich gute Laune.

Dieses Hochgefühl hielt sich, während der Bestattungsritus seinen Lauf nahm, bis die Särge in das Loch hinabgelassen wurden, der Pfarrer die Kisten segnete und eine Schippe Sand darauf warf. Danach begann der Reigen um das Grab, den die Verwandten eröffnet hatten.

Taronow sah zu einem Schwarm Krähen, der sich in den kahlen Kronen der Laubbäume niederließ und den Vorgang mit heiserem Krächzen begleitete, während die Zahl der Trauergäste sich Schaufel um Schaufel verringerte.

Erst als nur noch zwei Menschen am Grab standen, setzte er sich in Bewegung.

Verwundert folgte ihm Tatjanna. »Was habt Ihr vor?«

»Mich verabschieden«, erwiderte Taronow, der eine Aufgekratztheit fühlte wie schon seit hundert Jahren nicht mehr. »Warte hier. Sie müssen dich nicht sehen.«

Seine Seele wollte fliegen vor Glück und sich mehr an dem Elend der anderen ergötzen, es mit tröstenden Worten verstärken und die vermeintliche Linderung als schlimmstes Gift nutzen.

Taronow wirbelte den Stock, und die Krähen krächzten ihm zu Ehren. Sie stiegen auf und schwirrten über dem offenen Grab im Kreis, als wollten sie Schwung sammeln und hineinstoßen, um mit den Schnäbeln durch das Holz zu brechen und die Leichen vom Fleisch zu befreien.

Deborah stierte debil in das Loch, auf die von Dreck und einzelnen Blumen gänzlich bedeckten Särge, deren Form darunter zu erahnen war. Nicola putzte sich die Nase und rieb mit dem Tuch unter den verquollenen

Augen entlang. Ihr Mann schob gerade die Kinder am Rücken an, um sie zum rascheren Gehen zu bewegen und raus aus der Kälte zum Wagen zu bringen.

Ihn werde ich überfahren lassen. Wer sich mit der Wencislars-Blutlinie einlässt, muss sterben. Taronow konzentrierte sich, um das letzte bisschen Lächeln zu verlieren und es gegen Kühle zu tauschen. Er konnte keine Betroffenheit heucheln.

Nicola sah ihm entgegen, ihr Ausdruck veränderte sich. Seine Aura wirkte, auch ihre Kinder und ihr Gatte wandten sich im Gehen zum Neuankömmling um. Lediglich Deborah, *ausgerechnet* Deborah, die Nächste auf seiner Liste, schien seiner Macht zu widerstehen.

»Ich möchte Ihnen sagen, dass mich der Tod dieser beiden Menschen nicht kaltlässt, Frau Wilmers«, sagte er mit ruhiger Stimme. Er reichte ihr seine Hand, die in schwarzem Leder steckte. »Ich war ein guter Kunde und verbrachte einige Stunden in dem kleinen Café.«

»Das ist sehr freundlich von Ihnen.« Sie betrachtete ihn.

»*Farewell.*« Taronow ließ ihre Hand los, nahm den Stiel, lud eine halbe Schippe Dreck darauf. »Niemals für die Ewigkeit«, sprach er und gab einen ersten Schwung Erde ins Grab und auf die zahlreichen Rosen, »niemals nur für heute« – ein zweites Prasseln ging nieder – »und doch gelebt für die Erinnerung.«

Er sah einen kleinen Gegenstand an sich vorbeifliegen und mit einem vernehmlichen *Klack* auf den Sarg auftreffen. Die Bleikugel, die obenauf zwischen den Blumen liegen blieb, kannte er. Mit ihrem Anblick hatte er nicht gerechnet.

Taronow sah überrascht zu Deborah, die ihren Arm noch halb erhoben hatte. Die junge Frau musste die Kugel geworfen haben. Er rammte die Schaufel in den Hügel zurück und ergriff ihre Finger. »Auch dir sei versichert, dass dein Schmerz sich lindern lässt«, sprach er. »Es mag nicht sofort geschehen, aber die Stunde wird kommen, in der es dir bessergeht.«

Deborah sah ihn noch immer nicht an. »Das wird wohl die Stunde meines Todes sein«, erwiderte sie undeutlich.

Taronow wollte ihren Blick fangen, in ihre Seele blicken und schauen, wie sehr sie gebrochen war, bevor er sie auslöschte. Es verlangte ihn nach mehr Erbauung.

Behutsam verstärkte er seine Aura.

Deborah hob die Lider etwas, die Augen bewegten sich, und die Pupillen richteten sich auf ihn. »Sind Sie der Geist?«, wisperte sie, frei von Furcht.

»Welcher Geist?«, erkundigte er sich gespannt.

»Der Geist« – sie löste den Griff nicht –, »der meine Familie seit Jahrhunderten auslöscht.«

»Sehe ich aus wie ein Geist?« Taronow fand ihr Gespür bemerkenswert.

»Deborah!«, rief ihre Tante sie zur Ordnung.

Die junge Frau legte den Kopf in den Nacken und blickte zu den Krähen hinauf. »Sie kreisen um uns, seit er gekommen ist. Sie versprechen uns den Tod.« Sie machte einen Schritt auf ihn zu. »Sind Sie der Geist?«, wiederholte sie. »Was haben wir Ihnen getan?«

»Kind, hör auf damit.« Nicola trat neben sie und legte beschwichtigend einen Arm um sie. »Entschuldigen Sie«, richtete sie sich an den Russen. »Sie meint es nicht böse. Die Beruhigungsmittel wirken nicht.«

Noch immer waren seine alte Hand und die jungen Finger verbunden.

»Sind Sie der Geist?« Deborah schrie auf. »Was haben wir Ihnen getan!? Was?«

Taronow jubelte innerlich, als er die schiere Verzweiflung hörte und den Zustand der Seele bemerkte. Die Tochter war am Ende. Länger mochte er das Lächeln nicht zurückhalten, so löste er sich elegant und machte einen Schritt zurück.

»*Sie*«, brüllte Deborah und sackte in den Griff ihrer Tante, »sind der Geist! Sie sind es!« Dann gingen ihre Worte in einen hysterischen Ton über.

»Die Stunde wird kommen«, sprach er zum Abschied und drehte sich um.

Mit jedem Schritt wuchs das Grinsen auf seinem Antlitz, bis es so breit wurde, dass sich die Wangen nach oben schoben und an die Ränder der Sonnenbrille stießen. Ungewollt rieb er mit einer Hand über das schwere Stockende, das aus massivem Eisen bestand. *Totprügeln, meine Kleine. Nicht mehr lange bis zu deinem Ende.*

Leise lachend kehrte er in den Schutz der herabhängenden Tannenäste zurück. »Ihre Seele zerfasert bereits«, meldete er Tatjanna ausgelassen.

Seine *necessaria* senkte das Opernglas. »Habt Ihr den großen Trauerkranz mit den roten Blüten gesehen, *erus?*«

Mit einer solchen Frage hatte er nicht gerechnet. »Nein. Was interessiert mich der Tand für die Toten?«

»Weil er von einer uns bekannten Lebenden stammt.« Tatjanna drückte den Auslöser und machte ein Foto, das sie Taronow auf dem kleinen Klappdisplay zeigte. Auf dem Band stand: *Für meine beste Freundin – Marlene.*

Er wirbelte herum und sah zum Grab, wo Nicolas Mann herbeieilte, um die geschwächte Waise zusätzlich zu stützen. Sein Blick fokussierte den Stapel aus Gestecken, Kränzen und Gebinden, bis er den gemeinten Aufdruck fand; der Wind spielte mit der schwarzen Kunststoffbanderole und ließ sie flattern.

Marlene war ein durchaus geläufiger Name, aber nicht weit verbreitet. Auch wenn es sehr, sehr unwahrscheinlich war, wollte Taronow Gewissheit haben. *Erwähnte die falsche Bechstein nicht den Mord an ihrem Gatten?*

Er las die Adresse des Blumenhauses, die ganz klein auf der Rückseite der wehenden Banderole aufgedruckt war, und zog sein Smartphone aus der Tasche. Es dauerte Sekunden, bis er die dazugehörige Nummer herausgefunden und angerufen hatte.

Seine Blicke richteten sich auf die Grube, wo Friedhofsarbeiter damit begannen, die aufgeschüttete Erde in das Loch zu verfrachten. Er würde ihnen liebend gerne sagen, dass sie warten konnten, weil in ein paar Tagen weitere Leichen folgten.

»Blumenhaus Lilienschön?«

»Guten Tag. Mein Name ist Schmidt«, meldete er sich mit verstellter Stimme und gab den gebrechlichen Greis. Die Nummer seines Smartphones würde nicht angezeigt werden. »Ich war gerade bei der Beerdigung des Ehepaars Riordan, und mir fiel der Kranz von Marlene von Bechstein auf. Mit der Aufschrift *Für meine beste Freundin.*«

»Richtig, der ist von uns.« Ein wenig Stolz schwang mit.

»Zum einen wollte ich sagen, dass er gelungen ist, und zum anderen wissen, wie schnell Sie einen solchen Kranz liefern könnten? Es gab noch einen Trauerfall, für den ich einen ähnlichen brauchte.«

»Das ist kein Problem«, erwiderte die Frau am anderen Ende beflissen. »Wir fertigen sie selbst und können sogar heute noch liefern. Bei Frau von Bechstein musste es auch schnell gehen.«

Taronow ließ den Blick auf dem Kranz ruhen. »Danke. Ich melde mich wieder.« Er beendete die Unterhaltung. »Sie war es«, bestätigte er eiskalt den Verdacht.

»Da die Original-Bechstein diese Familie nicht kannte«, schlussfolgerte Tatjanna nachdenklich, »bedeutet das wohl, dass wir soeben herausgefunden haben, wessen Seele in deren Körper steckt.« Sie sah ihn an, ihr ratloser Blick sagte alles.

Taronows Hand umspannte den Knauf seines Spazierstocks und drückte zu. Seine Wut schwoll von Herzschlag zu Herzschlag an, zertrümmerte die Hochstimmung und hinterließ ein Loch, eine Grube, in die er seine weiterführenden Pläne mit der Familie werfen konnte.

Verdammte Wencislars! Er hatte nur den Leib einer Feindin begraben, nicht aber ihre Seele vernichtet. Noch dazu hatte sie sich in eine Hülle gerettet, die dringend benötigt wurde.

»Wie konnte das geschehen?«, raunte Taronow. Sein Blick löste sich vom Band des Kranzes, fuhr langsam in die Totale zurück.

Seine Frage war falsch gestellt, denn er wusste genau, wie sich das Einfahren zugetragen hatte. Nur war Bechstein von der Gegenseite für Anastasia gedacht gewesen, nicht für Claire Riordan.

Das war unfassbar, unglaublich, das Allerschlimmste, was er sich hätte ausmalen können.

Nebel stieg vom Schnee auf, als würde das gefallene Weiß versuchen, zurück in die Wolken zu gelangen. Die Krähen hatten sich wieder in den Bäumen niedergelassen, sahen klug auf die Friedhofsarbeiter herab und krächzten vor sich hin.

Taronow schien es, als amüsierten sie sich über sein Missgeschick. Spottraben, die Bescheid wussten, von

Anfang an, und sich versammelt hatten, um sich an seiner Überraschung zu weiden.

Genug Zeit vergeudet. Wichtige Dinge warten. Er ging langsam los, verließ die Tannengruppe und trat in die zarten Dunstschleier. Den Stock hielt er wie einen Säbel gepackt, schlagbereit und mit der Spitze schräg nach vorne. Dabei hatte er sich bereits gefreut, für den nächsten Todesfall zu sorgen.

Tatjanna kam an seine Seite. »Was soll ich tun, *erus?*«

»Wir werden herausfinden, ob Claire Riordan *wirklich* im Bechstein-Körper steckt, bevor wir etwas unternehmen.« Taronow überlegte. »Sollte es so sein, wird sie sich früher oder später bei ihrer Tochter blicken lassen. Überwache die Kleine unauffällig, *necessaria.*« Er schritt über den kleinen Pfad voran, um auf einen der Hauptwege zu gelangen. Die Schlote des Krematoriums ragten zwischen den Bäumen empor und dienten ihm als Orientierung. »Ich prüfe Bechstein, sobald sie im Hospiz erscheint.«

Schweigend kehrten sie zum Wagen zurück.

Taronow stieg im Fond ein und spürte das Bedürfnis, eine Legion Seelen aufzulösen. Mit Hilfe seines Stocks und brutalen Schlägen auf den Schädel der Menschen, bis die Knochen barsten.

Früher hätte er das getan.

Die großen Menschen haben mich gelehrt,
dass die menschliche Seele unsterblich sei
und unüberwindlich,
wenn sie es sein will und nur den Mut hat,
sich ihrer edlen Haut zu wehren.

Matthias Claudius (1740–1815)

KAPITEL XII

Frankreich, Pays de la Loire, Département Loire – Atlantique, Saint-Brevin-les-Pins

Der späte Nachmittagswind wehte mit solcher Wucht von See her, dass sich Eric in die strömende Luft lehnen konnte, ohne umzufallen. Einheimische würden dies nicht als Sturm bezeichnen, man kannte die Region noch aufbrausender. Die Bäume links des Weges neigten sich und trotzten dem Element.

Eric ging den schmalen Weg entlang des Küstenstreifens, während sich das Meer etliche Meter schräg unter ihm darin versuchte, die Strandbefestigungen zum Einsturz zu bringen. Woge um Woge rollte heran, brach und sandte Gischt in den Wind, der die salzigen Tropfen bis zu Eric wehte.

Er leckte sich über die Oberlippe, schmeckte das Meer und betrachtete das dunkle Wasser, das sich senkte und hob, schäumte und sich aufbäumte, um unablässig gegen die Erde aufzubegehren und sie davonzuschwemmen. Es würde auch heute wieder vergebens sein, wie an den unendlich vielen Tagen zuvor.

Auch der Atlantik ist lernresistent. Eric ging den Pfad weiter, der über die Dünen von Saint-Brevin führte.

Es war weniger das Bedürfnis nach einem Spaziergang, das ihn auf diese einsame Strecke führte, sondern die Jagd nach den Koordinaten, die er in dem Gehöft von *libra* gefunden hatte.

Die Verschlüsselungen der Dateien, die er in Oblast

Wologda erbeutet hatte, konnte er auf die Schnelle nicht knacken, also hatte er die Rechner an einem sicheren Ort verborgen und alles an virtuell Versendbarem an seine Halbschwester geschickt. Sie würde ebenso versuchen, sich Zugang zu verschaffen.

Eric war über die mehr als drei Kilometer lange, bogenförmige Brücke gefahren, die sich über die Loire-Mündung spannte, vorbei an Raffinerie-Anlagen, Werften und schier endlosen Hafenkais mit Kränen, Containern und Schiffen verschiedenster Größen.

Er hatte irgendwo gelesen, dass Saint-Nazaire der größte französische Hafen am Atlantik sei. Beschauliche Familiensommerurlaube am Strand machte man lieber im benachbarten Badeort La Baule oder hier in Saint-Brevin-les-Pins.

Erst in diesem Ort wurde es dunkler und einsamer. Die Lichter der Stadt und die monströse Hafenanlage lagen in seinem Rücken, der Wind riss jeden Laut mit sich, den man von dort hätte hören können.

Die Natur an der Côte d'Armor war wild. Weiter im Norden in Richtung Guérande lagen Moore und Schilfmeere, Kanäle und Verdunstungsbecken für die natürliche Salzgewinnung.

Eric erinnerte sich, dass Sia diese Gegend erwähnt hatte, wusste jedoch nicht mehr, in welchem Zusammenhang. Sein Kopf war gefüllt mit anderen Dingen.

Mit Koordinaten zum Beispiel.

Laut den zu Rate gezogenen Karten befand sich an der angegebenen Stelle nichts, auch das Internet mit verschiedenen Ansichten der Gegend von oben half ihm nicht weiter. Es sah nach einem überwucherten Fleck an der Küste aus, abseits des Boulevard de l'Océan, umgeben von einem lichten Wäldchen oberhalb des Meeres.

Eric traf keine Touristen und keine Einheimischen auf seinem Marsch. Niemand wagte sich ohne guten Grund ins Wetter hinaus.

Manchmal krachte es, wenn ein großer Ast im Wald brach und zu Boden fiel. Der feine Sand wurde vom Strand angehoben, durch die Luft geschleudert und rieb über Erics Jacke, prickelte auf seinem Gesicht.

Es wurde rasch finster. Vom Meer jagten Regenwolken heran und legten sich vor den letzten Fetzen blauen Himmels.

Eric stieg eine Senke zwischen den Dünen hinab, folgte der mannshohen Vertiefung, wo er dem starken Wind für eine halbe Minute entkam.

Als der Pfad erneut aufwärts verlief, passierte er ein Schild, das unmissverständlich klarmachte, dass der kommende Abschnitt Privatbesitz sei.

Jetzt wird es interessant. Er musste die Lider wegen des Winds und des Sands zu schmalen Schlitzen verengen.

Dann sah er zwischen den Bäumen einen Scheinwerfer in ungefähr drei Metern Höhe ein diffuses moosgrünes Licht durch die Dunkelheit werfen. Im gedämpften Schein erkannte Eric betonierten, von Rissen durchzogenen Boden und graue Wände, die sich senkrecht erhoben, sowie einen Zaun mit einer Haube aus fiesem NATO-Draht, der drum herum verlief und den Wald zerteilte.

Eric erkannte, wieso es keine Hinweise auf den Satellitenbildern gab: Die Baumkronen bildeten einen perfekten Sichtschutz für das Gebäude.

Er ging vorsichtig näher, steckte die Hände in die Taschen. *Einen Verdacht, was das ist, habe ich. Aber das wäre schlecht für mich.*

Eric kam auf zwanzig Meter heran und sah eine Einfahrt, die mit einer dicken Kette gesichert war. Auf dem kleinen Platz dahinter stand ein klappriger, mit Einschusslöchern versehener Wagen eines unbekannten Fabrikats gleich einem vergessenen Exponat.

Der Scheinwerfer, der am Gebäude angebracht war, hing voller Moos und Flechten, die von den Bäumen stammten, weshalb sein trübes Licht wirkte, als fiele es durch eine Weinflasche.

Eric erspähte ein altes eckiges Bunkergebäude mit kuppelförmigem Dach, das einst zur Atlantikwall-Anlage der Nazis gehört hatte. Damit bestätigte sich sein Verdacht.

Das veränderte Licht gab dem Beton eine surreale Note, als würde er durch einen Beamer an diese Stelle projiziert; sogar die alte deutsche Aufschrift war noch zu erkennen, dafür fehlten jegliche Graffiti. Die Sprayer wagten sich anscheinend nicht durch den Zaun, der unter Spannung stand, wie ein weiteres Schild verkündete.

Eine verrostete Stahltür auf der Rückseite bildete den Zugang in das Bollwerk, an dem braunmetallische Verfärbungen sichtbar waren. Die beiden Schießscharten in Richtung Strand wirkten wie bösartige Augen, die alles und jeden beobachteten. Auch Eric.

Er nahm sein Smartphone heraus, rief die GPS-Funktion auf und hoffte, dass ihm ein Fehler unterlaufen war oder sich das Gerät geirrt hatte oder die Satelliten falsch standen.

Es piepste. Der Standort wurde abgeglichen, dann hatte er es vor sich: Genau *das* waren die Koordinaten, die er in der Zelle gefunden hatte.

Scheiße. Eric überschlug seine Optionen, denn es gab verschiedene Wege in eine solche Anlage.

Die Alliierten zum Beispiel hatten hübsche fette Bomben entwickelt, um die Betonwände zu durchdringen.

Er konnte auch nach Lüftungsschächten suchen, die es immer irgendwo gab. Oder er gab sich als Mitglied von *libra* aus und hoffte, dass ihm Einlass gewähre.

Eric tendierte nach stummem Betrachten des massiven Gebäudes zur Alliierten-Variante. *Doch woher bekomme ich jetzt die guten Bomben?* Vielleicht gab es ein Kriegsmuseum in der Nähe, wo er sich bedienen könnte. Eric grinste. *Sie würden ganz schön staunen, wenn ich damit bei ihnen anklopfte.*

Eine vierte Version gedieh in seiner Vorstellung.

Nach kurzem Nachdenken entschied er sich für sie, weil sie verrückt klang und doch die meisten Aussichten auf Erfolg beinhaltete. *Aber nur, weil ich auf die Schnelle nicht an die besagten Bomben komme.*

Eric nahm die Hände aus den Taschen und ging los, direkt auf das Tor im Zaun zu.

Die Schießscharten starrten auf ihn nieder.

Der Bunker erinnerte ihn mehr und mehr an den Kopf eines Riesen, den man zur Strafe an der Küste vergraben hatte, damit er das Land bewachte und Feinde abschreckte.

Vor dem Maschendrahttor blieb er stehen und lauschte auf den Strom.

Nichts. Anscheinend wollte man das Wagnis nicht eingehen, alle paar Tage gegrillte Jugendliche und Touristen und verirrte Tiere vom Zaun zu kratzen.

Ein kleines Schild wies nochmals darauf hin, dass es sich um Privatbesitz handele, und zwar der Stiftung *Mise en Garde*, auf Deutsch *Mahnung*. Eintritt bekam man nur auf telefonische Anfrage, eine Nummer war nicht angegeben.

Eric nahm erneut sein Smartphone, gab den Namen der Organisation ein und fand nach wenigen Klicks tatsächlich einen Eintrag. Sie hatte ihren Sitz in La Rochelle und kümmerte sich um den Erhalt der Bunker, um sie als Mahnmal für die Sünden der Vergangenheit zu bewahren, wie die wenigen Informationen auf der Website verrieten.

Ein rasches Querchecken spuckte zehn Standorte von Anlagen aus, welche der deutsche Ableger von *Mise en Garde* betreute, sowohl an der Nord- als auch an der Ostsee, auch einige Überbleibsel des Westwalls erschienen in einer anderen Liste.

Eric richtete den Blick auf das abweisend wirkende Bollwerk.

Sollte *libra* über Strohmänner hinter der Stiftung stecken, war das ein teuflisch cleverer Weg, sich buchstäblich bombensichere Verstecke zuzulegen. Sie agierten vor aller Augen und damit so unauffällig, wie es unauffälliger nicht ging. Jede Lastwagenladung, die dorthin verfrachtet wurde, konnte als Baumaterial zur Instandsetzung getarnt werden. Was sich wirklich in den Kisten oder Containern befand, blieb geheim.

Sie haben sicherlich überall Kreaturen verborgen, die bei einem Ausbruch sehr rasch in einer nahe gelegenen Stadt wären. Eric steckte das Smartphone ein und legte die Finger um die Kette, aktivierte seine dämonischen Kräfte und sprengte das Vorhängeschloss mit einem knappen Ruck. *Selbstüberschätzende Idioten.*

Dann öffnete er das quietschende Tor, betrat den betonierten Boden, der mit abgebrochenen Zweigen und Kiefernzapfen übersät war.

Die Schießschartenaugen schienen seine Schritte zu verfolgen.

Er ging davon aus, dass Kameras angebracht worden waren, vermutlich im Schutz der Öffnungen, aus denen vor etwa siebzig Jahren Maschinengewehrschützen und Kanoniere ihre Waffenmündungen auf den Strand gerichtet hatten.

Man wusste im Innern des Bunkers sicher schon, dass er gerade am zerlöcherten Wagen vorbei auf die Stahltür an der Rückseite zuging. Aber noch ignorierte man ihn.

Eric blieb zwei Schritte vor den Schießscharten stehen. »Ich möchte mich *libra* ergeben«, rief er laut in den Wind. »Ich war auf Ihrer Einrichtung bei Belosersk, als es zur Katastrophe kam. Leider gelang es mir nicht, Ihre Leute zu retten.« Er beobachtete, ob sich in den dunklen Öffnungen jemand zeigte. »Ihre Mitarbeiterin nannte mir diese Adresse, damit ich Kontakt aufnehmen kann.«

Der Wind heulte und säuselte, das Brechen der Brandung erklang und schwängerte die Luft unablässig mit mikroskopisch kleinen Salzpartikeln.

»Ich habe mit Ihrer Mitarbeiterin über die Theorie der Seelen gesprochen«, versuchte er es erneut. »Ich weiß, dass Sie nach mir suchen. Ich möchte kooperieren.«

Der Bunker blieb stumm und finster.

Eric verstand es als Aufforderung, *libra* den Beweis zu bringen, dass sie eine gewandelte Seele vor sich sahen. *Ihr wollt die Show?*

Er nahm die Hände aus den Taschen, spreizte die Arme seitlich ab und ließ gelbbläuliche Flammen fauchend aus seinen Kuppen entstehen.

Man schien noch nicht überzeugt zu sein.

Eric ließ die Lohen höher steigen. Mit beiden Händen gleichzeitig vollführte er eine abrupte Vorwärtsbewegung.

Blaues Dämonenfeuer schoss fauchend durch den Wind, ohne sich von den Böen beeindrucken zu lassen, und jagte genau zwischen den Schießscharten gegen den Beton, wo es in einer großen Flammenwolke verpuffte. Ein kleiner Brandfleck an der Wand bewies, dass es sich bei dem Feuer um mehr als eine Illusion handelte.

Mit einem Flackern erlosch die moosgrüne Lampe. Klackend schalteten sich Scheinwerfer in den Öffnungen ein, die zwei gleißend blendende Lichtlanzen gegen Eric schleuderten; das scharfe Klicken, gefolgt von einem Summen, ließ auf eine für ihn unsichtbare Waffe schließen, die gerade in den Scharten auf ihn gerichtet wurde.

Plötzlich trat ein junger Mann in die sich überschneidenden Lichtkegel und stellte sich vor Eric. Er trug einen schwarzen Anzug mit einem hellen Trenchcoat darüber. »Sie sind uns willkommen«, sagte er auf Englisch mit hartem Akzent und machte eine einladende Handbewegung. »Nach Ihnen. Alles Weitere besprechen wir im Innern.«

Eric umrundete ihn.

Leise mahlend drehte sich die Haube des Bunkers. Die Scheinwerferstrahlen folgten ihm und wurden zu den brennenden Blicken des eingegrabenen Riesen.

Eric trat durch das geöffnete Stahlschott und fand sich in einem druckkammerähnlichen Raum wieder, in den ihm sein Begleiter folgte und die Tür schloss. Über ein großes Rad, das er von Hand bediente, rastete ein Bolzensystem ein.

Mehr als diesen Eingang gab es nicht, weder existierten Luken noch weitere Ausgänge aus dem vier Kubikmeter großen Zimmer.

Um Eric herum waren graue Betonwände, in denen er die gleichen horizontal und vertikal umlaufenden Linien aus Bernstein entdeckte, die garantiert nicht von den Nazis eingesetzt worden waren. LED-Lämpchen am Boden schufen ein indirektes Licht, das vollkommen ausreichte, um etwas zu sehen.

Geduldig wartete Eric ab.

Der junge Mann richtete die dunkle Krawatte und machte einen Schritt vom Eingang weg. »Sie befinden sich in einem von unzähligen Atlantikwall-Bunkern, welche Hitler zum Schutz vor einer Invasion durch Alliierte errichten ließ«, referierte er. »Um Sie herum sind drei Meter Spezialbeton, der höchstens durch schwere Bomben gesprengt werden kann.«

»Ich bin mehr daran interessiert zu erfahren, was *libra* damit macht«, hakte Eric ein, als sein Gegenüber Luft schöpfte. »Die Menschheit hatte Glück, dass sich keine große Stadt in der Nähe des Gehöftes befand. Sonst wäre es nach dem Ausbruch Ihrer … *Sammelobjekte* zu einem Massaker gekommen, das man schwerlich vertuschen könnte.«

»Das mussten wir in der Vergangenheit schon einige Male, und es wurde immer geglaubt. Nicht jede von den Medien vermeldete Katastrophe ist ein Unfall oder ein Amoklauf«, erwiderte der junge Mann und deutete eine Verbeugung an. »Ich bin Tagasuki Minamoto, aber Sie können mich Goryō nennen.«

Eric sah an dem dunkelhaarigen Mann nicht den Hauch eines asiatischen Einschlags. »Und wir bleiben in diesem Vorraum?«

Minamoto lächelte schwach. »Wir reden erst noch ein wenig. Ich möchte den Gast kennenlernen, den ich in mein Haus bitte.«

»*Ihr* Haus?«

»Es ist bescheiden.« Er legte eine Hand gegen die Betonwand. »Aber meins.« Minamoto öffnete seinen Trenchcoat und steckte die Hände in die Hosentaschen. »Sie glauben an die Seelengaben und alles, was damit zusammenhängt?«

»Es ist plausibel«, stimmte Eric zu. »Ich hatte auf dem Weg hierher Gelegenheit, weiter darauf herumzudenken, und mir wollte nichts einfallen, was dagegenspricht.« Er sah die Skepsis, die sich hinter dem unverbindlichen Lächeln verbarg. »Wieso hätte mir Ihre Mitarbeiterin sonst die Koordinaten dieses Bunkers gegeben?«

»Um Sie in eine Falle zu locken?« Minamoto grinste hintergründig.

»Auch wieder wahr.« Eric grinste zurück. »Aber der Köder wird immer gefressen.«

Die Männer standen sich in der absoluten Stille gegenüber, die in der Kammer herrschte. Man konnte vergessen, dass um sie herum ein Sturm tobte, dass das Meer sich gegen den Strand warf, dass Bäume wogten und Äste brachen. Es gab nur die Atemgeräusche und das leise Reiben der Kleidung, sobald sich einer von ihnen bewegte.

»Sie wissen, dass ich ein Jäger bin?«

»Es sprach sich herum. Ihr Einsatz in Monte Carlo ließ es vermuten.«

»Was halten Sie davon, wenn ich *libra* unterstütze, indem ich meine Jagd auf die Wandelwesen weiterführe und sie bei Ihnen abliefere, anstatt sie zu vernichten?« Eric improvisierte einmal mehr. Es ging darum, mehr über die Organisation zu erfahren, und das schaffte er am ehesten, wenn sie ihm freiwillig Einblicke gewährten.

»Dieses Vorgehen wäre ein Novum«, entgegnete Minamoto. »Und bei allem Respekt vor Ihren Seelengaben: Sie wären als … *Mitarbeiter* nicht geeignet.«

»Weil?«

»Sie unbeherrscht sind. Ihre Seele ist negativ geladen, sie ist impulsiv, will zerstören und vernichten und besiegen«, zählte Minamoto analysierend auf. »Sie bringen sämtliche Eigenschaften mit, um von Unwissenden als Dämon betrachtet zu werden. Sobald Sie unter Druck geraten, neigen Sie zur Gewalt.« Er ging so nahe an Eric heran, dass sich ihre Nasenspitzen fast berührten. »Eine Annäherung unterhalb Ihrer Wohlfühlgrenze reicht schon aus.«

»Sie wollen also einen Beweis, dass ich mich beherrschen kann?« Eric bemerkte, wie recht Minamoto hatte. Am liebsten hätte er ihn niedergeschlagen.

»Mehr als einen. Denn *einmal* kann es Ihnen durch Zufall gelingen.« Er wich bis zur Tür zurück und drehte das Sicherungsrad, surrend setzte es sich in Bewegung und löste die Bolzen aus der Halterung. »Aber Sie sind gut und haben Erfahrung. Das macht Sie wertvoll.« Minamoto zog die Tür nach innen auf.

Laut erklang das Rauschen des Meeres, und der Wind drang in den kleinen Raum, als wollte er erkunden, was sich in den letzten Minuten darin abgespielt hatte.

Die Welt kehrte wieder mit ihren Tönen und Gerüchen zu Eric zurück, der sich gar nicht beherrschen musste, um seine Enttäuschung zu verbergen, einen Rausschmiss zu erleiden. *Aber das wäre wohl zu einfach gewesen.* »Sie wollen mich nicht mal in Ihre Sammlung aufnehmen?«

»Später vielleicht. Falls Sie sich doch als zu unbegabt

erweisen.« Minamoto zeigte auf den Ausgang. »Gehen wir?«

Eric verstand, dass seine Prüfung begann, um bei *libra* aufgenommen zu werden. »Was tun wir?«

»Ich habe eine Liste dabei. Darauf stehen zehn Namen, zehn Orte. Diese Leute werden wir besuchen, und Sie zeigen mir, ob Sie es schaffen, diese Kreaturen zu überwältigen.« Der junge Mann deutete eine asiatisch anmutende Verbeugung an. »Sollten Sie einen Fehler begehen, bringe ich Sie eigenhändig in die *Sammlung,* wie Sie es nannten.«

Eric schritt an ihm vorbei ins Freie.

Dabei formte sich ein Plan: Sollte dieser Test zu lange dauern, würde er eine Bestie vernichten und sich von Minamoto ins Gruselkabinett bringen lassen, um dort aufzuräumen.

Seine Halbschwester könnte in der Zwischenzeit Dateien gehackt und Erkenntnisse erlangt haben. Sollte das geschehen, würde er seinen Testlauf bei *libra* sofort abbrechen.

Minamoto überholte ihn und ging durch das Tor. »Mein Wagen steht oben auf der Promenade. Wir holen Ihre Sachen und ziehen los.«

»Ich habe nur Handgepäck. Das Hotel ist gleich in der Nähe.« Eric wusste noch nicht genau, ob ihm gefiel, was nun folgen würde. *Kreaturen,* so hatte es sein Reiseleiter formuliert, und zwar mit voller Absicht. Demnach wartete anderes als die üblichen Wandelwesen auf ihn. Die Begriffe *Phagoi* und *Spiritus* gingen ihm durch den Kopf.

Eric hoffte, dass er den Mund nicht zu voll genommen hatte.

Claire hörte den inneren Aufschrei ihres alten Ichs, aber gegen Anastasias Verlangen kam sie nicht an. Deren Empfinden war auch zu ihrem geworden.

Sie spürte Dubois' Lippen auf ihren, das Kribbeln in ihrem Magen und den Wunsch, sofort Sex mit ihm zu haben. Ihre Arme lagen um seinen Nacken und hielten ihn fest.

Seine Finger packten ihre Hüfte und zogen sie an sich.

In der ansteigenden Lust, die sie deutlich in ihrem Schritt spürte, überfielen sie erneut fremde Gedanken. Aber es waren nicht Anastasias. Vielmehr tauchte *ihr* Verstand forschend in Dubois' Kopf ein.

Durch seinen Körper verlief ein abwehrender Ruck, und er richtete sich auf, um seinen Mund von ihrem zu lösen.

Der verwirrte und zugleich hasserfüllte Blick, mit dem Dubois fassungslos auf sie starrte, ließ keinerlei Zweifel zu. Er *wusste,* dass er nicht seine Partnerin vor sich hatte, sondern eine Fremde, die ihn gefoppt, übertölpelt hatte, um an seine Geheimnisse zu gelangen.

Dubois stieß sie zurück.

Claire prallte gegen den Tisch und warf dabei zwei Klapprechner zu Boden. Dabei schossen Bilder in ihrem Kopf empor: Sie sah seinen Teil der Formel und den Ort, an dem er sie aufbewahrte.

»Wer bist du?«, zischte er sie an. »Was hast du mit Anastasia gemacht?«

Professorin Haider wollte die Computer gerade aufheben, hielt aber in der Bewegung inne. »Was? Sie ist nicht die echte?«

Claire geriet in Panik. Gegen Dubois, einen mehrfachen Seelenwanderer, hatte sie keine Chance. Sie konnte den Blick nicht von dem hassverzerrten Gesicht des Mannes wenden. »Ich … konnte nichts dafür«, stammelte sie und rang mit den Bildern, die aus seinen Erinnerungen stammten und sich ungewollt bei ihr eingenistet hatten. Es ging alles durcheinander. Der Blutdruck sackte ab, ihre Beine wurden weich.

Dubois' Mund verzog sich, er machte einen Schritt auf sie zu und packte sie am Hals. »Sag mir, was du mit ihr gemacht hast!«, schrie er und schleuderte Claire quer durch das große Zelt.

Sie flog gefühlte hundert Meter weit, landete knapp neben dem Gestänge und rollte unter der Plane hindurch in den weitläufigen Gewölbekeller.

Raus! Weg von hier! Claire kämpfte sich auf die Beine und taumelte vorwärts, vorbei an den unheimlichen Isolationskammern aus durchsichtigem Kunststoff, auf den Ausgang zu.

»Was denkst du, wie weit ich dich kommen lasse?«, brüllte er ihr nach. »Gib mir Anastasia zurück!«

Eine unsichtbare Faust bekam Claires Beine zu fassen, ihr wurden ruckartig die Füße weggezogen.

Die Lampen an der Decke pendelten, Schatten und Licht schwenkten hin und her.

Ihr Sturz ließ sie gegen die Plane eines Isolationszeltes fallen. Das Material dehnte sich, ohne zu reißen, und bildete eine millimeterdünne Trennschicht zwischen ihr und dem Patienten in dem Bett unter ihr. Seine Vitalwerte wurden nicht mehr auf den Monitoren angezeigt, das Gesicht war weiß, die Augen wirkten gebrochen. Sie erkannte den Toten zu ihrem Entsetzen als Lenes vermissten Bruder, dessen Bild sie in der Villa gesehen hatte. Er endete als Versuchsobjekt für Dubois.

Sie keuchte vor Schreck auf, ging in die Knie und vor dem herannahenden Dubois in Deckung.

»Du wirst hier sterben!«, schrie er außer sich. »Aber vorher erzählst du mir alles! Ich will sie zurück!«

Er konnte meine Gedanken nicht lesen, verstand Claire und orientierte sich, um den Ausgang zu entdecken. Dann zog sie die Schuhe aus, um lautlos laufen zu können. *War der Kontakt zu kurz gewesen?*

Die Schleuse lag etwa vierzig Schritte schräg hinter ihr.

Wenn ich die Isolationskammern als Schutz nutze, könnte ich es schaffen. Geduckt huschte Claire los, ihr trainierter Körper war von Vorteil. Währenddessen nahm sie ein leises Rascheln und Klicken wahr.

Als sie um die Ecke eines Zeltes spähte, wartete eine Wand aus schwebenden Infusionsnadeln vor dem Schott auf sie. Die geschliffenen Hohlspitzen blitzten abwechselnd im Schein der schwankenden Lampen auf. Anscheinend legte Dubois keinen Wert mehr darauf, ihren Körper unversehrt für Anastasia in die Finger zu bekommen.

Ob ich sie mit einem Schrei zur Seite fegen kann? Bislang wusste sie, dass er gegen menschliches Gehör und gegen Glas half – aber Stahlspitzen?

Claire hörte leise Schritte in ihrer Nähe und wich ihnen aus, pirschte tief gebeugt zwischen den Kammern entlang.

»*Erus!* Hier!« Wie aus dem Nichts stand Haider vor ihr und schwang ein verrostetes Rohr gegen sie.

Claire reagierte, ohne dass sie nachdachte: Ein Arm zuckte in die Höhe und blockte den herabstoßenden

Hieb, ihre andere Faust schoss mit unglaublich hoher Geschwindigkeit in die Magengrube, um in einer weiterführenden Bewegung von unten in den weichen Teil von Haiders Kinn zu knallen.

Der Kopf der Professorin schnellte zurück, die Brille flog in hohem Bogen davon.

Claire wusste nicht, woher ihre Kampfkenntnisse stammten, aber sie nutzte sie weiter. Bevor sich Haider von den zwei Attacken erholen konnte, machte sie einen Schritt auf sie zu und drosch mit beiden Händen gleichzeitig gegen die Ohren der Frau, setzte einen brachialen Kopfstoß genau auf die Nase, um einen hohen Kniestoß gegen den Körper folgen zu lassen. Das krachende Brechen der Nasenwurzel mischte sich mit Haiders Schrei und dem Knacken der berstenden Rippenbögen innerhalb weniger Sekunden.

Die *necessaria* taumelte rückwärts, hielt sich die Ohren und landete wie Claire zuvor in einer federnden Planenwand, die sie zurückwarf.

Erneut handelte Claire aus ihrem Instinkt heraus und versetzte ihr einen gnadenlosen hohen Rundkick gegen den rechten Unterkiefer.

Ein Geräusch erklang, das an einen donnerlosen Blitzeinschlag erinnerte. Ein Leuchten umgab die aus Nase und Ohren blutende Haider, die daraufhin zusammenbrach und zuckend auf dem Boden liegen blieb.

Claire hörte das Sirren hinter sich und ließ sich fallen.

Die Reihen aus Infusionsnadeln jagten über sie hinweg und bohrten sich in die Isolationskammerwand, etliche davon schossen durch die Plane in den Probanden. Die Folie färbte sich augenblicklich von innen mit roten Spritzern.

Gleich! Claire kroch voran, stolperte vorwärts und erreichte das Schott.

Da wurde sie im Nacken gepackt, der Druck der Finger war schmerzhaft. Ihre Wirbelsäule würde dem nicht standhalten.

Claire drehte sich über die linke Schulter um, gleichzeitig hob sie ruckartig den Ellbogen.

Das Gelenk streifte Dubois lediglich an der rechten Wange, weil er ihre Attacke erahnt und seinen Kopf rechtzeitig weggezogen hatte.

Wieder entlud sich Energie. Ein Leuchten legte sich um den Seelenwanderer, verblasste jedoch sofort, als wäre dem Blitz mitten im Einschlag die Kraft ausgegangen.

Es genügte. Dubois ließ Claires Nacken los und brach in die Knie. Seine Lider waren verzweifelt weit aufgerissen, er keuchte erstickend und stürzte langsam zur Seite. Seine Augen färbten sich für mehrere Sekunden weiß, der Brustkorb hob und senkte sich scheinbar nicht mehr.

Was … war ich das? Claire machte zwei Schritte weg von dem Gegner. *Egal. Ich muss verschwinden und …* Ihr fiel ein, dass sie das Versteck der Dubois'schen Formel gesehen hatte.

Ohne diese Zeichenkombination *durfte* sie nicht gehen, wenn sie die ganze Wahrheit über das Mittel herausfinden wollte.

Sie verließ das Gewölbe und folgte den Bildern, die sie aus Dubois' Kopf gesogen hatte.

Seine Erinnerungen lotsten sie durch die Schleuse in den Gang und vor eine verborgene Tür mit Eingabefeld, die sie auf ihrem Weg vorhin übersehen haben musste. Der Code, den sie auf die Tasten tippte, kam ihr von selbst in den Sinn.

Vor ihr öffnete sich eine Dreizimmerwohnung, die sowohl von Haider als auch von Dubois zum Ausruhen und Verweilen genutzt worden war. Eine Wendeltreppe verband den Keller mit dem Erdgeschoss darüber.

Die gestohlenen Erinnerungen führten Claire nicht zum Schreibtisch, sondern zum Bücherregal: Im vierten Längsholm von rechts gab es ein geheimes Fach, worin sich ein USB-Stick und ein kleiner Notizzettel befanden.

Claire nahm beides heraus, steckte es ein und rannte aus den Räumen die Treppe hinauf in den Hinterhof.

Sie verzichtete auf den Geländewagen, den Dubois über das eingebaute GPS orten konnte, und kletterte barfuß über das Tor auf die düstere Straße.

Herrenlose Schatten umschwärmten und umtanzten sie, um sie ebenso zu begrüßen wie sie zu verraten.

Claire ging eilends weiter, um dem unheimlichen Viertel zu entkommen. Eiskalt breitete sich das Kopfsteinpflaster unter ihren Füßen aus, gelegentlich rutschte sie über die glatte Oberfläche.

Sie hastete über den schiefen Bürgersteig, rettete sich von Lichtinsel zu Lichtinsel der seltenen Straßenlampen und glaubte, das Räderklappern einer Droschke in ihrem Rücken zu vernehmen. Die Wahrnehmung, in diesem Teil Wiens aus der Zeit gefallen zu sein, hielt ungebrochen an; ihr Smartphone zeigte keinen Empfang an.

Claire hatte keine Ahnung, wohin sie lief. Irgendwann bemerkte sie, dass der Verkehr zunahm und die Stadt heller, freundlicher und hektischer wurde.

Vor ihr erschien eine gewaltige, angestrahlte Kirche, die eine gewisse Ähnlichkeit mit dem Taj Mahal aufwies und auf deren Stufen sie sich erschöpft setzte. *Nur kurz.* Auch wenn ihr zu kalt war, um innezuhalten, musste sie durchatmen.

Einige Meter entfernt vom ausladenden Vorplatz sah sie eine U-Bahn-Station. *Da ist es sicherlich wärmer als hier oder in der Kirche.*

Auf dem Weg dorthin schenkte die Moderne Claire Netz-Empfang, so dass sie das Smartphone nutzen konnte. Sofort erreichte sie eine SMS, die zwar nach Eugen klang, aber von Fabians Handy gesendet worden war.

Sie erinnerte sich an das Ende, das der Audi A6 genommen hatte. Ihr Schutzengel müsste tot sein – aber er war ein Seelenwanderer. *Verlieh ihm das vielleicht Kräfte, die ihn vor der Explosion bewahrten? Ich muss es versuchen.* Claire rief ihn an und musste zu ihrer immensen Freude nicht lange warten, bis er sich meldete.

»Geht es Ihnen gut?«, fragte Fabian besorgt, ohne dass sie etwas sagen musste.

Sie fühlte sich unendlich erleichtert, nicht so alleine zu sein, wie sie gedacht hatte. Sie ging über den Platz und die Grünanlage, ohne ihre Füße zu spüren. Sie waren taub von der Kälte und den unebenen Böden. Die Aufschrift *Karlsplatz* am Eingang gab ihr einen Anhaltspunkt, wo sie sich in Wien befand. »Das sollte ich fragen«, erwiderte sie erlöst. »Ich bin in Wien und war in einem Labor, das Dubois gehört, und …« Beinahe hätte sie ihm verraten, dass sie die komplette Formel besaß. Claire entschied, diese Neuigkeit noch für sich zu behalten.

»Wo stecken Sie jetzt?«

»Ich … schlug ihn nieder. Ihn und seine *necessaria*«, redete sie viel zu schnell. »Ich glaube, ich habe sie umgebracht, und jetzt weiß ich nicht …«

»Ganz ruhig«, unterbrach Fabian sie. »Ich hole Sie ab. Begeben Sie sich an den Flughafen, kaufen Sie ein First-Class-Ticket nach Leipzig-Halle, und setzen Sie sich in die Lounge. Ich komme Sie abholen.«

Claire fühlte sich ein wenig wohler, obgleich sich an ihrer Situation nichts geändert hatte – außer dass Fabian noch lebte. Sie hörte in ihrer Nähe die Kirchenuhr laut schlagen und zählte mit. *Ich bin viel zu spät dran.* »Nein, das dauert zu lange. Sie können mich in Berlin am Flughafen abholen.«

»Sind Sie sicher?«

Claire hatte entschieden, dass ihr nicht mehr viel geschehen konnte. Sie hatte Dubois' leblosen Körper gesehen. Und selbst wenn er Tricks beherrschte, die sein Sterben verhinderten, wäre er vorerst kaltgestellt. Ihr Vorsprung müsste ausreichen. »Ja, ich bin mir sicher. Ich sage Ihnen Bescheid. Und ich möchte wissen, wie Sie aus dem Auto entkommen sind.« Sie betrat die U-Bahn-Station und ging durch den Schmutz zu einem Ticket-Automaten. Wie gut, dass Flughäfen Shopping-Areale hatten.

Fabian lachte leise. »Das sollen Sie erfahren. Bis später.«

»Ach, halt«, fügte sie rasch hinzu, »wir sollten eine Erklärung liefern, warum es heute länger dauerte.«

»Habe ich schon. Ein spontanes Treffen mit einer Marketing-Agentur wegen des Parfüms«, sagte er.

Claire nickte, was natürlich Unsinn war, da er es nicht sah. »Und danach shoppen und essen mit Freunden?«

»Ich schlage vor, wir sagen, dass ich Sie danach herumgefahren habe«, erwiderte er. »Einfach so, damit Sie Zeit zum Nachdenken über die Entwürfe haben, und darüber vergaßen Sie die Stunden.«

Ihr gefiel die Ausrede nicht sonderlich. *Eugen kommt sicherlich um vor Sorge. Und aus Sorge wird schnell Argwohn.* »Alles klar. Bis denn.« Sie legte auf und sah auf den Automaten. *Warum eigentlich U-Bahn?*

Claire kehrte an die Oberfläche des Karlsplatzes zurück und hielt Ausschau nach einem Taxi. Sie bemerkte, wie ihre Hand zitterte, als sie den Arm hob und einen Wagen auf sich aufmerksam machen wollte. Die Ereignisse ließen sie nicht zur Ruhe kommen.

Das Taxi hielt an, Claire stieg ein und nannte den Flughafen als Ziel.

Es schien ihr das Beste, den Flug direkt via Smartphone zu suchen und zu buchen, was kein Problem darstellte. Erst, als der Betrag von der Kreditkarte abgezogen werden sollte, fiel ihr ein, dass es keine gute Idee war: Sie brauchte eine Erklärung für Eugen.

Dann war ich eben in Wien. Die Marketing-Agentur kann auch hier sein. Claire setzte den Vorgang fort, bis sie alle Schritte abgeschlossen hatte, und sah danach aus dem Fenster. *Ich warne ihn vor.* Sie sammelte sich und zwang sich, die Nummer von Eugen von Bechstein aufzurufen und die grüne Taste für den Gesprächsaufbau zu drücken.

»Hallo, Lene«, meldete er sich und klang beschäftigt.

»Entschuldige, ich wollte nicht stören. Hast du was Wichtiges zu tun?«

»Ich prüfe ein paar Vorgänge«, erwiderte er erleichtert. »Aber für dich habe ich Zeit. Was gibt es denn?«

Claire holte tief Luft. »Ich komme sicherlich später nach Hause.«

»Ich weiß. Die Sitzung mit der neuen Marketingfirma.«

»Mir war spontan danach, und ich erinnerte mich an

deren Namen. Aber wundere dich nicht: Herr Vacinsky und ich sind in Wien.«

»In Wien?« Eugen klang total überrumpelt. »Bist du da immer noch?«

»Wir fahren gerade zum Flughafen«, antwortete sie wahrheitsgemäß. »Unser Flug landet gegen Mitternacht in Berlin.«

»Du machst ja Sachen.« Es folgte ein langes Ausatmen. »Ich werde erst ruhig schlafen, wenn du wieder da bist.« Eugen machte einen mäßig beruhigten Eindruck. »Du hattest eine gute Sitzung mit den Experten?«

»Ja, auch wenn du mich für verrückt halten musst«, gestand sie. »Das erzähle ich dir nachher. Leider war nichts Gutes an Vorschlägen dabei.«

Im Hintergrund klackerte es wie von einer Tastatur. »Ich freue mich auf dich.«

»Ja«, erwiderte sie neutral. »Bis später.« Claire legte auf und betrachtete die Umgebung, die mehr und mehr ihre dichte Bebauung verlor. Sie fuhren auf den Flughafen zu.

In ihrer einen Manteltasche ruhte der USB-Stick, das Papier mit der Formel knisterte leicht in der anderen.

Claire wollte es nicht lesen, sonst überfielen sie womöglich erneut fremde Gedanken. Das konnte sie nicht gebrauchen, solange die letzten Ereignisse sie beschäftigten.

Sie schauderte, als sie das bleiche, tote Gesicht von Lenes Bruder vor sich sah. Er war zum Opfer der Dubois'schen Machenschaften geworden.

Dann materialisierte sich eine wichtige Frage in ihrem Verstand: Durch ihre ungewollte Seelenwanderung erlangte sie die Gabe des zerstörerischen Schreis – aber warum konnte sie Gegner mit einem Hieb umbringen?

Was hatte dieses Leuchten um die Getroffenen zu bedeuten?

Und weswegen sah sie plötzlich in der Dunkelheit ebenso klar wie am hellichten Tag?

Drei Kräfte. Sie musterte ihr schemenhaftes Spiegelbild in der Seitenscheibe. *Wieso?*

Auch ihre Reflexion kannte die Antwort nicht.

Als Körper ist jeder Mensch eins,
als Seele nie.

Hermann Hesse,
Der Steppenwolf (1927)

KAPITEL XIII

Österreich, Wien

Gregor Dubois hob die Lider, die sich nur zäh öffnen ließen, als würden sie von unsichtbaren Fäden festgehalten.

Er blickte an die gewölbte Steindecke seines Laboratoriums, zur Neonleuchte, die milchig und kalt wie ein in die Länge gezogener Mond auf ihn herabstrahlte.

In seinem Kopf wirbelten die Gedanken, tanzten eigene Erinnerungen mit denen von Anastasia und Unbekannten einen unglaublich schnellen Walzer. Er befand sich in einem hochgradig verwirrenden Zustand, da sich die fremden Eindrücke kaum voneinander separieren ließen. Verbacken, verschmolzen, nutzlos.

Er richtete den Oberkörper auf und fühlte ein Kribbeln im gesamten Körper, verbunden mit einem Taubheitsgefühl. Ihm war übel, richtig übel, und er schien alle Kraft verloren zu haben, wie nach einer schweren Grippe.

Das war weder Anastasia noch Bechstein. Behutsam stand er auf, rang den Schwindel nieder. *Ich muss herausfinden, wer sie ist. Wer weiß, was sie alles aus meinen Erinnerungen in Erfahrung brachte.*

Ging ihr Besuch auf die Drei zurück? Das war die wahrscheinlichste Lösung. Dubois sah sich nach Haider um, die mit geöffneten Augen einige Meter von ihm entfernt lag.

»*Necessaria!*« Er schwankte zu ihr.

Die Medizinerin regte sich nicht.

Als er ihre Vitalwerte prüfte, fand er weder Herzschlag noch Atmung. Sie war tot, und ihre Augen hatten sich komplett weiß gefärbt, als seien Iris und Pupillen verschwunden.

Am rechten Unterkiefer sah er Abdrücke, die von einem harten Treffer stammten, die Haut hingegen wirkte, als habe sich gleichzeitig eine Entladung ereignet. Doch der Nacken seiner Vertrauten war intakt, es gab keine Anzeichen auf eine Hirnblutung oder eine tödliche Verletzung.

Sein eigener Zustand und die Veränderung der Augen seiner *necessaria* machten Dubois misstrauisch. *So* fühlten sich keine Nachwirkungen eines elektrischen Schlags an.

Er brauchte unbedingt etwas Zuckerhaltiges, um seinen Kreislauf anzukurbeln. Dubois schleppte sich aus dem Gewölbe in das erste Zimmer des angrenzenden Ruhebereichs, wo er sich ein Glas Cola eingoss und austrank. *Wohin wird …*

Das Festnetztelefon auf dem Schreibtisch leuchtete auf. Das Display zeigte die automatische Rufumleitung von seiner Handynummer an, weil es unter der Erde keinen Empfang gab.

Dubois sah auf die bekannte Ziffernfolge und nahm das Gespräch an. *Er lebt? Oder eine neuerliche Falle?* »Ja?«, meldete er sich misstrauisch.

»Hier ist Artjom«, hörte er eine kratzige Stimme.

Dubois wollte keinerlei Informationen preisgeben, solange er nicht wusste, dass es sich um den echten *necessarius* seiner einstigen Geliebten handelte. »Ist das so?«

»Ja. Ihr wisst es sicherlich: Der Tausch ist schiefgelaufen.«

Dubois verzog den Mund. Die Information erreichte ihn Stunden zu spät. »Wie?«

»Wir hatten alles so gemacht, wie es besprochen worden war, aber anstelle der *hera* fuhr eine andere Seele ein«, erstattete Artjom stockend Bericht. Er schien verletzt zu sein oder unter starken Schmerzmitteln zu stehen. Sein Atmen ähnelte dem eines Asthmakranken, er pfiff und röchelte wie ein kaputter Teekessel. »Bevor wir etwas unternehmen konnten, um sie zu suchen, gerieten wir in den Hinterhalt.«

»Du überlebtest, *weil?*« Dubois blieb reserviert. In ihm ging zu viel verquer.

»Ich entkam angeschossen in die Kanalisation und lag dort mehrere Tage bewusstlos, bis mich Kanalarbeiter fanden und mitnahmen. Alle anderen aus dem Team sind tot.« Er hustete nass und schwer. »Ist die *hera* aufgetaucht?«

Dubois starrte ins Nirgendwo. Welch ein Grauen: Anastasias Seele schwebte entweder umher oder war in einen anderen Körper eingezogen, irgendwo auf der Welt. Dafür hatte sich eine Unbekannte nahezu alles von seinem Wissen mit einem Judaskuss angeeignet und … *Nein.*

»Warte!«, sprach er hastig in den Hörer, legte ihn auf den Tisch und hetzte in die Bibliothek.

Es bedurfte nur eines Blickes in den Raum und auf das offenstehende Fach, und er wusste, dass die Fremde seine Aufzeichnungen zur Formel mitgenommen hatte.

Damit konnte sie das Serum herstellen.

Ausschließlich sie – denn ihm fehlte ihre Hälfte.

Er kehrte zum Telefon zurück. »Artjom?«

»Ja?«

»Was war mit deiner *hera* für ein Scheitern des Übergangs ausgemacht?«

»Das Übliche. Dass ihre Seele in der Nähe wartet.« Er hustete unterdrückt. Das war das eherne Gesetz, damit eine freie Seele überhaupt gefunden werden konnte: Misslang der Wechsel, niemals von der Stelle bewegen, um den *necessarii* zu ermöglichen, einen adäquaten Ersatzleib heranzuschaffen und das Vergehen zu verhindern.

Und weil sie es hasst, in unpassende Körper einzuziehen. Weibliche Eitelkeit. »Du triffst sämtliche Vorbereitungen, um herauszufinden, wer wirklich in die Bechstein eingefahren ist«, befahl Dubois eiskalt. »Ich komme morgen nach Leipzig, um nach Anastasia zu suchen.«

»Wie soll ich das alleine …«

»Das ist mir egal!«, schrie er und verlor seine mühsam aufrechterhaltene Beherrschung. Kopfweh peinigte ihn, die Schläfen klopften und brannten, als flösse heiße Säure hindurch. Er presste eine Hand gegen die rechte Schädelseite, aber es half nichts. »Du hast die Bechstein ein Jahr lang observiert. Lass dir was einfallen.«

Sein Blick fiel auf den Spiegel neben dem Kleiderhaken: Auf seinem Gesicht zeichneten sich die Knöchel ab, wo er den Treffer erhalten hatte.

Das erklärte, warum er sich schlecht und schwach fühlte. Sie musste eine besondere Art des Fausthiebs als Seelengabe erhalten haben, zusätzlich zu ihrer Fertigkeit, Informationen von ihm zu stehlen. Seine Augen hingegen wirkten wie immer.

»Wenn die Drei sie schickten, wird sie schon längst bei ihnen sein«, warf Artjom ein.

Dubois sah auf den Kalender. »Ich mache mich auf die Suche nach der Seele deiner *hera*.« Er sah auf den

Kalender. *Es bleibt nicht mehr viel Zeit, bevor sie sich auflöst. Sie wird bis zur letzten Sekunde warten.* Er hoffte, dass sie dazu in der Lage war, sich notfalls einen Übergangskörper zu suchen. Womöglich könnte das bereits geschehen sein, und Anastasia befand sich am anderen Ende der Welt und war verwirrt oder abgeschnitten von der Zivilisation, weil sie sich nicht meldete.

»Sollte dir ein anderer *necessarii* über den Weg laufen, frage ihn, wohin die Bechstein mit meinem Eigentum ging«, fügte er hinzu. »Sie stahl mir etwas, was mir wichtig ist.«

»Wie Ihr wünscht. Mir wird etwas einfallen.« Artjom legte auf.

Dubois kochte innerlich und kehrte ins Laboratorium zurück.

Seine Blicke schweiften über die menschlichen Versuchskaninchen, an denen Haider das Serum testete. So lange hatte Anastasia an ihrem Übergang gearbeitet, sich Bechstein für ihre Unternehmung ausgesucht, und dann kamen die Machenschaften der Drei dazwischen.

Wie konnten sie Wind davon bekommen? Sein Blick richtete sich auf die tote Ärztin. Keiner seiner *necessarii* arbeitete für die Gegenseite. Das hätten sie niemals gewagt.

Ich will meine Formel. Dubois ging langsam durch das Gewölbe, schritt an den Isolationskammern vorbei und vergeudete keine Blicke an die Männer und Frauen darin. Er würde zunächst nach Leipzig fliegen, gut ausgestattet und in Begleitung seiner Spezialisten, um Anastasias Seele ein Übergangszuhause zu bieten, falls sie sich noch dort befand. Das hatte Vorrang.

Er gelangte in das Pavillonzelt, in dem Haider ihr Labor errichtet hatte. Dazu gehörte auch der mannsgroße und einen Meter tiefe Stahltresor, zu dem nur er und sie die Kombination kannten.

Als Dubois das Rädchen hin und her drehte, um die Ziffern einzustellen, fürchtete er sekundenlang, die Fremde könnte auch hier zugeschlagen haben wie bei seiner Formelaufzeichnung.

Aber als er die massive Tür aufzog, blickte er auf zehn Ampullen des Serums.

Dubois steckte sie in die Jackentasche.

Das Mittel benötigte zwar noch lange, bis es die gewünschte Wirkung entfaltete, aber es war besser als eine monatelange Zermürbung des Opfers, bevor es sich in den Selbstmord stürzte. Eine Injektion, einige Stunden Geduld, und Anastasias Seele bekäme eine vorübergehende Heimat.

Wie lange haben wir daran geforscht. Und was kann noch alles daraus werden. Doch dafür brauchte Dubois den zweiten Teil der Formel, entweder von Anastasia oder der Fremden.

Er betrachtete die verwaisten Gerätschaften, die durch Haiders Können erst wertvoll geworden waren und nun einsam und verloren in dem großen Zelt standen. Es würde schwierig werden, adäquaten Ersatz aufzutreiben. Unter seinen *necessarii* fand sich aus dem Stand niemand, der das Können der Hämatologin und Chirurgin aufwog.

Also brauche ich die Versuchstiere nicht mehr. Er öffnete einen der Laptops, schaltete ihn ein und rief nach dem Hochfahren die WLAN-Verbindung auf.

Mit der schnellen Eingabe des Passworts gelangte Dubois in die Zentralverwaltung der Vitalwertüberwachung und gab den Code ein, der die tödliche Dosis eines Schmerzmittels in die Infusionen absonderte. Damit würden die Männer und Frauen in den Isolationskammern in weniger als einer Minute tot sein. Seine weniger wertvollen *necessarii* würden die Leichen entsorgen.

Er schritt durch das Gewölbe, langsam und gemächlich, während das Sterben um ihn herum hörbar begann.

Die Probanden ächzten und stöhnten unter der Wirkung des Mittels, die Atmung wurde gelähmt, unterdrücktes Würgen erklang.

Dubois passierte den Gang und schien mit jedem Meter, den er ging, den Tod zu den Menschen zu bringen.

Als er am anderen Ende angelangt war, herrschte im Gewölbelaboratorium vollkommene Stille; die Monitore zeigten Nulllinien, Kontrolllampen blinkten hektisch.

An der Schleusentür wandte er sich noch einmal um und ließ den Blick schweifen, wie ein altertümlicher Feldherr es wohl nach einer Schlacht getan hätte. Diese Truppen hatten ihren Zweck erfüllt und waren für ihn ins Jenseits gegangen. *Eingefahren in die große Seelenmasse.*

Dubois' Hand streckte sich nach dem Hauptschalter für das Gewölbe, und mit einer einzigen Bewegung schaltete er den Strom aus.

Schwärze senkte sich auf das Laboratorium.

Er trat in den kleinen Raum, zischend schloss sich das Schott hinter ihm. Sein Weg würde ihn nach einigen Anrufen direkt nach Leipzig und zu Anastasia führen.

Danach würden sie dem Körper von Lene Bechstein das Serum verpassen, um die Hülle für seine einstige Geliebte freizuräumen. Die Kontakte der Bechsteins und deren Produkte waren der Garant für den Erfolg des Plans, den sie seit mehr als zweihundert Jahren verfolgten.

Die Seele der Unbekannten könnte seinetwegen zur Hölle fahren – aber die gab es ebenso wenig wie den Himmel.

Die Hölle für ihn wäre ein Leben ohne Anastasia.

Dubois legte den linken Zeigefinger an seine Lippen, wo ihn der Mund der Fremden berührt hatte. *Aber wieso spürte ich Anastasia vorhin?*

Deutschland, Berlin

Claire verließ den Ankunftsbereich des Flughafens Berlin-Tegel und sah Fabian bereits an der Absperrung stehen. Die neuen Schuhe an ihren Füßen drückten ein wenig, aber sie leisteten beste Dienste. In der Rechten hielt sie eine Tüte mit kleinen Einkäufen, Mitbringsel für Pauline und Charlene.

Erleichtert ging sie auf ihn zu und konnte nicht anders, als ihn in die Arme zu schließen. Sie freute sich so sehr, ein halbwegs vertrautes Gesicht vor sich zu haben, dessen Anblick sie nicht in vollkommenes Gefühlschaos stürzte.

Fabian drückte sie. »Tapfer«, sagte er nur und ließ sie behutsam los, strich ihr dabei über den Rücken. »Kommen Sie.«

Er geleitete sie durch die Menschenmenge ins Freie zu einem aufgemotzten weißen Mini Cooper S Countryman, den er auf dem Behindertenparkplatz abgestellt hatte.

Claire ließ sich die Tür öffnen und glitt auf den Beifahrersitz.

Fabian begab sich hinters Steuer und startete den Motor, fuhr los, ohne ein Wort zu sagen. Er spürte wohl, dass sie sich erst sammeln musste.

In der Tat wusste sie auch Stunden nach dem fatalen Kuss nicht, wo ihr der Kopf stand.

Sie hatte unglaublich viele Bilder von Dubois abgezapft, die sich zwischen die eigenen Erinnerungen und denen von Anastasia zwängten. *Ich dachte, er sieht nur mein Leben und nicht ich seines?*

Claires Schädel war schon lange viel zu klein für die ganzen Eindrücke. Sie bildete sich ein, den Knochen knacken zu hören, der sich unter der Masse der Informationen dehnte und aufblähte. Doch ein Blick in den Spiegel bewies, dass sie normal, allenfalls übermüdet aussah. Das Dösen im Flugzeug hatte kaum Erholung gebracht.

Fabian lenkte den Countryman in Richtung Autobahn, um sie nach Leipzig zu bringen. Das Radio war eingeschaltet, es lief langsame Swing-Musik, die eine beruhigende Wirkung entfaltete.

Irgendwann überwand sich Claire, das erste Wort über die Lippen zu bringen – und dann sprudelte es aus ihr heraus: die Fahrt ins Laboratorium, das Gewölbe, die Probanden, was das Serum vermochte, ihre Flucht und sogar dass sie das fehlende Formelstück sowie den USB-Stick besaß. Er hatte ihr volles Vertrauen.

»Zeigen Sie es mir«, bat Fabian und drückte den Zigarettenanzünder.

»Seit wann rauchen Sie?« Sie nahm den Zettel, den sie aus Dubois' Bibliothek gestohlen hatte.

»Sobald ich nervös werde«, erwiderte er.

Claire suchte das zusammengefaltete Papier heraus sowie den Stick und reichte ihm beides. »Nun verraten Sie mir, wie Sie entkommen sind!«

»Aus dem A6?«

»Natürlich aus dem A6! Ich habe gesehen, wie der Wagen explodierte«, sprach sie haspelnd.

»Ich wusste, wie Dubois reagieren würde, sobald er mich sieht. Und es war mir wichtig, *dass* er mich sieht.«

»Um ihn glauben zu machen, ich werde beschattet«, vermutete sie.

»Richtig. Das machte Ihr Auftauchen glaubwürdiger, wie ich fand. Und er schluckte Ihre Story.«

Bis zu dem Kuss, dachte Claire und erinnerte sich genau an Dubois' Umarmung. »Wieso konnte er meine Gedanken nicht lesen?«

»Ich nehme an, es war die Überraschung. Hoffen wir, dass er sich nicht nachträglich besinnt.« Fabian setzte den Mini auf die Autobahn und beschleunigte den SUV auf mehr als 180 Stundenkilometer. Der Allradantrieb brachte die Kraft spielend auf den Asphalt. »Das war tapfer, was Sie heute leisteten. Und es ist unglaublich, was Sie herausfanden.« Er wackelte mit dem Zettel. »Wir haben die Formel damit komplett.«

Klackend sprang der Knopf des Zigarettenanzünders heraus.

Fabian nahm das rotglühende Metall heraus, ließ den Zettel in den Aschenbecher fallen und hielt das heiße Ende dagegen.

Sofort ging das Papier in Flammen auf.

»Was tun Sie da?« Claire hatte geglaubt, er würde sich einen Scherz erlauben. Nun war es zu spät, den Brand zu löschen. Das dünne Blatt verging rauchend und mit hoher Lohe.

»Diese Hälfte vernichten«, antwortete er wahrheitsgemäß und wartete, bis das Blatt zu Asche verbrannt war. Dann warf er sie mitsamt dem Behältnis in voller Fahrt aus dem geöffneten Fenster. »Kein Seelenwanderer darf sie besitzen.« Er warf den USB-Stick in den Fußraum und trat mehrmals darauf, bis Plastik und Metall zerfielen. Diese Stücke flogen ebenfalls nacheinander ins Freie. »Und auch niemand sonst. Es ist zu gefährlich, zu übermächtig. Es muss andere Wege geben.«

Wen meint er mit niemand sonst? Claire staunte ihn an. »Aber … das Triumvirat hat uns doch den Auftrag gegeben …«

»Sie denken, Stahl und seine Freunde wären die Guten. Mir erging es früher ähnlich«, unterbrach er sie. »Ich war ein braver *necessarius*. Aber das ist vorbei. Die drei sind Seelenwanderer, und sie kennen nur ein Ziel: Macht.«

Claire sah nach vorne, in ihr arbeitete es. »War das der Grund, warum Sie ihnen nicht sagten, wer ich bin?«

»*Ein* Grund, ja. Ich wollte Ihre Familie vor … dem *Triumvirat,* wie Sie sie nennen, schützen, um sie nicht zum Druckmittel zu machen, sobald Sie sich ihnen verweigern würden«, erklärte er. »Je weniger sie über Claire Riordan wissen, desto besser.«

So ganz verstand Claire seine Motivation nicht. Er verriet seinen Vorgesetzten – doch was plante er stattdessen? »Sie wollen mir sagen, dass die drei keine Sekunde zögern würden, diese Formel herzustellen, um sie selbst zu nutzen?« Sie vermochte es kaum zu glauben. »Diesen Eindruck hatte ich bei unserer Unterhaltung nicht.«

Fabian lachte kalt. »Was findet man in einem Hospiz?«

»Todkranke Menschen?« Dann fiel Claire ein, was seine Frage eigentlich bezweckte, und sie sackte leicht zusammen. »Natürlich! Sie warten dort auf Lebensmüde, um schnell von einem zum anderen zu wechseln.«

»Erfasst. Pro Wechsel eine Gabe mehr. Ihre Ausbeute ist recht gut.« Fabian warf ihr bei Tempo 200 einen raschen Blick zu. »*Alle* würden das Serum einsetzen, und die Begründungen wären fadenscheinig. Es gibt nichts Gutes im Schlechten, wie es so schön heißt.« Er zog an einer Reihe Militärlaster vorbei, die einen Konvoi bildeten und die rechte Straßenseite komplett besetzten. »Sie sind menschenverachtend. Darin gleichen sich sämtliche Seelenwanderer.«

Claire hörte ihm genau zu und erkannte den ablehnenden Unterton in seinen Worten. »Aber Sie gehören auch dazu.«

»Ich *wurde* zu einem von ihnen, ja. Aber ich wollte es nicht. Und will es auch nicht mehr.« Fabian rieb sich die aschebeschmutzten Finger an der Hose ab. »Was ich Ihnen erzähle, werten Sie als meinen größten Vertrauensbeweis.«

Claire nickte und war aufgeregt.

»Solange es Seelenwanderer gibt, und zwar solche wie Dubois oder Anastasia oder Stahl und Taronow, wird die Menschheit niemals frei sein«, eröffnete er ihr, ohne seinen Fahrstil zu ändern. »Das ist sie sehr, sehr lange schon nicht mehr.« Mit konstanten 200 Kilometern pro Stunde ging es über die Autobahn, der Konvoi flog an ihnen vorbei. »Ich fände es wesentlich gerechter, wenn die Menschheit selbst über sich bestimmt, anstatt Spielball der Seelenwanderer und deren Ambitionen zu sein.«

Claire erinnerte sich an seine ersten Ausführungen. »Staatsmänner, die in Wahrheit Seelenwanderer waren.«

»Genau. Und ihre alten Fehden weiterführten, von Körper zu Körper. Ganze Generationen wurden ausgelöscht, weil die Alten Seelen sich hassten und Krieg gegeneinander führten.« Fabian sah man die Abscheu an. »Sie könnten mir helfen, den Einfluss der Seelenwanderer zu reduzieren …«

»Indem wir ihre Zahl reduzieren«, vollendete sie.

»Wie gesagt: Je älter sie sind, desto zäher werden sie. Jede Exkarnation muss sorgfältig geplant werden, damit der Seelenwanderer nicht den Hauch einer Gelegenheit bekommt, sich zu halten.«

Claire kannte das Wort *Inkarnation* und nahm an, dass dies das Gegenteil davon war. *Das ist wohl der Fachbegriff. Entfleischung, wenn man ihn eins zu eins übersetzt.* »Dann existiert Anastasias Seele tatsächlich noch?«

»Davon gehe ich aus, auch wenn schon einige Tage vergingen und sie manche ihrer Gaben durch diese lange Zeit im Zwischenstadium einbüßte. Jetzt weiß es Dubois, und er wird alles versuchen, um sie zu finden.« Fabian überholte den letzten Lkw und reduzierte die Geschwindigkeit, bog auf die rechte Seite und fuhr nur noch 180 Stundenkilometer. »Ich wollte wissen, ob ich in Ihnen eine Verbündete habe.«

Claire fühlte sich unwohl und bedrängt. »Das muss ich mir überlegen.«

»Verstehe ich. Mein Schutz ist Ihnen sicher.«

»Sie haben bereits einen Plan?«

»Ich bin nicht alleine, sagen wir es so. Aber mehr Informationen bekommen Sie erst« – Fabian sah sie länger an, als es seinem Fahrstil angemessen war –, »wenn ich mir sicher sein kann, in Ihnen eine Mitstreiterin zu haben.«

Das meinte er mit niemand sonst. Claire nickte – und sehnte sich nach einem Gespräch mit ihrer Schwester. Noch ein Stein mehr, der auf ihr lastete. Wie lange sie dem Druck noch standhielt, wusste sie beim besten Willen nicht. Momentan rettete sie sich mit Verdrängen.

Der Countryman schoss durch die Nacht, und das Schweigen kehrte in den Wagen zurück.

Fabian war offenkundig ein Rebell, ein Widerstandskämpfer gegen sämtliche Seelenwanderer, um die Menschheit von deren Einfluss zu befreien. Das fand Claire mutig, beeindruckend – sofern es stimmte, was er behauptete.

Sie seufzte und blickte aus dem Fenster, wo die Lichter einer unbekannten Stadt als kleine blinkende Erdsterne leuchteten. *Jeder erzählt mir eine andere Geschichte.* »Würden Sie sich auch umbringen?«, fragte sie ihn leise.

Fabian lachte. »Jemand muss doch gegen die Seelenwanderer vorgehen. Normale Menschen könnten sehr rasch in Bedrängnis geraten, auch wenn meine Verbündeten gut aufgestellt sind.«

»Aber dann wären *Sie* einer der wenigen Seelenwanderer.« Claire musterte ihn von der Seite. »Wer würde *Sie* aufhalten, wenn Sie beschließen, Kanzler von Deutschland oder der nächste russische Präsident mit Allmachtsanspruch zu werden?«

»Niemand«, erwiderte er ehrlich wie stets. »Aus dem Grund tue ich es nicht.«

Und wenn du vor Macht durchdrehst? Claire legte die schmalen Hände in den Schoß, die ein wenig verloren darin aussahen. »Sie müssen mir noch sagen, wie Sie aus dem Audi entkamen.«

»Ah, die Seelengabe.« Fabian grinste lausbubenhaft. »Der Trick war: Ich saß nicht mehr drin.« Er nahm die Hände vom Steuer, schnallte sich ab und kletterte zwischen den Vordersitzen auf die Rückbank des Mini.

Der Wagen jagte unvermindert über die Autobahn, ohne auszubrechen oder sein Fahrverhalten zu ändern.

Claires Arme sanken zur Seite, sie krallte sich an das Leder, schluckte die Angst hinab. *Er weiß, was er tut,* sagte sie sich unentwegt.

Fabian blickte nach vorne und lächelte. »Ich bemerkte die Gabe erst nach Jahren. Durch einen Zufall. Ich kann ein Fahrzeug meiner Wahl steuern, wenn ich zuvor damit Kontakt hatte. Ich könnte auch aussteigen und es aus der Ferne lenken, ohne dass ich gegen Hindernisse fahre.« Er wandte den Kopf zu ihr. »Ich sehe sozusagen, was um den Wagen herum geschieht. Und Blitzer-Fotos ohne Fahrer, tja, gelten vor Gericht nicht.«

Claire zwang sich zu einem Lächeln und versuchte, sich zu entspannen, auch wenn er sich einen Spaß daraus machte und den Countryman beschleunigte. »Halten sich Seelengaben gelegentlich verborgen?«

»Manchmal ja. Nach einem Übergang gab es Fälle, wo Wanderer ein Jahr und mehr nach ihrer neuen Kraft fahndeten, ehe sie sich zeigte.« Fabian stieg auf den Fahrersitz zurück.

»Könnte es sein«, setzte sie behutsam zu einer entscheidenden Frage an, »dass ich über *mehrere* Gaben verfüge?«

»Wie kommen Sie darauf?« Zwar hatte er die Hände ums Lenkrad geschlossen, verriss es aber ganz leicht und musste gegensteuern, um nicht mit den Leitplanken auf der linken Seite zu kollidieren. »Aber natürlich! Sie haben Dubois' Gedanken gelesen!«

»Ich« – Claire suchte nach den richtigen Worten – »kann noch mehr. Als ich mit ihm und der Ärztin kämpfte und sie schlug, löste sich ein Blitz, als wären meine Hände elektrisch geladen.«

»Das wären schon drei.«

»Ich sehe im Dunkeln. Ist das normal?«

»Vier.« Fabian sah man an, dass er nachdachte. »Schwierig«, befand er irgendwann. »Einer vom Triumvirat wüsste womöglich mehr, aber …«

»Nein!«, warf sie erschrocken ein. »Die sollen es nicht wissen.«

»Ganz genau. Ich versuche, im Verborgenen mehr herauszufinden.« Er zeigte auf ein vorbeihuschendes Hinweisschild. »Wir sind gleich in Leipzig. Willkommen zu Hause.«

Das ist nicht mein Zuhause. Claire bereitete sich auf das Zusammentreffen mit Eugen vor, der sicherlich noch nicht schlief.

Gemeinsam mit Fabian ging sie ihre Geschichte durch. Er verbesserte die Lügen durch kleine Anmerkungen, so dass ihre Ausrede, warum sie erst gegen drei Uhr morgens in die Bechsteinsche Villa von einem spontanen Meeting in Wien zurückkehrte, halbwegs passabel klang. Eugen würde seine Frau zu Recht für verrückt halten.

Sie erreichten das verschlafene, ruhige Lausen und näherten sich durch die Sträßchen dem herrschaftlichen Anwesen in der Nähe des Kulkwitzers Sees.

Fabian fuhr auf das angestrahlte Anwesen zu. Im Vorbeifahren sahen sie beide ein gelbes Plastikkärtchen kurz vor dem Alleebeginn aus dem aufgewühlten Schnee an der Straße ragen.

Der Mini blieb vorm Eingang stehen.

Fabian stieg aus und öffnete ihr die Wagentür. »Morgen um wie viel Uhr, Frau von Bechstein?«, fragte er galant und reserviert zugleich, wie es sich für einen Leibwächter gehörte.

»Nicht zu früh. Gegen neun Uhr wird ausreichen.« Claire nahm die Tüte und ging auf den Eingang zu. »Gute Nacht, Herr Vacinsky.« Sie suchte den Schlüssel heraus und sperrte auf, um das Haus zu betreten. *Wayne Manor.* Sie schauderte.

»Gute Nacht, Frau von Bechstein.« Er stieg ein, der Motor des kleinen SUV röhrte auf und entfernte sich.

Wieder hatte Claire das Gefühl, alleingelassen zu sein, auch wenn Eugen lächelnd durch die Halle auf sie zukam und die Arme zur Begrüßung ausbreitete.

Fabian ließ den kompakten Wagen von der Auffahrt rollen und bog auf die Straße ab, hielt allerdings nach wenigen Metern am Fahrbahnrand an. Eine Sache musste noch untersucht werden. Ohne Aufsehen und ohne Claire aufmerksam zu machen.

Er hatte die Formel vernichtet, weil er seinen Verbündeten von *libra* den Missbrauch ebenso zutraute wie den Drei. War die perfide Formel einmal in die Welt gesetzt und das Mittel erschaffen, würde der Einsatz dieses Stoffes kaum mehr zu kontrollieren sein. Unschuldige durften nicht zu Schaden kommen, und wie viel Rücksicht *libra* nahm, vermochte er nicht einzuschätzen.

Er stieg aus und ging auf das Anwesen der Bechsteins zu.

Mit einem Griff zog er aus dem Schneehaufen das

gelbe Kärtchen, wie sie die Polizei benutzte, um Beweise zu markieren. Auf dem Bürgersteig erkannte er breite Reifenabdrücke und eine Schleuderspur.

Fabian sah zum Anwesen. Das Heck eines Transporters schien durch das Manöver herumgeschwenkt zu sein, eine eventuelle Ladeklappe zielte dadurch genau auf den Eingang. *Freies Schussfeld.*

Fabian war beim Aussteigen ein Loch in der Mauer neben dem Eingang aufgefallen, dem er zunächst keine Bedeutung zugemessen hatte. Alte Häuser trugen Narben. Jetzt allerdings wollte er sichergehen, nichts verpasst zu haben.

Er erklomm den Zaun, um den Kameras zu entgehen, und pirschte durch den Park.

Als er sich hinter eine Tanne kniete, um nicht vom Haus aus gesehen zu werden, kniff er den Mund zusammen: Der Schnee war extrem aufgewühlt. Es musste in der Abwesenheit von ihm und Claire zu einem Vorfall vor der Villa gekommen sein, aber außer dem Loch in der Wand schienen die Hinweise von Eugen beseitigt worden zu sein.

Wegen der Kinder oder wegen seiner scheinbar labilen Frau?

Zunächst zückte Fabian das Smartphone, um Claire eine SMS zu schreiben, doch dann sah er davon ab. Es grenzte an ein Wunder, dass die Frau nicht schon lange zusammengebrochen war.

Wahrlich, keine alte, aber eine sehr starke Seele. Fabian erhob sich und änderte den Plan. Morgen war Zeit genug, sich das Loch anzuschauen und sie nach den Geschehnissen um die Villa zu befragen.

Er wandte sich um – und stand vor einem Mann, den man für einen Geist halten konnte.

Der Unbekannte trug einen komplett geschlossenen, weißgrauen Schneetarnanzug, Reste des Weiß rieselten von der kälteisolierten Kleidung. Er musste irgendwo im Garten verborgen auf der Lauer gelegen haben. Seine rechte Faust mit dem Schlagstock zuckte von schräg oben heran.

Fabian sprang zurück und stieß an den Baumstamm. Er duckte sich unter der Attacke weg, der eine Welle aus Hitze vorauseilte.

Die Metallwaffe glühte auf, fraß sich durch die Tanne und hinterließ einen tiefen Schnitt im Holz, der an den Rändern verbrannt roch; das Aroma von frischem Harz verbreitete sich in der kalten Luft.

Ein necessarius! Fabian bekam einen Fegetritt gegen die Beine und landete im Schnee. Das anschwellende Zischen verhieß die kommende Attacke des heißen Eisens, und er zog den Kopf ein. *Einer von Dubois?*

Fauchend berührte der Stab den Schnee, Wasserdampf schoss sofort in die Höhe und hüllte die zwei Männer ein.

Fabian rollte sich nach rechts und kam dabei auf die Füße, warf sich mit einem gewaltigen Sprung gegen den anderen, um ihm einen Tritt ins maskierte Gesicht zu verpassen.

Doch der Gegner fischte ihn mit einer kreisenden Armbewegung aus der Luft, erneut krachte Fabian auf den Boden.

Dann spürte er einen Fuß auf seiner Brust und sah das glühende Metall vor sich schweben. Die abstrahlende Hitze schien sein Gesicht zu verbrennen, er musste die Lider schließen, damit seine Augäpfel weder garten noch schmolzen.

»Was habt ihr mit der Bechstein vor?«, hörte er die

kratzige Stimme eines alten Bekannten, den er tot gewähnt hatte.

Artjom! Fabian konnte seinen Schrecken nicht verbergen. *Ich hatte ihn erschossen.*

Ein gehässiges Lachen erklang. »Manchmal braucht die Seele keinen neuen Körper, um zurückzukehren«, sprach er zufrieden. »Da tut es auch der alte, wenn er sich regeneriert.«

»Das nächste Mal bin ich gründlicher«, presste Fabian hervor.

Artjom drückte das heiße Eisen gegen Fabians Hals, der daraufhin einen lauten Schrei ausstieß. Ein Fausthieb des Gegners brachte ihn in weniger als einer Sekunde zum Verstummen. »Wo ist das, was Bechstein in Wien gestohlen hat?«

»Seit wann gehorchst du Dubois?«

Das glühende Metall traf ihn erneut.

»Die Formel ist vernichtet«, rief Fabian keuchend. »Stick und Papier sind verloren.« Auf herkömmlichem Weg würde er dem Vertrauten von Anastasia nicht entkommen. Er hatte unterschätzt, wie stark Artjom seit seiner letzten Wanderung geworden war. Der Russe konnte jegliches Metall in seinen Händen erhitzen, ohne Schaden zu nehmen, wuchtete eine Tonne Gewicht ohne Anstrengung und schien mit einer übermenschlichen Konstitution gesegnet zu sein. Er erinnerte sich, dass Artjom bereits früher Anastasias Zerstörer genannt wurde.

»Vernichtet?« Artjom riss ihn in die Höhe, die blauen Augen starrten über das vor Hitze leuchtende Eisen hinweg und ergründeten den Gegner. »Das glaube ich dir nicht.«

Röhrend schoss der Mini Countryman plötzlich

durch den Garten heran, blendete in der letzten Sekunde auf und räumte den Russen von den Beinen.

Artjom ließ Fabian los und krachte rücklings auf die Motorhaube, auf der er eine tiefe Delle hinterließ. Dann fiel er auf der anderen Seite zwischen Dornenbüsche, der glühende Schlagstock flog davon.

Fabian landete stöhnend auf dem Boden und ließ den Wagen nach zwei Metern anhalten.

Leicht ruckelnd kam der SUV vor einer Hecke zum Stehen. Der Motor erstarb, und die Scheinwerfer erloschen, um im Park unsichtbar zu werden.

Na also. Fabian packte den orientierungslosen Artjom mit der Linken, zerrte ihn aus den Hecken und schlug ihm mehrmals die Faust ins Gesicht. Blut spritzte aus der gesprungenen Lippe und besprenkelte den weißen Tarnanzug.

»Dieses Mal wird deine Seele vergehen«, versprach er seinem Gegner und langte unter sein Sakko, wo er einen langen Dolch verborgen trug.

Fabian riss die Waffe hervor, blickte nochmals zum Anwesen, um sich zu vergewissern, dass niemand bemerkte, was vor sich ging – und erhielt einen Schlag von solcher Wucht gegen den Hals, dass er seinen Kehlkopf knirschen hörte: Artjom hatte sich in letzter Sekunde mit einem Kopfstoß zur Wehr gesetzt.

Hustend sackte Fabian neben ihn, stach mit der Klinge dennoch nach dem Gegner. Dumpf schabend drang die Spitze in den Körper des Feindes ein, und der *necessarius* stöhnte.

»Verrecke«, krächzte Fabian und führte die Klinge erneut gegen ihn. Er hoffte, dass seine eigene Verletzung nicht zu gravierend war, Sprechen und Atmen gelang ihm nur unter größten Mühen.

Artjom versuchte, ihn von sich abzuschütteln, doch nach dem dritten Stich, der seitlich durch die Rippen ging, lag der muskulöse Mann abrupt still.

Fabian sog die Luft ein, was ein unheimliches Geräusch fabrizierte, und erhob sich schwerfällig. Sein Hals fühlte sich strohhalmschmal an.

Klickend öffnete er die Verriegelung des SUV-Kofferraums, der Deckel schwang auf.

Darin würde der Russe die letzte Fahrt unternehmen, bevor Fabian seine Leiche in einem See versenkte oder am besten noch in dieser Nacht verbrannte.

Ich werde die Rückbank umklappen müssen. Er hustete und hielt sich den Hals, räusperte sich und schmeckte das eigene Blut. Auf dem Tarnanzug seines Gegners zeichneten sich an drei Stellen rote Rinnsale ab.

Einer weniger von den Bastarden. Fabian bückte sich und packte Artjoms rechten Fußknöchel, dessen Bein noch im Nachhall des Todeskampfs zuckte. Die Nerven gaben letzte Impulse an die Muskeln weiter.

Seine Finger schlossen sich um das geweißte Stiefelleder.

Da erhielt er einen elektrischen Schlag, der durch seine Kuppen den Arm hinauf bis in seinen Kopf schoss.

Unfähig, sich zu bewegen, hielt er den Kontakt zu Artjom, biss die Zähne zusammen, um nicht laut zu schreien, und warf sich endlich mit aller Macht rückwärts, um sich vom Gegner zu lösen. Ratschend riss sein Fleisch ab, das mit den glühend heißen Ösen des Stiefels innerhalb von Sekunden verbacken war.

Entsetzt starrte Fabian auf den vermeintlichen Leichnam: Artjom erholte sich bereits von den drei tödlichen Stichen. Sein kräftiger Oberkörper schnellte in die Höhe wie der eines erwachten Vampirs, sein rechter Arm zuckte viel zu schnell nach vorne, um ihm entgehen zu können. »Habe ich dir von meiner neusten Seelengabe erzählt?«, rief Artjom und griff mit der bloßen Hand mitten in Fabians Gesicht.

Du wirst dennoch sterben! Fabian riss den Dolch erneut aus der Halterung; gleichzeitig durchströmten ihn unsägliche Schmerzen.

Der Mann im Tarnanzug stockte, dann lösten sich die Fingerkuppen widerstrebend von Fabians Zügen. »Was …«, stotterte er und starrte auf seine Hand. »Wie hast du …?«

Fabian verpasste ihm einen Tritt, der ihn zurückschleuderte. »Jetzt wirst du dahin zurückkehren, woher du genommen wurdest«, grollte er. Mit aller Kraft vollführte er eine Wurfbewegung. »Vergehe, Seele!«

Der Dolch flog und jagte in Artjoms linke Augenhöhle. Die unterarmlange Klinge trat hinten aus dem Schädel wieder aus und spannte die weiße Sturmhaube groteskerweise wie ein Zelt am Hinterkopf auf. Der Unterkiefer des Getroffenen klappte herab, doch der *necessarius* stieß keinen Schrei mehr aus.

Stumm sank er nach hinten und lag still. Nicht mal mehr das Bein zuckte.

Fabian lächelte grausam.

Als ich meine Seele fragte,
was die Ewigkeit mit den Wünschen macht,
die wir sammelten,
da erwiderte sie:
Ich bin die Ewigkeit!

Khalil Gibran (1883–1931)

KAPITEL XIV

Vereinigtes Königreich, England, Brighton

Eric stand auf der gemauerten Aussichtsplattform, die sich unterhalb des Brighton Pier am Ende des Weges einige Meter weit im Atlantik befand. Die Luft war nass und schmeckte salzig, die grauen Wogen rollten hoch herein und zerbarsten rumpelnd an den Wellenbrechern unterhalb der Plattform.

Das Meer ist noch wilder als an der Côte d'Armor. Das Wasser explodierte regelrecht, stieg senkrecht in die Höhe und flog über die Brüstung hinweg. Der stürmische Wind trieb die Gischt vorwärts, Tröpfchen landeten in Erics Gesicht.

Ganz vorne auf der Plattform hielten stoische Angler aus und wurden vom eiskalten Nass überschüttet. Die Leinen an den mit Gewichten beschwerten Ruten führten straff gespannt in die unruhige See.

Es war Eric unbegreiflich, wie man unter diesen Umständen einen Fisch fangen konnte und dabei auch noch Spaß hatte.

Obwohl die Elemente tosten, rauschten und pfiffen, zwang sich schrecklichste Dancefloor-Musik aus den Neunzigern an seine Ohren. Die Außenboxen des Brighton Pier ballerten ihren basslastigen Sound in alle Richtungen, als wollten sie das Meer und die Menschen mit gutem Geschmack gleichermaßen beleidigen.

»Ich mochte es mehr, als sie noch echte Kapellen spielen ließen«, rief Minamoto gegen den Wind und kam an Erics rechte Seite. »Damals war es edel und gediegen.

Man freute sich auf die Tea-Time. Die meisten machten sich richtig schick, um die Piers zu genießen.« Er reichte ihm einen Pappbecher mit Kaffee. »Es ist ein billiger blinkender elektronischer Rummel daraus geworden. Kein Flair mehr.«

Eric sah zu der auf Stelzen stehenden Konstruktion, die weit über den Fluten aufragte und auf der Menschen flanierten, Fotos vom Meer und sich selbst schossen. Dass unter ihnen der Atlantik schäumte und sich gegen die Träger warf, störte sie nicht. *Oben Prunk und Spaß, darunter das Verderben.* »Wann war das mit den Kapellen?«

»Richtig wundervoll wurde es ab 1890«, erwiderte Minamoto und trank vom Kaffee. »Kommen Sie. Das Schreien wird mir zu anstrengend.« Er setzte sich in Bewegung.

Eric folgte ihm und betrachtete die junge Hülle des Mannes. Sia sah man ihre vielen hundert Jahre auch nicht an. *Aber ein Vampir ist er nicht.*

Sie gingen bis zur Uferpromenade, in deren dicken Mauern kleine Geschäfte, Restaurants und Pubs untergebracht waren, während die Straße darüber führte.

Geschützt vor der Gischt und dem Wind, doch nicht vor der Musik, nippten sie zunächst schweigend.

Die kleinen Kieselsteine am Strand wurden von den zurückgleitenden Wellen ein Stück mitgezogen und rollten übereinander, was ein helles Rascheln verursachte.

Eric sah sich um und fragte sich, wie sein erster Auftrag aussah. Trotz des durchwachsenen Wetters liefen Touristen umher, Jogger in engen Sporthosen umrundeten sie, Hunde rannten kläffend umher. Befand sich das Wesen unter ihnen? Lauerte es in einem der Gewölbe oder einem Abflussrohr unter der Straße? *Er wird es mir sagen.*

Die Möwen standen mit ausgebreiteten Schwingen in der Luft, dann kreisten sie um den langgezogenen Pier und setzten sich auf die stillstehenden Fahrgeschäfte des Vergnügungsparks. Die Lampen an den Gebäuden und am Geländer brannten im einsetzenden gelblich schieferfarbenen Zwielicht.

Aus Neugier hatte Eric *Goryō* nachgeschlagen, den Kurznamen, den ihm Minamoto angeboten hatte. *Bezeichnung für einen racheerfüllten, hochrangigen/adligen Geist, japanischer Glaube.* Es konnte noch lustig mit seinem Begleiter werden. »Sie sind aus Brighton?«, erkundigte er sich.

»Nein. Aber meine Familie und ich waren oft hier. Ich erlebte, wie der erste Pier entstand.« Minamoto bekam einen versonnenen Ausdruck. »Es gab einst drei, errichtet für die Reichen, die aus London raus an die See und die Luft genießen wollten. Man dichtete Brightons Meer besondere Heilkräfte an.« Er zeigte hinüber zu den überwiegend hässlichen Hotelfassaden, die sich wallgleich vor dem schönen Teil der Innenstadt empordrückten. Einige wenige Fronten wirkten alt, die Mehrheit schien jedoch aus den Siebzigern und Achtzigern des letzten Jahrhunderts zu stammen, mal mehr, mal weniger schlecht renoviert. »In den teuren Unterkünften gab es einen dritten Hahn, der Meerwasser ausspuckte, weil es besonders gut für den Körper sein sollte.«

»Man trank es?« Eric versuchte verzweifelt, die Neunziger-Songs auszublenden und eine Zwanziger-Jahre-Stimmung heraufzubeschwören. Es wollte nicht gelingen.

Minamoto lachte. »Was tun Menschen nicht alles, wenn sie denken, etwas sei gesund?« Er wies zum leuchtenden, blinkenden Pier. »Diesen, den Brighton Marina and Palace Pier, wie er einst hieß, gibt es seit etwa 1900. Aber 1866 ging es schon los, da war er eher ein Steg mit kleinen Buden am Ende. Wer drauf wollte, musste Geld bezahlen. Bald schon wurde das Unterhaltungsangebot ausgebaut: Pavillons, sogar zweistöckig, in denen Bands spielten und wo es Aufführungen gab.«

Eric sah geschätzte dreihundert Meter rechts entfernt ein Stahlgerippe im Wasser liegen, Pfähle ragten aus dem Atlantik und schienen in gerader Linie darauf zuzuführen. »Das war auch einmal ein Pier?«

»Ganz recht. Der West Pier. Er war der schönste, gerade wegen des Theaters. Zuerst verfiel er, weil der Besitzer kein Geld für Renovierungen hatte, dann kam ein Sturm, dann brannte er.« Minamoto sah nicht zu dem Metallskelett, sondern hielt seine Augen auf den Trubel schräg vor ihnen gerichtet. »Nach dem Zweiten Weltkrieg war es mit dem Mondänen vorbei, und *das*« – er nickte auf die hektischen Lampen – »wurde daraus. Ich trauere den alten Zeiten nach, das gebe ich zu.« Erst jetzt blickte er zu den Überresten des West Pier. »Seit den Siebzigern hat er für mich den Zauber komplett verloren. Wenn man noch weiß, wie wundervoll die Frauen in den aufwendigen Kleidern aussahen, dann machen übergewichtige Teenies in zu engen Sportklamotten wortwörtlich keine gute Figur.«

Eric grinste. »Sie haben mich nicht wegen der guten Luft nach Brighton gebracht.«

»Ganz recht.« Minamoto warf den leeren Pappbecher in die Tonne, der Wind hätte das leichte Behältnis beinahe mitgerissen. »Es muss 1975 gewesen sein, als sie den hinteren Teil des West Piers aus Sicherheitsgründen sperrten.«

Eric verstand am veränderten Tonfall, dass sich dahinter mehr verbarg. »*Aus Sicherheitsgründen* wird stimmen, aber nicht weil die Konstruktion morsch war?«

Minamoto hob lobend den Daumen. »Gut mitgedacht. Offiziell hieß es, eine Renovierung sei zu kostenintensiv, und man habe nicht genug Besucheraufkommen.« Er sah Eric an. »Die Wahrheit: Es gab dort eine Kreatur, die nicht zu fassen war und zu viele Menschen fraß, um es auf Dauer mit Unfällen zu erklären. Also haben wir die Leute mit ein paar Tricks von dem Ort ferngehalten.«

»Und die Bestie blieb?«

»Sie war an den Ort gebunden. Gleichzeitig erwies es sich als gefährlich, sie dort zu belassen. Es verschwanden immer wieder Neugierige, die von dem verfallenden Ort angelockt wurden, oder Surfer, die zu dicht vorbeifuhren.« Minamoto zog Handschuhe aus den Manteltaschen und streifte sie über. »Als wir die Kreatur schließlich stellten und einsammelten, brach das Feuer aus. Was Sie herausragen sehen, ist der alte Teil des West Piers. Der neuere Teil ist inzwischen völlig verschwunden, abgesehen von den Pfählen.«

Eric sah zur hell leuchtenden Vergnügungsstätte zu ihrer Linken. »Die Kreatur brach aus und treibt jetzt dort ihr Unwesen?«

»Nein, sie ist noch immer hinter Schloss und Riegel. Aber es gibt Anzeichen, dass sie vor unserem Zugriff für einen Thronfolger sorgte. In letzter Zeit werden Touristen, Schausteller und Einheimische vermisst.« Er zeigte zu den Treppen, die hinauf zur Straße und dem Eingang führten. »Eine gute Gelegenheit, um mir Ihr Können zu beweisen.«

»Mitten im Trubel?« Eric vermochte schlecht zu schätzen, wie viele Menschen sich auf der Anlage aufhielten, doch es konnten an die tausend sein.

»Wir sondieren behutsam und warten, bis es schließt. Dann schlagen wir ... nein, schlagen Sie zu.« Minamoto übernahm die Führung. »Kommen Sie. Willkommen in der billigsten Kirmes-Hölle.«

»Mit Höllen kenne ich mich aus«, murmelte Eric und wusste, dass seine Erwiderung vom Wind weggetragen wurde.

Sie stiegen die nassen Stufen hinauf auf den kleinen Vorplatz an der höherliegenden Straße und schwenkten auf den Einlass zu.

»Hier war einst der Royal Suspension Chain Pier, der für diesen Neubau 1899 weichen musste«, erklärte Minamoto. »Deshalb sprach ich vorhin von drei.«

Sie schritten unter dem gusseisernen Torbogen hindurch.

Die modern-nostalgische Musik verstärkte sich, die Elemente kamen nicht mehr gegen Marky Mark, East 17 und die Backstreet Boys an.

Auch das kann ein Grund sein, einen Pier anzuzünden, huschte es Eric durch den Kopf.

Er lief zusammen mit Minamoto über den Jahrmarkt, schlenderte vorbei an den gut besuchten Restaurants, Bars, Ständen und Achterbahnen, den Spielhallen und einsamen Karussells.

Die meisten Menschen hielten sich in den Gebäuden auf, sie mieden den kalten, peitschenden Wind. Aus den Hallen drangen hektisches Gepiepse, noch lautere Musik und schlechte Luft. Eric würde freiwillig keinen Fuß hineinsetzen.

Die beiden Männer erstanden einen Tee zum Aufwärmen, während sie über die glitschigen Holzbohlen gingen, unter denen das Meer wütend schwappte und drohend rauschte.

Eric fiel auf, dass sein Begleiter immer wieder den Ärmel des Trenchcoats zurückstreifte und auf sein rechtes Handgelenk blickte, wo ein Gerät saß, das man ohne genaues Hinsehen für eine Uhr halten konnte. Das bernsteinfarbene Leuchten, das nicht von einem elektrisch betriebenen Display stammte, verriet ihm, dass Minamoto ein Artefakt bei sich trug, mit dem er anscheinend die gesuchte Bestie orten konnte.

»Und?«, erkundigte er sich lakonisch.

»Ich habe eine gewisse Ahnung, wo wir später suchen sollten«, antwortete Minamoto konzentriert und schaute nochmals auf die längliche Vorrichtung an seinem Unterarm. »Wenn ich es richtig interpretiere, bewegt es sich zurzeit unter uns.«

»Unter den Brettern?«

»Es kommt auf diese Weise schneller voran«, erklärte der junge Mann. »Das scheint es von seinem Vorgänger übernommen zu haben.« Er begab sich an die Reling, wo ein Schild darauf aufmerksam machte, dass man weder hinabspringen noch schwimmen noch tauchen solle, weil es gefährlich *und* verboten sei.

In England sichert man ein Verbot durch einen Appell an die Vernunft ab. »Was für ein Wandelwesen ist es?« Eric betrachtete die Wellen, dann ließ er seine Blicke über die Stadt und die entfernt liegenden Kreidefelsen schweifen. Nach außen mimten sie die perfekten Touristen.

»Ich sagte nichts von einem Wandelwesen«, sagte Minamoto. »Sie können sich den Begriff übrigens abgewöhnen. Er stimmt nicht.«

»Was soll ich sonst sagen?«

»Es sind Seelenwesen, die wir in verschiedene Kategorien einteilen.«

Eric verdrehte die Augen und sah Minamoto an. »Klingt nach Haarspalterei.«

»Nein. Es klingt korrekt, weil es keine Wandelwesen gibt. Allenfalls bewirkt die Seele, dass sich der Körper und der Mensch verändern«, stellte er richtig.

»Dann … *Wandelseelen?*«, erwiderte Eric mit einem breiten Grinsen. Als er keine Antwort bekam, zuckte er mit den Achseln. »Es wäre dennoch gut zu wissen, was mich erwartet.«

»Die Kreatur, die wir im West Pier fassten, vereinte mehrere Merkmale, die Sie in Ihrer Unwissenheit verschiedenen Wandelwesen zuschlagen würden«, gab Minamoto zurück. »Deswegen sagte ich: Gewöhnen Sie sich Ihre veralteten Definitionen ab. Es legt Sie zu sehr fest, was gefährlich werden kann.«

»Welche Besonderheiten waren das?«

Nieselregen setzte ein, der kalt gegen die Männer traf, Mantel und Jacke mit einer Schicht aus nassen Perlchen überzog.

Minamoto löste sich von der Reling und wechselte in den Schutz eines Unterstandes, in dem zusammengeklappte Sonnenstühle lagerten. Es schien durchaus freundliche Tage in Brighton zu geben. »Erhöhte Schnelligkeit, gesteigerte Wendigkeit, die Lust auf Menschenfleisch und dazu die Fertigkeit, gleißende Helligkeit abzusetzen, die den Gegner lange genug blendet, um einen unparierbaren Angriff zu starten.«

Eine Durchsage erschallte, die darauf hinwies, dass der Pier geschlossen wurde.

Ein kleinerer Besucherstrom glitt daraufhin an ihnen

vorbei, aus dem die unterschiedlichsten Sprachen emporquollen; Englisch war darin nur eine von vielen.

Eric blieb gelassen. Er hatte mit Schlimmerem gerechnet – oder Minamoto wollte ihn beim ersten Wesen nicht vollkommen überfordern. Es war ein Test in zehn Stufen, und sie befanden sich auf Level eins. »Irgendwelche Schwächen, um es einfacher außer Gefecht zu setzen?«

»Es mag keine lauten, metallischen Geräusche, wie das Läuten von Glocken oder ein Hammerschlag gegen Eisen. So etwas in dieser Art. Damit vertrieb man solche Kreaturen früher«, schilderte Minamoto. »Und natürlich ist es wie jede Bestie nahezu hilflos gegen die Kraft des Bernsteins.« Er grinste Eric an, weil er genau wusste, dass er Bekanntschaft mit den honigfarbenen Strahlen gemacht hatte.

Eric lehnte sich mit dem Hintern an die Klappsessel. »Dann nehme ich an, Sie haben einen Splitter Bernstein für mich dabei.«

»Nein. Sie wüssten nicht, was Sie damit tun sollten. Diese Seelengabe ist Ihnen nicht verliehen, aber das fühlten Sie bereits.«

Die Prozession der hinausgeworfenen Besucher verebbte. Klackend wurde die Musik ausgeschaltet, wodurch sich Erics Laune um einige Prozentpunkte verbesserte.

Ein Schausteller kam auf sie zu und machte mit einem unverbindlichen Lächeln eine scheuchende Handbewegung, die Touristen weltweit verstanden. Meeresrauschen, das Donnern der Wellen und der Wind schienen lauter geworden zu sein, sogar der Nieselregen verursachte ein leises Tickern, als befände sich Hagel unter den Tröpfchen. Niemand würde den Aufpasser bei einem Abstand von mehr als einem Meter ohne ein Megafon verstehen.

Minamoto zückte souverän einen Ausweis aus der Innenseite seines Trenchcoats und wies ihn diskret zurück. »Ich bin Pickerton, das ist mein Kollege Russ«, erklärte er laut und deutlich. »Wir sind vom Yard und abgestellt, eine erste Sondierung wegen der Verschwundenen vorzunehmen.« Er verzog bedauernd das Gesicht, um zu zeigen, dass er Mitleid mit den Schaustellern hatte. »Wir werden die Nacht auf dem Pier verbringen, Sir.«

»Aha«, rief der Mann und lehnte sich nach vorne, so dass sich ihre Gesichter fast berührten. »Davon weiß ich nichts. Ich muss den Alten holen, damit er das erlaubt.«

»Wir gehen einfach mit Ihnen ins Büro«, schlug Minamoto vor. »Das geht schneller.«

»Nee. Sie warten hier. Ich schmeiße die Touristen noch raus«, bestimmte er und setzte sich in Bewegung. »Bin gleich wieder da.«

Eric nickte. Als sich der Mann außerhalb der Hörweite befand, wandte er sich an Minamoto. »Wir sind von Scotland Yard?«

»Gerade schon.« Sein Begleiter klopfte sich gegen den Mantel. »FSB wäre unpassend, hätte ich aber dabei, wenn Sie den lieber haben wollen.«

Eric grinste. *Libra ist präpariert.*

Die letzten Besucher gingen an ihnen vorbei, während die Buden klappernd die Läden schlossen. In den Restaurants und Bars wurde in Windeseile aufgeräumt, die Routine ermöglichte einen hurtigen Feierabend.

Zwei Männer kamen auf sie zu. Der eine war der Rausschmeißer von vorhin, neben ihm lief ein älterer

Herr in Klamotten, die so zeitlos modisch waren, dass sie bereits in den Zwanzigern hätten getragen werden können.

»Das sind die beiden Vögel«, stellte der Rausschmeißer sie knapp vor. »Namen habe ich vergessen.«

»Ich bin Terence.« Er reichte zuerst Minamoto, dann Eric die Hand. »Der Yard schickt Sie wegen der Verschwundenen, meinte Rob?«

»So ist es, Gentlemen.« Minamoto zeigte nochmals den Ausweis. »Die Kollegen der örtlichen Inspektion sind der Meinung, das sollten sich Spezialisten anschauen.« Er nahm einen Zettel heraus. »Das sind einige Vermisstenfälle. Alle rund um den Pier, Sir.«

»Stimmt schon. Kann auch Zufall sein.« Terence musterte sie argwöhnisch. »Sie wollen aber nicht uns Schaustellern was anhängen?«

Eric sog die Luft ein, in die sich ein neuer Geruch gemischt hatte. *Metall und Karamell.*

»Nein, Sir. Wir hängen niemandem was an. Wir wollen herausfinden, was nachts alles auf dem Pier geschieht«, erwiderte Minamoto freundlich.

»Dann könnten Sie mit den Überwachungsaufnahmen anfangen«, schlug Rob vor.

»Wir haben unsere eigenen Methoden, Sir.« Minamoto lächelte den besserwisserischen Hinweis davon. »Ich brauchte einen Generalschlüssel, Mister Terence.«

»Sie können den Wachmann begleiten«, versuchte der Alte, einen Alleingang der Ermittler zu vermeiden. »Er sperrt Ihnen alles auf, was Sie sehen wollen.«

Eric ging einige Schritte weg von den Männern, witterte und wandte sich langsam nach links, wo die erleuchteten, verharrenden Fahrgeschäfte lagen. *Da ist es.*

»Wenn wir einen Verdächtigen verfolgen, möchte ich nicht auf Ihren Mann warten müssen.« Minamoto verlor die Freundlichkeit. »Sir, Sie haben ein Problem auf dem Pier. Wir können es auch mit einem Dutzend Uniformierter jeden Tag auf den Kopf stellen lassen, Ausweiskontrollen durchführen, die Lizenzen checken …«

»Schon gut.« Terence langte in die Hosentasche, zerrte den Bund heraus und löste einen markierten Schlüssel ab. »Falls Sie ihn verlieren, kostet das tausend Pfund. Wegen der Schlösser.«

»Geht klar, Sir.«

Der Alte zog ein Smartphone aus der Tasche und schoss eine Aufnahme von Minamotos Ausweis, den er sich nochmals zeigen ließ. »Jetzt auf alle Fälle.«

Erics Jagdfieber erwachte. Er marschierte los, trank seinen Tee aus und warf den Becher in den nächsten Mülleimer. *Wer braucht ein Bernsteinortungsartefakt?*

Der Geruch von Karamell und verrostetem Eisen führte ihn zu einer Berg-und-Tal-Bahn. Ein leises Klirren erklang hinter der Plane an der Stirnseite.

Eric umrundete das Fahrgeschäft und vernahm leise, tippelnde Schritte, die sich hastig von ihm entfernten.

Der ungewöhnliche Geruch nahm zu.

Behutsam trat er in die Schatten, schob sich an der dunkelblauen Plane entlang. Aus dem Augenwinkel sah er einen Schemen, der sich hinter einen windmühlenartigen Aufbau schob.

Eric sah sich um, konnte Minamoto aber nirgends entdecken. Der Mann von *libra* hielt sich zurück und beobachtete ihn gewiss aus sicherer Entfernung.

Ein Tentakel schoss lautlos heran und schlang sich um Erics Kehle, er drückte sofort zu, um jeglichen Schrei zu unterbinden.

Der Dämon in ihm erwachte, ließ Hitze auflodern – doch schon zuckten weitere Fangarme heran, schlossen sich um seinen Leib und hielten die Hände fest.

Eine humanoide, lange Gestalt, von der die Tentakel wegführten, trat zischend hinter dem Mühlenaufbau hervor und warf sich über die Reling. Eric wurde unweigerlich mitgerissen.

Im freien Fall ging es abwärts, den schwarzen Wellen entgegen, und dann tauchte Eric in das flüssige Eis ein, das ihn von allen Seiten umgab; gleichzeitig verstärkte sich der Druck um Hals und Körper, die muskulösen, anschmiegsamen Riemen zogen sich zusammen.

Die See um ihn herum war in Bewegung. Er spürte den Sog der Strömung, die ihn abrupt gegen einen der vielen Pfeiler drückte, auf dem der Pier stand. Die Knochen knirschten unter der Gewalt von Bestie und Meer.

Das Böse in ihm brach unkontrolliert aus, um Eric und damit sich selbst vor der Vernichtung zu retten: Blaues Feuer umspielte ihn und durchschnitt die Fangarme wie unzählige Schneidbrennerflammen.

Kaum war Eric befreit, griff er nach vorne, wo er den Gegner vermutete. Er verschwendete keinen Gedanken daran, das Wesen lebend zu fassen.

Seine brennenden Finger griffen in etwas Weiches, Gallertartiges und packten zu. Die Lohen schossen aus seinen Kuppen und brannten sich tief in den Körper des Widersachers, der durch das Licht aus der Finsternis des Atlantiks gerissen wurde.

Vor Eric schwebte eine quallenartige geisterhafte Kreatur von drei Metern Länge, auf dessen Rumpf ein menschlicher Kopf saß. Sie hatte das zahnbewehrte Maul zu einem Biss geöffnet, die handtellergroßen Augen glitzerten, und das Leuchten darin steigerte sich.

Verschmorte Tentakelreste trieben um sie herum, auch ihr Körper wies schwarze, verkohlte Stellen auf. Und doch besaß der Anblick etwas Majestätisches, Eindrucksvolles.

Was bist du? Eric ging die Luft aus, das spürte er deutlich. Aber sein Dämon verlangte, zuerst den Gegner zu besiegen.

Das Tentakelwesen bildete neue Fangarme an seinem Quallenkörper, gleichzeitig erstrahlte gleißendes Licht.

Eric war geblendet und erwiderte den Angriffsversuch mit einer Flammenwolke, die aus seinem geöffneten Mund drang. Das Meer um ihn herum kochte durch die Hitze, die er über die Haut absonderte.

Die dunkellilafarbene Lohe raste mitten in das Strahlen und brachte es zum Erlöschen. Die Fangarme, die sich um seine Arme legen wollten, blähten sich garend auf und explodierten.

Durch die Luftbläschen verfolgte Eric, wie die obere Hälfte der Bestie verbrannte. Aus dem verstümmelten Unterleib stiegen Gedärme und ölige Flüssigkeiten auf und verloren sich in der See. Es sah nicht danach aus, als würde sein Gegner sich regenerieren.

Aber einzufangen gab es leider auch nichts mehr.

Da die Wut seines Dämons angesichts des vernichteten Feindes verebbte, übernahm das menschliche Denken die Kontrolle – und machte ihm bewusst, dass er gleich erstickte.

Eric stieß sich benommen von den Querstreben des Pfeilers ab und schoss mit letzter Kraft an die schäumende, tosende Oberfläche.

Prustend tauchte er aus den Fluten auf, hustete und spuckte, während ihn die Wellen wie einen unbedeutenden Korken zwischen den Stahlbeinen des Piers hindurchschoben und auf den Kieselsteinstrand schleuderten, als sei er dem Meer lästig geworden.

Knapp. Erics Finger schlugen sich in die Steinchen. Er schob und zog sich würgend nach oben, um nicht zurückgerissen zu werden und doch noch jämmerlich zu ersaufen. In seinem Mund sammelte sich der Geschmack von Karamell und rostigem Eisen gleich einem letzten Gruß seines besiegten Gegners.

Umgeben von Seetang, Schaum und Muschelresten, lag er oberhalb der Wasserkante und keuchte, pumpte Luft in seine Lungen. *Verflucht knapp.*

»Das war nicht das, was ich sehen wollte«, vernahm er Minamotos Stimme über sich.

Eric hob den Blick und sah die schwarzen Schuhspitzen des Mannes unmittelbar vor seinen Fingern voller Kies. Ihm fehlte die Kraft, etwas Schlaues oder Beleidigendes zu erwidern.

Die Wogen rannten den Strand hinauf und spülten den Unterleib einer älteren Frau an, der schräg neben Eric zum Liegen kam. Er zeigte deutliche Brandspuren, Innereien und Gedärme waren rudimentär zu erkennen.

»Da haben Sie die menschliche Gestalt unserer Kreatur.« Minamoto blieb, wo er war. »Die Polizei wird sich morgen drum kümmern. Die Leiche wird als letztes Opfer des Pier-Killers in die britische Geschichte eingehen.«

Eric wälzte sich ächzend auf den Rücken und sah den Mann schräg über sich vor dem allmählich aufklarenden Nachthimmel. *Beim ersten Test schon gescheitert.*

Minamoto nahm ein Bonbon aus der Manteltasche, packte es aus und steckte es sich in den Mund. »Eine sehr schlechte Seele ist soeben in die Urmasse zurückgekehrt, dank Ihnen und Ihrem Unvermögen«, stellte er wie ein Richter fest, der gleich sein Urteil verkündete.

»Das … war kompliziert«, sprach Eric angestrengt und vermochte sich nicht zu rühren. Das Dämonische hatte ihn viel Kraft gekostet, der Aufenthalt unter Wasser nicht minder. Ihn ärgerte die Niederlage.

»Glück für Sie: Ich mag Sie.« Minamoto ließ sich in die Hocke herab. »Damit gehe ich weiter, als ich dürfte«, sagte er, »aber ich denke, ich gebe Ihnen eine zweite Chance. Haken wir das Geschehen unter *Startschwierigkeiten* ab.«

»Sie haben mir die Tentakel verschwiegen.« Eric fand, dass er es erfreulich gelassen nahm, und wunderte sich. *Gut für mich.* »Beim nächsten Mal werde ich zurückhaltender sein.«

»Davon gehe ich aus.« Minamoto lächelte falsch. »Sie haben Potenzial, das ich ungern in einer Zelle verschwinden ließe. *Libra* kann Mitarbeiter wie Sie gebrauchen, sofern Sie aufhören, die Seelen zu vernichten. Tun wir so, als wäre das nicht geschehen.« Er nahm eine Hand aus der Tasche und hielt ihm ein Bonbon hin. »Zucker hilft gegen Niederlagen.«

Eric nahm den Karamellduft wahr und fand es widerlich. »Kein Bonbon, danke«, erwiderte er und richtete sich auf. Er betrachtete den Unterleib der alten Frau, aus dem Flüssigkeiten sickerten, die vom Meer weggespült wurden.

Minamoto erhob sich und half Eric auf die Füße. »Das dachte ich mir. Die Hotelbar wird einen guten Whiskey für uns haben.« Er zog seinen Trenchcoat aus und warf ihn Eric über, der sich plötzlich ausgekühlt und hungrig fühlte.

Sie gingen über den einsamen Strand zurück zur Promenade. Der Pier leuchtete ihnen hinterher, als wäre unter seinen Grundfesten nichts vorgefallen.

Außerdem habe ich gewonnen. Irgendwie, huschte es durch Erics Kopf. Bei allem, was schiefgelaufen war, konnte er nicht verhindern, dass sich nachträglich Stolz in ihm breitmachte.

Er glaubte nach wie vor nicht an die Seelenwandlungs-Theorie. Die Kreatur war vernichtet. *Eine Bedrohung weniger für die Menschheit.* Auch wenn *libra* das anders sah.

Deutschland, Sachsen, Leipzig

Für Eugen war die Nacht sehr kurz.

Seine Frau, die er von Tag zu Tag weniger kannte, schlief noch und erholte sich von ihrem Ausflug nach Wien. Lene hatte ihm das Ticket gezeigt und Souvenirs aus Wien für die Kleinen dabeigehabt. Gestern hatten sie noch kurz über die recht schlichten Ideen der Österreicher für die Marketingkampagne gesprochen, so dass es keinen Grund gab, sich näher mit der namenlosen Marketing-Agentur zu beschäftigen, die seine Frau spontan aus dem Hut gezaubert hatte.

Für Eugen blieb es ein sehr rätselhaftes Intermezzo, welches zum Gesamtbild passte.

Dass sie sich heimlich die selbstgedrehten Filme von Familienfesten, Weihnachten, Ostern und Silvester anschaute, gehörte entweder in die gleiche Kategorie oder half ihr dabei, sich vom Trauma zu erholen. Noch immer weigerte sie sich, zu einem Psychologen zu gehen.

Charlene und Pauline hatte er zusammen mit der Nanny fertig für die Schule gemacht und sie selbst hingefahren. Nun saß Eugen im Büro des Anwesens und kontrollierte den E-Mail-Eingang, bereitete sich auf den Geschäftstag vor, sichtete die Präsentationen und Vertragsvorlagen.

Eigentlich gab es Grund zur Freude.

Lange hatte Eugen auf den heutigen Tag hingearbeitet, an dem er einen millionenschweren Vertrag mit einem Konzern über den neuen Fluoridzusatz in Zahnpasta abschließen würde. Vier Jahre Forschungen, Investitionen und am Ende der ersehnte Zuschlag. Aber dank der Ereignisse rund um Lene verlor es an Bedeutung, an Geschmack, an Farbe.

Eugen paraphrasierte die Verträge und setzte seine Unterschrift sowie den Stempel darunter. Nun fehlte noch die Unterschrift seiner Frau.

Routinemäßig kontrollierte er danach online die Kreditkartenabrechnungen und Konten.

Die Rechnung über einen Trauerkranz in Höhe von dreihundert Euro vom Blumenhaus Lilienschön machten ihn stutzig.

Vermerkt war dahinter: *Auftrag 34281-A-21, Eilzuschlag, M. v. Bechstein, Bestattung Eheleute Riordan. Vielen Dank für Ihr Vertrauen.*

Eugen erinnerte sich nicht daran, dass jemand aus der Firma gestorben war. Zudem bekamen selbst langjährige Mitarbeiter keinen Kranz, sondern die Familie erhielt eine Trauerkarte und eine kleine Summe in einem Umschlag.

Kopfschüttelnd machte er sich an die Recherche und kam dank der Terminanzeigen der Bestattungen seitens Gemeinde und Zeitung recht rasch zu einem Ergebnis.

Das Gebinde war für die Beerdigung von Claire und Finn Riordan gedacht gewesen.

Er hatte keine Ahnung, wer das gewesen war.

Was macht sie denn bloß?

Eugens Zweifel kamen zurück. Erst die Sache mit Wien, dann ihre Rückkehr am frühen Morgen – völlig neu eingekleidet, worüber er kein Wort verloren hatte.

Er rief die Ortungs-App auf, die nichts mehr anzeigte, außer dass das letzte sichere Signal aus einem Hangar des Flughafens Leipzig-Halle gekommen sei. *Defekt oder nicht?*

Und nun das nächste Rätsel.

Es war kurz nach neun Uhr, und er hatte Hunger. *Ich muss sie nachher fragen, was es mit dem Kranz auf sich hat.* Eugen stand auf und ging durch die Räume, die Galerie entlang und die Treppe nach unten. Er folgte dem Kaffeeduft.

Eugen ertappte sich bei dem Gedanken, dass Lene ihm Pfannkuchen machen könnte. Dieses neue Talent seiner Frau gehörte ebenso wie das Singen zu den positiven Veränderungen.

Er bereitete sich mit dem Kaffeevollautomaten einen doppelten Espresso, gab Müsli und Milch in eine Schale und wich der Haushälterin aus, die in der Küche mit Putzen anfing.

Sein Smartphone vibrierte und stieß danach die Melodie aus, die ihm signalisierte, dass jemand aus der Firma ihn kontaktierte.

»Ich bin schon weg, Melanie, und störe Sie nicht weiter.« Er zog sich in die Bibliothek zurück.

Eugen stellte die Schüssel ab und behielt den Espresso in der Hand, während er sein Smartphone herausnahm und auf die Nummer blickte. *Hakel.* Er sah hinaus in den Garten, wo Herbert umherlief und anscheinend eine Spur im Schnee verfolgte. *Was macht er denn da?*

Nach einem kleinen Schluck vom heißen, bitteren Getränk rief er den Laborleiter zurück. »Herr Professor, Sie am frühen Morgen?«

Der Mann lachte. »Oh, ich dachte mir, ich bringe Ihnen spannende Kunde.«

»Ich bin ganz Ohr, auch wenn mir frohe Kunde lieber wäre.«

»Sie baten mich, mir die alchemistische Formel anzuschauen, sollte ich ein wenig Zeit erübrigen.«

Eugen hatte sie bis eben vergessen gehabt. »Und? Hat meine Frau den Stein der Weisen entworfen?«, versuchte er sich an einem Scherz.

»Ah, Sie versuchen sich an eigenen Nachforschungen?«

»Nein. Das stammt von einmal Querlesen durchs Internet.«

»Internet.« Hakel brummte abwertend. »Sie nehmen mir es nicht übel, dass ich mich ganz unverbindlich, und ohne konkret zu sein, bei wissenschaftlichen Kollegen umhörte. Alchemie ist, wie ich bereits betonte, nicht meine Stärke.«

Eugen horchte auf. »Jemand beschäftigt sich heute noch damit?«

»Sagen wir, es ist das Äquivalent zu den Leuten aus der Experimentellen Archäologie: Man stellt nach, probiert aus und hofft, durchs Nachahmen Resultate zu erlangen, die man sich bislang nicht vorstellen konnte.« Hakel grüßte jemanden undeutlich, das Labor füllte sich wohl mit seinen Mitarbeitern. »Bei mir meldete sich nach dem Ruf um kollegiale Hilfe jemand, der eine recht gute Reputation besitzt. Ich kenne ihn nicht persönlich, aber ich ließ ihm gestern diese Aufzeichnung zukommen. Natürlich behauptete ich, die Formel stamme von einem Flohmarkt.«

Eugen wusste noch nicht genau, ob er das gut finden sollte. Aber welche andere Wahl blieb ihm? »Dann kann ich bald mit Neuigkeiten rechnen?«

»Deswegen rufe ich ja an.« Hakel klang besorgt. »Der werte unbekannte Kollege reist heute aus Bogotá an, um die Formel zu begutachten.«

Eugen stellte die Espressotasse vor Überraschung auf den Tisch und verfolgte den Gärtner draußen mit Blicken, der immer noch hin und her lief. *Also doch kein Unsinn, was Lene notierte.*

Damit rutschte die Theorie, diese wirre Formel könnte was mit den Veränderungen seiner Frau und den Ereignissen zu tun haben, von ganz unten auf Platz eins seiner Mutmaßungsliste. *Wer hätte das gedacht?*

»Dann laden Sie ihn bitte ein. Bringen Sie ihn im Fürstenhof unter, lassen Sie sich eine Quittung für alles geben. Ich zahle das. Und …« Eugen vernahm, dass die Tür hinter ihm geöffnet wurde. Das Parfüm seiner Frau wehte herein. »Wann kommt er an?«, versuchte er, neutral zu klingen.

»Mit der Maschine gegen dreizehn Uhr, in Berlin, Herr von Bechstein.« Hakel schien noch eine Sache anfügen zu wollen, er klang drängend. »Der Kollege deutete an, dass die Substanz, die am Ende dabei herauskäme, unter Umständen unter das Betäubungsmittelgesetz fiele.«

Eugen räusperte sich. »Das sehen wir dann. Kümmern Sie sich drum. Was immer draus wird, es muss geheim bleiben.« Dann legte er auf, um sich zu Lene umzudrehen. »Guten Morgen.«

Sie stand schön und angekleidet vor ihm, komplett in Schwarz und mit der silbernen Zweifachperlenkette um den Rollkragen. Die langen Mahagonilocken trug sie in einem Zopf, Blazer und Hose ließen sie mit den flachen Schuhen sportlich-geschäftlich erscheinen. »Verzeih, dass ich dich gestern so lange wach gehalten habe«, sagte sie.

Er zwang sich zu einem Lächeln. »Es tat dir gut, wie ich sehe. Nur das zählt.« Er ging zu ihr und gab ihr einen Kuss auf die Stirn. Sie roch dezent nach ihrem Parfüm, aber geschminkt hatte sie sich nicht. *Wie so oft in den letzten Tagen.*

Sie legte die Arme um seinen Oberkörper und zog ihn an sich. »Danke«, raunte sie. »Danke für dein Verständnis. Du bist ein wundervoller Mann.«

Eugen schloss die Lider und drückte seine Frau zärtlich. »Weil ich dich liebe. Und was immer es ist, was dich bedrückt, jetzt oder in der Zukunft, lass es mich wissen.« Es lag ihm noch viel mehr auf den Lippen. Er unterdrückte die unzähligen Fragen zu ihrem Verhalten, der Formel, ihrer Geheimniskrämerei, dem Kranz. Er genoss den Moment und Lenes Nähe.

Sie hob den Kopf und blickte ihn an.

Eugen erschrak, weil er für mehrere Herzschläge einen Ausdruck auf ihren Zügen bemerkte, der ihm fremd war. Aber in ihren Augen lag so viel Wärme, so viel echte Dankbarkeit, dass es ihn innerlich zutiefst rührte. Seine Kehle zog sich zusammen, das Schlucken gelang kaum.

Lene lächelte und legte eine Hand an seine Wange. »Ich sehe, welche Sorgen ich dir mache«, sprach sie mit Mitleid in ihrer Stimme. »Glaub mir, dass ich das *nie* wollte, wie ich so vieles nicht wollte.« Sie küsste ihn auf die Stirn.

»Du hast den Kindern gestern gefehlt«, brachte er

krächzend hervor. »Sie wollten unbedingt mit dir singen. Sie haben sich sehr über die Geschenke gefreut, aber …«

»Ich weiß«, erwiderte Lene flüsternd und rang ihrerseits mit der Fassung. »Ich fahre kurz einkaufen, und danach verbringe ich den Rest des Tages mit ihnen. Wir werden backen.« Sie atmete tief ein. »Hast du einen speziellen Wunsch?«

Eugen strich ihr übers dunkle Haar. »Pfannkuchen.«

»Die machen wir dir. Und dazu gibt es ganz viel verschiedene Soßen.« Lene löste sich von ihm und ging zur Tür. »Bis später.«

Schon war sie hinaus.

Eugen sah ihr nach und fühlte sich, als sei er einem Spuk begegnet. Er setzte sich auf die Tischplatte und nahm die Espressotasse zur Hand, seine Blicke wanderten durchs Fenster zum Garten.

Herbert diskutierte dort mit Lenes Leibwächter, der abwehrend die Arme vor die Brust hielt und eine Schuld von sich wies, die wohl etwas mit dem Zustand des Gartens zu tun hatte.

Was hat das zu bedeuten? Eugen hob die Hand mit der Tasse an den Mund. *Da werde ich …*

Lenes Parfümgeruch verstärkte sich überraschend, weil ihr Duftwasser an seinen Fingern haftete. Sie musste es auf die Haare gesprüht haben.

Das war zu viel: Er konnte sich nicht länger beherrschen und brach in Tränen aus. Die Tasse verrutschte, Espresso tropfte auf den dicken Teppich und färbte die gewirkte Seide dunkelbraun.

Eugen sank in den Sessel, schlug die Hände vors Gesicht und weinte.

Es ist unglaublich, wie viel Kraft
die Seele dem Körper zu verleihen vermag.
Es erfordert auch gar nicht eine große
oder heldenmütige Energie des Geistes.
Die innere Sammlung reicht hin,
nichts zu fürchten und nichts zu begehren,
als was man selbst in sich abwehren und erstreben kann.

Wilhelm von Humboldt (1767–1835)

KAPITEL XV

Deutschland, Sachsen, Leipzig

Gregor Dubois wartete neben seinem Maserati und betrachtete das Hochhaus in der beschaulichen Tschaikowskistraße, in dem Marlene von Bechstein ihre Stadtwohnung besaß.

Genau dort hätte der Tausch vorgenommen werden sollen, nach dem Bad.

Nach Monaten der Vorbereitung.

Nach zermürbenden Schicksalsschlägen gegen ihre ausgesuchte Körperspenderin, um sie in die Verzweiflung zu treiben.

Auch Anastasia hatte viel in Kauf genommen und ihren alten Leib, die nicht mehr benötigte Hülle zu Tode gehungert, um ohne Nachteile und Extrusion auszufahren. Ein abruptes Ableben konnte dafür sorgen, dass sich auch Alte Seelen auflösten. *Zeit haben ich und Anastasia nicht mehr.* Dubois' Smartphone meldete eine Nachricht: Sauber & gesichert.

Er prüfte, ob er den Wagen abgeschlossen hatte, und ging über die Straße.

Seine Schritte führten ihn durch die Eingangshalle des Hochhauses zum Fahrstuhl. Er fuhr in den vierten Stock und verließ die Kabine.

Der kleine Korridor war leer, und Dubois hielt zielstrebig auf Bechsteins Appartementtür zu.

Plötzlich öffnete sich rechts von ihm ein Eingang.

Eine äußerst gepflegte Frau um die fünfzig in einem dunkelbraunen Pelzmantel trat heraus, die Füße steckten in teuren Stiefeln. Sie nickte ihm zu und sah ihn fasziniert an, wie Fans ihren abgöttisch geliebten Filmstar bewunderten. Seine Aura machte sich bemerkbar.

Dubois blieb stehen, ohne sich umzusehen. »Hätten Sie einen Moment für mich Zeit?«

»Sicher«, erwiderte die Unbekannte, ohne zu zögern. »Wie kann ich Ihnen helfen?« Sie trat an ihn heran. »Ziehen Sie hier ein?«

Dubois betrachtete sie und war zufrieden. Anastasia würde ihm nicht den Kopf für seine spontane Wahl abreißen. Und wer wusste schon, welchen Hintergrund sie besaß, den man noch ins Spiel bringen konnte? Reichtum sowie Einfluss schadeten nicht, und er musste keinen seiner *necessarii* opfern. »Nicht direkt. Aber bei Ihnen wird es bald so weit sein.« Er ging weiter.

Trotz der kryptischen Andeutung blieb sie neben ihm. »Da wissen Sie mehr als ich. Sind Sie von der Hausverwaltung?«, plapperte sie und wartete, als er an die Bechsteinsche Tür pochte. »Ah, Sie sind ein Freund von Lene.«

»Indirekt. Mich interessieren vor allem ihre inneren Werte.« Ihnen wurde von einem Vermummten in SEK-Ausrüstung geöffnet. »Kommen Sie rein. Ich erkläre Ihnen, in welchen Schwierigkeiten Frau von Bechstein steckt.« Dubois streckte galant einladend den Arm nach vorne und ließ sein Charisma gegen sie fließen. »*Après vous, Madame.*«

Sie zögerte allerhöchstens eine halbe Sekunde, bevor sie über die Schwelle trat. Niemand verweigerte sich, wenn ein solches Wesen zum Stelldichein lud.

Im Innern warteten fünf seiner einfachen *necessarii,* alle angezogen und ausstaffiert wie ein Spezialkommando. Zwei von ihnen waren gut ausgebildete Rettungssanitäter, die ihre Gerätschaften zur Wiederbelebung bereits aus den Koffern geholt und aufgebaut hatten. Alle grüßten die Neuankömmlinge mit knappen Gesten, niemand schien angespannt zu sein.

Die Frau bewegte sich durch das schwarze Spalier, die Nähe zu Dubois ließ sie jeden Vorbehalt vergessen. »Das ist ein gehöriges Aufgebot.«

»Es geht auch um Leben und Tod.« Dubois bedeutete ihr, sich ins Wohnzimmer zu begeben. »Wir verfolgen Frau von Bechstein schon längere Zeit.«

»Ich habe von einer versuchten Entführung gehört«, stimmte sie zu und nahm auf der Ottomane Platz, zu der er sie geschickt steuerte. Dabei zog sie den Mantel aus, den er ihr abnahm und über den Sessel hing.

»Unser Hiersein hat damit zu tun.« Dubois zog einen Sessel heran und setzte sich. Hinter ihm traten die Bewaffneten nacheinander hinzu, was eher beschützend als bedrohlich wirkte. »Machen Sie es sich bequem. Es wird ein wenig dauern.«

Sie legte die Beine hoch.

Dubois nahm ihre rechte Hand und hielt sie. »Bevor wir beginnen: Schlafen Sie. Ruhen Sie sich aus, meine Liebe. Sie sind in Sicherheit.«

Die Frau nickte, schloss die Lider. Ihre Brust hob sich keine fünf Sekunden später langsam und regelmäßig.

Das war eine von Dubois' Seelenkräften. Er vermochte Menschen, die in seinen Bann geraten waren, in Schlaf versinken zu lassen. Er hielt ihre Finger weiter und streifte ihren Ärmel in die Höhe, um die Vene für die Rettungssanitäter freizulegen.

»Gut gemacht«, flüsterte er der Schlummernden zu. »Sie werden sehen, dass ich recht hatte, als ich sagte, jemand zieht bei Ihnen ein.« Er erhob sich und drückte einem der Sanitäter im Vorbeigehen die zehn Ampullen mit seinem Serum in die Hand. »Gib sie ihr alle.«

Der *necessarius* nickte und trat mit seinem Kollegen an die Ottomane heran. Sie legten einen Zugang in der Armbeuge und injizierten das Mittel. Routiniert schnitten sie die Kleidung auf, um Elektroden anzubringen und Platz für den Defibrillator zu schaffen.

Die übrigen Bewaffneten begaben sich auf ihre Posten und sicherten die Wohnung gegen fremdes Eindringen.

Dubois blickte auf die Uhr.

Haider hatte gesagt, dass sie die Zeit bis zur vollen Wirkungsentfaltung auf wenige Stunden runtergefahren hatte. Ein immenser Fortschritt und kein Vergleich zu dem früher notwendigen Aufwand. *Mehr Serum, schnellere Wirkung.*

Und doch erschien es, als wäre jede Sekunde, der er beim Verstreichen zuschauen müsste, bereits zu viel für Anastasias Seele.

Ich brauche eine Ablenkung. Dubois lief umher und durchsuchte die Schränke, als könnte sich die verschollene Seele darin verborgen halten; er sandte Nachrichten an Artjom, der ihm berichtet hatte, er habe eine Lösung für das *Problem* gefunden. Bevor Dubois nachfragen konnte, hatte der *necessarius* jedoch wieder aufgelegt, seitdem meldete er sich nicht mehr.

Dubois fluchte leise und fluchte laut – egal was er tat, die Stunden zogen sich.

Als es Abend wurde, meldeten die Sanitäter, dass die Vitalwerte abschwächten. Das Depressivum hatte endlich seine Wirkung auf ihren Gemütszustand entfaltet und den gewünschten Effekt auf den Leib erzielt. Der Lebenswille erlosch wie ein Funke ohne nährenden Untergrund.

Dubois setzte sich auf den Sessel der Unbekannten gegenüber. Dass man ihre Brüste sah, interessierte ihn nicht, er verfolgte keinerlei erotisches Interesse. Das würde sich erst ändern, wenn er Anastasias Seele darin wusste.

Die Ausschläge auf den Monitoren wurden zusehends langsamer, schließlich blieb das Herz stehen.

Ein Sanitäter zog eine Spritze mit belebenden Wirkstoffen auf, der andere verrieb das Gel auf den Kontakten des Defibrillators, um Brandwunden auf der Haut zu verhindern, welche die starken Entladungen sonst hinterließen. In aller Ruhe wurde der Frau die Sauerstoffmaske aufgesetzt und alles zur Wiederbelebung vorbereitet.

Dubois faltete die Hände zusammen, als wollte er beten. Doch er wusste, dass es keinen Gott gab. Es ging darum, die Ruhe zu bewahren. Sein Team tat dies nicht zum ersten Mal.

Nach einigen Minuten begannen die Sanitäter mit der Herz-Lungen-Massage, bis der Muskel in der Frauenbrust erste zaghafte Regungen zeigte. Aber das Serum schien den Lebenswillen gründlich zu unterdrücken, es kam nicht dauerhaft in Schwung. Sie gaben ihr mehr Adrenalin, doch mehr als ein Flimmern wurde es nicht. Noch weigerte sich der Körper zu leben.

»Okay, weg«, lautete die Anweisung eines Sanitäters, bevor er den Defibrillator auflegte, dann knallte es.

Der Strom jagte durch den Leib der Frau und brachte ihn zum Zucken, als wollten alle Gliedmaßen gleichzeitig tanzen.

Der Monitor zeigte eine unregelmäßige Linie.

»Noch mal: weg!«

Wieder löste der Sanitäter den Defibrillator aus.

Danach zuckte der Punkt auf der Anzeige nach oben

und unten, gleichmäßig, aber viel zu schnell. Der Herzschlag nahm durch rasch injizierte Medikamente allmählich einen stabilen Rhythmus auf.

»Gut gemacht«, lobte Dubois, sprang auf und sank neben der Ottomane nieder. Er nahm eine Hand der Frau und freute sich, als die Lider flatterten und sie die Augen unter größter Anstrengung öffnete.

Ihr trüber Blick glitt über sein strahlendes Gesicht, über die Umgebung. Die Atemmaske beschlug, sie schnaufte rascher, die Geräusche erklangen dumpf und hohl.

Angst. Dubois' Freude wich. Die Wiederbelebte musste nichts sagen oder eine Geste vollführen – er spürte es. *Sie ist es nicht!*

Er richtete sich auf und zog dabei die schallgedämpfte Pistole eines Sanitäters aus dem Holster. Direkt nach dem Entsichern drückte er ab, einmal, zweimal, dreimal schoss er in den Oberkörper der Frau.

Ihr Blut spritzte gegen die Wand, sie öffnete den Mund zu einem Schrei, doch es trat nur dunkelrosa Flüssigkeit heraus und färbte die Maske von innen.

Schwer sank Dubois in den Sessel zurück, die Waffe behielt er in der Hand, und starrte auf die Tote. *Anastasia wäre in den Leib eingefahren, befände sie sich noch hier.* Das bedeutete, dass sie zu viele Tage vergeudet hatten. Die Scharade der Drei hatte ihn zu lange abgelenkt und auf die falsche Fährte gelockt.

Hatte sich Anastasias Seele aufgelöst?

Nein. Eher ist ihre Seele im letzten Moment in einen freien Selbstmörderkörper gefahren, irgendwo auf der Welt. Er sah Anastasia in seiner schlimmsten Vorstellung gefangen in einem verstümmelten Leib, unfähig, sich zu rühren oder bemerkbar zu machen. *Wie finde ich sie?*

Dubois starrte durch die Leiche hindurch, an deren

herabhängender Hand das Blut hinabrann und auf den Boden tropfte. Seine Gedanken schweiften zum Kuss, den er und Bechstein getauscht hatten.

Voller Leidenschaft.

Voller Echtheit.

Voller Gefühl.

Ich spürte sie. Sie war da. Dubois legte den Schalldämpfer an die Lippen, roch die Ausdünstungen der verschossenen Treibladungen. *Könnte es sein, dass sich Anastasia den Körper mit der anderen teilen muss?*

Er senkte die Waffe.

Es wäre nicht das erste Mal in der Geschichte der Seelenwanderer, dass dies geschah. Meistens stellte eine Dopplung einen tragischen Fehler oder einen Unfall dar, aber niemals …

Natürlich! Ein Ruck ging durch Dubois. *Sie tat es absichtlich!*

Anastasia hatte beim Moment des Eintritts gespürt, dass sie nicht alleine war, und sich zusammen mit der Fremden in Bechstein gezwängt, weil sie den Körper nicht einer anderen überlassen wollte.

Aus dem Grund hatte er seine einstige Partnerin auch gefühlt und sich zunächst täuschen lassen. Jetzt steckte Anastasia fest und brauchte seine Hilfe.

Wie bekomme ich dich raus? Dubois musste sich dringend informieren, was zu tun war. Der Vorrat an verstärktem Serum war vorerst erschöpft.

Marlene von Bechstein zu erschießen war die einfachste und logischste Option – aber ob es auch das gewünschte Resultat brachte? Zudem wäre die Industrielle damit für ihren großen Plan verloren.

Ergo musste die andere – wer auch immer sie war – aus dem erwählten Körper verschwinden.

Ich finde einen Weg. Er sicherte die Pistole und warf sie dem Sanitäter zu, der sie geschickt fing und im Holster verstaute. »Aufräumen und abrücken«, befahl er und erhob sich. »Achtet auf die Blutflecken.«

Einen weiteren Fehler durfte Dubois sich nicht leisten, um die Seele seiner Geliebten nicht zu vernichten.

Welche Ironie, dass es die Ewigkeit in Wahrheit nur auf Erden gab.

Deutschland, Sachsen, Leipzig

Tatjanna wartete im Besprechungsraum des Hospizes auf ihren *erus* und besah sich die Notizen und Informationen, die vor ihr ausgebreitet auf dem Tisch lagen.

Alle Erkundigungen, die sie eingezogen hatte, angefangen von den Aussagen des Bestattungsinstituts bis hin zu den Meldungen aus den verschiedenen Zeitungen und Internet plus Radio führten zu einem Schluss – allerdings nicht mit hundertprozentiger Sicherheit.

Tatjanna betrachtete das Bild von Claire Riordan, dann eines von Bechstein.

Mit sehr großer Wahrscheinlichkeit steckte die Frau, die sie überfahren hatte, im Körper der Lotionkönigin. *Da wollte die fette Schlampe nicht gehen und macht noch nach ihrem Tod Scherereien.*

Tatjanna lehnte sich zurück, schob die Bilder der Frauen halb übereinander.

Ihre Nachforschungen untermauerten, was Taronow seit der Beerdigung befürchtete, die Zweifel waren zu 99 Prozent ausgeräumt. Mit Finn Riordan war nur ein Angeheirateter aus der Linie der *Wencislars* beseitigt, die Seele von Claire Riordan hingegen hatte Unterschlupf gesucht und gefunden.

Tatjanna zerbrach sich seit Jahren darüber den Kopf, was die Familie *Wencislars* in der Vergangenheit angerichtet hatte, dass ihr *erus* sämtliche Nachfahren und deren Angehörige verfolgte und ausrottete.

Taronow hatte niemals darüber gesprochen, sondern lediglich heftige Reaktionen auf ihre vorsichtigen Fragen gezeigt. Es sollte wohl sein Geheimnis bleiben.

Ohne ein Klopfen wurde die Tür geöffnet.

»Sagte ich nicht, du sollst das Haus beschatten?« Sergej Taronow fegte herein, sah zu ihr und sofort auf die überlappenden Fotografien, die aus den Ausdrucken und Zetteln hervorstachen.

»Ich hielt es für besser, dass ich Euch persönlich von meinen Nachforschungen berichte.« Tatjanna erhob sich und deutete eine Verbeugung an. »Ich habe eine Funkkamera im Riordan-Garten angebracht.« Sie deutete auf ihr Smartphone. »Ich fahre los, sobald Bechstein auftaucht.«

»Wieso liegen die Aufnahmen übereinander?« Taronow ahnte die Antwort sicherlich.

Tatjanna legte den Zeigefinger auf Riordans Fotostirn. »Sie« – die Kuppe wanderte und senkte sich auf Bechsteins Nasenwurzel – »ist hier drin, *erus*.«

»Dann ist es wahr?«, sagte er mit schwacher Stimme.

»Es sieht sehr danach aus.«

Taronow ging an ihr vorbei, schritt am Tisch mit den Blättern vorbei. »Nein«, raunte er zunächst. »Nein, nein, NEIN!«, schrie er das letzte Wort hinaus. »Das darf nicht sein!«

Tatjanna zog es vor, keinen Kommentar abzugeben. Sie würde die Wut damit auf sich ziehen.

Taronow klaubte mit bebenden Fingern die Aufnahme von Deborah aus dem Wust, die von einer Sekunde auf die nächste in Flammen stand. Geschmolzenes Plastik löste sich durch die hohe Temperatur seiner Hand auf, Asche rieselte auf den Boden. Die Hitze vermochte dem Seelenwanderer selbst nichts anzuhaben. »Claire Riordan mag vorerst in Sicherheit sein, aber das schützt den Rest der Sippschaft nicht.«

»Wie Ihr meint.«

»Ich will sehen, was Bechstein macht, wenn Riordans Familie etwas zustößt.« Taronow sah auffordernd über die Schulter zu Tatjanna. »Lassen wir sie leiden, wenn ich sie schon nicht töten darf.«

Tatjanna verbeugte sich tief vor ihrem *erus* und entfernte sich rückwärts aus dem Raum.

Der Blick bedeutete den Tod für Deborah und Nicola samt deren Familie.

Die Botschaft an Claire Riordan würde eindeutig sein: keine Gnade. In keinem Jahrhundert.

Deutschland, Sachsen, Leipzig

»Wir hatten eigentlich neun Uhr ausgemacht.« Claire saß neben Fabian auf dem Beifahrersitz des Mini Countryman und war aufgeregt, unsicher und doch ausgelassen vorfreudig. Ihr Herz klopfte bis zum Hals.

»War eine harte Nacht.«

Sie warf ihm einen kurzen Seitenblick zu. Er war unrasiert, unter seinen blutunterlaufenen Augen prangten dicke Ringe. Sie hatte sein schlechtes Aussehen in ihrem eigenen Gemütszustand nicht bemerkt. »Ist was geschehen?«

»Persönliche Probleme mit einem alten Gegner, aber das soll Sie nicht weiter beunruhigen. Es war übrigens der Mann, der Sie vor zwei Wochen im Rettungswagen empfing.«

Claire erinnerte sich sofort an das aknenarbige Gesicht und die blauen Augen, die nach ihrem Erwachen auf sie herabgestarrt hatten. *Wie hieß er noch? Etwas mit A.* »Ist er tot?«

»Ich habe ihn ausgeschaltet.« Fabian atmete tief ein. »Es war ziemlich knapp. Er wollte ein zweites Team alarmieren, das zu Anastasia gehört. Artjom und Yosha hassten sich zwar, doch wenn es um ihre *hera* geht, wäre sie sofort zur Stelle. Aber der Anruf gelang ihm nicht mehr.« Er lächelte erzwungen, wie es Eltern taten, wenn sie Kindern die Sorgen nehmen wollten, obwohl alles schieflief. Als Erwachsener durchschaute man dieses Täuschungsmanöver besser. »Zu den VoBeLa?«

Artjom. Genau, das war sein Name. Claire schüttelte den Kopf und beschloss, nicht weiter nachzuhaken. Sie musste Fabian und seinem Urteil vertrauen. »Nein. Nach Halle. In den Pirolweg.«

»Okay.« Er schaltete das Navi an, gab die Adresse ein.

»Sie fragen nicht, was ich bei meinem alten Haus will?«

»Nachsehen, ob noch alles in Ordnung ist«, erwiderte er recht teilnahmslos und fuhr sich mit der linken Hand über das stopplige Kinn. Er betrachtete sich für mehrere Sekunden im Rückspiegel. »Apropos: Ich sehe schrecklich aus.«

»Man merkt Ihnen an, dass es anstrengend war.« Claire klappte die Sonnenblende runter und prüfte ebenfalls ihr Äußeres.

Das schmale Gesicht, die rosigen Wangen, die hellen

Augen, die perfekt gezupften Brauen und die reine Haut machten deutlich, dass Lene von Bechstein eine Frau war, die auf sich achtete. Claire versuchte, so gut es ging, dieses Verhalten aufrechtzuerhalten, aber Schminken hasste sie. Außerdem fand sie, dass dieser Körper und die Gesichtszüge so schön waren, dass sie diese Auswahl an unglaublich vielen Make-up-Produkten und Farbtöpfen nicht brauchte. *Das läuft vermutlich unter Corporate Identity.*

»Meine Schwester wird staunen«, flüsterte sie gegen ihr Spiegelbild.

»Bitte?«

»Nichts.« Sie ließ die Sonnenblende hochschnappen, die mit einem dumpfen Geräusch gegen den Wagenhimmel federte. »Haben Sie sich nach einer Seelenwanderung jemals Ihren Freunden oder Liebsten im neuen Körper gezeigt?«

Fabian verneinte. »Wie hätte ich ihnen das beweisen sollen?«

»Durch die Wiedergabe bestimmter Dinge, die nur Sie wissen konnten.« Das wäre ihre Strategie, um Nicola und Deborah zu überzeugen. *Ich hoffe, es wird gelingen, sonst … habe ich gar nichts mehr von meinem alten Leben.*

Deutschland, Sachsen-Anhalt, Halle (Saale)

Claires beschwingtes Herz geriet ins Stolpern, als das Navi *Pirolweg* sagte.

Ihr Weg.

Das Auto ihrer Schwester stand am Straßenrand. *Gleich ist es so weit.*

»Vielleicht sollten Sie das lieber lassen«, sagte Fabian behutsam.

»Es wird mir helfen, das alles durchzustehen«, erwiderte Claire und wies ihn an, hinter dem grünen Polo zu parken. Sie betrachtete die Fassade des einstigen Zuhauses, das ihr kleiner erschien. »Wir reden später über die Seelenwanderer und das, was Sie mir vorschlugen.« Ihre Hand legte sich an den Türgriff.

»Wie meinen Sie das?«

»Na, das Gleichgewicht.« Claire hatte keine Lust, ihre Motivation ins Kleinste aufzuzeigen. »Das Ende der Seelenwanderer. Ihre Verbündeten.«

»Ach ja.« Fabian lächelte aufmunternd. »Ich warte hier auf Sie.«

Claire stieg aus.

Unsicher ging sie auf das Haus zu, in dessen Nähe sie zum letzten Mal in jener fürchterlichen Nacht gewesen war, die scheinbar hundert Jahre hinter ihr lag und sich doch erst vor nicht mal zwei Wochen zugetragen hatte.

Ihre ängstliche Erinnerung ließ Splitter des Telefongesprächs auferstehen, als Nicola sie für eine Spinnerin gehalten und abgewürgt hatte.

Würde sich das gleich in ähnlicher Form wiederholen oder noch viel hässlicher werden?

Claires Schuhe schienen plötzlich aus Stahlbeton zu bestehen, jeder Schritt kostete unglaublich viel Kraft. Sie schlurfte beinahe.

Die Tür hatte sie tausendfach auf- und zugesperrt, war ebenso oft über die Schwelle geschritten. Gleich müsste sie so tun, als wäre sie zum ersten Mal hier – wie sie in der Bechsteinschen Villa so hatte tun müssen, als sei ihr alles bekannt. *Verkehrte Welten.*

Claire verbat sich, über die Schulter nach dem Wagen mit Fabian darin zu sehen. Vor ihr lag das Ziel, ihre einzige echte Heimat.

Endlich hatte sie den Eingang erreicht.

Ihre behandschuhte Hand hob sich, die Finger erfassten das Zugseil, das mit den vielen kleinen Glöckchen verbunden war, die sich durch das gesamte Haus verteilten. Sie hatte die modernen Elektrobimmeln gehasst. *Als wäre ich mein eigener Geist, der zu Besuch kommt.*

Als das Klingeln ertönte, schnürte sich ihre Kehle zusammen. Ihr wurde bewusst, wie selten sie das Läuten von außen gehört hatte.

Schritte näherten sich, dann wurde die Tür geöffnet.

Vor ihr stand ihre Schwester Nicola, in einschüchterndes Schwarz gekleidet. Ihre Blicke glitten an Claire hinab, ohne *sie* zu erkennen. Für sie war es Marlene von Bechstein, die um Einlass begehrte und sich überraschenderweise als gute Freundin der Toten präsentierte.

»Guten Tag«, würgte Claire durch den viel zu engen Hals hinaus; plötzlich erschien ihr die Stimme noch fremder. »Ich bin …«

Nicola lächelte halbherzig. »Ich weiß, wer Sie sind. Das Internet war so nett und zeigte mir Fotos.« Sie gab den Eingang frei. »Kommen Sie herein. Kaffee ist gleich fertig.«

Claire gab sich einen innerlichen Stoß, um einen Schritt über die Schwelle zu machen. Unsicher, freudig und doch ein wenig fassungslos trat sie ein.

Der Geruch war der gleiche geblieben, alles befand sich an seinem Platz. Deborah gab anscheinend gut acht.

Ich bin erst vierzehn Tage tot. Was sollte sich schon verändern?, sagte sie zu sich selbst und ging den Flur entlang, hing ihre Jacke wie selbstverständlich an den Haken und begab sich in die Küche, wie sie es immer getan hatte.

Nicola folgte ihr. »Man merkt, dass Sie schon öfter hier gewesen sein müssen«, kommentierte sie. »Sie kennen sich aus.«

Claire errötete. »Oh, verzeihen Sie! Ich wollte keinesfalls unhöflich oder respektlos sein.« Sie hielt sich an der Lehne eines Stuhls fest, weil ihr schwindlig wurde. Die geliebte Vergangenheit umgab sie, in steinerner und menschlicher Form. *Wie ich es vermisse. Und wie klein und gemütlich es ist.* Der Aufenthalt im Bechstein-Anwesen hatte ihr Empfinden für Raummaßstäbe beeinflusst.

»Bleiben wir hier?«, bat sie. »Ich mochte die Küche immer am liebsten.«

Nicola lächelte nun offener. »Sicher.« Sie nahm die Kanne aus dem Automaten und goss den Kaffee in die bereitstehenden Tassen. »Nehmen Sie Platz.«

Claire setzte sich nicht auf ihren alten Platz, sondern auf den ihres Mannes. Ihr Herz wummerte verräterisch laut, als wollte es die Wahrheit hinausschreien, weil es der Mund nicht wagte. Sie umschloss das Porzellan mit beiden Händen, genoss die Hitze. Leise klickten die Ringe gegen das zerbrechliche Material.

Sie rang mit ihrer Fassung, suchte nach einem Thema, mit dem sie beginnen konnte. Ein Bechstein-Thema, kein Claire-Thema.

Nicola setzte sich rechts neben sie. »Erzählen Sie, woher Sie und meine Schwester sich kannten. Ihre Welten sind reichlich verschieden.« Sie langte hinter sich, wo eine Kekstüte stand, die sie mit einem Ruck aufriss und den Inhalt anbietend nach vorne schüttelte.

Claire lehnte ab. »Wir trafen uns im Café, ich kostete

von ihrem Whiskeykuchen«, dachte sie sich eine Geschichte aus. »Ich fragte sie nach dem Rezept, und wir kamen ins Gespräch. Über die Jahre entwickelte sich eine Freundschaft, aber ich bat darum, es niemandem zu erzählen. Ich war immer froh, im *Uisce* einfach nur Lene zu sein. Die Gäste kannten mich und meinen … Hintergrund nicht.«

»Ich habe Sie nie im Café gesehen«, kam es aus dem Wohnzimmer von Deborah. Sie saß dort, dem Klang nach auf dem Sessel neben dem Fenster zum Garten, und hatte gelauscht. »Mir hätte Mom von Ihnen erzählt.«

Nicola senkte den Blick in den Kaffee und ließ ihn mit sanften Bewegungen darin kreisen. Ihre dezent formulierten Zweifel zur Einleitung der Unterhaltung wurden durch den Einwurf ihrer Nichte übertrumpft, die nichts anderes bedeuteten als den Vorwurf einer Lüge.

Claire sehnte sich nach dem Anblick ihres leiblichen Kindes, nachdem sie sich tagelang um ihre neuen Sprösslinge gekümmert hatte, aber sie harrte tapfer auf dem Stuhl aus. Sie sah zu der stehengebliebenen Küchenuhr.

Soll ich? Mit Lügen käme sie nicht weiter. Ihre Familie würde durch einfaches Nachhaken jedes Konstrukt durchschauen.

Die Finger erhitzten sich an dem dünnen Porzellan stärker, aber Claire schob den Schmerz zur Seite.

Langsam öffnete sie den Mund. *Sie werden mich für verrückt halten*, raste es durch ihren Verstand. *Sie werden mich beschimpfen und aus meinem eigenen Haus jagen.* Ihre Lippen verschlossen sich wieder, ihr Mut schwand.

Claire fühlte, dass sie auf dem Sitz regelrecht zusammenschrumpfte wie Alice im Wunderland, nachdem sie den Trunk zu sich genommen hatte. Hastig kostete sie vom Kaffee, der äußerst stark war, weil Nicola die Löffel zu sehr häufte.

»Danke für den Kranz«, versuchte ihre Schwester, ein wenig mehr Freundlichkeit in das Treffen zu bringen. »Er war wunderschön.«

»Ich wäre gerne selbst erschienen«, stieg Claire dankbar ein, auch wenn sie es surreal fand, über ihr eigenes Begräbnis zu sprechen, zu dem sie sich selbst einen Kranz geschickt hatte. »Und …« Sie stockte.

Und schon endete der Versuch, eine echte Unterhaltung zu starten. Zwischen ihnen stand nach wie vor der Vorwurf der Unaufrichtigkeit.

Claire blickte zum Wohnzimmerdurchgang, dann zu Nicola. »Deborah, kommst du bitte in die Küche?«, rief sie und schlug, ohne es zu wollen, den Unterton an, den sie im alten Leben nutzte, wenn sie ihrer Tochter Anweisungen gab. »Ich habe was für dich. Von deiner Mutter.«

Ihre Schwester runzelte die Stirn.

Der Sessel rutschte quietschend über das Parkett, leise Schritte näherten sich dem Durchgang.

Deborah erschien in ihrem schwarzen Bademantel, darunter sah man ihren hellgrünen Pyjama. Anscheinend war sie krank, ihre Nase schien von einem Schnupfen gerötet. Sie kreuzte die Arme abweisend vor der Brust und lehnte sich gegen die Innenseite des Türrahmens. »Ich glaube Ihnen kein Wort«, verkündete sie trotzig. »Erst, wenn ich einen Brief von ihr sehe.«

Claire atmete schneller, um den herannahenden Weinkrampf zurückzuhalten. »Du wurdest am 21. Januar geboren, und zwar in Belfast, als erstes Kind an dem Tag, und du bekamst von deinem Vater ein Ständchen gespielt, auf einem Kamm, der mit Pergamentpapier bespannt war. An deinem vierten Geburtstag bist du gestürzt und hast dir die erste Narbe deines Lebens eingefangen«, sprudelte es aus ihr. »Du hast drei kleine Narben neben dem Bauchnabel, die von einem Wurfstern stammen, weil der bescheuerte Friedrich bei einem Waldausflug das Ziel verfehlte und dich traf.«

Deborah starrte sie an, wurde mehlweiß im Gesicht. Ihre Arme senkten sich langsam.

»Dein Zungenpiercing hatte sich entzündet, und dein erster Freund hieß Vincent, den ich eigenhändig aus dem Haus warf, als er Papas besten Whiskey gesoffen hatte.« Claire sah ihre Schwester an. »Deinen ersten Freund nannten alle Rick, aber in Wahrheit hieß er Ivo«, ratterte sie die nächsten Informationen heraus, die nur Claire Riordan kennen konnte. »Papas Wagen habe ich damals zu Schrott gefahren und nicht du. An der Ostsee hast du die Möwen mit senfgefüllten Krapfen veralbert.« Sie senkte die Stimme zu einem Flüstern. »Ich kenne euch.«

Nicola lehnte sich nach hinten, betrachtete sie erschrocken. Sie schluckte nervös.

Claire schloss die Augen, um sich zu beherrschen. Eine Träne rann heiß über die rechte Wange, dann hob sie die Lider. »Ich bin nicht tot«, wisperte sie und ließ die Tasse los. »An dem Tag, als man meinen Körper umbrachte, ging meine Seele in einen anderen über, um euch nicht zu verlassen.«

Nicola stieß einen undefinierbaren Laut aus und regte sich nicht mehr. Sie blinzelte nicht einmal.

Deborah hingegen kam an den Tisch und neigte den Kopf nach vorne, kniff die Augen zusammen und starrte Claire an. »Wie kann das sein?«, raunte sie.

»Meine Seele fuhr in Marlene von Bechstein, die gerade gestorben war«, erklärte sie. Für Details war nicht der passende Moment. Noch mehr Tränen rollten über ihr Gesicht, aber sie versuchte, sich zu beherrschen. »Danach geschah so viel, und ich wusste nicht, was ich …« Claire musste nach Atem ringen. »Ihr fehlt mir so sehr«, brach es aus ihr heraus.

Deborah warf sich mit einem Schluchzen gegen sie, sank vor ihrem Stuhl auf die Knie und umschlang sie.

Claire drückte sie an sich, küsste sie auf den dunklen Schopf und merkte, wie sich ihr erleichtertes und zugleich verzweifeltes Weinen nicht mehr aufhalten ließ. Die Tränen zogen Rinnsale über ihre Wangen und tropften auf den Bademantel.

Deborahs Finger krallten sich durch den Rollkragenpullover in ihren Rücken, als wollte sie niemals mehr loslassen.

»Das kann nicht sein«, erklang Nicolas Stimme. »Ich habe dich identifiziert. Ich war in der Gerichtsmedizin und …«

Durch den Schleier vor ihren Augen erkannte Claire die Umgebung schemenhaft. Ihre Schwester saß nach wie vor auf ihrem Stuhl. »Meine Seele hat nicht aufgegeben«, stammelte sie und hasste es, verheult wie ein Mädchen zu klingen. »Was brauchst du noch an Beweisen, damit du mir glaubst?« Sie gab Deborah einen Kuss auf die Stirn und wischte sich das Nass aus den Augen. »Frag mich. Frag mich, was immer du willst. Ich *bin* Claire!«

Nicola öffnete den Mund und zögerte, setzte abrupt zum Aufstehen an, als müsste sie vor dem Offenkundigen flüchten.

Im nächsten Augenblick erklang ein Klirren, als sei

eine der Kacheln hinter ihr am Waschbecken gesprungen, rote Spritzer verteilten sich auf der Spüle.

Nicola stöhnte und rutschte gallertmassegleich nach vorne vom Stuhl unter den Tisch.

Claires Kopf schoss herum und sah eine Maskierte in der Tür zum Flur stehen, eine schallgedämpfte Halbautomatik in der Rechten.

Ich habe so viele Leichen seziert
und nie eine Seele gefunden.

Rudolf Virchow (1821–1902)

KAPITEL XVI

Deutschland, Sachsen, Leipzig

Das, Herr von Bechstein, ist Professor Inverno.« Hakel deutete bei Eugens Eintreten in den Besprechungsraum I der VoBeLa auf den braungebrannten, glattrasierten Mann, dessen schwarze Haare nach hinten gelegt waren. »Herr Kollege«, sagte er dann an den Gast gewandt, »das ist der Inhaber des Unternehmens und der Spender Ihres Aufenthaltes.«

»Inhaber zusammen mit meiner Gattin«, relativierte Eugen sofort und ging auf den großen Mann zu, dessen Kopf bis an die Decke zu ragen schien, was Eugen auf den ungünstigen Winkel und das Licht schob. »Verzeihen Sie meine Verspätung. Ich war noch im Krankenhaus.«

»Nichts Ernstes, hoffe ich?«, erkundigte sich Inverno höflich. Die Tiefe seiner Stimme brachte tatsächlich das Wasser in den Gläsern zum Schwingen.

Eugen war sowohl von der Kraft als auch der Hitze beeindruckt, die von den fremden Fingern ausgingen, die locker seine Faust umschließen würden. »Ein Besuch bei einem Freund.« Das Thema eignete sich nicht für Smalltalk: eine Schusswunde, ein toter Hämatologe und gefälschte Blutwerte – was anscheinend alles im Zusammenhang mit Lene und dieser Formel stand. »Es geht ihm schon besser.«

»Wie erfreulich.« Inverno sprach mit Akzent, der schlecht einzuordnen war. Er wartete artig, bis sich Eugen gesetzt hatte, bevor er sich auf dem Sitz zusammenfaltete. Er erinnerte Eugen an Elternabende, an denen sich die Erwachsenen auf die Kindersitze quetschen mussten.

»Professor Inverno kommt aus Kolumbien«, übernahm Hakel die weitere Vorstellung, »lehrte an den verschiedenen Universitäten und unterrichtete auch an der Deutschen Schule in Bogotá.«

Eugen konnte den Akzent nun besser einordnen, staunte aber, dass ein geschätzter Mittvierziger eine solch rasante Hochschulkarriere hingelegt hatte. »Ihre Fachgebiete sind …?«, wollte er wissen.

Inverno lächelte breit und zeigte goldene Zahnkronen, die ihm zusammen mit dem leicht schiefen Mund und den spitz zulaufenden Brauen eine maliziöse Note verliehen. »Alles, was die Welt im Innersten zusammenhält«, erwiderte er. »Chemie und Physik. Manchmal sind sie in ihrem Zusammenwirken wahrlich magisch.«

Eugen verzog den Mund zu einem Hauch von Lächeln. »Das klingt mehr nach Philosophie, Professor Inverno.«

»Kein Wissenschaftler kann sich ihr verschließen, will er wahrhaft Großes vollbringen«, antwortete er süffisant mit seiner Kellerstimme. »Die anderen machen nur Erfindungen und werden im Gegensatz zu ihren eigenen Produkten vergessen.« Er warf Hakel einen entschuldigenden Blick zu. »Nichts für ungut, Herr Kollege.«

»Dafür hört sich mein Name nicht wie eine Katastrophe an«, retournierte Hakel unwirsch.

»Es ist Portugiesisch und bedeutet *Winter*.« Invernos linkes Auge glitzerte grün auf, das rechte hingegen wirkte schwarz und leer, was Eugen kurz verwunderte. Das Licht im Raum schien zu Streichen aufgelegt zu sein.

Inverno langte neben sich und hob einen metallenen Aktenkoffer an, den er vorher unter dem Tisch abgestellt haben musste. Klickend sprangen die Schlösser auf. »Um Ihre Frage zu beantworten, Herr von Bechstein: Meine Referenzen habe ich dabei«, setzte er an und förderte eine Mappe zutage. »Hier sind meine Titel in Chemie und Physik, meine Abschlüsse in Alter und Mittelalterlicher sowie Neuerer Geschichte, der Schwerpunkt lag dabei auf Europa. Aktuell lehre ich als Gastdozent an der Universität Edinburgh und genoss meine vorlesungsfreie Zeit in der Heimat.«

Eugen nahm den Packen entgegen und prüfte die Dokumente oberflächlich. »Wie kamen Sie zur Alchemie?«

»Über das Geschichtsstudium. Zuerst war es Verachtung, die ich auch bei Kollege Hakel spüre«, erläuterte er, »aber je mehr ich das Allumfassende begriff und analysierte, desto klarer wurde mir, dass die Alchemie große Wunder vor uns versteckt, die wir bergen können.«

Hakel verdrehte die Augen. »Die Herrschaften kommen alleine zurecht«, sagte er in die Runde und ging zur Tür. »Faltencreme will gemischt werden.«

Inverno sah ihm nach, bis er den Raum verlassen hatte. »Ein Mann der puren Wissenschaft, solide und geradeaus wie ein Zug auf einem Gleis«, befand er und richtete den Blick auf Eugen. »Ich hingegen bin in meinem Denken frei wie ein Vogel und komme damit überall dorthin, wo ich möchte. Sogar schneller als ein Zug.« Er nahm seine Referenzen wieder an sich. »Als ich diesen Formelabschnitt sah, wusste ich: Ich kann noch etwas lernen.«

Eugen hörte Gier in seiner tiefen Stimme. »Was meinen Sie mit *Abschnitt?*«

Invernos rechtes Auge schimmerte verwirrend golden, das linke hingegen wirkte leer und schwarz. »Es ist eine Hälfte, Herr von Bechstein.« Er nahm einen Ausdruck der Formel aus seinem Koffer und legte ihn zwischen sich und Eugen. Das ganze Blatt war voller nachträglicher Kritzeleien, Vermerke, Striche und weiterer Ableitungen. »Ich versuchte mich an einer Fortführung, aber die Ergebnisse sind leider nicht zufriedenstellend.«

Eugen wollte die Einschätzung des Experten zur Formel hören, aber vorher keinen Kursus in Alchemie absolvieren müssen. »Erklären Sie es mir. *Einfach,* bitte.«

Inverno lachte ein düsteres Lachen, vor dem die Dämonen der Hölle Reißaus nehmen würden; die Kronen auf seinen Zähnen schienen doch eher aus Platin denn aus Gold zu bestehen. »*Einfach:* Sie haben ein Kochrezept, aber weder alle Zutaten noch die genaue Anweisung. Sie können improvisieren, aber Sie werden niemals herausfinden, wie das Original schmeckt.« Der lange Mann nahm einen Tabletcomputer heraus, an den er eine externe Tastatur anklickte. »Woher haben Sie den Schnipsel, Herr von Bechstein?«

»Ich?«

»Hakel tat lediglich so, als habe er ihn selbst erworben. Ich durchschaue Menschen recht schnell.«

Eugen fiel auf, dass die Frage nicht beantwortet war. »Ich habe ihn vom Flohmarkt.«

»Wo?«

»Der Nachtflohmarkt, im Kohlrabizirkus.«

»Wann?«

»Beim letzten.«

»An welchem Stand?«

»Ich weiß es nicht mehr.« Eugen schluckte. »Es … war eine … Zugabe«, stotterte er und geriet ins Stocken.

Inverno hob den Blick, die Augenhöhlen schienen leer und tot zu sein. »Oh, bitte«, erwiderte er abfällig. »Die Wahrheit. Das erleichtert«, sprach er lockend süß. »Eine so gute Seele wie Sie kann nicht lügen.«

Eugen erschrak bei dem unheimlichen Anblick bis ins Tiefste. »Meine Frau«, hörte er sich selbst sagen. »Sie kam damit in die Firma.«

»Sie versteht sich auf Alchemie?«

»Eigentlich nicht.« Eugen wollte schweigen, wollte aufstehen und gehen, wollte weg von diesem Mann ohne Augen, von dem unvermittelt Kälte ausging.

Und doch tat er nichts davon.

Inverno heißt Winter. Er sah auf den Tisch, auf dem sich Reif bildete, der auf ihn zukroch. Das Wasser in den Gläsern war von einer dünnen Eiskruste bedeckt.

»Dann wurde ihr die Formel geschenkt?«

Eugen verfiel in leichtes Zittern, sein Atem wurde als weiße Wolke sichtbar. »Nein. Sie hat sie aufgeschrieben. Aus dem Gedächtnis.«

Das augenlose Gesicht mit den spitz auslaufenden Brauen blieb ihm erbarmungslos zugewandt. »Ihrer Verwunderung nach tat sie das zum ersten Mal?«

Eugen nickte, seine Zähne klapperten vor Kälte.

»Ich möchte mit Ihrer Frau sprechen.«

»Sie ist gerade unterwegs.« Eugen hatte das Gefühl, zu fallen, obwohl er auf einem Stuhl saß. Lene durfte nicht mal in die Nähe dieses Mannes gelangen, der zusammen mit der Umgebung verschwamm und unscharf wurde.

»Reden wir ein wenig über Sie, Herr von Bechstein.« Die weiteren Worte drangen wie durch weichen Schnee an sein Ohr, und er glaubte, lallend Antworten zu geben, ohne dass er es beschwören oder verhindern könnte …

»Herr von Bechstein?«, drang es deutlich zu seinem driftenden Verstand vor.

Eugen zuckte, blinzelte. »Ja?« Die Sicht klarte auf.

»Ich sagte: Dann bleibe ich doch weiterhin Ihr Gast, Herr von Bechstein«, wiederholte Inverno und lächelte, so dass die Kronen golden blinkten.

Und schon kehrte die Wärme in den Raum zurück. Weder gab es Rauhreif auf der Platte noch Eis auf dem Wasser, noch zeigte sich der Atem wolkenhaft.

Eugen hörte auf zu zittern, als stünde er in einer Gefrierkammer. Er kam sich unendlich albern vor, in diesen Tagtraum verfallen zu sein. Seit Lene sich merkwürdig benahm, veränderte sich alles in seinem Leben. *Sogar meine Wahrnehmung.* »Sehr gern, Professor Inverno.« Dennoch fand er es angebracht, noch einen Satz über die Formel zu hören. »Erahnen Sie denn, was diese Rezeptur hervorbringt? Hakel meinte, es könne eine Droge sein.«

Der große Mann erhob sich und schien mit dem Schädel an die Decke zu stoßen. Die manövrierenden Bewegungen in den geringen Abständen zwischen den Möbeln erinnerten Eugen an die Grobmotorik eines Untoten.

»Das wäre reine Spekulation und damit unseriös. Alchemie mag für Sie als Grenzwissenschaft erscheinen, aber ich halte mich bei Aussagen an die korrekte Vorgehensweise.« Inverno nahm den Koffer. »Darf ich Sie dennoch darum bitten, niemandem von der Formel zu berichten, Herr von Bechstein?«

»Ich wüsste keinen Grund, sie zu verheimlichen«, erwiderte er provozierend. »Könnte sein, dass ein Kollege von Ihnen mir mehr verraten möchte, wenn ich die Formel in die Runde gebe.«

Inverno bedachte ihn mit einem maßregelnden Blick und schien vor seinen Augen zu wachsen. »Das wäre unverantwortlich von Ihnen, Herr von Bechstein. Es steckt ein großes Risiko darin. Eine Gefahr für das Leben derer, welche die Materie nicht verstehen und sich an der Rezeptur versuchen.«

»Geht es ein bisschen deutlicher?«

»Sie hatten mit Ihrer Aussage vorhin recht.« Inverno begab sich zur Tür, wobei er leicht hinkte. »Es *könnte* eine Substanz entstehen, die bereits bei der ersten Anwendung süchtig macht. Doch es ist nur eine Vermutung. Kollege Hakel hat seine Kopie auf mein Anraten vernichtet und die sonstigen Empfänger instruiert, seinem Beispiel zu folgen.«

»Das reicht mir als erste Aussage.« Eugen nickte. »Danke, Herr Professor.«

»Ich danke Ihnen, dass ich die Gelegenheit bekomme, einen Einblick in neue Aspekte der Alchemie zu erhalten. In das Zusammenspiel der Elemente mit der *Seele.*« Inverno deutete eine Verbeugung an. »Ich komme gerne zum Abendessen in Ihre Villa. Danke für die Einladung.« Er ging hinkend hinaus. »Ich freue mich auf den Austausch mit Ihrer Frau.« Die Tür schloss er geräuschlos hinter sich.

Einladung? Wann habe ich ihn eingeladen? Inverno in der Nähe seiner Kinder zu wissen, widerstrebte ihm noch mehr als der Gedanke, er und Lene fachsimpelten über Alchemie.

»Das ist doch alles Unsinn«, murmelte er und stand auf.

Er ärgerte sich, dass er Hakel die Eigeninitiative überlassen hatte, die solche Früchte trug. *Ich hätte den Mist einfach löschen lassen sollen und Lene fragen, was sie damit bezweckt, anstatt hinter ihrem Rücken eigene Nachforschungen anzustellen.*

Jetzt hatte er Professor Inverno, dessen Name wie der eines Comichelden klang, der viel zu viel Interesse an dem Unfug aufbrachte.

Abhängig machen von einer Dosis – niemals. Er würde Inverno wegschicken. Eugen trank das eiskalte Wasser aus. *Ohne Abendessen bei mir, ohne Unterredung mit meiner Frau.*

Kleine Eisstücke klirrten im Mund gegen seine Zähne, bevor sie schmolzen.

Frankreich, Languedoc-Roussillon, Département Aude

Die Wischerblätter schoben die Nässe auf der Scheibe von rechts nach links und schienen diese Aufgabe bis zum Ende ihres Antriebs tun zu müssen, denn die Wolkendecke riss nicht auf und goss literweise Wasser auf die Erde.

Die Außentemperaturanzeige des in die Jahre gekommenen kastenförmigen Land Rover Defender behauptete, es seien zwölf Grad plus. Weder Glatteis noch Schnee bedrohte ihren Ausflug. Es regnete ununterbrochen, während Eric und Minamoto durch den südlichen Westen des Landes fuhren.

»Hatten Sie schon mal mit einem Spuk zu tun, oder beschränkten Sie sich in der Vergangenheit auf Wandelwesen und Vampire?« Minamoto war ein sehr versierter Fahrer, der die Kurven mit optimaler Geschwindigkeit nahm und beschleunigte wie ein Rennfahrer, obwohl es sich um eine grünlackierte Geländekiste handelte.

Die D117 war recht unbelebt, das Überholen der langsamen Busse und Traktoren erwies sich als Kinderspiel mit dem stark motorisierten Wagen.

Eric hatte sich eine blonde Perücke und blaue Kontaktlinsen beschafft, die zusammen mit dem Bart und dem falschen Ausweis aus ihm Herrn Karl Weber machten. Nach seinem Gastspiel in Sankt Petersburg wollte er einen anderen Namen nutzen. Er betrachtete die karge Landschaft mit den aufragenden Bergen, auf denen alle paar Kilometer die Ruinen von Festungen und Burgen zu sehen waren. Ein Hinweisschild wies die Region als *Land der Katharer* aus.

Das Einzige, was er noch von der Gruppierung der Katharer wusste, war, dass auf sie der Begriff *Ketzer* zurückging und dass die katholische Kirche im Mittelalter gegen sie vorgegangen war, sogar sehr massiv. Vermutlich hatten sie deswegen die Bollwerke errichtet.

»Mir ist noch kein Geist begegnet. Die Wandler, die ich vernichtete, kehrten nicht zurück.« Das Hinweisschild in Richtung Carcassonne schoss an ihnen vorbei, die Grenze zu Spanien konnte nicht weit entfernt sein. »Aber dank Ihrer Erklärung weiß ich nun, warum das so ist.«

»Sie ziehen gerade die falschen Schlüsse. Seele ist Energie, die durchaus an einem Platz verharren kann, wenn sie eigensinnig ist.« Minamoto bog auf eine Seitenstraße ab. »Sie werden sehen.«

Eric sah die Ausschilderung auf den historischen Ortskern von Puilaurens, dem sie sich näherten, während es dunkler wurde. Die Sonne sank unsichtbar hinter den Wolken abwärts, doch der Regen blieb. »Ich soll einen Geist jagen«, vermutete er nach den Fragen seines Begleiters. *Das kann heiter werden.*

»Das Wesen, das wir stellen werden, kommt harmlos daher, wird sich aber in den nächsten Jahren zu einer ausgewachsenen Bedrohung entwickeln.« Er steuerte in das kleine Dorf und hielt auf den einzigen Gasthof zu.

»Wir besuchen die Burg.« Eric zeigte zur angestrahlten Ruine auf dem Berg oberhalb des Flusses.

»In dem alten Gemäuer lebt eine störrische Seele, korrekt.« Minamoto hielt vor dem Haus an und schaltete den Defender aus, die Scheibenwischer erstarben. »Aber solche ausharrenden Energien findet man auch in modernen Gebäuden. Man muss nur richtig hinsehen. Nach romantischen Vorstellungen passen sie jedoch besser in Ruinen, Schlösser und an verlassene Orte. Ein Klischee. Wie die Geisterstunde.« Er sah ebenfalls zu den Überresten der Befestigung hinauf. »Das Letzte, was eine Seele interessiert, ist Zeit und Uhrzeit.«

Ohne die Fahrtgeräusche dröhnte der Regen beim Auftreffen auf Blech und Glas in Erics Ohren, ein durchgehendes Rauschen entstand wie von einem lebhaften Gebirgsbach.

Eric überlegte, ob die Mädchenstatue auf Monacos Friedhof vielleicht auch eine Seele gewesen sein konnte. *Versteinerte Seele oder Stein mit gefangener Seele.* Ein Schauder rann zu seiner eigenen Überraschung über seinen Rücken. *Dabei jagte ich viel Schlimmeres, um so etwas unheimlich zu finden.*

»Sie fragen sich, was Sie gegen einen Spuk ausrichten können, wie ich Ihrem Blick entnehme.«

»Nein.« Eric deutete zum erleuchteten Gasthof. »Ich frage mich, wie wir hineinkommen, ohne nass zu werden.«

»Ein Mann, der unterwegs von plötzlichem Regen überrascht wird, rennt die Straße hinunter, um nicht nass und durchtränkt zu werden«, sprach Minamoto belehrend. »Aber wenn man es einmal als natürlich hinnimmt, im Regen nass zu werden, kann man mit unbewegtem Geist bis auf die Haut durchnässt werden. Diese Lektion gilt für *alles*.«

»Klingt nach Glückskeks mit langem Zettel.«

»Falsches Land. Ein Zitat aus dem *Hagakure* von Yamamoto Tsunetomo, aus dem 18. Jahrhundert. Ein Samuraikodex. Sollten Sie lesen, es würde Sie erleuchten.« Minamoto stieg lachend aus und nahm die Taschen aus dem großen Kofferraum.

Also steckt in ihm die alte Seele eines Samurais. Eric folgte ihm und nahm die beiden schweren Metallkoffer, von denen er nicht wusste, was sich darin befand. Sie stammten aus dem Arsenal seines Begleiters.

Einem Zwei-Mann-Auftragskiller-Team nicht unähnlich, betraten sie das winzige Entree des Gasthofs, in dem Wandertouristen willkommen waren, wie der eingeschweißte vergilbte Zettel verkündete. Dort warteten sie und tropften den alten Dielenboden voll.

»Guten Abend und nicht erschrecken«, rief Eric auf Französisch.

Eine ältere grauhaarige Dame in einem betagten, grünkarierten Kittel erschien hinter ihnen in einer Tür. »Warum sollte ich? Ich habe Sie ja reinkommen sehen.« Sie grüßte mit einer Handbewegung. »Glück für Sie, dass wir noch ein Doppelzimmer haben, Messieurs.«

»Ist was Besonderes?«, erkundigte sich Minamoto.

»Schulausflug, deutsch-französische Schulklasse. Mit kaputtem Bus liegengeblieben«, erklärte die Patronin und griff, ohne sich umzuschauen, hinter sich, wo der letzte Schlüssel an der Ablage hing. »Jetzt haben wir über dreihundert Einwohner in Puilaurens«, sagte sie lachend. »Die *elf* für Sie, Messieurs. Frühstück gibt es von sieben bis neun. Rechnen Sie mit Gefechten um die Marmelade. Kinder kennen kein Pardon.« Sie sah auf die vielen Koffer. »Schlechte Nacht für Geistersucher. Die Weiße Frau mag keinen Regen.«

Minamoto lachte. »Ich wette, es hört auf zu regnen, und dann ist die Nacht wie geschaffen für sie.« Er ging los. »Hätten Sie einen Kaffee für uns, Madame?«

»Kommen Sie in zehn Minuten in die Bibliothek, Messieurs. Da steht dann alles, was man an so einem frühen Abend braucht.« Sie verschwand wieder durch die Tür.

»Danke, Madame.« Eric hängte sich an Minamotos Fersen.

Sie gingen die knarzenden Stufen nach oben und bahnten sich ihren Weg durch die umherlaufende Kinderschar, die lachend und quiekend Fangen spielte. Sie befanden sich in dem Teil des Hauses, der einst eine Scheune gewesen sein musste; der Gang war sehr lang, die Wände schräg und mit offen liegenden Balken versehen.

Die Kinder entschuldigten sich bei jedem Anrempeln, jagten aber ungeniert weiter.

Im Zimmer angekommen, stellte Eric die Koffer vernehmlich auf dem Holzboden ab. »Geisterjäger.« Er sah auf die Uhr. *Kurz vor fünf.* Bis Mitternacht blieben noch etliche Stunden, sofern das eine Rolle spielte. »Ist das hier üblich?«

»Die beste Tarnung, die es geben kann.« Minamoto stellte das Gepäck in eine Ecke und zog den nassen Mantel aus. »Die Weiße Dame ist in Frankreich recht bekannt. Angeblich war es die Großnichte von Philipp dem Schönen.«

»Hatte der nicht die Templer vernichtet?«

»Das wissen nicht viele Menschen.«

»Ich mache Kreuzworträtsel, wenn ich warten muss.« Eric machte mit dem Tonfall deutlich, dass er es nicht mochte, als universell unwissend betrachtet zu werden.

Minamoto lächelte entschuldigend. »Die Legende sagt, dass sie in trüben Nächten erscheint und auffällige Nebelschleier wallen lässt, was von zahlreichen selbsternannten Geisterjägern bereits gefilmt wurde. Meistens tritt das Phänomen über dem Rundgang der abgerissenen Festungsmauer auf.« Er zeigte auf die Metallkoffer. »Darin ist unsere Ausrüstung.«

»Aha.« Eric öffnete die Verschlüsse nicht, sondern zog seine warme Winterjacke aus. »Verraten Sie mir, wie ich einen Spuk fangen soll, der sich als Nebel zeigt?«

»Bei einem Kaffee redet es sich besser.« Minamoto nahm einen Laptop aus seinem Koffer, dazu ein überschaubares Bündel Ausdrucke. Dabei wurde der breite Bernsteinreif am rechten Unterarm sichtbar, dessen Symbole schwach leuchteten.

»Soll das so sein?«, machte Eric ihn aufmerksam.

»Alles andere würde mich wundern.« Er ging zur Tür. »Lassen wir den Kaffee der Patronin nicht kalt werden.«

Gemeinsam gingen sie den Weg zurück ins Erdgeschoss und fanden gegenüber des Hoteleingangs eine Tür mit der Aufschrift *Bibliotheque et des Salles.*

Als sie eintraten, fanden sie sich im unteren Teil der gemauerten Scheune wieder, der als Frühstücksraum und Bibliothek diente – wobei es auf dem einsamen Regal genau zwei Bücher gab.

Auf dem Tischchen darunter stand die rustikale Metallkaffeekanne und zwei *boles,* in die man das bereitgestellte Gebäck leicht stippen konnte. Milch und Zucker fehlten. Die Patronin ging davon aus, dass die Messieurs den Kaffee schwarz tranken. Im riesigen Kamin an der rechten Seite brannten mannsgroße Scheite.

Bibliothek. Französischer Humor. Eric begab sich an den Tisch und setzte sich. Der Wind ließ den Regen gegen die Scheibe prasseln, in dicken Bahnen rann das Wasser am Glas hinab. »Noch stimmt Ihre Vorhersage nicht.«

Minamotos Klapprechner wirkte in der altertümlichen Umgebung falsch, aufdringlich unpassend. Er nahm versetzt neben Eric Platz und schenkte aus. »Warten Sie es ab.« Der Duft des Getränks mischte sich unter das Odeur des brennenden, aufgeheizten Holzes. »Ich erkläre Ihnen die Umgebung und worauf Sie sich einstellen müssen.« Er griff nach den Blättern, auf denen Fotografien und Zeichnungen der alten Festung abgebildet waren.

Akribisch gingen sie die Pläne durch, wobei Minamoto zu Erics Erleichterung auf ausschweifende historische Exkurse verzichtete.

Die Burg diente im Mittelalter als Refugium für Glaubensflüchtlinge, und ebenjene Katharer behaupteten sich gegen die Attacken der Kreuzfahrer, bis die Verteidiger kapitulieren mussten. Mit der Verlegung der spanisch-französischen Grenze im 17. Jahrhundert verlor sie ihre Bedeutung als Sicherungsposten, aber die Weiße Dame blieb wie ein Andenken an die bedeutsamen Tage der vergangenen Jahrhunderte.

»Was macht die Weiße Dame so gefährlich, dass wir ihre Seele einsammeln?« Eric kannte natürlich Geschichten, die sich um Geistererscheinungen rankten, hatte sich allerdings dazu niemals Gedanken gemacht. *Sie waren nie ein Problem.* »Sie scheint doch lange und ungefährlich im Geschäft gewesen zu sein.«

Die Festung selbst fand Eric recht übersichtlich und doch geschickt angelegt. Sie musste im Verlauf ihres Entstehens mehrmals verstärkt worden sein.

Allgegenwärtige Felswände zwangen Angreifer bei einer Belagerung sehr nahe heran und damit in die Katapultreichweite der Verteidiger. Die letzten Meter verliefen im Zickzack, was das Anstürmen erschwerte.

»Die Seelen, die aus welchem Grund auch immer ohne Leib auf der Erde verweilen, verlieren durchaus ihre Passivität. Weiße Damen können ihren harmlosen Charakter verändern. So geschehen in Deutschland, auf der Plassenburg«, referierte Minamoto. »Im 16. Jahrhundert erwürgte die Weiße Dame mindestens einen Menschen.« Er zeigte auf die Ruinenpläne. »Prägen Sie sich den Ort gut ein. Entscheidend wird der Südwesten sein, wo sich der Turm des Spukes befindet. Es wird schnell gehen müssen. Sobald wir die Kreatur haben, ist Rückzug angesagt.«

Eric betrachtete die Skizzen und Aufnahmen. So schwer war das Einprägen nicht: zwei Höfe, ein Bergfried in der Mitte, und der Turm im Südwesten, auf dem sein Augenmerk liegen würde.

Minamoto schob den rechten Ärmel des Pullovers hoch und zeigte sein langgezogenes Armband, auf dem sich miniaturhafte Anzeigen befanden, die an Uhrwerke erinnerten. »Es besteht vollständig aus verschiedenen Naturbernsteinen und Silber, ist mit diversen Edelsteinen verstärkt«, erklärte er. »Damit kann ich Seelenfelder messen: wie stark sie sind, wie sie sich verändern, was sich in meiner Umgebung befindet.«

Minamoto verschob einen eingelassenen dunklen Stein.

Sofort setzten sich Zeiger in Bewegung und schlugen weit aus. Leises Ticken erklang, Zahnräder griffen ineinander. Zwei Steine färbten sich rötlich ein, es roch nach Harz.

»Das ist Ihre Seelenfeldstärke«, erklärte er. »Sie besitzen große Kraft, die Sie meines Erachtens nicht vollständig erforschten. Leider auch großes Gefährdungspotenzial. Man kann noch mehr daraus ablesen, aber das tut nichts zur Sache.«

Weswegen libra mich wegsperren will. Eric betrachtete das Gerät fasziniert. *Eine Mischung aus Geigerzähler und Radar für alles Dämonische.* Er stockte. *Eher für alles Seelenvolle.* »Bekomme ich so etwas auch?«

»Absolvieren Sie Ihre neun Prüfungen, und wir reden darüber.« Minamoto öffnete ein Programm auf dem Laptop, aktivierte die Funkkarte und schrieb eine Mail in absonderlichen Schriftzeichen, die Eric nicht zu lesen vermochte. »Machen Sie sich mit den Karten vertraut«, betonte er. »Das ist wichtig.«

»Sicher.« Eigentlich hatte er vorgehabt, mehr über *libra* und Bernstein zu erfahren, indem er sich Minamoto im harten Stil vorknöpfte, um mit den herausgepressten Informationen neue Schritte einzuleiten.

Aber das Ereignis in Brighton hatte ihm zu denken gegeben.

Zudem schlummerte in seinem schlanken Begleiter

etwas, gegen das auch sein Dämon, seine Seelenkräfte oder welche Gabe auch immer alt aussehen könnte. Jemand, der sich Goryō nannte und aus einem Samuraikodex zitierte, spielte nicht mit Wattebällchen.

Neun. Erics größter Feind hieß Ungeduld. *Neun Proben.*

Was nützte die größte Ortskenntnis, wenn er nicht wusste, wie er die Weiße Dame einfangen konnte? Garantiert befand sich in den Metallkoffern, was er benötigte.

In seiner Vorstellung stand Eric mit einer Flasche auf dem Turm und stopfte den Nebel hinein. Dann sah er sich wie einen Ghostbuster mit einer staubsaugerähnlichen Gerätschaft über den Innenhof spurten und Fallen werfen.

Nicht die dümmste Idee, wenn Seelen wirklich nichts anderes als Energie sind. Eric wusste immer noch nicht, was er von *libras* Theorie halten sollte.

Minamoto und seine Verbündeten glaubten fest daran, sahen sie als gesichert an. Die erzielten Erfolge gaben ihnen recht, aber ebenso gut könnte es weitere Dämonen geben. Mit Paralleluniversen. Und Höllen. Aus einer solchen war seine Halbschwester Justine einmal entkommen. *Wie passt das in libras Theorie?*

Eric hob den Kopf. Etwas war anders als vorher.

Dann drehte er sich halb um und sah aus dem Fenster: *Es hat tatsächlich aufgehört zu regnen!*

Minamoto tippte wie ein Besessener. Aber er grinste.

Im Dunkeln, gegen zweiundzwanzig Uhr, machten sich Eric und Minamoto an den Aufstieg zur Festung.

Überall um sie herum tropfte und plätscherte es leise. Das Wasser flüchtete über den Boden oder warf sich tröpfchenweise von Ast zu Ast, um die Erde zu erreichen. Sonstige Geräusche erklangen nicht, die Tiere hatten sich noch verborgen und warteten ab.

Zu Erics Überraschung trug sein Begleiter die beiden Koffer, ohne ein Wort zum Inhalt zu verlieren. Er selbst schleppte nichts außer seinen Klamotten am Leib den Berg hinauf. *Minamoto macht es spannend.*

Dann hörten sie plötzlich vor sich viele helle Stimmchen, die oberhalb von ihnen ein Lied sangen.

Bitte, ich will mich irren! Für Eric gab es keine Zweifel, wer ihnen bei der Besteigung zuvorgekommen war.

Als die beiden Männer um die Biegung gingen, erkannten sie auf dem Pfad unterhalb der Festung eine Mischung aus Fackelschein und zuckenden Taschenlampenstrahlen. Die Schulklasse schien es für eine gute Idee gehalten zu haben, eine Nachtwanderung zur Weißen Dame zu unternehmen.

Niemand von ihnen ahnte, dass es diesen Geist wirklich gab und dass er schlechtgelaunt war und dass zwei Männer auftauchten, die sich mit dem Spuk einen Kampf liefern wollten.

Unter diesen Umständen breche ich das Unternehmen ab. »Kinder«, sagte Eric und blieb stehen, »bringe ich nicht in Gefahr.«

Minamoto ging weiter. »Da oben wartet Nummer neun auf Sie.« Er sah über die Schulter. »Unser Timing ist perfekt. Wenn wir umdrehen, wird es hässlich für die Schutzlosen. Und die Probe wäre auch versaut.«

Eric fluchte und lief wieder los. Es gab keine Alternative, das hatte er verstanden.

Aus dem umliegenden Wald stieg Nebel auf. In einzelnen Schwaden hob er sich zwischen den Bäumen von der Erde empor oder bildete dichte, kühle Bänke, durch die Eric und Minamoto eilten.

Die Schulklasse hatte die Burg mittlerweile erreicht, die Fackeln und Taschenlampen verschwanden im Hof.

Minamoto führte sie rasch voran, sie hetzten geduckt den verschlungenen Weg entlang, blieben in den Schatten der Festungsmauern, die sie freundlich umschlossen und vor den Lichtern verbargen.

Gitarrenklänge hallten durch die Nacht, das Singen ging weiter. Es war ein Lied über einen Geist, der traurig darüber war, dass niemand mit ihm spielen wollte, bis ihn Kinder besuchten.

Minamoto kniete sich hin, drapierte die Koffer um sich herum und öffnete die Verschlüsse, ohne die Deckel zu heben. »Sie gehen zum Westturm und halten Ausschau. Die Weiße Dame wird nicht lange auf sich warten lassen. Sie mag keine Störungen.«

Eric betrachtete den Mann. »Was mache ich dann?«

»Überraschen Sie mich.«

»Und Sie?«

»Gut, wir machen es anders.« Minamoto reichte ihm ein fingerkuppengroßes Ohrfunkgerät. »Damit melde ich mich bei Ihnen und sage, was Sie am besten tun sollten, um die Kreatur zu schnappen.«

»Sie spielen meine Rückendeckung.«

Minamoto klopfte als Antwort auf die beiden Metallkoffer. »Hoch mit Ihnen. Und nicht die Kinder erschrecken.«

Eric schlich los.

Die zerfasernden Wolken gaben das Sternenlicht frei. Zusammen mit dem Schein der Fackeln und Lampen reichte der Schein aus, um sich in der Ruine zu orientieren. Dank der Ortskenntnis war es für ihn ein Leichtes, rasch zum Südwestturm zu gelangen und sich hinaufzuarbeiten, um sich in die Nische des Zugangs zu drücken.

Der große Hof breitete sich vor Eric aus, er hatte die perfekte Übersicht.

Einige Kinder liefen über die Steine und die Wiese, leuchteten sich gegenseitig an, zogen dabei Fratzen und kreischten vor wohligem Grusel. Lehrer und Lehrerinnen befahlen sie streng zur Gruppe zurück; das Lied wurde erneut angestimmt.

Als wollten sie die Weiße Dame herbeirufen. Eric sah sich nach verräterischen Nebelspuren in seiner Nähe um, erkannte jedoch nichts Auffälliges. Er hoffte, dass sich Minamoto irrte und die Seele sich nicht zeigte. *Nicht solange die Kinder hier sind.*

Wenn es sich dabei um ein ähnlich fieses Wesen wie in Brighton handelte, musste er sie sehr schnell stoppen, bevor den Kleinen Gefahr drohte.

Eric warf einen Blick über die Mauer und sah die Lichter der umliegenden Dörfer weit unter ihm zucken und leuchten.

»Sie sind beim Eingang. Ich sehe Sie«, hörte er Minamotos Stimme im Ohr. »Sehr gut. Bleiben Sie da.«

Eric nickte als Zeichen, dass er verstanden hatte. Es war Schikane, dass er nichts zum Gegensprechen erhalten hatte. *Oder Absicht, um den Spuk nicht zu verprellen.* Er richtete seine Aufmerksamkeit auf die Ruine.

Die Kinder hatten sich im Kreis versammelt. Wegen des nassen Untergrunds blieben sie stehen und stapelten die Fackeln zu einem improvisierten Lagerfeuer auf. Sie sangen brav das Lied, rempelten und knufften sich gegenseitig an, wenn die Erwachsenen nicht hinsahen.

Kälte breitete sich abrupt in Erics Nacken aus.

Vorsichtig wandte er sich um.

In langen Bahnen sickerte Dunst rasch von der Turmspitze abwärts an der Mauer entlang wie gasförmige

Milch, strömte rechts und links an Eric vorbei und floss auf die Erde. Nebelfinger streckten sich nach ihm aus, die er behutsam mit der flachen Hand zur Seite wischte.

Das Gespinst verwirbelte, löste sich scheinbar auf – und fügte sich sogleich wieder zusammen, um sich seinem Gesicht zu nähern. Die Weiße Dame fand ihn anscheinend spannend.

Erstes Kreischen erklang in einer Mischung aus Begeisterung und Schrecken. Die Kinder hatten den merkwürdigen Nebel bemerkt und reagierten lautstark darauf. Das Singen endete schließlich.

»Halten Sie die Position«, erklang Minamotos Anweisung. »Schauen Sie *nicht* nach oben. Augen auf den Hof!«

Eric wusste noch immer nicht, was er tun sollte. Er glaubte aber verstanden zu haben, nichts anderes als der Köder zu sein, während sein Begleiter die Geräte zum Fangen des Spuks in Position brachte.

Erste Mädchen und Jungs rannten bereits los, sie achteten nicht auf die Rufe der Lehrer. Fackeln wurden geschnappt, dann setzte die heillose Auflösung der Gruppe ein, während die Erwachsenen darum bemüht waren, das Ganze geordnet ablaufen zu lassen. Die Klasse eilte in kleinen Pulks auf den Ausgang zu, manche Kinder fielen hin und rappelten sich wieder auf.

Nach und nach leerte sich der Hof. Lediglich zwei der brennenden Wachsstäbe waren vergessen worden und brannten zischend und funkenschlagend weiter.

Eric war inzwischen von den weichen, kalten Dunstschwaden eingehüllt. Ein Kind im gelben Anorak stand noch unschlüssig in der Ruine. Es ging auf die herrenlosen Fackeln zu und bückte sich danach, während ein eben zurückgekehrter Lehrer auf es zueilte.

»Sehen Sie das Mädchen?«, kam Minamotos Frage.

Eric nickte. *Gleich sind alle raus.*

»*Das* ist Ihre Nummer neun.«

»Was?« Eric war bewusst, dass sein Begleiter ihn nicht hörte.

»Sie sollten gelernt haben, sich nicht vom Äußeren täuschen zu lassen«, lautete die harsche Ermahnung. »Los! Oder es wird zu spät sein.«

Dieser Arsch. Eric wusste, dass Minamoto recht hatte. Mitleid hatte er in seinem Leben als Jäger selten gezeigt – warum jetzt damit anfangen? *Er hatte es niemals auf die Weiße Dame abgesehen. Er wollte wissen, wie ich bei vermeintlichen Kindern vorgehe.*

Eric sprang vom Zugang durch die Nebelschwaden nach unten und sprintete auf das Mädchen im gelben Anorak zu.

Der Lehrer sah Eric aus den Augenwinkeln heranstürmen und reagierte überraschend für einen Pädagogen: Er langte unter die Jacke und zog eine schallgedämpfte Pistole heraus. Das Abdrücken geschah in der gleichen Sekunde, als er den Lauf auf Eric gerichtet hatte.

Mehrmals wurde er von den Kugeln getroffen, die sich anders anfühlten als herkömmliche Projektile.

Der Dämon in ihm erwachte schreiend aufgrund der Provokation und der Schmerzen, sein Leib stieß die Geschosse umgehend aus und heilte die Wunden. Das Ziehen stammte von der Veränderung, mit der sich seine Haut dunkellila färbte, die Dämonenzeichen in seiner Haut brannten heiß.

Das Kind hob verwundert die Fackeln, um nach dem Angreifer zu sehen.

Eric war heran. »Das überlebst du nicht!«, grollte er den Mann an.

Aber sein Gegner, der durch zarte Nebelschleier kaum zu erkennen war, hielt plötzlich in der anderen Hand einen Silberdolch und stach, ohne zu zögern, zu.

Eric wich mit einer raschen Bewegung aus und versetzte dem Feind einen geraden Fausthieb gegen die Brust.

Der Mann hob ab und flog quer über den Hof, bevor er ächzend gegen die Wand prallte und herabrutschte.

Plötzlich bekam Eric einen Schlag mit der Fackel ins Gesicht, eine zweite Attacke traf ihn in den Schritt. Funken und Asche stoben um ihn herum, sein Skrotum glühte.

Brüllend packte er die kindliche Kreatur am rechten Arm und schmetterte sie wuchtig zu Boden.

Sie kreischte grell und wütend auf, fauchte, schlug Krallen in seinen Unterschenkel und riss einen großen Brocken Fleisch heraus.

Eric schrie gellend, sah sein zerfetztes Hosenbein und sein heißes Blut auf die nasse Erde strömen. Der Fuß hob sich, um ihn auf den dünnen Nacken des Wesens fahren zu lassen und das Rückgrat zu brechen.

»Nur festnehmen, nicht umbringen«, schaltete sich Minamoto ein.

Das Mädchen rutschte von ihm weg und rappelte sich auf, wollte wegrennen.

Eric holte es mit zwei, drei Dämonenschritten ein und verlor dabei die blonde Perücke. Seine klauenähnliche, in diesem Licht schwarze Hand packte das zierliche Genick. »Wenn du nicht sterben willst«, sprach er drohend, »ergib dich.«

Hatte das Wesen eben noch zu einer Abwehrbewegung mit der blutverschmierten Hand angesetzt, erstarrte es nun.

»Eric?«, fragte es bestürzt.

Der wesentlich dichtere Nebel der Weißen Dame wallte heran und umspielte sie. Es wurde sofort kalt.

»Sie sind zu langsam«, maßregelte ihn Minamoto. »Los, raus!«

Das … nein! Niemals. Eric erkannte die Stimme des Mädchens vage. Der Dämon raste in ihm und verlangte nach dem Fleisch des Wesens. Er hielt den dünnen Nacken weiter fest und drehte die Kreatur, um ihr Gesicht zu erkennen. *Aber wie …*

»Weg von meiner Tochter«, hallte die Anweisung einer Frau eiskalt durch den Hof.

Eric sog die Luft ein und nahm einen Geruch wahr, den er ebenso ersehnte wie fürchtete. Der Duft brachte ihn an die äußersten Grenzen seiner Selbstkontrolle. *Sia!*

Am deutlichsten aber verrät sich
die Liebe der Geschlechter als Drang nach Eigentum:
der Liebende
will den unbedingten Alleinbesitz der von ihm ersehnten Person,
er will eine ebenso unbedingte Macht über ihre Seele wie ihren Leib,
er will allein geliebt sein
und als das Höchste und Begehrenswerteste
in der anderen Seele wohnen
und herrschen.

Friedrich Nietzsche,
Die fröhliche Wissenschaft (1882)

KAPITEL XVII

Deutschland, Sachsen-Anhalt, Halle (Saale)

Der rauchende Lauf schwenkte herum.

Nein! Claire stieß einen hohen, langen Schrei gegen die Vermummte aus, noch bevor die Mündung auf den Schädel zeigte; ihrer Tochter hielt sie die Ohren zum Schutz gegen die Wirkung zu.

Sämtliches Porzellan in der Küche barst klirrend, innerhalb eines Wimpernschlags zeigten sich Risse in jedem Stück Glas.

Die Energie, die der Attacke innewohnte, schien zuzunehmen: Die Angreiferin wurde von ihr erfasst und zusammen mit dem Türrahmen in den Flur geschleudert, fluchend stürzte sie nieder.

Das versuchst du nie wieder! Sofort sprang Claire auf die Beine und folgte der Maskierten, die sich eben von den Trümmern befreite. Die schwere Halbautomatik mit dem langen Schalldämpfer lag zwei Meter neben ihr, halb unter den Holzsplittern verborgen.

Aber anstatt danach zu hechten, hob die Unbekannte die Hand.

Ein Flirren wurde sichtbar, das auf den Sturz über Claire zuhielt. Der Einschlag der unsichtbaren Kraft ließ einen Schuttregen auf sie niedergehen.

Umgeben von Bröckchen und Staub, stolperte Claire über die Trümmer vorwärts und griff nach dem flüchtenden Schemen. *Wieso hat sie nicht versucht, mich zu treffen? Sollte das diese Yosha sein, von der Fabian sprach?*

Sie bekam den Jackensaum zu fassen.

Mit einer geschickten Drehung entledigte sich die Unbekannte des Kleidungsstücks, nutzte den entstehenden Schwung, um Claire einen Tritt gegen das Knie zu verpassen.

Diese wich dem heranschießenden Fuß aus und schlug von oben auf das Kniegelenk der Gegnerin, ohne dass sie über die Bewegungen nachdenken musste. Es knackte.

Die Maskierte schrie auf und sandte ein weiteres Flirren, das sich aufspaltete und sowohl in die Decke als auch in die Wand rechts von Claire fuhr.

Erneut hagelten Putz und Staub auf sie, raubten ihr die Sicht. *Sie will mich nicht umbringen. Warum?*

Hustend und fast blind von den Schmutzschleiern behielt sie die Verfolgung bei. Dabei hob sie die Pistole auf und rutschte auf einem kleinen runden Gegenstand aus, der klackend unter ihrer Sohle davonrollte und in der Ecke zum Erliegen kam.

Die Angreiferin rannte zur Tür hinaus.

Wo steckt Fabian? Claire verließ ebenfalls das Haus und gab einen Schuss ab, der die Frau verfehlte. »Halt!«

Erneut entfaltete ihre Stimme ungewollte Effekte. Ein schnurgerader Riss jagte als Manifestation der freigesetzten Kraft durch den Boden, spaltete die Gehwegplatten und hielt auf die Flüchtende zu.

Die Energie holte die Maskierte von den Beinen, bevor sie die Gartenpforte erreicht hatte. Sie wurde seitlich in die Rabatten geschleudert und stieß einen lauten Fluch aus, wandte sich um und stemmte sich wieder auf die Beine.

»Wer sind Sie? Wer schickt Sie?« Claire näherte sich ihr und hob die Mündung.

Die Unbekannte starrte sie feindselig an. Unschlüssig sah sie dann auf die Waffe.

»*Wer?*« Claire zog den Schlagbolzen nach hinten, und nach einer Sekunde des Wartens drückte sie zu ihrer eigenen Überraschung ab.

Die Kugel verließ den Lauf mit einem gedämpften Knall und jagte der Maskierten durch den Oberschenkel. Sie schrie auf; zeitgleich flirrte die Luft vor ihr, und eine wabernde Wand jagte heran.

Claire wurde wie von einem unsichtbaren Schieber erfasst und nach hinten gedrückt. Hätte sich nicht zufällig die offene Haustür dort befunden, wäre sie an der Wand zerquetscht worden. Nochmals rutschte sie auf der kleinen grauen Kugel aus, der es Spaß zu bereiten schien, sie in Bedrängnis zu bringen.

»Mir egal, dass sie dich brauchen«, schleuderte ihr die Unbekannte hinterher. »Dem *erus* wird es recht sein. Alles hat ein Ende. Auch *deine* Seele, Claire Riordan!«

Rasche Schritte näherten sich dem Eingang.

Die Frau kehrte zurück auf die Schwelle, hielt eine zweite Pistole in der Hand. »Erst du, dann deine Tochter!« Die Mündung schwenkte hoch.

Claire schoss zuerst und unaufhörlich, verfehlte die abtauchende Gegnerin jedoch um wenige Millimeter. Die Eingangstür litt unter den Einschlägen.

Klick.

Das Geräusch war von der Maskierten gehört worden, sie trat erneut in den Flur, legte an.

Claire warf ihre leere Pistole und traf die Frau im Gesicht. Dumpf schlug das Metall gegen den Schädel, Blut spritzte, und ein Teil des Nylonstrumpfs platzte weg, so dass ihre Züge zum Vorschein kamen.

Claire nutzte die Verwirrung der Feindin und ging mit einem Satz in den Nahkampf. Sie schlug zu und zielte dabei auf die Körpermitte.

Mitten in der Hiebbewegung überfiel sie die Erkenntnis. *Das ist die Frau, die mich überfahren hat!* Claire sah ihre eigene Todesszene genau vor sich, in der die zierliche Unbekannte hinterm Steuer des Geländewagens saß und sie mit dem Rammschutz aufgabelte. Absichtlich. Heißer Hass durchströmte sie.

Die Gegnerin schaffte es nicht, der Attacke auszuweichen, und bekam die Faust mit Präzision auf den Solarplexus.

Erneut gab es eine Entladung, wie sie Claire zuvor bei Haider und Dubois gesehen hatte.

Eine leuchtende Sphäre umschloss die Getroffene, die einen grässlichen Schrei ausstieß und zuckend zusammenbrach. Das Krampfen endete nicht, als würde sie einen epileptischen Anfall erleiden. Die Augen waren aufgerissen, das Gesicht vor Schmerz und Angst verzerrt.

»Frau von Bechstein!« Fabian tauchte am Eingang auf, eine Pistole in der Rechten. Er kam näher, die Mündung auf die Unbekannte gerichtet, und sah zwischen der Besiegten und Claire hin und her.

Claire keuchte, ihre Fingerknöchel brannten und schienen innerlich zu glühen. »Mir geht es gut«, sagte sie und beobachtete die Frau, die in Spasmen auf dem Boden lag. »Ist das diese Yosha, die Sie erwähnten?«

Das Licht im Haus flackerte, und mit einem letzten Stöhnen lag die Frau plötzlich still.

»Nein. Das ist sie nicht. Aber bleiben Sie weg von ihr.« Fabian beugte sich nach vorne und prüfte behutsam den Puls an der Halsschlagader. Er betrachtete

Claire mit einer Mischung aus Entsetzen und Ehrfurcht. »Tot. Was … wie haben Sie das gemacht?«

Sie zuckte mit den Achseln. »Ich muss nach meiner Schwester sehen.« Sie eilte in die Küche, wo sich Deborah bereits um ihre Tante kümmerte.

Nicola saß schon wieder auf dem Stuhl. Der Schuss war ganz knapp über die Schulter gerutscht und hatte lediglich einen Kratzer hinterlassen.

Claire fühlte eine immense Erleichterung. »Es tut mir leid«, sagte sie.

»Es tut dir *leid?* Du hast uns das Leben gerettet«, erwiderte ihre Schwester, die noch recht bleich um die Nase war.

Deborah nickte ihr zu, während sie ein Küchentuch nahm und auf die Wunde drückte.

Fabian kam zu ihnen, Claire stellte ihn als ihren Leibwächter vor. Er besah sich die Verletzung und erbat sich klaren Schnaps, um sie zu spülen, und danach ein Erste-Hilfe-Set für einen Verband. »Ich weiß, es klingt rustikal«, sagte er grinsend. »Sie können das Zeug auch trinken, und ich nehme das Jod.«

Widerwillig ließ Nicola den Mann näher an sich heran.

Fabian legte die kleine graue Kugel auf den Tisch. »Die lag draußen, und …«

»Das ist nicht meine.« Deborah starrte den Fund an. »Ich habe meine Kugel ins Grab geworfen.«

»Deine Kugel?« Claire warf ihr einen Blick zu. »Wieso hattest du eine?«

Rasch erklärte Deborah, unter welchen Umständen sie ihre gefunden hatte: am Ort des Mordes an ihren Eltern. »Vielleicht war sie einer der Mörder?« Sie ging hinaus, um nach der Toten zu sehen, bevor Claire sie hindern konnte. Kaum war sie im Flur, erklang ihr leiser Schrei. »Die Augen! Ihre Augen sind …«

Alle eilten hinaus in den Korridor, wo Deborah langsam vor der Leiche zurückwich, deren Augäpfel sich weiß gefärbt hatten. Weder gab es Iris noch Pupille.

»Sie war auf der Beerdigung«, stieß Nicola überrascht beim Anblick der Leiche aus.

»Die Freundin des Geistes«, wisperte Deborah und schlang die Arme um sich. »Er hat sie zu uns geschickt!«

Claire sah zu Fabian, der mit einer Geste deutlich machte, dass er nichts verstand. »Beruhige dich, Kleeblättchen«, sagte sie abwesend und legte ihr eine Hand auf den Schopf. »Es gibt keine Geister.« Sie musterte die Tote, die paradoxerweise durch ihr eigenes Opfer ums Leben gebracht worden war. Nachträglich.

Fabian bückte sich und entfernte den Nylonstrumpf vom Kopf, braunes Haar kam zum Vorschein.

Claire war sich zu hundert Prozent sicher, die Fahrerin des Todeswagens vor sich zu haben.

»Er ist ein Geist. Er ist der derjenige, der unsere Familie verfolgt«, erwiderte Deborah überzeugt. Ungeschickt wühlte sie in ihrer Bademanteltasche und zog das Smartphone heraus, wies ihr die geschossenen Bilder von der Beerdigung. »*Der* ist es!«

Der Anblick des Grabes, der Menschen, der Särge versetzte Claire einen Stich mitten ins Herz, den sie ganz deutlich fühlte.

Das Unwiderrufliche wurde überdeutlich: Die bekannte Hülle war verloren, ihr Mann war verloren, ihr altes Leben ebenso. Sie konnte sich noch so sehr in Nicolas und Deborahs Nähe aufhalten, ihnen die Wahrheit gesagt haben – und doch hatte sich alles verändert.

Schwäche befiel Claire. Sie spürte einen unangenehmen Druck im Brustkorb, der ihre Lunge zusammenzupressen schien. Schwindel packte sie, sie musste sich an der beschädigten Wand anlehnen, ihr Mantel bekam zahlreiche weiße Schmutzflecken. Das Fokussieren fiel ihr schwer.

Nicht ohnmächtig werden. Sie starrte angestrengt wie eine Betrunkene auf das kleine Display und brauchte lange, bis sie etwas erkannte. Nein, bis sie *jemanden* am Rand der Beerdigung unter einer Birke entdeckte: *Taronow*. Er und die Unbekannte, die als Leichnam zu ihren Füßen lag.

»Wo soll jetzt der Geist sein?«, fragte Claire mit belegter Stimme.

»Na, er!« Deborah deutete auf den Seelenwanderer. »Er kam zu uns und kondolierte, aber er … hatte etwas an sich, eine Ausstrahlung von Macht und tiefer Freude, die einfach nicht passte«, erklärte sie viel zu rasch und schwer verständlich. »Niemand sonst freute sich, dass Mom … dass du und Dad gestorben wart. Niemand. Nur er. Er spielte den Betroffenen, aber der Triumph schoss aus seinen Augen, aus seinen Blicken, aus seiner Haltung.« Sie bebte vor Aufregung.

Claire schloss sie beruhigend in die Arme und suchte gedanklich nach einem Zusammenhang zwischen den Geschehnissen. *Ich bin Taronow vor einigen Tagen zum ersten Mal begegnet, und auch Finn erzählte nichts, was auf eine Bekanntschaft zwischen ihm und dem Seelenwanderer hindeutet.* Es gab keinen Zusammenhang. *Oder spielt Fabian Spielchen?*

Er sah auf die Uhr. »Was machen wir mit der Toten?«

»Keinesfalls die Polizei«, antwortete Claire, bevor jemand etwas erwiderte. Sie deutete auf den ramponierten Eingang zur Küche und die zerstörten Fenster. »Ich besorge Handwerker, die das Chaos beseitigen, und niemand wird etwas von dem Anschlag erfahren.«

Nicola runzelte die Stirn. »Warum keine Polizei?«

»Geht ins Wohnzimmer. Wir müssen gemeinsam überlegen«, verkündete Claire behutsam, da sie am Gesicht ihrer an sich resoluten Schwester ablas, dass diese vieles sagen und fragen wollte. *Ich verstehe es gut.* Das Herz raste in ihrer Brust. Taronow war nicht länger ein Verbündeter, sondern zu einem größeren Feind geworden als Dubois.

Tante und Nichte sahen sich an und gingen voraus.

»Kennen Sie die Angreiferin?«, flüsterte Claire Fabian zu.

Er schüttelte zweifelnd den Kopf und hielt seinen Blick auf die weißen Augen der Toten gerichtet. »Yosha ist es nicht. Und mit Taronows *necessarii* hatte ich nichts zu tun.«

»Was halten Sie von den veränderten Augen?«

»Es wird mit Ihrer Kraft zu tun haben.« Er setzte zu einem weiteren Satz an, verstummte jedoch. »Das sehe ich zum ersten Mal«, erwiderte er zögerlich.

Claire legte sich einen Plan zurecht. »Gut. Dann beseitigen Sie die Leiche, bitte. Und informieren Sie Stahl und Hochschmidt von der neuen Entwicklung.«

Fabian schürzte die Lippen. Seine Gedanken schienen einen anderen Weg zu gehen. »Ist das eine gute Idee?«

»Nun … was soll ich gegen Taronow ausrichten?«

»Spielen Sie das Spiel weiter wie bisher«, riet Fabian. »Ich versuche heimlich herauszufinden, was Taronow antreibt, gegen Ihre Familie vorzugehen.«

Claire drehte sich um und folgte ihrer Schwester und

Tochter ins Wohnzimmer. »So machen wir es.« Sie warf ihm einen dankbaren Blick zu, und er zwinkerte.

Claire setzte sich Deborah und Nicola gegenüber auf den Stuhl und atmete tief ein, faltete die Hände zusammen, um sich selbst Halt zu geben. Nun müsste sie ihren Lieben erklären, was ihr genau zugestoßen war, und das, obwohl sie es selbst kaum verarbeitet hatte.

Gleichzeitig fühlte sie die aufkommende Erleichterung, vielleicht den Hafen zu haben, die Menschen zu haben, mit denen sie sich besprechen konnte, von denen sie Rat bekam und die sie liebten, trotz des veränderten Äußeren. *Ich hoffe, das ist so.*

Claire würgte den Speichel die Kehle hinab, der plötzlich aus zähfließendem Kleber zu bestehen schien und sich an ihrem Hals festsaugte.

Nicola hob unerwartet den unverletzten Arm. »Bevor du anfängst«, sagte sie und erhob sich. Sie nahm zuerst einhändig drei Gläser aus dem Schrank und holte danach die gute Flasche Whiskey und goss reichlich ein. »*Slainté.*«

Die drei Frauen griffen zu, prosteten und tranken einen ordentlichen Schluck, denn es würde ein sehr langer Vormittag werden. Da durfte man reichlich vom *Uisce beatha* trinken. *Wasser des Lebens – wie passend,* dachte Claire und spürte den milden, aromatischen Geschmack am Gaumen.

Weit nach dreizehn Uhr fuhr Fabian Claire zum Bechstein-Anwesen zurück. Ständig prüfte sie ihr Make-up, das sie ausnahmsweise aufgelegt hatte, um die gröbsten Spuren des Heulens zu überdecken, und kaute zehn kleine Pfefferminzpastillen, um gegen den Whiskeydunst aus ihrem Mund anzugehen.

»Ihnen hat Ihre Familie sehr gefehlt«, konstatierte er.

»Es sind meine Schwester und mein Kind. Ich hätte niemals ohne sie leben können«, erwiderte sie offen. Gleich würde sie zu Lene werden müssen, und falls Eugen bemerkte, dass sie getrunken hatte, würde sie es mit Kummer erklären. »Ich fühle mich viel sicherer.« Sie atmete befreit durch. »Und jetzt würde ich gerne mehr von Ihnen hören.«

»Von mir?«

»Die Andeutungen, die Sie über Ihre Verbündeten machten, um den Einfluss der Seelenwanderer auf die Menschheit zu reduzieren.« Claire genoss die Vorzüge der Sitzheizung, aber die Wärme machte sie schläfrig. Sie benötigte Konzentration. Als Kompromiss ließ sie das Fenster runterfahren. »Was haben Sie vor, und wer hilft Ihnen dabei?«

Fabian schürzte wieder die Lippen. »Ich weiß nicht, ob es eine gute Idee war, Ihnen davon zu erzählen.«

Verwundert wandte sie sich zu ihm um. »Aber ich habe mich mit meiner Familie besprochen, um zu einer Entscheidung zu kommen.«

Er grinste. »Das höre ich mir gerne an. Wie hat der Familienrat entschieden?«

»Dass wir weitermachen«, erwiderte sie beschwingt, der Whiskey wirkte nach wie vor. Claire war froh gewesen, Tochter und Schwester von ihrer wahren Identität überzeugt zu haben; danach hatte das Organisations- und Planungs-Gen der Familie eingesetzt.

Nicola und Deborah hatten sie ermuntert, weiterhin mit dem Triumvirat zusammenzuarbeiten und eine Erklärung zu verlangen, warum der alte Seelenwanderer nach dem Tod der Familien Wensler, Wilmers und Riordan trachtete.

»Sie hatten recht«, sagte Claire zu Fabian. »Taronows Vorgehen und diese ganze Verlogenheit zeigten mir, wie wichtig es ist, die Seelenwanderer aufzuhalten. So viel Leid, ausgelöst von ihnen.« Sie warf die Hände in die Luft. »Nicht zuletzt auch mein Schicksal und das der armen Lene von Bechstein.«

»Denken Sie nicht zu pauschal?«

Claire lachte auf. »*Sie* wollten mich doch bei Ihrer Sache dabeihaben!«

»Ich versuche, des Teufels Advokat zu sein, um Sie zu prüfen«, erwiderte er verschmitzt. »Also: Wenn nun *nette* Exemplare unter ihnen sind? Angenommen, einer von denen hat das einende Potenzial eines zweiten Gandhi? Oder gar die Fertigkeiten von Jesus – würden Sie ihn umbringen?«

Claire sah nach vorne auf die Straße und grübelte. *Darüber haben wir natürlich nicht gesprochen.* Sie ärgerte sich, dass er eine Lücke in ihre Vorsatzwand geschlagen hatte. Ausgerechnet *er,* der sie anwerben wollte. »Wissen Sie, was ich denke?«

»Diese Gabe besitze ich nicht«, erwiderte er grinsend.

»Das mag egoistisch klingen, aber vorerst betrachte ich es als persönliche Sache«, entschied sie. »Ich bin sicher, es ging Stahl, Taronow und Hochschmidt niemals darum, die Menschen vor dieser Formel zu schützen, sondern einzig darum, das Mittel herstellen zu können, *bevor* es Dubois tut.«

»Ist bei dieser Einschätzung der gute irische Whiskey noch im Spiel?«

Sie überhörte sein Necken. »Diese Formel ist der Garant für einen schnellen Wechsel des Seelenwanderers in einen beliebigen Menschen, ohne lange Vorbereitung. Das können die Guten doch sicherlich ebenso sehr gebrauchen wie die Bösen. Habe ich recht?« Claire suchte ein Taschentuch in den Ablagen, ihre Nase lief wegen des kalten Winds. »Und Sie sagten, dass das Elysium im Grunde den gleichen Zweck verfolgt.«

»Elysium?«

»Das Hospiz.« Sie runzelte die Stirn und putzte sich die Nase. »Den schnelleren Wechsel.«

»Ach so. Genau. Entschuldigen Sie, ich war in Gedanken.« Die Zufahrt zum Anwesen erschien, Fabian setzte den Blinker. »Was werden Sie also tun?«

»Ich gehe morgen ins Hospiz und rede mit dem Triumvirat.«

»Und geben Sie denen die Formel?«

Claire hob die Augenbrauen. »Sie haben den zweiten Teil doch verbrannt und den USB-Stick zerstampft. Mit meinem Teil alleine kommt man nicht weit.«

»Das stimmt.« Fabian steuerte die Kiesauffahrt hinauf. »Es hätte aber sein können, dass Sie sich erinnern.«

Claire schnaubte. »Dann hätte ich ja ein …« Während sie sprach, entstanden die Formeln vor ihrem inneren Auge: der Teil, den Anastasia entwickelte – und zu ihrem Erschrecken auch die Kolonnen, die auf Dubois' Konto gingen.

Nein! Nein, ich will das nicht wissen! Sie musste sich beherrschen, damit Fabian nichts merkte. Auch wenn er vertrauenswürdig war, auch wenn er gegen die Seelenwanderer vorgehen wollte, musste sie sich klarmachen, dass das brandgefährliche Serum für ihn vielleicht auch von Interesse war. Es stellte eine starke Versuchung dar.

»Alles in Ordnung?«

»Ja, ich dachte nur daran, dass ich einkaufen wollte. Um Pfannkuchen mit den Kindern zu machen«, überspielte Claire das Erschrecken und zeigte auf die Villa. »Heute gehöre ich meinen … Charlene und Pauline.«

Der Countryman blieb vor dem Eingang in die Villa stehen.

»Was haben Sie mit der Leiche gemacht?« Claire sah ihn an.

»Nicht im Garten vergraben«, gab er zurück und lachte. »Was Sie nicht wissen, belastet Sie auch nicht.« Er zeigte zur Tür. »Sie werden erwartet. Morgen um neun Uhr, Frau von Bechstein?«

Claire nickte und stieg aus.

Er blickte ihr nachdenklich hinterher. Die Frau sah schmal und zerbrechlich aus, die Hülle hatte nichts mit dem Körper von Claire Riordan gemein.

Er musste zugeben, dass er sich nach der Zeit, die sie gemeinsam verbracht hatten, zu *dieser* Lene von Bechstein hingezogen fühlte. Umso mehr ärgerte er sich, beim Angriff von Tatjanna zu spät gekommen zu sein. Sie hatte sich gekonnt an ihm vorbeigeschlichen. Es hätte schlimm enden können.

Langsam ließ er den Mini anrollen und lenkte ihn die Auffahrt hinab, um Lausen zu verlassen.

Er bewunderte Claires Stärke, und das bezog er nicht auf ihre vielfältigen Gaben.

Aber wie war es ihr so rasch gelungen, mehr als eine Gabe zu entwickeln?

Und was hatte Taronow gegen die Familie?

Ich würde ihre Geheimnisse gerne ergründen. Er wünschte sich, länger in ihrer Nähe sein zu können, nicht nur als scheinbarer Leibwächter. Rund um die Uhr.

Allen Ernstes spielte er mit dem Gedanken, die alte Gefolgschaft zu kündigen und ihr neuer *necessarius* zu werden. Claire war allein, sie besaß keine *necessarii*. Es war ein Wunder, dass sie kurz nach ihrer Seelenwanderung ihre enormen Prüfungen bewältigt hatte. Da sie mehr Gaben besaß als er, stand sie über ihm.

Ob sie mich als Vertrauten annehmen wird? Geschähe das nicht, wäre er ein *profugus*, ein Verbannter mit gravierenden Folgen: Man würde sich vorrangig um *seine* Beseitigung kümmern.

Noch hatte er nicht alle von Claires Geheimnissen gelüftet, doch das war nur eine Frage der Zeit und seiner Auffassungsgabe. Bislang lief es gut.

Das Handydisplay leuchtete auf. Es wurde nur ein Symbol anstelle eines Namens angezeigt.

Neue Informationen? Via Bluetooth koppelte er das Smartphone mit der Freisprechanlage, zögernd nahm er den Anruf an. »Vacinsky.«

»Guten Tag, Teukros«, meldete sich eine Frauenstimme. »Gibt es was Neues?«

»Nein«, erwiderte er zögerlich. Die genauen Vorkommnisse gingen die Frau nichts an. »Sie ist wieder im Bechstein-Haus.«

»Gut. Ich habe in der Zwischenzeit versucht, etwas über multiple Kräfte nach nur *einer* Seelenwanderung herauszufinden, aber in unseren Aufzeichnungen gibt es dazu nichts«, erklärte sie. »Das bedeutet, dass sie entweder lügt und eine versierte Seelenwanderin ist …«

»Nein«, erwiderte er lachend. »Oh, nein, das würde man merken.«

»Dann wäre Claire Riordan eine Anomalie, wie wir es schon vermuteten, ausgelöst durch das Trauma, das ihr Tod und der ihres Mannes bei ihr auslöste, oder durch die Berührung beim Wettrennen mit der anderen Seele um den Körper«, führte die Frau ihre Gedanken zu Ende. »Das macht sie umso wertvoller für uns: Wer weiß, was sie noch alles vermag und erst noch zum Vorschein kommt?«

»Das bedeutet, sie könnte noch mehr Gaben besitzen?« Er fuhr die Friedrich-Ebert-Straße entlang und lenkte den Wagen von dort zum Hotel am Augustusplatz, wo er abgestiegen war.

»Auszuschließen ist es nicht. Bei einer Anomalie gibt es keine Regeln.«

Warum sollte ich den Kontakt nicht nutzen? »Ah, eine Sache noch, die vielleicht weiterhilft. Es gab einen Vorfall mit einem Räuber und ihr«, beließ er es bei der Andeutung. »Bei der kurzen Schlägerei ging der Mann zu Boden. Danach hatten sich seine Augen verändert und waren komplett weiß geworden. Können Sie mir dazu was sagen?«

»Spontan nein. Was geschah mit dem Mann?«

»Er ist tot. Aber nicht durch die Schlagwirkung. Ich tippe auf eine weitere Gabe.«

Die Frau atmete laut aus. »Ich schaue nach und melde mich, Teukros.«

»Alles klar. Bis denn. Ich fahre in die Tiefgarage.« Er unterbrach die Verbindung und steuerte den Countryman durch die Einfahrt die Rampe hinunter in das kalte Neonlicht.

Inzwischen ging es nicht mehr um Anastasia und die Formel.

Nicht für ihn.

Es ging um eine Frau, die mächtiger war als jeder Seelenwanderer und jede Seelenwanderin, die er bislang kannte. In einem Schachspiel wäre sie eine *Dame deluxe,* die sämtliche Fertigkeiten der übrigen Figuren beherrscht und vermutlich noch fliegen konnte.

Und zugleich ahnte Claire nicht, welche Besonderheit sie darstellte.

Ich werde das ändern. Ihm fiel auf, dass sein Vergleich mit der *Dame deluxe* hinkte. *Sie muss sich darüber klarwerden, dass sie mehr sein kann als eine Figur der anderen.*

Er parkte den Mini-SUV in der angemieteten Box, sein Blick ging nachdenklich ins Nichts.

Viel besser: Sie könnte den Spieß umkehren und zur unvorhergesehenen Spielerin werden. *Man wird sie fürchten.* Schwungvoll stieg er aus.

Es wurde Zeit für einen Drink und einen neuen Schlachtplan.

Österreich, Wien

Immer, wenn ihn etwas zu sehr beschäftigte und seine Gedanken keine Rast einlegten, kam Gregor Dubois an diesen majestätischen, säulengetragenen Ort der Ruhe, den er mochte, seit er ihn zum ersten Mal gesehen und ehrfürchtig ein Buch aus den meterhohen Nussbaumregalen genommen hatte. Hierher führte eine unscheinbare graue Steintreppe, die nicht vermuten ließ, was sich hinter den großen, dunklen Holztüren eröffnete. Der Anblick bewegte, rührte ihn jedes Mal aufs Neue.

Er stand in der Mitte des hallenähnlichen Gebäudetrakts, wo sich die hohe Decke auf dreißig Metern kuppelförmig aufwölbte und die große Statue von Karl dem Sechsten auf ihn herabschaute. Der barocke Prunksaal der österreichischen Nationalbibliothek war ein Kleinod, das Dubois am liebsten alleine nutzte. Abends, wenn niemand sonst außer ihm hineindurfte. Die Fresken gehörten dann ganz alleine ihm, die alten Bücher, sogar das Licht, das hereinfiel, wurde gefühlt zu seinem unumschränkten Besitz.

Für nahezu jedes historische Bauwerk in Wien besaß Dubois eine Sondernutzungserlaubnis, entweder dank Mäzenatentums oder Einflusses, den er ausreichend besaß. Vom Kunsthistorischen Museum bis zur Kaisergruft, von diversen Kirchen über das Kaiserjuwel Schönbrunn bis zum Narrenturm – Dubois kam zu jeder Tages- und Nachtzeit hinein. Es beugte sich sogar der Deutsche Orden vor ihm, der seine Kirche und Schatzkammer neben dem Stephansdom hatte. Wenn man so wollte, war er der heimliche Kaiser.

Dubois genoss es, in immensen Bauwerken aus dem 18. Jahrhundert zu stehen und die Größe zu spüren, die Vergangenheit und die Mühe, die das Errichten gemacht hatte.

Sein Smartphone war ausgeschaltet, damit ihn niemand nervte, solange er sich in dieser Welt befand.

Er strich an den Bücherregalen vorbei, an deren oberen Bände man nur mit Hilfe einer fahrbaren Leiter gelangte; im zweiten Stock reihten sich viele weitere Werke nebeneinander, so dass der Saal auf 200 000 Bücher kam, aus den Jahren 1501 bis 1850.

Dubois erinnerte sich, wie er die Bibliothek auf der Suche nach Geheimnissen durchforstet hatte. Dieser Wissenshort stellte eine der wertvollsten Büchersammlungen der Welt dar, gut bewacht von Menschen und Kaiserstatuen. Einige Hinweise hatte er gefunden, die ihm bei seiner alchemistischen Suche von Nutzen gewesen waren.

Er ging an eines der großen Regale, und seine Finger fanden den Öffnungsmechanismus, ohne hinzuschauen. Ein Teil schwenkte zurück und erlaubte den Durchgang in ein kleines Zimmerchen, durch dessen Fenster das Abendlicht fiel. Hier bewahrte die Bibliothek weitere Kleinodien auf, in denen er gelegentlich interessiert blätterte.

Heute fand er dort eine frisch eingetroffene Abschrift des nicht häufig zu findenden Korans nach 'Abd Allâh ibn Mas'ûd. Dieser beinhaltete laut beiliegendem Brief 110 anstatt der geläufigen 114 Suren, zeigte eine andere Anordnung und war auf Blattgoldseiten gebannt.

Was die Bibliothek damit wollte, wusste Dubois nicht. *Vielleicht für eine Ausstellung zur Buchkunst.*

Der Anblick des Goldes erinnerte ihn an die Versuche, die unternommen worden waren, das Edelmetall herzustellen. Auch in Wien.

Dubois wusste noch genau, wie er den Scharlatan Sehfeld hatte ausschalten wollen, aber der Kaiser gab diesem Blender sogar ein eigenes Labor in der Wallnerstraße. Als späte Genugtuung gehörte das Haus heute ihm, und seine Experimente trugen Früchte, ohne Gold entstehen zu lassen.

Ich müsste nach dem Serum sehen. Es sollte fertig destilliert sein. Dubois legte das Buch zurück und verließ die Kammer. Gemütlich schlendernd verließ er den Prunksaal, schritt über den Marmor hinaus und schloss die Tür hinter sich.

Er ging vorbei an der Augustinerkirche, in deren Georgskapelle Maria Theresias bester Vampirjäger Van Swieten seine Ruhe gefunden hatte – genau gegenüber des Báthory-Hauses, was kein Zufall war.

Dubois eilte durch den 1. Bezirk der Donaustadt und versank trotz des lebhaften Verkehrs der Gegenwart in Erinnerungen. Wie Mesmer seine magnetischen Experimente abgehalten hatte; wie er im Palais Lobkowitz mit dem Grafen von Saint Germain über Alchemie gefachsimpelt hatte; wie sehr er mit dem Grafen Cobenzl und später mit Freiherr von Reichenbach wegen der Od-Strahlung gestritten hatte. Wien war und blieb ein sehr mystischer Ort.

Ich habe sie alle überlebt. Er schwenkte in die Wallnerstraße und näherte sich der Hausnummer drei, die er gekauft und die Mieter nach und nach rausgeschmissen hatte. *Glaube ich zumindest.*

Nicht immer erkannten sich Seelenwanderer. Es gab einige, die spürten, wen oder was sie vor sich hatten, mit einem Blick, einer Berührung oder über große Distanz. Andere verrieten sich durch ihre Gaben oder Taten oder die Aura.

Lächelnd entsperrte er die Tür zum Hof und trat ein. *Wie hatten sie Saint Germain gleich genannt? Der Mann, der niemals stirbt und alles weiß.* Er begab sich an die schmucklose Tür, die zu einem scheinbar leeren Raum führte. *Ich bin ihm dicht auf den Fersen.*

Durch einen Geheimdurchgang sowie zwei Schleusen, die mit Zahlencodes abgesichert waren, ging er abwärts in den Keller.

Hier stand Dubois' eigenes Labor, kleiner und bescheidener als das im 5. Bezirk, wo Haider in den alten Gewölben des Siechenhauses am Klagbaum geforscht hatte. Auf dem Metalltisch stapelten sich die Gerätschaften, die er für die alchemistischen Herstellungsprozesse benötigte und die in den vergangenen Stunden auf Hochtouren gelaufen waren.

Die große Sanduhr neben der mannshohen kupfernen Brennbirne war beinahe durchgelaufen.

Dann kann es losgehen. Als das letzte Körnchen herabgerieselt war, drehte er den kleinen Auslasshahn am unteren Ende auf. Nun würde sich zeigen, ob er trotz der hohen Geschwindigkeit beste Arbeit geliefert hatte.

Anstelle der brauntrüben Flüssigkeit, mit welcher der Prozess vor zwölf Stunden begann, sollte aus dem Behältnis das glasklare Serum laufen und in die Kristallkokille darunter rinnen. Daraus würde er die einzelnen Ampullen abfüllen.

Zu seiner Beruhigung rann das Mittel zäh und doch durchscheinend wie bester Wodka aus der Öffnung.

Dubois drehte den Hahn ganz auf.

Die Ausbeute würde für zehn Einheiten genügen, auch wenn es sich um das ursprüngliche Serum handelte, das nicht reduzierte und in seiner Wirkung verstärkte, wie es Haider für ihn herstellen konnte. Sie hatte ihre letzten exakten Erkenntnisse auf dem Laptop gespeichert, der beim Kampf gegen die Bechstein zu Boden gefallen war. Seine Experten arbeiteten noch an der Wiederherstellung der beschädigten Festplatte.

Dubois wartete und blickte sich im Gewölbe um, in dem nicht nur der Scharlatan Sehfeld gehaust hatte. Die Grafen Kuefstein und Lamberg hatten hier zusammen mit dem italienischen Universalgelehrten Geloni um 1780 diverse Homunkuli erschaffen.

Für einige Schauergeschichten in Wiens Vergangenheit zeichnete sich Dubois selbst verantwortlich, ohne jemals verdächtigt und zur Rechenschaft gezogen worden zu sein. Manche seiner aufgegebenen unterirdischen Verstecke waren gefunden und zu Touristenmagneten geworden, andere lagen unverdrossen im Verborgenen – so wie dieses, in dem er seine alchemistischen Forschungen betrieb.

Das Serum würde eine Zeit brauchen, um aus der

Brennbirne abzulaufen, also wollte Dubois die Stunden nutzen, um weitere Vorbereitungen zu treffen. Es galt nach wie vor, Anastasia zu retten. Dazu schaltete er sein Smartphone ein.

Kaum ging er die steile Treppe hinauf ins Erdgeschoss, erreichte ihn die SMS und Benachrichtigungen. Das Gerät wollte gar nicht mehr aufhören, Signaltöne von sich zu geben. Die Moderne zwang sich ihm auf.

Manchmal vermisste Dubois die alten Zeiten.

Keinesfalls war es damals *besser* gewesen. Das behaupteten lediglich diejenigen, welche niemals in diesen Jahrhunderten oder Dekaden gelebt hatten. Aber früher war er weniger erreichbar gewesen – und verweigerte man sich im 21. Jahrhundert dieser Erreichbarkeit, ging das Leben einfach ohne einen weiter.

Noch musste sich Dubois dem System und seinen Ansprüchen beugen.

Doch mit dem Einsatz der vollständigen Formel würde er eine Veränderung herbeiführen, die sich auf alles und jeden auswirkte. *Womöglich liegen die Schwerpunkte der modernen Welt bald woanders: auf mir.*

Dubois marschierte in sein Büro, das eingerichtet war, als wäre der Kaiser persönlich eben noch hier gewesen. Der ganze Raum war ein k.-u.-k.-Zeitsprung. Er hatte sich aus Spaß auch die Computer passend umdekorieren lassen, so dass Monitor, Tastatur, sogar die Kabel antik wirkten. Poliertes Kupfer als Gehäuse und Messingtastaturen fügten sich perfekt in die Kulisse ein.

Dubois begab sich an den großen Sessel in der rechten Ecke neben dem Fenster, von wo aus er das gesamte Zimmer überschaute, und aktivierte den Dreißig-Zoll-Bildschirm, um die Neuigkeiten im großen Format zu lesen und Anweisungen zu schreiben.

Es gab einige Unruhen auf dem Börsenparkett, die etliche seiner kleineren Fonds ins Schleudern brachten, was ihn jedoch nicht schreckte. Dafür machten seine großen Firmen gerade viel Geld, was er mit einigen Klicks auf unantastbare Konten in alle Welt verschob.

Seine finanziellen Ressourcen waren gesichert, egal was physisch mit der Person – die Unternehmerpersönlichkeit Gregor Dubois – geschah. Er hatte immer rechtzeitig dafür gesorgt, niemals Engpässe zu haben. Er hasste es, arm zu sein.

Eine von den abzuarbeitenden Nachrichten erweckte seine Aufmerksamkeit: Artjom hatte Neuigkeiten. Er schilderte, dass er beobachtet habe, wie sich die Augen einer *necessaria* nach Bechsteins Treffer und dem Einsatz ihrer Gabe vollständig weiß gefärbt hätten; danach sei sie zuckend im Haus der Riordans gestorben, obwohl der Hieb als solcher seiner Einschätzung nach nicht letal gewesen war.

Zum Beweis seiner Aussage sandte er ein Bild der Toten, die er für die Aufnahme ausgegraben haben musste. Dreck lag auf ihrem Antlitz, die Lider standen offen, und die Höhlen schienen mit reiner Milch ausgegossen worden zu sein.

Weiße Augen. Dubois meinte, mehr als Todesangst auf dem Gesicht ablesen zu können. *Wie bei Haider.*

Er legte die Fingerspitzen zusammen und sah über sie hinweg zu seiner Bibliothek, die gegen den Prunksaal lächerlich erschien.

Darin stand nichts über Seelenwanderer im Speziellen, aber der Anblick der Buchrücken half ihm, seine Gedanken zu ordnen und erneut in die Vergangenheit zu zwingen, wo das alte Wissen abgespeichert lag.

Das Weiß erinnerte ihn an eine Begebenheit.

Es hatte etwas mit einem Gegner zu tun, mit dem er schon einmal aneinandergeraten war.

Und eine Gabe hatte diesen Mann besonders gefährlich gemacht.

Wie hieß er? Dubois erhob sich und ging zum ersten Regal, bückte sich nach der alten Ausgabe von Tolstois *Krieg und Frieden,* in dem er ein besonderes Blatt aufbewahrte, das für Außenstehende nichts weiter war als eine Auflistung von Namen.

Er schlug die Seite auf und betrachtete die Liste der vernichteten Gegner und deren *necessarii*.

Es kamen beachtliche Verluste zusammen, wenn Alte Seelen Krieg führten. Auch er stand vor knapp hundert Jahren einmal isoliert und einsam dar, und ohne Anastasia wäre er untergegangen. Allein deswegen würde er alles für sie tun.

Seine haselnussbraunen Augen glitten von oben nach unten über das Papier – bis sie an einem Namen hängenblieben. *Das war er!*

Guiseppe Zarbo, ein Mann von knapp zwanzig Jahren, aber mit einer Seelengabe nach nur einer Wanderung versehen, die ihn zum gefährlichsten Widersacher gemacht hatte. Gegen ihn hatte Dubois elf seiner *necessarii* und eine sehr gute Freundin verloren.

Er kehrte an den Schreibtisch zurück, in der Rechten hielt er die Liste, die er auf dem Schreibtisch ablegte.

Nachdem er Platz genommen hatte, suchte er aus dem rechten Seitenfach den Aschenbecher sowie seine geliebten Zigarillos heraus, entzündete sie wie stets mit einem Streichholz und inhalierte den beißenden, heißen Rauch.

»Guiseppe Zarbo«, sagte er laut und ließ den Namen

zusammen mit dem Qualm aus dem Mund dringen und zur Decke schweben.

Dubois hatte ihn erschossen, mit einem Scharfschützengewehr, der guten Mauser C96, im Jahre 1898. Auf eine stattliche Entfernung, um jeglichen Kontakt zu vermeiden.

Zarbo hatte die Gabe besessen, die Seelen derer, die er mit einer Attacke bedachte, aufzulösen. Vollständig. Weder konnten sie sich nach einem Treffer auf der Erde halten, noch kehrten sie in den Schmelztiegel der Urmasse zurück – sie lösten sich auf. In nichts.

Sämtliches Wissen, sämtliche Gaben, alles Gute und alles Schlechte, was einer Seele innewohnte, wurde ausgelöscht und blieb für immer verloren.

Dubois hatte nicht sämtliche Opfer des Italieners gesehen, aber er meinte sich zu erinnern, dass ihre Augen sich durch Zarbos Angriffe weiß gefärbt hatten.

Die komplette Auslöschung eines Daseins. Ausgerechnet diese gefährlichste aller Gaben soll der Okkupantin zugefallen sein?

Er gab *Riordan* in den Computer ein.

Die Suchmaschine zeigte zu viele Treffer, also erweiterte und veränderte er die Anfrage, bis er auf einen aufschlussreichen Bericht stieß: Ein Ehepaar aus Halle namens Finn und Claire Riordan war einem Raubmord mit Fahrerflucht zum Opfer gefallen. Und in Halle wiederum gab es nur eine Adresse zu *Riordan. Das könnte auf den Ort des Gefechts zutreffen. Aber wie hängt es zusammen?*

Er würde Artjom um eine genauere Aussage bitten, auch wenn er sich wunderte, dass der *necessarius* ihm dieses Detail nicht von selbst mitteilte. *Er war schon immer unzuverlässig. Ich warnte Anastasia oft genug.*

Dubois inhalierte, sah den Rauchschwaden zu, die orakelnde Zeichen unterhalb der Zimmerdecke bildeten. Seine Hand legte sich an die Wange, wo Bechsteins Ellbogen ihn beim Kampf gestreift hatte. *Ich lebe noch, weil sie mich nicht richtig traf.*

Seine Gedanken zogen die Erkenntnis in die Gegenwart.

Das führte zu einem schrecklichen Verdacht.

Hatte er bisher daran geglaubt, Anastasias Seele befände sich zusammen mit dieser Betrügerin in Lene von Bechsteins Körper, drängte eine andere Möglichkeit in sein Bewusstsein.

Dubois spürte ein Ziehen in den Schläfen, sein Blick wurde unscharf. Das Zimmer drehte sich ganz leicht. Es war die pure Furcht, die sich seiner bemächtigte: Wer garantierte ihm, dass Anastasias Seele nicht aufgelöst war?

Nein. Ich spürte sie beim Kuss, sagte er sich wütend und zog lange am Zigarillo; leise knisternd verbrannte der dunkle Tabak. *Anastasia teilt sich den Körper mit ihr.*

Aber die Bedenken legten sich nicht.

Möglicherweise hatte er lediglich das Echo seiner einstigen großen Liebe vernommen.

Dubois fluchte laut und sprang auf, tigerte gereizt im Zimmer hin und her. Der dicke Teppich absorbierte die Laufgeräusche.

Er hatte nichts, weder verlässliche Informationen noch Beweise über Anastasias Seelenverbleib. Ihm war nach Krieg, gleichzeitig spürte er Verunsicherung, Angst und große Bedenken, was aus dem Plan werden sollte.

Dem *großen* Plan.

Dubois hasste es, innerhalb von Sekunden neuen Gedanken ausgesetzt zu sein, die mit ihm spielten, ihn folterten, ihm Hoffnung gaben und gleich darauf in die Verzweiflung stürzten.

Abrupt blieb er stehen, schloss die Augen.

Er verdrängte jegliches Gefühl, jedes Empfinden aus seinem Kopf und warf sich in die reine Ratio, in das Planerische, in das Strategische, mit dem er bislang den größten Erfolg erzielt hatte.

Ohne die verwirrenden Emotionen gelang ihm das Fokussieren und Improvisieren, was die große Vision anging, die er einst mit Anastasia geteilt hatte. Ihr zu Ehren, ganz gleich wo sie steckte, ob sie noch lebte oder in die Urmasse zurückgekehrt war, in Bechsteins Leib steckte oder aufgelöst war, würde er weitermachen.

Vorrang hatte von dieser Sekunde an das gewaltigste aller Projekte.

Dazu brauchte er immer noch die V*on Bechstein Laboratories*. Da er sich nicht sicher sein konnte, auf die vorgesehene Weise ans Ziel zu gelangen, musste er neue Wege gehen – auch wenn er dafür seinen Körper und seine Existenz als Gregor Dubois aufgeben musste.

Er öffnete die Lider und sah zum Fenster hinaus in die Wallnerstraße.

Das Bechsteinsche Unternehmen hatte *zwei* Inhaber.

Dubois würde mit Hilfe des Serums und einer Radikalkur ganz zügig und vor allem heimlich in Eugens Körper Einzug halten und sich Zugang zu den Produktionsstätten verschaffen, was eigentlich Anastasias Aufgabe gewesen wäre.

Als Eugen konnte er zudem prüfen, wie es um seine *Frau* bestellt war, und womöglich doch noch an seine gestohlene Formelhälfte gelangen.

Dies wäre das Optimum.

Falls dies nicht funktioniert, reichte seine Formel alleine aus, um die Menschenseelen zu Tausenden in den Tod zu treiben. In kürzester Zeit könnte er von Körper zu Körper hüpfen, sich wiederbeleben lassen und Seelengaben sammeln, die ihn herrlicher als jeden vorstellbaren Gott werden ließen. Da er auf die Extrusion – das schnelle Verlassen seiner Seele aus den Hüllen – vorbereitet war, drohte nicht die Gefahr, in die Auflösung und den Sog zu geraten.

Ruhig begab er sich an seinen Platz hinter den Schreibtisch und fertigte eine Liste von Dingen an, die erledigt werden mussten, bevor Gregor Dubois offiziell verstarb.

Die Prozedur des Aushungerns des alten Körpers würde er mit Medikamenten beschleunigen. Beim Testament fing er an. Er überlegte, welchen von seinen *necessarii* er die Vollmachten übertragen könnte, damit sein Imperium weiterbestand.

Danach würde er sich von Artjom einen Überblick über Eugen von Bechsteins Termine geben lassen, um abzuwägen, wann er am besten zuschlug. Bis dahin hätte er genug von dem Serum reduziert, damit der Übergang nur wenige Stunden in Anspruch nahm und niemand Verdacht schöpfte.

Nicht einmal Marlene von Bechstein.

Dubois erlaubte sich ein schmales Lächeln. Er hatte die verhasste Kopflosigkeit besiegt und wusste, was zu tun war: *Ich werde zu Eugen.*

Ein Klick genügte, und er hatte verschiedene Bilder des Chefs auf dem Bildschirm. Der Mann war nicht der hässlichste und vor allem noch recht jung. Er schien Sport zu treiben und sich fit zu halten, was ein langes Leben in diesem Körper begünstigte, falls es sein musste.

Aber der Haarschnitt geht überhaupt nicht.

Dubois fertigte Notizen für das Make-over an, sobald er in seinem neuen Zuhause steckte. Anfangs müsste er sich zurückhalten, aber im Verlauf eines halben Jahres würde er das Styling und die Attitude des Mannes umgekrempelt haben.

Falls ich überhaupt so lange in ihm wohnen werde. Dubois rief die Investorenseite der VoBeLa auf, wo ein revolutionärer Pflegezusatz für Zahncremes beworben wurde, der den Schmelz stärkte und Verfärbungen abtrug.

Niemand ahnte, dass dieser sagenhafte Zusatz, nach dem auch die großen Hersteller bereits lechzten, auch eine Spur von Dubois' Serum beinhalten sollte. Genauso wie sämtliche Pflegeprodukte, welche das Bechsteinsche Unternehmen für nationale und internationale Großabnehmer herstellte und abfüllte. Vom Shampoo bis zur Tagescreme, vom Lidschatten bis zum Rasiergel.

Dubois hatte allen Grund zu lächeln, während der Menschheit bald die Heiterkeit verlorenginge.

Denn nichts Endliches,
nicht die ganze Welt
kann eine Menschenseele befriedigen,
in der das Bedürfnis
nach dem Ewigen sich regt.

Søren Kierkegaard,
Entweder – Oder (1843)

KAPITEL XVIII

Frankreich, Languedoc-Roussillon, Puilaurens

Eric sah zu Sia, die auf dem Bergfried in der Mitte der Ruine stand und wütend auf ihn herabstarrte. Der Wind trug ihm ihren verlockenden Geruch zu, das Dämonische in ihm brüllte voller Gier auf und verlangte nach dem Leib der Vampirin.

Das Denken fiel ihm von einer Sekunde auf die nächste unfassbar schwer. Es zählte für ihn nur noch Sia und das Bestreben, ihrer Herr zu werden, um sie zu küssen, zu nehmen, zu verschlingen, in sich aufzunehmen und sie vom Erdboden zu tilgen. Ein vernichtendes Begehren.

»Onkel Eric«, sagte Elena vor ihm bettelnd. »Du brichst mir das Genick!«

»Sei still«, herrschte er sie an und schüttelte sie, um seine Drohung deutlicher zu machen. »Ich will nichts von dir hören. Keinen Mucks.«

»Weg von ihr«, befahl Sia erneut.

Eric grollte. »Steige herunter und rette sie vor mir.« Er hob das Mädchen an, das daraufhin aufschrie.

Sia machte einen Schritt nach vorne und glitt in die Tiefe, kam auf dem Boden auf und ging leicht in die Knie; der schwarze, glockenförmige Pelzmantel wehte und verlieh der Judastochter das Herrschaftliche einer Königin. Darunter trug sie einen weißen Pullover und weiße Hosen, die Füße steckten in hohen schwarzen Stiefeln.

Eric betrachtete sie, sah ihre zierliche Figur, das geliebte Gesicht und die langen Haare, die sie bis auf eine rote Strähne schwarz gefärbt hatte. Er hob Elena wie einen Schild vor sich.

Sia betrachtete ihn aufgebracht. »Was tust du an diesem Ort? Und wieso benimmst du dich wie ein Arschloch?«

Der Nebel der Weißen Dame stieg im Innenhof gleich einem Meer bei Flut, verschluckte alles, was sich darin befand. Er umspielte Erics Knie und Sias Oberschenkel und zog sich daran empor, als wollte er die beiden überwuchern.

Eric öffnete den Mund und setzte zu einer Erwiderung an.

»Wir haben das Kind«, hörte er in seinem Ohr. Minamoto verfolgte das Geschehen nach wie vor aus dem Verborgenen heraus. »Rückzug!«

Sia ließ ihn nicht aus den Augen. »Woher wusstest du, dass Elena und ich hier sein werden? Ich hoffe für dich, dass Wilson nicht ernsthaft verletzt ist.« Sie kam einen Schritt auf ihn zu. »Lass sie los!«

Eric vermochte sich kaum mehr zu beherrschen. So nahe war ihm die Judastochter ohne Sicherheitsvorkehrungen schon lange nicht mehr gewesen. Den süßen Geschmack von Fleisch und Blut einer solchen Vampirsorte kannte er seit Belosersk ganz genau, und es verlangte ihn nach mehr.

»Sie sind dabei, Ihre zweite Probe zu versauen. Und nicht nur das«, mahnte sein Begleiter über Funk. »Glauben Sie mir: Ich habe alles dabei, um Sie, das Kind und die Vampirin innerhalb von zwei Sekunden einzuäschern und auszurotten.« Seine Stimme klang überzeugend.

Erics Denken verstärkte sich und rang mit dem dämonischen Zwang. Zum Schutz von Elena und Sia musste er sich beherrschen, musste er sich beugen und das Spiel von *libra* mitmachen. Er glaubte Minamotos Worte und dachte an die beiden Metallkoffer, in denen sich ein Arsenal der Vernichtung befand, von dem weder die Vampirin noch die Kleine etwas ahnten.

Langsam wich er vor ihr zurück.

»Du versuchst, mir das Kind zu rauben? Ist das dein Ernst?« Sia folgte ihm mit raubtiergeschmeidigen Schritten. »Bleib sofort stehen!«

»Sie werden nichts erwidern«, befahl ihm Minamoto.

Eric knurrte und ging rückwärts, um in einem Bogen zum Tor zu gelangen, während die weißen Gespinste ihm inzwischen bis zur Hüfte reichten.

»Was soll das? Rede mit mir!« Man sah der beunruhigten Sia an, dass sie nicht mal eine Ahnung hatte, was er mit der Entführung bezweckte. »Ist es wegen uns? Wegen des Dämons?«

Eric schüttelte den Kopf.

»Zwingt dich jemand dazu?« Die Judastochter kniff die Augen leicht zusammen. »Du tust es, weil es dir jemand befiehlt. Wer?«

Eric versank bis zur Brust im Nebel und senkte den Arm, an dem er die verstummte Elena hielt, die somit für Sia unsichtbar wurde. »Verzeih mir«, formte er lautlos mit den Lippen.

»Was immer dahintersteckt: Ich kann das nicht zulassen«, verkündete Sia entschlossen und sprang vorwärts, um sich gegen ihn zu werfen.

Eric ließ sich fallen und verschwand in dem kalten trübweißen Dunst.

Die Vampirin schoss über ihn hinweg, einer ihrer spitzen Nägel zog eine brennende Linie durch sein Gesicht.

Er schlug mit dem Rücken auf dem feuchten Boden des Innenhofs auf. Sein dämonisches Ich fletschte die Zähne und verlangte nach einem Gegenangriff, um die Judastochter zu strafen, zu zerreißen, zu verschlingen.

Elena regte sich in seinem Griff und gab einen würgenden Laut von sich. Unbewusst schien er zu fest zuzudrücken, und rasch lockerte er die Finger etwas.

Eric rollte sich herum und erhob sich, lief geduckt los, so dass ihm der Nebel genug Schutz vermittelte. Er folgte dem abschüssigen Weg, der ihn von selbst aus der Ruine und den Berg hinabführte. Es kostete ihn unsagbare Beherrschung, den Dämon zu unterdrücken.

»Ich weiß, wo du bist«, vernahm er Sias Stimme hinter sich.

»Verschwinde«, rief er. »Sonst …«

»Sie sollen nichts sagen!«, erklang Minamoto angespannt in seinem Ohr. »Sie rennen den Pfad hinab, so schnell Sie es vermögen. Ich halte Ihnen den Rücken frei.«

»Gib mir Elena zurück!« Sia schien plötzlich unmittelbar hinter ihm zu sein. »Ich schwöre, dass ich dich töte, wenn du ihr ein Leid antust!«

Eine Hand legte sich auf seine rechte Schulter, Nägel bohrten sich durch die Haut ins Gewebe und wollten ihn festhalten. Eine zweite krallte sich in seinen Nacken, durchbrach sein Fleisch, schrammte brachial über seine Wirbelsäule.

Eric fluchte und sprintete durch die letzten Ausläufer der Schwaden, die ihn ausspien wie ein Geschoss.

Sias Klauen lösten sich schmerzhaft aus seinem Körper und hinterließen tiefe Schnitte, Blut rann über seine Haut und wurde von der Kleidung aufgesogen.

»Laufen Sie!«, schrie Minamoto.

Dann erhellte sich die Nacht warmgolden. Die verblassenden Nebeltentakel um Eric herum wechselten die Farbe und sahen aus wie schwebender Honig.

Was geschieht mit ihr? Er wandte den Kopf, um nach der Vampirin zu sehen.

Alles, was sich innerhalb des Dunstes befand, wurde beleuchtet, von den kleinsten Halmen und Steinchen bis hin zu den Bäumen und der Ruine. Die Umgebung bekam einen gemäldehaften Charakter und wirkte entrückt.

Sia war umhüllt vom leuchtenden, bernsteinfarbenen Nebel und verharrte auf der Stelle. Sie hatte die Lippen geöffnet, aber es drang kein Schrei hervor. Der Blick, den sie ihm zuwarf, der Ausdruck auf ihrem Gesicht hingegen sprach von Hass. Hass und dem Versprechen, ihn für seinen Kindsraub mit dem Tod zu bestrafen. Ihre Reißzähne waren ausgefahren und schimmerten wie geschliffen.

Eric jagte weiter den Pfad entlang, er hatte Elena unter den Arm geklemmt und sprang in weiten Sätzen voran, um möglichst viel Entfernung zwischen sich und die Judastochter zu legen. Sobald sich das bannende Leuchten gelegt hatte, wäre *Furie* der einzig passende Ausdruck für Sia.

Das Brennen am Unterschenkel, im Rücken und Nacken zeigte ihm, dass seine Wunden bereits heilten. Die größte Verletzung hatte ihm Elena zugefügt, ohne dass er verstand, wie ihr das gelungen war.

»Gehen Sie mit dem Kind zum Wagen, und warten Sie auf mich«, bekam er die Anweisung über Funk. »Lassen Sie es nicht entwischen.«

Du schuldest mir eine sehr, sehr gute Erklärung. Keinesfalls konnte es Zufall gewesen sein, dass er an Sia geraten war. *Libra* hatte sich über ihn erkundigt, Informationen gesammelt und ausgewertet. *Ich habe sie zu den beiden geführt.*

Das Mädchen hatte das Bewusstsein verloren und hing schlaff in seinem Arm, sie schien doppelt so schwer zu sein. Er nahm Elena so, dass es für sie bequemer war, falls sie erwachte.

Eric gelangte zur Ortschaft zurück, wo etliche Fenster beleuchtet waren. Die Bewohner schienen das unerwartete Leuchten auf der Burg und das Geschrei der Schulklasse bemerkt zu haben. Damit hatte Puilaurens den unwiderlegbaren Beweis bekommen, dass die *Dame blanche* auch alles andere als nett sein konnte.

Eric wählte den Weg durch die Schatten, um den Gasthof zu erreichen. Schnell legte er Elena auf den Rücksitz des Land Rover Defender und deckte sie zu, so dass man sie von außen bei einem ersten Blick nicht bemerken würde.

Ihre linke Hand, die unter dem Stoff herausschaute, starrte vor Blut. Seinem Blut. Zwischen den kleinen Fingern sah er winzige Gewebefetzen, die vor ihrem beherzten Zupacken zu seinem Bein gehört hatten.

Kein normales Kind schaffte dieses Kunststück – aber eine Vampirin war sie nicht. *Oder?* Sia hatte diesbezügliches nichts gesagt oder bei ihren Unterhaltungen angedeutet.

Während er grübelte, erschien Minamoto; die beiden Metallkoffer hatte er zurückgelassen. Kaum stand er neben Eric, endete das Leuchten hoch über ihren Köpfen. Die Festungsruine sank zurück in den Sternenschimmer, und der Nebel wurde zu harmlosem Wasserdampf.

»Wir fahren.« Minamoto öffnete die Fahrertür und

schwang sich hinter das Steuer des Land Rover. »Einsteigen.«

Eric folgte der Aufforderung widerwillig. »Dem Kind wird nichts geschehen«, sagte er, während er sich auf dem Sessel niederließ.

»*Libra* bringt niemanden um, wenn es sich vermeiden lässt. Schon gar keine verdorbenen Seelen.« Minamoto startete den Wagen und fuhr sehr zügig los, vorbei an einigen Bewohnern des Ortes, die palavernd am Straßenrand standen, auf ihre Handydisplays schauten und ihre Aufnahmen verglichen. Zweifelsohne würde Puilaurens in den kommenden Wochen und Monaten touristischen Zulauf erleben.

»Sie kamen durch mich auf ihre Spur.« Eric sah den Mann von der Seite an. »Ein ganz beschissenes Spiel, das Sie hier veranstaltet haben.«

»Es ist nicht ganz so. Ich erkläre es Ihnen gleich.« Minamoto jagte den Defender über die kleine Straße, um das Dörfchen hinter ihnen zu lassen, dann zog er die Handbremse an und zwang den Wagen in eine Fünfundvierzig-Grad-Kurve, lenkte ein und gab Gas.

Das schwere, kastenförmige Auto sprang regelrecht vorwärts und schoss auf eine schmale Brücke, die über das Flüsschen führte.

Eric war die Abzweigung bei der Herfahrt verborgen geblieben. Die Boulzane gewährleistete, dass ihnen Sia zunächst nicht folgte. Die Judastochter konnte nicht ohne weiteres fließendes Wasser überqueren, was einer der wenigen Nachteile ihrer Spezies war.

»Zuerst gratuliere ich Ihnen zur bestandenen Probe. Ich weiß, dass es sehr anstrengend für Sie war.« Minamoto steuerte den Defender über einen Feldweg, der sich nach oben in die Berge wand, aber für diesen Wagen bedeutete das kein Hindernis. Brummend wühlten sich die Reifen vorwärts.

Eric sah nach Elena, die schlafend auf der Rückbank lag. *Sie ist unversehrt.*

»Sie trifft keine Schuld, wenn Sie das beruhigt«, erklärte Minamoto. »Sie können sich denken, dass wir die Vampirin schon seit längerer Zeit beobachteten, aber sie reiste sehr viel und sehr schnell, so dass wir kaum an ihr dranbleiben konnten«, erzählte er, ohne seinen rasanten Fahrstil auf dem Gelände zu verändern. »Dann kam das Kind ins Spiel, und wir wussten nicht so recht, wie wir vorgehen sollten.« Er schob den Ärmel über dem Bernsteinartefakt in die Höhe. Die Anzeigen glommen, zwei Pegel zitterten am Anschlagsbegrenzer im roten Bereich und bogen sich leicht. »Das sind die Seelenfeldstärken des Mädchens.«

»Sie hat einen höheren Pegel als ich«, entfuhr es Eric verwundert. Wieder dachte er an die Wunde an seinem Unterschenkel. Sie hatte das Fleisch mit bloßen Händen aus ihm gerissen.

»Zumindest in diesen beiden Bereichen«, relativierte Minamoto. »Das ist der Grund, warum wir sie einsammeln *mussten:* Man sieht es ihr nicht an, aber sie ist extrem gefährlich und ein gutes Beispiel, wie Gefahr unterschätzt wird, wenn sie klein und süß daherkommt.« Er ließ die Augen nach vorne gerichtet, fuhr konzentriert und forderte dem Land Rover alles ab, was die Konstrukteure ersonnen hatten. Die Federung quietschte, fing die Schläge ab. »Wir hätten sie ohnehin ergreifen müssen. Die Überschneidung mit Ihnen ergab sich.«

Eric glaubte dem Mann nicht. »Was macht sie so gefährlich?«

»Deswegen haben wir das kleine Fräulein mitgenommen: Wir müssen es untersuchen und herausfinden, welche Veränderungen ihre Seele durchlaufen hat.«

»Sie haben sich damit eine unglaublich mächtige Vampirin zum Feind gemacht. Sia wird nichts unversucht lassen, um ihre Tochter zurückzubekommen.« Elena war genau genommen ihre Nichte, aber offiziell galt Sia als ihre Mutter. Das würde *libra* sicherlich auch wissen.

»Das ist einkalkuliert.« Minamoto bremste vor einer Kuppe, damit der Defender nicht drüber hinwegsegelte.

»Indem Sie Sia auf mich hetzten«, fügte Eric an.

»Es diente zur vorläufigen Ablenkung, damit sie nichts von *libra* erfährt, sondern es für eine Übersprunghandlung Ihrerseits hält«, räumte er ein. »Doch wenn es gut läuft, können wir die Kleine bald freilassen.«

Eric lachte auf. »Ich dachte, sie sei gefährlich?«

»Ist sie auch. Aber sie ist jung und damit eine gute Kandidatin für eine Heilmethode, die wir ersannen.«

Eric kannte nur *eine* Methode, wie man das Dämonische aus einem lebenden Wesen verdrängte, ohne es zu töten. *Sie haben von dem Sanctum!*

»Es ist kein Elixier oder etwas Ähnliches«, sprach Minamoto, als habe er die Gedanken aufgeschnappt. »Gelegentlich gibt es alchemistischen Unsinn zu lesen, doch das funktioniert nicht.«

»Sondern?« Eric behielt sein Wissen über das Sanctum für sich. Das Blut des Heilands war schwerlich als alchemistischer Unsinn abzutun. Er hatte gesehen, dass es wirkte – leider nicht so, wie es sollte.

Der Defender raste den Abhang hinunter und hielt auf die D117 zu, auf der vereinzelt Wagen unterwegs waren. Steinchen klingelten im Radkasten, der dunkelgrüne Lack hatte sicherlich einige Schrammen davongetragen.

»Wie Sie selbst schon erfahren durften, arbeiten wir mit der Bündelung von Seelenkräften unter Einsatz von Bernstein. Es ist ein ganz wundervolles Material, das zu außergewöhnlichen Wirkungen imstande ist.«

»Wie beim Nebel.«

Minamoto nickte. »Ich habe die Energie der Weißen Dame, die als Dunst in Erscheinung trat, verändert und zu unseren Gunsten eingesetzt.« Er deutete mit dem Daumen auf die Rückbank. »Unsere Wissenschaftler glauben, dass man eine Seele, die sich zum Negativen wandelte, reinigen kann. Das macht aus einem Arschloch keinen Gutmenschen, aber die Bosheit wird auf null zurückgefahren. Die Seelengaben werden bei der Umwandlung genommen, doch das ist ein geringer Preis.«

»Sie könnten vor allem die Vorratslager an Bestien leeren, bevor sich so etwas wie auf dem Gehöft in Russland wiederholt«, überlegte Eric.

»Ganz recht. Daran forschte *libra* in den letzten Jahren unermüdlich.« Minamoto lenkte den Wagen durch eine Senke, in der Wasser stand. Rechts und links von ihnen stiegen Fontänen auf, das Nass prasselte laut gegen die Karosserie und gegen die Scheiben. »Jetzt sind wir so weit.«

»Sie wollen Elena als Testobjekt einsetzen«, folgerte er.

»Bislang verliefen die Reihen nicht zufriedenstellend, weil die Probanden zu schwer belastet waren. Elena hingegen ist perfekt, um ein brauchbares Resultat und einen Erfolg einzufahren. Sie ist gefährlich, aber noch veränderbar. Wir pegeln uns durch sie ein. Wenn es uns bei ihr gelingt, haben wir neue Parameter, mit denen wir weiterforschen können.« Minamoto hielt an der Einmündung zur D117 an und bog ab, beschleunigte den Land Rover auf die in Frankreich erlaubten neunzig Stundenkilometer auf Landstraßen. Anscheinend wollte er jegliches Auffallen vermeiden.

»Und wie läuft eine Umwandlung ab?«

»Es hat eine lange Vorgeschichte. Um 1702 begannen wir mit den Arbeiten. Unsere besten Handwerker erschufen eine Kammer, die sie komplett mit seltenen Bernsteinen auskleideten. Doch gerade, als sie vollendet war, wurde sie entgegen den Absprachen vom damaligen Herrscher an den Zaren verschenkt. Friedrich der Erste hatte uns eigentlich seine Unterstützung zugesagt. Aber es wurde ihm wohl zu gefährlich.«

»Friedrich der Erste.« Eric ahnte, von welcher Kammer Minamoto sprach. »Reden wir vom Bernsteinzimmer? Es ist verbrannt, dachte ich.«

Er lächelte nachsichtig. »Die Wahrheit ist: Wir nutzten die Wirren des Zweiten Weltkrieges, um es uns wiederzubeschaffen. Die letzten fehlenden Teile wurden ergänzt, und seitdem fahren wir die Testläufe.«

Eric sah erneut zu Elena, die schlummernd hinter ihnen lag. Er glaubte Minamoto, dass *libra* mit den Kräften des Bernsteins umzugehen verstand, nur von dem guten Ausgang war er nicht überzeugt. »Damit wäre es möglich, die Seele zu reinigen und von allen Gaben zu befreien?«, vergewisserte er sich. »Können Sie das garantieren?«

»Ich? Nein. Ich habe damit keinerlei Erfahrung.« Minamoto saß sehr entspannt hinter dem Steuer. »Ich kann mich nicht um alles kümmern.«

»Ist es gefährlich für die Kleine?«

»Soweit ich weiß, nein. Aber ich will Sie nicht anlügen: Schiefgehen kann sicherlich einiges.«

»Dann will ich dabei sein, wenn die Seelenreinigung stattfindet.« Eric wollte wenigstens in der Nähe sein, um eingreifen zu können. Nichts, was *libra* aufbot, würde ihn abhalten können, sich um Elena zu kümmern, da er sie Sia gestohlen hatte.

»Das ließe sich einrichten, nehme ich an.« Minamoto nahm sein Handy heraus und wählte eine Nummer. Im Gespräch, das er in einer unverständlichen Sprache führte, fiel mehrmals Erics Name; schließlich legte er auf. »Sie dürfen zusehen. Betrachten wir es als Pause, bevor wir uns an Nummer acht machen.«

Eric streckte sich nach hinten und zog die Decke über Elena, damit sie nicht fror.

Ihn beschlich das Gefühl, dass er bald genug von *libra* in Erfahrung gebracht hatte. Sobald sie die Kleine geheilt hatten, würde er aussteigen, mit oder ohne Zustimmung der Organisation – doch ganz sicher in Elenas Begleitung.

Ganz leicht regte sich die leise Hoffnung in ihm, auch geheilt zu werden.

Ob ihn Sia allerdings nach diesem Vertrauensbruch noch wollte, stand auf einem anderen Blatt.

Deutschland, Sachsen, Leipzig

»… dann leben sie noch heute.« Claire schlug das Buch ganz leise zu und bedachte die eingeschlafenen Kinder mit liebevollen Blicken. Sie mochte Charlene und Pauline unglaublich, auch wenn sie sich genau genommen erst wenige Wochen kannten. Da waren zum einen die Mutterinstinkte, zum anderen das Wissen um das grausame, unverdiente Ende der wahren Marlene von Bechstein, die sie starke Gefühle für die Kleinen entwickeln ließ. Darüber hinaus waren die Schwestern nach dem Anschlag auf ihren Vater verschreckter, empfindlicher. Das musste sie abfangen.

Claire hauchte ihnen sachte Küsse auf die weiche Stirn, schaltete das Nachtlicht ein und löschte die große, bunte Deckenlampe, damit die Geschwister unbehelligt schlummerten. Die Prozedur erinnerte sie an früher, als sie die kleine Deborah zu Bett gebracht hatte. Der Kuss auf die Stirn war ein Muss gewesen.

Leise verschwand sie hinaus auf die Galerie und bedachte die Kinder nochmals mit einem Lächeln. *Nein, sie dürfen nicht unter alldem noch mehr leiden.*

Aus dem Erdgeschoss drang eine leise Unterhaltung, die zwischen Eugen und einem Unbekannten geführt wurde. Sie bewegten sich unterhalb von Claire durch die Halle und verschwanden im großen Salon.

Besuch? Davon sagte Eugen mir nichts.

Seit Claires Rückkehr von ihrer Familie waren einige Tage vergangen.

Hatte sie sich eigentlich mit dem Triumvirat treffen wollen, um Taronow zur Rede zu stellen, plagten sie seitdem zahlreiche Flashbacks aus fremden Leben, die mit unsäglichen Kopfschmerzen einhergingen.

Zuordnen ließen sich die aufflackernden Bilder kaum, dazu waren sie zu kurz. Sie hatte den vagen Verdacht, dass es sich dabei überwiegend um Anastasias Erinnerungen handelte, die Sprachfetzen waren Russisch.

Die Flashbacks waren sehr anstrengend und machten

es kaum möglich, sich zu konzentrieren, weil die Bilder sie ohne Vorwarnung und jederzeit attackierten, als wollten sie Claire zu Dubois zurückzwingen, um ihm die fehlende Formel zu geben.

Leider wusste sie genau, dass sie im Besitz der vollständigen Rezeptur war – allerdings erschloss sich ihr die Gesamtauswirkung nicht. Denn es war *mehr* als schiere Verzweiflung, mit dem die Menschen geschlagen wurden. Claire fühlte eine weitere niederträchtige Grausamkeit in der Erfindung der Alchemisten, ohne dass sie die sonderbare Formel für sich aufschlüsseln konnte. Entweder mangelte es ihr an Fachkenntnissen, oder die Wirkung war schlicht unvorstellbar.

Zuweilen lag Claire für Stunden im Bett und litt, Eugen hielt Termine weitestgehend von ihr fern. Alle glaubten, es seien die Nachwirkungen der Entführung, die ganze Packung der Posttraumatischen Belastungsstörung. In einer solch angeschlagenen Verfassung einen verbalen Angriff gegen Taronow zu führen, wäre schlicht Unsinn gewesen.

Seit diesem Nachmittag waren die Beschwerden jedoch vergangen, und Claire fühlte sich in der Lage, am nächsten Tag ins Hospiz zu fahren.

Eine große Stütze waren Nicola und Deborah, mit denen sie über SMS und Internet kommunizierte, mal per Chat, mal per Kamera. Sie tauschten sich aus, gaben sich Mut und Halt. Die beiden versprachen, ihre Augen offen zu halten; außerdem hatte Claire Fabian abgestellt, um die beiden zu beschützen, solange die Sache mit Taronow nicht geklärt war.

Morgen ist es so weit. Claire hörte die Unterhaltung immer noch, die Tür zum Salon musste offen stehen. *Aber wer ist bei Eugen?*

Sie eilte die Treppe hinab.

Mit jeder Stufe nahm das Unwohlsein zu, das eindeutig nicht von den Strapazen der letzten Tage stammte. Jemand oder etwas befand sich in der Villa, das eine Aura verströmte, die sie abstieß.

Nun wollte sie den Besucher noch dringender zu Gesicht bekommen. Unterbewusst fürchtete sie, es sei Taronow selbst oder gar Dubois, die auftauchten, um ihre Spielchen zu spielen.

Als Claire das Erdgeschoss erreicht hatte und auf den Salon zuging, sah sie Eugen alleine im hohen schwarzledernen Ohrensessel vor dem Kamin sitzen.

Er hielt einen Cognacschwenker in der Hand, trug einen für ihn ungewöhnlich geschnittenen Maßanzug und wirkte darin, als sei er von einem Laufsteg direkt nach Hause gekommen. Den englischen Country-Look hatte er scheinbar aufgegeben. So hatte sie ihn noch nie zu Gesicht bekommen.

»Schön, dass du da bist«, rief er ihr zu, ohne den Blick von den Flammen zu wenden. »Wir haben zu reden, meine Liebe.«

Claire trat näher und ging in den Salon. Weit und breit keine Spur von einem Besucher, und doch fühlte sie diese negative Aura deutlich. »Ich dachte, ich höre noch jemanden?«, fragte sie. *Und er ist immer noch hier.*

»Ein Telefonat«, erwiderte er. »Über Lautsprecher.« Eugen erhob sich und bot ihr seinen Platz an. Sein Blick hatte sich verändert, er sah sie strenger an als sonst. »Bitte.«

Claire ahnte, dass die Unterhaltung unangenehm werden würde. Sie setzte sich und lehnte den angebotenen Alkohol ab.

Knackend verbrannte das Holz, während sich Eugen nachschenkte und das bauchige Glas in der Hand wärmte, um den Geschmack des Cognacs zu entfalten.

»In letzter Zeit haben sich viele schreckliche Dinge um dich herum ereignet«, begann er mit verständnisvollem Ton. »Zuerst die Fehlgeburt, der Tod deiner Eltern, dann die Niederlagen vor Gericht wegen des Patentstreits, die Entführung«, zählte er auf. »Ich habe mich gefragt, ob sich das Schicksal gegen uns verschworen hat.«

Claire lag eine Erwiderung auf der Zunge. Stattdessen nahm sie seine Hand und drückte sie. »Ich weiß, was ich an dir habe.«

Er bedachte sie mit einem enttäuschten Blick, das Lächeln misslang. »Es gibt jedoch Dinge, die ich nicht verstehe. Ich überlegte lange, ob ich dir zumuten darf, sie anzusprechen, aber ich komme ohne dich nicht auf die Erklärung.«

Nun wurde ihr unbehaglich. Claire vermutete, dass sie die Spuren ihrer Unternehmungen nicht gründlich genug verwischt hatte. »Natürlich kannst du mich fragen.«

Eugen nickte. »Es sind so viele Rätsel, und vielleicht stehen sie miteinander in Verbindung.« Er nahm einen Schluck Cognac. »Da ist die Formel, die du Hakel gegeben hast, um sie von ihm prüfen zu lassen. Es stellte sich heraus, dass sie auf Alchemie basiert.« Er sah sie ergründend an. »Die Komponenten verbinden sich seiner Einschätzung nach zu einer Substanz, die den Anwender hochgradig abhängig werden lässt. Genaueres konnte er nicht sagen.«

Claire rann eine heiße Woge das Rückgrat entlang. »Ach, das war ein Spaß«, versuchte sie, ihren verhängnisvollen Auftrag zu erklären. »Ich hatte …«

»Warte.« Eugen hob den Schwenker, der dunkelgoldfarbene Alkohol schwappte an den Rändern hinauf. »Du sagtest mir, du seist nach Wien geflogen.«

Claire wagte nicht mehr, seinem Satz zuzustimmen.

»Ich ließ dir Peilsender in die Kleidung und die Handtasche nähen, damit im Fall einer zweiten Entführung die Suche nach dir einfacher ist. Ich sagte es dir nicht, damit du möglichen Entführern nichts verraten konntest«, eröffnete er. »Gut, du warst in Wien. Aber garantiert nicht bei einer Marketing-Firma. Ich habe alle geprüft, und niemand erinnerte sich an einen Termin mit dir.«

Ich dachte, er würde es auf sich beruhen lassen. Sie atmete durch. »Ich …«

Wieder bat Eugen sie mit einer Geste, abzuwarten. »Dann fand ich die gefälschten Blutwerte, die Professor Ingerling von dir anfertigte, um dir Leukämie vorzutäuschen. Zuerst wich er mir aus, vertröstete mich, und dann wurde er vor der Villa von Unbekannten erschossen, die seine Leiche mitgenommen haben«, erzählte er mühsam beherrscht.

Claire hatte von dem Vorfall nichts mitbekommen, sondern der Version des Anschlags auf Eugen geglaubt.

Den erwähnten Professor kannte sie nicht, vermutete aber, dass er von Anastasias Leuten bestochen worden war, um Marlene von Bechstein durch manipulierte Werte den Lebensmut zu rauben und sie in den Tod zu treiben. Es lag auf der Hand: Da man den Professor nicht mehr brauchte und er wegen seines Wissens gefährlich wurde, war er ausgeschaltet worden.

Allerdings konnte sie das Eugen kaum verkaufen, auch wenn es vermutlich die Wahrheit war.

Claire sah zu ihm und versuchte, ein freundliches

Gesicht zu wahren. Zugleich arbeitete ihr Verstand auf Hochtouren, um der Falle zu entgehen, in der sie saß, ohne etwas dafür zu können. Sie hatte versucht, zu vielen Parteien gerecht zu werden, und nun brachen einige Fassaden zusammen. Dass sie die schlechte Aura des Unbekannten, der sich in der Villa aufhalten musste, empfand wie einen lähmenden Eishauch im Hochsommer, machte es ihr nicht einfacher, sich zu konzentrieren.

Eugen langte in die Hosentasche und legte einen gefalteten Zettel auf ihre Armlehne. »*Das* ist der Beleg über einen Trauerkranz für die Beerdigung des Ehepaares Riordan aus Halle. Weder du noch ich kannten sie, sie gehörten nicht zur Belegschaft der VoBeLa. Aber du hast trotzdem dreihundert Euro ausgegeben und die Binde mit dem Spruch versehen lassen: *Für meine beste Freundin – Marlene.*«

Claire ersparte es sich, die Rechnung zu öffnen. Ihr Gehirn hatte noch keine schlüssige, allumfassende Erklärungslüge gefunden, die sie einem liebenden, normal denkenden Gatten anbieten konnte. *Er hat recht. Es ist zu viel Durcheinander, um es zu begreifen. Er wird denken, ich sei verrückt geworden.*

Er beugte sich leicht zur Seite und auf sie zu. »Ich verstehe deine vielen Geheimnisse nicht, Lene.« Wieder verschwand ein großer Schluck in seinem Mund. »Ich verstehe *dich* nicht mehr. Um dich herum herrschen Tod und Dunkelheit, du fertigst sogar deine eigenen Drogen, indem du krude Rezepturen aus dem Mittelalter nachkochst.« Er atmete schneller, als wolle er verzweifelt seine Emotionen kontrollieren und nicht ausbrechen lassen.

Claires Brust wurde von eisernen Spangen umschlossen, die sich enger zogen. Eugen tat ihr leid. Unendlich leid.

»Wie ich schon sagte, das mit dem Rezept war ein Scherz«, versuchte sie mit heiserer Stimme, eine erste Erklärung zu liefern, und räusperte sich.

»Hast du deine Entführung vortäuschen lassen?«, sagte er tonlos. »War das alles inszeniert?«

»Was?« Claire fühlte sich von seiner Interpretation überrumpelt.

»Oder ist diese absurde Rezeptur für eine neue Droge? Bist du an Kriminelle geraten? Haben sie dich gezwungen? Steckte der Professor mit drin?«

»Nein! Eugen, um Himmels ...«

Eugen gelang es, seine Augen zu heben und sie anzublicken. »Ich suche so verzweifelt nach einem Sinn in den Dingen, die geschehen sind.«

Ich komme wohl nur noch mit der Wahrheit weiter. »Nein, das ist ... schwer zu erklären.« *Aber dann hält er mich erst recht für verrückt. Und ich bringe ihn noch mehr in Gefahr.*

Eugen küsste sie auf die Mahagonilocken. »Ich hätte es viel früher merken müssen. Die Belastung durch die Fehlgeburt war zu hoch. Dann noch die Firma und die Patentstreite. Das muss dich viel deiner Nerven gekostet haben.« Er berührte sachte ihre Schulter. »Nimm dir eine Auszeit, in der wir diese Angelegenheiten regeln.«

»Ich brauche keine Auszeit.«

Aber Eugens Blick war wieder hart geworden. »Doch, brauchst du. Ich habe dir Urlaub gegeben.« Er beugte sich nach vorne und nahm einen Prospekt von einer Kur-Klinik, die den schönen Namen *Silentio* trug, vom Beistelltisch. »Du wirst erst einmal vier Wochen dort verbringen, Lene. Sie haben Spezialisten, gut geschulte Psychologen und Therapeuten. Mit ihnen kannst du über alles reden, wenn es dir schon nicht bei mir gelingt. Aber mit irgendjemandem musst du reden.«

Sie richtete den Oberkörper kerzengerade auf. »Du schickst mich weg?«, brach es aus ihr heraus. Claire übersah die dünne Mappe in seiner Hand absichtlich.

»Ich *bitte* dich darum. Für unsere Kinder. Für unser Leben. Und wenn du zurück bist, reden wir nie wieder darüber.«

Claire versuchte, Verständnis für sein Vorgehen zu entwickeln. Aus seiner Sicht konnte es gar nicht anders sein, als dass seine Frau nahe daran war, den Verstand vollständig zu verlieren. Dagegen wollte er etwas unternehmen.

Ihr Problem bestand darin, dass sie ihm nach wie vor nichts anbieten konnte, was seine Überzeugung entkräftete. Es verliefen zu viele Ungereimtheiten durch die Storys, ihre Eskapaden, ihre offenkundigen Lügen, der Tod des Arztes, ihre Entführung. Nichts passte zusammen.

Eugen wollte bei null beginnen, was ehrenhaft war.

Gleichzeitig konnte es sich Claire nicht leisten, den Anschein einer verständigen Gattin zu wahren und sich einen Monat aus Leipzig zurückzuziehen. Vor allem nicht, da Dubois vermutlich über vieles Bescheid wusste.

Also sagte sie das, was vermutlich die meisten Patienten in ihrer Lage sagen würden: »Nein.« Sie fröstelte, die negative Aura verstärkte sich abrupt, als sollte sie für ihre Ablehnung bestraft werden.

Eugens Mund wurde zu einem schmalen Strich. »Ich bitte dich nochmals, Lene«, flüsterte er. »Sonst …« Er schien die Konsequenzen nicht über die Lippen zu bekommen.

Claire musste ihre altes, wahres Temperament zügeln, um nicht auf Konfrontation mit ihm zu gehen. *Er meint es nur gut.* »Du würdest mich einweisen lassen?« Sie lächelte freundlich und legte ihm eine Hand an die Wange. »Ich verstehe dich doch«, beschwichtigte sie. »Deine Sorgen um mich sind rührend, aber du ziehst die falschen Schlüsse«, rettete sie sich in eine Plattitüde.

»Welche Schlüsse soll ich denn daraus ziehen?«, ergriff er augenblicklich das hingeworfene imaginäre Rettungsseil, um sich aus seinen eigenen Befürchtungen zu befreien. »Gib mir eine Erklärung, Lene! Wie schlimm sie auch ist, ich stehe es mit dir durch.« Er legte seine Stirn gegen ihre. »Bitte.«

Es klopfte gegen den Türrahmen. »Verzeihen Sie die Störung und meine Verspätung«, sprach eine tiefe Stimme, um auf sich aufmerksam zu machen. »Ich komme doch nicht ungelegen, Herr von Bechstein?«

Eine Woge des Unbehagens schwappte heran und überschüttete Claire mit Minusgraden, die schauderte und es nicht wagte, sich zu dem Mann umzudrehen, der lautlos im Eingang erschienen war.

Sie fühlte schieren Horror, der all ihre Gedanken überlagerte.

Die Seele ist die Herrin,
das Fleisch ist die Magd,
denn dadurch, dass die Seele ihrem Leib das Leben mitteilt,
hat sie ihn in der Gewalt,
und der Leib gibt sich im Empfangen des Lebens der Seele hin.

Hildegard von Bingen (1098–1179)

KAPITEL XIX

Deutschland, Sachsen, Leipzig

Taronow sah auf den kleinen Bildschirm seines Smartphones, auf dem seit dem letzten Betrachten nichts Neues aufgetaucht war. Ohne auf den Weg zu achten, schritt der durch die Korridore des Hospizes. Auf der Verwaltungsetage roch es angenehm und sauber, nicht nach Bettpfannen, Hygienespray und Essen, was er sehr begrüßte. *Was ist geschehen?*

Ihn beschlich das ziemlich sichere Gefühl, dass keiner seiner Pläne der letzten Wochen Gestalt annehmen wollte. Mit dem gelungenen Anschlag auf die Riordans begann absurderweise sein Fiasko, an das sich eines nach dem anderen reihte, gekrönt von Dubois' kleinem Todesgruß an ihn via Ilja.

Und nun meldete sich Tatjanna nicht mehr. So wusste Taronow nicht, ob sie Erfolg gehabt hatte, oder was in Halle schiefgelaufen war.

Da weder die Zeitungen noch die übrigen Medien über einen Doppelmord im Pirolweg berichteten, musste er davon ausgehen, dass auch seine zweite *necessarii* aus dem engsten Kreis ausgeschaltet worden war.

Taronow blieb vor dem Eingang des Besprechungsraumes stehen, um sich zu sammeln. Er und die anderen beiden hatten eine Zusammenkunft anberaumt, um eventuelle Erkenntnisse rund um Dubois und Anastasia zu diskutieren.

Er ärgerte sich im Nachhinein, den Tötungsauftrag für die beiden Frauen erteilt zu haben – nicht weil er

Mitleid bekommen hatte, sondern weil er den Zeitpunkt als falsch erachtete.

Nun, da er es als gesichert betrachtete, dass Claire Riordan in der Bechstein steckte, hätte er abwarten sollen. Abwarten, bis das Rätsel um die Formel geklärt war. Seine persönliche, geheime Fehde stand zu sehr im Vordergrund, und das konnte Hochschmidt und Stahl aufmerksam werden lassen.

Ungeduld ist etwas Schreckliches. Er steckte das Gerät in die Tasche. *Gerade wenn man Zeit zur Genüge besitzt.*

Taronow betrat den Raum, in dem es sich Hochschmidt und Stahl bereits auf den Sesseln bequem gemacht hatten. Auf dem Flachbildschirm an der Wand sah man Fabians Gesicht in Großaufnahme. Er musste die Kamera, die er zur Übertragung nutzte, sehr dicht vor sich halten.

Taronow nickte ihnen grüßend zu. »Ich bin nicht zu spät«, stellte er fest.

»Nein, bist du nicht«, erwiderte Stahl beiläufig.

Prompt hing der Verdacht wie ein fauler Gestank im Raum: Die drei hatten etwas ohne ihn besprochen. Mit voller Absicht.

Taronow nahm sich vor, sehr genau darauf zu achten, was er sagte. »Wo steckt dein *necessarius?*«, erkundigte er sich im Plauderton. »Das sieht aus wie ein Wohnzimmer im Hintergrund.«

»Ist es auch«, antwortete Stahl. »Wir sind live im Haus der Riordans.«

»Ah. Sollte er nicht auf die Bechstein achten?«, fragte er schärfer als beabsichtigt. »Als ihr Bodyguard?«

»Sie hat mich abgestellt, um auf ihre Familie aufzupassen. Die Seele, die in Bechstein einfuhr, ist Claire Riordan«, erklärte Fabian entspannt. »Bislang gab es keine besonderen Vorfälle.«

Nun wissen es alle. Taronow ahnte, warum sich Tatjanna nicht mehr meldete. *Sie geriet an Fabian und ist von ihm ausgeschaltet worden.* Das könnte erklären, warum Stahl, Hochschmidt und der *necessarius* recht unbeteiligt taten. »Wer passt dann auf Bechstein auf?«, hakte er nach. »Ihr Leben sollte uns wichtiger sein als das dieser Familie.«

Hochschmidt warf ihm einen Blick zu, den er getrost als verständnislos bezeichnen konnte. »Sie will ihre Liebsten beschützt sehen. Dubois könnte versuchen, ihnen etwas anzutun.«

»Claire ist in der Villa und sicher«, betonte Fabian. »Sollte sie sich wegbewegen, ruft sie mich an. Sie vertraut mir.«

Taronow wusste sofort, dass Stahls *necessarius* log. Man sah es ihm an, man hörte es ihm an. *Er lügt mit dem Einverständnis der beiden neben mir,* schloss er daraus. Was wiederum bedeutete: Diese ganze Sache ging eindeutig gegen ihn.

Fabian sah sich um, ob er ungestört reden konnte. »In aller Kürze«, sagte er gedämpft. »Claire hat sich ihrer Schwester und ihrer Tochter anvertraut. Die beiden wissen zumindest Bescheid, was Seelenwanderer angeht und dass es die Formel gibt.«

Taronow fluchte laut. »Ich sagte gleich, dass wir sie ausschalten sollten«, rief er in die Runde. »Seht ihr, was wir davon haben? Warum stellt sie es nicht ins Internet?«

»Als ob ihr das jemand glaubte«, erwiderte Hochschmidt herablassend. »Sie hat in den beiden ihre Vertrauten und einen Anker. Diese Stabilität ist wichtig, damit sie ihren Auftrag erfüllt.«

»Ich sehe nur Scherereien«, brummte er.

»Claire erinnert sich wohl nicht mehr an die gesamte Formel. Der Besuch bei Dubois in Wien blieb ohne Ausbeute«, fasste Fabian weiter zusammen. »Sie sagte mir, sie sehe die Anordnung der Symbole verschwommen. Aber sie sei zuversichtlich, dass die Erinnerung zurückkehrt.« Er zeigte nach links, um zu verdeutlichen, dass sich jemand näherte. »Später mehr«, raunte er rasch, dann wurde die Übermittlung unterbrochen.

Hochschmidt und Stahl schwiegen und drehten ihre Sessel, damit sie sich gegenseitig am Tisch anschauen konnten.

Das ist eine Inszenierung. Taronow ging fest davon aus, dass es durchaus Neuigkeiten gab – aber nicht für ihn.

Er würde mitspielen und sie glauben lassen, er hätte ihre Farce nicht bemerkt, bis sie sich verrieten. Tatjannas scheinbar sinnlose Mordversuche würde er damit erklären, dass sie wie Ilja von Dubois übernommen worden und seiner Kontrolle entzogen worden sei. Unglaubwürdig, aber nicht von der Hand zu weisen.

»Wir sind auf einem guten Weg mit ihr«, befand Hochschmidt.

»Aber Dubois könnte sie angreifen, weil er inzwischen durchschaute, dass sie nicht Anastasia ist«, merkte Stahl an. »Wir sollten jemanden zum Schutz zur Villa senden. Heimlich.« Er sah Taronow ernst an. »Kannst du Tatjanna schicken, oder hast du gerade besondere Verwendung für sie?«

Er durchschaute die Frage als Falle und ging in den Angriff über, ohne darauf zu antworten. »Ich bin immer noch dafür, dass wir Bechstein aus dem Verkehr ziehen. Das sagte ich von Anfang an.«

»Was?« Hochschmidt blickte ihn empört an.

»Sie ist ein Risiko und obendrein nutzlos für uns«, redete er seelenruhig weiter. »Erstens: Sie kennt zu viele unserer Geheimnisse, die sie bereits munter ausplauderte. Zweitens: Sie kommt nicht auf die Formel, die wir unbedingt haben wollen. Und drittens: Dubois scheint zu bemerken, dass er eine falsche Anastasia bekommen hat. Sonst hätte er sie in den großen Plan eingeweiht.«

»Wir lassen die Finger von ihr«, bestimmte Stahl. »Wir können sie brauchen.«

»Als was? Gefahr für uns?«, ätzte Taronow und provozierte die beiden bewusst. »Ihr verschließt euch gegen meine Argumente. Ich würde gerne den Grund hierfür erfahren.« Er goss sich von der Cola ein. »Früher waren wir nicht so zimperlich«, fügte er genüsslich hinzu. »Sobald uns jemand zu nahe kam, erledigten wir denjenigen. Nein, ein Verdacht reichte schon, und es war aus mit demjenigen. Es ist der falsche Zeitpunkt, mit Ausnahmen zu beginnen.«

»Dieses Mal ist es anders und besonders. Wir geben ihr noch Zeit«, beharrte Stahl.

»Damit sie auf die Formel kommen kann«, unterstrich Hochschmidt unverzüglich und hörbar dankbar, dass ihr jemand zu Hilfe kam. »Sie kann auch für uns von Vorteil sein. Natürlich würden wir sie nur im Hospiz einsetzen«, schob sie rasch hinterher. »Bei den Alten und Kranken, die ohnehin keine große Lebenserwartung haben.«

Stahl nickte.

Heuchler, alle beide. Ihr wollt euch lediglich besser fühlen.

»Angenommen, wir würden über das Schicksal von Bechstein abstimmen: Ich verlöre, richtig?« Taronow nahm einen langen Zug vom Getränk und stellte das Glas mit einem Knall auf den Tisch. »Ich weise drauf hin, dass *ich* dafür war, sie zu töten. Alles, was nach dieser Sitzung geschieht, liegt alleine in eurer Verantwortung«, sagte er betont. »Was auch immer es auslöst.«

Stahl zog die Brauen zusammen. »*Was* soll *das* bitte bedeuten?«

Er stand auf. »Dass ihr euch keine Gedanken darüber gemacht hat, was ihr Fortleben für uns bedeutet. Ihr denkt an die Formel, ich denke an den Ärger, den diese sinnlose Seele verursacht, indem sie auf der Erde verweilt und Dinge anstößt, die wir nicht bemerken und damit nicht aufhalten können.« Er ging zur Tür.

»Beabsichtigst du, Tatjanna zur Villa zu senden?«, traf ihn die Aufforderung in den Rücken.

Taronow lachte kalt und abweisend. »*Ihr* lasst Bechstein am Leben, *ihr* sorgt dafür, dass sie keine Katastrophe auslöst.« Er öffnete. »Ab *heute* ist sie *eure* Sache. Ich kümmere mich auf anderen Wegen um die Formel.« Mit diesen Worten trat er hinaus in den Gang und schloss die Tür.

Auf dem Gang ließ er die Klinke ganz langsam los und hatte das Gefühl, dass es nicht nur der Besprechungsraum war, dem er den Rücken kehrte. *Glaubt nicht, dass ich mein Wissen mit euch teilen werde. Ihr werdet von mir lernen, wie man Spielchen spielt.*

Vielleicht war es an der Zeit, aus dem Dreigestirn auszusteigen. Sie konnten sich alleine im *Elysium* vergnügen, die Vorteile dieser Zweckgemeinschaft der Seelenwanderer schwanden für ihn. Die beiden bremsten ihn, und das konnte er nicht gebrauchen. Weder bei seiner Rache noch in seinem Leben, das sich bislang recht erfolgreich durch die Jahrhunderte zog.

Deutschland, Saarland, nahe Saarbrücken

»Wir sind gleich da.« Minamoto steuerte den rot-weißen Eurocopter SA 360 Dauphin tiefer. Die Rotoren schrappten an den niedrig hängenden Mittagsregenwolken entlang, als könnten sie die grauen Gespinste in Fetzen schneiden.

»Und wo ist *da?*« Eric rückte den Kopfhörer mit eingebautem Mikro auf dem Kopf zurecht. Nur darüber konnten sie sich in der Kanzel unterhalten, für alles andere war es zu laut. Im Gegensatz zu seinem Flug im russischen Modell rüttelte dieser Helikopter. Nicht alles, was aus Russland kam, war schlecht.

Er hatte sich nicht gewundert, als Minamoto sehr rasch einen Hubschrauber auf einem kleinen Flugplatz organisierte und ihn auch noch selbst steuern konnte.

Elena hielt der Mann durch eine kleine Injektion im Tiefschlaf, damit das Mädchen bis zur Ankunft an ihrem Bestimmungsort ruhig blieb.

Mit Tüchern hatte Eric ihr das getrocknete Blut von den Fingern gewischt, er bekam zudem eine neue Hose und ein neues Hemd am Flugplatz überreicht.

Unter ihnen lag laut GPS-Anzeige die französische Grenze, sie kehrten in deutschen Luftraum zurück.

Eric sah auf viel Grün, verstreute Dörfer und vorbeihuschende weiße Wölkchen, die scheinbar vor dem SA 360 Dauphin und dem Grau des Himmels flohen.

Wenn er sich richtig auf seine Geografiekenntnisse besann, befanden sie sich über dem Saarland, dem flächenmäßig kleinsten Bundesland, von dem die wenigsten überhaupt etwas wussten, außer dass es neben Frankreich lag.

Eric gehörte zu den Auserwählten, die mehr Wissen besaßen, wenn auch nicht ganz freiwillig. Er erinnerte sich gut an seine Verfolgungsjagd auf dem Campus des Universitätsklinikums in Homburg und die nachfolgende Schießerei. Das war zu Zeiten gewesen, als er noch zu den Wandelwesen gehörte.

»*Libra* hat nicht zufällig den Schlossberg gekauft und in das Hauptquartier umgewandelt?«, erkundigte er sich.

»Was für einen Schlossberg?«

»In Homburg. Europas größte Buntsandsteinhöhle.« Da er es erklären musste, wusste Eric bereits, dass sein Tipp falsch war. Doch eine zwölfstöckige Zentrale in einem Berg hätte gut zur Organisation gepasst.

»Ich bin sicher, dass man darüber nachdachte«, erwiderte Minamoto und drückte die Schnauze des Hubschraubers nach unten. »Aber wir stehen mehr auf Festungen.«

Sie flogen über einen Berg und jagten über eine größere Stadt hinweg, durch die sich ein Fluss und eine Autobahn fast parallel schlängelten.

Eric erinnerte sich, dass einige Bauwerke des Westwalls zum Portfolio der Stiftung *Mise en Garde* gehörten. Das Saarland hatte als einstiges Drehkreuz zur Westfront einige eindrucksvolle Bunker von damals zu bieten.

»Ich bin gespannt, was Sie zum Bernsteinzimmer sagen.« Minamoto machte nicht den Eindruck, als sei er nervös.

»Ich habe die Kopie in Russland schon gesehen.«

»Ah, ja. Sie werden erkennen, dass es Unterschiede gibt. Wichtige Unterschiede in der Anordnung der Motive. Alles folgt bestimmten Vorgaben.« Er steuerte den

SA 360 Dauphin über den Bahnhof hinweg und landete hinter einer eindrucksvollen Baustelle auf einer betonierten Fläche. Die Rohbauten erinnerten Eric an Bunkeranlagen, zwei Kräne standen unbewegt herum. Anscheinend herrschte Stillstand.

Minamoto schaltete die Turbinen aus und zog den Kopfhörer ab. Das mechanische Kreischen über ihren Köpfen wurde leiser, die Rotoren liefen langsam aus.

Eric sah sich um, während Regen einsetzte und auf das Cockpit prasselte.

Ein großes, beleuchtetes Schild zu seiner Linken verkündete in mehreren Sprachen, dass ein Geschichtszentrum und eine Begegnungsstätte der deutsch-französischen Freundschaft entstehen sollte, natürlich gefördert von allen möglichen Landes-, Bundes- und Europainstitutionen; ganz klein fand sich auch der Name der Stiftung.

Aus einem bereits fertiggestellten Gebäude kamen zwei Menschen mit großen Schirmen, um die Ankömmlinge abzuholen.

»Sie nehmen das Kind.« Minamoto schwang sich hinaus. »Ich muss nicht betonen, dass Sie keine Angst haben müssen? Weder um sich noch um die Kleine?«

»Gut, dass Sie es nochmals erwähnen.« Eric betrachtete die Bauten, die im diesigen Licht unheimlich wirkten. Mit ein wenig Vorstellungskraft konnte man glauben, Deutschland bereitete eine neue Verteidigungslinie vor, dieses Mal noch größer und stärker, um gegen alles zu schützen.

Libra ist schlau. Eine Zentrale vor aller Augen und doch ungesehen. Eric nahm Elena behutsam auf die Arme, als die Tür auf seiner Seite des Helikopters geöffnet wurde und Minamoto mit einem dritten Schirm bereitstand.

Eskortiert von den beiden Männern in schwarzen Regencapes, gingen sie über die ebene Fläche zum Eingang, der sich zischend vor ihnen öffnete.

»Wir befinden uns im Saarbrücker Stadtteil Rodenhof«, sagte Minamoto. »Unser Erinnerungszentrum ist perfekt für die Besucher angebunden. Die Bahn hat das Nordterminal aus dem Boden gestampft, da drüben haben wir einen neuen P&R-Platz, und die Autobahnen sind leicht zu erreichen.«

Eric wusste, dass der Mann über den Transport der Wesen sprach, nicht über Gäste. »Gut ausgesucht.«

Im Innern des Gebäudes roch es nach Rohbau, nackten Wänden und frischer Farbe.

Der Empfangstresen war von zwei hübschen Damen in Räuberzivil besetzt, die an Computern arbeiteten und anscheinend Listen durchgingen. Neben ihnen werkelten Techniker an elektrischen Verbindungen, Neonlampen schufen kaltes, unwirkliches Licht. Keiner von ihnen schenkte den Hereinkommenden Beachtung.

»Schickes Betongrau.« Eric sah zusätzliche Verschalungen, um die Wände von innen zu verstärken, und mannsdicke Stützpfeiler, welche die hohe Decke trugen. »Augenfreundlich.«

Schräg hinter dem Tresen erhob sich in vier Metern Abstand eine alte Bunkereinheit, die vom Neubau umschlossen wurde: Verrostete Stahltüren, winzige MG-Schießscharten, ein ausgefahrener Geschützturm darüber und unzählige Beschussspuren zeugten von der umkämpften Vergangenheit.

»Die wenigsten Bunker wurden in lebensbejahendem Terrakotta angestrichen.« Minamoto blieb unverbindlich freundlich wie ein Fremdenführer, der von zu lustigen Gästen genervt war. »Das gute Stück wurde erst vor kurzem gefunden. Anscheinend hatten die Amerikaner es verfüllt und zugeschüttet. Wir mussten den Sand von Hand hinaustragen«, erklärte er und klappte den Schirm zusammen. »*Anlage N38401/S, S* wie Sonderbau, von 1937, ziemlich einmalig. Einen ähnlichen Bau findet man in Besseringen. Die ersten beiden Stockwerke gleichen den Regelbauten der HB-Werke.«

»Aha.« Eric wartete auf den Clou, der die Anlage für *libra* interessant machte. Er kannte sich mit den Bezeichnungen der Nazi-Bollwerke nicht aus.

»Abgesehen vom üblichen Flammen- und Granatwerfer trug die Anlage eine Neue Bruno-Kanone und war so ausgerichtet, dass sie im Umkreis von fünfzig Kilometern alles unter Artilleriefeuer nehmen konnte.« Unter Minamotos Führung gingen sie auf einen Lastenfahrstuhl zu, die Tür zur gewaltigen Kabine stand offen. »Allerdings wurde der Bunker wie so vieles damals niemals fertiggestellt. Die Experten vermuten, dass es ein Geheimprojekt war. Was auch immer sich die Nazis dabei dachten.«

Ihre Begleiter blieben schweigend stehen.

Eric sah in den Lift und zögerte.

»Sie denken, ich will Sie in eine Falle locken?« Minamoto wirkte fröhlich-amüsiert.

»Können wir oben bleiben und die Dinge bereden, bevor ich in Ihre Unterwelt einfahre?«

»Das könnten wir.« Minamoto zeigte in die Kabine. »Aber nehmen wir an, in dem Beruhigungsmittel, das ich der Kleinen gab, befand sich neben dem Anästhetikum noch ein seltenes, starkes Gift, das sicherstellt, dass Sie nicht einfach mit ihr verschwinden, wenn sich die Gelegenheit ergibt? Das Antidot wartet unten.« Er lächelte. »Das wäre clever von mir, oder?«

»Das wäre clever.« Eric schluckte. *Schwein!*

»Dann wollen Sie vielleicht gehen und herausfinden, ob Elena in Ihren Armen stirbt?«

Eric machte einen Schritt in den Lift hinein.

Der Eingang glitt lautlos zu, und die Fahrt abwärts begann.

»Wir fahren an der unterirdischen Vorrats- und Mannschaftsebene vorbei, wo später Seminare und Vorträge für Politische Bildung gehalten werden. Schulklassen, Studierende, das volle Programm, um an Fördermittel zu kommen.« Minamoto nahm einen Schlüssel aus der Tasche, steckte ihn in die Öffnung im Kontrollfeld und drehte ihn, danach drückte er eine bestimmte Tastenfolge.

Eric traute dem Mann zu, Elena wirklich ein Gift verabreicht zu haben. Es gab jedoch keine Möglichkeit für ihn, es herauszufinden. So spielte er mit, obwohl sich in ihm bereits der Dämon regte, um über Minamoto herzufallen. »Hoffen Sie auf ein paar rechte Kameraden, die sich ein wenig behaglich fühlen wollen?«

»Sie böser Mensch.« Er schnalzte tadelnd mit der Zunge. »Ich mag Ihren Humor. Aber Nazis sind uns immer willkommen.«

»So?«

»Manche veränderte Seelen haben sie zum Fressen gern.« Minamoto grinste.

Eric lachte.

Der Fahrstuhl hielt an.

»Auf diesem Level kommt *libra* zum Zug, aber das vermuten Sie schon längst.« Nach der Eingabe eines weiteren Codes öffnete sich die Tür in einen mit Stahlplatten ausgekleideten Korridor, in den feine Linien aus Bernstein eingezogen waren.

Eric deutete auf dieses Detail. »Was hat es mit Bernstein auf sich?«

»Ein seit Tausenden Jahren beliebtes und geheimnisumwittertes Material. Ein scheinbarer Stein, der brennt, sich elektrisch auflädt, wenn man ihn reibt, aber sehr schlecht leitet«, fasste Minamoto zusammen. »Pharaonen schmückten sich mit dem Harz aus der Ostsee, und in den ersten Tagen der Menschheit war er Zahlungsmittel. Der Brennerpass trägt seinen Namen übrigens, weil über ihn der *Brennstein,* der Bernstein, nach Süden transportiert wurde. Abgesehen von seinen durchaus bewundernswerten physikalischen Eigenschaften dient er unter anderem als Fokus für Seelengaben, wie Sie mehrfach gesehen haben. Archäologen gruben sogar einen Schädel mit einem eingelassenen Bernsteinstück aus. Wer weiß, was damit bewirkt wurde?« Minamoto führte ihn weiter. »Mehr müssen Sie im Moment nicht wissen. Es gibt wichtigere Dinge für Sie und Elena.«

Eric nahm sich vor, später nachzuhaken.

Das Bild von Sia, erstarrt wie die Kinderstatue auf dem monegassischen Friedhof, erschien vor seinem inneren Auge. Da er sich ohne Einschränkung bewegen konnte, nahm er an, dass die Sicherungsmaßnahmen noch nicht aktiviert waren. Die Arbeiten schienen noch nicht abgeschlossen zu sein. Außerdem war das beste Druckmittel gegen ihn die Andeutung über das Gift in den Adern des Kindes.

Er betrachtete den Beton und mutmaßte, dass man in diesen Bereich nur mit speziellen Bomben vordrang, um überhaupt eine Wirkung zu erzielen. »Wie weit liegt die Oberfläche über uns?«

»Es sind einige Meter. Keine Sorge, nicht *eine* Seele entkommt diesem Käfig.«

»Was ist daran anders als bei dem Gehöft in Russland?«

»Dieses Silo ist auf dem neusten Stand.« Minamoto ging zur Tür gegenüber. »Hier fanden wir die Lagerhallen, die als Munitionsdepot und Aufbewahrungsort für die Wechselrohre des Artilleriegeschützes dienten. Durch diese Wände dringt nichts, auch wenn es eine Drachenseele wäre. Erst recht nicht nach unseren Modifikationen.«

Die Tür öffnete sich vor ihnen und führte in eine größere Halle, die an einen Luftschiffhangar erinnerte. Im hinteren Teil standen riesige Aggregate sowie Konstrukte aus Kupferspulen und Drähten, die in gläserne Apparate mit Metallreifen und -ringen führten.

»Das ist die erste«, erklärte Minamoto und winkte zwei Bewaffneten zu, die vor den Aufbauten standen; zu ihren Füßen lagen zwei schwarze Hunde, die größer waren als jede bekannte Rasse. Die Wachen grüßten entspannt zurück. »Hier haben wir aus Zeitgründen noch nichts umbauen können. Sie sehen ja, dass das Platzangebot riesig ist.«

Eric staunte wahrlich. *Jeder Filmbösewicht hätte sich über eine derartige Zentrale gefreut.* »Wo ist das Becken mit den Haifischen?« Unweigerlich erwartete er, dass sich eines der neun Tore ihnen gegenüber öffnete und sie von einem Golfcart abgeholt wurden.

Minamoto lachte. »Das haben wir noch nicht gefunden.« Er zeigte auf das Tor, neben dem eine Zwei auf der Mauer prangte. »Da geht es für uns weiter.«

Eric hörte Elenas tiefe Atemzüge, die unbeirrt schlief. Beeindruckt von den Möglichkeiten, die *libra* besaß, wurde ihm überdeutlich bewusst, dass er höchstens mit List aus dieser Anlage entkam. *Sobald ich über das Antidot Bescheid weiß.* »Sicherer kann man sein Wissen kaum lagern.«

»Sicherlich. Wir planen, das zentrale Archiv hier anzulegen. Die Voraussetzungen sind gut, und die Tarnung ist perfekt. Die *Mise-en-Garde*-Stiftung genießt die Hochachtung und den Schutz der Europäischen Union.«

»Man sollte sie für den Friedensnobelpreis vorschlagen.«

»Immer einen spöttischen Spruch auf den Lippen. Sie wären ein Traum für jeden Psychologen. Aber wenn man bedenkt, was wir leisten«, Minamoto blieb vor dem Tor stehen und gab einen weiteren Zahlencode ein, »haben Sie recht. Schade, dass es niemand erfahren darf.«

Klackend fuhr das Stahlschott auseinander und gab den Blick auf einen vierstöckige Vorhalle frei, die einem Gefängnisaufbau ähnelte.

Eric sah, dass die Wände nachträglich eingezogen worden waren, die Linien aus Bernstein gehörten dazu. Vom Boden führten zwei Aufzüge und mehrere Stahltreppen in die verschiedenen Etagen. Laufgitter dienten jeweils als Untergrund, zahlreiche Türen waren ringsherum eingelassen.

Der unerwartet angenehme Geruch nach warmem Harz kam nicht von ungefähr: In der Mitte des tonnenweise verbauten Betons stand ein großer Kubus aus Glaswänden, so dass man von allen Seiten hineinschauen konnte. In seinem Innern befand sich das vollständig aufgebaute und hellerleuchtete Bernsteinzimmer.

Eric war überwältigt.

Minamoto deutete auf die Eingangstür des Würfels. »Wollen Sie es sich vielleicht kurz anschauen, bevor wir mit der Prozedur im Laufe des Tages anfangen? Wir kümmern uns gleich um die Kleine.«

Eric schüttelte den Kopf. »Ich denke, ich betrachte es von außen.« Das Zimmer sah nicht ganz so aus, wie er es von Bildern kannte. *Libra* hatte auf sämtliche ergänzenden Stuck- und Holzelemente verzichtet und sich nur auf die Bernsteinkunst konzentriert, die frei an den Glaswänden befestigt worden war.

»Wie Sie möchten. Sie sehen die komplette Wandvertäfelung, angefertigt aus bestem Succinit und zu Recht als achtes Weltwunder bezeichnet, erdacht von Andreas Schlüter, gebaut von den Bernsteinmeistern Ernst Schacht und Gottfried Turau«, erklärte Minamoto, während er darauf zuging, als befänden sie sich bei einer Museumsführung. Er schien von der Ablehnung weder überrascht noch beleidigt. »Den Kram von Rastrelli haben wir ausgebaut. Spiegelpilaster und vergoldete Schnitzereien brauchten wir nicht. Sie waren niemals vorgesehen gewesen und stören den Energiefluss.«

Eric riss sich vom Anblick des Zimmers los und entdeckte in den Ecken der Halle wieder die Aggregate und Glaskonstruktionen mit den beweglich gelagerten Metallringen, die um verschiedene Achsen schwingen würden, sobald man sie anstieß. Aussparungen waren an den Apparaturen gelassen worden, um etwas einzusetzen. Kupferkabel führten wiederum zum Kubus in der Mitte.

Minamoto betrat den Würfel, der nach oben offen war und über den sich ein Netz aus Bernsteinfäden zog. »Schlüter war mehr als ein Architekt. Die Anordnung der geschliffenen Steinplättchen« – er zeigte von Vertäfelung zu Vertäfelung – »ergibt ein besonderes Muster, das sich jedoch nur unter gewissen Umständen zeigt. Er arbeitete an einem Perpetuum mobile und verstand, dass es mehr als die sichtbaren Dinge gab.«

Elena seufzte auf Erics Arm, sie wurde unruhig. *Sind das die Auswirkungen des Gifts? Sie wird mich ebenso hassen, wie es Sia bereits tut.* Er zwang seine Gedanken, sich auf die Umgebung zu konzentrieren. Wenn er entkommen wollte, brauchte er jede Information. »Wozu brauchen Sie diese Konstrukte?«

»Sie meinen die in der Ecke? Sie sorgen dafür, dass das Bernsteinzimmer seinen wahren Zweck offenbart.« Minamoto begab sich in die Mitte des Kubus. »Das sind die Perpetua mobilia, die Schlüter ersann und wir verbesserten. Mit Magnetismus kann man so einiges erreichen. Sie werden es bald selbst sehen.« Er zeigte nach links. »Dieses Tafelelement, das vierte von rechts – von Ihnen aus betrachtet –, setzt den Prozess in Gang, sobald es Energie von den Aggregaten erhält.«

Elena murmelte etwas und begann zu zittern. Ihre Stirn fühlte sich heiß an, wie er mit einem schnellen Griff feststellte. *Er gab ihr wirklich Gift!* Seine Anspannung brachte seinen Dämon dazu, sich zu regen, was es nicht besser machte. »Genug jetzt. Ich will, dass Sie ihr das Gegenmittel verabreichen.«

Menschen in weißen Schutzanzügen traten durch das Tor. Sie trugen Kästchen und gingen zielstrebig zu den Apparaten.

»Ah, die Experten beginnen mit den Testläufen«, kommentierte Minamoto, ohne auf ihn einzugehen. »Gleich sehen Sie, dass Magnete ein solches Perpetuum mobile in Gang setzen und halten.«

Eric verfolgte, wie die Mitarbeiter schwarze Metallklötzchen in die Aussparungen der Maschinen einsetzten. Im Innern begannen die Metallreifen sofort zu kreisen und wirbelten umeinander, die Luft um sie herum blitzte geladen auf. »Das Antidot!«

Minamoto lachte auf. »Was wollen Sie tun? Sich verwandeln und mich in Stücke reißen? Dann wäre die Kleine tot.«

Eric sah zum Ausgang. *Wenn ich zur Oberfläche und ins nächste Krankenhaus gelange …*

»Das Gift ist nur eine Rückversicherung, bis es mir gelingt, Ihre Zweifel zu besänftigen. *Libra* möchte Sie gewinnen, nicht zwingen«, sagte er aus dem Kubus heraus. »Ich erklärte Ihnen sogar alles, was wir tun und beabsichtigen. Würde ich mir sonst die Mühe machen?« Er schob den Ärmel zurück.

Ein leises, hochfrequentes Summen erklang. Die Härchen auf Erics Unterarmen kribbelten, die Luft lud sich in der Halle elektrisch auf.

Dann leuchteten die Bernsteintafeln auf, honigfarbene Strahlen jagten aus jeder einzelnen und bündelten sich in dem Gerät, das Minamoto am Handgelenk trug. Der Mann richtete es auf Eric, die geballten Energien wurden als dickes Bündel weitergeleitet.

Ver… Eric versuchte noch, mit Elena auf dem Arm auszuweichen, doch sie wurden davon erfasst. Er schien augenblicklich Nase und Mund voller Harz zu haben, es gab ausschließlich diesen Geschmack und den Geruch.

Sie wurden von dem Leuchten in die Mitte des Würfels gezogen; sein Versuch, zu schreien, und sein Widersetzen brachte nichts.

Minamoto wich ihnen aus, ließ sie im Kubus zu Boden sinken und verließ die Glaskammer. Dann endete der Strahl, und er stand auf der anderen Seite der durchsichtigen Wand, klackend rastete die Tür ein. Der Ausgang des Würfels war verschlossen.

Das wird euch nicht gelingen! Eric schüttelte die Benommenheit ab und spuckte aus, als ließe sich der Harzgeschmack dadurch entfernen. Keuchend erhob er sich, umgeben von den pulsierenden Bernsteintafeln. »Was ist mit dem Gift?«

»Tja«, erwiderte Minamoto und steckte die Hände in die Taschen. »Ein Trick. Einer von vielen.« Sein Gesicht zeigte ein neugieriges Lächeln. »Die Probe in Brighton war durchaus ernst gemeint. Sie verschaffte uns einen Einblick in Ihre Kraft, zudem bekamen wir Zeit für unsere Nachforschungen über diese Vampirin und das Mädchen. Wir hätten das Kind niemals einfacher an diesen Ort bekommen als mit Ihnen«, rief er gutgelaunt. »Schön, dass es gelang. Wir wollten kein Risiko eingehen. Dafür sind Sie zu stark, und die Kleine ist zu wertvoll. Wie ich sagte: Sie ist unser Messpunkt für sämtliche weiteren Experimente.«

Dazu brauchtet ihr aber einen intakten Kubus. Eric streckte die Hand blitzschnell nach der vierten Vertäfelung aus, um sie zu beschädigen und zu verhindern, dass der Prozess in Gang gesetzt wurde. Der lauernde Dämon war beim nächsten Herzschlag bereit, aus seinen Nägeln wurden in der Vorwärtsbewegung gebogene Krallen.

Doch bevor die Spitzen die weichen Bernsteine zerschnitten, erstrahlte der Glaswürfel samtgolden und moosgrün. Von allen Seiten strömte die Energie gegen ihn und Elena, brachte den Geschmack und Geruch von Harz zurück. Die Fäden über ihm verhinderten, dass die Kraft nach oben ausbrach.

Erics Faust federte zur Seite, aber er hatte einen Stein aus dem Verbund herausgelöst, der nun klackend zu Boden fiel – und verbrannte. Er barg das Mädchen, indem er beide Arme um sie legte. *Verzeih mir!*

»Halt!«, schrie Minamoto unvermittelt entsetzt durch die Halle. »Schaltet die Maschinen ab! Er hat …«

Entsetzt musste Eric feststellen, wie ihn das Schimmern durchdrang und auch vor Elena nicht haltmachte. Dampf quoll aus seinen Poren, der Dämonenkuss rauchte schwarz, als würde ein Brandzeichen von der anderen Seite dagegengepresst werden.

Dann kamen die Qualen, heiß und allgegenwärtig.

In sein tiefes Brüllen mischte sich Elenas helles Kreischen.

Deutschland, Sachsen, Leipzig

Claire verharrte in ihrer Haltung auf dem Sessel und betrachtete ihre eisigen Hände, an denen sich das Fleisch von der inneren Kälte zusammenzog und die Ringe locker sitzen ließ, während Eugen aufstand und dem Gast empfangend entgegenging.

Ihr Herz klopfte schmerzhaft gegen die Rippen. *Das habe ich noch nie erlebt.*

Sie wusste nicht, ob es eine alte Erinnerung oder ihr eigenes Empfinden war, doch die Ablehnung gegenüber dem Träger dieser grufttiefen und todeskalten Stimme fiel äußerst eindeutig aus. Am liebsten wäre sie aufgestanden und ins Kinderzimmer geeilt, um die Töchter vor diesem Menschen zu beschützen.

»Lene, darf ich dir unseren Gast vorstellen?«

Jetzt ging es nicht mehr anders, also wandte sich Claire zum Eingang des Salons.

Dort wartete ein großgewachsener Mann mit nach hinten gelegten schwarzen Haaren und einem ansprechenden Gesicht. Sie schätzte ihn auf etwas über vierzig. Sein Körper steckte in einem dunklen Anzug, der Eugens sehr ähnelte, wenn die feinen roten Linien darin nicht gewesen wären.

Ihr Empfinden sagte ihr, dass auch Anastasia ihn nicht gekannt hatte. Nicht persönlich.

»Das ist Professor Inverno«, sagte Eugen, und der Mann verbeugte sich sacht. »Er wird uns heute Abend beim Essen Gesellschaft leisten.«

Claire vermutete sofort, dass es etwas mit ihr und dem abrupt beendeten Gesprächsthema zu tun hatte. Ihr Gatte machte den Eindruck, dass er es selbst nicht mehr aufrollen und es stattdessen Inverno überlassen wollte. Sie erhob sich, machte aber keine Anstalten, ihm die Hand zu geben. »Sie sind Professor *für?*«

»Unter anderem Chemie und Physik. Ich bin breit aufgestellt«, antwortete er mit der unglaublichen Stimme, bei der jeder Bass-Sänger neidisch werden dürfte. »Betrachten Sie mich als Konsultanten Ihres Mannes und Ihres Unternehmens.«

Claires Neugierde überlagerte die immense Abneigung; zudem galt es, herauszufinden, was der Auslöser war. Sollte er eine Gefahr bedeuten, musste sie wissen, woher sie kam. *Reiß dich zusammen.* »Ah. Das hat er mir gegenüber nicht erwähnt.«

»Dir ging es nicht so gut, so dass ich dich nicht damit belasten wollte«, erklärte Eugen. »Das Zusammentreffen sollte zwanglos geschehen. Dann kann er dir alles erzählen.« Er ging an dem großen Mann vorbei. »Ich schaue nach, was das Essen macht und ob der Tisch schon gedeckt ist.« Seine Schritte verloren sich in der Halle.

Inverno lächelte. Zahnkronen wurden sichtbar, wobei deren Farbe ebenso schwierig zu bestimmen war wie die seiner Augen.

Claire atmete tief ein und räusperte sich, wandte sich zum Kamin um und kniete neben den wärmenden Flammen nieder. Sie legte ein Scheit nach, korrigierte die Position mit dem Schürhaken. Es fühlte sich besser an, eine physische Waffe in der Hand zu halten und in der Nähe eines Feuers zu sein. »Konsultanten beraten«, sagte sie.

»Das tun sie, Frau von Bechstein.« Der Stimme nach hatte er sich nicht bewegt.

»In welcher Angelegenheit?«

»In einer mysteriösen.«

»Dann sind Sie Astrologe?« Claire wandte sich halb zu ihm.

Inverno saß zu ihrer Überraschung im Sessel, in dem Eugen vorhin Platz genommen hatte. »Mit Sternen habe ich nichts zu schaffen. Die meisten von ihnen sind tot, und wir wissen es nicht einmal.«

»Was sie mit manchen Menschen eint«, ergänzte sie.

»Wohl wahr, Frau von Bechstein.« Er deutete eine Verbeugung an, sein rechtes Auge funkelte golden, während das zweite im Schatten lag und nicht existent zu sein schien. »Andere verlieren hingegen nur ihren Körper und werden zu verwirrten Seelen.«

Über Claires Nasenwurzel entstand eine Falte.

»Ich meine Geister«, führte Inverno weiter aus. »Das Echo und letzte bisschen Energie, das vom Menschen auf der Erde blieb.«

»Sie sind nicht minder ein Philosoph.«

Er lachte dunkel und überlegen. »Das bescheinigte mir bereits Ihr Mann, Frau von Bechstein.« Seine gepflegte rechte Hand griff unter das Sakko und nahm einen Stift heraus, der von innen heraus bläulich golden leuchtete. Er spielte damit selbstverständlich und routiniert, als wäre es ein Manierismus.

Das Schimmern hat nichts mit Reflexionen des Kaminfeuers zu tun. Sein Akzent verriet Claire, dass der Professor keinesfalls aus Deutschland stammte. »Sie kommen aus Spanien?«

»Kolumbien. Ich lehrte dort, unter anderem.« Inverno betrachtete die Lohen, das linke Auge zeigte sich nun in warmem Grün. »Ich fand über Umwegen zu Ihnen.«

»Ich dachte, mein Gatte …«

»Die alchemistische Formel, die Sie Kollege Hakel gaben«, fiel er ihr ins Wort, »brachte mich nach Deutschland.« Er sah auf seinen Stift, der still zwischen den Fingern ruhte. Das Farbspiel darin fluktuierte, pulsierte. Invernos Blick zeigte Unverständnis. »Sie haben etwas Großes entdeckt«, sprach er schleppend weiter, als würde er gleichzeitig nachdenken. »Und gleichzeitig keine Ahnung.«

Claire verwünschte sich, bei ihrem Auftrag an den Laborleiter nicht nachgehakt zu haben. Sie hatte es in dem Durcheinander vergessen. *Wer hat auch ahnen können, dass er sich dermaßen ins Zeug legt?* Damit hatte sie Inverno angelockt und auf sich aufmerksam gemacht. »Warum denken Sie das?«

»Wie kämen Sie sonst auf den Einfall, einen verknöcherten Naturwissenschaftler an die Alchemie zu setzen?«

»Ich habe die Formel gefunden und – wie Sie schon

sagten – keine Ahnung davon. Genauso wenig wie Hakel.« Sie konnte mit seiner Art nichts anfangen. Er spielte, schien abzuwägen und sie so lange hinzuhalten, bis er zu einer Entscheidung gelangt war.

Er lachte. »Sie wurde handschriftlich verfasst. Der Schwung der Buchstaben passt zu Ihrer Art zu schreiben, auch wenn manche Zeichen abweichen.« Inverno ließ den merkwürdigen Stift wippen. »Ich wäre versucht anzunehmen, dass Sie eine Anomalie sind.« Er steckte ihn weg. »Genau *das* rettet Sie vor mir, Frau von Bechstein.«

Draußen erklangen schnelle Schritte, Eugen ging durch die Halle. »Es wird noch dauern, sagte Melanie«, rief er in den Salon. »Entschuldigen Sie mich bitte, Herr Professor. Ich muss noch einen Anruf tätigen.«

»Sicherlich«, erwiderte Inverno. »Ihre Frau und ich unterhalten uns ausgezeichnet.«

»Dann bis gleich.« Eugen eilte die Treppen hinauf.

Claire warf noch ein Scheit in die Flammen. Den Schürhaken hatte sie in die Glut geschoben, damit er sich erhitzte. »Sie sind nicht verrückt, nehme ich an?«

»Ebenso wenig wie Sie.« Inverno zeigte auf den Prospekt. »Den hat Ihr Mann von mir. Die Klinik untersteht einem Freund, und es wäre mir eine Ehre, Sie dort begrüßen zu können. Allerdings geht es bei Ihnen weniger um Entzug oder psychologische Probleme.« Er lächelte hintergründig, wieder schimmerten die Kronen auf den Zähnen. »Eher um *seelische*.« Der Lichtschein verlieh ihm teuflische Züge.

Claire spürte die Angst und die Abneigung gegen Inverno ungebrochen stark. Er schien der Gegenpol zu den charismatischen, einnehmenden Seelenwanderern zu sein. »Was wissen Sie von mir?«, raunte sie.

»Das Serum ist spannend«, eröffnete er besonnen. »Ich habe gleich erkannt, dass es nur *einem* Zweck dient.« Er reckte den Oberkörper nach vorne. »Aber dieser Zweck interessiert mich nicht.«

Claire biss sich auf die Lippen, um nicht danach zu fragen, was die gesamte Formel anrichtete. »Weswegen sind Sie in unser Haus gekommen?«

»Weder Hakel noch Herr von Bechstein gehören zu denen, die ich suche. Das war leicht zu prüfen. Als Ihr Gatte mir von Ihnen berichtete, von Ihrer Veränderung, da ahnte ich, dass mein Besuch in Deutschland nicht ganz vergebens sein würde.« Inverno lehnte sich nach hinten, eine Hand legte sich an sein Kinn. Der Schatten des Ohrensessels verschlang den oberen Teil seiner Züge, so dass Zähne, die Kronen und geschwungenen Lippen vom Lohenschein betont wurden. »Sie sind nicht freiwillig in diesen Körper gefahren.«

Claire fühlte die Kälte, die von dem unheimlichen Mann auf sie zukroch, und freute sich über das lodernde Feuer in ihrem Rücken. »Das können Sie aus einem Kugelschreiber ablesen?«, versuchte sie es mit rauhem Humor.

»Ich kann aus meinem *Talisman* ablesen, dass Sie eine Seelenwanderin sind, die nicht ist wie die anderen und die über besondere Gaben verfügt«, erwiderte er. »Und das bedeutet, dass irgendwo Ihr echtes Leben ist. Mit Menschen, die Sie aufrichtig lieben und die Sie vermissen, so wie Sie von denen vermisst werden.«

In Claires Herz schien eine Kugel zu fahren und zu explodieren. Inverno riss ihre aufrechterhaltene Contenance mit seinen Schlüssen mühelos weg. Gegen die aufsteigenden Tränen vermochte sie sich nicht zu wehren.

»Ah, ich verstehe. Sie haben jemanden verloren«, kommentierte er sanft, was er sah. »Das tut mir leid.« Er beugte sich nach rechts, so dass seine linke Gesichtshälfte aus der Dunkelheit auftauchte; nur das Auge blieb schwarz, während das rechte golden leuchtete. »Doch damit kommen wir vielleicht schneller ins Geschäft, Frau von Bechstein?«

Claire wollte nicht hören, was er ihr gleich vorschlug. Sie fürchtete sich nicht nur vor ihm, sondern vor jedem Wort, das aus seinem Mund drang. Es sickerte in sie, blieb hängen und würde Wurzeln schlagen. »Ich denke nicht«, brachte sie hervor.

»Ich denke doch«, entgegnete er schmeichelnd. »Denn was wäre, wenn ich eine Methode kenne, gegangene Seelen aus der Urmasse wieder herauszuholen? Und zwar als Seele, die sich an ihr letztes Leben erinnern kann?« Er rieb mit dem Zeigefinger an seiner Wange hinab bis zum Kinn. »Wen auch immer Sie betrauern und wer auch immer Sie sind: Ich kann Ihnen die geliebte Seele zurückbringen und in einen Körper Ihrer Wahl einsetzen.«

Claire wollte es kaum glauben. Damit könnte sie Finn zurückholen. *Mein Leben könnte geradegerückt werden.* Aber die Wachsamkeit mahnte sie. »Sie sind ein Lügner.«

»Oftmals im Leben, aber gerade nicht.« Um Invernos Lippen spielte ein Zucken. »Man hat Ihnen gesagt, dass sich die Seelen mit dem Ende des Leibs auflösen. Und im Grunde stimmt das. Doch so, wie Sie eine Anomalie sind« – sein Zeigefinger deutete auf Claire –, »bin ich auch eine. Wir Anomalien vollbringen Unmögliches.« Er senkte die Hand und die Stimme. »Aus dem Grund fürchten uns die anderen.«

Claire konnte nichts antworten. Seine Worte waren vernommen, krallten sich in den Verstand und rüttelten Erinnerungen heraus. Sie sah Finn, ihre Familie, ihr kleines Café und die Bilder aus jenen Tagen, die herrlich und sorgenfrei verlaufen waren.

»Das alles können Sie wiederhaben«, drang Invernos lockende Stimme an ihr Ohr. »Die Körper werden andere sein, aber das Gefühl, das sie füreinander empfinden, ist das gleiche.«

»Ich …« Claires Blick verschwamm, sie musste sich am Kaminsims festhalten. *Finn! Ich könnte mit dir weiterleben. An einem anderen Ort oder …* Auf tausend Freuden folgten tausend Sorgen: Taronow, das Triumvirat, Dubois, die Formel. »Ich kann nicht«, stotterte sie den begonnenen Satz zu Ende.

»Ich verstehe, dass Sie Bedenkzeit brauchen. Zudem haben Sie jeden Grund, mir nicht zu trauen.« Inverno war nicht mehr als ein Schatten im Ohrensessel. »Dann verrate ich Ihnen, dass ich in den letzten Dekaden viele Seelenwanderer umbrachte und mir ihre Seelen aneignete.« Sein Schattenarm tippte gegen die Brust, wo der Talisman ruhte. »Mein Motiv ist Rache.«

»Was tat man Ihnen an?«

»Ähnliches wie Ihnen. Man raubte mir mein Leben, beinahe sämtliche Erinnerungen, einfach alles, was mich als Menschen ausmachte«, zischte er hasserfüllt. »Ich ziehe umher, auf der Suche nach mir und meiner Vergangenheit. Und ich nehme dabei Rache an denen, die es wagen, die Leben anderer zu zerstören! *Das* ist mir geblieben.« Er schnaubte und lachte freudlos auf. »Das und eine Gabe, die mir noch nichts nützt.«

Seine Erklärung klang für sie wirr. Aber durch Claires Kopf huschten verwerfliche und doch erlösende Gedanken: *Ich könnte ihn auf Taronow und Dubois hetzen.* Keinerlei Verdacht würde auf sie fallen. »Ich kann Ihnen die Aufenthaltsorte von zwei Seelenwanderern nennen«, kam es aus ihrem Mund, bevor Sie die Worte aufzuhalten vermochte.

Nun lachte Inverno sein bekanntes, tiefes Lachen. »Zwei Seelenwanderer, die Ihnen zusetzen. Die Sie vielleicht zwingen wollten, sich mit der unvollständigen Formel zu beschäftigen.« Er stand auf. »Gut, dann spiele ich Ihren Kettenhund. Wir profitieren beide davon.« Ganz unvermittelt stand er neben ihr, so dass sie ihn deutlich erkannte. Das Feuer kam nicht gegen die Welle aus Kälte an, die er absonderte an. »Haben wir eine Abmachung, Frau von Bechstein? Ich kümmere mich um die beiden, und Sie überlegen in aller Ruhe, ob Sie in die Klinik kommen möchten. Für seelische Reparaturen.« Er streckte ihr seine Hand hin. »Überlegen. Mehr nicht«, betonte er. »Sobald Sie anreisen, bekomme ich von meinem Freund eine Nachricht, und ich gebe Ihnen zurück« – sein linkes Auge leuchtete smaragdgleich –, »wen Sie vermissen.«

»Was möchten Sie im Gegenzug?«

»Lassen Sie uns darüber reden, wenn Sie sich grundsätzlich entschieden haben. Mein Lohn ist gering.«

Claire klammerte sich noch immer an den warmen Stein, ließ den Griff des Schürhakens los – und schlug ein. Invernos Haut war zu ihrer Überraschung heiß wie der Kaminsims.

Wie im Traum nannte sie ihm Dubois' und Taronows Namen sowie jegliche Informationen, die sie besaß. Ihre Lippen bewegten sich unaufhörlich, sie plauderte und berichtete, bis ihr nichts mehr einfiel.

»Danke, Frau von Bechstein«, sagte er nach ihrem

letzten Wort. »Damit kann ich etwas anfangen. Besser gesagt: zu Ende bringen.« Er wollte seine Hand lösen.

»Noch etwas.« Claire hielt sie fest. »Die Formel«, sagte sie verlangend. »Ich habe den fehlenden Teil. Können Sie mir übersetzen, was sie in Gänze vermag?«

Er schleuderte ihr ein herrschaftliches Lächeln entgegen. »Sicherlich.«

Claire sah die gesamte Zeichenfolge vor ihrem inneren Auge und beschrieb sie ihm. Sie wollte sie nicht aufschreiben, als könnte es schlimmer werden, wenn es schwarz auf weiß stand.

Dann verstummte sie, wartete angespannt. *War es ein Fehler? Wollte er in Wahrheit lediglich die Formel?*

Die Zweifel kamen zu spät. Es musste an seiner Aura liegen, dass sie bereitwillig ein Geheimnis aussprach, nach dem so viele trachteten.

Inverno betrachtete sie aus seinem rechten goldenen Auge. Er löste seine Finger von ihrer Hand, als fürchtete er sich dieses Mal vor ihr. »Ich irrte mich, als ich sagte, ich wüsste, was das Serum anrichtet«, gestand er düster. »Sein wahrer Umfang war nicht zu erschließen, denn es ist zu boshaft, zu niederträchtig. Nun erkenne ich, dass die Seelenwanderer in ihrem Wesen entmenscht sind.«

»Was richtet die Formel an?« Claire wollte die Wahrheit erfahren.

Und Inverno eröffnete sie ihr.

Zusammen mit den wenigen Worten lösten sich Erinnerungen in Claire. Erinnerungen, die unstrittig Anastasia gehörten und mit spürbarem Genuss das unvorstellbar Widerliche bestätigten, was der Mann ihr sagte. Die Menschheit, nein, jedes Wesen mit einer

Seele würde sich niemals von diesem Schlag erholen. Die Folgen wirkten über Generationen hinweg und konnten kaum mehr eingedämmt werden, solange Leben entstand.

Dann erschien Eugen in der Tür und rief zum Essen.

Das Sterbliche wankt in seinen Grundfesten,
aber das Unsterbliche fängt heller zu leuchten an
und erkennt sich selbst.

Novalis (1772–1801)

KAPITEL XX

Deutschland, Sachsen, Leipzig

Professor Uwe Hakel räumte sein winziges Büro auf, wie er es jeden Freitag tat und was er als Ritual fürs anstehende Wochenende betrachtete. Die Zeit vor der Tastatur und den Hardcopy-Berichten mochte er nicht. Er befand sich lieber im Labor und kümmerte sich um Produkte der VoBeLa. Demonstrativ trug er den Kittel über Hemd und Stoffhose auch im Büro.

Auf die rechte Seite des unprätentiösen Alu-Schreibtischs kamen die Dinge, die er sich am Montag erneut vornehmen musste, auf die linke der Stapel mit den erledigten.

Auf das Geschaffte war er dieses Mal besonders stolz, weil der Turm hoch war: Zertifizierungsnachweise noch und nöcher, DIN ISO 4009 und andere Zahlenmonster, Zulassungen für neue Cremes, einen Zahnpasta-Zusatz und eine neue Koffein-Formel für Shampoo plus eine veränderte Kombination von Duftstoffen.

Hakel ordnete die Papiere in die entsprechenden Ordner und fand nach zehn Minuten unter der letzten Seite den zerknitterten Ausdruck der gescannten Formel, die ihm die Chefin geschickt hatte.

Er nahm das Blatt in die Hand. Auch das hatte sich erledigt.

Unschlüssig sah er über die Aktenordner. Es gab keinen Platz für diesen Humbug, auch wenn sich Kollege Inverno noch so sehr dafür interessierte und den Anschein erweckte, die Alchemie sei wissenschaftlich und mit neusten Erkenntnissen der Naturgesetze anwendbar.

Das waren die gleichen Leute, die sich in Star-Trek-Vorlesungen setzten, über die Machbarkeit eines Warp-Antriebs redeten oder das Perpetuum mobile für möglich hielten.

Pseudowissenschaftliche Tagträumer. Hakel war überfordert, sein Hirn konnte keine Entscheidung fällen, was mit dem Papier geschehen sollte.

Einfach wegwerfen?

Sein Blick richtete sich auf den Schredder.

Hatte es dazu nicht offizielle Anweisungen vom Chef gegeben?

Hakel setzte sich, öffnete das interne E-Mail-Programm und suchte nach Nachrichten, welche die Formel betrafen.

<file not found>

Er hob die Augenbrauen. *Sind die gelöscht worden?* Hakel forschte auf dem Datenserver nach der Kopie des gescannten Blattes.

<file not found>

Der Chef schien ihm zuvorgekommen zu sein, was die Löschung des Vorgangs anbelangte.

Damit hatte Hakel indirekt die Antwort erhalten, was mit seinem Ausdruck zu geschehen hatte. Er zückte ihn und führte ihn auf den Schlitz des Reißwolfes zu, der unter der Arbeitsplatte stand.

Kurz vor dem Erreichen der Öffnung stoppte seine Hand.

Seine Gedanken kreisten um die Zeichen, um die Löschung, um Inverno und um die Entführung der Chefin, die es gerüchteweise gegeben haben sollte.

Hat diese Formel was damit zu tun? Hakel schnalzte mit der Zunge. Womöglich hielt er doch etwas in der Hand, was einem anderen Konzern Millionen wert war.

Nicht dass er VoBeLa untreu werden wollte, doch Konkurrenz belebte bekanntermaßen das Geschäft, und einem Zusatzeinkommen war er nicht abgeneigt. *Er* musste ja nicht an die Wirksamkeit des alchemistischen Zeugs glauben. Es reichte völlig aus, wenn es *Interessenten* taten.

Hakel zog den Arm zurück und steckte den Ausdruck in die Innentasche seines Sakkos, das über der Rückenlehne des Stuhls hing.

Selbstverständlich kannte er einige Unternehmen, die Mitstreiter auf dem Markt waren. Mehrfach hatten sie über Headhunter anfragen lassen, ob er nicht die Seiten wechseln wollte.

Daran dachte er nicht – wohl aber an ein bisschen Spielgeld. Am Wochenende würde er behutsam seine Fühler ausstrecken.

»Gut, dass ich Sie noch antreffe.«

Die tiefe Stimme Invernos durchbohrte Hakel regelrecht von der Seite. Er verfiel in eine Starre, als habe er bereits das Ehrenrührige getan. »Ah, Professor.« Er legte eine Hand auf den Stapel mit den Projekten für Montag. »Sie kommen, um sich zu verabschieden?«, haspelte er, nur um irgendwas zu sagen und sein Ertappt-Gefühl zu überspielen.

Inverno trug den dunklen Anzug mit den roten Linien darin, die getrimmten dunklen Haare hatte er in einen linken Seitenscheitel gelegt, was Hakel an den Stil der zwanziger Jahre erinnerte. »Das haben Sie erraten.« Er sah sich mit seinem goldenen Auge um. »Ja, meine Arbeit ist fast beendet.«

»Wie schön.«

Inverno schob sich lächelnd näher. »Ich wollte mich bei Ihnen bedanken, Professor Hakel.«

»Wozu?«

»Dass Sie mir die Gelegenheit gaben, an diesem Projekt teilzuhaben. Sie mögen nicht an Alchemie glauben, doch mir ist diese Materie sehr wichtig.« Inverno hörte nicht auf, den Kopf leicht von rechts nach links zu drehen, als hielte er im kleinen Büro Ausschau.

»Es war Zufall.« Hakel legte den Kittel ab und warf sich das Sakko sowie den beigefarbenen Mantel über. Keine Sekunde wollte er noch bleiben. »Nehmen Sie es mir nicht übel, aber ich werde erwartet.«

Als er an dem großen Mann vorbeiging, machte dieser einen Schritt zur Seite und rempelte ihn an.

Hakel prallte gegen den Aktenschrank und hatte ansatzlos Invernos Unterarm quer vor der Kehle liegen, der ihm jegliche Luft abschnürte und die Fähigkeit raubte, laut um Hilfe zu rufen. Bevor er in den Angriff gehen konnte, schwebte ein bläulich golden leuchtender Stift vor seiner Stirn, den er anstarren musste. Es ging nicht anders.

»Sie sind ein Dieb, Hakel«, tönte Invernos Stimme aus dem Schimmern. »Sie wollten sich aneignen, was nicht Ihnen gehört und was Sie darüber hinaus verachten.«

Die Spitze setzte sich auf seine Stirn, knapp oberhalb der Nasenwurzel.

»Die Formel ist in meiner Sakkotasche, innen«, krächzte er ängstlich.

»Ich weiß.«

»Nehmen Sie den Unsinn einfach, und lassen Sie mich«, raunte er gepresst. Der Punkt auf seiner Stirn, wo er die Berührung fühlte, erwärmte sich.

»Sie könnten anderen davon erzählen. Sie haben ein gutes Gedächtnis. Es muss ein Geheimnis bleiben.« Invernos Stift glomm auf, und ein Prickeln jagte durch Hakels Leib. »Seelen kann ich immer gebrauchen, auch wenn Sie keine von denen sind, die ich jage.«

Hakels Beine gaben nach. Er verlor seine Kraft und glaubte, sein Herz nicht mehr schlagen zu fühlen. Er wurde aufgefangen und sachte über den Schreibtisch gelegt.

»Sehen Sie, wie wenig Wert Ihre Seele besitzt? Ich brauche tausend von Ihrer Sorte, um die eines Seelenwanderers aufzuwiegen«, sprach Inverno verächtlich. »Und doch ist sie besser, als keine Seele zu haben.«

Hakel starrte auf den winzigen Einschluss, der vor seinen Augen entstand.

»Ich gebe auf Ihre Seele acht, Herr Kollega. Sie wird einem höheren Zweck dienen«, verabschiedete sich Inverno, dessen Stimme leiser wurde.

Des Laborleiters Leben indes verlosch.

Deutschland, Sachsen, Leipzig

Claire trug ihre Geschäftskleidung und steuerte den weißen Range Rover TD V6 zum ersten Mal selbst.

Fabian saß auf der Beifahrerseite, in Jeans und Lederjacke gekleidet. Sie hatten Nicola und Deborah zuvor abgeholt und in einen Flieger nach Barcelona gesetzt, wo sie vorerst vor den Zugriffen ihrer Feinde sicher sein sollten.

Sie vertraute Fabian, weil er zum einen ihre originäre Familie selbstlos beschützt hatte, während sie in der Villa daniederlag, und weil er derjenige war, der sie in jener Nacht nicht zum zweiten Mal umgebracht hatte – obwohl die Möglichkeit existiert hatte.

Claire bemerkte, dass er sie unentwegt betrachtete, mal offen, mal versteckt. »Wollen Sie mir was sagen?«

»Vieles«, rutschte es ihm heraus, dann seufzte er. »Ich … wollte, dass Sie wissen, dass, egal wie das Treffen verlaufen wird …« Er suchte nach passenden Worten.

Was kommt jetzt? Claire konnte seine Ankündigung nicht einordnen.

»Sie sind eine Seelenwanderin. Ob Ihnen das gefällt oder nicht, spielt keine Rolle mehr. Sie *sind* es«, versuchte Fabian einen neuen Anlauf. »Zudem sind Sie etwas Besonderes, das war mir gleich klar. Mit Ihren mehrfachen Gaben nach nur einem Wechsel überragen Sie alles bislang Bekannte.« Fabian blickte sie an. »Sie haben sich in den letzten Wochen verändert. Sie wurden mutiger und selbstbewusster, anstatt an Ihrer Last zu zerbrechen.«

Claire fand seine Worte vor dem Zusammentreffen mit den großen Drei aufbauend. »Es ist schön, dass Sie es so sehen.« Sie warf ihm ein dankbares Lächeln zu und spürte, dass nach der Erklärung Weiteres folgen sollte. In dem Mann arbeitete es.

»Sie haben als mächtige Seelenwanderin keinen *necessarius*«, fügte er hinzu. »Niemand, der Ihnen beisteht. Keinen Vertrauten.«

»Ich habe meine Schwester und meine Tochter.«

»Sie wissen, was ich meine. Die werden Ihnen keinen

Rat geben können, wenn es um Ihre Gaben geht oder wenn Sie mehr Fragen zu unserer Art haben.« Fabian räusperte sich erneut. »Ich werde Stahl so oder so bitten, mich aus seinem Dienst zu entlassen. Sie müssen mich nicht als Ihr *necessarius* annehmen, aber ich würde mich sehr freuen.«

Claire überlegte, wie sie die Vorstellung fand, dass sie ihren Leibwächter ständig um sich herum haben konnte. *Jemand, der weiß, wie es ist, ein Seelenwanderer zu sein. Jemand, dem ich vertrauen kann und der mir beisteht.* Abwegig fand sie es nicht. »Denken Sie, das wird Stahl zulassen?«

»Was will er dagegen machen?« Fabian lachte auf. »Ich halte mich natürlich an die Gesetze und bitte um meine Entlassung. Das kommt immer wieder vor.«

Claire freute sich, obgleich es mit Unsicherheit einherging. Zudem hatte sie den Eindruck, dass er ein Detail verschwieg. »Sie sind viel älter und erfahrener als ich, was dieses Leben angeht. Ich müsste eigentlich Ihre *necessaria* sein.«

»Sie verfügen über mehr Gaben. Wer mehr Gaben besitzt, ist der Ranghöhere.« Fabian lächelte. »Also sagen Sie ja?«

Claire konnte einen Verbündeten gebrauchen, der sich auskannte. Sie mochte Fabian und fühlte unerklärlicherweise so etwas wie einen Hauch von Verpflichtung ihm gegenüber, da er ihr das Leben gelassen und sich um sie gekümmert und ihre wahre Identität nicht verraten hatte. *Wenn nicht er, wer dann?*

»Willkommen in meinem Team«, erwiderte sie. »Aber ich muss Sie warnen: Wir sind nicht viele.«

Fabian klatschte in die Hände. »Die Qualität zählt. Davon haben wir eine Menge.«

Sie hielt ihm die Hand hin. »Ich bin Claire, auch wenn du mich Lene nennen solltest.«

Er grinste und schlug ein.

Claire sah ihn an und verzog dabei leicht das Steuer des Range Rover.

Aber Fabian beugte sich blitzschnell zur Seite, packte das Lenkrad und korrigierte. Dabei kam sein Gesicht ihrem ganz nahe. »Wie ich schon sagte: das beste Team.«

Sie lachte und konzentrierte sich erneut auf die Straße. »Was ist mit der Sache, über die wir nur kurz sprachen?«

»Was meinst du?« Fabian setzte sich wieder richtig hin.

»Etwas gegen die Vormacht der Seelenwanderer zu unternehmen. Es klang, als gäbe es eine Organisation, der du angehörst. Wer sind die Verbündeten, die du erwähntest?«

Er bewegte den Kopf leicht, so dass sie es fast für ein Nicken hielt. »Vorerst sind sämtliche Aktivitäten eingestellt. Es gibt interne Querelen«, erklärte er bedauernd. »Sie müssen sich über ihren Kurs klarwerden.«

Claire verstand nichts von dem, was er andeutete. »Ich fände es dennoch wichtig, mehr darüber zu erfahren.«

»Ich weiß. Und nach wie vor bin ich der Meinung, dass die Seelenwanderer verschwinden müssen. Aber lassen wir die Alten Seelen ihren Krieg untereinander austragen«, empfahl Fabian diplomatisch. »Wir greifen erst an, wenn die gefährlichsten Gegner gefallen sind.«

»Das Triumvirat wird gegen Dubois vorgehen?«, übersetzte sie. *Spätestens wenn ich ihnen erkläre, was er und Anastasia beabsichtigten.* »Persönlich?«

»Ich denke schon. Sie belauern sich schon lange.« Fabian lachte böse. »Ab einem gewissen Alter werden manche Seelen vorsichtig, weil sie fürchten, in einer direkten Konfrontation zu vergehen.« Er tippte sich gegen die Brust. »Deshalb haben sie *necessarii* und ihre minderen Verbündeten.« Er berührte ihre Schulter. »Aber irgendwann können sie nicht länger untätig bleiben. *Dir* kann es gelingen, das Triumvirat selbst in den Krieg zu schicken.«

Das Hospiz *Elysium* tauchte vor ihnen auf. Von außen sah es unscheinbar aus, wie ein in die Jahre gekommener, rasch renovierter Plattenbau. Sterben musste keinen Spaß machen.

Claire setzte den Blinker und bog in eine Parklücke. Sie nahm Fabians Hand und drückte sie, danach stiegen sie aus.

Auf dem Weg nach oben dachte sie über seine Worte nach: Dass sie sich verändert hatte.

Es stimmte. Sie hatte die Wahl gehabt zwischen Wahnsinn und Annehmen der Gegebenheiten. Ohne dass sie es richtig wahrgenommen hatte, wuchs sie an den sich auftürmenden Aufgaben.

Claire sah ihre Reflexion schwach in der Glastür, die sie mühelos aufstemmte. Es steckte viel Kraft in dem trainierten Bechstein-Körper, der sich beharrlich weigerte, rundlicher und mehr wie die alte Claire zu werden. Sie fand es passend für eine Kämpferin. *Lassen wir den Krieg beginnen.*

Mit Fabian an ihrer Seite ging sie in den abgesicherten Bereich, dort schwenkten sie auf den Besprechungsraum ein.

Claire empfand es als bezeichnend, dass sich ihr Begleiter zurücknahm. *Sie* ging voraus, *sie* war von nun an diejenige, welche die Fäden in den Händen hielt.

Bei ihrem Eintreten warteten bereits Stahl und Hochschmidt an dem langgestreckten, gläsernen Konferenztisch. Gebäck und Kaffee standen parat, als besprächen sie den Einsatzplan des Personals oder ein Projekt zur Imageverbesserung des Hospizes.

»Guten Tag.« Dass Taronow fehlte, brachte Claire auf den erfreulichen Gedanken, Inverno könne bereits in Aktion getreten sein. Sie lächelte, als sie sich setzte.

Fabian blieb schräg hinter ihr stehen. Sein Zeichen, dass er buchstäblich die Seiten gewechselt hatte. »Bevor wir über die Formel reden«, hob er an, »möchte ich die Entlassung aus Euren Diensten erbitten, *erus.*«

Stahl sah zwischen ihm und Claire hin und her; dann schwieg er und goss sich Kaffee ein, tat das Gleiche bei Hochschmidt. Schwungvoll schob er die Kanne über den Tisch bis vor Claire. »Ich dachte mir, dass du lieber für sie arbeitest«, sagte er verständnisvoll. »Du denkst, es sei deine Bestimmung.«

»Ja. Weil ich es war, der sie fand.« Fabian stand aufrecht und erwiderte den Blick seines Herrn selbstbewusst. »Und weil …«

»Es ist dir gewährt«, unterbrach ihn Stahl und machte eine erlaubende Geste, auch wenn sie herablassend wirkte. »Deine Entscheidung fiel bereits. Einen *necessarius,* der mir nicht mit Herz und Verstand dient, kann ich nicht gebrauchen.« Er lächelte Claire an, als habe er ihr seinen Sklaven geschenkt. »Sie werden sehen: Man kann sich auf ihn verlassen.«

»Sofern er nicht gerade jemanden findet, um den er sich lieber kümmert«, fügte Hochschmidt hinzu, grinste dabei jedoch. »Wie gut, dass ich keinen meiner *necessarii* abgeben muss.«

Fabian verbeugte sich und nahm nun erst Platz.

»Was die Formel angeht: Ich weiß, was sie in Gänze bewirkt.« Claire schob die Kanne zur Seite. Das Letzte, was sie gebrauchen konnte, war ein höherer Blutdruck. »Dubois und Anastasia wollten ...«

Stahl hob intervenierend die Hand. »Wir warten auf Taronow. Er steckt ganz profan im Stau, wie er mitteilen ließ.«

Beinahe hätte Claire laut geflucht. *Zu früh gefreut.* »Dann reden wir über ihn.«

Nach einem kurzen Blick zu Fabian eröffnete sie, was in den letzten Wochen vorgefallen war. Sie erzählte die Wahrheit: wie ihr Leben und das ihres Mannes endete; dass ihre Mörderin auf der Beerdigung zusammen mit Taronow auftauchte und danach versucht hatte, ihre Tochter und Schwester zu erschießen. Sie verschwieg auch nicht, dass es in der Vergangenheit Morde an ihrer Familie gab, deren Spur zu dem russischen Seelenwanderer führte.

Die Offenheit sollte verdeutlichen, dass die Zeit der Angst vorbei war. Claire war eine Anomalie, eine mächtige Seelenwanderin, die zurückschlagen konnte.

Als Untermauerung für ihre Behauptungen nahm sie ihren Tabletcomputer hervor, den Fabian zu Stahl und Hochschmidt trug, auf dem die Beweise lagerten: Fotos der Beisetzung, ballistische Untersuchungen der Waffen, Fotos der verstorbenen Tatjanna.

Hochschmidt und Stahl scrollten sich durch die Daten, an denen es nichts zu rütteln gab.

»Ich habe nicht den Hauch einer Vorstellung«, sagte Stahl irgendwann und gab Fabian das Tablet zurück, der es mit auf die andere Tischseite nahm. »Er erwähnte Ihre Familie nie uns gegenüber, Frau Riordan.«

»Man könnte nun sagen, das sei seine Privatsache«,

setzte Hochschmidt hinzu. »Aber ich finde, er schuldet uns eine Erklärung, welche Spiele er treibt.«

Privatsache. Claires Gesichtsausdruck wurde verächtlich. Wie zynisch das klang. Das Treiben eines Seelenwanderers, der umherzog und Unschuldige tötete, galt untereinander als Privatsache. *Sie sind widerwärtig. Das lange Leben macht sie nicht zu besseren Seelen.*

Sie blickte erneut zu Fabian, der die linke Augenbraue hob und den Kopf leicht senkte, um damit zu sagen: *Siehst du? Deswegen muss man sie eliminieren.*

Claire stimmte ihm voll und ganz zu.

Die Tür öffnete sich, ohne dass zuvor geklopft wurde.

Taronow fegte in einem legeren dunkelgrauen Anzug herein, hielt einen schwarzen Spazierstock und blieb nach zwei Schritten in den Raum stehen. Er starrte zuerst die Triumvirats-Mitglieder an, dann sah er zu Claire. Der Russe machte sich nicht mal mehr Mühe, die Abneigung zu verbergen, und blickte auf das Tablet. Damit war klar, was er versäumt hatte. »Was soll sie hier? Ich dachte, wir reden über Dubois?«

»Gerade reden wir über *dich*.« Hochschmidt blickte ihn an. »Uns ist einiges zu Ohren gekommen.« Knapp wiederholte sie, was berichtet worden war. »Die Beweise sind eindeutig. Was hast du mit ihrer Familie zu schaffen?«

Taronow zuckte gleichmütig mit den Achseln. »Das ist einerlei und berührt in keiner Weise …«

»*Einerlei?*«, rief Claire erbost. Die Gläser auf dem Tisch erhielten Risse beim Klang ihrer Stimme. »Mein *Mann* ist nicht einerlei, du Dreckschwein!« Sie erhob sich langsam, hatte die Hände zu Fäusten geballt. »Wenn hier drin jemand die Formel *und* den dazugehörigen Plan hören möchte, den Dubois im Schilde führt, will ich sofort eine Erklärung!« Sie richtete sich an Stahl und Hochschmidt. »Sowie eine Bestrafung für die Morde an meiner Familie.«

Taronows Kopf fuhr herum, er stierte sie hasserfüllt an und nutzte den Stock, um auf sie zu zeigen. »*Du* verlangst meine Bestrafung? Du kannst froh sein, dass ich dich am Leben ließ, nachdem du mir entkamst.«

»Weil du mich brauchtest«, gab sie unerschrocken zurück. »Weil du wusstest, dass es auffallen würde, wenn du mich ein zweites Mal angreifst. So hast du deine *necessaria* auf meine Familie gehetzt.«

Taronow winkte ab und sah stattdessen zu Hochschmidt und Stahl. »Was ist nun? Erledigen wir sie, oder lassen wir uns von dieser dahergelaufenen Seele erpressen?« Er setzte die Spitze des Stocks auf den Boden. »Ich bin sicher, dass Fabian alles Wichtige weiß und es uns erzählen wird.«

Claire verschlug es vor Zorn das klare Denken. *Er verlangt meinen Tod! Ohne eine Erklärung!*

Sie flankte über den Tisch und stand vor dem Russen, holte zum Schlag aus, um ihn niederzuschmettern wie Tatjanna und Haider.

Aber Taronow hob die linke Handfläche mit den Fingern nach oben, vollführte eine schiebende Bewegung.

Eine unsichtbare Wand drückte Claire plötzlich rückwärts, sie gelangte nicht an den Seelenwanderer heran. Wütend versetzte sie der Barriere einen Hieb. Zwar wurde Energie aus ihren Knöcheln freigesetzt, doch sie richtete nichts aus.

»Du wolltest eine Erklärung?« Taronow betrachtete sie abfällig durch den Seelenschild. »Deine Familie sorgte dafür, dass *ich* starb. Dass meine Seele eine ruhelose wurde. Dass ich mit ansehen musste, wie ich alles verlor, was ich liebte und was mich liebte«, erklärte er rauh. »*Dein* Ahne Jean Wencislars kam zu *uns,* mit seiner Truppe und den bajonettbesetzten Musketen, nahm unser Vieh mit, plünderte unsere Vorräte. Er schändete meine Mutter als Erster, erschoss meinen Vater und hängte mich mit meinen Geschwistern zusammen an den Dachbalken auf.« Taronows Augen füllten sich mit Tränen, aber das Gesicht war entstellt von seinem Hass. »Ich erstickte und sah zu, wie dein Ahne lachte. Er pisste auf meine Mutter, die wimmernd im Dreck umherkroch, nachdem sie von seiner Meute vergewaltigt worden war.« Er vollführte eine neuerliche Bewegung mit seiner freien Hand.

Claire wurde von den Beinen gefegt und rücklings auf den Tisch geworfen. Unsichtbare Energien zwangen ihre Schenkel auseinander. Sie keuchte und versuchte, sich dagegen zu wehren, aber die Kraft war zu stark.

»Das ist kein schönes Gefühl.« Taronow senkte das Kinn. »Nun stell dir vor, wie du gefickt wirst.« Er legte das Spazierstockende auf Höhe des Bauchnabels und ließ es abwärts wandern. »Von stinkenden barbarischen Soldaten! Einer nach dem anderen dringt in dich ein.«

Fabian sprang los, aber eine Geste des Russen ließ ihn zur gegenüberliegenden Wand fliegen und dagegen krachen. Ächzend sackte er zusammen.

»Taronow!«, rief Hochschmidt ihn zur Ordnung. »Eine schlimme Tat rechtfertigt nicht den Tod Unschuldiger, die als Nachkommen des Schänders in die Welt gesetzt wurden.«

Ganz sicherlich nicht Deborahs und Nicolas Tod, dachte Claire, die verzweifelt versuchte, gegen die Attacke anzugehen. Die Spitze wanderte unterdessen weiter an ihr nach unten. Sie fand es bezeichnend, dass sie keinen weiteren Beistand erhielt als von ihrem *necessarius*.

»Hör auf!«, befahl Stahl.

»Ihr habt mir gar nichts zu sagen!«, schmetterte Taronow sie ab. »Ich wartete so lange, tötete so lange, bis ich sicher war, die Linie *Wencislars* fast komplett ausgelöscht zu haben.« Taronow machte einen Satz und landete neben Claires Kopf auf dem durchsichtigen Tisch; das runde Metallende legte sich an ihre Nase, es roch nach Eisen und Aftershave. »Ich bringe es zu Ende. Erst du, dann der Rest deiner Sippe. Das wirst du verstehen, nicht wahr? Auch dir wurde genommen, was du liebst.«

Niemals. Claires Beine hatten sich so weit gespreizt, dass es in ihren Hüften schmerzte.

Sie nutzte die Qual und stieß einen Schrei aus, wie sie ihn damals gegen Fabian eingesetzt hatte.

Der Schild hielt ihre Seelengabe nicht auf. Im nächsten Augenblick sprang und barst alles, was sich aus Glas und Porzellan im Raum befand.

Das Sicherheitsglas des Tisches unter ihr zerstob in winzige Splitter, ruckartig ging es für sie und Taronow abwärts.

Der Russe hielt sich die Hände gegen die Ohren und schrie ebenfalls, Blut sickerte aus seiner Nase. Er schaffte das Kunststück, auf den Füßen zu landen.

Was die anderen taten, sah Claire im Moment nicht und rappelte sich auf. Es zählte alleine ihr Gegner, der mannigfaltige Mörder an ihrer Familie. Sie machte einen Schritt nach vorne und schlug zu.

Taronow nahm die Finger von den Ohren und fälschte ihre Faust mit dem Spazierstock ab, um in einer kreisenden Bewegung einen Hieb gegen sie zu führen. Der polierte Knauf zischte heran.

Claire warf sich zur Seite, das Stockende schoss an ihr vorbei und hinterließ zu ihrer Überraschung krachend ein Loch in der Wand, als wöge es viele Kilogramm. Er musste eine weitere Gabe einsetzen, um die Beschaffenheit seiner Waffe zu verändern.

Sie zog Taronow die Beine weg, doch er bekam eine Sessellehne zu fassen und konnte sich halten. »Ich werde dich erschlagen«, versprach er ihr. »Oder besser: Ich lasse dich baumeln, wie ich baumeln musste!« Er hob die linke Hand, und ein weißes Verlängerungskabel flog auf sie zu. Gleich darauf wickelte es sich um ihren Hals und ruckte nach oben.

Claire schrie erneut, hoch und laut, solange ihr die Luft dazu blieb.

Taronow fluchte und taumelte, presste sich erneut die Hände gegen die Ohren, so gut es ging.

Dieses Mal zuckten die Risse durch die großen Fensterscheiben, und diese Splitter konnten bei einem Treffer tödlich sein, gerade für Menschen, die sich nichtsahnend vor dem *Elysium* befanden.

Ich bin nicht wie Taronow. Ich bringe keine Unschuldigen in Gefahr. Claire hustete und riss sich das einschnürende Kabel vom Hals. Sie machte einen Schritt auf ihn zu, holte zum Schlag aus.

Aber Taronow wich ihr mit einem russischen Fluch aus und schwang seinen Stock wie einen Streithammer von schräg oben nach unten.

Sie tauchte unter dem surrenden Knauf hinweg, der den Tischrahmen traf und ihn in Stücke fetzte, als wäre eine Abrisskugel hineingefegt; die Überreste schossen durch den Raum. Claire entging dem folgenden Schlag und dem zustoßenden schmalen Ende des Stockes. Mit einem Tritt katapultierte sie seine Waffe davon.

Schließlich war sie nahe genug an ihm dran. »Ich nehme Rache.« Claire hob den Arm zum Hieb. *Rache für Finn.*

Taronow lächelte unerwartet kalt. »Ich ebenso.«

Ein leises Zischen erklang.

Schon wurde sie von etwas in den Rücken getroffen – gefolgt von einem unterdrückten Stöhnen.

Ein knapper Blick über die Schulter zeigte Claire, dass sich Fabian in die zustoßende Spitze des Stockes geworfen hatte, um sie zu schützen. Stahl und Hochschmidt lagen, von der Wirkung der Schreie halb paralysiert, auf dem Boden.

Taronow ließ hastig eine Sphäre um sich erscheinen, aber Claire schlug unbeirrt zu. Sie durchdrang den Schild, den seine Seelengabe erschuf, und zerstörte ihn. Ihre Faust setzte den Weg fort, die Knöchel landeten auf Taronows Nase.

Gleißende Energiegespinste jagten aus ihrer geballten Hand und umhüllten den alten Seelenwanderer, dessen Leib von unkontrollierten Zuckungen durchfahren wurde. Er stürzte, Blut rann unaufhörlich über seine Lippen.

Taronow schien etwas sagen zu wollen, doch jedes mögliche Wort, jeder mögliche Fluch, jede mögliche Bitte um Vergebung geriet zu einem wütenden Spucken und rot sprühenden Wolken. Schließlich färbten sich seine Augen vollständig weiß, und sein Körper lag still.

Das war es für deine weiteren Mordpläne. Claire stand über ihm, die Fäuste geschlossen und schwer atmend. Ihr ganzer Körper tat weh, die Anwendung dieser Gabe kostete Ressourcen. *Ich hoffe, deine Seele findet keine Zuflucht.*

Leise knisternd bewegten sich die Risse in den Scheiben weiter, und bis auf Fabians Stöhnen blieb es still im Raum. Auf dem Gang indes erklangen hektische Stimmen, jemand schrie etwas von einem Erdbeben.

Fabian! Claire drehte den Kopf nach hinten, um nach ihrem *necessarius* zu sehen.

Hochschmidt hatte sich gefangen und kniete bereits neben dem Verletzten. Sie zog den Stock von der Wunde und legte eine Hand auf die offene Stelle in der Seite. Anscheinend vermochte sie seine Verletzungen zu heilen oder die Blutung zu stoppen. »Es wird nicht lange dauern«, erklärte sie beruhigend.

Stahl wälzte sich auf den Bauch und stemmte sich schwerfällig auf die Knie. Er rang sichtlich stärker mit den Folgen ihrer Gabe. Zuerst betrachtete er Claire, dann den Toten – und erschrak zutiefst. Seine Blicke aus den weit aufgerissenen Lidern richteten sich erneut auf sie.

»Wie viel Zeit bleibt mir, bis Taronow zurückkehrt?« Claire musste sich auf einen Stuhl sinken lassen und klammerte sich an die Lehne. Das Zimmer schien sich zu drehen, die Anstrengung verlangte Tribut. »Wie schwer ist es für ihn, in …«

Stahl erhob sich und schritt langsam zur Leiche. »Du hast ihn zerstört«, raunte er.

Sie sah auf ihre geröteten Knöchel, in ihrem Mund breitete sich ein saurer Geschmack aus. Sie sehnte sich nach einem von Fabians Toffees. »Er wollte mich …«

»Er wird nicht zurückkommen.« Stahl drückte die Lider des Toten zu. »Seine Seele ist zu *nichts* aufgelöst und verloren.« Er sah beunruhigt zu Hochschmidt. »Ich las bislang nur darüber.«

»Das ist die ungeheuerlichste Seelengabe von allen«, erklärte sie und stand auf. Sie half Fabian auf die Füße, dessen Gesicht noch bleich war, aber die Haut hatte sich bereits über dem Loch geschlossen. Er betrachtete die Stelle und vermochte es selbst kaum zu glauben.

Hochschmidt wischte sich die besudelten Finger am Tischtuch sauber, goss Mineralwasser aus einer Flasche darüber, um das Rot abzuwaschen. »Wer auf diesem Wege tötet, übernimmt einen Teil der Seele des Opfers.« Hochschmidt musterte Claire. »Taronow lebt in dir fort, als Splitter und vermutlich auch mit einer Gabe, die er besaß.«

»In mir?« Sie fürchtete sich bereits vor den Impressionen, die durch den Russen in sie Einzug gehalten haben könnten. Damit ahnte sie, dass sie auch Anastasias Seele vernichtet hatte, da sie deren Erinnerungen und Emotionen für Dubois besaß.

Sie legte eine Hand an die Stirn. Ihr wurde schlecht, als sie an die vielen Seelenfragmente dachte, die sie angeblich in sich tragen sollte. *Haider. Tatjanna.* Für Dubois' Tod gab es noch keinen Beweis. Sie hatte ihn zwar ebenso zuckend wie Taronow in Wien auf dem Boden seines Labors zurückgelassen, aber es fühlte sich anders an. *Ich streifte ihn lediglich mit dem Ellbogen.*

»Können diese … Bruchstücke mein Denken übernehmen?« Claire suchte Hochschmidts Blick, die anscheinend die Versiertere in dieser Thematik zu sein schien. »Oder meine Persönlichkeit?«

»Es wird sich in fremden Flashbacks oder falschen Erinnerungen spiegeln. Abgesehen von Stress, Alpträumen und Situationen, in denen Sie unerklärliche Angst bekommen, dürfte Ihnen nichts geschehen.«

Claire fragte sich, ob es die Seelenwanderin mit ihrer Antwort ironisch meinte. Die Auflistung der Nebenwirkungen überwog keinesfalls den Nutzen dieser furchtbaren Gabe, die dafür gesorgt hatte, eine Bedrohung für ihre Lieben für immer auszuschalten. *Ich muss lernen, wie ich sie kontrolliere. Noch besser wäre es, sie loszuwerden.*

Hochschmidt sah nachdenklich aus. »Eine wahre Anomalie.«

Es klopfte gegen die Tür. »Brauchen Sie Hilfe?«, rief eine aufgeregte Stimme.

»Nein, alles in Ordnung, Schwester Elke. Nur ein Missgeschick.« Stahl betrachtete die Risse im Fensterglas, die sich unentwegt aufteilten und wie Adern entstanden. »Lassen Sie den Bürgersteig unterhalb des Büros bitte absperren. Hier werden dummerweise Scheiben zu Bruch gehen.«

»Mache ich, Herr Stahl.« Schritte entfernten sich.

Fabian begab sich neben Claire.

Sie legte dankbar eine Hand auf seine Schulter und roch dabei sein frisches Blut, das im Hemd haftete und langsam trocknete. »*Meine* Erklärung, was hinter Taronows Vorgehen stand, habe ich bekommen«, begann sie. *Wenn auch anders als erwartet.* »Ich schulde nun Ihnen die Erklärung, was Dubois und Anastasia beabsichtigten.«

Stahl setzte sich, inmitten des Durcheinanders. »Wir sind ganz bei Ihnen.«

»Der zweite Teil der Formel, den Anastasia schuf, griff auf die Seele der Opfer zu. Es war ein Extrakt, um die Menschen bösartiger, niederträchtiger zu machen.« Claire wühlte eine Flasche Cola aus den abgerundeten Splittern und öffnete sie an der Stuhlkante. Sie brauchte dringend Zucker. »Mit Hilfe der VoBeLa hätten sie es Pflegemitteln zugesetzt, in Zahnpasta, in Pflegecreme, in Shampoo, in Seife«, zählte sie auf. »Das Unternehmen hat Zulieferverträge mit internationalen Herstellern, seit neustem auch auf dem asiatischen Markt. Dann gibt es Verträge für Fluoridierung des Trinkwassers in amerikanischen Großstädten und das Patent für ein Vitaminpräparat, das in Trockenmilchpulver zugesetzt werden soll, um es in Entwicklungsländer einzuschmuggeln. Niemand wäre den beiden entkommen.«

Hochschmidt stieß einen Stöhnlaut aus, der ihr Entsetzen zeigte.

»Damit hätten sie die Seelenmasse aus dem Gleichgewicht gebracht: Sie wäre geflutet worden mit verdorbenen Seelen«, folgerte Stahl geschockt. »*Das* war ihr Plan! Die kommenden Menschen sollten von Natur aus schlecht sein.«

»Dubois und Anastasia hätten die Welt verdunkelt und zu einem Ort des Bösen gemacht«, stimmte Hochschmidt krächzend zu. »Auf ewig.«

»Daran arbeiteten sie lange. Ich habe nur nicht herausgefunden, *warum* sie es wollten.« Claire schüttelte sich, als sie sich Anastasias Erinnerungen ins Gedächtnis rief.

Stahl schien ratlos. »Weil ihnen der Sinn danach stand? Weil sie sich einen eigenen Vorteil erhofften, wenn es mehr Schlechtes in der Welt gibt? Alte Seelen neigen zu …« Er sprach nicht weiter, als könnte er zu viel verraten.

»Entsetzlich«, flüsterte Hochschmidt. »Wir ahnten nichts von dem Ausmaß.«

Alten Seelen neigen zu was? Zum Bösen? Weil sie zu lange leben? »Die Formel werde ich nicht preisgeben«, verkündete Claire. »Sie bleibt bei mir. Weder Sie beide noch jemand anderes erhält sie.«

Hochschmidt bedachte sie mit einem anerkennenden

Blick. »Die Wächterin über die Zerstörung der Welt. Eine große Aufgabe.«

»Ich suchte sie mir nicht aus. Sie kam zu mir.« Claire atmete durch. *Seelenwanderer sind grausam. Wie kann ich verhindern, dass ich werde wie sie?* Gerne hätte sie aus einem Impuls heraus Fabians Hand genommen. »Und: nein.«

»Nein?«, echote Stahl.

»Falls Sie mich fragen, ob ich an Taronows Stelle trete und das Triumvirat ergänze.« Claire musste lächeln, als sie Überraschung auf den Gesichtern gegenüber sah. »Ich halte mich raus und bleibe Marlene von Bechstein.« Sie warf ihnen abwechselnd einen langen Blick zu. »Sie werden gegen Dubois in den Krieg ziehen. Habe ich recht?«

Hochschmidt nickte. »Das Maß ist voll. Wir haben seine Gefährlichkeit unterschätzt, viel zu sträflich unterschätzt. Wir kannten sein Bedürfnis nach persönlicher Macht und Ansehen, Reichtum und Geltung, aber … die Erde in die Finsternis zu führen, aus der es kein Entkommen geben kann, weil er die Quelle verseucht und mit jeder zurückkehrenden Seele schwärzer macht – das dürfen wir ihm nicht durchgehen lassen. Er wird es wieder versuchen.«

»Schon alleine wegen seines Teils der Formel ist es wohl an der Zeit, selbstlos zu handeln.« Stahl räusperte sich. »Wären Sie an unserer Seite, wenn wir ihn aufstöbern? Ihre Gaben sind unseren mindestens ebenbürtig.«

»Überlegen«, verbesserte Fabian genießerisch. »Weitaus überlegen.«

Bei dem Anliegen gab es kein Zögern, aber Claire wusste, dass sie keinem Seelenwanderer vertrauen konnte, außer Fabian, der insgeheim einen Kreuzzug gegen sie führte. Sie hatte nicht verziehen, dass man Taronows Morde an ihrer Familie als *Privatsache* tituliert hatte.

»Sie wägt ab, wie weit sie uns trauen kann«, erriet Hochschmidt ihre Gedanken.

»Es geht nicht um uns, wenn es ist, was Sie abschreckt. Je eher wir Dubois ausschalten, desto sicherer sind auch Ihre Lieben«, warf Stahl ein. »Einer seiner *necessarii* könnte zwischenzeitlich in Erfahrung bringen, wer in Lene Bechstein steckt, und Ihre Tochter als Druckmittel nutzen, um an das Formelstück zu gelangen, das ihm fehlt. Oder er geht an Pauline und Charlene. Dazu muss er nicht einmal wissen, wer Sie sind.«

Alles begänne von vorne. Claire mochte es nicht, schon wieder in eine Entscheidung getrieben zu werden. Sie sah auf Taronows erkaltenden Leichnam und das Blut, das aus seinem Mund gelaufen war. »Womöglich nimmt uns das jemand ab.«

Hochschmidt runzelte die Stirn. »Was wissen Sie noch?«

Claire trank die Cola in einem Zug leer und balancierte die Flasche auf dem Splitterberg aus, die sich vom Blut ihres Gegners rot wie Rubine gefärbt hatten. »Ein Mann war bei mir, der sich Inverno nannte. Er weiß, was Seelenwanderer sind. Anscheinend macht er Jagd auf sie.« Sie schüttelte sich, als sie sein schlankes Gesicht vor sich sah, in dem es nur ein Auge zu geben schien. Der Deal, den er ihr angeboten hatte, war nicht vergessen. »Er suchte Dubois«, log sie. »Ich gab ihm genügend Anhaltspunkte, damit er ihn finden kann.« Sie schluckte. »Sie sollten sich vor ihm hüten. Er jagt wohl *alle* Wanderer, vermute ich.«

»Aber er ließ Sie am Leben?« Stahl nahm sein Smartphone heraus. »Warum?«

»Er sagt, ich sei eine Anomalie.« Claire blickte zu Hochschmidt. »Wie Sie mich auch nannten.« Sie erhob sich. »Und jetzt gehe ich nach Hause. Sagen Sie mir Bescheid, wenn ich Ihnen helfen kann, um Dubois zu lokalisieren oder ihn zu stellen.«

Fabian zog seine Jacke zu, so dass man seine Wunde nicht sah.

Wie zwei erfolgreiche Krieger wankten sie vom Schlachtfeld und lächelten sich kurz zu, bevor sie die Tür öffneten und den verwüsteten Besprechungsraum verließen.

Claire fühlte sich erleichtert, auch wenn nicht alle Sorgen gewichen waren. Der Mörder ihres Mannes und so vieler aus ihrer Linie war ausgelöscht. Nicola und Deborah würden sich ausnahmsweise über den Tod eines Menschen freuen dürfen.

Eine Alte Seele weniger. Nun wollte Claire nur noch in die Badewanne.

Nur durch die Liebe und den Tod
berührt der Mensch das Unsterbliche.

Alexandre Dumas der Jüngere (1824–1895)

KAPITEL XXI

Österreich, Wien

Dubois schnippte behutsam gegen die Phiole und betrachtete, wie das dickflüssige, farblose Serum im Innern honigträge an den Glaswänden hinabfloss. *Fertig.*

Damit konnte es bald zum Einsatz kommen.

Er stellte das Behältnis zurück in die Halterung und schob diese in den Wandtresor, warf die dicke Tür zu, die sich von selbst verriegelte. Er befand sich im unteren der beiden barocken Kellergeschosse des Palais Cavriani in der Habsburgergasse im 1. Bezirk, weil die Gegebenheiten für die Fortführung der Reifung besser gewesen waren als im Kaiserhaus der Wallnerstraße. Zudem besaß der Keller Wachangestellte, die besser als jedes elektronische Warnsystem waren.

Dubois gönnte sich ein kleines Lächeln. Die letzten Wochen hatten ihn gefordert.

Einerseits galt es, das Mittel zu präparieren, um es effizienter zu machen als die Variante, die Haider erschaffen hatte. Nachdem seine Spezialisten die Festplattendaten des kaputten Laptops zugänglich gemacht hatten, war er auf die Lösung gekommen.

Der Trick: Es musste reifen und nach dem Destillieren schlicht verdunsten, ganz in der Tradition von Whiskey oder besonderem Wermut. Diesen Vorgang hatte er im Keller des Palais Cavriani beschleunigt.

Dieses Serum, das nunmehr eine Essenz darstellte, sollte einen Menschen innerhalb einer halben Minute so sehr an seinem Leben zweifeln lassen, dass er an gebrochenem Herzen und Willen gleichermaßen starb.

Neben diesem Erfolg hatte Dubois mit Angriffen auf verschiedene seiner Rückzugsorte zu kämpfen, was ihn nicht gänzlich überraschend traf. Nach dem raschen Abgang der falschen Anastasia hatte er die Verstecke aufgegeben, welche seine einstige Geliebte ebenfalls kannte. Lediglich in einer Villa am Lago Maggiore war es eng geworden. Er hatte zehn seiner *necessarii* und die geliebte Kunstsammlung verloren. Knappe vierzig Millionen kostete ihn das.

Dubois wusste, dass die Drei dahintersteckten. Der Zusammenschluss von selbstgerechten Seelenwanderern, die sich für Moralapostel hielten und doch das gleiche Lied spielten wie er, schien ihn nach Dekaden des Zauderns beseitigen zu wollen. Dass sie die Melodie eine Oktave höher zum Besten gaben, machte sie nicht integrer.

Dubois lachte leise vor sich hin. *Zu spät. Ich bin ausgeflogen.*

Nach Wien trauten sie sich nicht ohne weiteres. Diese Stadt war seine Hochburg, seine Festung, gespickt mit Fallen und Hinterhältigkeiten.

Es bereitete ihm Spaß, in seinem Palais die Rache an ihnen zu planen.

Krieg bereitete ihm noch mehr Spaß.

Und das Siegen macht am allermeisten Spaß. Hochschmidt und Stahl waren zu nett, um erfolgreich zu sein – nur vor Taronow musste er sich hüten. Der Russe besaß düsteres Potenzial, das Dubois gerne auf seiner Seite gewusst hätte. Aber schon zu Anastasias letzten Lebzeiten hatte Taronow deutlich gemacht, dass er nicht zu ihnen stoßen wolle.

Das wird ihn bald sehr ärgern. Dubois betrachtete den Keller, der über einen Gang mit dem Báthory-Haus verbunden war.

Die meisten Palais-Gewölbe der Inneren Stadt standen miteinander in Verbindung. Es kostete Geduld, die verschütteten Verbindungen suchen und freilegen zu lassen. Dubois hatte sich auf diese Weise ein nettes System abgesicherter Tunnel geschaffen, um sich unbemerkt bewegen zu können.

Das Palais Cavriani war bis vor kurzem noch ein Hotel gewesen. Dubois hatte es gekauft und sanieren lassen, weil ihm die dazugehörige Sage gefiel: Im Keller solle ein Schatz vergraben sein, sechs große eiserne Kisten mit Vorhängeschlössern und voller Münzen, bewacht von diversen Poltergeistern, die ihren Versammlungsort in den sogenannten *grünen Zimmern* im ersten Stock des Palais hatten.

Den Schatz fand Dubois bei seinen Grabungen, die Geister auch. Aber weil er die Truhen im Boden ließ, gehorchten ihm die Geister, die nichts weiter als die störrischen Seelen der ehemaligen Besitzer waren. Die Besessenheit von ihrem Geld hatte sie in dieser Welt gehalten und an den Ort gebunden.

Dubois rang ihnen das Versprechen ab, jeden zu zerfetzen, der sich außer ihm in die Keller begab.

»Schön aufpassen«, sagte er laut und ging die schiefen, abgelaufenen Stufen nach oben.

Das Palais aus dem Jahre 1723 war für eine Person verschwenderisch groß und noch sehr dürftig eingerichtet, aber das kümmerte ihn nicht. Große Gedanken und alte Seelen brauchten viel Platz. Seine k.-u.-k.-Vorliebe zeigte sich in der Wallnerstraße, für das Cavriani wollte er eine andere Thematik.

Dubois legte die Arbeitskleidung ab, duschte sich rasch und legte sich in seinem Ankleidezimmer einen Anzug an. Ihm war nach einem guten Drink zur Feier des Tages, am besten in der Sky Bar, weil die Aussicht über Wien und den Stephansdom herrlich war. Schrammelmusik und Wein würde es ein anderes Mal wieder geben.

Er sammelte seine beiden niederen *necessarii,* Theo und Patrick, aus dem Bereitschaftszimmer ein. Zwar fühlte er sich allgemein sicher, dennoch hatte er sie gerne in seiner Nähe. *Und falls sie nur als Ablenkung dienen, haben sie ihren Zweck erfüllt.* »Hat sich Artjom bei einem von euch gemeldet?«

Die Männer verneinten.

Anastasias bester Vertrauter schien den Angriffen der Drei ebenso zum Opfer gefallen zu sein. *Ärgerlich. Aber kein großer Verlust.*

»Na schön. Gehen wir auf einen Cocktail.« Er schrieb auf seinem Smartphone eine SMS, die an Yosha ging, Anastasias verbliebene *necessaria,* die sich irgendwo herumtrieb und tapfer darauf wartete, dass sich ihre *hera* bei ihr meldete, um ihr Instruktionen zu geben.

Er hatte lange gebraucht, um ihre Nummer ausfindig zu machen. Jetzt, wo Artjom wohl nicht mehr lebte, konnte er sie kontaktieren. Die beiden *necessarii* hatten sich nicht ausstehen können. Dubois bat um ein Treffen mit ihr, um sie von den letzten Geschehnissen in Kenntnis zu setzen.

Währenddessen gingen er mit seinen Begleitern nach unten zum Innenhof, um das Palais über den Ausgang Bräunerstraße zu verlassen. Die wenigen Meter zum Dom wollte er durch die Stadt laufen. Der leichte Nieselregen störte nicht. Wien roch nach Frühling und Blumen.

Es erreichten ihn Nachrichten von seinem Immobilienmakler, dass sowohl der Ankauf des Schlösschens auf dem Cobenzl als auch der maroden Burg auf dem Leopoldsberg vor den Toren Wiens geklappt hatten. *Noch mehr Orte zum Erforschen.* Seine Laune schraubte sich weiter aufwärts. Da spielte seine Villa am Lago keine Rolle mehr; lediglich um die Bilder tat es ihm leid.

Theo schloss das Tor auf, nahm den Eisenring und zog am rechten der großen Flügel.

Aber der Ausgang öffnete sich nicht, etwas musste sich verklemmt haben.

Theo zerrte am Ring, Patrick ging nach vorne und bückte sich, um nach einem Stein zu suchen, der sich eventuell als Schuldiger der Blockade entpuppte.

»Ihr werdet doch eine Tür aufbekommen?« In seiner aktuellen Hochstimmung fand Dubois es eher lustig als lästig. Er steckte das Smartphone weg und dachte über den Drink nach. *Einen Spice. Der ist gut.*

Theo zog zwei Stiefelkampfmesser aus den hohen Schäften seines Schuhwerks und zwängte die Klingen in den Türspalt. »Hilf mal«, befahl er Patrick.

Das Holz ächzte unter der gewaltsamen Einwirkung der beiden Männer, das Schloss knirschte und gab ein metallisches Schleifen von sich. Gemeinsam erweiterten sie den Spalt, durch den das Licht der Straßenlaterne schimmerte.

»Sag mal«, wunderte sich Theo, der auf das Schloss blickte, »ist das eingefroren? Wie kann denn …«

Ein sekundenkurzes gleißendes Licht umhüllte die beiden *necessarii*. Schweigend fielen sie nieder.

Dubois wich zwei Schritte auf den Hof zurück. Geblendet sah er sich um und hielt sich bereit, seine Seelenkräfte einzusetzen. *Woher wussten sie, dass ich hier bin?*

Dubois hastete beinahe blind über das Pflaster zurück zum Eingang ins Palais, spurtete die steilen Stufen hinauf und wollte durch die Tür ins Innere, um Abstand zwischen sich und den Angreifer zu bringen.

Noch bevor er hineingelangte, wurde sein linkes Bein gepackt. Die fremde Hand, die ihn festhielt, war sehr warm, doch strömte von ihr Eis in seinen Körper. Sie riss ruckartig an ihm, als habe sich ein Hai in seinem Fuß verbissen.

Dubois fiel auf die Treppe und krachte hart auf die Schwelle, während er seine zerstörerischen Kräfte im Drehen gegen den Schatten hinter ihn schleuderte. Alles Anorganische, das sich an dem Gegner befand, würde sich entzünden und ihn in eine Fackel verwandeln.

Aber die Lohen zuckten nur kurz und erloschen zischend. Sein Feind wusste sich zu wehren.

Bevor Dubois klar zu sehen vermochte, schwang sich der Schatten auf seine Brust, setzte sich darauf und legte die abgerundete Spitze eines grell leuchtenden Röhrchens gegen seine Stirn. An der Stelle breitete sich sofort ein warnendes Prickeln aus.

Zur Hölle! Dubois wusste sofort, dass jeglicher Einsatz von Seelengaben sein Ende bedeutete – und dass es niemand von den Dreien war, der ihn gefunden hatte.

Das blaugoldene Licht des Röhrchens oszillierte, im Innern bewegten sich feine Einschlüsse wie aufgeregte Spermien.

Allmählich wurde seine Sicht besser. Das schlanke, teilnahmslose Gesicht mit den glatten, nach hinten gelegten schwarzen Haaren sagte Dubois gar nichts. Ein grünes Auge funkelte auf ihn herab.

»Wer bin ich, Seelenwanderer?«, erklang eine tiefe,

beeindruckende Stimme, mit der für gewöhnlich Hörbuchsprecher Horrorgeschichten einlasen.

»Woher sollte ich das wissen? Ich kann Sie kaum sehen.« Angst. Genau das setzte der Unbekannte bei ihm in einem Ausmaß frei, dass sein Herz pumpte, als könnte es das Gefühl herauspressen. Der Regen fiel auf seine Züge, die Nässe zog von den Stufen durch seine Kleidung.

Das Röhrchen wurde leicht nach oben geneigt, blieb jedoch an seinem Kopf. Das Gesicht wurde besser erkennbar. »Kennst du mich, Seelenwanderer?«, fragte der Mann kalt.

Dubois' Augen zuckten hektisch hin und her, scannten jeden Zentimeter. Gleichzeitig wurde ihm bewusst, dass ihm niemand zu Hilfe kommen würde. Die Geister verließen den Keller nicht, seine *necessarii* rührten sich nicht. Es lag alleine an ihm.

Der Unbekannte wertete sein Schweigen als Nein. »Bist du mir in einem früheren Leben begegnet?« Er wandte den Kopf nach rechts und links, ohne den Augenkontakt zu lösen; das Profil war klassisch, doch eine Augenhöhle schien leer zu sein. »Schau genau hin, denn ich frage dich ein letztes Mal: Kennst du dieses Gesicht?«

Dubois strengte sich an. Irgendwo in den Abgründen seiner ururalten Erinnerungen regte sich etwas. »Ich bin mir nicht sicher …«

»Dann bleibe ich ein Verlorener und muss weitersuchen«, erwiderte der Mann.

Das Kribbeln auf Dubois' Stirn nahm zu. Er spürte, dass etwas geschah, was in seinen Tod mündete, aber die Furcht und die tiefe Stimme immobilisierten ihn. Verdammt zur Untätigkeit wie ein Tier beim Schlachter, starrte er in das fremde Gesicht … »Halt!«

Das Leuchten verstärkte sich.

»Halt, ich weiß, wer du bist!«, schrie er in Todesangst.

»So sage es mir.«

»Damit du mich umbringst?« Dubois lachte einmal auf. »So läuft es nicht.«

Das Ziehen intensivierte sich, verteilte und verästelte sich spürbar in ihm und legte sich um das, was er Seele nannte. Ein leises Frostknistern erklang.

Es ist ihm egal, ob er mich auslöscht oder nicht. »Aber ich weiß es wirklich«, schrie Dubois außer sich. Sein Rückgrat stach peinvoll, es wurde über zwei Stufen gebogen, aber das bedeutete nichts gegen den Horror, den seine Seele empfand. »Wirklich! Hörst du?!«

»Beweise es, damit ich es prüfen kann.«

»Ich erkenne dein Gesicht. Du hast in Atlantic City, New Jersey, gelebt.« Dubois bemerkte zu seiner Erleichterung, dass das Ziehen nachließ. Die vernichtenden Schlingen um seine Seele lockerten sich.

»Woher nimmst du das Wissen?«

»Ich erinnere mich an ein Bild, das mir ein Freund vor vielen Jahren zeigte. 1899.« Er schwitzte und hechelte beinahe vor Angst. »Du musst am Pier gelebt haben, gleich neben der Schlachterei meines Kumpels Morrison. Du und er waren in der gleichen Bande während der Prohibition.« *Aber warum bist du seitdem nicht gealtert?*

Der Fremde schwieg für mehrere Sekunden, als wolle er insgeheim seine Erinnerungen und das Vernommene abgleichen. »Du bist dir sicher?«

»Ja, oh, tausendmal ja«, rief Dubois. »Wenn du mich verschonst und mir Zeit gibst, werde ich mehr herausfinden.«

Er fand trotz des Schreckens in seinen Gliedern die

Zuversicht wieder, seine Haut und seine Seele zu retten, sollte ihm der Unbekannte nicht noch das Kreuz brechen. Ungeachtet der Umstände und der Angst, die er empfand, arbeitete sein Verstand weiter im Hintergrund. Er würde herausfinden, welchen Antrieb der Mann hatte, und ausnutzen. *Womöglich lässt er sich auf die Drei hetzen.* »Hast du Evan getötet?«, fragte er aus einer Eingebung heraus. »Weil er dir nicht helfen konnte?«

»Ich habe viele Seelenwanderer getötet«, erwiderte der Mann leidenschaftslos, der anscheinend nicht beabsichtigte, dieses brandgefährliche Artefakt von der Stirn zu nehmen. »Aber weil ich die Wahrheit in deiner Stimme höre, will ich bei dir vorerst davon absehen. Wenn du mir mehr Informationen besorgen kannst, könnte ich dir das Leben lassen, das du übernommen hast. Das wäre ein großes Privileg.«

»Ich mache mich an die Arbeit. Umgehend!«

Ein finsteres Lachen erklang, das jenseits von Freude und Freundlichkeit lag. Der Unbekannte erhob sich geschmeidig und sah aus einem goldenen Auge auf ihn herab. »Ich gewähre dir eine Frist. In einer Woche kehre ich zu dir zurück und will weitere Antworten.« Er steckte das Artefakt in die Sakkotasche. »Versuche nicht zu fliehen. Ich finde dich, Gregor Dubois. *Überall.* Ich kenne deine Seele nun ganz genau.« Damit wandte er sich um und verließ den Hof durch das Tor, vor dem noch immer die regungslosen *necessarii* lagen.

Dubois erhob sich ächzend, hielt sich den Rücken und stützte sich an der Wand ab. Er betrachtete seine verschmutzte Garderobe. *Scheiße.*

»Hey!«

Theo und Patrick reagierten nicht.

Er wischte sich das Regenwasser aus dem Gesicht und hinkte zu den Männern. Als er sie erreichte, stürzte er beinahe auf den glatten Boden.

Ist das Eis? Mit dem linken Fuß scharrte er über die Pflastersteine und kratzte eine dünne Schicht ab. *Tatsächlich.*

Als er nach dem Puls von Theo suchte, schrak er zurück: Der Mann war tiefgefroren, sein anderer *necessarius* ebenso.

Dubois richtete sich auf. *Das soll eine Warnung an mich sein.* Atlantic City war nicht gelogen gewesen. Er hatte sich wirklich an das Bild erinnert, das ihm Morrison von seiner Gang gezeigt hatte, zu der auch der Hagere gehörte.

Aber Morrison war schon lange tot.

Und Dubois dachte nicht daran, dem Unbekannten einen Gefallen zu tun, ganz gleich, wie viele *necessarii* er zum Beweis seiner Gefährlichkeit umbrächte. *In einer Woche bin ich nicht mehr da. Da kannst du mich suchen, wo du willst.* Vorsichtig berührte er die Stirn mit seinem kleinen Finger an der Stelle, wo das Artefakt gelegen hatte. *Sollen die Einschlüsse geraubte Seelen sein? Es müssen mehr als hundert sein.*

Leichter Schwindel befiel ihn, den er sich nicht erklären konnte. Dubois lehnte sich mit dem Rücken gegen die Wand.

Er horchte in sich hinein, und ihm war, als würde ein winziges Teilchen seiner selbst fehlen.

Claire saß in ihrem Büro der VoBeLa und betrachtete den edlen, aber schlicht gehaltenen Verkaufsprospekt, den das Marketing zu ihrem neuen Eau de Parfum *Chaleureuse* angefertigt hatte.

Sie war zufrieden, sowohl mit dem vollen, süßlich warm-aromatischen Geruch als auch dem Namen. Es bedeutete unter anderem *seelenvoll*.

Claire richtete den Blick kurz auf den Flakon, der vor ihr auf dem Tisch stand. *Ein passender Name.* Dann sah sie auf den Kalender: Heute startete die Werbung auf verschiedenen Internetplattformen, Werbeanzeigen würden in einer Woche in diversen Blättern gedruckt erscheinen.

Es klopfte, dann trat Eugen herein.

Er sah ausgeruhter aus als in den vergangenen Wochen, der Anzug saß wieder besser an ihm.

Anscheinend hatte die Sorge um seine Ehefrau nachgelassen, die sich nach der Unterredung mit Professor Inverno als geradezu vorbildliche Gattin zeigte, wenn auch mit kleinen Abstrichen. *Ich gebe mir Mühe.*

Eugen lächelte sie an. »Es ist noch nicht neun, und du bist bereits an der Arbeit.«

»Aber sicher. Die Kinder sind in der Schule, warum sollte ich nichts tun?« Claire erhob sich und schloss ihn in die Arme, hielt ihn kurz und gab ihm einen Kuss auf die Stirn. »Die Welt muss von unserem Duft erfahren.«

»Du überlässt nichts dem Zufall und dem Marketing.« Eugen gab sie frei und setzte sich auf einen der beiden Bauhaus-Stühle vor ihrem Schreibtisch. »Die ersten Resonanzen der Fachpresse und Händlerportale sind gut. Man fragt bereits nach einem Herrenduft.«

Claire grinste und nahm ebenfalls wieder Platz. »Nennen wir es *Cœur d'Or*. Ich habe die veränderten Zutaten bereits aufgeschrieben, an der exakten Mischung muss ich mit den Experten arbeiten. In einem Monat können wir nachziehen, sobald sich *Chaleureuse* bei den Kundinnen etabliert hat.« Sie legte die Unterarme auf die Platte. »Ich dachte mir: Warum nicht eine Modelinie starten? Das wäre eine gute Ergänzung für unser Unternehmen. Es passt sehr gut zum Thema Lifestyle. Nur hochwertige Stücke, mit allen Zertifikaten.«

»Mode? Du lieber Himmel!« Eugen betrachtete sie glücklich. »Jedenfalls machst du wieder Pläne. Was immer dir Inverno geben konnte, als ihr im Salon wart, ich bin ihm dankbar.«

»Kleine Pillen, das gab er mir.« Claire schenkte ihm ein sanftes Lächeln, damit er die Lüge besser schluckte. »Jedenfalls ist es nichts Alchemistisches gewesen. Es sind pflanzliche Stimmungsaufheller, die ich in einem Monat absetzen kann, sagte er.« Sie streckte die Hand aus, er legte die Rechte in ihre Finger. »Ich lasse mich nicht unterkriegen.«

Eugen schluckte und seufzte voller Zufriedenheit.

Mehrere Sekunden saßen sie schweigend da, bevor das Telefon klingelte. Ella aus dem Vorzimmer wollte ein Gespräch weitervermitteln.

Eugen erhob sich. »Ich bin schon wieder weg. Wollte nur rasch gratulieren und … dich sehen.« Er winkte knapp und eilte zur Tür. »Ich liebe dich«, sagte er zum Abschied und verschwand hinaus, ehe sie den Satz erwidern konnte. Er wollte sie nicht in Zugzwang bringen, wie es aussah.

Durch den Spalt schob sich Fabian ins Büro, der seinen und Claires Mantel über dem Arm trug. Er hatte die Termine perfekt im Kopf und war mindestens so gut auf den jeweiligen Tagesablauf vorbereitet wie Ella im Vorzimmer.

Claire hob grüßend die Hand und zeigte auf den Stuhl, während sie den Hörer abnahm. »Ja?«

»Die Verträge für den Fluoridzusatz sind unterzeichnet aus New York zurückgekommen, Frau von Bechstein. G&P lässt anfragen, ob die Lieferungen vorgezogen werden können«, hörte sie Ellas Stimme.

Claire stutzte kurz. »Ich muss das mit der Produktion absprechen. Antworten Sie, dass durch den überraschenden Tod unseres Laborleiters Verzögerung in die Angelegenheit kommt.«

»Sehr gerne, Frau von Bechstein.«

Claire legte auf und sah zu Fabian, dann auf die Mäntel. »Habe ich einen Termin vergessen?«

»Die Eröffnung«, erwiderte er nur knapp.

Claire sog scharf die Luft ein. »Du meine Güte. Wie gut, dass ich dich habe.«

Ihr *necessarius* lächelte zustimmend. »Ich sehe dir an, dass du eine Entscheidung getroffen hast.«

Sie rief noch schnell die Firmen-Mails ab und sichtete grob, ob sich wichtige Nachrichten darunter befanden. »Die habe ich wirklich.«

Sie hatte mit Fabian ebenso über Invernos Rückhol-Angebot gesprochen wie mit ihrer Tochter und Schwester. Die Einschätzungen zu dem rätselhaften Seelenjäger gingen auseinander, doch was die Offerte anbelangte, deckten sich die Meinungen.

Claire würde sie mit ihrer Entscheidung überraschen. Sie klickte das Programm weg und legte den rechten Zeigefinger auf den Flakonverschluss. »Ich bleibe, wo ich bin.«

Fabians Lächeln wurde breiter. »*Chaleureuse.* Das passt zu dir.«

»Du wunderst dich nicht.«

Er schüttelte den Kopf. »Aber ich bin auf die Begründung gespannt.«

Claire hatte lange darüber nachgedacht, wie es wäre, wenn Invernos Worte stimmten und er Finn aus der Seelenmasse zurückbefehlen konnte. »Es ging mir um das: *Was dann?*«

»Wenn die Seele zurückgeholt wäre?«

»Ja.« Sie fuhr mit dem Finger am Flakon entlang. »Finn und ich brauchten neue Körper, aber woher nähmen wir die? Keinesfalls würde ich Menschen für mein eigenes Glück in den Selbstmord treiben, wie es die Seelenwanderer machen.« Claire schauderte.

Es gab wenig Grauenvolleres, was man Unschuldigen antun konnte. Zudem konnte niemand vorhersagen, wie Finn auf die Ereignisse reagierte. Es gab keine Erfahrungswerte. *Womöglich verlöre er den Verstand.*

»Daher habe ich entschieden, die Rolle zu behalten, die ich schon seit Wochen gebe«, verkündete sie. *Aber mit mehr Überzeugung, mit innerem Wollen.* »Ich kann für Marlenes Kinder da sein und zugleich Zeit mit meiner alten Familie verbringen.« Auch wenn sie noch lange um ihren Finn trauern würde – Eugen würde davon nichts bemerken. Eine eigene Art der Zuneigung konnte sie für den aufrichtigen, guten Mann mit der Zeit entwickeln. An Liebe wollte sie noch nicht denken. »Die gegangenen Seelen sollen in Frieden ruhen.« Claire erhob sich und steckte das Fläschchen in ihre Handtasche, die Fabian ihr reichte. »Es müsste *sich in Frieden auflösen* heißen.«

»Die bessere Entscheidung«, kommentierte er. »Außerdem glaube ich nicht, dass Inverno zu so etwas imstande ist. Er hatte sicherlich andere Pläne mit dir.«

»Wir werden es nicht herausfinden.« Claire ließ sich von ihm in den Mantel helfen und genoss, dass Fabian ihr nahe war.

Vielleicht war es mehr als Freundschaft und Dankbarkeit, was sie verband, doch auch darüber wollte sie nicht nachdenken. Sie musste sich um andere Dinge kümmern: *mein neues Leben organisieren*.

»Gibt es etwas Neues von den Alten Seelen?«, erkundigte Claire sich, während sie zur Tür gingen. »Sie scheinen mich bei ihrem Krieg nicht zu benötigen.«

»Seit ich Stahl die Gefolgschaft gekündigt habe, bekomme ich keine Informationen mehr. Aber traurig bin ich deswegen nicht.« Fabian öffnete ihr die Tür. »Das Hospiz haben sie aufgegeben. Ich war vor kurzem da. Es ist leer und steht zum Verkauf.«

Claire dachte an die Todkranken, die bestimmt nicht freiwillig gegangen waren. Da in den Medien nichts von einem rätselhaften Massensterben erschienen war, hoffte sie, dass die Bewohner eine andere Bleibe gefunden hatten. »Und was hast du von deiner Organisation gehört?«

Fabian schenkte ihr ein beschwichtigendes Lächeln. »Auch nichts. Sie wollen den Krieg abwarten.«

»Ist das eine schlaue Taktik?« Claire war sich nicht sicher, wie viel sie wissen wollte.

»Besser, als zwischen die Fronten zu geraten.« Fabian ließ ihr den Vortritt.

Claire ließ ihn mit weiteren Fragen in Ruhe. Sie vertraute ihm, und er würde eines Tages von sich aus berichten, welche Organisation nach dem Ende der Seelenwanderer trachtete.

Über den Verbleib von Dubois wollte sie mehr erfahren. Bei Gelegenheit würde sie in der Klinik anrufen, die ihr Inverno ans Herz gelegt hatte, um mit ihm in Kontakt zu treten. Sie wollte wissen, wie weit er gekommen war und ob er sich Dubois geschnappt hatte.

Aber nicht heute. Es gab mehr als die Geburt eines neuen Parfüms zu feiern.

Gemeinsam verließen sie das Büro und gingen durchs Vorzimmer zum Fahrstuhl.

Deutschland, Sachsen, Leipzig

Eugen von Bechstein betrachtete die Leute um sich herum, die an den groben Tischen saßen und speisten, dabei plauderten und teuren Wein tranken.

Die Garderobe der Gäste war ungewöhnlich durchmischt, beinhaltete abgetragene Straßenkleidung und teure Designerklamotten, ohne dass er Hipster unter ihnen ausmachte. Leipzig benötigte keine Hipster.

Das Interieur des Restaurants konnte als schlicht, aber stilvoll bezeichnet werden. Das nannte man moderne gehobene Gastronomie, die auf Übertriebenheit im Ambiente verzichtete. Zwanglos gut speisen, das gefiel ihm.

Den Laden in der Gottschedstraße hatte Eugen bislang nicht aufgesucht, aber der Blick in die Speisekarte überzeugte ihn. Maronenpüree, *sous vide* gegartes Fleisch und die selbstgemachten Törtchen in der kleinen Kühltheke auf dem Tresen sprachen ihn sofort an.

Eugen war eine halbe Stunde zu früh zur ersten Sondierung mit dem Investor gekommen. Also wählte er einen Tisch am großen Fenster, bestellte sich einen Liante sowie eine kleine Flasche Wasser, nahm ein Buch heraus und las.

Der Vorschlag des möglichen neuen Geldgebers, ein Kennenlernen an einem neutralen Ort stattfinden zu lassen, hatte ihm zugesagt. Dessen finanzielle Schlagkraft war beeindruckend, damit könnte den VoBeLa der Sprung über den großen Teich gelingen, um aus dem Dunst der Zulieferer aufzusteigen und Global Player zu werden. Mit eigenen Marken. Die Idee eines Mode-Labels passte gut dazu.

Auch wenn die Lektüre von Schillers Erzählungen ihn durchaus zu fesseln vermochte, konnte Eugen nicht aufhören, an Lene zu denken.

Er senkte das Buch, sein Blick glitt durch die Scheibe hinaus auf die Straße, wo die Tram vorbeirumpelte.

Die letzten Wochen waren für ihn eine Höllenfahrt gewesen, in denen es nur Sorge, Verzweiflung und Not gegeben hatte.

Manche Geheimnisse rund um seine Frau hatte er nicht aufdecken können, aber er wollte nicht mehr darüber sinnieren, weder über den verschwundenen Hämatologen, für dessen Verbleib sich die Zeitung nur kurz interessierte, noch über die Entführung. Es führte zu nichts, und seine Frau verlor kein Wort darüber.

Sie taten so, als sei es niemals geschehen, und das funktionierte erstaunlich gut, weil sie beide es so wollten.

Aber er hatte seine Lene wieder, das fühlte er.

Bei aller Veränderung erkannte er das warme, freundliche Wesen in ihr. Mehr wollte er für sich und die Kinder nicht. Und seit jenem Abend in Invernos Gesellschaft machte sie einen anderen, einen glücklichen Eindruck.

Eugen nahm sein Smartphone und schrieb Lene lächelnd eine SMS. *Denke an dich, freue mich auf dich und vermisse dich.*

Es war kindisch, das wusste er, doch er musste seiner Erleichterung, seinen Emotionen freien Lauf lassen. Das Abenteuer war beendet. Sogar Frederik war schon lange wieder aus dem Krankenhaus entlassen worden, ohne einen bleibenden Schaden an der Schulter davonzutragen. Mit ihm würde die PR-Kampagne für das Parfüm ein Erfolg werden.

»Herr von Bechstein?«

Er sah hoch und einen gutaussehenden Mann in einem dunkelgrauen Anzug neben sich stehen, den er vom Foto bereits kannte. »*Ah, Monsieur Dubois!*« Er erhob sich und reichte ihm die Hand. »*Comment allez-vous?*«

»*Très bien, merci. Je suis en pleine forme.*« Er warf den Mantel über den freien Stuhl und setzte sich Eugen gegenüber. Wohlriechendes Aftershave strömte heran. »Sie sprechen Französisch?«

»Nur wenig. Mein Russisch ist besser.«

»Dann hätte ich Sie auf mein Schloss an der Loire einladen können. Sie hätten sich spielend durchschlagen können.« Er lachte und fuhr sich durch die braunen Haare. »Merci für Ihre *discrétion*. Ich habe Bedenken, dass es an der Börse zu Aufgeregtheiten kommen könnte, wenn bekannt wird, dass sich die Inhaber der VoBeLa und der Laboratoires Absolus an einem Firmensitz treffen. Mitarbeiter plaudern gelegentlich gerne, *n'est-ce pas?*«

Eugen lächelte.

»Was lesen Sie da, Monsieur von Bechstein?« Dubois sah auf den Einband des Buchs. »Friedrich Schiller, Erzählungen.« Er kreuzte die Arme und blickte nachdenklich zur Decke. *»Das Schicksal der Seele ist in die Materie geschrieben* – steht dieser wundervolle Satz nicht da drin?«

»Kann sein.« Eugen war beeindruckt. »Ich bin noch nicht durch damit. Aber es klingt nach einem Widerspruch.«

Dubois nahm die Speisekarte und bestellte en passant einen Chianti. »Finden Sie? Weil die Seele etwas Esoterisches ist?«

»Weil eine Seele frei ist und keine Materie.«

»Und doch steckt die Seele in einem Körper. Der Materie ist.« Dubois verzog anerkennend das Gesicht. »*Mon dieu.* Mein lieber Herr von Bechstein, wir beginnen unsere Geschäftsbeziehungen mit einem philosophischen Diskurs. Das nenne ich einen großartigen Anfang.« Er nahm das Glas von der Bedienung entgegen und reckte es leicht in die Höhe. »Auf eine gute Unterhaltung, Monsieur. *Santé!*«

»*Santé.*«

Zwei Stunden verbrachte Eugen essend und trinkend mit dem übersprudelnden, gestenreichen Franzosen. Man redete über das Leben, die Höhen und Tiefen, gelegentlich über die Geschäfte, um dann doch wieder Anekdoten zu erzählen, von denen Dubois unendliche parat zu haben schien, als hätte er viele Leben gelebt. Und doch musste Eugen gelegentlich ein Gähnen unterdrücken.

Schließlich landeten sie wieder beim Business. Es ging um den Sprung nach Amerika und den Kosmetikmarkt, den man gemeinsam aufrollen wollte.

»Wo wir gerade bei Aufrollen sind: Es gibt noch einen Bereich, wo wir sehr viel Geld verdienen könnten«, merkte Dubois begeistert an.

»Keine Experimente«, schwächte Eugen den Eifer ab. »Ich weiß, was ich kann. Darauf sollte man sich besinnen.« Er dachte an die Idee einer Modelinie seiner Frau. *Ausnahmen bestätigen die Regel.*

»Das ist sehr gut, Monsieur von Bechstein. Aber *ich* bringe in dem Fall das Wissen mit. Sie würden beim Vertrieb zum Zug kommen.« Dubois lächelte. »Jemand muss meine Dosen in die Geschäfte transportieren.«

»Getränke?«

»Energydrinks, Monsieur von Bechstein.« Dubois grinste. »Sie gähnen die ganze Zeit und könnten auch einen solchen vertragen.«

»Ein doppelter Espresso mit Zucker tut es auch.« Eugen bestellte und wurde dennoch neugierig. »Ist das ein Markt?«

»Und was für einer! Die Amerikaner wollen einen neuen Geschmack, und genau das werden wir ihnen bieten.« Dubois lehnte sich nach vorne und sprach leiser. »Der Trick an den ganzen Getränken ist das Koffein und der Zucker. Genau wie in Ihrem Espresso. Meine fleißigen Laborleute haben in meinem Auftrag etwas entwickelt.« Er langte in die Innentasche und stellte ein Fläschchen mit einem Schraubverschluss vor Eugen. »*Voilà.*«

Eugen nahm es zwischen Daumen und Zeigefinger, betrachtete den klaren, zähfließenden Inhalt. »Was ist das?«

»Vergessen Sie Zutaten wie Taurin, Inosit oder Guarana, die von den Herstellern genannt werden«, erklärte er geheimnistuerisch. »Wir haben aus dem Kaffee das Beste rausgeholt.« Er bedeutete mit Gesten, den Verschluss zu öffnen.

Eugen tat es – und roch nichts. »Kaffee?«

Dubois lächelte fröhlich. »Was Sie da in der Hand halten, ist so stark wie zwei doppelte Espressi. Davon dürfen Sie so viel trinken, wie Sie wollen, allerdings ohne die ganzen Nebenwirkungen. Keine Unruhe, Nervosität, Übelkeit, weder Schlaflosigkeit noch Herzrasen. Und wir können es sogar an Schwangere, Stillende und koffeinempfindliche Menschen verkaufen.«

Eugen sah auf sein halbvolles Mineralwasserglas. »Darf ich?«

»Nur zu. Deswegen habe ich es Ihnen mitgebracht, Monsieur von Bechstein.« Dubois betrachtete gespannt, wie Eugen den zähen Inhalt in das Getränk rinnen ließ. »Noch eine Sache, die Sie vielleicht nicht wissen: Es dürfen in Deutschland maximal 320 Milligramm Koffein in einem Liter Getränk enthalten sein. Aber *damit*« – er zeigte auf das Fläschchen, das nun fast leer war – »umgehen wir diese Bestimmung. Das aufbereitete Koffein verhält sich anders. In keinem Land der Welt müssen wir uns an Grenzwerte halten.«

»Die Zulassung?«

»Schon durch. Für Europa und die USA.«

»Unbedenklichkeitsbescheinigung?«

»Jederzeit zuschickbar, ebenso wie die Rezeptur – sofern wir ins Geschäft kommen, Monsieur von Bechstein.«

Eugen musterte den quirligen Franzosen, dann hob er das Glas und ließ das Mineralwasser kreisen. Tatsächlich war nichts mehr von dem Zusatz zu sehen oder gar zu riechen. »Sie haben es auch genommen, richtig?«

»Weil ich so zappelig bin, meinen Sie?« Dubois lachte laut und schlug vor Erheiterung auf den Tisch. »Sie haben mich erwischt, Monsieur.« Er lehnte sich nach hinten. »Überzeugen Sie sich selbst von seiner Wirkung.

Sie werden sehen« – er verlor für einen Lidschlag die Freundlichkeit –, »danach werden Sie nichts anderes mehr wollen.«

Deutschland, Saarland, Saarbrücken

Tagasuki Minamoto stand mit einem schwarzen Lederköfferchen in der Rechten im Eingangsbereich der *Erinnerungs- und Begegnungsstätte gegen Krieg und zur Aussöhnung der Völker,* wie der offizielle Titel der Anlage lautete. Damit ließen sich die meisten Subventionen aus EU-Mitteln für das abgreifen, was man der Öffentlichkeit zugänglich machen wollte.

Das gleiche Spiel begann die Stiftung gerade in Wien. Die beiden titanischen Zwillingsflaktürme im Augarten eigneten sich perfekt zum Umbau, der Deal war bereits unter Dach und Fach. Hierher würden die Seelen aus älteren Anlagen verlegt, die in Frankreich keinen Platz mehr fanden.

Wien war prädestiniert dafür, ein zweites Hauptquartier von *libra* zu beherbergen. Alles in allem gab es sechs dieser aus Stahlbeton errichteten Bauten, die in den Jahren 1942 bis 1945 errichtet wurden. Niemand hatte das Geld, sie abzureißen oder etwas Neues daraus zu machen. *Niemand außer der Stiftung.*

Minamoto sah die erste Schulklasse durch den halben Rohbau wandern und um *Anlage N38401/S* kreisen, während eine Mitarbeiterin der Einrichtung geduldig den Sinn erklärte. Die Jungen zeigten sich fasziniert von den Einschüssen in den Mauern, den Mädchen war eher unheimlich zumute.

Sie ahnten nicht, dass sich unter ihren Füßen ein bienenstockartiger Bau befand, in dem bald gefährliche gewandelte Seelen lagern sollten, die in absehbarer Zeit hoffentlich von ihren Qualen befreit wurden.

Minamoto trat hinaus ins Freie und ging über die betonierte Fläche.

Der Hubschrauber, der ihn zurück nach Frankreich bringen sollte, musste jede Minute eintreffen. Es gab in seiner Einrichtung in Saint-Brevin-les-Pins etliche gefährliche Seelen, unter denen er eine Auswahl treffen musste, um sie ins Saarland zu verlegen.

Seine dunkelgrauen Augen suchten den verhangenen Himmel ab, doch der Helikopter zeigte sich noch nicht. *Das Wetter wird mir doch keinen Strich durch die Rechnung machen?*

Mit einer Sache hatte Eric recht gehabt: Der Zwischenfall auf dem Gehöft in Russland bewies, wie veraltet die Technik war, welche die Gefahr in den Silos hielt.

Aber es kam für Minamoto nicht in Frage, die Insassen zu beseitigen, wie es manche panische Stimmen innerhalb von *libra* verlangten. Die Seelenmasse musste so lange wie möglich vor derart starker Verunreinigung bewahrt werden.

Das Bernsteinzimmer war der Schlüssel für eine solche Purifikation. Danach konnte man die Menschen eliminieren, um ihre saubere Seele zu entlassen. *Die Leute sind nach der Prozedur ohnehin zu nichts mehr zu gebrauchen.*

Hätte Minamoto diese kleine Nebenwirkung gegenüber Eric erwähnt, wäre er sicherlich nicht freiwillig mitgekommen. *Die Aussicht auf eine Heilung der kleinen Seele des Mädchens machte ihn blind.*

Ärgerlich blieb, dass es zu dem Zwischenfall gekommen war, als sich der Mann und die Kleine im Kubus befunden hatten. Die Perpetua mobilia waren zu spät angehalten worden.

Das Knattern des Hubschraubers verkündete die Ankunft seines ungewöhnlichen Taxis, bevor er es sah.

Dann stieß der Bell-Boeing V-22 Osprey aus den Wolken und landete nach einem schnurgeraden Abwärtsflug im hinteren Bereich des Neubaus, die beiden Kipprotoren rechts und links des Rumpfs standen senkrecht.

Natürlich erweckte dieses ungewöhnliche Modell Aufmerksamkeit bei den Besuchern und Passanten. Den Kippflügler sah man im zivilen Bereich eher selten. Wie ein Hubschrauber startete er nach oben, er konnte schweben und sich um die eigene Achse schrauben, aber sobald er die Rotoren nach vorne klappte, wurde er schnell wie ein Flugzeug. Die Nutzlast und die Reichweite machten den Osprey unschlagbar für die Zwecke von *libra*.

Die Rotoren surrten keine zwanzig Meter von Minamoto entfernt.

Er bückte sich und hastete heran, während die hintere Klappe geöffnet wurde und im Innern verschieden große Boxen zum Vorschein kamen. Offiziell handelte es sich dabei um besonders wertvolle Exponate, inoffiziell waren es Bauteile für den geheimen Teil der Anlage, die es so nicht zu kaufen gab. *Und gewandelte Seelen für die Zellen.*

Das Ausladen begann.

Währenddessen schob sich Minamoto an der Besatzung vorbei durch den Laderaum und bemerkte zu seiner Verwunderung einen Verletzten, festgeschnallt auf einer Liege, über dessen linkes Auge und um seinen Kopf sich ein Verband schmiegte. Neben ihm saßen ein Arzt und eine Pflegerin, die seine Werte an einem tragbaren Monitor überwachten.

Minamoto sah den Mann mit dem aknenarbigen Gesicht zum ersten Mal, um dessen Leben sich *libra* sehr bemühte, wie es den Anschein hatte. Die Lider waren geöffnet, die blauen Augen zuckten gelegentlich.

»Wer ist das?«, rief er gegen den Rotorenlärm an, weil er kein Headset trug. Aber die Verständigung ohne Funk misslang. Rasch organisierte er sich einen Helm und wiederholte die Frage. »Und warum nehmen wir ihn mit?«

»Anweisung von oben«, erwiderte der Arzt. »Wir fliegen ihn nach La Rochelle. Dort haben wir einen Spezialisten, der sich um ihn kümmert.«

»Wegen der Verwundung?«

»Auch. Wir müssen schauen, was sein Gehirn abbekam.« Der Arzt deutete auf den Solarplexus. »Seine Seele ist außerdem verwirrt. In den wenigen Momenten, in denen er ansprechbar war, zeigte sich, dass er den Zwangstausch nicht verkraftete. Aber wir brauchen seine Informationen für das *Unternehmen Exkarnation.*«

Exkarnation? Minamoto betrachtete den Mann auf der Liege genauer. »Das ist doch nicht Teukros!«

»*Das* ist das Problem«, erklärte der Arzt. »Jemand zwang seine Seele in diesen Körper. Wir vermuten, dass es sich um den Leib desjenigen handelt, mit dem der Wechsel vollzogen wurde. Teukros setzte einen Hilferuf ab, und eines unserer Teams sammelte ihn in der Nähe von Leipzig auf. Man hatte ihn verscharrt, aber wir bekamen seinen Motor wieder in Gang.« Stolz schwang in der Stimme des Arztes mit.

Minamoto verstand.

Er hatte den einzigen Seelenwanderer vor sich, der für *libras* Gedanken empfänglich war und versprochen hatte, ihnen mehr Informationen zu beschaffen. Teukros' Wissen war enorm wertvoll für die Organisation.

Anscheinend hatte ihm das jemand aus den Reihen der Seelenwanderer übelgenommen und eine Waffe quer durch den Kopf gerammt.

Aber wer den Platz mit Teukros vorher tauschte, musste einen guten Grund gehabt haben. »Wann ist das ungefähr geschehen?«

»Schon vor einiger Zeit. Aber er war bislang nicht transportfähig«, erklärte der Arzt. »Wenn er was von sich gibt, faselt er was von einem Garten.«

Das Ausladen war beendet, die Klappe des Osprey schloss sich.

»Dann geben Sie gut auf seine Seele acht«, sagte Minamoto und ging zum Cockpit, um mit den Piloten zu sprechen. »Wir brauchen ihn in einem besseren Zustand.«

»Ich werde ihn nicht vom Haken lassen«, versprach der Arzt.

Die Doppelrotoren des Kippflüglers wurden lauter, die Turbinen wirbelten die Blätter schneller und hoben den schweren Metallkörper in die Luft.

Minamoto spürte den Andruck auf seine Beine. Wegen der starken Neigung, die der Osprey hatte, musste er sich abstützen.

»Ah, übrigens gibt es noch eine großartige Nachricht«, vernahm er eine Frauenstimme aus den Kopfhörern, die zur Helferin gehören musste. »Es tauchte eine Anomalie bei den Seelenwanderern auf. Eine, die von Beginn an mehr Gaben besitzt als die Übrigen und die Seelen restlos auflösen kann!«

»Aus welcher Quelle kommt diese Nachricht?« Er blieb stehen. *Auflösen. Gänzlich.* Das wäre besser, als das Schlechte in die Urmasse eingehen zu lassen.

»Der Hinweis kam von Teukros, beziehungsweise wir glaubten, es *sei* Teukros«, mischte sich der Arzt ein. »Es ist daher nicht sicher.«

Minamoto nahm an, dass es sich dabei um die Frau handelte, die Teukros getroffen hatte und die er für sie gewinnen wollte. *Sie schien unserer Idee nicht abgeneigt.* »Umso wichtiger, dass wir unseren Freund auf der Liege flicken und zurück ins Spiel schicken. Er sollte sie ganz auf unsere Seite ziehen. Sofern diese Anomalie existiert«, erwiderte er, ohne sich umzudrehen, und öffnete den Zugang zur Kanzel.

Seelen auflösen. Das war eine Option, notfalls auch zum Bernsteinzimmer. *Unternehmen Exkarnation muss weitergehen.*

Minamoto kam eine Zeile aus dem *Hagakure* in den Sinn. *Sei darum voll entschlossen, diese Ziele zu erreichen, ohne im mindesten zu schwanken, selbst wenn die Lehren Buddhas oder der Götter dem entgegenstehen.*

Da es keine Götter gab, war es einfach.

Deutschland, Sachsen-Anhalt, Halle (Saale)

»Wie schön das geworden ist!« Gerührt stand Claire auf dem Alten Markt vor ihrem ehemaligen irischen Café *Uisce,* über dessen Eingangstür in großen Lettern auf einem Plakat *NEUERÖFFNUNG* stand.

Die grünen Läden hatten einen frischen Anstrich erhalten, Ginsterzweige steckten in den Blumenkästen, so lange bis Blüten zum Vorschein kommen würden. Die Fenster waren geputzt, und an jedem hingen irische Symbole.

»Sehr einladend«, befand Fabian an ihrer Seite und blickte sich sichernd um. Seine Rolle als Beschützer nahm er weiterhin ernst.

Deborah trat heraus, gefolgt von ihrer Tante. »Da bist du ja!« Sie fiel ihrer Mutter um den Hals und drückte sie fest an sich, Nicola schloss sich an.

Eine Minute standen sie vor dem Café, umschlungen und verbunden wie ein keltischer Knoten, genossen die Nähe und die Gemeinsamkeit.

Dann machte sich Deborah los und nahm Claires Hand. »Ich zeig dir, was wir verändert haben.«

»Verändert?« Claire lächelte. *Ich werde mich überraschen lassen. Es ist nun ihr Café.*

»Was ist mit Ihnen, starker Mann?«, wandte sich Nicola an Fabian. »Lust auf einen Tee?«

»Lieber einen Kaffee.« Fabian folgte der kleinen Gruppe, als das Smartphone in seiner Tasche vibrierte. »Ich komme gleich nach.«

»Ist gut. Ich braue Ihnen einen guten, kräftigen.« Nicola betrat das Café.

Fabian nahm das Gerät heraus.

Das angezeigte Symbol für den Anrufer hasste er inzwischen. Jedes Mal musste er sich neue Ausflüchte ausdenken, warum er nicht längere Zeit sprechen konnte.

Warum nicht hinschmeißen? Wer hindert mich daran? Fabian drückte die grüne Taste. »Es ist vorbei«, sprach er einfach hinein. »Ich steige bei *libra* aus.«

Auf der anderen Seite herrschte Stille, die gelegentlich von schwerem Atmen durchbrochen wurde.

Fabian glaubte nicht, dass er ein zufälliges Opfer eines perversen Anrufers geworden war.

Daher wartete er und strengte sein Gehör an, um Geräusche aus dem Hintergrund aufzufangen: leises rhythmisches Piepsen, gedämpfte Unterhaltungen – dann ein lauter Ruf.

»Artjom!«, hörte er plötzlich und erschrak. »Ich bringe dich um, Artjom, so wie du es mit mir versucht hast. Und wenn du ihr etwas antust …«

»Woher hat er das Telefon? Nehmt ihm das Telefon ab«, sagte eine Frau hastig. »Er darf nicht …«, dann raschelte es.

Eine Sekunde später wurde die Verbindung unterbrochen.

Er lebt noch? Fabian konnte sich nicht rühren. Erst nach vielen Herzschlägen senkte er den Arm, sah auf das Smartphone, als könnte er auf diese Weise eher glauben, wer ihn gerade kontaktiert hatte. Er musste *libra* wohl nicht mehr sagen, dass er ausstieg.

»Dauert das länger?«, rief Nicola aus der Tür. »Ihr Kaffee wird kalt.«

Artjom wandte Fabians Körper vom Café ab, zerbrach das Gerät zwischen zwei Fingern, als wäre es eine Salzstange. Er nahm den Chip heraus und warf alles zusammen in den Gully. »Komme schon.« Er richtete den Anzug und ging ins *Uisce. Als ob ich ihr etwas antun könnte.*

Deborah schleifte Claire in Windeseile durch jeden Winkel des Cafés, das vertraut und zugleich anders wirkte als früher. Doch trotz ihres Umdekorierens hatte der Laden nichts von seinem Einladenden und seinem Flair verloren. Es roch nach frisch gebackenem Kuchen.

Das Rezept hatte Claire ihrer Tochter zukommen lassen. Ein Vorteil, wenn man nicht wirklich tot war.

In einer Nische standen zwei Bilder von Finn und der alten Claire, jeweils mit einer schwarzen Trauerbanderole versehen. Zwei Teelichter brannten davor.

»Ich dachte, es wird euch gerecht«, erklärte Deborah ein wenig traurig. »Außerdem werden sich die Gäste freuen, wenn sie wenigstens eure Gesichter sehen.«

Claire fuhr ihr durch die dunklen Haare und wollte ein paar aufmunternde Worte sagen, doch da betraten schon die ersten Besucher den Raum.

Sie erkannte die Gäste sofort: Herr Plümers und Frau Steiger aus der Kuhgasse mit ihrem Retriever-Rüden Peanuts. Es gab kein großes Hallo, sondern ein freundliches Nicken zu Deborah und Nicola. Die Wehmut war ihnen anzusehen, trotz der Freude, dass das *Uisce* Bestand hatte.

Claire musste durchatmen, als Frau Steiger eine Blüte vor den Bildern der Verstorbenen ablegte. *Und es ist schön, vermisst zu werden.*

Nach und nach füllte sich der Gastraum. Die Bestellungen gingen ein, und so fehlte die Zeit für eine Unterhaltung.

Dann heute Abend. Claire und Fabian setzten sich an den Tisch neben dem kleinen Kamin und bekamen Kuchen von Nicola gebracht. Dazu gab es kräftigen schwarzen Tee aus der großen Kanne. Das hatte sich ebenfalls nicht geändert.

»Sie werden deine Entscheidung gutheißen«, sagte Fabian nach einer Weile und kostete vom Kuchen. Er war der Einzige, der Kaffee vor sich hatte. »Oh, das ist lecker!«

»Mein Rezept«, antwortete sie zufrieden. Das Café

lief weiter, die nächste Generation hatte übernommen, wenn auch früher als angenommen. Claires Blick ging zu Finns Bild. *Du wärst stolz auf deine Tochter.* Sie trank vom Tee und nahm die Tasse in beide Hände, betrachtete das Treiben und freute sich. Es störte sie nicht mehr, dass die Ringe gegen das Porzellan klirrten. Sie hatte sich in ihr anderes Leben eingefunden.

»Hoppla.« Fabian machte sie auf den Eingang aufmerksam und erhob sich gleich darauf. »Wir sind hier, Herr von Bechstein!«

Eugen betrat das Café, und schon wuselten Charlene und Pauline in schicken Kleidern an ihm vorbei, um zum Tisch ihrer Mutter zu laufen.

Die Mädchen sprangen auf Claires Schoß und drückten ihr einen kleinen Blumenstrauß und eine Zeichnung in die Hand, auf der ganz klar die Familienvilla zu sehen war.

»Alles Liebe zum Geburtstag, Mama«, posaunte Pauline.

»Für die beste Mami der Welt«, setzte Charlene hinterher, und sie gaben der verdutzten Claire sehr feuchte Küsse auf die Wangen.

Ich habe meinen eigenen Geburtstag vergessen, durchzuckte es sie – und sie musste lachen. *Meinen neuen.*

»Wir haben uns große Mühe gegeben, dir nichts zu verraten«, verkündete Charlene stolz.

Claire fühlte eine tiefe Rührung in sich. Sie sah zu Deborah, die ihr zulächelte und hinter dem Tresen ein Törtchen mit einer Kerze hervorholte. Sie war eingeweiht. *Nun habe ich zwei Familien.*

»Alles Gute auch von mir, Frau von Bechstein«, sagte ihre eigene Tochter und stellte den kleinen Kuchen ab.

»Zu Hause haben wir noch eine Überraschung für dich«, fügte Eugen mit einem undeutbaren Lächeln an. Er kam auf Claire zu und umarmte sie lange, was sich anders anfühlte als bei den Malen zuvor. »Ich bin gespannt, ob du sie magst«, raunte er in ihr Ohr.

Claire erschauderte.

EPILOG

Ihre sehnige Hand schloss sich um die kräftigere des Mannes, der im Bett lag, an dessen Seite sie saß. Er hing in einer Konstruktion aus Drähten und einem Stahlrahmen. In dem schwachen Nachtlicht wirkte es, als habe er sich in einer Falle verfangen. Ohne diese Lagerung würde sein Rückgrat gänzlich durchbrechen und er sein Leben verlieren. Die Lider waren geschlossen, eine Atemmaske lag über Mund und Nase.

Vieles fühlte sich an wie früher, in ihrem alten Leben. Als sie nachts Sitzwachen übernommen hatte, um Geld zu verdienen. Das Piepsen der Überwachungsmonitore und medizinischen Geräte im Zimmer, die leisen Unterhaltungen auf dem Flur, wenn das Pflegepersonal vorbeiging. Ab und zu tönte der Fernseher zu laut aus dem Aufenthaltsraum, dann zischten und tuschelten die Versammelten, bis der Ton wieder leiser gestellt wurde.

Leise pochte es gegen die Tür, eine Schwester streckte den Kopf herein. »Alles in Ordnung bei Ihnen?«

Ein schmaler Lichtspalt zwängte sich in das dunkle Zimmer und fiel auf die Wachende. Ihr langes rotes Haar leuchtete auf, als sei es deswegen wütend.

»So weit«, erwiderte Sia leise. Knapp gab sie die Werte durch, von Sauerstoffsättigung bis Blutdruck.

»Dann komme ich in einer Stunde noch mal.« Die Frau nickte ihr zu und schloss die Tür, die Helligkeit huschte mit ihr hinaus, als fürchtete sie sich vor der Rothaarigen.

Aber Sia sah so gut, als würde die Sonne ins Zimmer scheinen. Sie drückte die Hand des Mannes, der daraufhin ein leises Seufzen von sich gab und die Augen aufschlug.

»Verzeihen Sie mir, Wilson. Ich wollte Sie nicht wecken«, raunte sie. »Schlafen Sie.«

Jeoffray Charles Wilson, ihr Butler, Mann für alles und Hüter ihrer Nichte, drehte den Kopf zu ihr. »Die Beruhigungsmittel verlieren ihre Wirkung, wie es den Anschein hat«, sagte er undeutlich unter der Maske. »Würden Sie das verfluchte Ding wegnehmen und die Sauerstoffschläuche in meine Nase stecken?«

»Sie sollen sich nicht unterhalten.«

»Schlagen Sie mich bewusstlos, wenn Sie es verhindern wollen.«

Sia lächelte schwach und tauschte die Maske gegen die dünnen Schläuche aus, die er tagsüber in der Nase hatte. »Sie wollen nur, dass ich Ihre Butlerin bin.«

Wilson erwiderte die Freundlichkeit. »Ich würde lieber meine alte Stellung einnehmen als *das* hier.« Er sah über die gespannten Drähte, die zu Halterungen führten, von denen einige in seinem Körper verschwanden, um das zertrümmerte Rückgrat zu stabilisieren. »Ich bin mir sicher, dass er es nicht mit Absicht tat. Ich habe ihn auch nicht erkannt, sonst wäre ich anders vorgegangen.«

»Ich frage mich, warum er es überhaupt tat.« Sia fand keinerlei Erklärung.

Wieder und wieder dachte sie darüber nach, warum Eric ihre Nichte entführt hatte und welche Macht es gewesen sein konnte, die den Nebel in etwas verwandelte, aus dem selbst sie sich nicht befreien konnte. Nicht mal die Windgestalt hatte funktioniert. Alles in ihr hatte durch den Kontakt mit den rätselhaften Energien gebrannt und geschmerzt, so dass sie sich danach eine

Stunde lang kaum bewegen konnte. Dadurch entgingen die Entführer ihrem Furor. »Woher wusste er von dem Ausflug?«

Wilson zuckte mit den Augenbrauen. »Ich habe nichts verraten. Aber es wird mit dieser Organisation zusammenhängen, von der er Ihnen berichtete.«

»Er und *libra?*« Sia konnte es sich nicht vorstellen. Wahrscheinlicher fand sie, dass man Eric erpresste oder manipulierte.

Die Begegnung mit dem goldfarbenen Nebel, der an ihr geklebt hatte wie Pech, verwirrte sie. Solch einer Macht war sie zuvor nicht begegnet, auch wenn sie dadurch einen Vorteil erlangt hatte, den sie durch Zufall entdeckt hatte. Sie hoffte sehr, dass es so blieb.

Ob mein Vater es gewusst hätte? Er war als Alchemist auf der Suche nach unendlichem Leben manchen Formeln und Zaubern nachgejagt.

Das Tablet, das sie auf dem Tisch abgelegt hatte, leuchtete auf. Sie hatte eine Nachricht erhalten.

»Einen Moment.« Sie ließ Wilsons Hand los und beugte sich zur Seite, nahm das Gerät und entsperrte das Display.

Bonne nuit, mein kleines rothaariges Langzähnchen!
Das ist für Dich.
Sag Bescheid, wenn Du mich brauchst.

Justine, adorable et magnifique comme toujours

Sia musste grinsen. Die Absenderin der eingegangenen Mail war eindeutig.

Ohne lange Erklärung hatte die Französin mit der großen Klappe, die gespickt mit gefährlichen Zähnen sein konnte, sämtliche Informationen angehängt, die Erics gestohlenen Daten aus Russland entstammten. Mit Hilfe von findigen Köpfchen und besonderen Programmen war die Verschlüsselung von *libra* größtenteils geknackt worden.

Sie scrollte und scrollte und scrollte, überflog und verstand, dass es viel zu studieren geben würde, um Nützliches von Nutzlosem zu trennen. Es gab etliche Verstecke, etliche Widersacher und etliche Orte zu erkunden. Sie fand zudem eine Liste mit Zellenbelegungen, eingeteilt nach Seelen und deren Veränderungen: Wolfsartige, Vampirartige und Bezeichnungen, die ihr fremd waren.

Das genaue Lesen und Studieren wollte sie aber nicht im Krankenhaus beginnen.

Sia schaltete das Tablet aus und nahm ihren langen schwarzen Ledermantel. »Ich muss los, Wilson.«

»Wie Sie sehen, habe ich geduldig auf Sie gewartet«, gab er schwarzhumorig zurück. »Gute Neuigkeiten?«

»In gewisser Weise. Anhaltspunkte, um meine Tochter zurückzuholen. Ich werde ein wenig suchen müssen.« Sie hatte schon lange aufgehört, Elena als Nichte zu betrachten. Sie empfand sie als direkte Nachfahrin.

»Sie hätten dabei wohl keine Verwendung für einen fast Querschnittsgelähmten?«

Sia gab ihm einen Kuss auf die Wange. »Welche von den hübschen Krankenschwestern soll ich als Wache reinschicken?«

»Wenn Sie einen hässlichen Mann sehen, dann bitte den. Damit mir das Einschlafen leichter fällt«, erwiderte der gebürtige Brite. »Sobald ich einen Rollstuhl fahren kann, komme ich nach.«

Sia öffnete die Tür und winkte ihm zum Abschied. »Wünschen Sie mir Glück.«

»Ich wünsche Ihnen *Erfolg*«, gab er zurück. »Finden Sie die Kleine wohlbehalten, und reißen Sie jedem, der Sie daran hindern will, den Hals auf.«

»Werde ich.« Die rothaarige Judastochter nickte und zog die Tür zu.

Im Stationszimmer gab es tatsächlich einen hässlichen Pfleger, den sie zu Wilson schickte, dann verließ sie das Krankenhaus und ging im raschen Trab zu ihrer Maschine, die abseits geparkt unter einer Laterne stand.

Es war eine BMW S 1000 RR, in Schwarz und versehen mit drei unscheinbaren weißen Dolchen am Tank. Ihr Zeichen. Das Zeichen der Judaskinder, das sie einst gehasst und nun zu ihrem Siegel gemacht hatte – als Beleg für ihren Triumph über die Spezies.

Einen Helm setzte Sia nicht auf, sie band lediglich die langen roten Haare zu einem Zopf, damit sie beim Fahren nicht ins Blickfeld wehten.

Sie stieg in den Sattel, steckte den Schlüssel ins Schloss und erweckte den Motor mit einem Knopfdruck zum Leben.

Dunkel grollend wie ein Raubtier rumorte die modifizierte S 1000 RR, sie spürte das leichte Vibrieren zwischen ihren Schenkeln. Von 0 auf 320 Stundenkilometer in knappen zehn Sekunden.

Ich werde dich finden, Elena. Sie legte die Hände an den Lenker. Sie würde nicht noch einmal zu spät kommen, wie bei deren Mutter.

Weder würde sie Gnade noch Mitleid erweisen. Auch wenn Eric sich ihr in den Weg stellte, bekäme er ihre Macht zu spüren.

Niemand stiehlt mir das Liebste und überlebt. Sia beschleunigte aus dem Stand und jagte die schwarze Maschine durch die nächtliche Stadt. Die BMW passierte röhrend eine Brücke, die sich über ein kleines Flüsschen spannte, das dahinziehende Wasser glitzerte malerisch im Schein der Gestirne.

Sia hatte keine Augen dafür. Ihr ruhiges, erfolgreiches Leben, an das sie sich gerade gewöhnt hatte, nahm ein ungewolltes, abruptes Ende.

GLOSSAR

Avnas & Botis: zwei Dämonen aus der Ars Goetia, dem Kleinen Schlüssel Salomons

Extrusion: Vergehen der Seele durch ein unvorbereitetes Ableben des Körpers

hera/erus: Bezeichnung der Untergebenen für eine besonders starke/alte Seele, der sie dienen; meistens sind es mehrfach gewanderte Seelen

libra: Organisation, die für den Ausgleich von Gut und Böse in der Welt kämpft und eigene Thesen in Sachen Seele und Herkunft dieser Energie vertritt

necessarius/-aria, pl. -ii: Bezeichnung der Untergebenen einer starken/alten Seele

OMON: Abkürzung, in dt. »Mobile Einheit besonderer Bestimmung«, eine Einheit der russischen Polizei, die dem Innenministerium untersteht

profugus: ausgestoßene/r *necessaria/-us,* die getötet werden muss

Sanctum: potentes Heilmittel, basierend auf dem Blut des Heilands

Schnitterringe: Ringe, die Vanitas-Motive tragen und daran erinnern, dass der Tod allgegenwärtig ist

Seelenkräfte/Seelengabe: besondere Kräfte, die mit jeder Wanderung der Seele von Leib zu Leib entstehen. Sie sind von Wanderer zu Wanderer unterschiedlich.

Seelenwanderer: Bezeichnung für Seelen, die sich nach dem ersten Tod der Auflösung widersetzen und auf der Erde bleiben, um in einen neuen Körper einzufahren

Wandelwesen: Bezeichnung für Kreaturen, die sowohl menschliche als auch animalische Gestalt annehmen können

DANKSAGUNG

Die Welt des Dunklen wächst und wächst, und Leipzig bleibt eine ihrer Metropolen.

Daran hat sich auch im ersten Band von *EXKARNATION – Krieg der Alten Seelen* nichts geändert.

Nach den Wandelwesen, den Vampiren und Dämonen kommt nun die Komponente der Seelenwanderer ins Spiel.

Mir gefiel der Gedanke, nach ONEIROS eine neue Form der Unsterblichkeit ins Rennen zu schicken, die auf ein bekanntes Motiv zurückgreift und dennoch andersartig ausgeprägt erscheint.

Es gibt vielleicht doch einen Grund, weswegen sich Geschichte wiederholt – manchmal könnte man vermuten, dass es nicht nur die gleichen alten Ideen sind, die wie von Zauberhand wieder und wieder auftauchen …

Ebenso bereitete mir der Ansatz, den *libra* mit ihrer These zur Seele als Energieform verfolgt, sehr viel Freude. Mit deren Ansichten in Sachen *anima* und *corpore* lassen sich nahezu sämtliche sogenannte dämonische und überirdische Dinge erklären.

Zugegeben, bei Ufos wird es schwierig.

Aber es spricht nichts dagegen, dass auch Außerirdische ihre Seele aus der Urmasse schöpfen.

Oder ein Seelenwanderer sich auf einen anderen Planeten verirrt.

Da lauern Möglichkeiten ohne Ende!

Ich bleibe trotzdem vorerst auf der Erde, bevor es *zu* abstrus wird.

An den zweiten Band von EXKARNATION mache ich mich mit angemessener Geschwindigkeit, damit es ein großes Finale geben kann. Und wer weiß, ob es der Auftakt für etwas Großes ist? Ein Leipzig-Crossover mit allen bisherigen Figuren, inklusive Korff? Die Liga der Ungewöhnlichen, oder so ähnlich. Nur ohne Gentlemen.

Außer mir waren noch andere mit dem Buch beschäftigt, denen ich danken möchte.

Nach den *Albae* durfte sich im Lektorat wieder Hanka Jobke mit Schurken herumschlagen, dieses Mal aber der seelenvollen Art (keineswegs der freundlicheren). Auch hier fand sie die letzten Kleinigkeiten, die der Autor versuchte, großzügig zu übersehen.

Der erste Stopp war wie immer die Testleserschaft, der ich es mit dem neuen Aspekt sowie den ganzen Erklärungen nicht eben leichtmachte.

Mein besonderer Dank geht deswegen an Tanja Karmann, Sonja Rüther, Yvonne Schöneck und Nicole Schuhmacher. Merci, die Damen!

Nicht vergessen sind natürlich Lektorin Martina Wielenberg und der Knaur-Verlag, die mich seit Jahren machen lassen, wonach mir der Sinn steht.

Wer sich für die erwähnten Schnitterringe interessiert, schaue sich um bei www.schnitterringe.com und werde vielleicht fündig.

Die Musik der in *diesem* Roman zwar nicht erwähnten, aber dennoch außergewöhnlichen Leipziger Gothic-Ambient-Band Lambda findet sich unter www.lambda-band.de.

Wer sich für das Parfüm *Chaleureuse* interessiert … tja. Das gibt es nicht.